PETER HENISCH

Der Mai ist vorbei

Pepi Prohaska Prophet

Zwei Romane

Deuticke

1. Auflage 2018

ISBN 978-3-552-06381-5

Satz: Eva Kaltenbrunner-Dorfinger, Wien
Autorenfoto: © Willi Svoboda/Deuticke Verlag
Umschlag: Anzinger und Rasp, München
Druck und Bindung: GGP Media GmbH, Pößneck
Printed in Germany

FSC
www.fsc.org
MIX
Papier aus verantwortungsvollen Quellen
FSC® C014496

Inhalt

PETER HENISCH

Der Mai ist vorbei

Der Mai ist
vorbei

Erster Tag

Kinder die Zeit ist mir nicht mehr geheuer
wir leben schon wieder im Biedermeier
und wissens
und wollens nicht wissen
und wissens nicht /

jetzt liegen frustrierte Linke in ihren zu engen Ehebetten
und diskutieren was sie zu tun gehabt hätten
wenn
wenn anders
wenn nicht /

jetzt sagen so manche die etwas sagen sollten nicht einen
Ton
natürlich ist es empfehlenswerter zu schweigen
die Pharisäer jedoch haben wieder Saison
und können mit nackten moralischen Fingern auf andere
zeigen
und die Hausmeister haben sich das schon immer gedacht
und dürfen auch ausführlich drüber sagen und schreiben
das Rauschgift der freie Sex und die Antiautorität haben
alles zu weit gebracht
so konnte es ja nicht bleiben /

der Mai ist vorbei und kommt voraussichtlich nimmermehr
nach einem typisch bürgerlichen Geschlechtsverkehr
(sie auf dem Rücken liegend ich auf ihr drauf)

dreh ich das Radio an da rockt Bill Haley der Opa noch immer
schon wieder around the clock
oh weh sag ich Reminiszenzen auf den naiven Rock
wenn die Musik sich zurückwendet stehen die Mauern der
Stadt wieder auf

1

Früher hatte sich Paul für einen Morgenmenschen gehalten, aber das war eine Weile her. Jetzt fiel es ihm immer schwerer, aus seinen Träumen herauszufinden, obwohl diese Träume immer seltener angenehm waren. Er lag auf dem Rücken, studierte die Risse über sich im Plafond. Der Traum, den er heute geträumt hatte, ließ ihn besonders lange nicht los:

Er war noch Schüler und lief, die Schultasche unter dem Arm, seinen üblichen Schulweg. Er wusste: Es musste schon spät sein; als er jedoch auf die Uhr sehen wollte, um festzustellen, wie viel Zeit er noch habe, bemerkte er mit einem Schrecken, der für diesen Anlass zu groß war, dass er sie nicht am Handgelenk trug. Endlich langte er vor dem Schulhaus an; als er die Aula betrat, war sie still und leer. Die Schuluhr über dem Stiegenaufgang zeigte halb neun.

Er lief die Treppe hinauf, wobei er immer zwei Stufen auf einmal nahm. Im ersten Stock, auf dem Gang, an dem sich sein Klassenzimmer (8B) befand, verursachten seine Schritte ein lautes Echo. Vor der Tür seiner Klasse blieb er kurz stehen, um Luft zu holen, von drinnen kam kein Geräusch. Dann gab er sich einen Ruck und griff nach der Klinke.

Er drückte die Klinke herunter und machte die Tür auf. Erschrak aufs Neue: Das Klassenzimmer war leer.

Die Tafel war sauber gelöscht, die Sessel standen verkehrt auf den Tischen. Kein einziger Mantel hing an der Kleiderablage.

Er atmete durch und lief eine Klasse weiter. Griff nach der

nächsten Klinke: das gleiche Bild. Die nächste Tür. Er drückte die Klinke hinunter. Das Klassenzimmer war leer, wie die beiden zuvor.

Paul lief weiter und weiter. Ein Stockwerk höher. Öffnete Tür um Tür. Mit dem gleichen Ergebnis. Er kam ins Schwitzen. Sein Herz begann etwas zu stechen. Aber er konnte seine Klasse nicht finden.

Paul stand auf und zog die Vorhänge zu. Die alte Frau vis-à-vis, die ihn jeden Morgen, seit er hier hauste, mit offensichtlichem Misstrauen beobachtete, war wieder am Fenster. Vielleicht hätte er sich als Exhibitionist produzieren sollen, um sie ein für alle Mal von ihrem Fenster zu verscheuchen. Aber sie war imstande und rief die Polizei.

Er zog das verschwitzte Pyjama aus und fuhr in die am Vorabend neben die Couch hingestellten Jeans. Er war davon abgekommen, Unterhosen zu tragen, seit er alleine lebte. Du wirst schon sehn, wie das ist, wenn dir niemand mehr deine dreckige Wäsche wäscht, hatte Silvi gesagt. Schön. Jetzt sah er das also. Es war zu ertragen.

Er suchte die Hausschuhe, die ihm Fritz hinterlassen hatte (zwei Nummern zu groß). Fand sie weder unter der Couch noch unter dem Schreibtisch, aber unterm Klavier. Schleppte sich in die Küche, nahm das Lavoir vom Waschtisch. Sperrte die Tür auf, schlurfte hinaus auf den Gang.

Wie meistens, seit er hier wohnte, traf er die Nachbarin.

»Guten Morgen!«

Die Nachbarin sagte: »Mahlzeit.«

Sie schaute zur Seite (sein nackter Oberkörper gehörte sich nicht). Sie trug auf dem linken Arm eine volle Einkaufstasche, auf dem rechten ihr Kind.

Das Kind fing an zu krähen und erinnerte ihn an Dany. Er

schluckte, deponierte das Lavoir auf dem Fensterbrett, verdrückte sich aufs Klo. Als er wieder herauskam, war die Nachbarin mit dem Kind schon in ihrer Wohnung verschwunden. Paul nahm das Lavoir vom Fensterbrett, hielt es unter den Wasserhahn der Bassena, ließ Wasser ein.

Er bemühte sich, nichts zu verschütten, als er zurück in die Küche kam, die Tür mit dem Ellbogen öffnend und mit der Ferse schließend. Stellte das Lavoir wieder auf den Waschtisch, goss ein bisschen Wasser in die Teekanne, die er zwischendurch auf den Kocher setzte, warf sich den Rest ins Gesicht und unter die Achseln. Als er mit der Zahnbürste den Backenzahn berührte, aus dem ihm erst unlängst eine große, bleigraue Plombe gefallen war, wachte er endgültig auf. Er ging ins Zimmer, griff sich die gestern zur Hälfte geleerte Sliwowitzflasche vom Schreibtisch, nahm einen Mund voll.

Dann schob er ein Tonband in den Kassettenrekorder (Vivaldis »Vier Jahreszeiten«, die er zum Frühstück liebte, obwohl er sich, seit er beim Frühstück allein war, jedes Mal, wenn der *Sommer* kam, einbildete, das sei schon der *Herbst*, und sich dann wunderte, dass es danach noch zwei Konzerte gab, statt, wie erwartet, nur mehr eines ...), nahm die Teekanne vom Kocher und hing das Tee-Ei hinein. Eigentlich hatte er lieber Kaffee zum Frühstück, aber der Akt des Abwaschens nach dem Kaffeetrinken erforderte viel mehr Aufwand. Und dann saß er da, die Hände um die Tasse gelegt (wie immer die letzten drei Wochen fror er ein wenig, auch wenn draußen die Sonne schien). Und dann (die I Musici waren mit dem *Frühling* noch nicht zu Ende) klingelte das Telefon.

Sofort, als er Fiedlers korpulente Stimme erkannte, bereute es Paul, das Telefon noch nicht abgemeldet zu haben. Er hatte gedacht, es genüge, die Rechnung nicht zu bezahlen, aber die von der Telefonzentrale zeigten eine unverständliche Langmut. In den ersten Tagen, nachdem er hier eingezogen war, hatten eine männliche und mehrere weibliche Stimmen angerufen. Er hatte dann jedes Mal erklären müssen, dass er wirklich nicht Fritz sei, großes Ehrenwort, sondern ein Freund, und Fritz sei in Südamerika.

Man hatte ihm selten Glauben geschenkt (»Na hör' einmal, Fritz, mach' keine blöden Witze« etc.), sodass er sich vorgenommen hatte, nicht mehr abzuheben, bis das Geklingel von selbst aufhöre. Aber er hatte diesen Vorsatz nicht durchgehalten, er war noch immer ein neugieriger Mensch, und besonders die weiblichen Stimmen schienen ihm interessant. Und vielleicht hatte er insgeheim gehofft, Silvi würde ihn anrufen und ihn bitten, nach Hause zurückzukommen. Aber Silvi hatte das nicht getan.

»Hallo Meister!«, sagte Fiedlers Organ.

Paul hasste es, wenn Fiedler ihn Meister nannte.

»Was ist denn los mit Ihnen? Sind Sie gestorben?«

Woher verdammt noch einmal hatte Fiedler die Nummer?

»Sie sind mir einer!« (Fiedler klang amüsiert.) »Zuerst einen Vorschuss kassieren und dann verschwinden!«

Paul sagte nichts. Was hätte er sagen sollen?

»Hören Sie zu: Ich hab einen Auftrag für Sie.«

Paul sah sein Gesicht im Spiegel, der über dem Telefon hing und nicht geputzt worden war, seit er diese Bude von Fritz geerbt hatte, und offensichtlich hatte auch Fritz den Spiegel lang nicht geputzt. Es hatte eine Zeit gegeben, da hatte ihm sein Gesicht gefallen, aber die war vorbei. Nun überlegte er manchmal, ob es nicht besser wäre, wenn er es völlig zuwachsen ließe. Aber immer, wenn seine Bartstoppeln drauf und dran waren, die Abstände zwischen dem Knebelbart, den er seit Jahren trug, und den Koteletten zu überbrücken, rasierte er sie wieder ab.

Der Auftrag, einen Artikel über das Achtundsechzigerjahr zu schreiben, war ihm sofort zuwider.

»Jetzt«, sagte Fiedler, »ist die Zeit für die Retrospektive gekommen. Jetzt, wo wir wissen, Sie und ich, wie der Hase läuft. Jetzt, da wir endlich eine Tendenzwende haben …«

Was er sich vorstelle, seien zehn hübsche Normalseiten über das Jahr 68, die einen eleganten Bogen von den idealistischen Anfängen der Studentenbewegung zu deren terroristischen Auswüchsen spannten. Die Meinung des Verfassers, fügte er rasch hinzu, müsse sich keineswegs decken mit der Meinung der Redaktion oder umgekehrt, das letzte Wort habe ohnehin der Chefredakteur. Na Spaß beiseite, er lege im vorliegenden Fall sogar besonderen Wert auf persönliche Sicht, das sei ja der Grund, warum er sich mit diesem Auftrag ausgerechnet an Paul wende. Habe er doch auf dem Schutzumschlag eines verramschten Buches (»Nehmen Sie's leicht …«) erst unlängst gelesen, der Autor Paul Grünzweig hätte alles Mögliche und Unmögliche studiert und im Sog der sogenannten Bewusstseinsrevolution des Jahres 68 sein Studium aufgegeben …

Mist, dachte Paul, das hat man von seinem Image. Die Veteranen des Jahres 68 … Die sogenannte Bewusstseinsrevolution … Schon das Wort an sich war ein Widerspruch.

»Also, mein Bester, wie gefällt Ihnen das?«

Das Sein bestimmt das Bewusstsein, nicht umgekehrt.

»Das muss doch für Sie ein gefundenes Fressen sein! Also wollen Sie oder wollen Sie nicht?«

Nein! Paul hätte ein deutliches Nein sagen sollen. »Ich mag eine Weile keine Artikel mehr schreiben. Prinzipiell. Und diesen Artikel schon gar nicht.« Aber das Neinsagen fiel ihm von jeher schwer.

Vielleicht war es seine Eitelkeit, die daran Schuld trug, vielleicht seine Feigheit. Er fühlte sich immer wieder geschmeichelt, wenn irgendein Zeitungsheini irgendwas von ihm wollte. Das war, als hätte er ständig Angebote bekommen, mit Leuten zu schlafen, die ihm eigentlich gar nicht gefielen. Er brachte es nicht übers Herz, sich die diesbezügliche Selbstbestätigung zu versagen.

Außerdem spielte natürlich die Existenzangst eine nicht unerhebliche Rolle. Heute bekam er noch Vorschüsse, aber morgen?

»Ich arbeite«, log er, »an einem neuen Roman. Und habe ein altes Drehbuch fertigzustellen.«

»Na gut, wie Sie meinen, Herr Grünzweig«, sagte Fiedler. »Ich zwinge Sie nicht. Ich könnte Sie gar nicht zwingen. Wir leben schließlich in einer Demokratie. Zahlen Sie halt Ihren Vorschuss beizeiten zurück. Sie werden doch sicher nicht verklagt werden wollen? Das würde doch unserem netten Verhältnis nicht guttun. Und was den Artikel betrifft, vergessen Sie ihn. Ich glaube, den biete ich halt dem Wüstenrot an.«

Das war der Vorteil der freien Mitarbeit. Man konnte zwar nein sagen, aber dann trug man die Folgen.

»Hallo, Herr Doktor, sind Sie noch dran?«, sagte Paul. »Ich hab mir das überlegt. Ich schreib den Artikel.«

Paul legte den Telefonhörer auf die Gabel zurück, allzu sanft, wie ihm vorkam, und drehte den Vivaldi, der inzwischen im *Spätsommer* war, ab. Er gönnte sich, obwohl ihm der Backenzahn nicht mehr wehtat, einen zweiten Schluck Sliwowitz und setzte sich an den Schreibtisch. Die paar Zeilen an Silvi, die er nie abgeschickt hatte (*Liebe Silvi! Ich weiß nicht, ob eine Zweierbeziehung wie unsere heute noch funktionieren kann …*), das Aerogramm an Fritz, das er hatte beenden wollen (*Bester Fritz! Mag sein, es ist wirklich das Klügste, auf und davon zu fahren …*), und in der Schreibmaschine noch immer das Blatt von gestern Abend:

Vielleicht wäre alles anders gekommen, wäre damals Schubert nicht wieder aufgetaucht.

Seit sich Paul hierher zurückgezogen hatte, versuchte er, sich darüber klar zu werden, wie alles gekommen war. Aber es fiel ihm nicht viel ein, er schrieb einzelne Sätze oder bestenfalls Absätze auf immer neu begonnene Seiten und verwarf sie wieder. So auch jetzt: Er zog das Blatt aus der Maschine, zerknüllte es, spannte ein neues ein. Aber er fand keinen anderen Anfang als diesen:

Vielleicht wäre alles anders gekommen, wäre damals Schubert nicht wieder aufgetaucht. Es hätte nie eine Wohngemeinschaft gegeben, Wüstenrot und ich, wir wären noch heute gute Freunde, Silvi und ich, wir wären noch immer beisammen. Ich hätte mein Studium fertig gemacht und wäre ein Lehrer mit dreizehn Monatsgehältern. Oder was beißt mich, dachte er, aber so völlig abwegig war der Gedanke nicht.

2

Von Paul ist die Rede, von Grünzweig, und nicht von mir. Was mich betrifft, so beginnt mein Tag schon wesentlich früher. Für gewöhnlich erwache ich an der Seite meiner Frau, die nicht Silvi heißt, am Plafond über mir gibt es keine Risse, unser Raufasertapetenhimmel ist sauber und weiß. Den Traum, den ich heute geträumt habe, habe ich vergessen.

Geweckt werden wir meistens von Miriam, die im Kinderzimmer mit ihrem Schlafsack kämpft. Sobald sie sich befreit hat, läuft sie tapp tapp tapp durchs Vorzimmer und schlüpft noch ein bisschen zu Sonja ins Bett. Manchmal lege ich mich auch noch ein wenig dazu, wenn ich von der Toilette zurückkomme, es ist schön, ihren kleinen, warmen Körper zu spüren. Aber meistens stehe ich auf und koche Kaffee.

Ich ziehe die Jalousien hoch, vor dem Küchenfenster fällt Schnee, vor dem Zimmerfenster auch. Es gibt keine alte Frau vis-à-vis (das Visavis ist auf beiden Seiten weit weg). Trotzdem hat man uns den Ausblick verstellt, den wir, als wir hier eingezogen sind, zumindest auf der Zimmerseite gehabt haben. Rundherum ist alles sozial verbaut.

Verbaut ist auch innen viel: Als die Kleine im Kommen war, hat sich Sonja hingesetzt und eine neue Ordnung entworfen. Es ist nicht meine Ordnung, aber das hört Sonja nur ungern, und außerdem ist sie praktisch. Man kann alles Mögliche an die Wand klappen: den Tisch, das Bett, außen ist weißer Schleiflack, der lässt die Räume größer wirken. Das rote Bücherregal habe ich in die Spengergasse 23 transportieren lassen, in die Bude, die Fritz mir vererbt hat, denn die gibt es wirklich.

Nicht meine Ordnung: Ehrlich gestanden, ich weiß nicht, was *meine* Ordnung ist. »Kein Wunder«, sagt Sonja, »das Wort Ordnung ist dir ja auch ein Fremdwort.« Aber es widerstrebt mir zum Beispiel, das Geschirr vom Abend wegzuräumen, bevor der Kaffee gekocht ist. Während Sonja, wenn *sie* aufsteht, um das Frühstück zu machen, das Geschirr vom Vorabend nicht *sehen* kann, sodass ich *hören* muss, wie sie damit klappert, während ich noch im Bett liege und doch weitaus lieber durch den Duft von frischem Kaffee geweckt würde.

Sonja und Miri werden zumeist durch den Geruch der übergekochten Milch geweckt. »Du kannst doch die Milch auf kleiner Flamme wärmen«, sagt mir meine Frau zum hundertsten Mal, aber ich will die Milch zum Frühstück schnell und heiß. »Du musst doch nicht unbedingt ins Badezimmer, wenn du die Milch auf dem Herd noch nicht abgedreht hast.« Es ist mir aber scheißegal, ob der Herd nachher dreckig ist, Hauptsache, ich habe mir den Schlaf aus den Augen gespült und der Kaffee ist trinkbereit. (»Du bist ein verkappter Anarchist!«, hat mir Sonja unlängst in einer Auseinandersetzung über unser politisches Bewusst- oder Unbewusstsein gesagt: Wahrscheinlich ist das ein Indiz.)

Nun sitzen Miri und ich beim Frühstückstisch und warten auf die Mama, die es sich nicht verkneifen kann, noch schnell irgendetwas Nützliches zu tun, bevor sie sich dem Vergnügen hingibt. Zum Beispiel gießt sie die Blumen auf dem Fensterbrett (genau genommen sind es ja jetzt, im Winter, nur Blätter), für deren Wachsen und Gedeihen ich, wie sie mir vorwirft, gar keinen Sinn habe. Man muss mit ihnen reden, sagt sie, und sie merken lassen, dass man an ihnen Freude hat, sonst wachsen sie nicht. Schau nur, schon wieder sind ein paar Knospen aufgegangen, und du hast nichts bemerkt.

Tatsächlich: Die einzige Pflanze, die mich je interessiert hat, war das REICH GOTTES, ein Senfkorn, das wir aus experimentellen Gründen angepflanzt haben. *Zuerst ist es kleiner als alle anderen Samenkörner, doch dann wächst es hoch wie ein Baum und die Vögel des Himmels nisten darin.* Wir sind also in die Apotheke und haben uns ein Päckchen Senfkörner gekauft, Sonja hat sie eingesetzt. Aber das REICH GOTTES ist nach anfänglich leidlichem Wachstum verdorrt.

Miriam wird mir von Tag zu Tag ähnlicher: Neuerdings liebt sie Identitätsspiele. »Der Papa ist die Mama«, sagt sie dann etwa, »die Mama ist die Miri, und die Miri ist der Papa.« Oder: »Die Miri ist die Mama, die Mama ist die Oma, und der Papa ist die Miri.« Erst, wenn jegliche Klarheit restlos beseitigt ist, ist sie zufrieden.

Beim Frühstück legt sie Wert auf Harmonie und Gerechtigkeit. Gibt ihr Sonja etwas von ihrem Ei, so will sie auch von mir etwas beziehungsweise umgekehrt. Wenn wir sie ansehen, müssen wir manchmal lächeln. Dann finden wir Wohlgefallen nicht nur an ihr, sondern auch aneinander.

Dieses Wohlgefallen wird empfindlich gestört, wenn mir Sonja erzählt, was sie heute alles einkaufen muss, und ich immer wieder darauf hinweise, dass unser Konto längst überzogen ist. Natürlich, sie kann nichts dafür, dass alles teurer wird, und ich kann auch nicht mehr tun, als zum Beispiel beim Fernsehen anzurufen und zu wiederholen, dass ich mein Drehbuch vor nunmehr drei Monaten abgeliefert habe und auf mein Honorar warte. »Diese Abhängigkeit von dir stört mich«, sagt Sonja, »es ist mir ganz einfach zuwider, dich um jeden Groschen anzubetteln und dann immer die gleichen Vorwürfe zu hören, bevor du dein Geldbörsel aufmachst. Froh werd ich sein, wenn wir die Kleine ab Herbst im Kindergarten unterbringen und wenn ich wieder mein eigenes Geld verdiene.«

»Aber du hörst mir ja gar nicht zu: Woran denkst du?«

»Ich denke«, sage ich, »an den Roman, den ich schreib.«

»Siehst du«, sagt Sonja, »so denkst du vor mir davon. Früher hast du mir von deiner Arbeit erzählt.«

»Was soll ich erzählen?«, frage ich, »ich weiß selbst noch nicht allzu viel. Nur dass es in dem Roman um einen mehr oder minder verkrachten Studenten, Schriftsteller und Journalisten namens Paul Grünzweig geht, der einen Artikel über das Jahr 68 schreiben soll und eigentlich nicht recht will. Und dass es mir Kopfzerbrechen bereitet, nur in der 3. Person zu schreiben, weil es mir widerstrebt, ganz einfach einen Illusionsroman zu machen. Doch bloße Autobiographie ist mir auch zu wenig.«

»Aha«, sagt Sonja, »so versteckst du dich hinter dem Paul.«

»Einerseits«, sage ich. »Andererseits wieder nicht. Kann sein, dass der Paul mir ähnlicher sieht als ich mir selbst. Und dass ich ihm ähnlicher werde, als mir lieb ist.«

Zum Abschied küsse ich meine Tochter und meine Frau und schließe die Tür hinter mir. Ich höre noch Miriams Stimme im Vorzimmer, die etwas fragt, und Sonjas Stimme, die darauf antwortet, dann übertönt das Geräusch des Staubsaugers alles, auch den Vivaldi im Rundfunk. Nein, Sonja ist keine begeisterte Hausfrau, da ist etwas Bitteres um ihre Mundwinkel, wenn sie zum Staubsauger greift. Aber einer, sagt sie, muss es doch tun.

Normalerweise fliehe ich mit dem Aufzug abwärts, doch heute muss ich zu Fuß gehn. Sie montieren uns eine Gegensprechanlage, im ganzen Haus werden Leitungen gelegt, alle Augenblicke streikt der Lift. Wir haben uns der Montage dieser Gegensprechanlage widersetzt, Sonja und ich, aber ohne Erfolg. Der Großteil der Mieter, hat es geheißen, wäre dafür.

Hausfremde Kinder im Parterre, Zigeuner und Fremdarbeiter im Stiegenhaus, Bettler und Hausierer an den Türen. Ein Mann ist im Aufzug gefahren, der hat die Frauen so merkwürdig angeschaut. Ein anderer (oder derselbe) hat sämtliche Hosenknöpfe offen gehabt. Jemand hat vor die Kellertür geschissen und oben, vor der Dachbodentür, hat einer übernachtet.

Wir haben gesagt, dass wir nichts gegen hausfremde Kinder haben, Zigeuner und Gastarbeiter mögen und Bettlern und Hausierern nicht die Türe weisen. Wir haben gesagt, dass wir die Frauen, die sich vor Männern im Aufzug fürchten, für hysterisch halten. Dass wir nichts davon bemerkt haben, wie jemand vor die Kellertür geschissen hat und dass es uns egal ist, ob einer vor der Dachbodentür übernachtet oder nicht. Und dass wir die Isolierung, die uns durch so eine Gegensprechanlage aufgezwungen wird, für bedenklich halten.

Man hat uns nicht verstanden oder nicht verstehen wollen. Frau Haslinger, die mit der Unterschriftenliste reihum gegangen ist, hat uns groß angeschaut. Ob wir denn überhaupt keine Zeitungen läsen, nicht fernsähen, nicht Radio hörten. Bankräuber, Lustmörder und Terroristen: In diesen chaotischen Zeiten könne man nie wissen.

Also werden wir die Gegensprechanlage bekommen, der Aufzug wird sicher noch öfter streiken, ich werde die fünf Stockwerke noch öfter zu Fuß gehn. Auf dem schwarzen Brett im Parterre hat es bis vor kurzem ein Plakat gegeben, aus dem hervorgegangen ist, dass eine gesunde Ehe die Keimzelle jeder Gesellschaft ist oder so ähnlich. Nur der Zettel, auf dem zu lesen steht, welche Telefonnummer man bei Leuchtgasgeruch sofort zu wählen hat, hängt nach wie vor. Und dabei ist der ganze Bezirk schon seit mehr als zwei Jahren auf Erdgas umgestellt, das ist bekanntlich nicht giftig.

Ich trete hinaus vors Haustor, es schneit noch immer. Die Krähen und Amseln haben Spuren im Schnee hinterlassen, auch dort, wo das Betreten des Rasens verboten ist: ein feines Netz. Die Bernhartstalgasse hinunter wird der Schnee immer schmutziger, zertreten von immer mehr Menschen, die zur Arbeit hasten, in der Gudrunstraße sind keine Vogelspuren mehr zu sehn. Die Luft ist eine graue, fast ungenießbare Suppe, die Gesichter derer, die an mir vorbeitreiben, wirken abgestumpft und verschlossen, in die Augen schaue ich ihnen lieber nicht.

An einer Fabrikmauer in der Nähe des Waldmüllerparks in großen roten Buchstaben die Parole PROLETARIER ALLER LÄNDER VEREINIGT, das EUCH ist nicht fertig geworden. Vielleicht liegt es einzig und allein an diesem fehlenden Wort, jedenfalls bleibt mir diese Parole eine Weile im Kopf. Ein Proletarier, habe ich einmal gelesen, ist ein Mensch, der seinen Leib und die darinnen wohnende Arbeitskraft für eine bestimmte, längerfristig fixierte Zeit zu vermieten gezwungen ist (oder so ungefähr). ICH bin kein Proletarier, denke ich, nein, ich nicht.

Bei der Eisenbahnbrücke kurz vor dem Gürtel ein total zerquetschtes Autowrack. Da ist kein Abstand mehr zwischen Vorder- und Rücksitzen, das Lenkrad ragt absurd aufgebogen durch den leeren Rahmen der Windschutzscheibe, die Type ist nicht mehr erkennbar. Rundherum hat sich eine Traube von Menschen angesammelt und gafft fasziniert. »Der muss mindestens hundert draufgehabt haben«, sagt einer, »ach was«, sagt ein anderer, »mindestens hundertfünfzig.«

Spengergasse 23/19: Zimmer und Küche, 35 m², Wasser und Klo auf dem Gang. Trotz klappernder Fliesen bin ich unbemerkt an der Wohnung des Herrn Schikaneder vorbeigekommen, dem ich noch die Miete für den letzten Monat schulde. Ich durchquere die Küche, die ich nicht benutze und (da der Herd seit der Erdgasumstellung versiegelt ist) auch gar nicht benutzen kann. Hier ist es so finster, dass ich auch am Tag das Licht aufdrehe; eine Motte flattert aufgescheucht von der nackten Glühbirne, die aus dem Plafond hängt, und wird sich, denke ich, hoffentlich wieder beruhigen.

Im Zimmer ein Schreibtisch, ein Klavier, eine Couch. Risse im Plafond, ein Luster, der beim Vorbeifahren schwerer Autos zittert. Ich gehe zum Fenster und ziehe die Jalousie hoch: die alte Frau vis-à-vis. Ich suche nach Streichhölzern, werfe den Ölofen an.

Die Bude hier ist ganz gemütlich gewesen, solange Fritz darin gewohnt hat, doch das hat sich radikal geändert. Fritz hat einen Sinn fürs Exotische gehabt und das Zimmer mit allerlei fernöstlichem Kram dekoriert. Aber als er mir die Wohnung übergeben hat, war alles abgerissen und ausgeräumt. Auf dem Boden ist Schutt gelegen, sodass ich mir einen Besen habe ausborgen müssen, und die Wände waren übersät mit Löchern von Bilderhaken und Nägeln.

Ich habe meine Pressekritiken und Plakate zum Tapezieren verwendet, aber inzwischen geht es mir auf die Nerven, so völlig von mir selbst umgeben zu sein, und ich nehme sie wieder ab. Sonst investiere ich hier keine Energie in wie immer geartete Häuslichkeit: Ich komme, um zu schreiben, und gehe, wenn ich geschrieben habe, sonst tue ich hier nichts. Auf dem Schreibtisch und auf den Sesseln türmen sich Zeitungen und Manuskripte, wenn sie zu Boden fallen, bleiben sie meistens liegen. Sonja hat ihre Ordnung, ich habe mein Chaos.

Ich setze mich an den Schreibtisch und trinke den ersten Schluck aus der Sliwowitzflasche. Ja, ich weiß, so früh am Morgen ist das schon gar nicht gesund, aber es wärmt Körper und Geist. Da sind die paar Zeilen an Sonja, da ist das Aerogramm an Fritz, da ist das Blatt in der Schreibmaschine. *Vielleicht wäre alles anders gekommen, wäre damals Schubert nicht wieder aufgetaucht usf.*

3

An der Uni war wieder jemand gestorben. Nur wenig bewegt hing die schwarze Fahne im Wind. Genau wie damals, am Tag seines letzten Besuchs hier. Da hatte gerade der Rektor ins Gras gebissen.

Eine gewisse Scheu hatte Paul bislang davon abgehalten, hierher zurückzukehren. Hatte ihn jemand hier treffen wollen, so hatte er immer einen anderen Treffpunkt vorgeschlagen. War er zufällig in die Gegend geraten, so hatte er stets einen Bogen um die Uni gemacht. Die Uni war ein Komplex, dem er lieber auswich.

Es kostete ihn auch jetzt Überwindung genug, nicht noch im letzten Moment auszukneifen. Auf der Rolltreppe, die zum Luegerring hochführt, überlegte er, ob er nicht lieber an der Uni vorbei in den Rathauspark sollte. Die Sonne schien, die Springbrunnen waren schon in Betrieb. Anscheinend wurde das heuer ein schöner Mai.

Dann aber musste er an Fiedler denken. Zahlen Sie halt Ihren Vorschuss beizeiten zurück … Er schuldete noch die Miete für Fritzens Bude. Und außerdem war da die Drohung mit Wüstenrot.

Sicherlich war es verrückt, gerade an der Wiener Uni Inspirationen für einen Artikel über das Jahr 68 zu suchen. An der Wiener Uni, an der sich damals (abgesehen von der spektakulären Verunreinigung eines Hörsaals, die das Image der Wiener Studenten bis heute trübte: In die Hörsäle scheißen, gell ja, das könnt ihr …) eigentlich kaum etwas abgespielt hatte. Aber Paul hatte das Achtundsechzigerjahr nun einmal in Wien erlebt und nirgendwo anders. Wenn Fiedler sich einbildete, dass ausgerechnet er diesen Artikel schreiben sollte, dann musste er das in Kauf nehmen.

Paul stieg die Rampe zum Hauptportal zum ersten Male seit Jahren wieder hinauf. *Was sich in Berlin getan hat, in Paris oder sonst wo*, schrieb er im Geist, *das haben die Wiener Studenten durchs Fenster betrachtet.* Er studierte die Spuren akademischen Selbstbewusstseins auf den Plakaten links und rechts vom Portal. *Sie haben Bewegungen mit- oder nachvollzogen, aber sie haben sich selber zu wenig bewegt.* Eine AKTION NEUE RECHTE forderte die unverzügliche Säuberung sämtlicher Institute von bolschewistischen Elementen. *Hier ist nichts geschehen, hier ist etwas passiert.* Der linken Verseuchung sei endlich durch eine gesunde, rechtsorientierte Politik zu begegnen. *Und passiert heißt bekanntlich vorbeigegangen.*

Paul beschloss, etwas in diesem Sinn an den Anfang seines Artikels zu stellen. Ein Motto von Robert Musil (oder war es Karl Kraus, der das gesagt hatte? Er war da nicht ganz sicher) machte sich immer gut. Und außerdem ließ sich davon eine gewisse Berechtigung für den speziellen Aspekt ableiten, unter dem man das Thema von Wien aus anpacken konnte. War doch inzwischen auch anderswo eingetreten, was man hierzulande traditionsgemäß vorwegnahm, bevor man Zores bekam: die Resignation.

»Selbst in Berlin sind die APO-Genossen jetzt Kneipenbesitzer.«

Das hatte ihm unlängst einer jener Kollegen erzählt, die, in den frühen Sechzigerjahren mehr oder minder jung nach Berlin gegangen, weil man hierzulande noch keinen oder zu wenig Sinn für ihre Art von Avantgardismus gehabt hatte, nun allmählich zurückkamen, von Preisen oder der Ruhe im Lande gelockt. Und Cohn-Bendit hatte er in einer Fernsehsendung gesehen, als er den Großteil seiner Abende noch mit Silvi vor dem Bildschirm verbracht hatte. Der Kopf der Pariser Revolte hatte auch einen ganz schönen Bauch bekommen.

Paul war sich darüber im Klaren, dass er selbst ein ausgezeichneter Resignierer war. (Dass er sich diese Tatsache eingestand, war allerdings schon wieder ein Teil seiner Resignation.) Spätestens seit seiner Trennung von Silvi war Achselzucken die ihm naheliegendste Geste. Er musste sich manchmal wirklich zusammennehmen, dass er nicht unausgesetzt die Achseln zuckte.

Jetzt, als er sich die Slogans der an der Rampe aufgestellten Plakate notierte, kam er erneut in Versuchung. Er fühlte sich fast bestätigt: Das hatte ja kommen müssen … Trotzdem war er erleichtert, als er auf einem Zettel, den ihm ein Mädchen im Jeansanzug hinhielt, nur die Reklame eines Jeansshops las. Ungewohnt ordentlich faltete er den Zettel zusammen und steckte ihn ein.

Das Kriegerdenkmal für die STUDENTISCHEN HELDEN der Jahre 14 bis 18 und 38 bis 45 war frisch geputzt. Die Juristenstiege hinunter lärmten ein paar Couleurstudenten. Paul stieg die Philosophenstiege hinauf, und einen Augenblick lang hoben die wippenden Brüste zweier vermutlich erstsemestriger Mädchen, die ihm entgegenkamen, noch seine Stimmung. Doch dann erfüllte ihn dieses Flair einer derart selbstverständlichen Jugend erst recht mit Melancholie.

Er stand vor den Vorlesungsanschlägen neben dem Dekanat und kam sich vor wie beim Lesen der Speisekarte in einem Spezialitätenlokal. *Die ontologische Differenz als Erkenntnisproblem, Nietzsche und seine ewige Wiederkehr.* Das Angebot an kompliziert benannten Gerichten verwirrte ihn meistens. Und manchmal hatte er Lust, die Karte ganz einfach wegzulegen und den Kellner zu fragen, ob es hier nicht auch etwas Handfestes gab.

Studenten, die offenbar eilig zu ihren Kollegien mussten, rempelten ihn. Eine Zeitlang kämpfte er gegen die Strömung, dann gab er es auf. Da ihn ohnehin keine der für den heutigen Vormittag angekündigten Lehrveranstaltungen auch nur einigermaßen reizte, ließ er sich in den nächstbesten Hörsaal treiben. Es war der Hörsaal 41, den er von früher her kannte, hier hörte man Geschichte.

Die Vorlesung hatte bereits begonnen, Paul versuchte, möglichst unbemerkt zu bleiben, aber der Holzboden knarrte. Ein paar Studentinnen und Studenten drehten sich um, erschreckend glatte Gesichter. Die alten Holztäfelungen waren durch neue ersetzt, der modrige Geruch, den Paul noch immer in der Nase hatte, war einem eher sterilen gewichen, Professor Menrad, bei dem wahrscheinlich noch immer einige unabgeholte Zeugnisse auf den Namen Grünzweig lagen, war noch grauer geworden. Sein früher schon nicht besonders flüssiger Vortrag war fast völlig vertrocknet.

Es ging um die Französische Revolution und die Frage, ob sie von oben herab gekommen sei oder von unten herauf. Rousseau, sagte Menrad und nahm seine Brille ab, wodurch seine

Augen einen stumpfen Ausdruck bekamen, als seien sie nicht imstande, bis zur ersten Reihe zu sehn, Beaumarchais. Einer der Studenten, der einen blonden Vollbart über einem indischen Hemd trug, zeigte auf, als hätte er einen Einwand, aber dann stand sein Arm in der Luft, wie vergessen, und sank allmählich wieder herab. Die Empörung des Volkes, sagte Menrad, und setzte seine Brille wieder auf die Nase, um über seine Studenten hinweg auf einen offenbar weit entfernten Punkt zu blicken, venerische Krankheiten am Hofe Ludwigs XVI.

Paul ließ die Tür hinter sich zufallen, stand einen Augenblick unschlüssig und ging dann den Gang Richtung Universitätsbibliothek. Recherchieren, einige Zeitungen aus dem Jahr 68 durchblättern. Vor dem Eingang zum Katalograum standen zwei auffallend blasse junge Männer mit runden Nickelbrillen und Seehundfrisuren. Sie sahen einander so ähnlich, dass Paul vorerst glaubte, die Flugblätter, die sie ihm zusteckten, seien die gleichen.

Dass er sie nicht auf der Stelle studierte, hing mit dem Blick zusammen, der ihn in diesem Moment vom Eingang des Lesesaals traf. Ein Bick aus tiefen, etwas zu weit auseinanderstehenden Augen. Das Mädchen hatte brünette, seidige Haare, ein rundes Gesicht, und trug einen quergestreiften Pullover. Paul versuchte, sich zu erinnern, woher er sie kannte, doch es gelang ihm nicht.

Es würde, sagte der Bibliothekar, bis zum Nachmittag dauern, bis die Zeitungen kämen. Also entschloss sich Paul, in die Mensa zu gehen. Er stieg die Wendeltreppe zum Hinterausgang der alten Uni hinunter, überquerte die Straße, legte, da es zu tröpfeln begann, die hundert Meter zum neuen Gebäude im Laufschritt zurück. Als er dort ankam, war er ziemlich außer Atem.

Eine beachtliche Schlange von Hungrigen stand vor dem Paternoster. Paul erinnerte sich eines alten Tricks und lief ein

Stockwerk hinauf. Als er dort zustieg, waren drei Burschen in der Kabine und das Mädchen im Ringelpullover. Ihre Augen fesselten ihn bis zum siebenten Stock.

In der Mensa hatte sich auch so manches verändert. Es gab neue Tische, und ihre Anordnung erinnerte nicht mehr so schlimm wie früher an die in einem Heim. Dort, wo vor Jahren das Professorenzimmer gewesen war, gab es jetzt ein durch allerlei Blattpflanzen vom übrigen Raum abgeteiltes Espresso. Paul drängte sich an einen Fensterplatz, legte seine Kappe auf den Tisch, holte sich ein Glas Bier und ein russisches Ei.

Als er das russische Ei gegessen hatte, kam Schestak herein.

Paul wollte schon Leo (den Vornamen Schestaks) rufen, doch irgendetwas am Aussehen seines alten Kollegen machte ihn stutzig.

Endlich begriff er: Schestaks ehemals bis an die Schultern reichende Locken waren gefallen. Und der schlottrige Schnürlsamtanzug, den er stets getragen hatte, war mit einem dezenten Freizeitanzug aus blassbraunem Leinen vertauscht.

Paul machte den Mund wieder zu, aber Schestak hatte ihn schon erblickt. Er kam mit zum Händeschütteln gestrecktem Arm auf ihn zu und einem Lächeln, das eine gute Minute nicht aus seinem Gesicht wich.

»Ja ist das die Möglichkeit«, sagte er, »dass man dich wieder einmal hier sieht? Bist du vernünftig geworden und machst dein Studium fertig?«

»Nein«, sagte Paul, und Schestaks Formulierung befremdete ihn ebenso sehr wie sein verändertes Aussehen. Er sitze ganz einfach so da und trinke sein Bier. (Jetzt endlich schaltete Schestak sein Lächeln ab.) »Aber du«, fragte Paul, »was machst du denn noch hier?«

»Tja, weißt du«, erwiderte Schestak, »das hier ist jetzt mein Arbeitsplatz.«

»Was? Die Kantine?«

»Blödsinn! Das Institut.«

»Das Institut?«

»Na ja, ich bin Assistent.«

»Beim Alten?«

»Genau. Bei Professor Kilian.«

Er holte sich ein Glas Mineralwasser und nippte daran mit dem Ausdruck eines Menschen, dem es nicht schmeckt. »Die Nieren«, sagte er, »Schluss mit dem Alkohol. Der Onkel Doktor hat mir das Saufen verboten. Tja, mein Lieber, wir sind nicht mehr die Jüngsten!«

Paul schwieg. Es hatte ihm wirklich die Rede verschlagen. Schestak und Assistent bei Kilian!

»Ich kann mir vorstellen«, sagte Schestak, »was du jetzt denkst. Du musst aber wissen: Heute ist vieles ganz anders.«

»Du hättest ja auch nicht auf stur schalten müssen damals. Was hat denn das für einen Sinn auf längere Sicht? Du könntest dich immer noch mit dem Chef arrangieren. Im Grund genommen ist er gar nicht so übel.«

Professor Kilian und seine salbadernde Art! Beim Reden die Hände gefaltet, die Augen zur Decke gedreht. »Die Wahrheit, meine Damen und Herren, ist die Wahrheit des Ganzen!« (Auf Details war er lieber nicht eingegangen.)

»Du lieber Himmel, können Sie nicht über etwas anderes dissertieren? Wir haben doch nichts als marxistische Dissertationen! Was halten Sie beispielsweise vom Strukturalismus? Oder vom Pessimismus bei Schopenhauer?

Verstehn Sie mich recht, Kollege, ich rede Ihnen nichts aus. Aber ich glaube, Sie überschätzen den Trend. Das hier ist Wien, mein Lieber, und nicht Paris! Wir werden ja sehen, wer auf dem längeren Ast sitzt ...«

»Ich war ja auch in der Institutsvertretung«, sinnierte Schestak. »Ich war ja genau wie du als Linker verschrien. Und jetzt – du siehst ja: Es ebnet sich alles ein. Ganz ehrlich, du warst schon ein bisserl paranoid.«

Als Paul durch den Speisesaal in Richtung Paternoster zurückwollte, sah er das Mädchen im Ringelpullover zum dritten Mal. Sie wickelte die Spaghetti, die es heute zum Mittagsmenü gab, mit einer derart eifrigen Hingabe, dass er Appetit bekam. Sobald sie ihn bemerkte, lächelte sie und hatte dabei Grübchen in den Wangen. Paul erschrak, eine, wie er fand, völlig inadäquate Reaktion, und schlüpfte, nachdem er ihr kurz und unentschlossen zugenickt hatte, in den Paternoster.

Später, im Lesesaal (er hatte sich gesetzt und schaute quer durch den Raum einem Bibliothekar zu, der in der Nase bohrte und, was er auf diese Weise zutage förderte, geistesabwesend aufaß), fiel ihm ein, wer das Mädchen sein könnte oder an wen sie ihn zumindest erinnerte. Julia: Er hatte ihr Nachhilfestunden gegeben, da war sie dreizehn gewesen, er fünfundzwanzig. Damals schon hatten ihn ihre Augen verwirrt. Er hatte die Nachhilfestunden abbrechen müssen.

Er versuchte, sich von seiner Nachhilfeschülerin (dem Mädchen, das seiner Nachhilfeschülerin ähnlich sah) abzulenken, und erinnerte sich an die beiden Flugblätter, die er ihretwegen noch nicht gelesen hatte. Sie stammten von zwei verschiedenen linken Fraktionen, die einander offensichtlich nicht mochten. Die einen beschimpften die anderen als Revisionisten, die anderen warfen den einen Trotzkismus vor. Beide gebrauchten dieselben Ausdrücke, um zu beweisen, sie seien (zum Unterschied von den anderen) die wahren Linken.

Beide schienen keine andere Sorge zu haben als die Reinheit ihres marxistisch-leninistischen Glaubens. Das aktuelle Problem (eine Aktion gegen den versteckten Numerus clausus bei

Seminaren) war da nur Mittel zum Zweck. Paul versuchte, die Flugblätter zu Papierflugzeugen zu falten, aber er musste feststellen, dass er das nicht mehr konnte. Und dabei war er als Bub ein Meister im Papierflugzeugfalten gewesen: So ändern sich die Zeiten.

4

Paul knipste die Leselampe an, konnte sich nur schwer vom Anblick ihres grünen Schirms losreißen, der das Licht auf eine ebenso eigenartige Weise absorbierte wie seine Aufmerksamkeit, und musste sich schließlich regelrecht dazu zwingen, die Zeitungsbände aus dem Jahr 68 aufzuschlagen. Er konzentrierte sich vorerst auf die Osterdemonstrationen in Deutschland, die Mairevolte in Frankreich, fand aber keinen Einstieg in seinen Artikel. Er las Sätze wie: *Es kam zu Straßenschlachten, wie sie Westdeutschland seit dem Ende der Weimarer Republik nicht mehr erlebt hatte*; oder: *Laut hallte der Kampflärm der neuen Französischen Revolution durch das Land*; er identifizierte sich mit der Empörung der deutschen Kollegen über die gegen sie entfachte Pressehetze, mit dem Engagement der französischen Kommilitonen für eine spontane Sprengung des gaullistischen Systems. Er entdeckte nur oberflächlich verschüttete Aggressionen gegen die Hüter von Ruhe und Ordnung wieder, als er sich die (vermutlich ohnehin frisierten) Zahlen verletzter und toter Demonstranten im Vergleich zu denen verletzter und toter Polizisten notierte.

Da war die Erinnerung an zwei Wachleute, die er einmal in der Nähe des Südbahnhofs einen Gastarbeiter zusammenschlagen gesehen hatte. Er wusste nicht, ob sich der Mann etwas hatte zuschulden kommen lassen und was, aber er sah, wie die zwei

Polizisten, zwei von der dicken, freundlich wirkenden Sorte, noch auf den Mann lostraten, wie auf einen Fußball, als der längst auf dem Boden lag und sich vor Schmerzen krümmte. Und schon das bloße Zusehen hatte wehgetan, Paul hatte die Stiefel der Polizisten in seinen Nieren und seinen Hoden gespürt. Da hatte er den Blick gesenkt, um das nicht länger mit ansehen zu müssen, und war weitergegangen.

Aber das war wohl schon vor 68 gewesen und gehörte nicht hierher. Konnte schon deswegen nicht hierhergehören, weil sich Paul dann Rechenschaft darüber hätte ablegen müssen, warum er diese Szene nur mit angesehen hatte, bis er sie nicht mehr hatte mit ansehen können, und sonst nichts. Und außerdem hätte Fiedler das nicht akzeptiert: »Was haben die Tschuschen mit den Studenten zu tun?«

Was indessen Deutschland und Frankreich betraf, so hatte Paul das Gefühl, dass er seinen Artikel nicht mir nichts, dir nichts damit beginnen konnte, wollte er nicht schon vom ersten Wort an lügen. Er überlegte, was er von alldem bemerkt hatte, damals, im Jahre 68, von Wien aus, was in ihm Enthusiasmus, Erschütterung oder wenigstens eine Art von Betroffenheit ausgelöst hatte, und musste sich eingestehen, dass das nicht allzu viel war. Ganz zu schweigen von irgendwelchen, über solch unverbindliche Mitgefühle hinausreichenden Reaktionen. Sicher, er hatte so manches gehört und gelesen, so manches im Fernsehn gesehen: Aber was hatte das für ihn bedeutet?

Er erinnerte sich, dass ihn das Attentat auf Rudi Dutschke beeindruckt hatte, genauer: die Schlagzeile einer Zeitung (welcher?) an einem Zeitungskiosk, in der von diesem Attentat die Rede war (in welchen Worten?). Das war, fiel ihm ein, auf der Wiedner Hauptstraße gewesen, nicht weit von der Wohnung seiner Mutter, die er besuchen wollte, um ihr zu sagen, dass er

Silvi demnächst heiraten werde. Er kaufte sich die Zeitung und überflog den Artikel, aus dem hervorging, dass Dutschke vor dem SDS-Hauptquartier auf dem Kurfürstendamm von einem antikommunistischen Anstreicher namens Bachmann in Kopf, Hals und Brust geschossen worden war. Dutschke, der zum Zeitpunkt des Attentats auf einem roten Damenfahrrad gesessen sei, habe, stand da zu lesen, auf die Straße stürzend, seine festverschnürten Schuhe verloren.

Noch als er das Haus betrat, in dem seine Mutter wohnte, hatte Paul dieses Detail im Kopf, sodass er, in den Anblick seiner eigenen, schlecht geputzten Schuhe versinkend, mitten auf der Treppe stehen blieb. Was muss das doch, dachte er, für eine Art von Gewalt sein, die einen Menschen buchstäblich aus den Schuhen wirft? »Weißt du schon, Mama«, sagte er, als er sich kurze Zeit später auf die Küchenbank setzte und seine Mutter ihm eine Tasse Kaffee hinstellte, »den Dutschke haben sie angeschossen!« »Nein«, sagte seine Mutter, »wer ist der Dutschke?«

Er versuchte, seiner Mutter zu erklären, wer Dutschke sei und welche Funktion er habe, aber das war gar nicht so einfach. »Der Ideologe des Sozialistischen Deutschen Studentenbundes, na gut, aber was ist der Sozialistische Deutsche Studentenbund? Aha, und wofür oder wogegen sind die, die sind zum Beispiel gegen den Vietnamkrieg und gegen die Manipulation durch den Axel-Springer-Konzern, die sind für den Sozialismus. Na schön, dass man gegen den Vietnamkrieg ist, das sehe ich ein, aber wer ist der Herr Axel Springer und was heißt Manipulation – und Sozialismus: Dafür ist doch der Kreisky auch.«

Paul gab sich Mühe, seiner Mutter begreiflich zu machen, was er für den Unterschied zwischen Sozialismus und Sozialismus hielt, aber mit wenig Erfolg. Es ging ihm dabei so ähnlich wie Ferry Lampel, dem Linksaußen des philosophischen Instituts, den er unlängst auf dem Floridsdorfer Schnellbahnhof vor

Arbeitern reden gehört hatte. Lampel hatte den Arbeitern Klassenbewusstsein beibringen wollen, die Arbeiter waren gegangen. Pauls Mutter stand auf und begann, das Geschirr abzuwaschen.

Paul ließ die Ideologie und versuchte es mit einer eher existentiellen Argumentation, die ihm ohnehin besser lag. Dass dieses Leben, in dem man zwei Drittel seiner Zeit mit einer Tätigkeit verbringe, die einen im Grund genommen nichts angehe, kein Leben sei. Dass man sich unausgesetzt vertrösten lasse und selber vertröste (auf den Abend, den Sonntag, den Urlaub, auf die Pension), bis es nichts mehr gäbe, worauf man sich vertrösten oder vertrösten lassen könne. Dass man vor lauter Scheinbedürfnissen, die man sich einrede oder einreden lasse, gar nicht dazu komme, seine wahren Bedürfnisse zu erkennen, entsprechend zu artikulieren und in Solidarität mit anderen zu realisieren.

Was nun den Sozialismus beträfe, den er meine, so wäre der ein Zustand, in dem dieses Leben eine andere Qualität bekäme (wodurch?). In dem jeder Einzelne seinen wahren Bedürfnissen lebe, dieselben aber mit den Bedürfnissen der Allgemeinheit vermittle (wie?). Er versuchte, den jungen Marx zu zitieren, den er dem alten bei weitem vorzog: irgendetwas von Fischen am Morgen und vom Schreiben am Nachmittag oder umgekehrt (stand an dieser Stelle auch etwas von Fabrik- und Büroarbeit?). Aber es ging nicht so recht und vielleicht verwechselte er auch den jungen Marx mit dem alten Hemingway.

»Nein«, sagte seine Mutter, »das verstehe ich nicht.« (Und es waren nicht nur einige der von Paul verwendeten Fremdwörter, die sie nicht verstand.) »Man muss doch arbeiten, dass man sein Geld verdient! Heute geht es uns ohnehin besser als früher.«

»Warum so überstürzt?«, fragte sie in Bezug auf die geplante Heirat, »willst du nicht erst dein Studium fertig machen oder kriegt ihr ein Kind?«

»Nein«, sagte Paul, »wir kriegen kein Kind, aber Silvi bekommt eine Wohnung.«

»Du wirst sie doch hoffentlich nicht wegen dieser Wohnung heiraten wollen? Paul! Sei vernünftig! Du hast doch dein Untermietzimmer!«

»Blödsinn!« Paul schob gereizt die Tasse Kaffee weg. »Seit Jahren gehen wir miteinander. Wir haben uns gern.«

»Ja«, sagte seine Mutter. »Natürlich. Ich weiß. Aber jetzt sieht das alles ganz anders aus.«

Und woher hatten Silvis Eltern plötzlich das Geld, ihrer Tochter eine Wohnung zu kaufen? Und wieso wollten sie auf einmal, dass Paul und Silvi heirateten, noch dazu kirchlich? Paul hatte immer behauptet, sie mochten ihn nicht. Die ganze Geschichte war seiner Mutter verdächtig.

Und Paul erzählte von dem Bausparvertrag, den der Bundesbahnrevisor Josef Schmitz und seine Frau Stefanie für ihre Tochter abgeschlossen hätten, vor Jahren schon, und jetzt sei eben das Geld da. Und von ihrer unerschütterlichen Überzeugung, dass es sich nicht gehöre, in einer so zivilisierten Wohnung (mit Abschluss des Kaufvertrages wurde man schließlich Grundbesitzer ...) eine wilde Ehe zu führen. Im Übrigen halte er die unerwartete Bereitwilligkeit dieser Leute, ihn, Paul, als Schwiegersohn zu akzeptieren, nachdem sie das sogenannte Verhältnis ihrer Tochter zu ihm jahrelang hintertrieben hätten, für bloße Taktik. »Sie haben uns«, sagte er, »nicht im Bösen auseinandergebracht, jetzt versuchen sie's im Guten.«

Doch diese Taktik, erklärte er, werde ihnen nichts nützen. Weil es ja, wenn man sich gernhabe, gar keinen Unterschied mache, ob man verheiratet sei oder nicht. Ganz abgesehen davon, dass er dann für das noch zu ihrer Großjährigkeit fehlende Jahr Silvis Vormund sei. Und nicht mehr ihr Vater, der autoritäre Scheißer!

»Na ja«, sagte Pauls Mutter, »des Menschen Wille ist sein Himmelreich. Wenn du sie heiraten magst, so wirst du sie heiraten, aber mach dir nichts vor. Man heiratet nicht aus strategischen Gründen, sondern weil man es will. Sie ist außerdem ein liebes Mädchen, ich werde sie gernhaben als Schwiegertochter, daran sollst du nicht zweifeln.«

Und dann war Paul von seiner Mutter weggegangen, um Silvi zu treffen, und hatte im Arthaberpark auf sie gewartet. Und als sie ihn sah, der wie immer beim Uhrturm saß, begann sie zu laufen, und da wippte ihr Rossschweif. Und Paul, der den Rhythmus ihrer Schritte erkannte, schaute von seinen Schuhspitzen auf, die er bisher angestarrt hatte, und lief ihr entgegen. Und auf Dutschke, der, irgendwo fern in Berlin im Krankenhaus lag, kam er erst später zu sprechen.

Und dann waren die Feiertage gekommen, und er war mit Silvi in die Wachau gefahren, und die Bäume hatten geblüht. Und natürlich war ihnen der angeschossene Dutschke hier und da eingefallen und sie hatten auch zwei oder drei Mal in die Zeitung geschaut, doch da standen Nachrichten aus einer anderen Welt. Zigtausende, berichteten die den Selbstbedienungsaufstellern entnehmbaren Blätter in einem Tonfall zwischen Faszination und Entsetzen, wobei das Entsetzen in genau demselben Maß oder Unmaß zunahm, in dem sich die Wut der Demonstranten gegen die Fensterscheiben und Auslieferungsautos des Springer-Konzerns entlud (auf einmal ging es nicht mehr um ideelle Werte, die man begrüßte oder ablehnte, sondern um Sachwerte, die der »akademische Mob« kaputtschlug, und wo die Gefährdung des Privateigentums anfing, da hörte sich alles andere auf, auch die Diskussion um die Begrenzung der Manipulation und die Bedingung ihrer Möglichkeit, schrieb Paul und strich die letzten Worte wieder durch, denn die hätte ihm Fiedler ohnehin gestrichen, »Sie sollen mir einen halbwegs lesbaren

Artikel schreiben, lieber Freund, und keinen kryptomarxistischen Essay …«), Zigtausende protestierten und demonstrierten, marschierten und stürmten drei Tage lang durch die meisten größeren Städte Deutschlands. Und kamen nur durch die staatlich sanktionierte Gewalt von Gummiknüppeln, Wasserwerfern und Tränengas wieder zur Raison, die ja nur angriff, weil sie etwas zu verteidigen hatte.

Aber das war Geschichte, die da irgendwo ablief, die sie jedoch nicht einmal via Fernsehen miterlebten. Sie schliefen zusammen auf blumigen Wiesen und fühlten sich und einander ganz als Natur. »Liebst du mich?«, fragte Silvi Paul, und Paul sagte: »Ja.« Und nur einmal, mitten in einer Umarmung, sah Paul ein Gesicht, das über eine Böschung spähte, aber davon sagte er Silvi nichts.

Ihm fiel die Rede des Generals de Gaulle ein, die sie im Radio gehört hatten, als sie, ein paar Wochen später schon Eheleute, ihre frisch bezogene Wohnung bewohnbar machten. Sie standen in einem kahlen Zimmer ohne Vorhang, Silvi, Paul und der Bundesbahnrevisor Josef Schmitz, der es sich nicht hatte ausreden lassen, ihnen zu helfen, und klebten Tapeten. Paul benahm sich dabei ziemlich ungeschickt, wo immer er am Werk war, entstanden Luftblasen, die man später ausbügeln musste. »Eins sag ich dir gleich, dieser komische Mensch hat zwei linke Hände, nicht einmal einen Nagel einschlagen kann der«, hatte ihn Silvis Vater schon längst durchschaut.

Machten sie eine Pause, so setzten sie sich auf die Couch, das vorläufig einzige Möbel im Raum, und schauten durchs Fenster, durch das es noch eine weite Aussicht gab, und in der Ferne, jenseits der Schrebergärten, einen richtigen Horizont. »Das können's mir glauben, dass das nicht gutgehen kann«, sagte der Schwiegervater zu Paul (sie waren noch immer per Sie), »der ganze französische Spuk ist ja völlig konfus. Ich war im Vierunddreißigerjahr dabei, Gewehr im Anschlag an einem Klofenster im Karl-Marx-Hof, ich weiß, wovon ich red'. Wir waren gut organisiert, besser jedenfalls als diese französischen Rotzbuben heutzutag, aber was hat uns das genützt? – Militär haben sie gegen uns eingesetzt und mit Kanonen auf die Gemeindebauten geschossen, das war der Effekt. Und die meisten von uns haben sie eingesperrt, und ein paar von uns haben sie umgebracht, die haben nichts gekannt. Und dabei haben wir wenigstens gewusst, wofür wir unsere Schädel hinhalten, das war eine schlechte Zeit. Aber die heutige Jugend … das ist ja verrückt … ihr lebt ja sowieso wie die Maden im Speck.«

Herr Josef Schmitz hatte die Gewohnheit, Paul und Silvi so anzureden, als verkörperten sie die ganze heutige Jugend oder zumindest das, was ihm an ihr nicht passte. Paul war es müde, noch darauf einzugehen: Sie hatten endlose Diskussionen geführt, von der Jeansmode angefangen über die Popmusik bis zu ebenjenen Ereignissen in Frankreich, die nun beinahe allabendlich über den Bildschirm liefen. Sicher, der Mann hatte viel mitgemacht, er war im Gefängnis gewesen, dann im Krieg, nach 45 hatte ihn die KP enttäuscht. Aber verdammt noch einmal, dachte Paul, was kann ich dafür?

Er achtete den Herrn Josef Schmitz als Veteranen des Jahres 34, aber seit damals war eine Menge Wasser die Donau hinuntergeflossen. Nicht nur die Verhältnisse hatten sich verändert, sondern offenbar auch der Schwiegervater; die ganze Politik, resümierte er gern, ist ein dreckiges Geschäft. Was ihn nicht daran hinderte, von Zeit zu Zeit in »Mein Kampf« zu blättern und sich die Stellen anzustreichen, deren er sich dann im Kleinkrieg gegen Paul bediente. Da sieht man es wieder, sagte er etwa, als Pauls erste Gedichte veröffentlicht wurden, der ganze Kulturbetrieb ist total verjudet, der Hitler war gar nicht so dumm.

Paul hatte das damals hinuntergeschluckt, schließlich ging es ihm darum, seine Silvi zu kriegen, und nicht darum, seine Abstammung zu verteidigen, aber es hatte ihm schon zu denken gegeben, dass ein alter Linker wie der Herr Josef Schmitz dieselben Ressentiments kultivierte wie die alten Nazis. Nun aber, da sie, seit es die Wohnung einzurichten galt, fast täglich über die Entwicklung in Frankreich sprachen, kam noch ein weiteres Vorurteil zum Vorschein, das der Schwiegervater mit den alten Nazis teilte: das gegen die Intellektuellen. »Ihr Studenten«, sagte er und redete Paul wieder an, als sei er für das, was jetzt in Paris geschah, verantwortlich, »was habt ihr schon Revolution zu spielen? Die Revolution, das ist eine Sache der Arbeiter, ist es schon immer gewesen! Die Phantasie an die Macht, was soll denn das heißen? Alle Macht den Räten! So haben wir das gelernt, das werdet ihr nicht ändern.«

Paul trat hinaus auf den Balkon, um Luft zu schnappen, er wollte um Silvis willen nicht mit dem Schwiegervater streiten, und schon gar nicht in der neuen Wohnung. Vis-à-vis war ein eingeplanktes Areal, auf dem wucherte das Unkraut, aber den Kindern gefiel's, und in der ganzen Umgebung fanden sie keinen besseren Spielplatz. Paul sah eine Weile zu, wie sie sich voreinander versteckten, aneinander anschlichen usw., und er empfand dabei Freude und Wehmut in einem. Nebenan auf dem aufgelassenen Fußballplatz hatte ein Zirkus sein Zelt aufgeschlagen, und in auf- und abschwellenden Wellen floss die Musik von der Nachmittagsvorstellung vorbei.

Manchmal übertönte sie die Kurzmeldungen, die der Rede des Generals de Gaulle im Radio vorausgingen und die Paul sowohl aus dem Zimmer hinter sich als auch aus den offenen Fenstern rundum hörte. Die ganze vergangene Woche hatte es solche Kurzmeldungen über die Lage in Frankreich gegeben. Der seriöse Sender Ö1 gab sich objektiv besorgt, das Pop- und

Beatprogramm Ö3 bekannte sich, wenn auch unterschwellig, zu seiner Sympathie für die Demonstranten. Immer wieder sang ein junger französischer Sänger, dessen Namen Paul nur schwer behielt, das Chanson »Paris S'Éveille«, das zwar nichts mit den laufenden Ereignissen zu tun hatte, aber, ein wenig Phantasie bei den Hörern vorausgesetzt, darauf bezogen werden konnte.

Paris, so schien es, war in der Hand der Neuen Linken, auch aus der Provinz meldete man Aufstände, Besetzungen und Streiks. Doch dann hatten die Gewerkschaften über höhere Löhne zu verhandeln begonnen und die linken Politiker über Organisation zu reden angefangen und die Bürger genug gehabt von der gewaltsamen Durchbrechung ihres Alltags. Und die Stimmen der Kommentatoren hatten sich immer gelöster angehört und mit immer größerer Sicherheit hatten sie prophezeit, was sie sich wünschten: dass es ja nicht ewig so weitergehen könne, dass nun bald alles wieder ins Lot kommen müsse, Law and Order, Produktion & Konsum, Abend- & Vaterland.

Paul fühlte sich innerlich wund, als er ins Zimmer zurückkam. Er werde nicht zurücktreten, sagte der General. Er werde die Große Nation doch nicht der Anarchie überlassen. »Sehen Sie«, sagte der Schwiegervater, »ich habs ja gesagt!«

Doch dann war der Schwiegervater gegangen, und Paul und Silvi waren endlich allein gewesen. Und sie setzten sich, von oben bis unten klebrig von Tapetenkleister, in die neue Badewanne, deren Email so verlockend glänzte, wie nie mehr danach. Und aus dem Kofferradio, das auf dem Wannenrand stand, hörten sie etwas über Truppenkonzentrationen in den Vororten von Paris. Aber da wurden sie ihrer Nacktheit gewahr und drehten das Radio ab.

5

Kennen Sie mich nicht mehr?«, fragte sie. Sie saß plötzlich neben ihm.

»Doch«, sagte er, »natürlich, Sie waren damals noch ein Kind.« Nein. (Ihre Augen: dunkelgrüne Gewässer.) Nein. Ein Kind war sie damals nicht mehr gewesen.

Er schob die Zeitungsbände beiseite, klappte sie zu. Sie war voller geworden und trug die Haare jetzt kürzer als früher, das stand ihr gut. Als sie bemerkte, wie er sie musterte, machte sie eine seltsame Bewegung, Kopf und Schultern mit einem kurzen, koketten Ruck parallel, aber gegenläufig verschiebend. Damals … auch das war 68 gewesen … oder gar davor.

Die erste Nachhilfestunde bei ihr: Er hatte an die Tür geklopft. Und nichts hatte sich gerührt bis auf ein vages Rumoren und Räuspern hinter den Nachbartüren. Er hatte schon gehen wollen, da hatte sich die Tür einen Spalt breit geöffnet und ihre Augen hatten ihn angeschaut. – »Ich bin der Nachhilfelehrer«, hatte Paul gesagt, »ich habe mit deiner Mutter telefoniert, lässt du mich rein?«

Sie nickte stumm, ließ ihn eintreten, ging ihm ins Zimmer voraus. »Meine Mutter«, sagte sie, »ist nicht da, sie hat gesagt, wir sollen miteinander lernen, das Geld liegt auf dem Tisch.« Ihre Stimme war leise, ihr Körper zu dünn für ihr Alter. Doch ihre Augen sahen erwachsen drein.

Paul fühlte sich unbehaglich und schaute sich um. Die üblichen Blumenvorhänge, die üblichen Nippes. Die übliche Sitzgarnitur, das übliche Ölbild. Die Nachhilfeschülerwohnungen glichen einander. Und trotzdem war alles beunruhigend anders als sonst. Er zögerte allzu lang, sich niederzusetzen. Auch sie blieb stehen; stützte die Hände hinter dem Rücken auf die Lehne eines Fauteuils. Und dann die Bewegung, die ihn noch heute erregte.

»Na gut«, sagte Paul und setzte sich endlich hin. »Dann fangen wir beide halt wirklich zu lernen an ...«

»Von mir aus«, sagte das Mädchen und setzte sich auch. »Aber ich sag Ihnen gleich: Es hat keinen Zweck.«

»Was soll denn das heißen?«

»Nichts. Ich bin sowieso blöd.«

»Unsinn. Wer sagt das?«

»Das hat meine Mutter gesagt.«

Na ja. Wahrscheinlich war sie zornig auf dich.«

»Nein. Ich bin blöd. Das sagt meine Mutter immer.«

»Und dein Vater?«

Sie schüttelte trotzig den Kopf.

»Was ist mit ihm?«

»Ich kenn meinen Vater nicht.«

»Ach so«, sagte Paul. »Verzeihung.«

Sie sagte: »Warum?«

Dann schaute sie angestrengt zum Fenster hinaus.

»Ich heiße Paul. Und du?«

Sie gab keine Antwort.

»Julia«, sagte sie schließlich. »Ein blöder Name.«

»Wieso«, sagte Paul. »Ich finde ihn wunderschön.«

(Zwei ferne Lichter auf dem Grund ihrer Augen.)

»Das kann ich nicht glauben, Julia, dass du blöd bist.«

(Die beiden Lichter kamen allmählich näher.)

»Da sind Sie der Erste. Sonst scheint das jeder zu glauben.«

»Auch recht. Dann bin ich der Erste. Sag du zu mir.«

Er hatte sich ihre Hefte zeigen lassen, die übersät waren mit roten Korrekturen (sie stand auf Nicht genügend in Englisch und Mathematik). Und dann hatte er die Hefte weggelegt und gesagt: »Das können wir vergessen. Wir zwei, wir werden ganz neu beginnen, wenn du nur willst. Willst du? Wann ist denn die nächste Schularbeit?«

Sie sagte: »In Mathematik am nächsten Freitag.«

»Schön, du wirst sehen, du kriegst mindestens einen Dreier.«

Sie sagte: »Nein, den habe ich noch nie gekriegt.«

Er sagte: »Das macht nichts. Wetten wir um zehn Schilling?«

Darauf hatte sie zum ersten Mal gelächelt, zwar ungläubig noch, aber immerhin. Und er hatte ebenfalls gelächelt, denn ihr Lächeln war sein erster Erfolg. Und dann hatten ihn ihre Augen in einer Weise angeschaut, dass er die seinen niederschlug. Die Lichter waren auf einmal allzu nah.

Sie hatten noch zwei Stunden vor dem nächsten Freitag eingelegt, dann war die Schularbeit gewesen, Julia schrieb wirklich einen Dreier. Als sie das Heft in der darauffolgenden Nachhilfestunde vorzeigte, ging eine Wärme von ihren Augen aus, die Paul durchrieselte, als säße er unter einem Heizstrahler. Im Gegensatz dazu war ihre rechte Hand, die er bei der Entgegennahme der gewonnenen zehn Schilling berührte, totenkalt. »Was ist los mit dir?«, fragte er erschrocken und fing sich auch ihre Linke.

»Nichts ist los. Ich hab immer so kalte Hände.«

Er rieb ihre Hände wie die einer Erfrorenen: »Schrecklich!«

Sie taute auf. Ihre Hände wurden lebendig.

»Schon besser«, sagte er schnell. »Und wann haben wir die Schularbeit in Englisch?«

Sie sagte: »Mittwoch. Wird das wieder ein Dreier?«

»Sicherlich«, nickte Paul. »Ich verdopple die Wette.«

(Du liebe Güte: Wie war er doch damals von sich überzeugt gewesen! Wenn er sich vorgenommen hatte, eine Sechs zu würfeln, so hatte er sie meist gewürfelt; das war lang vorbei.)

Julia schrieb einen Zweier und zahlte zwanzig Schilling.

Er gab sie zurück: »Das ist doch dein Taschengeld!«

»Na und?« Für einen Moment sah sie böse drein. Die Lichter sanken davon auf den Grund ihrer Augen.

Dann sagte sie: »Weißt du was? Ich lade dich ein. An der Ecke ist eine Konditorei …«

Paul hatte nicht allzu viel übrig für Süßigkeiten. Aber er wollte ihr nicht die Freude verderben.

So gingen sie nach der Stunde Punschkrapfen essen. Julia hatte sich einen Poncho über die Schultern geworfen und sah damit sehr hübsch aus. Sie hatte so gut wie nichts mehr von dem ängstlichen, kleinen Mädchen, das ihm vor knapp drei Wochen die Tür geöffnet hatte. »Trinken wir einen Campari? Den zahl dann ich.«

Sie sagte ja und machte ihre Bewegung.

Der Campari kitzelte auf der Zunge.

Sie lächelte. Wenn sie lächelte, war sie noch hübscher.

Er sagte: »Gehen wir. Sonst wird es zu spät.«

Er brachte sie bis ans Haustor. Sie blieben stehen. Sie umarmte ihn plötzlich und drückte ihn fest. Er kam in Versuchung, noch fester zurückzudrücken. Doch machte er sich behutsam los von ihr …

Vor der nächsten Nachhilfestunde kam er sich unter den üblichen Blicken der Nachbarn aus den Spionen vor wie ein Kinderschänder. Er hatte von Julia geträumt, und dabei wusste er nicht einmal genau, ob sie schon vierzehn war. »Ich habe schon wieder so kalte Hände«, sagte sie, als sie über der Mathematikhausübung saßen. Paul tat vertieft in eine sehr einfache Schlussrechnung und überhörte das glaubhaft.

Die Schlussrechnung war wirklich sehr einfach: Er konnte sich ohne weiteres ausrechnen, wozu das führte. Er beschloss, sich vorsichtig zu verhalten, aber er wusste jetzt, was pädagogischer Eros war. Und wenn Julia ihn ansah, fühlte er sich weiterhin wie unter einer Heizsonne, und wenn er nach den Nachhilfestunden nach Hause ging, es war Spätherbst damals, die Abende waren dunkel und feuchtkalt, spürte er diese Wärme nach. Und auf die nächste Mathematikschularbeit bekam Julia ein Sehr gut und auf die nächste Englischschularbeit auch.

»Ich weiß nicht«, sagte ihre Mutter, die er eines Tages auch zu Gesicht bekam, eine noch junge, gut aussehende Frau, nur gab es da etwas Hartes um ihren Mund, das sie nicht wegschminken konnte, »ich weiß nicht, wie Sie das machen, aber ich bin hochzufrieden.« Paul wusste, wie er das machte, und es war ihm klar, dass der Balanceakt, den er da vollführte, gefährlich war. Nicht nur Julia konnte ihn, nein, auch er selbst konnte sich aus dem Gleichgewicht bringen. Er träumte noch mehrere Male von ihr und die Versuchung, diese Träume zu verwirklichen, war groß.

Es war Silvi, die, ohne es zu wissen, den Absturz verursachte, allerdings nicht den seinen, sondern den des Mädchens. Bei Julia hatte es sich weniger um einen Balanceakt gehandelt als um ein wunderbares Schweben über dem Erdboden, verursacht durch ihr fast unbegrenztes Vertrauen zu ihm, aus dem sie dann zurückfiel. Eines Tages wartete Silvi nach der Nachhilfestunde auf Paul, und zwar vor dem Kino, direkt unter Julias Fenster. Paul umarmte und küsste sie, er dachte sich nichts dabei, vom Film, den sie anschließend sahen, sahen sie nicht allzu viel.

Als er jedoch zur nächsten Nachhilfestunde kam, machte Julia nicht auf. Es war viel ärger als am ersten Tag, denn zum Unterschied von damals wusste, spürte Paul heute, dass sie da war. Schließlich öffnete sie doch, sagte aber die ganze Stunde kein Wort. Wenn er sie ansah, zog sich ihr Blick hinter winzig kleine Pupillen zurück.

Weder in dieser noch in einer der nächsten Stunden war sie dazu zu bewegen, mit ihm zu lernen. Sie saß nur da und schwieg, und manchmal stand sie auf und schaute aus dem Fenster. Auf die nächste Englischarbeit bekam sie Genügend, auf die nächste Mathematikarbeit Nicht genügend. Paul sagte ihrer Mutter, er habe jetzt Prüfungen, und gab ihr die Nummer einer Kollegin, die seine Nachfolge antreten sollte: Dort rief sie nie an.

»Sie müssen mich ja in schöner Erinnerung haben!«

Ihre Augen waren unruhig, sie schienen die Bewegung, die ihn so irritierte, vorwegzunehmen oder nachzuvollziehen: links rechts links.

»Na ja.« Er versuchte ironisch zu sein. »Es geht.«

Jetzt! Sie hatte sich wiederum so bewegt.

»Ich habe Sie«, sagte sie, »manchmal im Fernsehn gesehn. Sie sind ja inzwischen direkt berühmt geworden.«

»Tja«, sagte Paul, »so ist das, man tut, was man kann ... Und Sie? Sie sind an der Uni? Was machen Sie denn?«

»Germanistik«, sagte sie. »Sechstes Semester.«

Sie sah nicht ausgesprochen begeistert drein.

»Ah ja. Im Aufsatzschreiben waren Sie gut.«

Er hasste sich für den Blödsinn, den er da sagte.

»Ich habe«, versuchte er's, »manchmal an Sie gedacht.«

Sie wurde rot. Dann sagte sie: »Ich an Sie auch.«

Ihre Augen. Die Grübchen in ihren Wangen. Tiefer geworden. Die Wärme, die von ihr ausging ...

Ich könnte sie, dachte er, auf einen Campari einladen und auf einen Punschkrapfen. Ich könnte ihre Hand berühren und feststellen, ob sie immer noch kalt ist. Oder – falls sich das inzwischen geändert hat – dass sie nicht mehr kalt ist. Und wenn sie mich nachher umarmen würde, ich würde mich nicht entziehen.

»Ja also«, sagte er. »Gehen wir etwas trinken?«

Sie hätte, sagte sie, Lust auf einen Spaziergang.

»Na gut, dann gehen wir halt zusammen spazieren.«

Er stapelte die Zeitungsbände aufeinander und knipste die Leselampe aus.

Dann standen sie an der Ausgabestelle und schauten sich an. Er hatte plötzlich Angst, in ihre Augen hineinzufallen und nicht mehr herauszufinden. Rasch senkte er seinen Blick und blätterte noch ein bisschen im Jahr 68. Annoncen, Kontaktanzeigen, Todesfälle.

»Verlängern?«, fragte der Bibliothekar. Paul hörte ihn nicht.

»Verlängern?!« Ungeduld in der Stimme. Paul wachte auf.

»Entschuldigung«, sagte er, »nein. Oder doch lieber ja …?«

»Na was jetzt«, sagte der Bibliothekar. »Entschließen Sie sich!«

Sie gingen die Bücherturmtreppe abwärts und dann durch den Hof. Paul sah ihr Profil von oben bis unten: Sie hatte sich gut entwickelt.

»Ist Ihnen schon aufgefallen«, sagte er, als sie an den Büsten zwischen den Arkaden vorbeigingen, »dass hier selbst Freud keinen Unterleib hat?« Er war darauf aus, sie seine Unsicherheit nicht merken zu lassen, und versuchte, witzig zu sein.

»Ja«, sagte Julia, »aber er hat einen Sockel. Und auf den hat man unlängst JUDA VERRECKE geschrieben, haben Sie das nicht gelesen?«

»Nein«, sagte Paul peinlich berührt, der Witz, den er soeben gemacht hatte, schien ihm jetzt geschmacklos. »Wissen Sie«, sagte er, »ich war schon seit geraumer Zeit nicht in der Uni.«

»Und was hat sie heute hergeführt?«, wollte sie wissen.

Er sagte: »Ich habe einen Artikel zu schreiben.«

»Das trifft sich komisch«, sagte sie, »ich nämlich auch. Ich habe auch ein bisschen zu schreiben begonnen.«

Er wusste nicht recht, was ihn daran zu stören hatte, aber es störte ihn. Vielleicht war es der Unterton, den er auf einmal in ihrer Stimme zu hören glaubte, etwas spöttisch, wie ihm vorkam.

»Sie haben gerade erzählt, dass Sie noch studieren?«

Sie sagte: »Na und? Das muss mich doch nicht daran hindern, mir von Zeit zu Zeit ein bisschen Geld zu verdienen?«

Er fragte sie, für wen oder was sie schreibe, und sie nannte ihm den Namen eines Magazins, das er kannte, aber nicht schätzte.

»Ich schreib dort ein bisschen für die Kulturseiten,« sagte sie, »wie wär's, wenn wir unser Zusammentreffen als Fügung des Schicksals betrachten, und Sie geben mir ein Interview?«

»Ich weiß nicht«, sagte er; er war aus dem Alter heraus, in dem er zu Interviews allzeit bereit gewesen war. Und außerdem hätte er sich eine Fügung des Schicksals gerade in Bezug auf sie ganz anders gedacht.

Sie durchquerten jetzt die Aula, die Couleurstudenten, die er am Vormittag gesehen hatte, waren noch immer oder schon wieder da. Sie standen in kleinen Gruppen beisammen und redeten leise. Bei dem Sit-in, das er hier einmal mitgemacht hatte, war er, genau wie jetzt, aus dem Hof gekommen, und der Raum zwischen Juristen- und Philosophenstiege war ungewohnt bevölkert gewesen. Überall war man herumgestanden oder -gesessen, langhaarig, phantastisch gekleidet, nicht uniformiert oder jedenfalls anders, und ein seltsames, etwas bedrohliches Summen war in der Luft gelegen, wie in einem aufgestörten Bienenstock.

Paul hatte keine Ahnung gehabt, was eigentlich los war, er hatte versucht, möglichst rasch zum Ausgang zu kommen, denn große Menschenansammlungen verursachten ihm von jeher Unbehagen, da war er auf einmal über Ferry Lampel gestolpert. »Hallo Grünzweig«, sagte Lampel und erhob sich zu seiner ganzen leptosomen Länge, »das ist aber schön, dass du da bist! Man hat dich vermisst auf der letzten Demonstration. Es ist mehr Freude im Himmel über einen verlorenen Sohn, der zurückkehrt, als über vierzig Gerechte.«

Ferry Lampel kam einem gern mit der Bibel. Er pflegte zwar mit allen möglichen Zitaten herumzufuchteln, angefangen von Hegel und Marx bis zu Mao und Marcuse, und trug die Grundsätze dieser Autoritäten nicht nur ständig im Kopf, sondern auch, in Form diverser Studienausgaben, in einer dicken, abgeschabten Aktentasche mit sich, deren Schloss er, widersprach man ihm, geräuschvoll aufklappen ließ, um im nächsten Moment etwa »Das Kapital« oder den »Eindimensionalen Menschen« auf den Tisch zu knallen und seinen Zeigefinger genau dort zwischen die Zeilen zu stoßen, wo das stand, was er soeben gesagt hatte. Aber der Rückgriff auf die SCHRIFT, die er auch immer mitschleppte, und zwar in der Übersetzung von Luther, dessen deftige Sprache er schätzte, verlieh ihm noch zusätzlich ein prophetisches Flair. Das übte auf Paul, der nicht von ungefähr über Marxismus und Christentum dissertierte, eine gewisse Faszination aus.

Während ihn Lampel mit sanfter Gewalt nötigte, neben ihm Platz zu nehmen, indem er ihm eine schwere Hand auf die Schulter legte und sich selbst setzte, dachte Paul angestrengt nach, wann, wo und warum es in den letzten Wochen eine Demonstration gegeben haben mochte. Vermutlich schon wieder eine Vietnamdemonstration, dachte er, aber es konnte auch eine Demonstration gegen den Schah gewesen sein, der ja öfter nach Wien kam, um sich hier untersuchen zu lassen, oder eine gegen den Faschismus irgendwo weit hinten in Spanien oder Griechenland. Seit er verheiratet war, kam er weniger an die Uni und wenn, wie auch jetzt, nur, um mit Professor Kilian über seine Dissertation zu reden. Für alles andere nahm er sich weniger Zeit.

Für Demonstrationen hatte er sich allerdings auch schon vorher nur höchst selten Zeit genommen. Sicher, er gab sich vage engagiert, hätte sich selber fraglos als Linken bezeichnet und schrieb Gedichte, die auf Übereinstimmung mit den Linken aus waren. Aber im Grunde genommen hatte er immer das Gefühl gehabt, im Zimmer zu sitzen, während draußen Dinge geschahen, auf die er keinen Einfluss nahm. Und das Zimmer zu verlassen, um auf die Straße zu gehen, dazu raffte er sich ungern auf.

Mit Lampel hatte er nächtelang über seine Zurückhaltung, seine Trägheit diskutiert. »Was soll ich tun«, sagte er, »ich hab nun einmal eine schwer zu überwindende Abneigung gegen jede Organisation. Was ich hasse, ist jegliche Uniformierung, ganz gleich, welcher Art. Wenn eine Gruppe von Menschen in den gleichen Schritt fällt, läuft es mir kalt über den Buckel, und wenn sie anfängt, im gleichen Rhythmus Parolen zu brüllen, dann bricht mir der Schweiß aus.«

»Aber das sind doch«, konterte Lampel, »formale Aspekte! Du musst doch beachten, wer da wofür marschiert! Wer da mit wem in der gleichen Uniform steckt. Wer da warum genau welche Parolen brüllt.«

Dann erzählte Paul manchmal von seinem Vater, der sich allzu bereitwillig in eine Uniform hatte stecken lassen, obwohl sie nicht für seinesgleichen gemacht war. Und mit der Zeit hatte ihm diese Uniform immer besser gepasst. »Ich möchte nicht so werden«, sagte Paul, »wie mein Vater geworden ist, das musst du verstehen.« »Ach was«, sagte Lampel, »gerade dadurch, dass du die Form über den Inhalt stellst, wirst du ihm ähnlich!«

»Außerdem sind das doch rein subjektive Probleme! Objektiv sieht das alles ganz anders aus.«

»Ja«, sagte Paul, »daran mag was Wahres sein. Aber ich bin halt, so leid es mir tut, ein Subjekt …«

Und jetzt saß er da, das Subjekt Paul, in der Aula der Uni, inmitten der andern, und getraute sich nicht zu fragen, wofür oder wogegen man eigentlich saß. Er wollte sich nicht vor Ferry

Lampel blamieren, dem gegenüber er ohnehin ein schlechtes Gewissen hatte. Aus einer Rede, die jemand, den er im Sitzen nicht sah, durch ein Megaphon hielt, entnahm er, dass es hier um die Studienreform ging, na fein. Aber was da eigentlich wie reformiert werden sollte, begriff er nicht.

Er hatte es auch zu dem Zeitpunkt noch nicht begriffen, als die Rektoratsbeamten auftauchten, mit merkwürdig hohen Beinen zwischen den auf dem Boden Sitzenden umherstakten und deren Studentenausweise verlangten. Natürlich erregte das Unwillen, auch Paul hatte seinen Studentenausweis zu Hause gelassen, Lampel nannte die Rektoratsbeamten, die vorläufig noch dreinsahen wie Leichenbestatter, subalterne Handlanger der bürokratischen Reaktion. Schließlich, nachdem ihnen mehrere Freundlichkeiten dieser Art gesagt worden waren und die Ausweiskontrolle so gut wie überhaupt nicht klappte, sodass man, wie einer von ihnen ausdrücklich sagte, annehmen musste, kommunistische Agitatoren hätten sich eingeschlichen und säßen nun widerrechtlich auf akademischem Boden, vermehrten sich die Rektoratsbeamten auf beängstigende Weise – so viele Beamte, sagte Lampel, hat kein Rektorat der Welt. Sie sahen immer weniger wie Pompfüneberer, immer mehr wie Polizisten drein und begannen die Studenten, die sich trotz wiederholter Aufforderung nicht vom Boden erheben wollten, aus der Aula zu schleifen, sie von hinten unter den Achseln fassend.

»Das Klima an der Uni hat sich aber krass verändert«, sagte Paul. Sie waren inzwischen aus der Aula draußen, Julia und er, hatten die Ringstraße verkehrswidrig überquert, wofür sie angehupt wurden, doch er hatte Gelegenheit gefunden, seinen Arm um ihre Hüfte zu legen, als sie hatten laufen müssen. »Ich weiß nicht«, sagte sie jetzt, wobei sie sich ihm, nun schon auf dem stadteinwärts gelegenen Gehsteig, entzog, »ich meine: Ich habe keinen Vergleich mit früher, aber jetzt ist es sehr still.« – »Und woran liegt das«, fragte er, »Ihrer Ansicht nach?«

Er hatte gehört und gelesen, die Generation, der sie angehörte (und dass sie bereits einer anderen Generation angehörte, wurde ihm schmerzlich bewusst, als er ihre beiden Spiegelbilder in den Schaufenstern der Buchhandlung sah, vor der sie kurz stehen blieben), diese Generation sei ganz anders als die seine. Traditionalistisch, leistungsorientiert, unpolitisch: Die Eltern und Erzieher, denen die Protestierer und Revoluzzer des Jahres 68 einen heiligen Schreck eingejagt hatten, hatten schnell geschaltet. Aber auf Julia schienen die Charakteristika dieser Generation nicht zuzutreffen. Er konnte sich nicht erinnern, in ihrem Alter (wie alt ist sie eigentlich, rechnete er im Kopf, einundzwanzig, zweiundzwanzig?) so problembewusst argumentiert zu haben.

Auf den Leistungsdruck kam sie zu sprechen, der durch die neue Studienordnung institutionalisiert sei, auf seinen Zusammenhang mit der schon längst nicht mehr bloß schleichenden Wirtschaftskrise. Auf die taktische Gewandtheit gewisser Professoren, wenn es darum ginge, der studentischen Mitbestimmung den Wind aus den Segeln zu nehmen: Natürlich, auch die, sagte sie, haben aus dem Jahr 68 und seinen Folgen gelernt. Auf die Abhängigkeit der Studentenvertreter von den Ordinarien, bei denen sie dissertieren wollten. Auf die zwiespältige Rolle der Assistenten und Dozenten, die zwar oft ideell auf der Seite der Studenten stünden, doch materiell sei ihre Interessenlage ganz anders.

So redend gerieten sie am Café Landtmann und am Burgtheater vorbei, in den Volksgarten, dort war sehr deutlich Frühling.

»Wir haben doch eigentlich du zueinander gesagt … damals, mein ich … können wir das nicht wieder?«

»Aber ja, es kommt mir ohnehin schon die längste Zeit blöd vor, zu dir SIE zu sagen …«

Einen Moment lang wusste er nicht, ob er beleidigt sein sollte oder erfreut.

Sie kamen zum Theseustempel, Julia schlug vor, eine Weile auf den Stufen des pseudogriechischen Gebäudes zu sitzen.

MAKE LOVE NOT WAR – die alten Parolen waren schon ziemlich verblasst. Ein paar junge Leute zwischen den Säulen: Möchtegernhippies in allzu bunten Kostümen. »Der Tempel«, fand Paul, »ist auch nicht mehr das, was er einmal war.«

»Wieso?«, fragte Julia.

»Na ja«, sagte Paul.

»Nach 68, da sei hier was los gewesen …«

»Was?«, wollte Julia wissen.

Er sagte: »Die Szene.«

»Ganz anders, ganz einfach echter als das hier heute …«

Und er erzählte ihr von den Typen, die man damals getroffen hatte und die heute nicht da waren. Aber während des Erzählens bemerkte er, dass er eigentlich gar nicht viel zu erzählen wusste. Um ihr zu imponieren, lieh er sich Geschichten, die er von anderen Leuten gehört hatte, zum Beispiel von seinem jüngeren Bruder. Wie er mit dem kleinen Koneczny eine Razzia überstanden hätte, indem jeder von ihnen zwei Trips, die der kleine Koneczny habe verkaufen wollen, in den Mund gesteckt hätte, zwischen Zunge und Gaumen, aber dort seien sie zergangen …

»Du erzählst«, sagte Julia, »wie ein Buch. Ich habe mir übrigens einmal ein Buch von dir gekauft und hab es nicht leiden können.«

»So?« Er versuchte, nicht allzu verletzt zu sein.

Sie nannte den Titel des Buches: »Odysseus bleibt«.

Sarkasmus als Abwehr: Er könne sich selber nicht leiden.

»Oh nein«, sagte Julia. »Das glaube ich nicht … Ich glaube im Gegenteil, dass du dich viel zu gern hast … Weißt du: Du schreibst wie ein fürchterlich eitler Mensch.«

Paul betrachtete sie von der Seite und fand, dass sie seiner Nachhilfeschülerin, die sie einmal gewesen war, jetzt eigentlich gar nicht mehr ähnlich sah.

»Na denn«, sagte Julia, nachdem sie einander ein Weile angeschwiegen hatten, »wie wär's mit dem Interview?«

Er war nicht sicher, ob sie das im Scherz oder im Ernst meinte, aber sie nahm ein Notizbuch und einen Kugelschreiber aus ihrer Umhängetasche und bekam einen offiziellen Blick. Auch gut, wenn sie ein Spiel spielt, so spiele ich mit.

Sie fragte ihn, wann und warum er zu schreiben begonnen habe, welche Vorbilder ihm einfielen, und zwar erstens im Allgemeinen, zweitens im Besonderen, also in Bezug auf seine schriftstellerische Arbeit. Er fand diese Fragen nicht sonderlich originell, umso mehr versuchte er es zu sein. Er hätte zu schreiben begonnen, als er mit dem Fußballspielen aufgehört habe, sodass man sein Schreiben als eine Fortsetzung des Fußballspielens mit anderen Mitteln bezeichnen könnte. Seine Vorbilder seien Bruno Kreisky, Karl Schranz und Fritz the Cat, unter den Schriftstellern nannte er Karl May.

Dann fragte sie, ob und wie er denn leben könne als freier Autor, und um das zu illustrieren, erzählte er den Witz von dem Mann, der vom Fenstervermieten lebt. Immer, sagt der zu seinem Freund, wenn ein Umzug oder eine Demonstration an meinem Fenster vorbeikommt, vermiete ich es an Leute, die dabei zusehen wollen. Aber, zweifelt der Freund, du wohnst doch, soviel ich weiß, in einer Sackgasse, da kommt doch kein Umzug und keine Demo vorbei … Na siehst du: Da kannst du dir vorstellen, wie ich leb!

Julia musste lachen, und auch sich selbst hatte Paul nun wieder in eine etwas bessere Stimmung geplaudert. Gerade wollte er vorschlagen, doch noch gemeinsam etwas trinken zu gehen, da fragte sie ihn, was denn eigentlich vorgefallen sei zwischen ihm und den anderen Redakteuren der Zeitschrift »Bienenstich«. – »Du hast doch dort eine Weile mitgemacht, nicht wahr, ich hab ein paar alte Nummern zu Hause, da stehst du noch im Impressum. Und dann auf einmal bist du draußen gewesen …«

Möglicherweise hätte sich alles anders entwickelt, wäre damals Schubert nicht wieder aufgetaucht. Oder hätte ich ihn nicht mit Willy Wüstenrot zusammengebracht und mit Bärbel, seiner Frau. Wir alle wären heute noch gut miteinander, der »Bienenstich« würde nach wie vor vom ursprünglichen Team gemacht, wir hätten uns weder privat noch öffentlich entzweit … Nun ja, dachte Paul, das ist ziemlich unwahrscheinlich. Aber völlig unmöglich schien es ihm nicht.

Da saß er nun, auf den Stufen des Theseustempels, neben ihm das Mädchen Julia, seine inzwischen erwachsen gewordene Nachhilfeschülerin, mit der er sich gern näher beschäftigt hätte, und schaffte es nicht, die Gedankenflucht in seinem Kopf zu stoppen.

Hatte sie ihn ausgerechnet das fragen müssen, fiel ihr unter all den tausend möglichen Fragen keine bessere ein? »Also wie war das mit dir und dem ›Bienenstich‹?« – »Darüber«, sagte er, »möchte ich lieber nicht sprechen.«

Sie fragte noch eine Weile weiter, aber Paul war jetzt so wortkarg, dass nicht mehr viel dabei herauskam. »Na schön«, sagte sie schließlich und steckte ihr Notizbuch wieder ein, »vielleicht ein anderes Mal. Ich hab jetzt ohnehin noch etwas zu tun. Ein Seminar: über Frauengestalten bei Goethe.«

Sie stand auf und streckte ihm ihre Hand hin: Die war noch immer kalt. »Einen Augenblick«, sagte er, griff in die Brusttasche und zog seine Visitenkarte heraus. Dann fiel ihm ein, dass die Adresse ja gar nicht mehr stimmte. Er borgte sich den Kugelschreiber, strich die alte Adresse durch und schrieb die neue darüber.

6

»Wir haben schon längst gegessen, Miri und ich, glaubst du, wir warten ewig?«

Sonja ist ungehalten, als sie mir die Suppe hinstellt, trotzdem beginne ich zu löffeln.

»Entschuldigung«, sage ich, »aber wenn ich, was ohnehin selten genug vorkommt, einmal so richtig in Fahrt gerate mit dem Schreiben, dann kann ich nicht aufhören wie ein Maurer.«

»Ach was«, sagt Sonja, »du brauchst überhaupt nicht zu kommen!«

Oft wirkt sie müde und abgespannt, häufig gereizt. »Ich habe wieder überhaupt nichts weitergebracht«, sagt sie etwa, und streift sich eine Haarsträhne aus der Stirn. »Deine Tochter«, sagt sie, »ist eine Egoistin, die einen unausgesetzt beansprucht.« – »Jaja«, sage ich, »jaja, ich weiß«, und stecke Miri, die doch noch mitessen will, eine besonders schöne Karotte in den Mund.

»Du hast leicht reden«, sagt Sonja, »du gehst in der Früh fort und kommst, wenn es gut geht, zu Mittag nach Hause, dann spielst du den lieben Papa. Du gehst, wenn du Zeit hast, ein bisschen mit Miri spazieren, das macht euch beiden Spaß, und dann lieferst du sie wieder bei mir ab. Und dann rennt der Herr wieder schreiben oder weiß ich wohin. So bin ich angehängt durch das Kind, doch du bist befreit.«

»Aber Sonja«, sage ich, »so ist das doch nicht. Ich habe dir vorgeschlagen, ein Karenzjahr zu nehmen, damit wir die Kleine nicht länger bei fremden Leuten unterbringen müssen und damit du auch ein bisschen Zeit für dich hast.«

»Zeit für mich«, sagt sie bitter, »du weißt ja, wie viel mir bleibt. Wenn ihr endlich beim Tempel draußen seid und ich habe die Teller vom Mittagessen weggeräumt und will mich gerade hinsetzen, um ein bisschen zu zeichnen, seid ihr schon wieder da.«

»Ist Post gekommen?«, frage ich, um von diesem Thema abzulenken, und Sonja nickt. »Du hast dein Konto schon wieder einmal überzogen: um 5000 Schilling.« – »So«, sage ich, »um 5000 Schilling, und warum öffnest du meine Auszüge?« »Ich hab doch ein Recht darauf«, sagt sie, »über unsere finanzielle Lage Bescheid zu wissen, oder etwa nicht?«

»Natürlich«, sage ich und trage den Suppenteller in die Küche, »du hast ein Recht. Aber ich habe mir die Pflicht eingebrockt, für uns drei zu sorgen, für Miriam, dich und mich, und ich kann nicht hexen.« – »Entschuldige bitte«, sagt Sonja, »ich bin halt nervös. Aber ich frage mich, ob du dich nicht überschätzt hast.«

Ich habe mich früh in den Gedanken verbissen, durchs Schreiben mein Geld zu verdienen. Hingegen hat Sonja es nie darauf angelegt, vom Malen zu leben. »Wenigstens einer muss etwas Sicheres haben.« So ist sie als Lehrerin in die Schule gegangen. Dann ist die Zeit gekommen, in der ich besser verdient habe und Sonja hat sich von der Schule beurlauben lassen, um an die Akademie zu gehen. Aber nachdem sie dort ihr Diplom gemacht hat, ist sie wieder in die Schule zurück. Sie hat ihre Anstellung nicht verlieren wollen. Und außerdem macht ihr der Umgang mit Kindern Freude.

Auch war da die Idee, von der Schule her etwas verändern zu können an den Verhältnissen dieser Gesellschaft. Doch diese Idee ist im Laufe der Jahre kaputtgegangen. Direktoren, denen es vor allem auf die Erfüllung des Lehrplans ankommt, Kollegen, die ängstlich darüber wachen, dass niemand aus der Reihe tanzt, Mütter, die sich durch die guten Noten ihrer Sprösslinge ebenso bestätigen wollen wie durch das schöne Einkommen ihrer Gatten. Und Schüler, die eine Lehrerin, die sich nicht widerspruchslos ins Schema einfügt, die nicht primär Vorgesetzte, sondern Freundin sein will, zwar schätzen und lieben lernen, aber zu schwach sind, um ihre Komplizen zu sein.

Und dann haben plötzlich die meisten von unseren Bekannten Kinder gekriegt. Thomas, Christof, die kleine Sonja und Stefan. Und Sonja war ganz verrückt nach jedem von ihnen. Kinder, hat sie gesagt, sind schon etwas Liebes. Und dann, eines Abends, nachdem sie bei einem von ihnen den Babysitter gespielt hat, da hat sie geheult. »Ich bin jetzt schon 27 und habe noch immer kein Kind!« Da habe ich sie um die Schulter genommen und versucht, ihr das auszureden. »Schau«, habe ich gesagt und ein Schnäuztuch aus dem Sack gezogen, um ihr die Tränen abzuwischen, »ein Kind wäre jetzt unvernünftig. Vielleicht später einmal, ja, in ein paar Jahren ist die Situation womöglich besser, aber jetzt noch nicht. Mein unsicheres Einkommen, dein künstlerischer Ehrgeiz, die weltpolitische Lage.« – »Ach was«, hat Sonja gesagt, »du denkst doch immer nur an dich! Hab ich bis 30 kein Kind von dir, so machts mir ein anderer.«

Na schön, jetzt ist Miriam da, und ich bin in sie verliebt.

»Hörts auf«, sagt sie, wenn wir zu streiten beginnen, »hörts auf!«

Da müssen wir meistens lachen, und Sonja küsst sie und tanzt mit ihr durchs Zimmer. Und Miriam hüpft und jubelt und sieht ihr sehr ähnlich.

»Hat jemand angerufen?«, frage ich, nachdem ich auch die Hauptspeise aufgegessen habe, und Sonja sagt, ja. »Der Schlick oder wie er heißt, dieser Mensch vom ›Forum‹. Er hat gehört oder gelesen, dass du ein Buch über das Jahr 68 schreibst. Du sollst ihn zurückrufen oder demnächst einmal bei ihm vorbeikommen, vielleicht drucken sie was ab.«

»Aha«, sage ich, »na gut, ich geh einmal hin. Und sonst? Hat mich sonst noch irgendwer sprechen wollen?«

»Ja«, sagt Sonja, »du wirst nicht erraten, wer.«

»Na sag schon. Ich hab keine Ahnung.«

»Der Friedemann.«

Und sie erzählt mir, was Friedemann ihr erzählt hat. Es gehe ihm schlechter denn je, er sei schwerkrank, er werde sicher demnächst sterben. – »Die kapitalistische Gesellschaft, in der du und deinesgleichen als Sumpfblüten leben, hat ihn zugrunde gerichtet. Du bist zwar ein Arschloch, aber mit 200 Schilling wär ihm gedient.«

Vielleicht wäre alles anders gekommen, wäre damals Schubert nicht wieder aufgetaucht. Oder hätte ich seinen Brief nicht beantwortet, denn bevor Schubert selbst wieder auftauchte, kam ja sein Brief. Lieber Paul! Entschuldige, dass ich Dir schreibe, aber ich weiß nicht, wem ich sonst schreiben soll. Ich kann mit keinem Menschen mehr reden, getraue mich kaum mehr unter die Leute und fürchte, ich werde verrückt.

»Die alte Masche«, sagt Sonja, »aber du bist schon wieder einmal weggetreten, was sinnierst du?«

Ich sage: »Ich habe an Friedemanns Brief gedacht.«

»Den Brief«, fragt sie, »den er damals geschrieben hat? Wir hätten von Anfang an nicht drauf reinfallen dürfen.«

Wie reagiert man, wenn man so einen Brief kriegt?

Paul hatte Schubert jahrelang nicht gesehn.

»Wer ist dieser Schubert denn überhaupt?«, fragte Silvi.

»Ein Schulkollege. Aus der Mittelschulzeit.«

»Habt ihr euch gut verstanden?«

»Na ja«, sagte Paul.

»Was heißt: Na ja?«

Paul zuckte die Achseln: »Ich weiß nicht.«

»Er hat eine komisch verwackelte Schrift«, sagte Silvi. »Aber ich finde, zurückschreiben solltest du schon.«

Lieber Schubert, du brauchst dich nicht abzukapseln in dem Irrglauben, dass du allein bist. Vermutlich geht es den meisten so ähnlich wie dir, aber die wenigsten geben es zu. Allerdings glaube ich kaum, dass es gut ist, wenn du dich isolierst. Sind es doch auch keine isolierten Probleme, die dir, so scheint es mir zumindest, zu schaffen machen, sondern Verhältnisse, unter denen wir alle mehr oder minder leiden.

Paul hatte keine Ahnung, unter welchen Verhältnissen Schubert im Besonderen litt, aber beim Überlesen seiner eigenen Zeilen überkam ihn eine umso allgemeinere Rührung. Er fügte noch ein Postskriptum an, in dem er Schubert darauf hinwies, dass er jeden Donnerstagabend nach der Uni im Café Museum sitze. Das war bloß zur Hälfte wahr, denn er saß zwar wirklich manchmal in diesem Kaffeehaus, aber keineswegs regelmäßig zu einer bestimmten Zeit. »Es geht mir darum«, sagte er zu Silvi, der er den Brief, bevor er ihn zuklebte, zu lesen gab, »Schubert das Gefühl zu vermitteln, dass er zu nichts genötigt ist …«

»Du wirst ihm doch nicht wieder Geld geben wollen«, argwöhnt Sonja, »wozu soll das führen? Du kannst ihm nicht helfen mit 200 Schilling, in den Beiseln, in denen er sie versäuft, schimpft er weiter auf dich, und in ein paar Tagen ruft er wieder an.«

»Da mach dir nur keine Sorgen«, sage ich, »schließlich ist das ja meine Sache.«

»Deine Sache«, braust Sonja auf, »aber unser Geld!«

»Schau«, sage ich, »irgendwie fühle ich mich halt immer noch verantwortlich für das, was geschehn ist. Wir haben Friedemann eingeredet, dass seine Probleme nicht nur die seinen sind, aber richtig helfen können haben wir ihm nicht. Weder du noch ich, weder Helmut noch Christl, schon gar nicht wir alle gemeinsam. Vielleicht wäre es ihm auch sonst nicht anders ergangen, ja, das ist ohne weiteres möglich, aber irgendetwas haben wir trotzdem damit zu tun …«

»Na schön«, sagt Sonja, »dann bleib halt weiter der Blöde. Was soll ich ihm ausrichten, falls er noch einmal anruft?«

»Ich gehe jetzt«, sage ich, »ins Café Museum. Wenn mich wer dringend braucht, bin ich dort zu erreichen.«

7

Das Kaffeehaus war nicht besonders voll. Vorne gab es die üblichen Schachonkel, hinten die unvermeidlichen Bridgetanten, aber dazwischen war nicht viel los. Paul bemühte sich, seine Jacke auf einen der Kleiderständer zu hängen (schöner, aber dekadenter Schwung der Jahrhundertwende, wieso heißt das eigentlich Jugendstil?), was ihm jedoch, da die Schlinge vor etwa einem Monat abgerissen und nicht mehr angenäht worden war (eine der vielen, kleinen Bestätigungen für Silvi …), nicht gelang. Schließlich hatte der Kellner Kurt Erbarmen mit ihm und brachte ihm einen Bügel.

»Lange nicht da gewesen«, sagte er, während er Paul einen Platz in einer der Fensterlogen anwies; der Satz klang fast tadelnd.

»Tja«, log Paul, »ich war eine Weile im Ausland.«

Der Kellner wischte den Tisch ab. Der Tisch war nicht schmutzig.

»Eine Melange, wie üblich?«

»Genau«, sagte Paul.

Wo trifft man einen Autor der zornigen, jungen Generation, der sich selbst als links einstuft und sogar einen – wenn auch missglückten – Kommuneversuch hinter sich hat (Fragezeichen Doppelpunkt) im Kaffeehaus. So oder ähnlich hatte eine Redakteurin, die ihn einmal hier interviewt hatte (gut aussehend, seriös angezogen, dem Image ihrer Zeitung entsprechend: Paul hätte sich wohler gefühlt, hätte sie Jeans getragen, die hätten ihr durchaus gepasst), ihren Artikel begonnen. Das war vor vier oder fünf Jahren gewesen, als sie ihn noch für einen aufgehenden Stern gehalten hatten oder jedenfalls für ein dankbares Objekt ihrer Kulturberichterstattung. Auf eine Phase der Renitenz folge nun eine Phase der Besinnung, der Reflexion, als wäre das ein Widerspruch: Hatte er das gesagt?

Sag mir, wohin du gehst, und ich sage dir, wer du bist. Willy Wüstenrot und sein Klassenbewusstsein wären hier niemals hergekommen, Thonetsessel: Auch darüber hatten sie letzten Endes gestritten. Willy hatte gesagt, ein Sessel sei in erster Linie zum Sitzen da, und alles andere sei ihm wurscht.

»Das kommt darauf an«, hatte Paul gemeint, und: »einerseits, andererseits.« Aber das hatte Willy schon gar nicht gemocht. »Du und dein bürgerliches Relativieren!« Und dann (Pauls Lächeln): »Deine Scheißironie!«

Paul saß da und versuchte, sich wohlzufühlen, was ihm früher öfter gelungen war in diesem Café. Einfach in die Luft zu schauen und angenehm faul vor sich hin zu dösen, umgeben vom unbestimmten Gemurmel der anderen Gäste. Oder zum Fenster hinauszusehen und die Leute, die vorbeigingen, zu beobachten, wie sie von der einen Seite her auftraten und nach der anderen Seite hin verschwanden. Nein wirklich, es half nichts: Heute kriegte er das nicht hin.

Aus dem Gemurmel der anderen Gäste hörte er ständig einzelne Worte und Wendungen, die in seinem Kopf nachklangen und ihn störten. Das Wort »integriert« zum Beispiel, das die schräg hinter ihm sitzende Tenorstimme eines vermutlich jüngeren Mannes unausgesetzt gebrauchte, und zwar in einem Tonfall, als stünde es in Versalien, sodass es kaum zu überhören war. Oder die Wendung: »Er ist erstaunlich schnell älter geworden, findest du nicht?«, gesprochen von einem reichlich verrauchten Alt, den Paul nicht recht orten konnte, was ihn umso mehr irritierte. Obwohl er sich sagte, dass das, was da um ihn herum geredet wurde, natürlich nichts mit ihm zu tun hatte, fühlte er sich betroffen.

Auch der Blick aus dem Fenster hatte nicht die gewohnte beruhigende Wirkung. Das interesselose Wohlgefallen bei der Betrachtung des Vorbeitreibens draußen stellte sich nicht ein. Hingegen ertappte sich Paul dabei, dass er nach einem Mädchen im gestreiften Pullover spähte. Aber Julia saß wahrscheinlich noch immer in ihrem Seminar und warum auch sollte sie ausgerechnet hier vorbeikommen.

Paul schlürfte seine Melange, die ihm auch nicht mehr schmeckte, obwohl sie genauso aussah wie immer, schön braun und mit einer dezenten Kuppe weißen Schaums obenauf: Wieso war er überhaupt hierhergekommen? In diesem Café hatte Schubert auf ihn gewartet, damals. Er hatte den Brief an einem Mittwoch abgeschickt, und dass schon der nächste Abend für ein Treffen mit Schubert in Frage käme, daran hatte er nicht gedacht. Paul musterte das Interieur des Cafés, das er seit Jahren kannte, wie verblichen die ehemals kaisergelben Tapeten waren, wie abgesessen die ohnehin geschmacklosen Plastiküberzüge der Sitzbänke, wieso war ihm das früher nie aufgefallen? Silvi und er, sie waren eng beisammen im Wohnzimmer ihrer erst kürzlich bezogenen Wohnung gesessen und hatten die Beatles gehört.

Als es klopfte, wechselten sie ratlose Blicke, es war zehn nach zehn, und sie hatten eine elektrische Klingel. Silvi drehte die Beatles leise, Paul ging hinaus an die Tür und schaute durchs

Guckloch. Zu dem Gesicht draußen, aufgedunsen, aber mit Augen, um die man die Knochen ahnte, fiel ihm nichts ein. Auch in dem ganzen Menschen, der gleich darauf im Vorzimmer stand, schwer und irgendwie unbeholfen, als fühle er sich, kaum eingetreten, schon fehl am Platz, hätte er nie und nimmer Schubert erkannt.

Erst als der zu sprechen anfing und mit einer Stimme, die nicht zu seinem Körper passte, fragte, ob er ihn nicht mehr kenne, ging Paul ein Licht auf. »Doch doch«, sagte er und war nicht ganz sicher, ob er es schaffte, sein Erschrecken über das veränderte Aussehen seines alten Schulkollegen zu verbergen, »servus Schubert, so komm doch weiter. Silvi«, sagte er zu seiner Frau, die inzwischen in der Zimmertür aufgetaucht war und den späten Besucher mit unverhohlenem Misstrauen musterte, vom Kopf bis an die, für den Gebrauch in der Stadt ungewöhnlich festen Schuhe, von denen der Dreck auf den Spannteppich rann, »das ist mein Freund Schubert, von dem ich dir unlängst erzählt hab. Und das«, sagte er zu Schubert, der Silvi eine merkwürdig kleine, im Vergleich zum Rest seines Körpers geradezu lächerliche Hand entgegenstreckte, die er, kaum hatte er Silvi berührt, sofort wieder in den etwas zu langen Ärmel seiner abgetragenen Lederjacke zurückzog, »also das ist meine Frau Silvi.«

»Und das ist Salome«, sagte er und deutete auf die um seine Beine schmeichelnde Katze. Als sich Schubert nach Salome bückte, um sie zu streicheln, und wieder die kleine, komische Hand aus dem Ärmel ausfuhr, wurde er angefaucht. »Na komm schon«, sagte Paul, dem Salomes Unhöflichkeit etwas peinlich war, »das ist sonst gar nicht ihre Art.« Und Schubert trat, oder genau genommen drückte er sich an der Wand entlang ins Zimmer.

Schubert, der in der Bank vor Paul gesessen war, bevor er die Schule ohne Matura verlassen hatte. Wie seine Finger stumm Klavier spielten während der Englischstunden. Schubert, der ihnen allen auf die Nerven gegangen war mit seiner Musikbegeisterung, die er vor sich hinhielt wie einen Ausweis. Wie er sich einschloss während der Pausen auf dem Klosett, um Noten zu schreiben. Und wie er durch den Wald stapfte, immer ein wenig abseits von den andern, Beethovens Fünfte summend. Schubert, den Paul zwar nicht verspottete und quälte, wie das Gros seiner Klasse, aber der ihm (so glaubte er wenigstens) gleichgültig war.

Bis zu dem Tag, an dem Reiter, der Klassenstärkste, seiner (doch nicht nur seiner) aufgestauten Wut gegen Schubert Luft machte. Das war in der Musikstunde, Prof. Praegartner, der immer ein wenig schräg durch den Korridor schlurfte, sich aufs Treppengeländer stützte, sodass er lange Zeit für krank galt, legte, wie immer, eine Platte auf und zog sich zu seiner Flasche in die Instrumentenkammer zurück. Die meisten schrieben Hausaufgaben oder lasen Krimis, die »Unvollendete«, die auf dem Plattenteller eierte, war ihnen scheißegal. Schubert jedoch, vielleicht um seinem Spitznamen Ehre zu machen, erhob sich, räusperte sich, schloss seine Augen, hob seine kurzen Arme und dirigierte.

Manche witzelten, manche murrten nur, aber dem Reiter Helmut, der direkt hinter ihm saß und an der Mathematikhausübung für die nächste Stunde werkte, war das einfach zu viel. »Kusch, Arschloch!«, sagte er zwischen zusammengebissenen Zähnen hindurch, Schubert indessen, nichts als h-Moll im Kopf, hörte ihn nicht. Da stand Reiter auf, drehte Schubert mit der Linken zu sich herum und schlug ihn mit der Rechten aufs Kinn. Und als dann das Blut rann, so rot in Schuberts weißem Gesicht, da fand Reiter Spaß an der Sache und fühlte sich überdies als Vollstrecker eines kollektiven Unmuts und prügelte Schubert in den Papierkorb.

Und die »Unvollendete« eierte weiter, und Reiter schlug Schubert einige Male kräftig auf die Nase, und das Blut verbreitete sich über Schuberts Hemd. Und Schubert versank in den Abfall, und Reiter geriet allmählich in eine Art Euphorie, und über Schuberts rechtem Auge gab es ein Cut. Und niemand machte Miene, die Quälerei zu beenden, die meisten sahen die Szene mit lüsternen Blicken, einige riefen sogar gib ihm oder hoppauf. Da zwang sich Paul hoch, ging langsam Richtung Papierkorb, fasste Reiter fest an der Schulter und sagte: »Geh lass ihn!«

»So setz dich doch«, sagte er zu Schubert (dem Menschen, der aus Schubert geworden war), und wieder fielen ihm dessen dreckige Schuhe auf. Vielleicht magst du Hausschuhe, fragte er, aber Schubert gab keine Antwort. Er stand noch immer mitten im Zimmer und blieb einfach stehen. Wie ein nicht zur Einrichtung passendes Möbelstück.

»Ich bin«, erzählte er schließlich, »von der Arbeit nach Haus gekommen und hab deinen Brief gefunden … Ich arbeite übrigens, also da werdet ihr lachen, als Gärtner oder genau genommen als Aushilfsgärtner beim Stadtgartenamt … Ich hab deinen Brief gefunden und ihn dreimal gelesen … Und hab mir ein Taxi in dieses Kaffeehaus genommen … Dort keine Spur von dir, ich hab zwei Stunden gewartet … Schließlich hab ich den Kellner nach dir gefragt … Er kennt dich, hat er gesagt, er weiß, wer du bist … Aber heute warst du bestimmt noch nicht da … Trotzdem hab ich auf einmal Angst gekriegt … Der Kellner hat dich, hab ich gedacht, womöglich verwechselt … Oder ich hab dich irgendwie übersehn … Wir sind uns ja hübsch ein paar Jahre nicht mehr begegnet … Dann bin ich zum Telefon, um dich anzurufen … Ich hab eure Nummer gesucht, ich hab sie gewählt … Du hast abgehoben, da war deine Stimme … Aber ich hab nicht gewusst, was ich sagen soll … Also hab ich den Hörer aufgelegt … Und hab mir ein Viertel Wein bestellt und dann noch eins … Und hab einen Schilling geworfen: Kopf oder Adler … Kopf war zurück nach Haus fahren, Adler hierher …«

Schubert betrachtete seine Fingernägel.

»Na ja, wie du siehst, ist eben Adler gekommen …«

Die Fingernägel sahen wie Schaufeln aus.

Er hatte früher gepflegte Hände gehabt.

»Darfs noch was sein?«, fragte der Kellner Kurt, Paul war froh über die Ablenkung. Er blätterte in den Zeitungen, die ihm Kurt hingelegt hatte, sie ähnelten einander zum Verwechseln. Es gab eine Seite für Beschwichtigung und Einebnung von Widersprüchen, eine Seite für Terroristenangst und Antikommunismus, ein paar Seiten für moralische Empörung und Abreaktion. Die Kultur fand er zwischen der Tier- respektive Humanitätsecke und dem Sport: Über ihn stand nichts drin.

Er konzentrierte sich auf sein Horoskop: In der einen (der Regierung näher stehenden) unabhängigen Zeitung war die Prognose meist ausgezeichnet. Zwar glaubte er nicht im Ernst an astrologische Zusammenhänge, aber diese zu einem phäakischen Optimismus veranlassenden Prophezeiungen bauten ihn trotzdem auf. Wenn einem zum Beispiel gesagt wurde, man sei auf dem richtigen Weg, auch wenn es nicht danach aussehe, aber schließlich werde sich das erweisen, oder man brauche sich keine Sorgen zu machen, der Problemknoten, der einem im Augenblick unentwirrbar erscheine, löse sich endlich von selbst, so fühlte man sich gleich wohler. Heute allerdings verhießen nicht einmal die Gestirne Gutes: Jungfrauen sollten sich bis auf weiteres in beruflichen Dingen zurückhalten und in der Liebe eine Pause einschalten: Da legte er die Zeitung weg.

Er ging zum Telefon (vermutlich demselben, von dem Schubert damals angerufen hatte) und versuchte, Silvi zu erreichen. Wenn sie zu Hause war, warum hob sie nicht ab, wenn sie nicht zu Hause war, wo war sie, nein, eifersüchtig war er nicht. Als er zurück auf seinen Platz wollte, ergriff ihn Kienast, der in der Nebenloge saß, am Arm. »Hallo, wie geht's Ihnen?«, sagte er, »setzen Sie sich zu mir.«

Paul hatte schon eine Ausrede auf der Zunge, schluckte sie aber hinunter, denn eigentlich schätzte er Kienast. Wie er so dasaß, klein und grau (das Haar wie auch der Anzug), war es kein Wunder, dass man ihn übersah. Sein Auge jedoch (das rechte, das linke hatte den Star) blickte sehr lebhaft und aufmerksam in die Welt. Und Kienast schien eine Menge damit zu sehen.

Paul holte sich seine Melange vom Nebentisch. Kienast mochte gemeinhin für hässlich gelten, aber unter seinem hässlichen Gesicht sah Paul manchmal ein schönes. Er konnte sich vorstellen, dass er auch einmal so aussehen würde, die Barttracht hatte er schon jetzt. Und wenn ihm die Haare weiter so ausfallen würden, fehlte nicht mehr viel.

Zuweilen empfand er Kienast beinahe als Vaterfigur. Das hing damit zusammen, dass sein eigener Vater ein halbes Leben damit verbracht hatte, seine jüdische Abkunft zu verleugnen. Paul fühlte sich von allem, was mit dem Judentum zusammenhing, auf eine merkwürdig faszinierende Art angezogen. Und Kienast bekannte sich zu seinem Judentum: ebenso stolz wie sarkastisch.

Außerdem war er das, was man einen frustrierten Schriftsteller nennt. Es hatte eine Zeit gegeben, da hatte er sich für den Größten nach Goethe gehalten, aber die war lang vorbei. Im Laufe der Jahre hatte er eingesehen, dass er das nicht war. Paul konnte die, die das einsahen, besser leiden als die andern.

»Es ist so still geworden um Sie«, sagte Kienast. (Sein Auge grinste, doch ohne Bösartigkeit.) »Und war doch noch bis vor kurzem so laut um Sie …«

»Ja«, sagte Paul. »Ich zieh mich ein bisschen zurück.«

»So«, sagte Kienast, »das habe ich mir gedacht. Ehrlich gestanden: Das habe ich fast erwartet.« (Sein linker Mundwinkel schnalzte, das machte er öfter.) »Um nicht zu sagen: Das habe ich mir erhofft ...«

»Paul Grünzweig, 34, habe ich recht, Talent ... Bei uns bleibt man lange Zeit ein Talent, mein Lieber ... Autor zweier (oder schon dreier?) Bücher ... Ein Theaterstück hat er auch geschrieben ... Eine Weile hat man ihn hochgejubelt ... Das hat den Eindruck erweckt, er ist etabliert ... Jetzt fängt man an, ihn wieder herunterzumachen ... Sie sind nicht der Erste, dem das geschieht, mein Bester.«

Paul nippte an seiner Melange, sie war bitter und kalt.

Er wusste, dass Kienast recht hatte, aber so deutlich hatte ihm das noch niemand gesagt.

»Mein Rückzug«, sagte er, »hat auch private Gründe. Die sind vielleicht ausschlaggebender als die andern.«

»Seien Sie froh«, sagte Kienast, »danken Sie Gott. Was immer Sie jetzt zum Rückzug veranlasst, ist gut.«

»Kann sein«, sagte Paul. Er war nicht sehr überzeugt. »Doch auf die Dauer kann ich mir das nicht leisten.«

»Nun«, sagte Kienast, »ich hab mir nicht eingebildet, dass ein junger und fähiger Mensch wie Sie« (er kicherte oder zumindest glaubte Paul, hier ein Kichern zu hören) »in die Katakombe geht. Obwohl ich persönlich die Katakombe für die einzige Möglichkeit halte, mir selber treu zu bleiben, aber das ist schließlich mein Bier. Und außerdem sollen Sie sich an einem alten Juden wie mir kein Beispiel nehmen: Schauen Sie nur, wie ich heute dasteh' beziehungsweise dasitz'! Während andere weiß der Teufel was geworden sind und sich weiß Gott was drauf einbilden, und haben doch auch ihr Lebtag nichts anderes gemacht als geschrieben.

Was ich Ihnen sagen wollte, ist nur, dass allzu viel Betrieb ruiniert, aber das wissen Sie ja selbst. Heute haben Sie ein vielversprechendes Buch geschrieben, heute sind Sie froh, wenn man Sie beachtet, heute werden Sie publiziert und finanziert. Morgen verlangt man ein neues Werk von Ihnen, man zahlt Ihnen einen netten Vorschuss, aber dafür will man auch etwas Entsprechendes bekommen. In der Zwischenzeit haben die Medien Sie entdeckt und reichen Sie zum Kuss herum, Sie kriegen kaum mehr Luft. Sie schreiben Hörspielchuzpe, Sie schreiben Fernsehschmonzes, Sie schreiben Artikelach. Sie sind ja froh, dass Sie endlich ein bisschen Geld verdienen, das kann man verstehn. Sie schreiben Texte für Lieder und Musicals, womöglich fangen Sie gar noch selber an zu singen. Natürlich sind Sie ein Exhibitionist, sonst würden Sie nicht schreiben, aber die andern machen aus Ihrem Exhibitionismus so lang ein Geschäft, bis er Ihnen vergeht.«

Hier wollte Paul etwas einwenden, ließ es aber bleiben. Er lehnte sich möglichst weit im Sessel zurück.

Kienasts Auge grinste ihn weiterhin an.

»Wollen Sie hören, wie es weitergeht?«

Paul nickte, obwohl er es wusste, Wort für Wort:

»Inzwischen sind Sie mit Ihrem Buch in Verzug. Man erwartet etwas Profundes von Ihnen. Diese Erwartung ist eine Riesenbelastung. Und: was das Schlimmste ist: Sie teilen Sie selber. Sie haben sich vorgenommen, ein Hauptwerk zu schreiben. Alles soll drinstehn, was Sie zu sagen haben. Doch was Sie zu sagen haben: Was war das doch gleich?

Sie sollten sich Zeit nehmen können, nachzudenken. Sie sollten sich Zeit nehmen können, in sich zu gehn. Sie sollten sich Zeit nehmen können, sich selbst zu finden. Aber das können Sie nicht: Da ist der Termin. Natürlich: Sie können den Termin überziehn. Doch mit dem Termin geht auch Ihr Vorschuss zu

Ende. Man wird Ihren Vorschuss verlängern, aber was dann? Medienjobs: Da beißt sich die Katz in den Schwanz.

Daran hab ich viele zugrunde gehen gesehn … Ganze Schriftstellergenerationen, glauben Sie mir … Manche haben ganz einfach den Strick genommen … Und die ihn nicht genommen haben, sind korrumpiert … Die haben halt weitergeschrieben auf Teufel komm raus … Schöpferisch sind die bis zur totalen Erschöpfung … Die werfen halt alle zwei Jahre ein neues Büchel … Was die zu sagen haben, hat nichts mehr zu sagen.«

Kienasts Auge war jetzt todernst geworden.

»Werden Sie dem entgehen können, mein Lieber? … Ehrlich gestanden, ich halt Sie für ziemlich auf Draht. Aber gerade deshalb für ziemlich gefährdet.

Außerdem sind Sie ein besonderer Fall. Sie haben mehr Feinde, als Ihrer Entwicklung entspricht. Ich weiß nicht, womit Sie sich die erwirtschaftet haben. Das würde mich interessieren: Wissen Sie's?«

In diesem Moment kamen zwei Mädchen mit auffallend gepflegten, hochgetürmten Haaren, eine schwarz, eine blond, zur Tür herein. Paul hatte schon eine Weile auf eine Gelegenheit gelauert, vor Kienasts Worten, die ihm immer unangenehmer wurden, auszukneifen, jetzt war sie da. »Entschuldigen Sie«, sagte er, »aber die Damen kenn' ich, ich bin gleich wieder hier.« Und war bereits von Kienasts Tisch aufgestanden und ging, indem er sich rasch mit den Fingern durch die Frisur fuhr, auf die beiden zu.

Es waren Natascha und Susi vom INTER HAAR INSTITUT, das er vor einigen Jahren wegen seines damals einsetzenden Haarausfalls und mit Hilfe eines zu diesem Zeitpunkt endlich steigenden Einkommens (Artikelach, Fernsehschmonzes und Medienchuzpe …) aufgesucht hatte. – »Sehen Sie«, hatte Frau Marga, die Chefin des Etablissements gesagt, ihm einen kleinen Spiegel über den Hinterkopf haltend, sodass er die schüttere Gegend am Wirbel, derentwegen er gekommen war, im großen Spiegel, vor den sie ihn hingesetzt hatte, genau betrachten musste, »sehen Sie, vorläufig ist es nur diese kleine Stelle, aber wie lange noch? Wenn Sie mich fragen, ich rate Ihnen zu unserer Spezialkur, das ist eine Kombination von haarbodennährenden Mitteln und reaktivierender Massage, in 75 % der Fälle absolut wirksam. Ich sag Ihnen gleich, das wird Sie nicht billig kommen. Aber andererseits geht es ja schließlich um Ihr Haar …«

Also hatte sich Paul zweimal wöchentlich ins Studio des INTER HAAR INSTITUTES gesetzt und sich von hübschen Mädchen, darunter Natascha und Susi, den Kopf massieren lassen. Und es war angenehm gewesen, ihre sensiblen Finger im Nacken und hinter den Ohren zu spüren und mit den Spiegelbildern ihrer aparten Gesichter zu plaudern. Und in der Luft war der Geruch haarbodennährender Mittel und diverser Parfums gelegen. Und das Flair einer ebenso kommunikativen wie unverbindlichen Erotik.

»Nein«, sagte Natascha, »das gibts nicht: Sind Sie's wirklich? Ich hätte Sie fast nicht erkannt mit den kurzen Haaren!«

Und Susis Blick auf sein Hinterhaupt tat ihm weh: »Ihr Haarausfall ist aber auch nicht besser geworden …«

»Na ja«, sagte Paul, »die Spezialkur hat nichts genützt. Wahrscheinlich tut sie das niemals, habe ich recht?«

»Es kommt darauf an«, belehrte Natascha, »dass man dran glaubt. Sie sind mir von Anfang an zu skeptisch erschienen.«

»Oh Gott!«, sagte Paul. »Jetzt hab ichs. Und krieg eine Glatze. Darf ich mich trotzdem ein bisschen zu Ihnen setzen? – Ich habe auf einmal den unwiderstehlichen Drang, mich zwischen zwei hübschen Mädchen auszuweinen.«

Und schon hatte er sich in die Loge zwischen die beiden gedrängt und sie links und rechts um die Darmbeinschaufeln gefasst (sie lebten figurbewusst). Er glaubte Kienasts Auge zu spüren, das ihn dabei beobachtete, aber er schaute sich nicht um. »Halt, zurück!«, protestierte Susi und schlug ihm scherzhaft auf die Hand, »Sie haben sich aber verändert!« Natascha stimmte ihr bei: »Sie waren doch früher nicht so?«

»Gewonnen, gewonnen, früher war alles ganz anders.« Paul ließ seinen Kopf gegen Susis Busen sinken.

Die rutschte beiseite: »Jetzt machen Sie einen Punkt. Das hier ist schließlich ein seriöses Lokal!«

»Jawohl«, sagte Paul, »ein seriöses Lokal.« Und saß auf einmal sehr aufrecht zwischen den beiden. »Haben die Damen schon zu bestellen beliebt? Nein? Na das trifft sich ja gut. Ich lade Sie ein.«

»Jetzt hat er auch noch die Spendierhosen an«, wunderte sich Natascha, als er für Susi und sie je einen Cognac, für sich einen Sliwowitz bestellte, »was ist denn mit Ihnen los?«

Paul wusste auch nicht, was mit ihm los war, nur dass er sich plötzlich in einer unheimlich aufgekratzten Stimmung befand und eine Rechnung von grob geschätzt 200 S bezahlen würde, obwohl er insgesamt nur mehr 300 besaß. »Das mit dem Glauben«, sagte er, nachdem er sein Glas auf einen Zug geleert hatte, »das mit dem Glauben hat mich zutiefst berührt. Es kommt darauf an, dass man glaubt. Das hab' ich verlernt.«

Natascha schaute ihn groß und rehäugig an.

»Sie haben aber einen komischen Tag heute, nicht wahr?«

»Wir haben Bilder von Ihnen in einer Illustrierten gesehn«, sagte Susi, »Sie haben ja eine ganze Menge Erfolg.«

»Und einen Sohn haben Sie auch«, fügte Natascha rasch hinzu, »ein ziemlich herziges Kind, nach den Fotos zu schließen.«

»Ja«, sagte Paul, »ein ungemein herziges Kind.« Und verfiel in ein langes, peinliches Schweigen.

Natascha räusperte sich. »Und was machen Sie jetzt? – Ich meine: Sie schreiben vermutlich was Neues, oder?«

Paul trank einen Schluck aus dem leeren Sliwowitzglas. »Nein. Aber einen Artikel sollte ich schreiben.«

»Interessant«, sagte Susi. »Worüber denn?«

»Einen Artikel über das Achtundsechzigerjahr.«

»Ah so«, sagte Susi: »Das Achtundsechzigerjahr ... Achtundsechzig ... Was war denn damals bloß los?«

Paul zog sein Notizbuch. »Versuchen Sie sich zu erinnern.« (Auf einmal fühlte er sich vergleichsweise nüchtern.)

Achtundsechzig ... Sie legte die Stirn in Falten.

»Erzählen Sie alles«, sagte er, »was Ihnen einfällt.«

Sie rechnete mit den Fingern: »Da war ich siebzehn ... Das Attentat auf den zweiten Kennedy? ... Wissen Sie, auf die Kennedys bin ich gestanden ... Schon auf den ersten, obwohl ich damals noch klein war ... Ich habe zu Hause Kennedy-Posters gehabt ... John F. mit gefalteten Händen und Heiligenschein ... Wie Jackie dann den Onassis geheiratet hat ... also da war ich wirklich zutiefst enttäuscht.«

»Ja«, sagte Paul, »das kann ich ganz gut verstehn. Dadurch hat sich's Jackie ja auch mit mir verscherzt.« Und wandte sich an Natascha: »Fällt Ihnen was ein? Ich meine zu 68? Was damals los war?«

Natascha schaute ihn neuerlich an wie ein Reh. So schön, so zu Herzen gehend und ahnungslos. Schon klappte Paul sein Notizbuch wieder zu. Da fasste sie ihn am Arm: »Jetzt fällt mir was ein!«

Und sie erzählte, wie sie im Jahr 68, es könnte im Mai gewesen sein, denn die Sonne habe geschienen, über die Hernalser Hauptstraße gegangen sei, in einem extrem kurzen, bis bestenfalls an die Mitte der Oberschenkel reichenden Rock, dessentwegen schon ihre Eltern und erst recht die Lehrer in der Berufsschule einen Tango gemacht hätten. Und da sei eine alte Frau, mindestens hundert, stehen geblieben, mitten auf der Fahrbahn, die habe auf sie gezeigt mit knöchernem Hexenfinger und dazu gekreischt. »Als hätte sie etwas Hässliches gesehn!«, sagte Natascha, noch heute ein bisschen empört. Und dabei seien ihre Beine (sie schob ihr langes Kleid bis an die Knie hoch und wartete auf Zustimmung) doch wirklich nicht schlecht.

Als Paul wieder an den Tisch kam, an dem Kienast gesessen war, war Kienast weg. Das gab ihm einen Stich, aber vielleicht war das auch seine etwas angegriffene Leber. Er drehte sich um und wollte zurück zu den beiden INTER-Mädchen, die gingen soeben aus der Tür. »Na, trinken wir noch etwas?«, fragte der Kellner Kurt verständnisvoll. Und Paul bestellte.

8

Wie die Nacht, in der Schubert auftauchte, weiter verlief. Schrieb Paul, schreibe ich im Café Museum sitzend, Kaffeehausliteraten, die wir nicht sind, über den falschen oder echten Marmor des Tischchens gebeugt. Echter Marmor ist kalt, habe ich einmal gelesen, falscher ist warm, dieser hier ist keins von beiden. Weil du nicht heiß bist noch kalt, sondern lau, wirst du ausgespien.

Schreibe ich, schrieb Paul, erste Person Präsens, dritte Person Imperfekt, wo bin ich. Von einer Tendenzwende ist allenthalben die Rede, von einer Identitätskrise, vielleicht hängt das alles zusammen. Paul war das vage Unbehagen, das ihm Schuberts Anwesenheit verursachte, lange nicht losgeworden. Er hatte später oft darüber nachgedacht, ob dieses Unbehagen mit einer dumpfen Vorahnung der Entwicklung zu tun hatte, die Schuberts Wiederauftauchen letzten Endes auslöste, aber vermutlich lag die Ursache eher in der Vergangenheit als in der Zukunft.

Schubert saß da, zurückgesackt in ein lautes, irgendwie vorwurfsvolles Schweigen. Die Beatles hatten zu Ende gesungen, Silvi stand auf und hob den Tonarm von der Platte. Beim Trinken nahm Schubert den Rand des Glases so tief in den Mund, als wolle er davon abbeißen.

Schließlich blieb Paul nichts anderes übrig, als Fragen zu stellen.

Und schon erzählte Schubert, sich unausgesetzt vergewissernd, dass er seinen Gastgebern nicht auf die Nerven gehe (»Ich gehe euch doch auf die Nerven, habe ich recht? Wenn ich euch auf die Nerven geh, müsst ihr mir's sagen …«), die ganze lange Geschichte seines Scheiterns. Erzählte sie mit vorerst atemloser, gepresster Stimme, die schon beim Zuhören im Hals schmerzte, die sich aber später immer mehr löste, je mehr er trank. Und Silvi, die anfangs sichtlich wenig für ihn übriggehabt hatte (und immer noch warf sie zeitweilig kritische Blicke auf die Flecken im Teppich), rückte ihm näher. Und auch Paul konnte sich, obwohl er sich geraume Zeit dagegen wehrte, der Wirkung von Schuberts Geschichte nicht völlig entziehen.

Nachdem er die Schule Ende der Vierten verlassen hatte, erlernte Schubert, dem Wunsch seiner Mutter gemäß, den Beruf eines Kellners. Zwar hätte er lieber Musik studiert, aber das kam, angesichts der sozialen und materiellen Situation seiner Familie, überhaupt nicht in Frage. Sein Vater war in Stalingrad geblieben, seine Mutter, die ihn manchmal vor dem Schultor erwartet hatte, eine vierschrötige, stark kurzsichtige Frau mit einer lauten, fast maskulinen Stimme und dem festen, weit ausholenden Schritt eines Bergsteigers, sorgte als Schalterbeamtin bei der Post seit Jahren für ihre zwei Söhne. Nun hatte der Ältere eine Lehre als Kunsttischler abgeschlossen, der Jüngere, den man, der besseren Manieren wegen, die dort angeblich herrschten, statt in die Haupt- in die Untermittelschule geschickt hatte, sollte ins Gastgewerbe.

So hatte er sich, was war ihm übriggeblieben, die Idee seiner Mutter zu eigen gemacht und beschlossen, auf diesem Gebiet nicht nur etwas, sondern ein Chef zu werden. Zuerst Liftboy in einem großen Hotel, dann Kellner in einem guten Restaurant, dann vielleicht Steward auf einem Überseeschiff usf. Und schließlich war ja das Gastgewerbe ein Bereich, in dem man eine Menge Leute kennenlernen konnte. Vielleicht würde er Glück haben und eine Frau mit Kapital finden und eines Tages ein eigenes Lokal eröffnen.

Seine musikalischen Interessen habe er vorerst zurückgestellt. In seiner Freizeit werde er noch genug zum Klavierspielen kommen, ja als Hobby könne er später sogar komponieren, wenn ihm das Spaß mache, aber als Beruf sei das nichts. Es gehe darum, dass er möglichst bald auf eigenen Füßen stehe, seiner Mutter nicht allzu lang auf der Tasche liege, mit einem Wort: erwachsen werde. Er solle sich ein Beispiel an seinem älteren Bruder nehmen, der habe nicht solche Flausen im Kopf wie er, verdiene jetzt schon ein schönes Geld und werde sich sicherlich bald schaffen, was man von ihm erwarte: Ehe Familie Heim.

So weit so schlecht: Schubert habe also seine gastgewerbliche Karriere im Hotel Bristol gestartet. Und im Anfang habe ihm das auch imponiert, obwohl er natürlich der letzte Dreck gewesen sei als Liftboy. Feine Leute stiegen da ab, und wenn er ihnen im Lift die richtigen Knöpfe drückte und sonst möglichst wenig auffiel, bekam er ein gutes Trinkgeld. Manchmal erschienen sogar richtig Prominente, der Hollywoodstar Dirk Bogarde zum Beispiel, der in Wien einen Film drehte, noch dazu über den Musiker Liszt, der bezahlte nur in Dollars.

Es dauerte aber nicht lang, bis Schubert einsehen musste, dass er kein Felix Krull war. Es gab keine reichen Damen, die ihm wohlwollende Blicke zuwarfen, nur ein-, zweimal fiel ihm auf, dass ihn ältere Herren recht merkwürdig ansahen, doch vielleicht bildete er sich das nur ein. Eines Tages bestellte ihn einer mit blaugefärbten Haaren auf sein Zimmer und forderte ihn auf, mit ihm ein Glas Sekt zu trinken. Da sagte ihm Schubert, dass er Antialkoholiker sei.

Später arbeitete er schon als richtiger Kellner in der dem Hotel angeschlossenen Restauration. Er schwitzte jeden Tag ein weißes Hemd durch, so sehr wurde er umhergehetzt: weniger von den Gästen als von den anderen Kellnern. Kaum rückt einer auf, so tut er dem, der seinen früheren Platz einnimmt, genau das an, was ihm selbst auf ebendiesem Platz angetan worden ist. Auf diese Weise funktioniert das System.

Oh doch, er habe versucht, in seiner Freizeit Klavier zu spielen, ja sogar zu komponieren, aber mit wenig Erfolg. Er habe bemerkt, wie steif seine Finger geworden seien, seit er so wenig hätte üben können, und die eigenen Musikstücke, die er in Notenhefte zu schreiben versuchte, wurden schon deshalb nichts, weil er ja noch viel zu wenig von Musik verstand. Er informierte sich über die Möglichkeit, als Gasthörer an der Akademie aufgenommen zu werden, aber dieser Weg war ihm versperrt. Die theoretischen Kurse hätte er nur allzu selten besuchen können und zu den Übungen hätte er überhaupt nie frei bekommen: Da war keine Chance.

So habe er sich schon damals, mit knappen zwanzig, um sein Leben betrogen gefühlt. Die anfänglichen Illusionen, das Gastgewerbe betreffend, seien verblasst, er habe das inzwischen, zum Unterschied von seiner Mutter, aus eigener Erfahrung gekannt und darin keine Perspektive mehr gesehn. Es sei denn die, sich total mit seiner Funktion als Domestik zu identifizieren, der den feinen Pinkeln vorwiegend jene Speisen und Getränke hinstellen darf, die er sich selbst nicht leisten kann. Und dabei entweder die perverse Befriedigung dessen zu empfinden, der wenigstens zureicht, was gut und teuer ist, oder aber den Gästen im Geist unausgesetzt das Götzzitat vorzusagen bis zu seiner Pensionierung.

Eine Zeitlang spuckte er den besonders Unsympathischen in die Suppe und zuckerte dem zuckerkranken Oberkellner sämtliche Speisen, aber auf die Dauer gab ihm das auch nichts. Eines Tages ging er mitten während der Arbeitszeit in die Garderobe, vertauschte die Kelleruniform mit seinen Privatkleidern und verschwand. Er stahl ein Moped, fuhr den halben Tag damit durch die Stadt und warf es endlich am Stadtrand in einen Graben. Am Abend sagte er seiner Mutter, er habe gekündigt.

Seine Mutter bekam einen Nervenzusammenbruch, Schubert sperrte sich in sein Zimmer ein und spielte Klavier. Seine Mutter drohte, ihn vor die Tür zu setzen, würde er sich nicht binnen vierzehn Tagen eine neue Stelle suchen. Schubert spielte bis zum fünfzehnten Tag, dann hatte er eine Sehnenscheidenentzündung und packte seinen Koffer. Er fand ein Zimmer mit einem verstimmten Piano in der Nähe des Westbahnhofs und begann, schon der Nachbarschaft wegen, mit einem Halbtagsjob bei der Bahnpost.

Er lud Pakete auf Paketrodeln und führte sie ans Fließband. Das sei wenigstens eine Arbeit, die nicht durch ein weißes Hemd und einen Schlips über ihren wahren Charakter hinwegtäusche: beschissen, aber ehrlich. Andererseits war er diese Art von körperlicher Anstrengung nicht gewohnt, die Sehnenscheidenentzündung wurde schlimmer, und wenn er sich nachmittags ans Klavier setzte, nickte er ein. Nach einer Weile tat ihm die Hand so weh, dass er nur mehr mit zusammengebissenen Zähnen klimpern konnte, er ging zum Arzt, der sagte ihm, er müsse das Klavierspielen aufgeben, sonst bilde sich ein Überbein.

Es war ein schöner Tag damals; als Schubert das Haus des Arztes verließ, schlug ihn die Sonne hart ins Gesicht. Er ging in eine Trafik, kaufte sich eine Packung Gillette-Rasierklingen und fuhr damit hinaus ins Überschwemmungsgebiet. Dort war er als Kind gern gewesen, er setzte sich ganz nah an die Donau und sah zu, wie das Wasser an ihm vorbeifloss. Er ritzte sich die Pulsadern, aber als dann das Blut aus ihm herausrann, bekam er es mit der Angst zu tun, band sich die Schuhbänder um die Handgelenke und lief zur Polizei …

Später, als sie die Wohngemeinschaft, die sie auseinanderbringen sollte, schon hinter sich hatten, behauptete Schubert, die Geschichte mit diesem Selbstmordversuch sei gar nicht wahr. Er habe gar keinen echten Selbstmordversuch begangen, habe die Geschichte nur so erzählt, um sich interessant zu machen, Paul und Silvi aber seien blöd genug gewesen, sie ihm zu glauben. Wie dem auch sei, jedenfalls war Schubert auf irgendeine Weise in die städtische Nervenheilanstalt Steinhof geraten. Und seit er von dort zurück war, arbeitete er als Aushilfsgärtner: Da klafften ihm Sein und Bewusstsein extrem auseinander.

Von da an nämlich war ihm das Leben sowohl daheim als auch am Arbeitsplatz eine Qual gewesen. Seine Mutter hatte ihm ständig vorgeworfen, er sei verrückt, wenn er versucht hatte, wieder Klavier zu spielen, hatte sie nur gesagt: Jetzt spinnt er schon wieder. Und hatte sich alles Mögliche ausgedacht, um ihn daran zu hindern. Einmal zum Beispiel, als er nach Hause kam, war die Klaviatur des Pianos vernagelt.

In der Arbeit hatte er versucht, sich anzupassen, so zu sein, wie die andern, um nicht mehr aufzufallen. Wenn seine Kollegen hart und ordinär waren, sich prügelten, besoffen und mit Frauen stets wie mit Huren umgingen, schon allein deshalb, weil sie ja kaum andere Ventile hatten, als sich zu prügeln und zu besaufen, und weil sie kaum an andere Frauen herankamen als an Huren, dann war er noch härter und ordinärer. Und vermied es peinlichst, sie etwas von jenen Interessen merken zu lassen, die ihn hätten verraten können. Und bemühte sich, diese Interessen selbst zu vergessen.

»Der Brief an dich«, sagte Schubert zu Paul, »war mein erster Rückfall. Und deine Antwort hat mir Mut gegeben. Ich bin ziemlich kaputt, wisst ihr, aber vielleicht, habe ich gedacht, ist das gar kein Rückfall gewesen, sondern ein neuer Anfang. Na ja und jetzt hocke ich da und quatsche euch an.«

Natürlich beeilten sich Paul und Silvi zu beteuern, dass sie das nicht im Geringsten störe. »Im Gegenteil«, sagte Silvi, »sprich dich nur aus, wenn es dir guttut, wir hören dir gerne zu.« Paul war erstaunt über seine Frau: Die Flecken auf dem Spannteppich waren offenbar vergessen. Und selbst Salome ließ sich jetzt von Schubert berühren.

Paul empfand eine Spur von Schuldbewusstsein, wie er so dasaß, plötzlich ein wenig isoliert. Er schenkte Schubert nach und prostete ihm zu. Er spürte allmählich, wie ihn der Alkohol wärmte. Ein Gefühl zwischen Nächstenliebe und Engagement durchrieselte ihn. Wozu dissertierte er über Christentum und Marxismus? Das Gefühl stieg zu Kopf und rann in die Füße. Der Rotwein ging aus, der Zeiger der Uhr lief im Kreis. Draußen vorm Fenster begann es bereits zu dämmern.

Dann war das Bedürfnis, ins Bett zu gehen, unwiderstehlich. Aber da war ein Problem: Was tun mit dem Gast? Dass man ihn jetzt nicht gut nach Hause zu seiner ohnehin unzumutbaren Mutter schicken konnte, war klar. Naheliegend, dass Paul ihm vorschlug, zu bleiben.

Nun war jedoch die Verwirklichung dieses Vorschlags gar nicht so einfach. Sie besaßen kein Gästebett, auf der Sitzgarnitur zu liegen wäre zwar möglich gewesen, aber Paul wollte den armen Schubert, der sich im Laufe des langen Abends so sehr gelockert hatte, dass jetzt irgendwo unter dem Fett, das seine Züge entstellte, der alte Schubert wieder zum Vorschein kam, um keinen Preis enttäuschen. Vielleicht hoffte er auch insgeheim, Schubert werde das Angebot, mit ihm und Silvi auf der ehelichen Doppelcouch zu schlafen, dankend ablehnen. Oder seine Frau werde Einspruch erheben. Aber nichts davon geschah.

Silvi stand auf und ging ins Badezimmer. Als sie zurückkam, trug sie ein hellblaues Nachthemd. Alles an ihr sah ziemlich durchsichtig aus. Sie wirkte wie eins der Mädchen von Lukas Cranach. Schubert entkleidete sich bis auf die Unterhose. Um die Hüften herum sah er aus wie ein Nilpferd. Paul pflegte nackt zu schlafen und tat das auch heute. Er löschte das Licht aus und legte sich zwischen Silvi und Schubert.

Er schlief ein und träumte, ein Erdbeben kündige sich durch leichte Erdstöße an. Dann wurden die Erdstöße stärker, er wachte auf und begriff, dass Schubert neben ihm im Bett lag und sich ruhelos wälzte. Silvi auf der anderen Seite schlief ruhig und atmete tief. Schubert stand auf, suchte die Hausschuhe, die Paul für ihn bereitgestellt hatte, latschte hinaus aufs Klo und blieb lange aus.

Als Paul zum zweiten Mal aufwachte, rüttelte ihn Schubert an der Schulter. »Entschuldige«, sagte er, »aber ich muss auf der Stelle fort.« »Red keinen Blödsinn«, erwiderte Paul und folgte ihm noch halb schlafend ins Vorzimmer, »was ist denn los?« – »Ich bin ein Ungeheuer!«, verkündete Schubert fürchterlich hochdeutsch und schlug sich dabei mit der Faust an die Brust: »Ich bin ein Ungeheuer! Ich begehre deine Frau!«

Hatte Paul geschrieben, habe ich geschrieben, der Kellner Kurt beginnt demonstrativ die Sessel auf die Tische zu stellen, es ist jetzt mehrere Gläser später. Friedemann hat nicht angerufen, schade, ich hätte ihn gern Verschiedenes gefragt, vielleicht hat ihm Sonja doch nicht gesagt, dass ich hier bin? Schuberts Geschichte / Friedemanns Geschichte: die Parallelen und die Divergenzen: Ähnlichkeiten mit lebenden oder verstorbenen Personen sind unvermeidlich. Die Rechnung ist hoch, man sollte Sliwowitz besser nicht im Kaffeehaus trinken, Kurt stopft mich in den Mantel.

Die Nachtluft tut gut, der Schnee fällt in großen Flocken, ich gehe stadtauswärts. Will ich jetzt in die Inzersdorfer Straße oder in die Spengergasse, bin ich als Peter oder als Paul unterwegs? Ach was, so schwer kann die Unterscheidung nicht sein, vielleicht bin ich nur betrunken. Im Übrigen ist unser Weg eine Strecke derselbe.

Zweiter Tag

Damals da haben wir uns
noch etwas getraut

abwerfen was beschwert
die alte Haut

dann stehen wir da
wie aus dem Anatomiebuch
so nackt
und rot
und das Herz
ist auf jeden Fall links
allerdings

ist das alles viel schwerer
getan
als gedacht
und gesagt /

Heute da haben wir nicht mehr
so viel Courage

der Bürger sein Weib sein Kind
ganz schön schiech die Bagage

Konsumbedürfnisse
um die Lippen
Konkurrenzangst

im Blick
der faustische
Fick

(jener
zu welchem wir sagen
verweile doch)
ist vertagt /

jetzt oder nie
heißt immer häufiger
nie

im Fernsehen
quatschen die Herren
von der Industrie

mit dem bösen Kasperl
der Rezession
in der Hinterhand

wir leben halt heute
und hier
das gelobte Land

mag morgen
woanders sein

wir brauchen
die Altersversorgung
den Krankenschein
noch
sind wir satt

und nehmen uns
wenn es sein muss
ein Blatt vor den Mund
oder
vors Genital

na und?

wir waren einmal

1

An diesem Morgen erwachte Grünzweig ungewohnt früh. Hatte ihn das Kind der Nachbarin geweckt oder war das Kindergeschrei in seinem Kopf nur der Rest eines Traums? Er fröstelte, streifte einen Pullover über, steckte den Heizstrahler an. Beschloss, den Artikel für Fiedler ernsthaft in Angriff zu nehmen.

Von einer Tendenzwende, schrieb er, ist allenthalben die Rede. Tatsächlich: Die Neuen Linken sind älter geworden … Aber schon nach diesen ersten zwei Sätzen hatte er das Gefühl, dass er eigentlich nur in verklausulierter Form über sich selbst schrieb. Also zog er das soeben eingespannte Blatt aus der Walze, legte es auf einen Stoß anderer, mit ebenso wenigen Sätzen beschriebener Blätter, und begann ein neues.

Wie Schubert geblieben und nicht mehr gegangen war. Paul hätte ihn gehen lassen sollen damals frühmorgens, das wäre besser gewesen. Andererseits lässt man doch einen seelisch angeschlagenen Menschen nicht einfach davonrennen in dem Glauben, er sei ein Ungeheuer. – »Jetzt setz dich erst einmal nieder und trink' einen Schnaps!

Du begehrst meine Frau, na und, das ist doch nicht außergewöhnlich! Ich weiß nicht, was sie davon hält, das ist eine andere Frage. Aber du kannst ja darüber reden mit ihr. Durchs Reden kommen die Leute zusammen, findest du nicht?«

Später, als sie sich entzweit hatten, pflegte Schubert herumzuerzählen, Paul hätte zu ihm gesagt: »Du kannst ruhig mit ihr schlafen.« Das war natürlich ein Missverständnis, denn wenn

Paul gesagt hatte, Schubert solle mit Silvi reden, so hatte er damit nur das und nichts anderes gemeint. Vielleicht lag das Missverständnis allerdings auch auf seiner Seite und ging viel weiter als dasjenige Schuberts. Denn er glaubte damals noch, es genüge, über die Dinge zu reden, die uns belasten.

Außerdem wusste er, dass es beim Reden bleiben würde, denn Schubert war nicht Silvis Typ. Paul war lang genug mit Silvi beisammen, um zu wissen, mit welchem Typ von Männern sie in Versuchung geraten konnte und mit welchem nicht. In den ersten Jahren ihrer Beziehung hatte sie ihn das nur stillschweigend merken lassen, und er hatte es ebenso stillschweigend zur Kenntnis genommen: Es war nicht aktuell. Dann aber, als ihre Beziehung schon etwas älter wurde und als sich rundherum das Bewusstsein zu verändern anfing (man wusste nicht recht, wer die Parole ausgegeben hatte, aber zweifellos gab es etwas, das diese Veränderung auslöste, eine allgemeine Aufbruchstimmung erfüllte nicht nur Paul und Silvi, das Gefühl, dass so etwas wie ein qualitativer Sprung bevorstand, auch wenn man nicht genau wusste, wer oder was da springen sollte und vor allem, wohin …), als sich also mit dem allgemeinen Bewusstsein auch ihr besonderes veränderte, und dass sich die Zweierbeziehung im Wandel befinde, das las man in jedem Schmierblatt, da waren Silvi und Paul sogar so weit gegangen, einander die Männer und Frauen in ihrem Bekanntenkreis aufzuzählen, mit denen sie gern geschlafen hätten; doch wie gesagt, es wurde vorläufig nur geredet.

»Silvi, mein Freund Schubert hat etwas auf dem Herzen. Er sagt, er begehrt dich.«

Silvi stand da und rieb sich den Schlaf aus den Augen.

»So, er begehrt mich, das habe ich mir gedacht.«

Sprachs und verschwand zum Zähneputzen ins Badezimmer.

Paul war zufrieden. Das hatte er ja erwartet.

»He Schubert«, fragte er, »willst du ein Ei zum Frühstück?«

Nackt vor dem Herd stehend kam er sich sehr progressiv vor.

»Na siehst du: Reden kann man mit ihr über alles.«

Beim Frühstück sprachen sie über Schuberts Probleme. Silvi gab sich recht munter, sie fand es immer wieder erfreulich, wenn sie jemandem gefiel. Nein, sie war Schubert nicht böse, im Gegenteil. Aber sie könne ihm trotzdem nicht helfen, das stellte sie klar.

Als sie in die Schule ging, bot sie Schubert an, gleich gemeinsam mit ihr aufzubrechen, aber der lehnte ab. Es sei jetzt ohnehin schon zu spät für ihn, zur Arbeit zu gehen. So hatten Paul und Schubert gemeinsam das Geschirr abgewaschen und sich dann wieder ins Zimmer gesetzt und geredet. »Paul«, sagte Schubert, »du bist wie ein Vater zu mir!«

Sie tranken ziemlich viel an diesem Vormittag, und als Silvi aus der Schule zurückkam, waren sie ganz schön blau. »Silvi«, verkündete Schubert, »du bist ein Engel und dein Mann ist der geborene Psychoanalytiker! Ich hab ihm mein Seelenleben aufgeblättert, wie ein Buch. Ich habe unbegrenztes Vertrauen zu ihm!«

Was blieb Paul übrig, als dieses unbegrenzte Vertrauen, das ihm überdies schmeichelte, zu akzeptieren? »Habt ihr Rindfleisch im Haus?«, fragte Schubert, ich mach ein phantastisches Steak!« In der Küche verhielt er sich wie ein Stardirigent. Aber das Steak, das dabei herauskam, war gut.

So ging es weiter, den Nachmittag lang, den Abend. Sie aßen, tranken, plauderten, analysierten. Und Paul erlag der subtilen Verführung Schuberts. Es machte ihm Spaß, wie ein Vater und Arzt zu sein.

Natürlich versuchte er Schubert klarzumachen, dass er nicht mehr Psychologie, sondern Philosophie studiere und überdies, selbst wenn er noch Psychologie studiert hätte, nicht qualifiziert gewesen wäre, als Psychoanalytiker zu dilettieren. Aber Schubert wollte das nicht wahrhaben: »Ach Paul«, sagte er, »du verstehst mich wie kein anderer Mensch auf dieser miesen Welt. Weißt du übrigens, dass deine Frau eine unheimlich liebe Brust hat, je eine kleine Hand voll, so durch den Stoff des Nachthemds gesehn, versteh mich nicht falsch. Sie hat mir gesagt, dass sie nicht mit mir schlafen will und ich habe das zur Kenntnis genommen ...«

Vorsichtshalber bot Paul Schubert für diese Nacht nun doch das Campingbett an, und siehe da, der erlitt kein seelisches Trauma. Am Morgen allerdings lag er auf dem Teppich, Salome, die offenbar ahnte, dass er sich zum Dauergast entwickelte, hatte an den Gummiverstrebungen der Liege genagt. Silvi ging wieder in die Schule, Paul schlief am Frühstückstisch ein, das Analysieren hatte ihn geschafft. Als er wieder erwachte, war Schubert immer noch da.

Und so lief das weiter, zwar ging Schubert am dritten Tag zur Arbeit, aber am Abend kam er wieder zurück. Es sei ihm unmöglich, jetzt, da ihm all die Probleme, die zwischen seiner Mutter und ihm bestünden, bewusst würden, unter einem Dach mit ihr zu schlafen, Paul würde das verstehen. Und Paul verstand, und Silvi flickte das Campingbett. Und Schubert blieb und ging und kam immer wieder.

Am sechsten oder siebenten Tag schlug Schubert vor, Silvi beim Einkaufen zu begleiten, er wolle ihr die schwere Tasche tragen helfen. Paul atmete auf, hoffte er doch, in der Zwischenzeit ein paar Zeilen an seiner Dissertation arbeiten zu können, die er, seit Schubert da war, vernachlässigt hatte. Als die beiden zurückkamen, hatte Silvi ein rotes Gesicht, winkte Paul beiseite und sagte, sie habe ihm etwas zu erzählen. Schubert habe ihr im Aufzug an die Brust gegriffen und versucht, ihr einen Zungenkuss aufzuzwingen, nur ihre entschlossene Gegenwehr und das Zusteigen einer Frau aus dem ersten Stock hätte Schlimmeres verhindert.

Paul sprang auf und war endlich entschlossen, Schubert vor die Tür zu setzen. Aber als er ins Zimmer kam, lag der auf der Sitzgarnitur und heulte wie ein Schlosshund. – »Ich weiß, ich bin ein Schwein«, rotzte er, »ich habe dein Vertrauen bitter enttäuscht. Aber ich flehe dich an, hab' Geduld mit mir!«

Und er bettete seinen Kopf in Pauls Schoß und weinte dort weiter. Paul gab die Hose am folgenden Tag in die Wäscherei. An diesem Abend aber war er gerührt. Und saß und streichelte Schuberts drahtiges Haar.

2

Etwa so weit hatte Paul geschrieben oder gedacht, als es klopfte. Einen Augenblick lang hoffte (fürchtete?) er, es wäre Silvi, dann, als er den Vorhang zwischen Zimmer und Küche wegschob, fiel ihm ein, es könnte auch Julia sein, doch es war keine von beiden. »Ich möchte Ihnen«, sagte die Frau, die auf seiner Fußmatte stand, »eine Botschaft von Gott bringen, haben Sie ein bisschen Zeit?« Paul war viel zu verblüfft, um nein zu sagen, und trat beiseite.

»Haben Sie sich schon einmal darüber Gedanken gemacht«, sagte die Frau, die ihm resolut ins Zimmer voranschritt, das Haar an ihrem Hinterkopf war zu einem Knoten gebunden und grau wie der Fischgrätenmantel, der ihm viel zu lang schien, »haben Sie sich schon einmal darüber Gedanken gemacht, dass dieses Leben keinen Sinn hat?« Paul sagte ja. – »Ohne Gott«, präzisierte die Frau, »hat nichts einen Sinn!« – Sie stellte ihre Handtasche (eigentlich war es eher eine Art von Vertreterkoffer) aufs Klavier. Paul fragte sich, ob er ihr ein Glas Sliwowitz offerieren sollte, ließ es aber lieber bleiben.

Er bot ihr den Schaukelstuhl an, den ihm Silvi im vorigen

Jahr zum Geburtstag geschenkt hatte, sie verschmähte ihn. »Ist Ihnen schon aufgefallen«, fragte sie, »dass die Werte dieser Welt nicht von Bestand sind? Die Menschen haben Angst vor der Inflation, aber es ist nicht nur das Geld, das entwertet wird, nicht wahr? Schauen Sie sich doch um, verschließen Sie nicht die Augen: Rund um Sie herrscht das Chaos!«

Einen Moment lang hatte Paul die Idee, dieser letzte Satz bezöge sich auf die Unordnung in seinem Zimmer. »Wollen Sie sich nicht doch setzen?«, fragte er und rückte der Frau den Klavierhocker zurecht, sie sagte danke. Sie setzte sich hin, mit sehr aufrechtem Oberkörper und geschlossenen Beinen, die Hände auf den Knien. »Und diesem äußerem Chaos entspricht Ihr inneres: Gestehen Sie sich das doch ein!«

Paul dachte, dass sie recht hatte, aber vermutlich in einem anderen Sinn, als dem von ihr gemeinten. Er lehnte sich, da er nicht wusste, ob er stehen bleiben oder sich ebenfalls setzen sollte, mit dem Gesäß an den Schreibtisch und verschränkte die Arme. »Und wer ist der Einzige, der dieses Chaos in Ordnung zu bringen imstande ist? Gott! – So bleibt Ihnen die Wahl, sich vertrauensvoll seiner Führung zu überlassen und an sein Wort zu glauben oder aber in diesem äußeren und inneren Chaos von Schwindel erfasst zu werden und endlich darin zugrunde zu gehn wie ein Ertrinkender in einem Malstrom!«

Paul war erstaunt über die Ausdrucksweise der Frau; die hatte sie sich wahrscheinlich angelesen, aber sie beherrschte sie perfekt. »Glauben Sie an Gott?«, fragte sie ihn jetzt auf den Kopf zu, da sagte er: »Nein.« Kaum hatte er das gesagt, wurde ihm bewusst, dass er vielleicht gelogen hatte, aber er nahm es nicht zurück. »Haben Sie früher an Gott geglaubt?« – »Ja.« – »Wann haben Sie Gott verloren?«

»Ach du lieber Gott!« Paul musste lachen, weil die Phrase, die er soeben verwendet hatte, in diesem Zusammenhang so absurd klang. »Ich weiß es nicht. Wirklich nicht. Außerdem bin ich Ihnen darüber keine Rechenschaft schuldig.«

»Mir nicht«, sagte die Frau. »Ich bin auch gar nicht gekommen, um von Ihnen Rechenschaft darüber zu fordern … Ich bin nur gekommen, um Sie daran zu erinnern.«

Er schaute sie an, sie schien ihm jetzt jünger und hübscher als draußen an der Tür, aber trotzdem viel zu fleischlos. Ihre Gesichtszüge hatten eine eigenartige Schärfe: Ist das nun Klarheit, überlegte er, was sich darin abzeichnet, oder Fanatismus? »Sehen Sie«, sagte er, »als Kind und als Jugendlicher hab' ich so meine religiösen und areligiösen Phasen gehabt, einmal so, einmal so. Aber heute ist mir das alles eher egal.«

Der Religionsunterricht in der Volksschule und die Katechetin, die der Frau hier geähnelt hatte. Sie hatte einen Kreis an die Tafel gezeichnet, da sollte jeder, der etwas Braves tat, eine Rose dazu malen, wer aber etwas Schlimmes tat, eine Dorne. Adam und Eva im Paradies, nackt und geschlechtslos in den Illustrationen des Katechismus, Paul zeichnete ihnen Geschlechtsteile. So hatte er eine Reihe von Dornen zu malen. Die Sintflut, Sodom und Gomorrha, eine Serie von Märtyrergeschichten. Die Sünden, die man begehen konnte, die Strafen, die man dafür zu gewärtigen hatte, die davon ausgehende Faszination. War er, Paul, für alle Ewigkeit verdammt, weil er gern Doktor spielte mit Elfi, dem Hausmeistermädchen? Vielleicht konnte er alles wiedergutmachen, wenn er sich, falls ihn dereinst irgendwelche Heiden danach fragten, zum Herrn bekannte, und nötigenfalls für ihn starb, gekreuzigt, gepfählt oder geblendet?

Dann der Kaplan in den ersten Klassen des Gymnasiums, der den Buben verboten hatte, mit kurzen Hosen in die Schule zu kommen, weil das aufreizend sei. Wenn ihr eure Hände beim Aufwachen in einer unschamhaften Stellung vorfindet, so ist das eine lässliche Sünde, aber alles andere, was gegen das 6. Gebot verstößt, ist selbstverständlich eine schwere! Und was gab es nicht alles, was gegen das 6. Gebot verstieß und was dazu verführte, es zu übertreten! Brigitte Bardot in den Illustrierten beim Zahnarzt, einmal mit ihr schlafen und dann für ewig in der Hölle schmoren: Das hätte er riskiert.

Du sollst nicht Unkeuschheit treiben: Wäre dieses Gebot nicht gewesen, so wäre Paul vielleicht ein Heiliger geworden. Oder zumindest ein Seliger, denn der Kaplan wusste ein Rezept, wie man sich die Garantie einhandeln konnte, nicht in Todsünde zu sterben. Man brauchte nur eine gewisse Zeit lang an einem gewissen Wochtentag (Paul hatte vergessen, wie lange und an welchem) morgens vor der Schule zur heiligen Kommunion zu gehen. Hätte er nicht manchmal just an diesem Morgen seine Hände in einer unschamhaften Stellung vorgefunden und in derselben belassen, ja nicht nur belassen, vielleicht hätte er es geschafft.

Dann wurde er älter und dachte an Sünde und Gnade nicht mehr nur in den Kategorien von Onanie und Abstinenz. Trotzdem hatte er manchmal Anfälle von Reue: Da lief er in die Kirche, drückte sich mit Herzklopfen um dunkle Beichtstühle herum und stürzte sich schließlich Hals über Kopf hinein, um sich selbst zu beschuldigen. Er kniete, wenn die Kirche möglichst leer war, vor sonnendurchlässigen Butzenscheiben oder strahlenden Kerzen und hoffte auf eine Stimme. Er wäre glatt Priester geworden, hätte Gott oder irgendein Heiliger das von ihm verlangt, aber Gott und seine vielen Heiligen sagten nicht ein Wort.

Endlich bekam er, für die letzten zwei Mittelschulklassen, Loh als Religionslehrer. Da wurde Paul klar, dass Religion auch etwas mit Denken zu tun hatte, nicht nur mit Glauben, und das gefiel ihm. Allerdings war Loh einer, von dem man tatsächlich denken lernen konnte, das unterschied ihn nicht bloß von seinen Vorgängern im Religionsunterricht, sondern auch von den meisten anderen Professoren. Und zwar kritisch denken: Inzwischen hatte er selbst so kritisch weiter gedacht, dass er an seiner Funktion als Priester und an der Institution der Kirche zweifelte, heute galt er für viele als Renegat.

Nach Abschluss der Schule hatte Paul dann noch eine Phase gehabt, in der er sich ein aufgeschlossenes Christentum vorstellen konnte, ein Christentum, das auf seine urchristlichen Quellen zurückgriff und sich seiner sozialen Mission besann. Er schwärmte für Camillo Torres ebenso sehr wie für Che Guevara, beide waren weit weg. Auch der Papst Johannes schien ihm ein vernünftiger und vor allem humaner Mann zu sein, aber der Papst Johannes starb. Und dann war irgendwo ein Sprung nicht nur in Pauls Entwicklung gewesen: Verschiedenes schien zurück und auf ein Niveau zu fallen, das man längst überwunden geglaubt hatte, und vielleicht hatte er zu diesem Zeitpunkt Gott verloren, aber nicht nur er.

Natürlich erzählte er das der Frau, die ihm da gegenübersaß: graues Haar, dürres Gesicht, Fischgrätenmantel, Knie noch immer geschlossen, Hände noch immer auf den Knien, Augen noch immer auf ihn gerichtet, in Erwartung von etwas: Natürlich erzählte er das dieser Frau nicht. Sie hätte ihm wahrscheinlich entgegengehalten, dass alles, was er da zu erzählen und zu kritisieren hatte, nur mit der katholischen Kirche zusammenhinge, die sicherlich auf dem falschen Weg sei, und die Sekte, der *sie* angehörte (Paul hatte noch immer nicht herausgekriegt, welche Sekte das war), sei auf dem richtigen Weg. »Entschuldigen Sie,« sagte er, »aber ich glaube nicht, dass Sie mir helfen können; ich bin Schriftsteller und möchte jetzt gern weiterschreiben.«

»Das tut mir leid«, sagte sie, »dass Sie nicht glauben, dass ich Ihnen helfen kann«.

Paul begleitete sie zur Tür.

Als er zurück ins Zimmer kam, sah er, dass sie einen Stoß Zeitungen auf dem Klavier hatte liegen gelassen. Er war nicht ganz sicher, ob sie die nur vergessen hatte oder ob er die alle lesen sollte. Ehemänner, las er, betrügen ihre Ehefrauen und provozieren dadurch ein neues Weltgericht. Na wenn schon, dachte er, eine Bedrohung mehr oder weniger, darauf kommts nicht an.

3

Er setzte sich wieder an die Schreibmaschine und versuchte, den Faden seiner Assoziationen weiterzuspinnen. Möglicherweise hätte sich alles anders entwickelt, hätte er Schubert nicht mit Willy und Bärbel zusammengebracht. Willy und Bärbel waren damals seit einiger Zeit ihre (Silvis und seine) liebsten Bekannten. »Sie müssen heiraten«, sagte er zu Schubert, »weil sie ein Kind erwarten, seine Eltern überlassen ihnen eine alte Fünfzimmerwohnung und übersiedeln aufs Land.

Aber fünf Zimmer sind ohnehin zu viel für sie, ich meine in finanzieller Hinsicht. Noch dazu wollen beide weiterstudieren und Lehrer werden, Willy Wüstenrot hat mich erst unlängst wieder gefragt, ob ich nicht einen netten Untermieter wüsste. Willy schreibt auch«, sagte er, als sie sich eines Nachmittags auf den Weg zu Wüstenrots Bude machten, in welcher der und Bärbel behelfsmäßig bleiben sollten, bis seine Alten endgültig umgezogen wären. »Und wenn man bedenkt, wie jung er ist, gar nicht so schlecht.«

Paul hatte Willy ungefähr ein halbes Jahr vorher bei einer Autorenlesung kennengelernt, zu der sie beide eingeladen waren, insgesamt eine eher matte Sache. Acht oder zehn Jungschriftsteller hatten einander ihre Texte vorgetragen, mit den meisten davon hatte zumindest er, Grünzweig, der dort als Einziger aus einem bereits gedruckten Text las, nicht viel anfangen können. Natürlich kam er sich als der Beste vor, besonders wenn die anderen so schlecht waren, aber er wollte sie das nicht merken lassen oder doch nur ein bisschen. Was allerdings Wüstenrots Texte betraf, kurze, aphoristische Gedichte, in denen, fand Paul, wenigstens etwas gesagt wurde, wenn auch zuweilen eher kurzschlüssig, vordergründig politisch, so waren die anders.

Wüstenrot las sie übrigens nicht selbst, sondern bat einen neben ihm sitzenden, endlos langen und dünnen Menschen, der kurz zuvor ungefähr ebensolche Prosa vorgetragen hatte, für ihn zu lesen. Sein eigenartig verschwollen wirkendes Kinn, das nicht recht zum Rest seines jungen, blonden Gesichts passte, veranlasste Paul zu der Annahme, dass er Zahnweh oder vereiterte Mandeln habe und deshalb nicht selbst lesen könne, aber diese Annahme war falsch. »Schüchtern bin ich gewesen«, sagte ihm Willy später, »schüchtern, sonst gar nichts. Hätte ich selber gelesen, ich hätte nichts als gestottert.«

Richtig, diese Schüchternheit: Als Paul Willy nach der Lesung ansprach, fiel sie ihm auf. »Deine Gedichte«, sagte er, »haben mir gut gefallen«, da wurde Willy rot. »Ich habe seit kurzem die Möglichkeit, Texte junger Autoren für Rundfunksendungen vorzuschlagen. Wenn du willst, setzen wir uns noch irgendwo auf ein Viertel Wein oder ein Seidel Bier zusammen und plaudern.«

Paul hatte nur die Absicht gehabt, mit Wüstenrot über dessen Texte zu sprechen, aber als sie dann miteinander im nächsten Gasthaus saßen, bemerkten sie, dass sie einander gut verstanden. Sie redeten zuerst übers Schreiben und darüber, dass es ihnen beiden darauf ankam, nicht bloße Sprachkritik schon zur politischen Kritik zu erklären, was damals sehr in Mode war. »Die konkrete Poesie«, sagte Paul, »täuscht sich ja selber darüber hinweg, wie abstrakt sie ist.« – »Genau«, sagte Willy, »genau das denk ich mir auch!«

Dann kamen sie auf die jüngste Entwicklung der Linken zu sprechen, der sie sich beide verbunden fühlten. »Was sich jetzt in Deutschland abspielt, in Frankreich, aber auch in der Tschechoslowakei, das ist«, sagte Paul, »eine große und neue Hoffnung.« – »Nun ja«, meinte Willy, »natürlich«, da habe er recht. Aber man dürfe über der Spontaneität dieser neuen Bewegung nicht den Kontakt zu den organisierten Arbeiterbewegungen verlieren, das sage zumindest sein Vater.

Paul war etwas überrascht, dass Willy in diesem Zusammenhang seinen Vater erwähnte. Sein eigener Vater hatte ihm politisch nichts zu sagen. Aber Willys Vater war, wie sich herausstellte, Funktionär der KP und hatte als solcher wenigstens eine politische Meinung. Und Willy schien diese Meinung zu respektieren.

Schließlich wurde er, obwohl er nur Kaffee trank, sogar richtig vertraulich und redete über alles, was ihm außer dem Schreiben und der Politik (oder war es die Politik und das Schreiben, Paul war nicht ganz sicher, wo da die Priorität war) am Herzen lag, das heißt über Bärbel. Er zog ein Bild aus der Brieftasche, auf dem Paul ein junges, lachendes Mädchen sah, an dem ihm vorläufig nichts Besonderes auffiel, außer dass sie ein wenig unmotiviert und ungrazil in der Gegend stand, wie jemand, der nicht oft fotografiert wird. »Das ist«, sagte Willy erläuternd, »in Langenlebarn, meine Eltern haben einen Garten dort draußen, Bärbels Eltern auch. Wir haben als Kinder schon miteinander gespielt.«

Bärbel wohnte in derselben Gasse, in der Silvi gewohnt hatte, ging in dieselbe Schule, in die Silvi gegangen war, und machte soeben Matura, Willy wollte sie nachher besuchen. »Sie wird schon auf mich warten«, sagte er, auf die Uhr blickend, »ich besuche sie jeden Tag.« Paul erinnerte sich noch gut an die Zeit, in der er Silvi jeden Abend abgeholt hatte, um mit ihr den Hund äußerln zu führen, er war angetan von so vielen Parallelen. »Du wohnst doch auch im zehnten Bezirk, nicht wahr«, sagte Willy, »hast du ein Auto, nein, ich schon: Also gut, ich nehme dich mit.«

Das Auto, in das sie dann stiegen, steigerte Pauls Sympathie für Wüstenrot noch erheblich. Es war ein alter Renault, dessen Karosserie Willy und Bärbel über und über mit Gedichten beschrieben hatten, die beiden Türen, die nicht mehr richtig schlossen, waren innen mit einem von Schnalle zu Schnalle gespannten Strick zusammengehalten, den man durch Drehung eines in der Mitte zwischen den Sitzen geknüpften kleinen Besens verlängern oder verkürzen konnte. Wollte man auf einen der Rücksitze, so musste man, den Oberkörper rückwärts biegend, unter diesem Strick durchtauchen wie unter dem Stock beim Limbo. Einer, der so ein Auto hat, dachte Paul, könnte gut mein Freund sein.

»Ich habe heute den bekannten Paul Grünzweig kennengelernt«, habe Willy an diesem Abend zu Bärbel gesagt, aber der bekannte Paul Grünzweig sei Bärbel kein Begriff gewesen. Willy habe ihr dann ein Gedicht aus einer Anthologie vorgelesen und von da an habe sie sich etwas unter Paul vorgestellt. »Er ist ganz nett«, habe Willy ihrer Vorstellung nachgeholfen, »hat im Großen und Ganzen eine ähnliche Auffassung vom Schreiben wie ich, und der Kontakt mit ihm kann mir nicht schaden.« Das erzählte Bärbel, als sie mit Paul im Bett lag, gestohlene Stunden lang, seine Hände erforschten die Landschaft ihres Körpers, aber das war erst viel später.

Vorläufig kannte sie nur sein Gedicht, das Willy schätzte, und er, Paul, kannte vorläufig nur den und fand ihn sympathisch. Und dann rief Willy eines Tages bei Paul an und fragte ihn, ob er nicht Lust hätte, mit ihm gemeinsam eine Zeitschrift zu machen. Und als sie das weiter besprachen, waren sie zu viert. Und sahen, dass sie sich gut vertrugen.

So trafen sie sich in der Folge nicht nur zu Arbeitssitzungen, die mit der Herausgabe des »Bienenstichs« zusammenhingen. Sie gingen gemeinsam tanzen, machten miteinander Ausflüge oder saßen ganz einfach bei einer Kanne Tee oder einer Flasche Wein beisammen. Sie hatten gemeinsame Interessen (Literatur, Politik, Pädagogik) und fanden einen, die Grenzen bloßer, wenn auch rasch wachsender Sympathie vorläufig noch nicht überschreitenden Gefallen aneinander. Das war die Art ihrer Beziehung, als Paul beschloss, Schubert mit Willy und Bärbel bekannt zu machen.

»Das verrückte Auto dort«, sagte er zu Schubert, als sie in die Gasse einbogen, in der Wüstenrot damals wohnte, »gehört dem Willy. Sie sind also, scheint es, zu Hause, Bärbel und er, da haben wir Glück. Du wirst sehen, ihr werdet euch leiden können.« Und das hoffte er auch, denn sein Bedürfnis, Schubert endlich anzubringen oder wenigstens ein bisschen entlastet zu werden als dessen bevorzugte, ja auserwählte Bezugsperson, war inzwischen groß.

4

Neuerlich klopfte es und Paul dachte, die Frau von vorhin wolle nun doch die vergessenen Zeitschriften abholen, aber hinter dem geriffelten Glas gab es jetzt zwei Schatten. Sie sahen nicht aus wie Polizisten, zumindest der Große nicht, der eine grüne Windjacke trug und halblanges Haar, aber sie sagten, sie seien welche, sogar von der Staatspolizei, und sie könnten sich ausweisen, wenn Paul darauf bestehe. »Sind Sie«, fragte der Kleine, und der hatte, genauer betrachtet, schon mehr Bulliges an sich, obwohl auch er Zivil trug, salopper Anzug in Hellgrau, mit dazu passendem Rollkragenpullover, »sind Sie der Herr Steinwendner?« Paul sagte nein. »Wieso nicht, hier ist doch ein Herr Fritz Steinwendner gemeldet, wenn Sie nicht der Herr Fritz Steinwendner sind, wer sind Sie dann?«

Paul deutete auf den Zeitungsausschnitt, der ihm als Türschild diente, darunter stand sein Name. Die beiden fassten das Bild und den Namen ins Auge, als sei ihnen beides soeben erst aufgefallen: Sie verglichen Paul mit seinem Bild. »Ja sicher«, sagte der Große, »das sieht Ihnen ähnlich.« – »Wir wären Ihnen aber trotzdem dankbar«, sagte der Kleine, »wenn Sie uns eintreten ließen und sich legitimieren wollten.«

Paul überlegte einen Moment lang, ob er nach einem Haussuchungsbefehl fragen sollte, aber wahrscheinlich hatte das keinen Zweck. »Kommen Sie herein«, sagte er, sie putzten sich sorgfältig die Schuhe, bevor sie seiner Einladung folgten. »Trinken Sie einen Schnaps?«, fragte er; sie sagten, sie seien im Dienst. Der Kleine schlenderte durchs Zimmer, ein lautloses Lied pfeifend, inspizierte das Bücherregal.

»Sartre! Genet! Böll!«, las er die Autorennamen von den Bücherrücken, jeden einzeln betonend, die Rufzeichen dahinter waren deutlich hörbar. »Na und?«, fragte Paul, »nichts«, sagte der Polizist, »nur so.« – Paul kramte in seiner Reisetasche, die noch immer so dastand, wie er sie damals, nachdem er von Silvi weggegangen war, hergestellt hatte, am rechten Vorderfuß des Klaviers. Er hatte sie flüchtig vollgestopft mit Hemden und Wäsche, nein, es war wirklich nicht viel, was er brauchte, gottlob fand er seinen Pass.

Der Große nahm ihn, setzte sich ohne zu fragen in den Schaukelstuhl, schlug die langen Beine übereinander. Paul setzte sich an den Schreibtisch und korrigierte, was er soeben geschrieben hatte. »Dieser Herr Fritz Steinwendner, wo ist er?« Der Große gab Paul seinen Pass zurück, zog eine Schachtel Zigaretten. »In Südamerika«, sagte Paul, »die letzte Karte hat er, glaub' ich, aus Bolivien geschrieben, nein danke, ich rauch' nicht.«

»Aha, Südamerika!«, der Kleine hielt den Finger, den er das Regal entlanggeführt hatte, anklagend hoch: Er war schwarz. »Und ist er dort zufällig unter die Stadtguerillas geraten?« – Paul sagte, es heiße Stadtguerilleros, genau genommen, und Fritz sei Entwicklungshelfer; der Kleine warf einen bösen Blick. »Schon gut«, beschwichtigte der Große, sie würden dem nachgehen.

»Doch nun zu Ihnen: Was machen denn eigentlich Sie hier?«

»Das merken Sie ja«, sagte Paul, »ich sitze und schreibe.«

»Aber«, bellte der Kleine, »unangemeldet!«

»Na ja«, sagte Paul, »ich wohne da noch nicht lang.«

Der Kleine öffnete die Schreibtischlade und schnupperte an Fritzens Tabakdosen. »Sie wissen ja, dass gegen den Herrn Steinwendner eine Anzeige wegen unerlaubten Waffenbesitzes gelaufen ist, oder wissen Sie das etwa nicht?«

»Ach das«, sagte Paul, »das war doch ein schlechter Witz!«

Die Polizei mache selten Witze, meinte der Kleine.

Die Anzeige wegen unerlaubten Waffenbesitzes (*widerrechtlicher Besitz und Gebrauch eines Seitengewehrs*), du meine Güte! Sie waren damals, es war ein lauer Sommerabend gewesen, an einem der Ziegelteiche auf dem Laaerberg gesessen und hatten ein Lagerfeuer angezündet. Auch das war verboten, natürlich, ebenso wie das Baden in den eingezäunten Teichen. Und schon gar das Braten eines Ferkels am Spieß: Das machten doch sonst nur Zigeuner!

Aber Fritz war schon immer ein abenteuerlustiger Typ gewesen oder genauer: ein Typ mit Träumen vom Abenteuer. Seinen Alltag als Angestellter einer Firma für technische Geräte ertrug er nur, indem er sich das ganze Jahr auf seinen Urlaub freute, in dem er dann möglichst weit von dieser Firma wegfuhr. Ein Zimmer der schönen, großen Gemeindewohnung, die er mit seiner Frau Christa bewohnte, war mit allerlei Reiseandenken und Trophäen eingerichtet, an den Wänden hingen Karten, auf denen er seine Reisewege eingezeichnet hatte, wie Kara ben Nemsi. Auch liebte er es, mit einem Burnus bekleidet durch die Favoritenstraße zu schreiten und so dreinzusehen, als sei er ein Scheich.

An diesem Abend nun hatte er ein paar Freunde, darunter auch Silvi und Paul, zu einem Ferkelessen eingeladen. Er hatte den Platz sorgfältig ausgesucht, den Spieß und das Ferkel besorgt und die anderen aufgefordert, Wein und Musikinstrumente mitzubringen. Nur hatte er nicht mit der Denunziationswut der benachbarten Schrebergärtner gerechnet, die, vor allem durch Pauls schrilles Flötenspiel aufgestört, die Polizei anriefen. Am Ziegelteich feierten offenbar irgendwelche Ausländer eine Art von Orgie.

Die Polizisten waren gekommen und hatten sich die Orgie einmal angeschaut. Als ihnen klar wurde, dass es hier keine Ausländer gab, waren sie sogar verhältnismäßig freundlich. Aber im letzten Moment, als sie schon im Gehen waren, hatten sie Fritzens Bajonett entdeckt. Er hatte zwar geschworen, dass er es nur zum Zerlegen des Ferkels brauche, aber sie hatten ihm nicht geglaubt.

Nun, Fritz hatte die Geldstrafe, zu der man ihn deswegen verdonnerte, bezahlt, auf sein Bajonett, das man ihm nicht zurückgab, verzichtet und so weitergelebt wie zuvor. Morgens in die Firma, abends von der Firma in die Gemeindewohnung; ab und zu (aber nicht allzu oft) eine nächtliche Geselligkeit. Und im Sommer würde er wieder möglichst weit wegfahren, mit oder ohne Christa: Diesmal plante er Java. Aber bevor es so weit kam, geschah etwas, das sein Leben von einem Tag auf den andern veränderte.

Er hatte einmal eine Gruppe von Berufsschülern durch die Firma zu führen (wegen seiner Redegewandtheit wurde er manchmal mit solchen Aufgaben betraut). Das machte er nicht ungern, gefiel sich als einigermaßen witziger Kommentator des innerbetrieblichen Geschehens, die Berufsschüler unterhielten sich gut. Und dann sagte einer von ihnen einen Satz, der traf ihn tief in die Seele und stach dort weiter. »Der Alte da«, sagte er, »ist ein komischer Kauz!«

Nein, es war nicht der komische Kauz, der Fritz schmerzte, den hätte er wohl als halbes Kompliment verstanden. Aber dass die Jungen von ihm als von dem Alten da sprachen, das war doch nicht möglich! Er schaute sich um, in der Hoffnung, irgendwen anderen hinter sich zu sehen, auf den diese Bezeichnung passte. Niemand in Sicht: Der Alte war zweifellos er!

Kurz darauf kündigte Fritz, verließ Christa und zog in die Bude, die er später Paul vererbte. Von Tag zu Tag sah er ärger nach Hippie aus, seine ehemaligen Kollegen erkannten ihn immer weniger, Christa traf ihn noch einige wenige Male, doch ohne den von ihr erhofften Erfolg. Als sie einsah, dass er weder zu ihr noch in die Firma zurückwollte, erzählte sie allen Bekannten, er wäre nun total übergeschnappt, und ließ sich scheiden. Drei Monate später trug sie eine neue Frisur, heiratete einen garantiert krisensicheren Versicherungskaufmann und fühlte sich wieder geborgen.

Als Fritz kein erspartes Geld mehr hatte, lebte er eine Zeitlang vom Verkauf exotischer Reiseandenken auf dem Flohmarkt, manche munkelten, er verkaufe auch Gras und habe irgendwo im Wienerwald ein kleines Feld. Er ging Fallschirm springen auf den Flughafen Aspern und Gold graben in die Hohen Tauern, eine Weile kokettierte er mit der Idee, nicht ganz astreine Autos in den Vorderen Orient zu chauffieren und dort zu verschachern. Es sah so aus, als würde er bald vor die Hunde gehen, aber eines Tages überraschte er Paul mit der Meldung, er mache jetzt einen Kurs für Entwicklungshilfe. Und dann flog er wirklich nach Südamerika und übergab Paul, der ohnehin einen Arbeitsraum suchte, denn Silvi war schwanger und nicht lang, so würden sie ein zeitweilig schreiendes Kind zu Hause haben, den Schlüssel seiner Wohnung.

Lieber Fritz! In gewissem Sinne beneide ich Dich …

»Ist das ein Brief an den Herrn Steinwendner?«, fragte der größere der beiden Polizisten, der sich inzwischen über die Papierstöße auf dem Schreibtisch hergemacht hatte; Paul sagte ja.

»Allerdings ein nur begonnener Brief, wie Sie sehen; immer, wenn ich mich endlich dazu aufraffe, dem Herrn Steinwendner zu schreiben, ist er schon wieder woanders.«

»Ach so?«, der Kleinere unterbrach die Untersuchung einiger Pappschachteln, die er unter der von Fritz aus rohem Holz gebastelten Sitzecke gefunden hatte, »ich habe gedacht, er ist Entwicklungshelfer?«

»Na ja«, sagte Paul, »ich glaube, sein Vertrag als Entwicklungshelfer ist abgelaufen; jetzt trampt er.«

»Aha!«, der Kleinere kniff das linke Auge zusammen, »wie interessant!«

»Wieso«, fragte Paul, »das ist doch nicht etwa verboten?«

Der Große beschwichtigte wieder: »Wir werden das prüfen. Wissen Sie«, sagte er mit einem nachdenklichen Blick auf Pauls Plakate (PAUL GRÜNZWEIG LIEST UND SINGT AUS EIGENEN WERKEN / GRÜNZWEIG TOTAL), »Ihr Name ist mir irgendwie bekannt. Aber gerade jetzt müssen wir besonders wachsam sein, das werden Sie verstehn. Entführungen und Terror in aller Welt, gewissermaßen vor der Haustür sind Kräfte am Werk, die es darauf angelegt haben, die Freiheit und Demokratie, in der wir doch alle weiterleben wollen, zu zerstören. Immer noch herrscht bei uns relative (ich sage relative) Ruhe, immer noch trifft die Bezeichnung Insel der Seligen auf uns zu: Aber wenn wir diese Insel der Seligen bleiben wollen, müssen wir schon den Anfängen der Zersetzung wehren …«

»Da hätte ich einen guten Tipp für Sie«, sagte Paul. »Gestern war ich an der Uni, da gibt es eine offenbar neonazistische Organisation, die nennt sich ANR …«

»Wissen wir, wissen wir«, sagte der Staatspolizist, »es sind auch ein paar Leute von uns damit beauftragt, ein wachsames Auge auf diese Entwicklung zu werfen, da haben Sie nur keine Angst. Wir sind allerdings der Meinung, dass man Vereine wie diesen nicht aufwerten soll, indem man sie allzu sehr beachtet.« Er beugte sich über die Schreibmaschine und las die letzten paar Worte, die Paul geschrieben hatte: »Wird das ein Roman?«

»Ich weiß noch nicht«, sagte Paul, »ich versuche, mir über Verschiedenes klar zu werden.«

»Sehen Sie«, sagte der Große, »das machen wir auch. Wir gehen den Hinweisen nach, die wir bekommen.«

»Was für Hinweisen, wenn man fragen darf?«

»Es heißt, dass sich hier in der Wohnung verdächtige Elemente umtun.«

»Da komme nur ich in Frage, sonst ist hier keiner.«

»Genau um das festzustellen, sind wir ja da.«

Der Große stand auf und ging im Zimmer hin und her, obwohl da für seine langen Beine kaum genug Platz war. »Haben Sie«, fragte er, »in letzter Zeit irgendwelche Personen hier übernachten lassen oder nächtliche Besuche empfangen?«

»Nein«, sagte Paul, »auf der Couch ist doch nur für mich Platz. Außerdem lebe ich, seit ich hier wohne, im Zölibat.«

»Und von den Herrschaften da auf dem Fahndungsblatt kennen Sie niemand?«

»Nur die Bekannteren«, sagte Paul, »aus der Zeitung.«

»So?« Der Kleine, stemmte die Arme in die etwas zu fetten Hüften, »Sie lesen die diesbezüglichen Berichte wohl sehr genau?«

»Na hören Sie«, sagte Paul, »die Boulevardpresse ist doch voll mit Geschichten über die Baader-Meinhof-Gruppe!«

»Es heißt Baader-Meinhof-Bande«, sagte der Kleine giftig, »genau genommen.«

»Also gut«, sagte Paul, »sagen wir Baader-Meinhof-Bande. Ich will nicht mit Ihnen streiten.«

»Das wäre auch«, sagte der Kleine, »gar nicht so ratsam.«

»Sie wissen ja«, sagte der Große, »die Situation …«

»Und was ist das hier?«, fragte der Kleine, auch er interessierte sich jetzt für die Papierstöße auf dem Schreibtisch. »*Tendenzwende … Neue Linke* … schreiben Sie ein Pamphlet?« – »Nein«, sagte Paul, »ich schreibe einen Artikel. Oder vielmehr: Ich sollte ihn eigentlich schreiben.« – »Für welche Zeitung?«

Paul nannte Fiedlers Blatt.

Der Große notierte alles. »Wir werden dem nachgehn.«

»Gut«, sagte Paul, »das können Sie gerne tun. Aber lassen Sie mich jetzt bitte allein.«

»Das wärs dann ohnehin«, sagte der Große. »Wenn uns noch weitere Fragen einfallen, suchen wir Sie wieder auf.«

»Fein«, sagte Paul, »aber kommen Sie das nächste Mal lieber am Nachmittag. Der Vormittag ist meine produktivste Zeit.«

»Melden Sie sich hier an«, erinnerte ihn der Große, »sonst wird das ein Meldevergehn. Und schreiben Sie nichts Böses über die Polizei, Sie wissen ja, wir tun nur unsere Pflicht.«

Im letzten Moment, als die beiden schon an der Tür zur Küche waren, entdeckte der Kleine das von Fritz hinterlassene Color-Climax-Heft auf dem Klavier. »Was finde ich denn da Hübsches?«, fragte er und betrachtete jede einzelne Seite mit Muße.

»Ein Pornoheft«, sagte Paul, »das sehen Sie ja!« »Werden Sie nur nicht frech«, sagte der Kleine, »das ist harte Pornographie, was Sie da haben, und die ist hierzulande noch immer verboten!«

Als die beiden zur Tür draußen waren, setzte sich Paul wieder an den Schreibtisch, tippte und strich noch einige Wörter und Sätze, kam aber nicht mehr recht in Schwung. Er fühlte sich krank, empfand einen seltsamen Schwindel angesichts der von links nach rechts laufenden Zeilen und gab den Versuch, weiterzuschreiben, endlich auf. Dann wurde ihm bewusst, dass er ja heute Vormittag noch nichts zu sich genommen hatte, abgesehen vom Sliwowitz. So zog er sich an und beschloss, ins Espresso zu gehen.

Auf der Treppe musste er einen Moment lang stehen bleiben und sich am Geländer festhalten. Als er aus dem Haustor trat, erschrak er über den Gedanken, dass er ja wahrscheinlich gar nicht mehr genug Geld für ein Frühstück hatte. Er zog seine Geldbörse aus der Tasche und kramte darin. Wirklich: selbst wenn er alle Zehngroschenstücke zusammenkratzte, die er finden konnte: Er hatte nur noch knappe zwölf Schilling.

5

Sein Schlüssel sperrte ohne weiteres. Silvi hatte also noch kein neues Schloss anbringen lassen, ihrer Drohung zum Trotz. »Wenn du gehen willst, bitte, dann geh, aber dann brauchst du nicht zu versuchen, wiederzukommen.« Nun ja, vielleicht hatte sie ihm doch noch eine Frist lassen wollen, es waren erst knappe drei Wochen vergangen, seit er von hier weg war. Oder sie hatte ganz einfach noch keinen Schlosser gekriegt.

Er drückte die Klinke hinunter, öffnete die Tür, trat ein. Wie üblich stolperte er über den Plastikschoner, der den Teppichboden im Vorzimmer vor Verschmutzung schützen sollte, hier war alles beim Alten. Er bückte sich automatisch, um sich die Schuhe auszuziehen, schon hatte er das rechte Schuhband geöffnet. Dann aber ärgerte es ihn, dass er Silvis Ordnungssinn so sehr verinnerlicht hatte, und er knüpfte das Schuhband wieder zu.

Die Küche war leer und aufgeräumt, da gab es kein dreckiges Geschirr in der Abwasch, auf dem Herd keine Spuren übergegangener Milch. Paul warf einen Blick in den Eiskasten, kam in Versuchung, ein paar Eier herauszunehmen und sich eine Eierspeise zuzubereiten, widerstand ihr aber. Die Schaukel in der Tür zum Kinderzimmer: Als er daran anstieß, quietschten die Metallringe, an denen sie hing. Drin auf dem Boden ein Matchboxauto: Das steckte er ein.

Dany an dem Abend, an dem er seinen Schatten entdeckt hatte. Hier im Zimmer war er gestanden, unter der Lampe. Drehte sich um sich selbst und wurde den Schatten nicht los. Verkniff das Gesicht immer mehr und würde gleich heulen. Paul sagte ihm: »Schatten«, da hatte er dann ein Wort. »Schatten«, sprach Dany nach: ein Wort, um zu bannen. Und wiederholte es, um sich selbst zu beruhigen. Und trotzdem: Das Phänomen war ihm nicht geheuer.

Paul wandte sich rasch ins Wohnzimmer: Auch hier war alles unverändert. Tisch und Bett hinter weiße Schleiflackfronten geklappt. Blick auf die Uhr: Dany war um diese Zeit noch im Kindergarten, Silvi in der Schule. Paul schaltete den Fernseher ein, setzte sich in den Fauteuil davor, betrachtete das Suchbild.

Wie sie vor dem Fernseher gesessen waren an jenem letzten Abend, Silvi und er, zwischen ihm und ihr ein großes Schweigen. Es hatte irgendein Boulevardstück gegeben, sie wussten nicht recht, worum es ging, denn sie hatten ja erst mittendrin aufgedreht. Die Männer und Frauen auf dem Bildschirm benahmen sich zueinander ebenso intrigant wie charmant, also reichlich unrealistisch. Doch an Details konnte Paul sich nicht mehr erinnern.

Als er nach Hause gekommen war, hatte Silvi, wie so häufig, die Wäsche in der Badewanne geschwemmt. Er hatte sie gefragt, ob sie nicht eine Pause machen und mit ihm essen wolle, er habe Appetit. Sie hatte zur Antwort gegeben, dass er sich ja etwas nehmen könne, wenn ihm danach zumut sei. Sie habe, wie er sehe, jetzt weder Zeit noch Lust zum Essen.

»Warum schwemmst du denn«, hatte er gefragt, »wenn es dich so wenig freut?« »Weil du es nicht tust«, hatte sie gesagt, »und weil es ja einer von uns tun muss, unsere Wäsche wäscht sich nicht selbst.« Er hatte bezweifelt, dass es einer tun müsse, zumindest im Moment. Und was seine Wäsche beträfe, so könne sie die ruhig schmutzig lassen, das habe er ihr schon oft gesagt.

Dass sie dann schmutzig bleibe, hatte Silvi eingewandt, genauso wie die Schuhe stehen blieben, Berge von Schuhen, dreckig, auf dem Klosett. Und dass sie nicht so leben wolle und könne, mit all der Unordnung und Schlamperei, die er verursache, in ihrer ordentlichen Wohnung. Er hatte sie gefragt, warum sie so aggressiv sei, sie hatte gesagt, dass dieser Vorwurf überhaupt nicht zuträfe, und wenn von ihnen beiden jemand aggressiv wäre, dann er. Er schreie sie an, hatte sie mit bedenklich erhobener Stimme gesagt, da hatte auch er seine Stimme erhoben und sie darauf aufmerksam gemacht, dass er überhaupt nicht geschrien habe, und wenn hier im Augenblick jemand schreie, dann sie.

Unter einer hauchdünnen Haut von gewohnheitsmäßigem Wohlwollen, so hatte er doziert, habe sich die Aggression von zehn langen Ehejahren angestaut, gestehen wir uns das doch ein. Er projiziere, hatte sie gemeint, hatte das Hemd, das sie gerade ausgewrungen hatte, unwillig in die Badewanne zurückgeworfen und war mit tropfenden Händen ins Zimmer gegangen. Er hatte gesagt, dass sie wirklich einmal über all diese Probleme reden sollten, aber da hatte sie den Fernseher aufgedreht. Er hatte den Fernseher wieder abgedreht und gesagt, sie solle doch die Situation, in der sie beide miteinander steckten, endlich einmal halbwegs realistisch betrachten.

»Du tust immer so, als ob die Form, in der wir zusammenleben, gleichermaßen deinen wie meinen Bedürfnissen entspräche, aber das ist doch nicht wahr. Diese mehr oder minder komfortable Wohnung, der sich nach Möglichkeit regelmäßig wiederholende Ablauf unseres Alltags, eine gewisse Form von Familienleben, das sind doch deine Bedürfnisse und nicht meine. Wenn wir also in die Aufrechterhaltung all dessen eine kleinere oder größere Menge von Energie investieren, dann sind es nicht unsere Wünsche, deren Erfüllung wir damit gewährleisten, sondern deine. Auf dieser Basis ist Arbeitsteilung ein Unsinn.«

Sie fragte ihn, ob er hiermit seinen Vortrag beendet hätte, und ging aus dem Zimmer. Er wolle sich doch nur um die Idiotenarbeit herumdrücken, die er ihr überlasse, er selbst, der Herr Dichter, sei sich für so was zu gut. Das sagte sie in der Küche, während sie ein Reinigungsmittel ins Spülbecken spritzte. Er solle sie in Ruhe lassen und ihr nicht überall hin nachrennen, sagte sie im Badezimmer.

»Aber Silvi«, sagte er, »was ich mit all dem sagen will, ist doch ganz etwas anderes als das, was du offenbar heraushörst. Wenn ich mittags und abends nach Hause komme, wenn ich jetzt hier bei dir bin, dann doch nicht deshalb, weil du eine gute Köchin bist oder meine Socken stopfst, sondern deshalb, weil ich dich und den Kleinen mag. Ich könnte ebenso gut ins Wirtshaus gehn, um zu essen, ebenso gut die alten Socken wegwerfen und mir neue kaufen, darauf kommt es doch nicht an. Was mich das mehr kosten würde, könnte ich ohne weiteres durch die Einschränkung diverser Ausgaben einsparen, die ich als Junggeselle nicht hätte.«

»Gut, wenn das so ist«, hatte Silvi darauf, und zwar mit überraschend leiser Stimme, gesagt, »dann halt ich dich nicht zurück.« Sie hatte Tränen in den Augen, aber ihr Mund war ganz klein und hart geworden. »Meinst du das wirklich?«, hatte Paul gefragt, während er ihr durchs Vorzimmer folgte, sie ging jetzt mit festen, allzu entschlossenen Schritten. »Hör mir doch zu, ich will mit dir reden, durchs Reden können wir vielleicht wieder zusammenkommen«, aber sie hatte nicht mehr zugehört.

Auf den Balkon war sie gegangen und eine kleine Ewigkeit draußen geblieben. Und gerade, als er ihr auch dorthin nachwollte, weil er Angst bekam, war sie zurückgekommen und hatte den Fernseher wieder aufgedreht. »Du willst also nicht mit mir reden?«, hatte er gefragt, sie hatte nicht geantwortet, sondern nur auf den Bildschirm gestarrt. Da war er in den Schrankraum gegangen, hatte die Reisetasche aus dem Regal genommen und zu packen begonnen.

Paul. Doch ich bin nicht Paul. Und Sonja ist nicht Silvi. Obwohl wir zweifellos unsere Probleme haben, haben wir uns nicht getrennt. Man könnte sagen, wir führen eine reformistische Ehe. Das heißt, wir versuchen die Widersprüche einzuebnen, wo sie das System gefährden.

Wir versuchen, unsere Probleme zu lösen, indem wir über unsere Probleme reden. Aber natürlich reden wir nur über die Probleme, über die wir miteinander reden können. Über manche Probleme können wir nicht reden, sondern nur schweigen, über andere können wir nur streiten. Wir versuchen, einander mit unseren Widersprüchen zu akzeptieren, aber einander als unsere Widersprüche zu akzeptieren, das schaffen wir nicht.

Wie wir damals, nach dem missglückten Kommuneversuch, zurückgekehrt sind. Ich habe die Wohnungstür hinter uns zugesperrt und die Eheringe aus der Lade genommen, wir haben uns die Eheringe wieder angesteckt. Nein, wir wollten nicht so leben, wie unsere Eltern vor uns gelebt hatten, um keinen Preis. Aber es war schwer, wirklich anders zu leben: Wie viel von dem, was wir an unseren Eltern kritisiert hatten, fanden wir jetzt an und in uns!

Und wie oft ertappten wir uns dabei, dass wir die Rollen nachspielten, die sie uns vorgespielt hatten. Sicherlich nicht so unreflektiert, so naiv wie sie, aber das lag nicht daran, dass wir gescheiter waren, sondern dass unsere Zeit gescheiter war, zumindest in dieser Hinsicht. Die Ehe war zum Problem geworden, genauso wie alle anderen geschlossenen Systeme. Es ging nur darum, ob man sie öffnen konnte oder ausbrechen musste.

Was Sonja und mich betrifft, so sind wir nach kurzen, schmerzlichen Ausbruchsversuchen stets wieder zurückgekehrt. Und leben also mit unseren Widersprüchen (und ALS unsere Widersprüche), auch wenn das nicht immer (und niemals vollends) zur Sprache kommt. Dass es dann ab und zu Ausbrüche eher vulkanischen Charakters gibt, in denen Verschiedenes, das wir lange Zeit zurückgestaut haben, buchstäblich eruptiert, ist ja weiter kein Wunder. Ich erinnere mich da zum Beispiel an die Geschichte mit den Sardellenringen.

SONDERANGEBOT, ist in der Auslage der Delikatessenhandlung gestanden, drei Dosen Sardellenringe zu 11,90. Erst auf dem Heimweg ist uns aufgegangen, dass die Dosen im Einzelnen billiger gewesen wären, zumindest bei normalem Preis. Und ohnehin waren wir wieder einmal ziemlich stier und haben uns gegenseitig vorgeworfen, nicht rechnen zu können. Und dieser Streit hat uns unheimlich aufgebracht.

Sonja hat ihren Träger der Einkaufstasche, die wir miteinander getragen haben, einfach losgelassen und ist davongelaufen, ich bin ihr nach. Sie ist in die Straßenbahn geschlüpft, knapp vor der Abfahrt, ich bin, mit der schweren Einkaufstasche, mit der man kaum gehen, geschweige denn hat laufen können, hinter ihr her. Die automatische Falttür hat die Einkaufstasche eingeklemmt, ich habe die Einkaufstasche, die Straßenbahn, mich und die Welt und besonders Sonja gehasst. Die Straßenbahn war voller Leute, Sonja hat sich von hinten nach vorne durchgedrängt, ich bin, nachdem ich die Einkaufstasche endlich aus der Falttür heraus gehabt habe, natürlich viel schwerer vorangekommen als sie.

Als wir zu Hause waren, haben wir uns bereits auf das unflätigste beschimpft, da war kein vernünftiges Verhältnis mehr zwischen Ursache und Wirkung. »Du Arschloch!«, hat Sonja gesagt, mit einem schrecklichen verächtlichen Zug im Gesicht, und anschließend hat sie gespuckt. Und ich habe gesagt: »Sag das nicht noch einmal!«, und da hat sie es noch einmal gesagt, justament: »Du Arschloch! Du Arschloch!« Und von da an weiß ich nichts mehr, nur dass wir nachher im Vorzimmer gesessen sind inmitten von Scherben, während wir vorher im Zimmer gestanden sind, bei geschlossener Glastür, und dabei habe ich mich immer für einen sanften Menschen gehalten.

Wir waren sehr erschrocken, alle zwei, vor allem deshalb, weil wir aus vielen kleinen Wunden geblutet haben. Ich habe die Rettung anrufen wollen, aber in der Aufregung die Nummer nicht gefunden, bis ich sie gefunden habe, haben sich die Blutungen im Großen und Ganzen beruhigt gehabt. Dann haben wir uns gegenseitig die Splitter aus der Haut gezogen und uns wieder versöhnt. Und dann haben wir uns ins Bett gelegt und miteinander geschlafen, und das war sehr schön.

Als er gegangen war (als ich gegangen bin) und die Tür hinter sich geschlossen hatte (und die Tür hinter mir geschlossen habe), leise, denn das Kind schlief (das Kind hat geschlafen), und er war nicht der Typ (ich bin nicht der Typ), der im Affekt ging (der im Affekt geht) –

als er gegangen war (als ich gegangen bin), und im Aufzug abwärts gefahren, sein (mein) seitenverkehrtes Bild im Spiegel verhauchend, Melancholie in den Augen, Resignation um Nase und Mund: Aber da musste doch (muss doch) noch etwas anderes sein –

und aus dem Haustor trat (und aus dem Haustor getreten bin), aus den Neonbeleuchtungskörpern der Wohnhausanlage floss ein steriles Licht (ist ein steriles Licht geflossen):

ging er den üblichen Weg (bin ich den üblichen Weg gegangen), nur dass jetzt Nacht war statt Tag, und dass er nicht wusste (dass ich nicht weiß), wann er zurückkehren würde (wann ich zurückkehren werde) und ob.

(Einmal habe ich meine Reisetasche gepackt und bin in die Spengergasse gezogen, aber am nächsten Morgen war Sonja da und hat mir gesagt, dass Miriam nach mir weint, da bin ich wieder heim.)

Paul saß noch immer vor dem Fernseher, er war ins Sinnieren geraten. Aber dazu war er nicht in die eheliche Wohnung zurückgekehrt. Er stand auf, rückte einen Sessel an den Wandverbau, stieg hinauf. In den obersten Fächern gab es noch einige von seinen alten Klassikern, meist Buchgemeinschaftsausgaben, für die der Antiquar sicher nicht viel bezahlen würde, aber ihm blieb keine Wahl.

Goethe, Schiller, Grillparzer, Hölderlin. Für mehr als für ein paar Tage würde, was er im optimalen Fall dafür bekommen konnte, kaum reichen. Selbst wenn er diesen verdammten Artikel für Fiedler schrieb: Der Vorschuss war schon verbraucht. Einen neuen Vorschuss nehmen? Nein danke, diese Blöße wollte er sich gerade vor Fiedler nicht geben!

Er überlegte, von wem er sich eine etwas größere Summe pumpen konnte, und verfiel auf Gabriele. Er stieg vom Sessel hinunter, ging zum Telefon und wählte ihre Nummer. Sie meldete sich nicht, aber das hatte nicht viel zu bedeuten. Sie hob oft nicht ab, wenn es ihr schlecht ging, oder wenn man sie, wie in letzter Zeit, mit allzu vielen Anrufen plagte.

Silvi hatte seine häufigen Besuche bei Gabriele nicht gern gesehen. Sie glaubte nicht recht an die platonische Freundschaft, von der er und Gabriele so begeistert sprachen. Außerdem misstraute sie Pauls Helferwillen, den sie ja schon zur Genüge kannte. »Denk an Schubert, dem hast du damals auch aus seinen Depressionen heraushelfen wollen, und wozu hat das geführt?«

Nun ja, in Bezug auf Schubert hatte sie recht. Paul überlegte, ob er ihr einen Zettel zum Telefon legen sollte, wusste aber nicht, was er daraufschreiben konnte, ohne sich eine Blöße zu geben. Er stellte die Klassiker wieder auf ihre Plätze zurück. »Dass man Sie wieder einmal hier sieht«, sagte Fiala, der Nachbar, dem er, als er die Wohnung verließ, begegnete (wahrscheinlich hatte er, Hund an der Leine, hinter der Tür gelauert), »ich habe gedacht, Sie sind verreist!«

6

Denk an Schubert, dem hast du damals auch aus seinen Depressionen heraushelfen wollen, und wozu hat das geführt?« Nein, dachte Paul, in der Schnellbahn sitzend, für deren Benutzung sein Geld gerade noch reichte, ich will nicht schon wieder an Schubert denken; Gabriele mit Schubert in einem Atemzug zu nennen, war übrigens eine Bosheit. Aber wahrscheinlich hatte Silvi viel eher gemeint, er solle an Bärbel denken, als sie das gesagt hatte, und diesem Satz erst im letzten Moment eine andere Wendung gegeben. Denn auch Bärbel gegenüber hatte sich Pauls sogenannter Helferwille geregt, wenn auch noch viel weniger uneigennützig als gegenüber Schubert, und darunter litt Silvi noch heute.

Aber das hatte sich erst allmählich entwickelt. Vorerst war Paul noch vor allem mit Schubert beschäftigt gewesen. Vielleicht, hatte er gedacht, würde es Schubert tatsächlich helfen, wenn er neue Leute kennenlernte. Und natürlich auch ihm, Paul, denn selbst der edelste Helferwille wird allmählich schwächer, wenn man ihn allzu sehr beansprucht.

Die Rechnung mit Willy und Bärbel war jedenfalls aufgegangen. Die beiden hatten Schubert herzlich aufgenommen und seinen Redeschwall geduldig angehört. Sie schienen keine Bedenken zu haben, sich einen so eindeutig schweren Neurotiker als Untermieter aufzuhalsen. Oder sie nahmen Schuberts, für Paul ebenso faszinierende wie enervierende Neurose nicht ernst.

Wüstenrot hielt nicht viel von Psychologie. »Das ist«, sagte er, »eine durch und durch bürgerliche Wissenschaft; wenn jemand Probleme hat, so entstehen die in erster Linie durch soziale Bedingungen, und die kann man ja verändern. Solidarität«, »ja«, sagte Bärbel zu Schubert, »du brauchst vor allem Freunde. Wenn du zu uns ziehst, geht es dir sicher bald besser.«

Sie stellte einen Teller Kirschenknödel auf den Tisch, die sie selbst gemacht hatte und auf die sie sehr stolz war. »Mein Gott, Kirschenknödel!«, sagte Schubert, »wisst ihr, wie lange ich mir die schon gewünscht habe, aber meine Mutter macht die nie!« »Wenn es dir nur schmeckt«, sagte Bärbel, da kniete Schubert vor ihr nieder und küsste ihr die Hand. Aber nicht einmal diese Art von Pathos machte sie und Willy kopfscheu.

Wie sie so dasaßen, essend und plaudernd, Willy und Bärbel, innig, aber nicht allzu nah beieinander, hinter ihnen ein selbst gebasteltes Bücherregal mit nur wenigen Büchern (Marx und Brecht) sowie einer von Bärbel selbst aus Ton geformten Vase, da ging Paul auf, dass er die Wüstenrots eigentlich ein bisschen beneidete. Ihr Denken und Handeln schienen ihm so klar, so geradlinig, so im positiven Sinn einfältig, es erfüllte ihn direkt mit einer gewissen Wehmut, derart, als hätten sie etwas, das ihm und Silvi schon lange (oder schon immer) abging. Wie sie zum Beispiel eines Abends anlässlich eines Besuches bei ihnen geradezu nebenbei die Bemerkung hatten fallen lassen, sie bekämen ein Kind. »Was, seid ihr verrückt, wie wollt ihr das schaffen, so jung wie ihr seid und kaum aus der Schule heraus?!« – solche und ähnliche Einwände waren ihm und Silvi damals auf der Zunge gelegen, aber sie hatten sie hinuntergeschluckt, denn Bärbel und Willy hatten nur entwaffnend gelächelt und gemeint, das sei kein Problem.

Wenn Paul daran dachte, was für ein Problem das für ihn und Silvi gewesen wäre … weniger jetzt, da sie verheiratet waren und eine halbwegs geräumige Wohnung hatten (obwohl er sich Silvis Reaktion auf eine unerwartete Schwangerschaft auch unter diesen Umständen anders vorstellte als die Bärbels: alles andere als so ruhig und zuversichtlich, vielmehr schwankend zwischen Euphorie und Verzweiflung, denn sie hatte kein Talent, ihr Leben leicht zu nehmen, auch wenn es eigentlich gar nicht besonders schwer war, und sicherlich würden ihr in Zusammenhang mit einem Kind alle möglichen Für und Wider einfallen, und sie würde sich nicht so ohne weiteres entscheiden …), weniger jetzt als früher, in einer immerhin mit der jetzigen Lage Willys und Bärbels vergleichbaren Situation. Wie oft hatten sie Angst gehabt, ein Kind gemacht zu haben, und mit wie viel Bangen hatten sie Monat für Monat auf Silvis Regel gewartet! Bärbel und Willy hingegen hatten ein Kind gemacht und wollten es bekommen: So einfach war das.

»Wollt ihr heiraten?«, hatte Paul gefragt, und Willy hatte genickt. Nicht, dass sie viel von der Zeremonie hielten, aber aus steuerlichen Gründen sei Heiraten vernünftig. »Bei dieser Gelegenheit können wir dich gleich fragen, ob du nicht Trauzeuge sein willst.« Und Paul hatte ja gesagt und hatte Bärbel den Kaktus zur Hochzeit geschenkt, der jetzt auf dem Regal stand.

»Hast du gesehn, er ist aufgeblüht«, sagte Bärbel, »ein gutes Zeichen!«

»Wofür?«, fragte Paul.

»Na ja, für unsere Beziehung …«

»Meinst du jetzt deine und meine oder Willys und deine?«

»Unsere. Sind wir nicht alle gut miteinander?«

Sie lächelte ein bisschen verschmitzt, als sie das sagte, aber Paul vermutete dahinter keine besondere Bedeutung. Sie lächelte häufig so, dass dabei zwei kleine, verkehrte Halbmonde unter ihren Augen entstanden.

»Wir sind doch alle gut Freund. Und jetzt gehört Schubert zu uns.« Natürlich strahlte Schubert, als er das hörte.

So kam es, dass Schubert, bald nachdem Bärbel und Willy aus dessen Bude in die Fünfzimmerwohnung übersiedelt waren, bei ihnen einzog. Aus der Rolle eines gewöhnlichen Untermieters fiel er jedoch schon dadurch, dass er vorläufig keine Miete zahlte. Aber das mache, sagten die beiden, die von Stipendien und gelegentlichen Zuwendungen ihrer Eltern lebten, nicht allzu viel aus. Schubert sollte zuerst einmal wieder ins Lot kommen, sich selbst und eine Arbeit finden, mit der er sich halbwegs identifizieren könnte, und später dann, wenn es ihm leichter falle, zurückgeben, was er ihnen schulde.

Welch ein schöner, aber naiver Optimismus, dachte Paul:

typisch für Willy und Bärbel. – Ins Lot kommen; sich selbst und eine Arbeit finden, mit der man sich halbwegs identifizieren konnte; etwas zurückgeben – das wären schon in Bezug auf jeden anderen recht hoch gesteckte Hoffnungen gewesen: wie hoch erst in Bezug auf Schubert! – Aber bis zu einem gewissen Grad hatte ja Paul diesen Optimismus geteilt. Denn war er auch einerseits froh gewesen, Schubert fürs Erste los zu sein, so hatte er doch andererseits weiterhin Anteil an seinem Geschick genommen und hatte sich eingebildet, eitel wie er war, er könne es positiv beeinflussen.

Schubert kam seiner Eitelkeit entgegen, indem er fortfuhr, ihn in Klischees zu drängen, die ihm schmeichelten, auch wenn er sie beim besten Willen nicht ausfüllte. Großer Bruder, Ersatzvater, Wunderrabbi, am Ende gar Messias. »Du hast etwas von Jesus«, sagte er eines Tages, »ja, wenn du mich so anschaust, wie jetzt, mit deinen milden blauen Augen, so wird mir ganz anders!« Paul war zwar bis dahin der Meinung gewesen, dass er eher grüne Augen hätte, und in seinem Reisepass stand als Farbe der Augen grau, aber er wollte Schubert nicht widersprechen.

Immer, wenn er zu Besuch kam (er kam oft, schon der Zeitschrift wegen, für die es Manuskripte auszuwählen galt und Matrizen abzuziehen, und er kam gern, obwohl er sich damals noch nicht recht eingestehen wollte, warum), gab es einen Zeitpunkt, von dem an Schubert ihn okkupierte. Und Paul ließ das geschehen, denn die Erkenntnis, dass er imstande war, Schuberts Selbstbewusstsein zu stärken, stärkte sein eigenes. Und nicht selten, wenn er Schuberts kranke Seele streichelte, ohne sie allerdings wirklich heilen zu können, saß Bärbel in der Nähe und strickte. Dann spielte Paul seine Rolle noch wesentlich besser.

»Hat dir eigentlich schon einmal jemand gesagt, dass du ein saublödes Gesicht hast?«, fragte der Mann, der ihm gegenübersaß, Paul schrak auf. Er wusste keine gute Antwort auf diese

Frage und erhob sich, um weiteren Anpöbelungen auszuweichen, aber der andere ließ nicht von ihm ab. »Ein Gesicht zum Hineinschlagen!«, sagte er und erhob sich ebenfalls, wobei er ins Wanken geriet. Lag das am Wackeln der Schnellbahn oder daran, dass der Mann zu viel getrunken hatte, Paul entschloss sich, zu glauben, dass der Kerl besoffen sei, das machte die Sache leichter. Graue Haare, zerknitterte Haut, schwerer, von einseitiger Ernährung und Arbeit entstellter Körper. »Du Arschgeige«, sagte der Mann, »lässt dirs gut gehn, während sich unsereiner langsam, aber sicher zu Tode rackert, hab ich nicht recht?!« Pauls blau-, grau- oder grünäugiger Blick hatte auf diesen Zeitgenossen offenbar nicht die richtige Wirkung. Vorsichtshalber stieg Paul bei der nächsten Haltestelle aus und ging den Rest der Strecke zu Gabrieles Wohnung zu Fuß.

7

Schuberts manische Phase und wie sie geraume Zeit anhielt. Denn nicht nur für Paul wurde sein ehemaliger Mitschüler zum Objekt der Bestätigung, sondern auch für Willy und Bärbel. Willy stilisierte den vorerst völlig unpolitischen Mitbewohner zum exemplarischen Proletarier, der sich bereitwilligst davon überzeugen ließ, dass nur der Kapitalismus an seinen Problemen schuld sei. Und Bärbel übte, ihr rasch wachsendes Baby im Bauch, Schubert gegenüber ein mütterliches Verhalten, das dem wohl gefiel.

Denn in die Rolle des Kindes schlüpfte er gern. Er wäre am liebsten ganz in den Mutterleib zurückgeschlüpft, und Bärbels werdender Mutterleib war ihm im Augenblick der nächste. Bärbel pflegte seine immer eindeutiger sexuellen Appelle vorerst zu ignorieren oder mit einer ebenso sanften wie unverbindlichen

Zärtlichkeit zu beruhigen. Aber es war sehr fraglich, wie lang das noch gutging.

Da ihm alle dazu rieten, gab Schubert seinen Job als Holzfäller beim Stadtgartenamt auf, aber er fand (oder suchte) keinen neuen. Die Abhängigkeit von Willy und Bärbel schien ihn nicht besonders zu stören oder jedenfalls weniger als die Abhängigkeit von irgendwelchen Arbeitgebern, die er, ein gelehriger Schüler in Willys Terminologie, in Bausch und Bogen als Ausbeuter bezeichnete. Nur manchmal bekam er Angst: »Fall ich euch nicht zur Last?«, fragte er dann, »wenn ich euch zur Last falle, müsst ihr mir's offen und ehrlich sagen. Wenn ich euch lästig bin, braucht ihr mir nur zu sagen: geh, und ich gehe« – selbstverständlich sagten sie ihm das nicht.

Überdies war Schubert, abgesehen davon, dass er, wie erwähnt, gewissen Bedürfnissen seiner Quartiergeber und Freunde entgegenkam, natürlich nicht nur belastend. Manchmal erzählte er auf eine umwerfend komische, sehr detailfreudige Art Witze oder spielte kleine, selbsterfundene Sketches.

Am liebsten war er John Wayne, wie er, bereits von der tödlichen Kugel getroffen, noch rasch ein paar Feinde der Freiheit erledigt. Er konnte so grimmig leidend dreinsehen, so wild entschlossen den imaginären Colt umklammern, so blutopernhaft tragisch zusammenbrechen, dass sich auch die anderen bogen, allerdings vor Lachen.

»Du hast doch ein unbestreitbares mimisches Talent«, sagte Silvi eines Abends, »warum gehst du nicht an eine Schauspielschule und versuchst was daraus zu machen?« Ein paar Tage später ließ sich Schubert zur Aufnahmsprüfung an einer privaten Schauspielschule vormerken, ging aber schließlich nicht hin. »Diesen Faust-Prolog«, schrie er, und schlug mit der flachen Hand auf das schauspielschuleigene Reclamheft, »erlerne ich nie. Ich möchte realistische Rollen spielen, zum Beispiel den asthmatischen Wirten vom Beisel an der Ecke, wie er ächzend über seiner letzten Bohnensuppe verendet, und nicht so einen Scheiß!«

Willy und Paul versuchten Schubert zum Schreiben anzuregen. Aus einer Redewendung, die vom Vorarbeiter jener städtischen Holzfäller stammte, zu denen Schubert nun nicht mehr gehörte, machte Paul ein Gedicht. »Arm sind wir und blöd sind wir!«, hatte der Vorarbeiter immer dann gesagt, wenn er auf ein neues Stück Holz, das es zu zerhacken galt, losschlug. »Arm sind wir und blöd sind wir!« Schubert gebrauchte diese Redewendung in allen möglichen und unmöglichen Zusammenhängen, Paul aber fand, dass sich mehr damit anfangen ließe.

Arm sind wir und blöd sind wir / blöd sind wir und arm sind wir / arm sind wir weil wir blöd sind / blöd sind wir weil wir arm sind – schrieb er und publizierte den so entstandenen Text als Gemeinschaftsarbeit Grünzweig-Schubert. »Na ja«, sagte Schubert, »natürlich finde ich es schön, meinen Namen in einer Zeitschrift gedruckt zu lesen, aber von einer richtigen Gemeinschaftsarbeit ist doch eigentlich nicht die Rede.« Später, als sich das Verhältnis zwischen ihnen verschlechtert hatte und Paul das Gedicht nur mehr unter seinem Namen veröffentlichte, war er anderer Meinung. Aber da hatte sich seine Meinung über Paul und das, was er sagte, tat und schrieb, überhaupt geändert.

8

Paul drückte den Klingelknopf, wartete, nichts rührte sich. Er klingelte noch einmal, biss den Trauerrand vom Nagel seines Zeigefingers, spuckte ihn weg. Gabriele hielt viel von Sauberkeit, jedes Mal, wenn sie einander sahen, bekrittelte sie seine ungepflegten Nägel. Er wollte schon gehen, da hörte er von drinnen ein Geräusch.

Sie öffnete ihm mit triefenden Haaren, x-beinig, in ein Handtuch gewickelt. Unter ihr entstand eine kleine Pfütze. »Ach du bist es«, sagte sie, »schön, dass du immer noch lebst. Du machst dich ja selten. Ich habe geglaubt, du bist schon gestorben.«

Sie ging ihm ins Badezimmer voraus, trat unter die Dusche. Ihre Schulmädchenbrüste, ihr kleiner, glänzender Bauch. »Schau nicht so«, sagte sie, kreuzte die Hände über dem Schamhaar. Er sagte: »Gott behüte, ich schau dir nichts weg.«

Zugegeben, manchmal wurmte es Paul, dass er offenbar einer der wenigen Männer im Wiener Kulturbetrieb war, die noch nicht mit Gabriele geschlafen hatten. Sie selbst pflegte ihm das allerdings eher als Auszeichnung zu interpretieren denn als Manko. Ihm gegenüber brauche sie nicht Theater zu spielen, ihm gegenüber könne sie einfach sie selbst sein, so reden, wie ihr der Schnabel gewachsen sei. Das könne sie anderen gegenüber nicht.

Paul wusste nicht recht, ob er das glauben sollte, oder ob das nur ein Trick war. Gabriele war eine raffinierte Person. Oder doch nicht? – Unter all ihrem Raffinement kam zuweilen eine Naivität, ja Hilflosigkeit zum Vorschein, die ihn erschreckte. Gehörte die nun erst recht zum Raffinement oder war sie etwas, das darunter lag, und alles andere war nur oberflächlich darüber geschichtet?

Als er sie zum ersten Mal gesehen hatte, in der Redaktion der Zeitschrift »Wege«, für die er damals die Textseiten zusammenstellte, war sie ganz die Unschuld vom Land gewesen. Wenn er sich recht erinnerte, hatte sie sogar Maschen in ihren zu Zöpfen gebundenen Haaren getragen und ihn groß und kurzsichtig angeschaut durch die Gläser ihrer überaus runden Brille.

»Sind Sie der Herr Grünzweig?«

»Ja.«

»Ich habe Sie mir älter gedacht.«

Sie hatte eher ein Stimmchen als eine Stimme.

Sie brachte ihm ein Manuskript, er schlug vor, einen Sprung ins Espresso vis-à-vis zu gehen. »Es ist weitgehend autobiographisch«, sagte sie, ihr Augenaufschlag war von der Sorte, die sich direkt aufs Herz schlägt. »Sie ist ein gezieltes Hascherl«, sollte Silvi später über sie sagen, sie misstraute ihr zutiefst. Die meisten Frauen waren gegen Gaby allergisch.

Nichtsdestoweniger war sie nicht so, wie sie auf den ersten Blick wirkte. Oder genauer: Wahrscheinlich war sie schon so, aber sie war auch ganz anders. Paul las ihr Manuskript und war beeindruckt: *Gabriele Stiller*, schrieb er in einer kurzen Notiz, die er zu ihrem Abdruck in den »Wegen« brachte, *den Namen wird man sich merken.* Mit dieser Frau, dachte er, fängst du besser nichts an, die weiß zu viel über Männer.

Tatsächlich fühlte er sich in gewisser Hinsicht durchschaut, als er Gabrieles Roman las. Bestimmte männliche Verhaltensweisen und Taktiken waren darin so beschrieben, dass man sie, dachte er, nicht mehr anwenden konnte, ohne sich lächerlich oder gemein vorzukommen. Zumindest der Autorin gegenüber, da genierte sich Paul stellvertretend für sein ganzes Geschlecht. Und versuchte unter den vielen Männern, die sie gekannt hatte oder kannte, eine Ausnahme zu sein.

Natürlich gelang ihm das nicht immer, dazu war Gabriele, allen Erfahrungen zum Trotz, zu kokett. Das war auch das, was später Kritiker und vor allem Kritikerinnen an ihrem Buch kritisierten. Sie provozierte genau jenes männliche Verhalten, unter dem sie zu leiden vorgab und wohl auch tatsächlich litt. Trotzdem oder gerade deshalb wurde ihr Buch ein Erfolg.

Nach und nach war Paul übrigens froh, dass er der Versuchung, Gabriele herumzukriegen oder sich von ihr herumkriegen zu lassen, nicht nachgegeben hatte. Denn zum Ersten lernte er sie im Laufe der Zeit genau genug kennen, um zu wissen, dass sie ihm allzu ähnlich war, neurotisch besessen von der

Schriftstellerei und daher imstande, sogar beim Beischlaf mitzuschreiben, und er konnte sich vorstellen, dass die körperliche Vereinigung zweier solcher Seelen katastrophal sei. Zum Zweiten aber hatte sie ihm oft genug von ihren Affären erzählt (auf eine detaillierte, zynische Art, die er sonst nur von Männern kannte), sodass er nicht zweifelte, dass sie die Typen, mit denen sie schlief, nach dem Beischlaf hasste. Und von Gabriele gehasst werden wollte er nicht.

So spielten sie also seit nunmehr drei Jahren ein Spiel: Sie tat so, als habe er nichts anderes im Kopf, als mit ihr zu schlafen, während er so tat, als sei das überhaupt nicht der Fall. Einmal hatte sie Silvi angerufen und ihr ausdrücklich erklärt, dass sie nicht mit Paul schlafe, obwohl ihr der wie ein Faun nachstelle, und natürlich hatte das Silvis Verdacht nicht gerade entkräftet. Silvi war, das wusste Paul seit der Geschichte mit Bärbel, notorisch eifersüchtig, auch wenn sie Eifersucht prinzipiell blöd fand. Aber Gabriele tat so, als verstünde sie das nicht: »Was willst du denn?«, fragte sie, »ich hab mich doch nur von Frau zu Frau mit Silvi unterhalten wollen, das ist ja nichts Schlechtes!«

Dann waren sie sogar einmal ein paar Tage zu dritt aufs Land gefahren, aber natürlich hatte das nicht geklappt. Gabriele hatte Paul, der gut zuhören konnte, von früh bis spät für sich beansprucht und Silvi, die ihr gern dreinredete, als Störung empfunden. »Nein«, hatte sie sich gewehrt, Silvis angeblich überwundene Schwierigkeiten mit ihrem Vater seien nicht mit den ihren vergleichbar. Und außerdem habe Silvi einen Mann, mit dem sie sich bei aller Problematik, die eine solche Beziehung naturgemäß beinhalte, doch mehr oder minder gut vertrage, und sie, Gabriele, habe keinen.

Silvi war gescheit genug gewesen, Paul vorläufig der anderen zu überlassen, und hatte sich, Aquarelle malend, etwas abseits gehalten. Aber in den Nächten hatte sie Paul für sich haben wollen, schließlich war sie mit ihm verheiratet und nicht Gabriele. Und die Spannung zwischen den beiden war immer größer geworden, und Paul hatte nicht recht gewusst, wie er eine Explosion vermeiden sollte. Endlich war Gabriele früher, als geplant, nach Hause gefahren, und Paul hatte aufgeatmet, obwohl er auch ein bisschen Angst um sie gehabt hatte, denn sie hatte nicht gut ausgesehen beim Abschied.

»Was führt dich zu mir?«, fragte sie ihn jetzt. Er sagte: »Die Sehnsucht.«

»Aha, die Sehnsucht.« Ihre Stimme klang nicht sehr überzeugt. »Gibst du mir bitte das Handtuch?«

Sie gebrauchte das Handtuch so, dass es stets eine Blöße bedeckte, während es eine andere freigab. Dann ging sie zum Spiegel, wobei sie das Handtuch vergaß.

»Schau dir die Fältchen an, die ich da um die Augen bekomme. Werde ich alt?«

Sie war 29 und hatte Tage, an denen sie aussah wie 19, aber natürlich gab es auch andere.

»Du sollst mein Gesicht anschaun, verdammt noch einmal, und nicht meinen Hintern!«

»Dein Hintern«, urteilte Paul, »ist noch ganz in Ordnung.«

Sie hüllte sich in einen Bademantel aus rosa Frottee und ging ihm ins Zimmer voraus. »Schön, dass du da bist«, ihre Hand berührte ihn an der Brust, wie eine Katzenpfote, indem sie auf ihn zukam, drückte sie ihn auch schon wieder von sich weg. »Freu' dich nicht zu früh«, sagte er, »ich vergewaltige dich nicht.« »Setz' dich zu mir auf die Couch«, sagte sie, »aber setz' dich nicht zu nah.«

»Wie geht's dir denn«, fragte er, »jetzt, wo du fast berühmt bist?«

»Danke«, sagte sie, »ich habe mir einen Farbfernseher gekauft und nehme regelmäßig Valium. Im Ernst, es geht mir schon wieder fürchterlich schlecht. Manchmal ist mir danach, mich einfach hinzulegen, einzuschlafen und nicht mehr aufzuwachen.

Eigentlich müsste ich mich ja großartig fühlen, nicht wahr, ich habe erreicht, was ich wollte. Ich habe ein Buch geschrieben, und es ist ein Bestseller geworden, es wird in sieben Sprachen übersetzt. Mein Bild hängt in den Auslagen der Buchhandlungen, auf der Straße drehen sich die Leute nach mir um. Die Presse, der Rundfunk, das Fernsehen, alle reißen sich um mich, jeden zweiten Tag ruft irgendjemand an und will ein Interview.

Und dann kommen sie und erwarten, dass ich so bin, wie sie mich gern haben möchten, und tatsächlich: Ich bin so. Junge Erfolgsautorin, hübsch, optimistisch, ironisch, kritisch, aber nicht zu kritisch, für die Öffentlichkeit zumutbar. Doch wenn sie dann weg sind, frage ich mich manchmal, ob ich mich auch gern so haben möchte wie sie. Und frage mich, was denn das alles für einen Sinn hat … Und du? Wie geht's dir?«

Paul zuckte die Achseln: »Ich weiß nicht … Dass es mir schlecht geht, finde ich eigentlich gut …«

Er sagte ihr nicht, dass er von zu Hause weg war.

»Was macht dein Roman?«

»Ach der! Der bleibt ein Fragment …

– Weißt du, ich habe das Gefühl, ich bin in einer schweren Krise. Oder vielleicht bin es nicht nur ich, sondern wir alle sind es, und das eine wird im andern reflektiert. Da ist eine unheimliche Diskrepanz zwischen dem, was wir denken, und dem, was wir tun. Die Schizophrenie, an der unsere Zeit leidet, ist auch die meine … Mag sein, dass das immer so ist, wenn etwas Altes vorbeigeht und etwas Neues kommt. Oder wenn etwas Neues kommen will, aber das Alte hat noch zu viel Schwerkraft. Und dieser Konflikt spielt sich auch in uns ab, nicht nur um uns. Wenn ich das darstellen könnte, würde ich den Roman beenden.«

Aber im Augenblick, sagte Paul, hätte er sowieso etwas anderes zu tun. Er erzählte von Fiedlers Anruf und dem Artikel, den er schreiben sollte. »Und das Fatale ist: Ich will ihn nicht schreiben. Das ist auch etwas, das mich ziemlich belastet.«

»Aber warum denn?«, fragte ihn Gabriele. »Was hat denn dieses Jahr 68 schon Besonderes an sich? Ihr tut alle so, als wäre weiß Gott was geschehn. Ein paar Illusionen sind flöten gegangen, sonst nichts … Na und? Sei doch ehrlich: Machst du dir nicht etwas vor? Ja, du hast aufgehört zu studieren, na wenn schon! Hättest du nicht auf jeden Fall aufgehört? Hat dich, was damals geschehen ist, wirklich betroffen?«

»Offenbar doch«, sagte Paul, »und mehr, als mir lieb ist. Ich komme mir vor, als hätte ich auf einen schlechten Zahn gebissen, den ich einfach habe vergessen wollen. (Er tastete mit der Zunge nach seiner Lücke.) Jetzt ist er mir wieder allzu bewusst und tut weh.

Es ist übrigens nicht so sehr der Gedanke an das Jahr 68, der mich irritiert, als das Bewusstsein, wie viel sich seither verändert hat. Sicher, wir alle sind zehn Jahre älter geworden, aber das allein ist es nicht …«

»Weißt du was?«, sagte Gabriele, »du solltest an etwas anderes denken, gehn wir etwas essen?«

»Gut«, sagte Paul, »das ist schön von dir, dass du mich einlädst.«

Sie saßen in einem Gasthausgarten und aßen Schnitzel. Sie aßen meistens Schnitzel, wenn sie beisammen waren. Seit sich herausgestellt hatte, dass sie vermutlich nie miteinander schlafen würden, projizierten sie alles Fleischliche, das sie hätten füreinander empfinden können, ins Schnitzelessen. So wurde das Schnitzelessen zum Koitusersatz.

Heute aber war Paul überhaupt nicht in Form.

»Was hast du denn?«, fragte ihn Gabriele, »du bist ganz woanders!«

»Ja«, sagte Paul und schob den Teller von sich. Dass er nicht aufaß, kam überaus selten vor.

Ein paar Sekunden aß Gabriele weiter. Dann warf sie Messer und Gabel empört auf den Tisch.

»Das weißt du ja«, sagte sie, »dass das gemein von dir ist! Denkst du noch immer an das Jahr 68?«

»Entschuldige«, sagte Paul, »ich fühl' mich nicht wohl. Das ist ein Gefühl, das habe ich früher gar nicht gekannt. Jetzt geht es mir schon seit einigen Wochen so.« Seit ich von Silvi weg bin (das sagte er nicht). »Siehst du, ich fühle mich plötzlich furchtbar allein. Ich hab mich auch früher manchmal allein gefühlt. Aber damals hat mich das stark gemacht. Ich meine: Ich hab mir was eingebildet darauf.«

»Und jetzt?«, fragte Gabriele.

»Jetzt macht es mir Angst.«

»Aber du hast doch deine Frau und dein Kind ...«

»Schon«, sagte Paul etwas vage und räusperte sich. »Aber sonst gehöre ich nirgends dazu.«

»Schau dir zum Beispiel die beiden dort drüben an.« – Er wies mit den Augen auf zwei Herren im Nadelstreif, die einander in einer benachbarten Laube steif gegenübersaßen: Mit eng an den Körper gewinkelten Armen und welk aus weißen Manschetten ragenden Händen führten sie Messer und Gabel, kauten angestrengt und sahen drein, als wäre der Akt der Nahrungsaufnahme etwas überaus Trauriges, zeitweilig ohne besonderes Engagement mit den Köpfen nickend oder sie schüttelnd. »Glaubst du, ich könnte mich hinsetzen zu denen und würde mich heimisch fühlen? Glaubst du, sie ließen mich zu sich hinsetzen und würden mich akzeptieren als ihresgleichen? Dass ich nicht lach!«

»Nimm auf der anderen Seite die hier herüben.« Er deutete mit dem Kinn auf eine Runde von Männern in blauen Overalls, die soeben gekommen waren: Lärmend und lachend hatten sie einen Tisch besetzt, die Kellnerin um die Hüfte genommen, Witze gemacht, und jetzt, da sie ihr Bier hatten, stießen sie die Krüge lustbetont aneinander: »Prost!« – »Angenommen, ich setze mich hin zu ihnen (und ganz ohne Zweifel wär' mir das lieber, als bei den andern zu sitzen, würd' ich mich lieber mit denen als mit jenen verbrüdern, fühl' ich mich angeheimelt von ihnen, vielleicht aus Romantik ...), angenommen, ich setze mich hin zu ihnen: Meinst du nicht auch, dass sie entweder misstrauisch wären oder bloß spotten würden: Was will denn der da?«

»Warum«, fragte Gabriele, »probierst du es nicht?«

»Na ja«, sagte Paul, »ich bin ein gehemmter Mensch.«

»Kränk dich nicht«, sagte Gabriele, »ich auch. Du bist also gar nicht so allein, wie du glaubst.

Leute wie wir: gehören die nicht zusammen?«

»Wir sind Kumpane«, sagte Paul, »und nichts weiter.«

»Na also. Das ist aber immerhin besser als nichts. Mir gefällt es, deine Kumpanin zu sein!«

Bei diesen Worten reichte sie über den Tisch und ergriff seine Hand. »Schade, dass du nicht frei bist«, sagte sie warm, »mit dir würd' ichs gern versuchen. In gewisser Beziehung geht es mir ähnlich wie dir. Ich fühle mich schrecklich einsam in letzter Zeit. Allerdings habe ich weniger Sehnsucht nach einer Partei, einer Gruppe oder einer Klasse, zu der ich gehören könnte. Ich habe ganz einfach Sehnsucht nach einem Menschen. Ja, ich weiß, das klingt fürchterlich bürgerlich. Aber ich sehne mich nach einem Mann fürs Leben ...«

Was Paul jetzt empfand, war beinah eine kleine Panik. Sicher, er hatte Gabriele gern, aber ihr Mann fürs Leben zu sein schien ihm entschieden zu gefährlich. Ihr Blick, unruhig geworden, appellierte an seinen Helferwillen. Aber nein, damit war er heute nicht zu fangen, er war selbst hilfsbedürftig.

»Apropos. Beinahe hätt ichs vergessen. Kannst du mir etwas pumpen? Auf ein paar Wochen?«

»Ach so!« – Sie zog ihre Hand zurück. »Und wie viel? Wär dir fürs Erste mit 2000 Schilling geholfen?«

Paul nickte. Sie klappte ihr Handtäschchen auf, zog ihr Scheckbuch. Ihre Unterschrift war bemüht ordentlich, wie die eines Kindes, fuhr aber gegen Ende unerwartet aus.

»Das wärs ja dann wohl?« – Sie klappte ihr Handtäschchen zu.

»Ja«, sagte Paul und steckte den Scheck ein.

»Übrigens«, sagte sie, »bin ich die nächsten zwei Wochen nicht da. Du brauchst also nicht zu versuchen, mich zu erreichen.«

»Ach so«, sagte Paul, »fährst du weg?«

Sie lächelte schwach.

»Ich leg mich in eine Klinik und mach eine Schlafkur … Die Depressionen, verstehst du, ich halts nicht mehr aus …«

»Ich habe gedacht«, sagte Paul, »das ist vorbei.«

»Nein«, sagte Gabriele, »im Gegenteil … Na schön, ich hab jetzt noch einen Termin. Machs gut.«

Sie stand auf, zog ihren Rock über die Knie hinunter und ging. Als sie schon fast am Ausgang war, besann sie sich, wartete auf den Kellner, der gerade vom Tisch der zwei seriösen Herren kam, und bezahlte. Paul hoffte, dass sie das auch für ihn tat, und trank sein Bier aus. Offenbar hatte sie das auch wirklich getan, denn als er ein paar Minuten später den Gastgarten verließ, wurde er nicht daran gehindert.

9

Wie Schubert dann eines Morgens aus der psychiatrischen Klinik anrief. »Ich habe es«, sagte er, »ganz einfach nicht mehr mit mir ausgehalten. Beziehungsweise mit euch: Ihr redet mir gut zu, aber ihr behandelt mich schlecht. Ihr seid ja ohnehin froh, dass ihr mich jetzt endlich los seid.«

Er war zur Polizei gegangen und hatte darum gebeten, ihn wieder nach Steinhof zu bringen. »Da könnte ja jeder kommen«, hatten sie geantwortet, »gehen Sie lieber nach Haus und legen Sie sich ins Bett.« Also hatte er, und zwar diesmal vor Publikum, neuerlich eine Rasierklinge zur Anwendung gebracht. Die Polizisten hatten ihn mit Ohrfeigen von seiner Absicht abzubringen versucht, aber das hatte nichts genützt.

Schuberts manische Phase war zu Ende gegangen. Die Freunde hatten ihn in die Aktivitäten der Gruppe »Bienenstich« einzubeziehen versucht, aber das hatte nicht lang funktioniert. Zwar hatte er anfangs Freude daran gehabt, bei Veranstaltungen in Diskotheken und Jugendklubs als Mundartgedichte sprechendes Original aufzutreten, aber obwohl er die andern (außer Paul und Willy gehörten nun auch der glatzköpfige Fröhlich und der lange Eder zur Gruppe) glatt an die Wand spielte, verlor er diese Freude bald. Er könne sich, sagte er einmal, des Gefühls nicht erwehren, dass man ihn im Vergleich zu ihnen nicht ganz ernst nähme, und damit hatte er vermutlich recht.

Auch hatten sie ihm den Keim eines politischen Bewusstseins eingepflanzt, aber jetzt half ihm keiner weiter. Wollte oder konnte ihm keiner weiterhelfen, denn die Voraussetzungen, unter denen sie sich's leisten konnten, viel über Politik zu denken, zu reden, zu schreiben und wenig zu handeln, waren ganz anders als die seinen. Hätte er gearbeitet, so wäre er ein Arbeiter gewesen, arbeitete er nicht, so war er ein Parasit. Sie waren Studenten, Lehrer, Jungschriftsteller, sie hatten die Matura hinter und eine Zukunft vor sich: Er hatte keine.

Am Vorabend seines Anrufs war man bei Wüstenrots zusammengesessen und hatte diskutiert. Allerdings nicht über seine Probleme, denn die hingen den andern schon zum Hals heraus, auch wenn sie das im Allgemeinen nicht zugaben. Ein gewisser Faßzieher war da und erzählte etwas über Aktionismus. »Die politische Relevanz meiner Aktionen«, sagte er, »besteht darin, dass sie die gesellschaftlichen Verhältnisse symbolisch widerspiegeln.«

»Ich fülle zum Beispiel ein ganzes Zimmer mit Watte.« (Er warf seinen Lockenkopf in den Nacken und lächelte sanft.) »In der Watte verstecke ich winzige Scherben. Man muss sich vom Eingang zum Ausgang durchfinden: nackt.«

Wie er so dasaß, in seiner bestickten orientalischen Bluse, sah er aus wie ein gemalter Königssohn aus der Renaissance. Er war aber der Sohn einer Hebamme aus Altheim/Oberösterreich, eine Zeitlang hatte er als Auslagendekorateur gearbeitet, jetzt war er Aktionist. »Diese symbolische Widerspiegelung«, sagte Willy, »ist doch zu wenig. Wir sollten, glaub' ich, versuchen, Wege zu weisen.«

»Ja«, sagte Paul, »das ist richtig, das sollten wir. Aber was, wenn wir keine Wege wissen, ist es dann zulässig, so zu tun, als ob?«

»Ach was«, sagte Willy, »es gibt Wege. Die Klassiker haben sie markiert. Und um sie gangbar zu machen, müssen wir den Grundwiderspruch zwischen Lohnabhängigkeit und Kapital herausarbeiten: Das ist immerhin ein Programm.«

In diesem Moment sagte Schubert: »Ich habe Angst!«

»Na und?«, sagte Paul, der gerade etwas Elegantes über Autoritätsabhängigkeit der klassischen Linken hatte formulieren wollen und sich über die Unterbrechung durch Schubert ärgerte, »die habe ich auch.«

Da stand Schubert auf, schlüpfte in seinen Lumberjack und sagte, er gehe ins Wirtshaus. Vielleicht war er auch wirklich dort gewesen, bevor er auf die Polizei gegangen war, jedenfalls kam er nicht zurück.

»Wie ihr alle daherkommt!«, grinste Schubert und schüttelte jedem die Hand aus dem Ärmel seines viel zu großen Pyjamas. »Wie ihr alle antanzt und betroffen dreinschaut, kaum dass ich interniert bin! Bleibt er draußen, in der Welt der sogenannten Normalen, so kümmert euch der arme Schubert einen Dreck. Heuchelt doch nicht, jetzt ist mir ja die richtige Lade angewiesen in euren pseudoprogressiven Hirnkästen, hier gehöre ich doch her!«

Sie saßen im Besuchszimmer des psychiatrischen Krankenhauses und fühlten sich mies. Das lag nicht nur daran, dass die Atmosphäre hier dazu angetan war, auch Gesunde verrückt zu machen (ein älterer Mann mit einem Leichengesicht und einem ebensolchen Körper ging herum und leerte die Kippen aus nicht vorhandenen Aschenbechern). Schubert schaffte es auch, das schlechte Gewissen, das sie ohnehin hatten, noch schlechter zu machen. »Wir müssen ihn hier herausholen, wir können ihn doch nicht zugrund gehen lassen, wir sollten etwas unternehmen.«

»Dem Tüchtigen«, sagte Schubert, »gehört die Welt. Das hat meine Mutter immer gesagt, das ist mein Problem. Ich bin nicht tüchtig, ich bin sogar ein Versager! Ich bin nämlich krank: Und zwar bin ich unheilbar!

Und wer trägt die Schuld an meiner Krankheit? – Eure Gesellschaft! – Ja, eure Gesellschaft, die ihr zwar kritisiert, doch mit der ihr zurechtkommt. Ihr redet, ihr schreibt, ihr kratzt an der Oberfläche. Aber Leute wie ich gehn inzwischen zugrund!

Holt mich heraus hier!«, verlangte er, obwohl er ja eigentlich freiwillig da war. »Wenn ihr mich nicht heraushol t, drehe ich vollkommen durch. Sie geben mir Spritzen, wisst ihr, sie machen mich systematisch kaputt! Glaubt mir, ich versteh inzwischen etwas von Medikamenten, sie spritzen mich zu Tod'!«

»Ich klettere über die Mauer!«, sagte er, als sie beim nächsten Besuch im Garten spazieren gingen. »Ich klettere über die Mauer und ihr wartet mit dem Auto auf der anderen Seite!« »Nein«, sagten sie, »das geht nicht, schlag dir das aus dem Kopf! Wenn sie dich erwischen, kommst du in einen noch schlimmeren Pavillon!«

Aber natürlich überlegten sie, was sie tun könnten, denn dass etwas getan werden musste und dass sie es tun mussten, schien ihnen gewiss. Sie sprachen mit dem Primarius, setzten sich mit Schuberts Mutter in Verbindung, erkundigten sich über die Rechtslage. Und als sie nach dem dritten Besuch in einem Kaffeehaus beisammensaßen, kam die Rede zum ersten Mal auf die Wohngemeinschaft. »Wie wärs, wenn wir uns vielleicht noch ein paar nette Leute dazu suchten und dann alle in einem großen Haus zusammenzögen: Das wäre doch auch gut für Schubert.«

10

»Ja, dieser Schubert«, sagt Schlick, »dieser Schubert gefällt mir! Ein Neurotiker zweifellos, aber ein systemgeschädigter, da weiß man wenigstens, woran man ist. Dein Grünzweig dagegen ist weder Fisch noch Fleisch. Ein tumber Tor: politisch völlig konfus!

Gegen die Rechten ist er, na schön, aber ist er für die Linken?

Er bildet sich ein, er kann immer am Rand stehn und zuschaun. Mag sein, dass die meisten von uns diesem Bild entsprechen. Aber das müssen wir doch nicht publizieren!

Versteh mich richtig: Ich find das nicht schlecht geschrieben. Doch taktisch unklug, kapierst du, taktisch unklug! Gerade jetzt würd' die Linke was anderes brauchen. Etwas, woran sie sich geistig festhalten kann …«

»Aber damit, dass wir uns selbst in den Sack lügen«, sage ich, »ist doch niemand geholfen!«

Wir sitzen in der Redaktion des »Neuen Forums«, Schlick, wie ihn Sonja nennt, und ich: Schlick hat mein Manuskript vor sich auf dem Schreibtisch liegen und blättert darin.

»Ich weiß nicht«, er mustert mich durch seine randlose Brille. »Ich kann mich nicht recht befreunden mit diesem Text.«

Das »Neue Forum« als jene Adresse, bei der fast alle Leute, um die es geht, einmal durchgegangen sind, auch die Leute von der RAF. Seit wir selbst in Österreich eine Terrorszene haben, wenn auch nur eine kleine, gefallen sich redliche liberale Leitartikler als Diffamierer. Ganz zu schweigen von jenen unabhängigen Journalisten, die nun endlich wieder so schreiben dürfen, wie es ihrem und dem Empfinden gesunden Volkes von jeher entspricht. Denn wes das Herz schon die längste Zeit voll war, des gehen die Mäuler und die Kolumnen jetzt über.

Jetzt kann man ja sehen, wohin die Kritik an allem und jedem, das vergangenen Generationen selbstverständlich oder gar heilig war, geführt hat. Antiautoritäre Erziehung, freie Liebe, Propaganda für Drogen, die Forderung nach Mitbestimmung: Es ist dann nur noch ein winziger Schritt zum Terrorismus. Nun ja, man begibt sich besser nicht in die Nähe des Feuers, seit es so schrecklich in Mode gekommen ist, zu zündeln. Und ich sitze hier, in der Redaktion einer Zeitschrift, deren Subventionierung aus öffentlichen Geldern Gegenstand parlamentarischer Auseinandersetzungen geworden ist (und ein ÖVP-Abgeordneter ist in diesem Zusammenhang sogar so weit gegangen, Lenin zu zitieren: die Geschichte mit dem Strick nämlich, den die Kapitalisten noch verkaufen werden, bevor man sie daran aufhängt), sitze hier, habe mich also in Gefahr begeben, für einen Sympathisanten gehalten zu werden oder zumindest für einen Sympathisanten-Sympathisanten, und trotzdem mag dieser Schlick da mein Manuskript nicht!

»Diese Romane«, sage ich, »in denen die linken Helden am Ende in eine Betriebsgruppe gehen und begeistert melden, dass es dort jetzt 18 Mitglieder gibt statt wie früher 16, also solche Romane sind ja vielleicht gut gemeint, aber so etwas kann ich ganz einfach nicht schreiben ...«

»Schade«, sagt Schlick und macht ein spitzes Gesicht, »diese Romane sind nämlich nicht die schlechtesten. Vielleicht nicht vom literarischen Standpunkt, zugegeben, aber vom Standpunkt der Parteilichkeit. Es geht halt nicht bloß um ästhetische, sondern auch um politische Kategorien, ja ich würde sagen, um die geht es ganz besonders.«

In diesem Augenblick kommt der doppelte Doktor herein.

»Servus«, sagt er, »du reaktionärer Dichter, was führt dich zu uns?«

»Er schreibt ein Buch über das Jahr 68«, sagt Schlick, »ich würde gern etwas davon vorabdrucken, aber ...«

»Lass einmal schau'n«, sagt der doppelte Doktor, »ich bin der Chef!«

Er setzt sich auf den Schreibtisch, greift sich das Manuskript, beginnt darin zu wühlen. Mit höllischem Tempo bewegen sich seine Augen unter den teuflischen Brauen. Er lässt ein Bein baumeln, brummt etwas vor sich hin. Endlich grinst er und zeigt seine langen Zähne.

»Von diesem gestreiften Mädchen da wüsst' ich gern mehr ...«

»Kommt schon noch«, sage ich, »kommt schon noch: nur Geduld.« – »Na fein«, sagt der doppelte Doktor, »dann wird's ja noch spannend … Ich muss jetzt rasch in den Rundfunk … Vertragt's euch, Kinder!«

»Okay«, sagt Schlick, »du siehst, er ist auch nicht begeistert.« Und gibt mir das Manuskript zurück: »Vielleicht später. Das heißt, wenn es dann das NEUE FORUM noch gibt. Bei der gegenwärtigen Hetze ist das nicht sicher …«

Ich verlasse die Redaktion, den Roman unterm Arm. Im Vorzimmer ein Plakat: DER KAMPF GEHT WEITER. Soll ich jetzt zur Uni und Grünzweig spielen oder in die Spengergasse und über Grünzweig schreiben, das ist die Frage.

11

Wieder stieg er die Uni-Rampe hinauf, wieder durchquerte er die Aula, wieder studierte er die Vorlesungsanschläge. Was suchte er hier eigentlich? Ein Seminar über Frauengestalten bei Goethe? Aber woher denn! Dass er es trotzdem fand, musste Zufall sein. Dienstag und Donnerstag, 14 bis 16 Uhr.

Also morgen, er informierte sich darüber, was die Germanistik sonst noch zu bieten hatte. Was hörte eine Germanistin im 6. Semester? Er selbst hatte nur 4 Semester Germanistik ausgehalten, wie sollte er das wissen? Im Hörsaal 32 las ein Dozent, der zu Pauls Zeit noch Assistent gewesen war, über Bernhard und Handke. Würde eine Studentin, die offenbar ein Interesse an Gegenwartsliteratur hatte und sich nebenbei als Kulturjournalistin versuchte, dort hingehen? Warum nicht?

»Nie war der bürgerliche Schriftsteller«, sagte der Dozent, der sich kaum verändert hatte (noch immer sah er aus wie ein erwachsen gewordener Vorzugsschüler: ordentlich gekämmt, manierlich gekleidet, brav), »nie war der bürgerliche Schriftsteller der Schriftsteller der Bürger. Von vornherein empfand er sich als Deklassierter, drängte er zum Rand und an die Grenze seiner Klasse. Aber sooft er auch an die Peripherie seiner Klasse geriet, so überaus selten kam er darüber hinaus. Stand er sich doch selbst im Weg, fand er doch, da er vor allem mit sich selbst und sonst nichts Erfahrungen machte, keinen nachahmenswerteren, das heißt zur Abbildung mit Hilfe dieser seiner Erfahrungen geeigneteren Gegenstand als sich selbst.«

Paul war überrascht und betroffen, als er das hörte. Die Analyse, die der Dozent da anstellte, passte nicht recht zu dem Vorurteil, das er von ihm und vom hiesigen Betrieb gehabt hatte. Das war der Grund seiner Überraschung, der Grund seiner Betroffenheit aber war ein zweiter. Er konnte sich des Gefühls nicht erwehren, es wäre da irgendwie am Rande auch von ihm die Rede.

Stand er sich doch selbst im Weg, fand er doch keinen nachahmenswerteren Gegenstand als sich selbst. Hier traf ihn Kritik, auch wenn sie nicht direkt auf ihn gezielt war. Er blieb in der Tür stehen und hoffte, dass ihn der Dozent nicht kannte. Als ihn der jedoch mit Kollege ansprach und ihm einen Platz in der vorletzten Bank wies, merkte er, das hatte er nicht nur gehofft, sondern auch befürchtet.

Der Dozent hatte noch einiges über den bürgerlichen Schriftsteller zu sagen, aber Paul hörte ihn nur peripher. Etwas von Entfremdung, die auf eine ganz spezifische Weise dargestellt, aber eben durch diese bloße Darstellung nicht überwunden werde. Denn indem der bürgerliche Schriftsteller Entfremdung als subjektive Erfahrung darstelle, mache er ja seine eigene Erfahrung und sich selbst als daran leidendes Subjekt zum Wesen seiner Kunst. Der jetzt als Spätform einer aussterbenden Gattung grassierende Typus des spätbürgerlichen Schriftstellers aber sei im Verhältnis zum bürgerlichen Schriftsteller noch die Karikatur.

Hier schaltete Paul total ab, er wollte das wirklich nicht so genau wissen, nein danke. Er ließ seine Blicke durch die Bankreihen laufen, fand jedoch nicht, was er suchte. Vielleicht trug sie heute gar keinen gestreiften Pullover, vielleicht hatte sie die Haare im Gegensatz zu gestern aufgesteckt? Aber nein. Sie war offenbar wirklich nicht da.

Er verließ, das unwillige Räuspern des Dozenten im Rücken, den Hörsaal, ging ins neue Institutsgebäude, lungerte noch eine Weile im Gang bei der Hochschülerschaft herum, die dort an der Wand befestigten Zettel lesend. Mitfahrgelegenheiten nach Spanien, Griechenland, Afghanistan: Wie eine Gänsehaut überlief ihn Fernweh. Warum fuhr er nicht einfach weg? Mit 2000 Schilling wäre er früher weiß Gott wie weit getrampt! Was hatte er hier zu erwarten, was hielt ihn denn hier?

Julia kam nicht vorbei, Paul fuhr mit dem Paternoster hinauf in die Mensa. Auch dort war sie nicht, er trank ein langsames Bier. Wie sah sie eigentlich aus? Das kleine Mädchen, das er länger gekannt hatte, störte die Erinnerung an das große. Sie zeigte sich nicht. Paul zahlte sein Bier und ging.

Die Bibliothek: Er konnte sich ja die Zeitungen aus dem Jahr 68 wieder bestellen, brauchte ohnehin noch Daten. Er spähte in den Lesesaal, lauerte an der Ausgabestelle, wartete im Katalograum. Einmal bildete er sich ein, ihren Blick zu spüren, aber als er ihn erwidern wollte, war es der einer andern. Die war blond, mäusenäsig und dünnbeinig: Als er sie allzu lang anstarrte, schnitt sie ein Gesicht.

Endlich ging Paul zum Autorenkatalog, zog, sich kurz umschauend, ob ihn auch niemand beobachte, die kleine Lade mit der Aufschrift GR bis GZ und suchte seinen Namen. Tatsächlich, er hatte hier eine Karteikarte; darauf standen seine sämtlichen Werke. Alle drei, das Theaterstück sogar in zwei verschiedenen Ausgaben, mit Erscheinungsort und -jahr. Er schloss die Lade, die Befriedigung über die Tatsache, dass er seinen Namen darin gefunden hatte, war mäßig, und außerdem, so empfand er dunkel, Ersatz.

12

Die Uhr auf dem Rathausturm war stehengeblieben. Die steinernen Stadtväter auf den pseudogotischen Ballustraden schauten starr Richtung Ring. Aber darunter herrschte geschäftiges Treiben. Die Maitribünen wurden schon aufgebaut.

Männer in blauen Overalls wie aus dem Bilderbuch. Frisches Holz, der Rhythmus der Hammerschläge. Tatsächlich, der 1. Mai war schon übermorgen. Eine Zumutung, wie die Zeit verging …

Paul hatte die Uni durch den Hinterausgang verlassen und war, ohne lang zu überlegen, wohin er eigentlich wollte, auf den Rathausplatz geraten. Schließlich hatte er ja schon gestern Vormittag mit dem Gedanken kokettiert, sich in den Park zu setzen. Allerdings hatte er hier Ruhe erwartet, nicht solche Betriebsamkeit. Man montierte soeben das Geländer der Ehrentribüne, auf das sich die Prominenz der SPÖ stützen sollte, um das Volk zu grüßen, kleine, nicht allzu rote Fähnchen mit dem Emblem der Partei, den drei Pfeilen im Kreis, in den erhobenen Händen, winke winke.

Nein, Paul hatte nicht das geringste Bedürfnis, sich dieser Vorstellung hinzugeben. Er schüttelte kräftig den Kopf, um sie wieder loszuwerden, und brachte einige Stauden blühenden Flieders zwischen sich und die Ehrentribüne, bevor er sich, mit dem Rücken zum Rathaus, auf eine städtische Bank setzte. Eine

Weile beobachtete er einen Straßenkehrer, der mit einem offenbar neuen Strohbesen hier und da umherliegende Papierfetzen auf kleine Haufen kehrte, um sie dann, aus einem immer wieder überhandnehmenden Desinteresse sich abwendend und vor sich hin sinnierend, dem böigen Wind zu überlassen, der jetzt aufkam. Vielleicht war es übertrieben gewesen, damals nach jenem denkwürdigen 1. Mai 68, gleich das Parteibuch zurückzuschicken, aber es hatte Paul dazu gedrängt.

Klar, er war wie üblich nicht dabei gewesen, aber er hatte die Stellungnahme des Bürgermeisters zu den sogenannten Ausschreitungen sogenannter Linksextremisten im Abendjournal gehört. Der Bürgermeister hatte die Störung des von ihm für alle Wienerinnen und Wiener arrangierten Platzkonzerts auf dem Rathausplatz bedauert. Die Störenfriede seien in seinen Augen keine echten Wienerinnen und Wiener gewesen. Die Wienerinnen und Wiener, daran zweifle er nicht, zögen ein Platzkonzert von Trachtenkapellen politischer Agitation bei weitem vor.

Den politischen Standpunkt der Sozialisten habe man ja in der vormittäglichen Kundgebung schon ausreichend dargelegt. Am Nachmittag aber habe man diesen 1. Mai feiern wollen als einen Tag der den Trachtenkapellen lauschenden Wienerinnen und Wiener. Er habe erklärt und sei dazu dreimal ans Mikrophon getreten, dass er heute, an diesem Feiertag, jede Diskussion ablehne, und schon gar eine politische. Und die Wienerinnen und Wiener seien ganz seiner Meinung gewesen, und nur dem unerhört taktvollen Eingreifen der Polizei, die er letzten Endes doch habe zur Hilfe rufen müssen, sei es zu danken, dass diese Feier, die eben keine politische hätte sein sollen, sondern eine wienerische, auch eine solche geblieben sei.

Paul hatte die Worte des Bürgermeisters noch ein zweites Mal gehört, und zwar im Morgenjournal des folgenden Tages: Es waren dieselben. Da hatte er das kleine rote Buch mit den kleinen orangen Marken in ein Briefcouvert gesteckt, die Adresse der Sozialistischen Partei Österreichs in der Löwelstraße daraufgeschrieben und es unfrankiert in den nächsten Briefkasten geworfen. Und offenbar hatte die Sozialistische Partei Österreichs das Strafporto bezahlt. Denn Paul hatte sein Parteibuch nicht wieder gesehen.

Mit siebzehn war er dem Verband Sozialistischer Mittelschüler beigetreten. Dies keineswegs aus politischen Gründen, sondern weil man dort Tischtennis spielen konnte und Mädchen traf. Um Tischtennis zu spielen, hätte er übrigens auch der katholischen Jungschar beitreten können, die besaßen dem Vernehmen nach mehr Tische und japanische Schaumgummischläger. Was jedoch die Mädchen anlangte, so konnten die Schwarzen nicht mit den Roten konkurrieren, bei ihnen trafen sich die Geschlechter getrennt.

Also war Paul in den VSM gegangen, in ein Klublokal in der Per-Albin-Hansson-Siedlung. Horacek hatte ihn dort eingeführt, der in der Schule zwei Bänke hinter ihm saß, und mit ihm gemeinsam die Bundesheerillustrierte, die der Klassenvorstand manchmal verteilte, in den Papierkorb geworfen hatte, demonstrativ, wofür sie sich hatten verantworten müssen vor extra im Zeichensaal versammelter Klasse und in Anwesenheit des Direktors. Von da an hatte Horacek Paul für engagiert gehalten, obwohl der eigentlich nur aus einer instinktiven Abneigung gegen jegliche Uniform gehandelt hatte und gegen jeglichen Zwang. Aber vielleicht war das auch eine Art von Engagement.

Das Klublokal roch nach abgestandenem Kakao, an den Wänden hingen Märchenbilder, was, wie Horacek erläuterte, daran lag, dass man hier untertags einen Kindergarten einquartierte. Der Tischtennistisch war besetzt, von Mädchen war vorläufig keine Spur, eine Gruppe bedeutsam dreinsehender junger Männer, denen sich Horacek zugesellte, diskutierte über Dinge, von denen Paul nichts verstand. Sozialismus nach skandinavischem oder austromarxistischem Muster, die Rolle des Gewerkschaftsbundes im Fall eines echten Konflikts zwischen Arbeitnehmern und Arbeitgebern, Sozialpartnerschaft oder nicht. Paul lehnte sich an die Wand, verschränkte die Arme und kam sich blöd vor.

Er sah dem Pingpongball zu, der über dem verwaschen grünen Netz hin und her flitzte, und gab sich Mühe, den Blick nicht allzu plötzlich vom Tischtennistisch abzuwenden, wenn die Tür ging. Die Tür ging dreimal in den nächsten zehn Minuten, es traten insgesamt neun weitere Personen ein, alle männlichen Geschlechts. Auch der Tischtennistisch wurde nicht frei, Paul überlegte schon, ob er sich nicht unauffällig verdrücken sollte. Da ging die Tür zum vierten Mal auf, und herein kam Silvi.

Ihr Haar fiel offen und es war, als hätte sich etwas von der Sonne des soeben vergangenen Tages darin verfangen. Das Blauhemd der Sozialistischen Jugend hatte sie über dem Nabel zu einem Knoten verknüpft. Ihr Gesicht war übersät mit Sommersprossen (tatsächlich hatte Paul noch nie ein Mädchen mit so vielen Sommersprossen gesehen). Die Sommersprossen, pflegte er später zu sagen, hätten ihm zuallererst an ihr imponiert.

Hingegen sei sie fasziniert gewesen von seinem dunklen Teint und seinen hellen Augen. Sie habe schon immer ein Faible für Südländer oder gar Zigeuner gehabt. Als Kind habe sie davon geträumt, einen ungarischen Minister zu heiraten. Und in ihrer Phantasie habe ein ungarischer Minister genauso ausgesehen wie er.

Sie trat zu der Gruppe der Diskutanten, burschikos, trotz des Faltenrocks, den sie trug, begrüßte diesen und jenen, einen, den die anderen Schorschi nannten, sogar mit Kuss auf die Stirn. Und Paul bewegte sich möglichst unauffällig vom Tischtennistisch auf sie zu. Und dann stand er dort und hörte sich an, was man über den österreichischen Weg zum Sozialismus zu sagen hatte (die österreichische Sozialdemokratie, sagte Schorschi, habe eine große Tradition, die sie jedoch soeben zu verraten im Begriff sei; wenn eine Partei, die das bedeutendste Bauwerk ihrer heroischen Periode, ein international anerkanntes Modell sozialen Wohnbaus, nach Karl Marx benannt habe, auf einmal möglichst wenig mit Marxismus zu tun haben wolle, so sei das ein äußerst bedenkliches Zeichen ...). Stand dort und sagte kein Wort und hörte nur zu. Als sie sich kennenlernen, kommt er von Ilse, sie kommt von ihrem Vater. Ihr Vater hat sie gebadet, sorgfältigst, Abend für Abend, bis an ihr zehntes Lebensjahr oder darüber hinaus, und hat ihr mit Watte, oft schmerzhaft, die Ohren geputzt. Hingegen hat Ilse nach Aceton gerochen, Nagellackentferner, mit dem sie den nie perfekt genug aufgetragenen Nagellack wieder von ihren Zehennägeln entfernt hat, um ihn gleich darauf wieder aufzutragen. Dieser Geruch hat ihn schon früher berückt, als sie noch Phantasie war, die Ilse, im Badezimmer, hinter dem Rücken der Mutter.

Kommt er, der Vater, erzählt sie, vom Dienst nach Haus, so fährt er sofort aus dem Dienstanzug in den Hausanzug. Macht sich daran, was er ablegt, höchstpersönlich zu bürsten, mit Sorgfalt, bevor er es weghängt auf eigens mit seinem Namen, nein, seinem Titel (Papa) beschriftete Bügel. Und hat seine Tochter für das, was sie angestellt hat, eine endlose Kindheit lang, zusammengeschimpft. Lautstark genug, dass der Hund sich verkrochen hat, vor Unterwürfigkeit ununterbrochen schweifelnd, was ihn, den Vater, erst recht in Wut gebracht hat, oder doch nicht in Wut gebracht hat, jedenfalls hat er den Hund, das Hundsviech, ein Weibchen, durch einen für uns an der Grenze des Hörbaren liegenden, wohltrainierten, langgezogenen Pfiff zu erschrecken gewusst.

»Einmal«, erzählt sie, »habe ich einen Burschen gekannt. In den Ferien, in Caorle oder Lignano. Im Garten vorm Bungalow hat er mich küssen wollen. Ich bin über seine Zunge in Panik geraten. Ich bin mit rotem Gesicht ins Zimmer der Eltern. Da hat mir mein Vater wortlos eine geklebt. Und noch eine, als ich mich hab verteidigen wollen. Da bin ich aufs Bett gefallen und hab geweint.

Später dann hab ich den Rudi kennengelernt. Der Rudi ist wirklich ein lieber Kerl gewesen. Doch meine Eltern haben ihn nicht akzeptiert. Sie haben ständig herumgenörgelt an ihm. Kurzsichtig ist er. Außerdem ist er zu dünn. Wenn du uns fragst, er hat eine Hühnerbrust. Und erst der Hintern (mein Vater hat laut gelacht). Das ist doch kein Mann mit so einem winzigen Hintern. Den Rudi habe ich, glaub ich, gerngehabt. Doch plötzlich hat es mir Freude gemacht, ihn zu quälen. Ich habe ihn warten lassen beim Rendezvous. Und keine Antwort gegeben auf seine Briefe. Mein langes Haar hat er ganz besonders gemocht. Also, erzählt sie, hab ich mir's abschneiden lassen.

Und eines Tages hab ich gesagt: Es ist aus. Ich kann dir beim besten Willen nicht sagen, warum.«

»Als ich erst zwölf war«, erzählt er, »war da ein Mädchen. Sie ist die Tochter des Chefs meines Vaters gewesen. Mein Vater hat unsere Freundschaft nicht ungern gesehn. Doch meine Mutter hat sich komisch benommen. ›Die Michaela, die ist kein Umgang für dich. Wie sie schon dreinschaut, nein, das gehört sich nicht. Ihre Bewegungen sind mir zu raffiniert. Wenn sie sich hinsetzt, sitzt sie schon unanständig.‹ Einmal war ein gemeinsamer Ausflug geplant. Da hat meine Mutter regelrecht durchgedreht. ›Du bist noch zu jung für so etwas, viel zu jung.‹ Also«, sagt er, »bin ich zu Hause geblieben. Ich hab dann Schwierigkeiten mit Mädchen gehabt. Ich hab mich nie eine anzusprechen getraut. Angestarrt hab ich sie, ich hab sie begehrt. Aber den Mund hab ich einfach nicht aufgebracht.

Die Ilse schließlich ist 22 gewesen. Ich war 17, das war an meinem Geburtstag. Auf Sommerfrische, da war ich mit meiner Oma. Unterm Tisch hat die Ilse gefußelt mit mir. Dann sind wir auf Liegestühlen im Garten gesessen. Da ist die Ilse auf einmal aufgetaucht. Beinahe nackt im engen, weißen Bikini. Doch hat sie der Anblick meiner Oma verscheucht. An Regentagen haben wir Karten gespielt. Ilses Finger hat meine Hand gekitzelt. Ich war erregt, mein Herz war zwischen den Beinen. Aber ich hab mich noch immer dumm gestellt. Endlich hat Ilse mich in den Wald gelockt. Gehen wir Blumen pflücken, hat sie gesagt. Ich habe mich ziemlich ungeschickt angestellt. Sie hat sich sicherlich gut unterhalten mit mir.

Trotzdem«, sagt er, »hab ich ihr viel zu verdanken. Jetzt aber brauche ich keine Ilse mehr.«

»Mein Vater«, sagt Silvi, »ist ein neurotisches Ekel. Hilf mir. Ich brauch dich. Sei du mein besserer Papa.«

Nein, natürlich erzählten sie sich das nicht alles an jenem ersten Abend im Verband Sozialistischer Mittelschüler. Vielmehr redeten sie eigentlich nichts an diesem Abend, und auch sonst geschah nicht viel, bis auf einige Blickwechsel. Als sie sich aber wiedersahen, auf einer für alle VSM-Gruppen des Bezirks im Volksheim der Per-Albin-Hansson-Siedlung veranstalteten Party, war es so, als kennten sie sich schon lang. Und sie gingen aufeinander zu mitten durch das Gewimmel der Rock and Roll tanzenden Paare, und obwohl sie einander dabei einige Male aus den Augen verloren, verfehlten sie sich nicht.

Von da an gingen sie zu den VSM-Abenden, um sich zu treffen, denn Silvis Vater lag die Moral seiner Tochter am Herzen, und nach Einbruch der Dunkelheit zu einem Rendezvous zu laufen, das kam gar nicht in Frage. Der Genosse Soundso hielt einen Vortrag über den Hainfelder Parteitag, da umarmten sich Paul und Silvi; die anderen lasen und diskutierten das Kommunistische Manifest, da gaben sie sich den ersten Zungenkuss; man löschte das Licht aus und sah den Panzerkreuzer Potemkim, da durfte Paul zum ersten Mal Silvis kleine Brustwarzen spüren. Und als ihnen Schorschi einmal in ziemlich sarkastischem Tonfall vorschlug, sich eine Wohnung zu kaufen, verließen sie demonstrativ das Lokal. Und drückten sich draußen im Stiegenhaus eng aneinander.

Dennoch setzte in der Folge etwas ein, das man trotz aller Einschränkungen als Pauls Politisierung bezeichnen kann. Schon richtig: Er trug nicht allzu viel dazu bei, aber wenn er auch nur mit einem Ohr hinhörte, mit einem Aug hinsah, während er das andere auf Silvi richtete, so blieb doch einiges von den Informationen, die ihm da Woche für Woche geboten wurden, hängen. Zwischen den vielen Liebesgedichten, die ihm damals, es wurde ihm plötzlich poetisch zumute, in den Sinn kamen, reimte er nun hier und da auch etwas politisch Gemeintes. Das publizierte man dann in der »Roten Tafel«, dem Organ der Sozialistischen Mittelschüler, und Silvi war stolz auf ihn.

Wahrscheinlich wäre er auch mit nach Berndorf gefahren, wo der österreichische Kameradschaftsbund ein Treffen abhalten sollte, gegen das man, gemeinsam mit anderen antifaschistischen Gruppen, protestieren wollte, hätte Silvi nur dorthin gedurft. Aber die Kameradschaftsbündler trafen sich am Sonntag, und das war in der Familie Schmitz seit eh und je der Tag des Familienausflugs. Also wanderte Silvi mit ihren Eltern von Kaltenleutgeben auf die Wienerwiese, Paul blieb, zwischen einem Sehnsuchtsgedicht an die abwesende Geliebte und einer Ballade gegen den Neofaschismus schwankend, zu Hause, und der Rest ihrer VSM-Gruppe stritt sich ohne die zwei mit der Polizei herum, die den Auftrag hatte, die Kameradschaftsbündler zu schützen. Nicht jeder der extra nach Berndorf beorderten Polizisten war darüber begeistert, dass die alten Nazis hier mir nichts, dir nichts ihre Orden an die Luft führten, aber schließlich war die Veranstaltung von den zuständigen Stellen erlaubt worden, und wer versuchte, sie mit Gewalt zu stören, den musste man eben prügeln.

Als Paul und Silvi zum nächsten VSM-Abend kamen, zeigte man ihnen Trophäen (SS-Standarten, Totenkopforden, Eiserne Kreuze erster und zweiter Klasse), aber auch blaue Flecken. Paul sah sich das alles an und war insgeheim froh, nicht mit in Berndorf gewesen zu sein. Übrigens missbilligte auch die Partei die dortigen Vorfälle: Antifaschismus sei noch lange kein Grund, mit Kommunisten gemeinsame Sache zu machen. Es gab Schiedsgerichte und Ausschlüsse (Schorschi), Paul und Silvi, eben weil sie nicht mit dabei gewesen waren, schienen auf einmal die besten Sozialisten.

Unbedingt dabei sein mussten sie jedoch beim traditionellen Fackelzug der Jungen Sozialisten am Vorabend des 1. Mai. War das doch eine einmalige Gelegenheit, die übliche Zeit ihres Beisammenseins (die VSM-Abende endeten normalerweise um 21 Uhr, und nicht selten tauchte um diese Stunde Silvis Mutter auf, unter dem Vorwand, Senta, die schweifelnde Hündin, äußerln zu führen) zu überziehen. Und Herr Josef Schmitz, der ja selber mitmarschiert war, früher, als die Sozialistische Partei Österreichs noch Sozialdemokratische geheißen habe, aber nichtsdestoweniger eine revolutionäre Partei gewesen sei, wurde weich. »Denkt immer daran«, sagte er und schnäuzte sich, »was es bedeutet, da mitmarschieren zu dürfen; ich habe damals, als Bub, rote Nelken verteilt in der Schule und dafür meine Watschen gekriegt vom Katecheten.«

So standen sie also auf dem Schwarzenbergplatz, Schulter an Schultern, genauer Händchen in Händchen, und harrten der Dinge, welche da kommen sollten. Da wurden zuerst die Fackeln ausgegeben und dann die Parolen. »Also passts auf«, sagte Zloch, ein Bezirksfunktionär, »wir schreien jetzt dies und jenes!«, und schon ging's los. Schon marschierte und skandierte die Menge, schon marschierten und skandierten sie mit.

ES SOLLEN SICH DIE KLERIKALEN IHRE SCHULEN SELBER ZAHLEN / MIT DEM OTTO DIESEM SCHUFT IN DIE KAPUZINERGRUFT! Paul kam nicht recht dazu zu überlegen, was er eigentlich gegen die Konfessionsschulen oder den Herrn Otto Habsburg hatte. Vielleicht hatte er wirklich etwas dagegen, aber entweder hatte man ihn nicht danach gefragt, das einfach vorausgesetzt, oder er hatte es, während einer besonders innigen Umarmung mit Silvi, überhört. Und er verhielt sich, wie er sich sonst beim Singen von Liedern verhielt, deren Text er nicht kannte, das heißt, er bewegte die Lippen und blieb dabei stumm.

Auch als dann wirklich gesungen wurde, und zwar das an und für sich sehr schöne Lied, in dessen Refrain es die Verszeile WIR SIND DIE ARBEITER VON WIEN gibt, fühlte sich Paul nicht behaglich. Er hatte sein Lebtag noch nichts gearbeitet, und wenn er sich umschaute, sah er auch sonst nicht gerade viele Arbeiter. Aber Silvi sang mit einer so schönen Begeisterung, dass er es nicht übers Herz brachte, sie da herauszureißen. Und außerdem, dachte er, hält die Begeisterung möglicherweise an und kommt mir zugute.

Und wirklich: Nach dem Fackelzug war Silvi in einer Stimmung wie noch nie. Auf ihrer Stirn glitzerten Schweißtröpfchen, ihre Augen leuchteten, der oberste Knopf ihres Blauhemds stand offen. Im Rathauspark ließen sie ihre Fackeln verglosen und setzten sich auf eine Bank. Und später fanden sie ein Gebüsch, das zwar keine Wohnung, aber heimlich genug war.

Die Amseln im Rathauspark sangen unverschämt laut.

Paul wehrte sich innerlich dagegen, sich so frühlingshaft anmuten zu lassen, und unterdrückte eine sanfte Erektion, die ihn irritierte, weil ihm so etwas außer Haus schon lang nicht widerfahren war. Einen Moment lang glaubte er, etwas Gestreiftes zu sehen, aber der Pullover des Mädchens, das da an ihm vorbeiging, war glatt. Es waren nur die jetzt schon ziemlich flach einfallenden Sonnenstrahlen, die, durch die Blätter gefiltert, den Eindruck von Streifen machten.

Paul atmete tief, mit geblähten Nasenflügeln.

Das Stückchen künstlich angelegter Natur hier duftete stärker, als die Abgase stinken konnten.

Ganz ohne Zweifel: Das war ein Mai, der da schwer in der Luft lag. Aber nicht seiner. Mein Mai, dachte Paul, ist vorbei.

Ja, vielleicht damals, als er mit Silvi geschmust hatte dort drüben unter den Büschen (abgeblühte Forsythien, Goldregen oder was wars?), obwohl das ja genau genommen noch im April gewesen war, am letzten, nach dem Fackelzug, und vor Mitternacht hatte er sie wieder nach Haus bringen müssen (»Ich bin sehr jung und noch immer ein Mädchen, verstehst du?«), und dann hatte er selbst noch keine Lust gehabt, nach Haus zu gehen, und war noch lang umhergestreunt durch die verlassenen Gassen, ihre Stimme im Ohr (»Hast du mich wirklich lieb, wirst du auch immer bei mir bleiben« etc.), und auf einmal hatte eine Amsel zu pfeifen begonnen und dann noch eine und wieder eine, angesteckt durch die erste, bis der Morgen da war: Vielleicht war das damals sein Mai gewesen. Oder doch später, aber noch früh genug von heute aus gesehen – die Zeit, dachte Paul, die Zeit ist eine Gemeinheit –: jener Mai, den sie jetzt alle für sich in Anspruch nahmen, obwohl die wenigsten von ihnen wirklich damit zu tun gehabt hatten, die so überraschend schnell in ihre Midlife Crisis geratenen mehr oder minder Linken seiner Generation … Aber jetzt: Was war das für eine Jahreszeit, in die er (in die man) da unversehens geraten war? – Er dachte an Vivaldi und seine »Le Quattro Stagioni«: Nein, es war nicht möglich, dass auf den Frühling unmittelbar der Herbst folgte, dieser Eindruck konnte nur dadurch entstehen, dass er die Konzerte verwechselte oder nicht genau genug aufpasste, sodass ihm der Sommer entging.

Basta, was brachte ihm diese abgebrauchte Metaphorik, er nahm den Notizblock aus der Brusttasche, stützte ihn aufs Knie und versuchte, sich wieder auf seinen Artikel zu konzentrieren. *Die so überraschend schnell in ihre Midlife Crisis geratenen mehr oder minder Linken seiner Generation* … Er hasste inzwischen, was er da schreiben sollte. Aber Fiedler würde ihn lieben für diesen Satz.

Andererseits empfand er das dringende Bedürfnis, etwas zu schreiben, wofür ihn Fiedler nicht lieben würde. Das Jahr 68, die Studentenbewegung von Wien aus betrachtet: Das konnte er haben. Mit aller Deutlichkeit habe der Bürgermeister gesagt, dass die Wienerinnen und Wiener stolz seien, als freie Menschen auf freier Scholle zu leben. Er habe daher eine Diskussion über den Beschäftigungsstand der ELIN-Werke abgelehnt und den Trachtenkapellen ein Zeichen gegeben, nunmehr mit dem Programm zu beginnen.

»Die Polizei, dein Freund und Helfer«, hatte Schubert, befragt über die Herkunft der Narbe über seinem linken Auge, gegrinst. »Am 1. Mai bin ich, weil ich mir nichts Besseres zu tun gewusst hab, am Ring gestanden und hab mir den Aufmarsch angeschaut. Ich hab' zugesehn, wie sie alle vorbeidefiliert sind, die Straßenbahner, die Krankenschwestern, die Arbeiter vom E-Werk und was es sonst noch gibt an Berufssozialisten. Und wie auch die Kommunisten vorüber waren, mit ihren schönen, aber verkalkten Parolen und ihren Widerstandskämpfern im

Pensionistenlook, da hab ich dann Appetit gekriegt auf eine Burenwurst und ein Bier.

Später bin ich über den Platz zwischen den beiden Museen Richtung Mariahilfer Straße gegangen. Im Haydenkino hätten sie nämlich einen Film mit dem John Wayne gespielt. Aber beim Mariatheresiendenkmal hat sich gerade eine Gruppe von Leuten versammelt, 200 vielleicht, sehr jung die meisten, das hat mich interessiert. Und dann ist einer auf die Rampe des Denkmals gestiegen und hat etwas durch ein Megaphon erzählt. Von Kapitalismus und Sozialismus, vom inneren Widerspruch der Sozialdemokratie, die angeblich den Sozialismus will, sich aber mit dem Kapital zu arrangieren versucht, und von einer Aktionseinheit zwischen Arbeitern und Studenten.

Ich hab ehrlich gesagt nicht alles verstanden, aber das mit der Aktionseinheit zwischen Arbeitern und Studenten hat mir gefallen. Wir haben gemeinsame Interessen, hat der auf der Rampe gesagt, und die sind nicht die der Unternehmer, da hab ich applaudiert. Und als sich dann ein Zug formiert hat, wir gehen, hat mir einer erklärt, jetzt zum Rathausplatz, da hab ich gesagt, ich geh' mit. Womöglich, hab' ich gedacht, gibts ein Spektakel.

Na und das Spektakel hat es ja wirklich gegeben. Sie haben sich untergehakt und BRUNO WIR KOMMEN geschrien. Sie haben dazu eine Art von Tanzschritt gemacht, den ich nicht richtig beherrscht hab. Aber die anderen haben mich mitgerissen. BRUNO WIR KOMMEN (mir war nicht ganz klar, welcher Bruno gemeint war, der Bürgermeister oder der Parteivorsitzende, der Marek oder der Kreisky). Und HO-HO-HOLOUBEK, das hab ich lustig gefunden, dass sie den Polizeipräsidenten in diesem Rhythmus rufen. Aber vielleicht hätten sie lieber nicht nach dem Polizeipräsidenten rufen sollen. Denn der soll ja zwar ein gemütlicher Mann sein, nicht wahr, aber seine Polizei war an diesem Nachmittag noch ziemlich ungemütlich.«

Dennoch habe der Bürgermeister den Trachtenkapellen gedankt und gehofft, sie würden nun keinen allzu schlechten Eindruck von Wien mitnehmen. Leider wären sieben wackere Polizeibeamte, die keinerlei Gewalt angewandt hätten, zum Teil erheblich verletzt worden. Die Demonstranten seien, wie gesagt, keine echten Wienerinnen und Wiener gewesen, sondern Menschen, die haltlos im luftleeren Raum schwebten. Unglückliche Leute, die irgendein Himmelfahrtskommando vorbereiteten und eigentlich einer nervenärtzlichen Behandlung zugeführt werden müssten, und die gäbe es überall.

Paul horchte auf: Die plötzliche Stille erschreckte ihn fast. Von einer Sekunde auf die andere waren die Hammerschläge, die er die ganze Zeit über gehört hatte, ohne sie überhaupt noch zu beachten, verstummt. Die Ehrentribüne musste schon fertig sein. Nein, es war sechs, die Arbeiter machten Schluss. Es war auch empfindlich kühl geworden, der Wind machte das Werk des Straßenkehrers, der sich ebenfalls absetzte, völlig zunichte. Paul klappte sein Notizbuch zu: Fiedler würde ohnehin nie akzeptieren, was ihm zu diesem Thema einfiel. Er steckte den Filzstift schräg in die Brusttasche, ging stadteinwärts. Würde er diesen Artikel schreiben? Wahrscheinlich nicht.

13

Als grauer Block stand der Tempel im Halbdunkel, die paar Typen, die zwischen den Säulen herumhingen, schienen Paul noch unechter als gestern, natürlich war Julia nicht da. Was hätte sie auch hier tun sollen: Aus der bloßen Tatsache, dass er sie suchte, und zwar an den Orten ihres gestrigen kurzen Beisammenseins, ging keineswegs zwingend hervor, dass auch sie ihn suchte, noch dazu an demselben Ort zur selben Zeit. Früher war Paul von so etwas überzeugt gewesen, hatte sich als Sender und Empfänger telepathischer Wellen gefühlt, und diese Überzeugung hatte wohl dazu geführt, dass seine Erwartungen oft eintrafen. Oder zumindest hatte er das, was eintraf, so interpretiert, als hätte er es durch die Kraft seiner Erwartungen bewirkt.

Er hatte zum Beispiel umso genauer gewusst, dass er Silvi dort und dort dann und dann treffen würde, je größer die Wahrscheinlichkeit gewesen war, sie zu bestimmten Stunden an bestimmten Orten tatsächlich zu treffen. Aber solange er sich als Zentrum der Welt gefühlt hatte, hatte er sich auch als Zentrum seines magischen Weltbilds gefühlt, das war nur logisch. Er hatte geglaubt, wenn er etwas bloß fest genug wünsche, dann zwinge er es herbei. Genauso, wie er geglaubt hatte, etwas von sich abhalten zu können, wenn er es nur fest genug ablehne, als hätte das genügt.

Wir werden uns immer lieben, ich werde nie älter werden etc. Nach und nach nährte die offenbare Nichterfüllung solch allzu großer Wünsche seine Skepsis. Aber obwohl er sich älter fühlte und die Ewigkeit der Liebe, wenn es sie überhaupt gab, zumindest eine solche mit Intervallen war, ertappte er sich manchmal immer noch dabei, dass er an die Magie seiner Wünsche glaubte. Nicht ganz, aber doch ein bisschen, und damit war er sicher nicht allein.

NO RAIN, hatten die Freaks in Woodstock gerufen und dazu getrommelt, gerasselt, geklatscht und gestampft, in einem sich bis zur Ekstase steigernden Rhythmus: NO RAIN, NO RAIN! Vierhunderttausend aus allen Teilen Amerikas, mit Stirnbändern, langen Haaren, in Decken gehüllt oder nackt: ein riesiger Stamm. Ein Rockkonzert? Nein: das Mysterienfest eines neuen, unerhörten Frühlings, einer neuen, nie zuvor dagewesenen Generation, die ein ebensolches Selbstbewusstsein gefunden hatte. Paul hatte das im Kino gesehen und war selbst da noch mitgerissen gewesen von dieser gewaltigen, kollektiven Stimme, die ihr Nein sogar gegen die Elemente schleuderte, geradezu prometheisch, nur: Geregnet hatte es trotzdem.

Schon gut, Julia war nicht hier, in einer dunklen Windung seines Gehirns hatte er sich das gedacht. Das war es wohl: dieser Zweifel, den er früher nicht so empfunden hatte, als Schatten jeder Hoffnung. »Komm nur!«, sagt Jesus zu Petrus, und Petrus geht übers Wasser, wenn auch nur ein kurzes Stück. »Du Kleingläubiger«, sagt da Jesus, »warum hast du gezweifelt?«, wenn diese Geschichte nicht wahr ist, so ist sie gut erfunden.

Auch die von Nazareth, wo der Herr keine Wunder tun konnte, weil sie nicht an ihn glaubten. Ja, Paul konnte sich das gut vorstellen, immer noch, obwohl er seinen Jesuskomplex längst los war. Wie Silvi aufgehört hatte, an ihn zu glauben, das war schlimm gewesen. Damals, nachdem der Kommuneversuch gescheitert war, und alles war plötzlich ganz anders.

Wenigstens der kleine Koneczny, wenn schon nicht Julia, hätte da sein können. Heute hätte ihm Paul einen Trip abgekauft. Früher hatte er so etwas weder gebraucht noch gemocht. Er war ganz zufrieden gewesen mit seinem Bewusstsein. Heute hätte er Lust gehabt, es zu verändern. »Unglückliches Bewusstsein«, das stand irgendwo bei Hegel, aber was hieß das? Paul wusste es nicht mehr genau, wie so vieles, das er früher für wichtig gehalten hatte. Das Bewusstsein seiner selbst als eines doppelten, sich widersprechenden Wesens: so ungefähr.

Die Definitionen kamen ihm nach und nach abhanden, doch manche Begriffe, die er damals hätte genau definieren können, empfand er jetzt sinnlich. Einen Trip werfen wollen: Hatte das auch etwas mit unglücklichem Bewusstsein zu tun und mit dem Bedürfnis, dieses unglückliche Bewusstsein aufzuheben? Aufheben im Hegel'schen Sinn, das hieß etwas loswerden und es zugleich auf ein höheres Niveau erheben: Das Gefühl, die Gedanken durch lang nicht benutzte Bahnen laufen zu lassen, war nicht unangenehm. »Oh Paul, du hast alles immer zu subjektivistisch verstanden!«

Ferry Lampel, die »Phänomenologie des Geistes« auf den Tisch knallend, Seite 158 ff. »Leg«, spricht der Weise, »deine Elendigkeit ab.« – »Wie aber«, frage ich, »soll ich mich nicht verheddern?« – »Tor!«, spricht der Weise, »es geht überhaupt nicht um dich. Du musst überwunden werden: nimm und lies!« »Danke Genosse«, sage ich, schon in der Tür. Gefasst, auf der Straße den Weltgeist persönlich zu treffen. Aber ich treffe immer wieder nur mich.

Mich und natürlich die, die mir nahestehen. Und die sich von mir entfernen: Das eine scheint das andere zu bedingen. Oder doch nicht? Ich weiß nicht. Ich bin nicht Paul. Ich mag nicht Paul sein. Ich weiß nicht, ob das viel nützt.

Statt Hoffnung Verzweiflung: Das ist die Krankheit zum Tode. Kierkegaard, Gegengift gegen Hegel, gesund ist das auch nicht. Verzweifelt man selbst sein wollen, verzweifelt nicht man selbst sein wollen: der Zweifel als Bazillus. *Und doch ist Verzweiflung die Krankheit, von der es gilt, dass es das größte Unglück ist, sie niemals gehabt zu haben.*

Paul hatte den Theseustempel umkreist. Sinnlos, den kleinen Koneczny weiterzusuchen. Vielleicht hatten ihn die Herrschaften vom Dezernat erwischt, vielleicht war er längst in Afghanistan oder Nepal. Vielleicht auch war er auf eine andere Reise gegangen (ein guter Dealer, hatte er immer gesagt, muss ab und zu Experimente machen, das ist er seinen Kunden schuldig.), vielleicht also hatte er einen Trip zu viel geworfen und war nicht mehr zurückgekehrt.

Der kleine Koneczny und die Runde, in die Silvi geraten war, als Paul sein Verhältnis zu Bärbel nicht aufgegeben hatte. »Musst du sie immer noch treffen, obwohl die Wohngemeinschaft geplatzt ist und du siehst, dass ich leide?« – Es hätte, meinte er damals, gar keinen Zweck, die Wunden bloß zu verpflastern. Sie sollten einander nichts vormachen, Silvi und er.

Der kleine Koneczny, die dicke Liesel, Heinz. Nein, sie waren ihm nicht geheuer gewesen. Wie sie herumgesessen und -gelegen waren in der Wohnung der dicken Liesel, die Augen aus Glas. Und Liesel selbst hatte aus dem Fenster springen und fliegen wollen, trotz ihrer hundertzwanzig Kilo.

»Du musst auch einen Trip werfen«, hatte Heinz gesagt, Silvis Kopf an seiner Brust. »Wirf auch einen Trip, und du fühlst dich nicht mehr so isoliert.« Doch Paul hatte abgelehnt: Hatte er Angst gehabt? Um sich vielleicht nicht, aber ohne Zweifel um Silvi.

»Ich geh jetzt, Silvi, mir taugt es hier nicht, gehst du mit?«

»Nein, ich bleibe, du brauchst mich ja ohnehin nicht.«

»Na schön«, sagte Paul, »aber gib bitte acht auf dich.«

»Wozu?«, hatte Silvi gesagt und sich abgewandt.

Paul hatte sich schlecht gefühlt, als er dann wirklich ging. Aber zu bleiben widerstrebte ihm auch. Er hatte eigentlich vorgehabt, Bärbel anzurufen, aber jetzt war er überhaupt nicht mehr in Stimmung.

Um zwei Uhr morgens erwachte er, allein im großen Ehebett liegend, in Schweiß gebadet.

Silvi war erst am nächsten Vormittag erschienen, um den Mund ein erstarrtes Lächeln. »Hör auf zu lächeln!«, hatte er gesagt, als dieses Lächeln den ganzen Tag nicht aus ihrem Gesicht wich, aber das hatte nichts genützt. »Um Himmels willen, warum lächelst du dauernd?« – »Ich lächle«, sagte sie, »weil mir jetzt nichts mehr wehtut.«

Unter anderen Voraussetzungen hätte ihn diese Antwort wahrscheinlich gefreut. Sie lächelte, weil ihr nichts mehr wehtat, hatte er sich das nicht die ganze letzte Zeit gewünscht? Immer, wenn sie ihm gesagt hatte, dass es ihr wehtue, hier, tief drin in der Brust, weil er sie nicht mehr so liebe wie früher, nämlich ausschließlich, und alles andere sei eine Lüge. Jetzt aber erinnerte ihn die Wendung »weil mir nichts mehr wehtut« an die Phrase, die man gebraucht, wenn man über jemand Verstorbenen redet: Dem tut nichts mehr weh …

Nein, das Verhältnis zu Bärbel war nicht zu halten gewesen. Sie hatten sich noch eine Weile getroffen, aber wenn sie zusammengekommen waren, hatten sie von den andern gesprochen. Er von Silvi, sie von Willy, der den Entschluss gefasst hatte, sich scheiden zu lassen. Und selbst im Bett waren sie zu viert gewesen: Das war ihnen de facto nie gelungen.

Paul ließ den Theseustempel hinter sich, überquerte den Heldenplatz, den zu überqueren er von jeher eine gewisse Scheu verspürte. Dieses Zuviel an Geschichte, zwischen Burg- und Michaelertor, zwischen Volks- und Burggarten, das ihn bedrückte! Er empfand, wenn er den Heldenplatz überquerte, immer wieder eine gewisse Beklemmung, es wurde ihm schwer, zu atmen. Auch kam es ihm vor, als gingen die Füße zäher als sonst.

Hier hatte er eine Ahnung, was Platzangst war. Dabei war der Platz so schön: Irgendein Kunsthistoriker, erinnerte sich Paul an die Zeit seines Kunstgeschichtsstudiums, hatte ihn einmal als den schönsten Platz der Welt bezeichnet. Die stolze Ausgeglichenheit seiner Abmessungen, die edle Harmonie seiner Proportionen wurde allseits gelobt. Der Heldenplatz das Herz Wiens, Wien das Herz Österreichs, Österreich das Herz Europas: Oh, du lieber Schreck!

»Das da ist der Erzherzog Karl und das dort der Prinz

Eugen«, hatte ihm seine Großmutter die beiden Reiterstandbilder erklärt, sie hatte ihn an der Hand geführt. Das war jetzt 30 Jahre her, ein sogenanntes Menschenalter, so viel Zeit und zugleich so wenig. »Die großen Häuser da rundherum werden Hofburg genannt. Früher hat in der Hofburg der Kaiser gewohnt. Da drüben das Haus mit den Säulen heißt Parlament. Die Frau davor ist die Pallas Athene, die Göttin der Weisheit. Die Fahne weht rotweißrot, das ist unsere Fahne. Früher haben wir andere Fahnen gehabt.«

Vor dem Burgtor die Wachablöse der fremden Soldaten. »Einst haben wir selber Soldaten gehabt, die waren viel schöner. Viele Soldaten sind leider im Krieg geblieben.« – »Was ist das, ein Krieg?« – »Der Krieg ist vorbei, Gott sei Dank!«

So waren sie damals spazieren gegangen zwischen zerbombten Ringstraßenbauten. Die Großmutter, jetzt 90, eine Greisin, die diese Welt nicht mehr verstand, und er, der sie, obwohl inzwischen erwachsen, noch immer nicht verstand, wenn er ganz ehrlich war, aber war sie denn zu verstehen? – Hitler auf dem Balkon dort, darunter der Heldenplatz, schwarz von Menschen. Die Wirtschaftskrise, die Arbeitslosigkeit, die ungelöste nationale Frage, die gewaltsame Einebnung von Klassengegensätzen: ja doch und trotzdem …

Er hatte den Heldenplatz auf der Leinwand gesehen, genau wie die Wiesen von Woodstock, nur wesentlich öfter. Der Konvoi des Verführers, wie er zwischen den Blöcken des Burgtors einfuhr, als wären sie für ihn gebaut. Die Menschentrauben auf den Sockeln der Denkmäler, die Uniformen, die Hakenkreuzfahnen. Die glänzenden Augen, die aufgerissenen Münder, die steifen Arme.

Er hatte sich das immer wieder vorführen lassen, die gleichen Szenen in drei oder vier verschiedenen Filmen, das war im Filmarchiv gewesen. Er hatte das Drehbuch für einen Film geschrieben, darin hatte ein Sohn mit seinem Vater gesprochen: »Wie konnte das geschehn? Wieso habt ihr dieses getan und jenes unterlassen, erklär mir das bitte!« Aber der Vater hatte nicht viel erklären können: »Ich war halt mittendrin …«

Jene Generation und diese: die Ähnlichkeiten, der Unterschied. Auch das eine Generation, die sich neu gefühlt hatte, die nie zuvor dagewesen, mit einem Wort jung gewesen war. Obwohl man ihr weniger Freude gelassen hatte am Jungsein. So hatte sie weniger Liebe gehabt und mehr Hass.

Nein, auch der Sohn konnte nichts erklären, schon gar nichts entschuldigen. Er hatte auch Filme aus Stalingrad gesehen, Filme aus Dresden und Berlin, Filme aus den KZs. Aber er war froh gewesen, dass er nicht dreißig Jahre früher geboren war. Und er hoffte, dass er seinem eigenen Sohn eines Tages nichts Vergleichbares erklären musste.

Jene Generation und diese: der Heldenplatz und Woodstock. Hitler, der erste Popstar, das hatte erst unlängst irgendein Rocksänger in einem Interview gesagt, was kam da herauf? Auch die hatten ihr Mysterienfest gefeiert und einen unerhörten Frühling herbeigesehnt, ein riesiger Stamm auch die. Nur dass die Söhne NEIN gebrüllt hatten statt JA wie die Väter, das war der Unterschied und würde es hoffentlich bleiben.

»Ihr seid gegen alles«, hatte der Vater im Film gesagt, »man muss doch auch für etwas sein!« – »Wir wollen nicht so werden, wie ihr geworden seid«, hatte der Sohn gemeint, »das ist genug.« War das wirklich genug? Heute war Paul da nicht mehr so sicher. NO RAIN und der Regen war trotzdem gekommen: Aber Geschichte ist keine Naturgewalt.

Ach was, Paul versuchte an etwas anderes zu denken, was sollte ihm die Geschichte? Wir machen sie selbst. Machen wir sie wirklich? Wir versuchen sie zu machen. Die große und die kleine, die allgemeine und die besondere, die kollektive und die individuelle. Manchmal gelingt es uns, manchmal gelingt es uns nicht.

Über den Heldenplatz war er mit Silvi gegangen. Über den Heldenplatz war er gegangen mit Bärbel. Sie waren auf Bänken gesessen, auf Denkmalsockeln. Sie waren mittendurch durchs verbotene Gras. Dieser Platz da war einfach schön und nichts sonst. Wie die Laternenlichter jetzt aufstrahlten, der Abend war blau, die Luft war mild. Paul schloss die Augen und stellte sich vor, er wäre mit einem Mädchen da, das er noch nicht kannte. Ich liebe dich, sagte er, aber sie gab keine Antwort.

14

Unter der Michaelerkuppel begegnete ihm Nick. Er ging mit gesenktem Kopf und hätte Paul nicht gesehen, hätte ihn der nicht an der Schulter gefasst. Blass sah er aus, violette Ringe unter den Augen. Sein Bart fiel in dünnen, rötlichen Strähnen bis auf die Brust.

Er schaute Paul an, als wäre er soeben erwacht. Wobei nicht ganz klar war, ob der Traum, aus dem er kam, ein angenehmer gewesen sein mochte oder ein Alptraum. »He Nick«, sagte Paul, »wie geht's dir, wo gehst du hin?« – »Ich?«, sagte Nick, »ich weiß nicht, ich hab' es vergessen.«

In einer engen Seitengasse, die Haarhof hieß, kannte Paul einen Weinkeller. Er war schon lange nicht dort gewesen, war er doch kein Wein-, sondern eher ein Bier- oder Schnapstrinker, aber er wusste, dass Nicki De Groot lieber Wein trank. »Wie? De Groot?« Alle, die Nicks Namen zum ersten Mal hörten, ließen ihn sich buchstabieren und glaubten, das sei ein Künstlername. Aber Nick hieß wirklich so, sein Vater war Holländer gewesen, und er trug diesen Namen mit Stolz.

Besonders damals, in den späten Sechzigerjahren, als Amsterdam eine Zeitlang den Ruf einer Hippiehauptstadt genoss, hatte Nick seine holländische Herkunft betont. Und war auch öfter nach Amsterdam getrampt, hatte dort, wie er gern erzählte, unter Provos gelebt und auf der Straße Gitarre gespielt. Bärbel, durch die Paul ihn kennengelernt hatte, war davon ganz begeistert gewesen. Er sei ein völlig ausgeflippter Typ, sehe aus wie Jerry Rubin auf dem Umschlagbild des Buches »Do it« und habe eine Stimme wie ein Engel.

Nun ja, was die Engelsstimme betraf, so war die im Laufe der Jahre um mindestens eine Oktave tiefer geworden. Vielleicht hatte Nick einen späten Stimmbruch gehabt oder doch etwas zu viel getrunken, jedenfalls hatte er auch in der normalen Stimmlage nicht schlecht gesungen. Und Paul hatte gern mit ihm zusammengearbeitet, auch wenn es oft Reibereien gegeben hatte, und zwar gerade wegen der Engelsstimme, denn Nick hatte eine hysterische Angst gehabt, sie zu verlieren. Und hatte vor jedem Auftritt behauptet, er könne nicht singen.

Und dann war Paul einmal die Geduld gerissen, und er hatte selber gesungen. Und das war weniger schön gewesen, aber viel problemloser, denn Paul war seine Stimme egal. Er hatte keine Angst gehabt, am nächsten Tag heiser zu sein, und hatte ganz einfach hinausgeschrien, was ihm am Herzen lag oder auf der Seele. Und es hatte ihm Spaß gemacht, denn er hatte bis dahin nicht gewusst, dass er das konnte.

Und dann waren Rundfunkleute gekommen, die hatten seine Singerei interessant gefunden: »Warum singen Sie nicht öfter selbst?« Und das Fernsehen hatte einen Film über ihn gedreht, und darin wollten sie auch von ihm getextete Lieder haben: »Der Schriftsteller und Liedermacher«. Und Paul hatte ihnen gesagt, dass für gewöhnlich Nick seine Lieder singe, aber den hatten sie nicht gewollt: »Das ist doch ein Film über Sie«, hatten sie gesagt,

»was brauchen wir da den schwierigen De Groot« und: »Sie singen Ihre eigenen Sachen doch ohnehin besser!«

Und wieder einmal hatte Paul nicht nein sagen können. Und wieder einmal hatte das mit seiner Eitelkeit zu tun gehabt. Denn natürlich hatte es ihn gefreut, auch als sogenannter Liedermacher Anklang zu finden. Aber von da an war zwischen ihm und Nick ein Konkurrenzverhältnis.

Das eigenartigerweise vorher nicht existiert hatte. Bärbel hatte immer mehr von Nicki De Groot geschwärmt, und auf einmal war *der* Willy gegenüber ihr Freund und Emanzipationshelfer gewesen, Paul hatte also seine Schuldigkeit getan gehabt und das war ihm gar nicht ungelegen gekommen. »Ich such mir und dem kleinen Michel eine Wohnung«, hatte Bärbel nicht lang davor zu ihm gesagt, »ich halt's nicht mehr aus mit Willy, zieh mit mir.« »Nein«, hatte Paul gesagt, er wolle Silvi nicht verlassen.

»Nun«, sagte Paul jetzt zu Nick, »was treibst du denn immer?«

Sie waren die Treppe in das verrauchte, verlärmte Gewölbe hinuntergestolpert, hatten sich zwei Viertel Wein von der Schank geholt und saßen jetzt in einer Ecke.

»Was ich treibe?« Nick lachte gezwungen. »Ich treibe nichts ... Schon eher und richtiger könnte man sagen: Es treibt mich.

Seit anderthalb Jahren keine Auftritte mehr. Ich lebe von meiner Freundin, was bleibt mir übrig. Erst gestern Abend haben wir wieder gestritten. Wie das weitergehn soll? Ich hab keine Ahnung!«

Und er erzählte, wie ihn die Plattenfirma, bei der er unter Vertrag gewesen war, fallengelassen hatte, weil er kein Geschäft sei. »Wissen Sie, Herr De Groot, wenn man Ihre Lieder in den Laufbandsendungen unterbringen könnte oder gar in den Musikautomaten der öffentlichen Lokale, das wäre etwas anderes. Aber was Sie singen wollen: kritische Lieder, politische Lieder, also zugegeben, es hat eine Zeitlang so ausgesehen, als ließe sich daraus etwas machen. Aber der Trend, wissen Sie, der Trend hat sich verändert, und ein Wolf Biermann sind Sie leider auch nicht …«

Im Augenblick singe er bestenfalls auf der Straße. Nicht hier, nein, hier habe er zu viele Bekannte und da sei ihm das peinlich. Vor zwei Wochen etwa sei er in Südfrankreich gewesen und habe versucht, dort ein bisschen Geld zu verdienen. Aber es falle ihm nicht mehr so leicht wie früher, im Anfang, und die Leute dort seien offenbar auch nicht mehr so freigebig und freundlich. Paul holte sich ein zweites Viertel, der Wein schmeckte ziemlich sauer, aber er trank.

»Ich nicht«, sagte Nick, »ich will mir das Trinken abgewöhnen. Durst«, sagte er, »alles ist Durst, hast du das nicht gewusst? – Zeugen und Gebären, Wachsen und Verdorren, Leben und Sterben. Man muss sich von alldem abwenden, weißt du, man soll sich nicht davon verführen lassen, man darf nicht daran haften. Etwas werden wollen, etwas verändern wollen, also das hat doch letzten Endes keinen Sinn. Etwas begehren, etwas besitzen wollen … Wir müssen all dem lächelnd den Rücken kehren.«

Als Paul beim vierten Viertel war, sprangen drei Kerle, die bislang am Nebentisch gesessen waren, plötzlich auf, gerieten, ohne dass Paul richtig klar wurde, wie, ein brüllendes, trampelndes Knäuel, direkt vor den Tisch, an dem Nick und er saßen, und schlugen und traten einander. Es ging alles sehr schnell und kam ihm eigentlich erst im Nachhinein zu Bewusstsein. Jedenfalls stellte sich gegen Ende der paar Sekunden, die diese Rauferei dauerte, heraus, dass einer auf dem Boden lag und die anderen ihn mit einer wahrscheinlich betrunkenen, deswegen aber nicht weniger brutalen Wut malträtierten. Und Paul und Nick sahen zu und griffen nicht ein.

Natürlich, beruhigten sie sich nachher, auch die anderen Gäste des Lokals hatten das nicht getan, aber was bewies das?

Sicher: Wenn drei fremde, noch dazu alkoholisierte Menschen miteinander Streit hatten, so ging sie das nichts an. Und womöglich hatten die beiden, die den auf dem Rücken liegenden Dritten so zugerichtet hatten, sogar recht, und die Prügel hatten ihm gebührt. Und dennoch: Sie fühlten sich schuldig, als sie dann gingen.

»Und wenn sie ihn erschlagen hätten«, sagte Paul, »wir hätten noch immer zugesehn. Wären dort gesessen, und unsere unangewandten Muskeln hätten Mikrobewegungen gemacht, wie bei einer Rauferei im Kino. Und wenn sie eines Tages kommen werden und auf uns einschlagen, was werden wir tun?« »Ja«, sagte Nick, »ich weiß.« Doch das war keine Antwort.

15

Auf der Tuchlauben stoppte Paul ein Taxi.

Er war ein notorischer Taxifahrer und hatte sich in fetten Zeiten das Straßenbahnfahren so nachhaltig abgewöhnt, dass er es auch jetzt nicht übers Herz brachte. »Wohin?«, fragte der Taxichauffeur und stellte das Taxometer auf die Grundsumme, das Haar an seinem Hinterkopf wurde auch schon schütter. »Spengergasse 23«, sagte Paul und ließ sich möglichst tief in den Rücksitz sinken.

Es gab Taxichauffeure, auf deren Rücksitzen man lesen oder schlafen konnte, dieser hier gehörte nicht dazu. Er startete und bremste so ruckartig, dass Paul eine Menge Willensanstrengung brauchte, um seinen Magen halbwegs dort zu halten, wohin er gehörte. Ohnedies war der ganze Innenraum des Taxis mit der dumpfen und ihn immer wieder beklemmenden Ausdünstung der alten Ledersitze erfüllt. Dazu kam der intensive Geruch noch nicht lang getankten Benzins.

»Dieser Verkehr«, sagte der Taxichauffeur und gab Gas, »wird von Tag zu Tag krimineller. Und dieser Umleitungszirkus« – er stieg auf die Bremse – »das reinste Verbrechen!« Er schimpfte zum Fenster hinaus: »Du Anarchist! Ein Chaos, kann ich Ihnen nur sagen, ein Chaos!

Aber das ist ja kein Wunder, dass es so kommt. Das kommt, weil die oben viel zu viel durchgehen lassen. Und außerdem wissen sie selber nicht, was sie wollen. Da glauben die unten, sie können machen, was ihnen passt.«

Paul wollte etwas einwenden, anheimstellen, zu Bedenken geben, aber daraus wurde nicht viel. Er sagte: »Na ja …« und etwas später: »Na ja, aber …« (so begann er übrigens, fiel ihm auf, die meisten Sätze, wenn er nicht schrieb); doch der Rest blieb in Schwebe. Außerdem hatte er, wenn er den Mund zu lang offen hielt, Angst, zu erbrechen. So machte er vorsichtshalber den Mund wieder zu.

»Schaun Sie«, sagte der Taxler, »Ordnung muss sein. Wer diesen Grundsatz verrät, ist schon selber verraten. Da brauchen Sie nur einen Blick nach Deutschland zu werfen. Rauschgift, Pornographie und Terrorismus.

Die haben alle klein angefangen, ganz klein. Haschisch, Wohngemeinschaften und Demonstrationen, net wahr, das hört sich noch relativ harmlos an. Und dann sind sie dazu übergegangen, härtere Drogen zu nehmen, kreuz und quer zu vögeln und Kaufhäuser anzuzünden. Und Banken auszurauben und auf Polizisten zu schießen und Politiker zu entführen.«

Paul sagte: »Aber doch nicht so mir nichts, dir nichts …« Etwas kam hoch und erfüllte seinen Mund mit dem Geschmack von Erbrochenem, wenn auch nur ganz dezent. Draußen der Naschmarkt: ein paar Abendkleider vor dem hell erleuchteten Theater an der Wien, die Hochwasserhose eines Miststierers im Dunkel der anderen Seite. Vielleicht hätte ich doch weniger und langsamer trinken sollen, dachte er, ich vertrage nichts mehr.

»Was heißt, nicht so mir nichts, dir nichts?«, fragte der Taxler, er bog in die Schleifmühlgasse ein, dass die Reifen quietschten, und überholte einen Ford Granada, den eine Frau fuhr. »Blödes Luder«, grollte er, als sie ihn nicht sofort vorließ, »du gehörst auch einmal ordentlich durchgevögelt. Und wieder in der Pole-Position!«, seine Stimme klang befriedigt, als er gerade noch unter der Ampel zu stehen kam, »wie der Niki Lauda. Was heißt, nicht so mir nichts, dir nichts? Das hängt alles zusammen.

Schaun Sie, man hat ja nichts gegen ein bisserl Gruppensex, net wahr, das kann man verstehn. Und gegen ein paar Gramm Haschisch für den Privatgebrauch wird niemand was sagen. Auch Demonstrationen, solang sie den Straßenverkehr nicht lahmlegen, sollen mir recht sein. Aber alles hat seine Grenzen, finden Sie nicht?

Da sind mir zum Beispiel unlängst ein paar Figuren von dieser Kommune da unten im Burgenland über den Weg gerannt, die mit den Glatzen. Na hörn Sie, wenn man nicht einmal merkt, wer da die Buben und wer die Mädeln sind, also da hört sich für mich persönlich die Gaudi auf! Und wie's bei denen dort zugeht, das hat man ja unlängst im Fernsehn gesehn. Pfui Teufel, hat meine Frau gesagt, dreh das ab!

Ich hab nur nicht abgedreht, weil ich gedacht hab, dass noch etwas Geschmackiges nachkommt, aber ich war enttäuscht. Und dann getraun sich die noch über die Straße zu rennen. Mitten in Wien und mitten am helllichten Tag. Am liebsten wär ich aufs Gas gestiegen und drüber …

Oder die Fixer, von denen man jetzt so viel liest. Noch nicht lang hab ich einen im Auto gehabt. Lange Haar wie ein Warmer, ein schwindliger Typ. Das war mir gleich klar, dass etwas nicht stimmt mit dem.

Wie wir so fahren, kippt er auf einmal um. He Bubi, sag ich, wach auf. Er macht keinen Mucks. Ich bleib also stehn und schau ihn mir näher an. Da ist er flach gelegen, mit offenem Mund. Also besoffen, denk ich mir, ist der nicht. Von einer Fahne nicht die geringste Spur. Ich hau ihm eine herunter, er sagt kein Wort. Hat nur ganz komisch geröchelt, wie einer, der abkratzt.

Scheiße, denk ich, was soll ich machen mit ihm? Wir waren in Hietzing, um vier Uhr früh, kein Mensch auf der Straße. Da hab ich ihn kurzerhand an die Luft gesetzt. Mit so etwas hab ich lieber gar nichts zu tun …«

Paul sah das Gesicht des Taxlers im Rückspiegel: blonde, buschige Brauen unter der etwas zu hohen Stirn, wasserhelle Augen, kleiner Schnurrbart. Er war noch nicht alt, der Taxler, wahrscheinlich ungefähr Pauls Jahrgang, vielleicht waren sie miteinander zur Schule gegangen. Hätten sie sich beim Heurigen getroffen und der Taxler hätte Paul an seinen Tisch eingeladen, Paul hätte die Einladung angenommen. Und wären sie nicht zufällig auf Kommunarden oder Fixer zu sprechen gekommen, so hätten sie sich wahrscheinlich ganz gut verstanden.

Sie fuhren jetzt die Margaretenstraße stadtauswärts, der Taxler ließ es so richtig tuschen in der Einbahn, Paul hatte das dringende Bedürfnis, auszusteigen. »Hören Sie«, sagte er und schluckte den Brechreiz, der immer ärger wurde, hinunter, aber der Taxler hörte ihn nicht. »Wissen Sie, Chef, das geht nicht in meinen Kopf. Wogegen die sind und warum sie sich selber zugrunde richten.

Da maulen sie beispielsweise gegen die Leistungsgesellschaft. Ja fix noch einmal, wenn einer nichts leisten will oder kann, also in meinen Augen ist das ein Faulenzer oder ein Krüppel. Der trägt nichts bei zum Volkseinkommen, der ist daran schuld, dass die Wirtschaft nicht mehr floriert, dem verdanken wir die Krise. Nicht, dass Sie glauben, ich bin ein Nazi, ich wähl seit Jahr und Tag sozialdemokratisch, aber so was gehört in ein Arbeitshaus oder weg!

Auch gegen das Konsumieren wird Stimmung gemacht. Ja Himmelherrgott, wenn man nicht einmal mehr kaufen könnte, was einem taugt, um das Geld, das man sauer verdient hat, was würde denn, frag ich Sie, dann dieses Leben versüßen? Schaun Sie, ich fahr auch am Wochenend mit dem Taxi. Aber privat kann ich mir einen Volvo leisten …«

Paul überwand sich: »Aber können Sie sich nichts anderes vorstellen? Ich meine: nichts anderes als diese sinnlose Qualspirale von Leistung und Konsum?«

»Nein!« Der Taxler schüttelte heftig den Kopf. »Kommens mir nicht mit so was! Das ist Utopie.«

»Sie sind auch so ein Protestierer, gellja?«, fragte der Taxler nach einer durch die ganze Zentagasse dauernden Pause und schaute Paul über die Schulter an. »Sie sind auch auf der Mariahilfer Straße herumgeteufelt und haben Ho- Ho- Ho- Tschi Minh geschrien, das habe ich mir gedacht!«

»Nein«, sagte Paul möglichst deutlich, »das habe ich nicht. Oder jedenfalls hab ichs zu wenig getan …«

16

Von einer Tendenzwende ist allenthalben die Rede. Tatsächlich: Die neuen Linken sind älter geworden. Und die alten Rechten bekommen auf einmal unerwarteten Nachwuchs. So impotent, wie wir geglaubt haben, waren die nicht.

Der Bewusstseinsaufbruch der späten Sechziger- und frühen Siebzigerjahre liegt hinter uns. Das Sein ist dem Bewusstsein nicht oder nur unzureichend gefolgt, wir sind an die Grenzen einer Wirklichkeit gestoßen, die viele Möglichkeiten nicht zulässt. Eine

Revolution, für die zwar so manche Gedanken, nicht aber die Verhältnisse reif waren, hat nicht stattgefunden. Dass wir jetzt trotzdem die Reaktion darauf haben und in Gefahr und Versuchung geraten, in ein neues Biedermeier zurückzufallen, ist die Ironie unserer Geschichte.

Bewusstseinsrevolution: Plötzlich war dieses Wort in den Köpfen herumgespukt und in den Zeitungen aufgetaucht oder umgekehrt. Und die Haare waren länger geworden und die Röcke kürzer, und diejenigen, die sich für jung hielten, hatten auf einmal eine nie zuvor dagewesene Solidarität miteinander entdeckt. Diese Solidarität bestand darin, dass sie um keinen Preis so weiterleben wollten wie die Alten. Und reichte weit über die Grenzen der üblichen Generationenkonflikte hinaus.

Was unsere Eltern uns vorgelebt hatten, wollten wir ihnen nicht nachleben, weder ihren Krieg noch ihren Frieden. Was hatten sie uns denn zu bieten anstelle der ideellen Werte, die sie selber kaputtgeschlagen hatten? Materielle? Die sollten sie sich behalten! Die waren uns nie abgegangen oder jedenfalls konnten wir uns nicht mehr so gut daran erinnern. Und nur, weil es Papa und Mama einmal blödsinnig schlecht gegangen war, wurden wir, ihre Kinder, doch keine Konsumidioten?!

Nun hatte man dieses Bewusstsein (nein, es war kein Bewusstsein bei den meisten von uns, eine dunkle, innere Unruhe eher, eine gespannte, psychische Großwetterlage, hier und da von Bewusstseinsblitzen erhellt …) anderswo mehr oder minder leicht in politische Aktivität umgesetzt. Die Amerikaner hatten ihren schmutzigen Vietnamkrieg, die deutschen ihre verlogene Springer-Presse, die Franzosen ihren autoritären Gaullismus, dagegen konnte man sein, dagegen ließ sich protestieren, dagegen konnte man notfalls kämpfen. Anderswo lagen die sozialen Gegensätze klarer auf der Hand, die sich daher eher zur Faust ballte, da war nicht nur der Widerspruch im Kopf. Aber wir in Wien, das man-

che für ein großes Altersheim hielten, und viele, auch junge, tatsächlich als solches bewohnten: Wir in Österreich, eingelullt von einer Politik, die auf den Ausgleich von Interessen aus war, auf die Einebnung von Gegensätzen, das Verwischen von Widersprüchen, und die noch dazu, eigentlich segensreich, funktionierte, was hatten denn wir …?

Spengergasse 23/19, ich sitze am Schreibtisch und schreibe. Ich bin die Treppe leidlich heraufgekommen, ich habe das Schlüsselloch gefunden, ich habe mir den Zeigefinger in den Mund gesteckt und erbrochen. Jetzt fühle ich mich ganz nüchtern und schreibe leicht. Von draußen sind kaum Geräusche zu hören, es ist Mitternacht, der Schein der schwachen Glühbirne umgibt mich als Aura.

Ich habe Sonja gesagt, dass ich heute Nacht nicht nach Hause komme. Ich bleibe oft in der Spengergasse, seit ich über diesem Roman sitze. Oder ist es Paul, der hier am Schreibtisch sitzt, über dem Artikel für Fiedler? Es wird mir zunehmend schwerer, zwischen ihm und mir zu unterscheiden.

Vielleicht sollte man nicht so schreiben, wie ich schreibe, ständig versucht, das Leben zur Literatur zu machen und die Literatur zum Leben. Wenn ich einen Roman schreibe, so lebe ich von einem gewissen Zeitpunkt an darin und daraus. Das wäre ein guter Satz für ein Interview, aber er ist trotzdem wahr. Zu schreiben, das ist mir ein Experiment mit mir selbst.

Diese fatale Lust, nicht nur dem Leben nachzuschreiben, sondern auch dem Schreiben vorzuleben, zumindest gleichzuziehn. Man kann doch nicht ständig mit dem Bewusstsein spielen, ohne das Sein zu verändern. Es gibt auch Autoren, die spielen und experimentieren nur mit der Sprache, die halten sich da raus. Ich bin nicht Paul, habe ich behauptet, aber ich weiß nicht, ob das noch stimmt.

Wozu dieser Grünzweig, hat mich Schlick gefragt. Wozu diese Maskerade, warum schreibst du nicht in der 1. Person, wenn du schon so subjektivistisch schreibst? Ich weiß nicht, habe ich geantwortet, vielleicht ist das gar keine Maskerade, sondern eine Art von Demaskierung. Und ich habe ein bisschen Angst, mich so ganz ohne Maske zu sehn.

Außerdem war ja die ursprüngliche Intention eine andere. Ich habe geglaubt, einen bestimmten Teil meiner Persönlichkeit objektivieren zu können. Ich stelle ihn von mir weg und mir gegenüber. Ich gebe ihm einen Namen und werde ihn los.

Habe ich mir gedacht, doch das ist nicht gelungen. Konträr: Manchmal habe ich das Bedürfnis, Gedichte, die ich in letzter Zeit geschrieben habe, mit Paul Grünzweig zu zeichnen. Und manchmal, wenn ich zurückkomme in Fritzens, meine, Grünzweigs Bude, finde ich ein Blatt in der Schreibmaschine, auf dem hat Paul getippt. Kann nur Paul getippt haben, denn an die Sätze, die da stehen, kann ich mich nicht erinnern.

Du hast dich verändert, sagt Sonja, du bist nicht mehr so wie früher. Ich sage etwas zu dir, und du hörst es nicht, du erzählst mir etwas, und später weißt du nicht mehr, dass du mir das erzählt hast. Entschuldige, sage ich, aber wenn ich so intensiv schreibe wie jetzt, dann bin ich halt zerstreut. Aber das ist es nicht: zumindest nicht ganz.

Würde Paul rauchen? – In den Nächten, in denen ich hier sitze und schreibe, habe ich mir das Rauchen angewöhnt. Schon daraus wird klar: Dieser Grünzweig ist keine besonders gesunde Identifikationsfigur. Zumindest nicht unmittelbar: in gewisser Beziehung weiter, aber auch kaputter als ich. Vielleicht hole ich ihn ein, vielleicht bleibe ich hinter ihm zurück, vielleicht komme ich an ihm vorbei.

Dritter Tag

Jetzt da wir endlich
eine Tendenzwende haben

jetzt da die neuen Linken
schon älter sind
(und viele von ihnen
werden notorische Wichser)

jetzt da wir endlich
eine Tendenzwende haben

jetzt da die alten Rechten
zu Nachwuchs kommen
(so impotent
wie wir gehofft haben
waren die nicht)
die Wirtschaft
wirtschaftet ab
auch andere Werte
leiden leider
an galoppierender
Inflation /
falsche Propheten
prophezeien
von Aufgang bis Untergang
singen den Abgesang
singen den Grabgesang
tiefschwarze Zauberer

zaubern aus Angst
Agression

jetzt krieche ich meinen Weg
wie ein Schneck
ohne Haus
so weich
und allein
da sollte ich
vorsichtig sein
…

ich habe
denk ich
Vernunft
und folglich
auch List

das meiste
geht schief
was man gradewegs
überhastet

pass auf
sagt mein Spiegelbild
dass du dir selbst
nicht zu listig bist

und stützt
was dich
belastet

1

Diese Nacht träumte Paul, er sitze im Zimmer und schreibe. Dabei hatte er das Gefühl, in einem Keller zu sitzen, obwohl Fritzens Bude doch im vierten Stock lag. Es war der Artikel über das Jahr 68, den er zu schreiben hatte, er tippte und tippte, aber das Blatt in der Schreibmaschine blieb leer. Vielleicht sehe ich bloß schlecht, dachte er, mehrere Birnen des über dem Schreibtisch hängenden Lusters waren offenbar ausgebrannt, da war nur ein fahles Licht.

Er stand auf und begann nach einem Fenster zu suchen, das er öffnen konnte, aber er fand keins. Wo sonst der Vorhang gewesen war, der Zimmer und Küche trennte, war jetzt eine eiserne Tür. Er trommelte mit den Fäusten dagegen, das machte ein dumpfes Geräusch. Aber die Tür wurde trotzdem nicht aufgetan.

So kehrte er resigniert an den Schreibtisch zurück. Doch die von links nach rechts getippten, aber von rechts nach links laufenden Zeilen verursachten ihm jetzt einen Schwindel. Hitze kroch ihm den Rücken empor in den Nacken. Schweiß brach ihm aus. Er musste die Augen schließen.

Als er sie wieder aufschlug, war Julia da. Er schlief noch immer, obwohl er im Traum erwacht war. Sie sagte etwas, doch er verstand es nicht. Dann ging sie zum Fenster, das er nicht gefunden hatte. Draußen war Sonne und eine Wiese mit Blumen. Auf dem Niveau des Fensterbretts seltsamerweise.

Sie stieg ins Freie und schaute sich nach ihm um. Paul wollte ihr nach, doch da riss der Traum, wie ein Film.

Paul stand auf, ging zum Fenster, öffnete es weit. Unten die Spengergasse: grau und laut. Einen Augenblick spielte er mit dem Gedanken, sich fallen zu lassen, aber das Wetter war zu schön. Und außerdem wirkte der Traum noch angenehm nach.

Die alte Frau vis-à-vis war nicht auf dem Posten. Er sah auf die Uhr. Kein Wunder: drei viertel zwölf! Er griff zur Sliwowitzflasche, die war jedoch leer. Er zog sich an und beschloss, ins Espresso zu gehn.

Auf der Straße traf er den roten Kater. Groß und stark war der und von Kämpfen zerzaust. Das Schwanzende hatte ihm wahrscheinlich ein Konkurrent abgebissen, aber er trug den Rest mit ungebrochenem Stolz. »Ich wäre gern so wie du«, sagte Paul und streichelte ihm den Kopf. Die Kellnerin im Espresso lümmelte über einem Kreuzworträtsel. Paul räusperte sich, sie hob ihre schläfrigen Wimpern. »Einen Verlängerten, einen Schnaps, zwei Eier im Glas!« Sie sagte: »Jaja, nur keine jüdische Hast!«

Zwei Burschen in Lederwesten an je einem Flipper. Ihre Augen waren weit offen und leer. Der eine gewann ein Freispiel, der andere nicht. Tröstete sich an der Box: NO WOMAN NO CRY … Wie wahr, dachte Paul, doch er dachte inkonsequent. Sein nächster Gedanke war Julias Seminar. Dienstag und Donnerstag 15 bis 17 Uhr. Sollte er hingehen oder sollte er nicht?

Er zahlte und ging die Zentagasse hinunter. Sicher, genau genommen war das die Richtung zur Uni, aber er konnte noch immer von ihr abweichen. Er hatte noch Zeit. Es war jetzt erst drei viertel eins. Er brauchte sich also noch nicht zu entscheiden.

Auf dem Margaretenplatz gab es eine alte Wohnhausanlage mit Vorgartendurchgang. In den darin angepflanzten, blühenden Gebüschen zwitscherten die Vögel. Paul überquerte die Pilgrambücke, darunter glitzerte das Wasser. Was machte es aus, dass es vorwiegend Abwasser war?

In der Nähe des Messepalastes setzte er sich in ein Gasthaus. Er hatte noch keinen Hunger, aber das Menü war billig. Gingen Mädchen vorbei, so erinnerten sie ihn an Julia, ganz unabhängig davon, ob sie ihr nun ähnlich sahen oder nicht. Er nahm sein Notizbuch heraus, um sich abzulenken.

TWEN-SHOP notierte er und meinte damit jene sogenannte Jugendmesse, die ehemals hier im Messepalast stattgefunden hatte, und sie hatten dagegen protestiert. Eine Anzahl großer Firmen hatte sich zu einer Generalattacke auf das jugendliche Konsumbewusstsein vereinigt. Das sei, hatte man damals in linken Kreisen übereingestimmt, der nackte Konsumterror, dagegen müsse man etwas unternehmen. Und was die Gruppe »Bienenstich« betraf, so hatte sie diesbezüglich ein großartiges Konzept.

Sie wollte die Lesung, zu der sie in diesem Rahmen eingeladen war, zur Antilesung umfunktionieren. Zwar beim TWEN-SHOP lesen, aber dabei kritisches Bewusstsein gegen die Veranstaltung vermitteln. Und bestimmt würde dadurch etwas in Bewegung geraten und die Jugendlichen, die hier manipuliert werden sollten, würden aufhorchen, nachdenken, diskutieren. Und geläutert nach Hause gehen und hinfort nicht mehr sündigen: Zumindest stellten sie sich das so vor.

Nun ja, sie hatten versucht, ihr kritisches Bewusstsein zu vermitteln, aber die, welche sie erreichen wollten, die Lehrlinge und Jungarbeiter, die begreifen sollten, dass auch Konsum eine Art von Ausbeutung sein konnte, hörten ihnen kaum zu. Und wenn sie doch zuhörten, dann störten sie die Lesung (soll heißen die Antilesung) durch Zwischenrufe. Sicher, Zwischenrufe waren eingeplant, aber sie sollten wie Stichworte wirken, auf die sich sagen ließ, was man ohnehin schon längst sagen wollte. Wenn einem hingegen bloß Schimpfworte ins Gesicht geschrien wurden, so konnte man zwar die dahintersteckende Aggression als eine durch die gesellschaftlichen Verhältnisse bedingte interpretieren, »seht ihr«, konnte man sagen, »obwohl ihr euch kaufen könnt, was ihr wollt, oder genauer, was man euch einredet, seid ihr frustriert!«, aber wenn einem niemand zuhören wollte, was nützte das alles.

So hatte also die Gruppe »Bienenstich« ihr Programm radikal gekürzt und die Diskussion im internen Rahmen ins Wirtshaus verlegt. Und zwar in ebenjenes, in dem Paul jetzt saß und an einem Menü kaute, das ihm nicht schmeckte. Und Willy hatte Paul vorgeworfen, dass die Lesung auf dem TWEN-SHOP seine Idee gewesen sei. Und Bärbel hatte Paul in Schutz genommen, denn die Idee, hatte sie gesagt, fände sie nach wie vor nicht schlecht. Ein gewisser Michael Genner allerdings hatte eine andere Form des Protests gefunden und Flugblätter verteilt. Darauf war angeblich etwas von bewaffnetem Widerstand gegen den Konsumterror gestanden, macht kaputt, was euch kaputtmacht, oder so ähnlich, und dafür hatte man ihn, obwohl diese Formulierung bis heute umstritten war, in U-Haft gesetzt. Und auch im Fernsehen hatte es eine TWEN-SHOP-Diskussion gegeben und Paul, den man dazu eingeladen hatte, hatte sich vorgenommen, etwas über diesen Michael Genner zu sagen. Aber es war Pauls erste Fernsehdiskussion gewesen, und er war kaum zu Wort gekommen, und bevor er noch hatte sagen können, was er hatte sagen wollen, hatte man die Diskussion beendet.

Gegen Genners U-Haft hatten dann einige hundert Kollegen des an der Uni inskribierten Studenten demonstriert. Daran dachte Paul, als er, aufs Dessert hatte er verzichtet, seinen Weg Richtung Uni fortsetzte, wer wagt, gewinnt. Er würde sich möglicherweise lächerlich machen. Aber darüber hinaus war nicht viel zu verlieren.

Das Dissertantenseminar, in dem er gehockt war, während die anderen für die Freilassung Michael Genners auf die Straße gegangen waren, ach du elende Schande! Er erinnerte sich noch gut: Vom nahen Landesgericht hatten sie die Sprechchöre der Demonstranten gehört. Doch Professor Kilian hatte angeordnet, die Fenster zu schließen, und weitergesprochen. Über den idealen Staat, in dem jeder das seine tut und sonst nichts.

Beinahe hätte Paul die Stiege zum philosophischen statt zum germanistischen Institut genommen. Das philosophische Institut, hatte Ferry Lampel einmal gesagt, stinkt nach Weihrauch. Nun ja, das germanistische roch genauso. So roch also offenbar nicht nur die Philosophie.

Vor dem Seminarraum des germanistischen Instituts warteten etwa zwanzig Studentinnen und Studenten, Julia war nicht dabei. Paul ging zu Boden blickend auf und ab und tat möglichst unbeteiligt. Ja doch, er schaute natürlich jedes Mal auf, wenn die Glastür, die den Gang vom Treppenhaus trennte, geöffnet wurde und wieder zufiel. Aber er konnte auch jederzeit wieder gehn.

Gerade hatte er sich entschlossen, doch lieber die Flucht zu ergreifen, als ein langer Student mit krausem Haar auf ihn zukam und ihn, mit einem infolge des leicht herabgezogenen linken Mundwinkels etwas schiefen Lächeln, begrüßte. »Was lockt denn dich hierher?«, fragte er, er hieß Jerusalem, war vor einigen Jahren, als Paul noch öffentlich gelesen hatte, bei einer von dessen Lesungen gewesen und hatte ihm anschließend selbstverfasste Gedichte überreicht. Er hatte gehofft, dass sie in den »Wegen« publiziert würden, aber Paul hatte die Gedichte nicht gut gefunden. Sie waren ihm damals allzu altklug erschienen, gewissermaßen verspätete oder auch verfrühte Aphorismen zur Lebensweisheit, und also hatte er sie nicht zur Publikation vorgeschlagen. Seither war Jerusalem, der inzwischen offenbar eine Menge linker Literatur gelesen und einen Gesinnungswandel durchgemacht hatte, zu der Überzeugung gelangt, er, Paul, sei genau genommen ein Klassenfeind. Natürlich sagte er ihm das nicht ins Gesicht, aber es war Paul zu Ohren gekommen: ein Gegner mehr. Paul hatte sich zwar mit der Zeit daran gewöhnt, dass ihn die Jüngeren, von denen es von Jahr zu Jahr mehr gab, für den hielten, zu dem er sich durch die Medien hatte etikettieren lassen, aber trotzdem tat es ihm immer wieder ein bisschen weh, wenn er so etwas hörte. Er hatte dann das Bedürfnis, sich zu rehabilitieren, zu erklären und auf die Diskrepanz zwischen Wollen und Können hinzuweisen, die sich für einen Autor ergäbe, wenn er vom Schreiben lebe.

Er wollte also die Gelegenheit ergreifen, das jetzt zu tun, und setzte schon zu einer großen Verteidigungsrede an, aber in diesem Moment kam Julia durch die Tür. Als sie ihn sah, stieg eine leichte Röte in ihr Gesicht, aber vielleicht bildete er sich das auch nur ein. Jedenfalls gab es auf dem Grund ihrer nach wie vor tiefen und grünen Augen den Schimmer eines Lächelns. Schon wollte er auf sie zutreten, um sie zu begrüßen, aber unmittelbar hinter ihr kam der Professor.

Die Tische im Seminarraum waren rechteckig angeordnet, Paul kam, dem allgemeinen Gedränge und einer wahrscheinlich gewohnheitsrechtlichen Sitzordnung zufolge, nicht neben Julia zu sitzen, aber Aug in Aug mit dem Professor. Der schaute ihn an, zählte mit spitzem Bleistift die Namen auf der Anwesenheitsliste, runzelte die Stirn. »Ich habe Sie noch nie hier gesehen, Kollege«, sagte er schließlich mit leiser, aber rasierklingenscharfer Stimme, »warum tragen Sie sich nicht ein? Dies ist, ich sage das nur für den Fall, dass es Ihnen entgangen sein sollte, ein Seminar mit persönlicher Anmeldung, vielleicht haben Sie die Güte, sich danach zu richten!«

»Ach so?«, sagte Paul, »das habe ich nicht gewusst. Ich werde demnächst in Ihre Sprechstunde kommen.« Er schrieb etwas Unleserliches auf die Liste, schaute hinüber zu Julia, die nicht weit vom Professor saß, ihre Augen lachten ihn aus. Um die Mundwinkel des Professors, zu denen, von den Nasenflügeln ausgehend, zwei tief eingegrabene Furchen führten, blieb noch einige Zeit ein unzufriedener Zug. Lang betrachtete er Pauls nackte Zehen, die ihm aus dessen Sandalen entgegenstanden, wandte sich aber, da der weder die Beine einzog noch, was er sich im Grunde seiner Professorenseele wahrscheinlich gewünscht hätte, Entschuldigungen murmelnd den Raum verließ, endlich doch seinem Lehrstoff zu. »Von Iphigenie«, sagte er, »war die Rede.« Ja, er sah aus, als hätte er Gallensteine. Hingegen, fand Paul, sah Julia aus wie das Leben.

Früher hätte er sich gescheut, ein solches Klischee zu denken, aber jetzt genoss er es richtig. Wenn er genau hinschaute, sah er, wie ihre Brust sich beim Atmen senkte und hob. Die Frau, die selbst in der Fremde Heimat im Busen trage. Sie, das Symbol des Verlorengegangenen, nur sie könne den unstet Wandernden mit sich und dem Schicksal versöhnen. Wie schön, dachte Paul und riss einen Zettel aus seinem Notizbuch. *Ich habe*, schrieb er darauf, *von Dir geträumt.* Er faltete den Zettel zusammen, sah aber im Augenblick keine Möglichkeit, ihn zu Julia hinüberzuwerfen, ohne dass es der Professor bemerkte. So hielt er ihn fest in der Faust und wartete zu.

Geheilt werden von seinem Wahn könne der Rastlose erst in den Armen der Frau. Gewiss, die Begegnung zwischen Orest und Iphigenie sei die Begegnung zwischen Bruder und Schwester. Doch stehe bei Goethe dieses Verwandtschaftsverhältnis in einem höheren, allgemeineren Sinn. Denn letzten Endes sei Liebe doch kein organischer, sondern ein theologischer Zustand.

Das Weib bedürfe des Mannes so wie der Traum der Deutung. Aber der Mann ergreife das Weib so wie die Deutung den

Gehalt. An dieser Stelle räusperte sich ein bebrilltes, rotblondes Mädchen, das Paul frappant an Silvi erinnerte, aber der Professor beachtete sie nicht. »Das interpretieren Sie,« rief sie, »doch typisch männlich!«

Genau, dachte Paul, genau das würde Silvi auch sagen, und wahrscheinlich noch einiges mehr. Und falls der Professor noch lange so weiterreden würde, so spränge sie ihm wahrscheinlich mit dem Hintern ins Gesicht. Hier sprang niemand, das rotblonde Mädchen beruhigte sich wieder. Und auch der linke Jerusalem saß nur da und feixte.

Der Professor beendete seinen Monolog und erteilte einem Fräulein Koranda, das ein ergänzendes Referat halten sollte, das Wort. Fräulein Koranda sah fromm aus und lispelte sittsam. Der Professor entzog ihr das Wort wieder und stimmte ihr zu. »Ganz richtig«, sagte er, wobei seine Stimme, vom eigenen Pathos ergriffen, ein wenig vibrierte, »das Ich, das als männlich gedacht werden kann, emanzipiert das weibliche Du.«

Ach ja, dachte Paul und schoss seinen Zettel ab. Er traf genau auf dem Tisch vor Julia auf. Der Professor zuckte zusammen, sein Blick, den er, als echter Wesensschauer, nach innen gerichtet hatte, kam von dort zurück. Doch Julia hatte den Zettel schon in der Hand.

»Aber natürlich bleibt es die Frau, Jungfrau und Mutter, Sibylle und Muse zugleich, welche dem Manne, aus träumendem Schoß, die Quellen des ungebrochenen Seins erschließt …«

Julia entfaltete den Zettel, las, was Paul geschrieben hatte, und warf ihm einen Blick zurück.

»Was der Mann ist und sein will, sieht er vor sich herziehn, aber wenn es wieder in ihn einkehrt, zurückkommt, und mit ihm, dem Erhöhten, Gewonnenen, produktiv Angetroffenen, letzthin wieder adäquat wird, dann ist es weiblicher Natur. Das Ideal hat bei Goethe weibliche Form.«

»Ein schöner Scheißdreck«, sagte Julia, »findest du nicht?«

Das war nachher, da gingen sie die Treppe hinunter, sie hatte ihn so selbstverständlich begrüßt, als hätten sie ein Rendezvous gehabt.

»Ach«, sagte Paul, »mir hat manches ganz gut gefallen.«

Sie sagte: »Hör auf, sonst red' ich kein Wort mehr mit dir.«

»Also gut«, sagte Paul, »ich bin ja schon still. Der Goethe war halt ein klassischer Patriarch … Gehen wir etwas trinken? Einen Martini?«

Sie meinte, sie trinke lieber einen Kaffee.

Dann saßen sie im Buffet und schauten sich an, eine Weile schweigend. Sie legte den Zettel, den er für sie geschrieben hatte, vor sich auf den Tisch. »Geträumt hab' ich nicht von dir, doch gedacht hab ich auch an dich. Schließlich will ich ja einen Artikel über dich schreiben.«

»Na gut«, sagte Paul, »das kannst du ja gerne tun. Fahren wir also fort mit dem Interview.«

»Fortfahren«, sagte sie lächelnd, »wäre nicht schlecht. Ich hab ein Auto. Fahren wir irgendwohin.«

2

Ein alter VW, mit Margariten bemalt. Sie startete, schob eine Tonbandkassette in den Rekorder. Der durch Hammondorgel, E-Gitarre und Schlagzeug gemeinsam gehaltene Rhythmus wirkte anregend auf Pauls faulen Kreislauf. »Die ›Doors‹!«, sagte er, »woher weißt du, wie sehr ich die mag?«

Julia machte ihre kokette Bewegung. Sie nahm die Lastenstraße bis zum Verkehrsbüro, bog in die Wienzeile ein. »Hast du für die nächsten paar Tage was vor?«, fragte sie, er schüttelte den Kopf. »Sehr gut«, sagte sie, »dann haben wir Zeit.«

Draußen fuhr Schloss Schönbrunn vorbei, die über den Wienfluss gespannte Stadtbahnbrücke mit den großen Reklameaufschriften schien Paul un- oder genauer überwirklich, wie eine Brücke auf einem Bild. Nach der Autobahnauffahrt war Frühling, die Wiesen und Bäume standen sehr grün, aber es lag etwas über die Jahreszeit hinaus Gedämpftes in dem Licht, das sie beleuchtete. *Die schönen warmen Tage sind vorbei / Baby / die Nacht kriecht allmählich näher:* Paul fühlte sich angesprochen. Beim Anblick einer breiten Waldschneise mit einer einzigen, großen Linde darauf stieg etwas aus seiner Brust in den Hals hoch, wie Sehnsucht.

»Also wie war das mit eurem Kommuneversuch?«

Julias Profil, wie sie neben ihm saß und auf die Fahrbahn schaute, wer weiß welches Land mit der Seele suchend. Wahrscheinlich lag das an dem Seminar, in dem er sie getroffen hatte, aber sie erinnerte ihn jetzt an die Iphigenie auf Tauris (oder war das Aulis?), in Öl gemalt von Feuerbach, Anselm, nicht Ludwig, und zu dem hatte Karl Marx nichts zu sagen gehabt. »Du und deine abendländische Tradition!« Willy Wüstenrot hatte sich grün und blau geärgert, wenn ihm Paul mit etwas gekommen war …

Julias Blick. Ihre Augen kitzelten ihn.

»Schöne, schlampige Augen«, definierte er. Sie musste lachen.

Lachte sie nicht, so passte auch ihre Stimme zu Iphigenie, voll und ein bisschen streng, wie sie klang. Lachte sie aber, so schwang etwas mit, das ließ sich nicht in die abendländische Tradition einordnen und erregte seine Neugier.

Bevor ich versinke / im großen Schlaf / möcht' ich noch einmal / den Schrei / eines Schmetterlings hören. Mit Drogen und Alkohol vollgepumpt, hatte sich der Sänger Jim Morrison in eine Pariser Badewanne gesetzt und war darin ertrunken. *Wir wollen die Welt / und wir wollen sie / jetzt:* Das singt sich so leicht. *Wir wollen die Welt / und wir wollen sie / jetzt:* Schön wär's!

Was für ein Urlaut aus welchen Tiefen dieser Schrei des verstorbenen Popidols! Im großen Schlaf versunken in einer Pariser Badewanne, lächerlich, nur seine Stimme singt noch, doch ihre Zeit ist vorbei. Mit zwanzig hatte sich Paul den Vorsatz genommen, mit dreißig zu sterben, nach einem tollen Leben. Nun war er vierunddreißig und lebte noch immer.

Julia sagte: »Ich habe dich etwas gefragt.«

»Stimmt«, sagte Paul, »der Kommuneversuch: Willy Wüstenrot ist der Meinung, es war keiner. Bestenfalls der Versuch, eine Wohngemeinschaft zustande zu bringen. Aber wahrscheinlich, meint er, nicht einmal das ...«

»Ich weiß, ich habe mit Wüstenrot darüber gesprochen.«

»So?«, sagte Paul, »wann denn?« – Die Vorstellung, dass sie mit seinem Busenfeind gesprochen hatte, behagte ihm nicht.

»Vorgestern«, sagte sie, »als du mir nichts mehr erzählt hast ... Ich kenn' ihn ihn nicht näher. Aber ich habe ihn angerufen.«

Nun ja, dachte Paul, warum sollte sie nicht mit Wüstenrot sprechen, doch sein Unbehagen blieb. Es kam ihm vor, als wollte sie ihn durch die Feststellung, dass sie Wüstenrot nicht näher kannte, beschwichtigen. Wer weiß, was ihr Wüstenrot erzählt hat, dachte er, telefonisch oder nicht. Was ging sie das alles überhaupt an: Sie wollte einen Artikel über ihn schreiben, na schön, aber wozu rührte sie in altem Dreck?

»Wüstenrot sagt, ihr habt den Kommuneversuch gar nicht ernst gemeint ...«

»Blödsinn! Wozu wären wir dann ins Burgenland gefahren und hätten ein Haus gesucht, in dem wir alle gemeinsam wohnen wollten?«

»Aber ihr habt doch kein Haus gekauft!«, sagte Julia sachlich.

Wüstenrot hatte sie ziemlich genau informiert …

Der Himmel hing nun tief, ein Insekt nach dem andern flog gegen die Windschutzscheibe und platzte. Das passte zu der Stimmung, in die Paul geraten war, er fror und hatte das Bedürfnis, die nächsten paar Kilometer zu schweigen. Aber Julia betätigte den Scheibenwischer, schaltete die Heizung ein und sah ihn an wie in seinem Traum. Da besserte sich seine Stimmung, er fasste mit seiner linken Hand nach ihrer rechten, die sie kurz vom Lenkrad löste, und begann zu reden.

»Also das mit dem Haus war folgendermaßen. Wir sind zweieinhalb Tage um den Neusiedler See herumgefahren, haben in die entlegensten Nester, die verstecktesten Winkel geschaut, aber nichts gefunden. Die Häuser, die wir uns, den Verkauf unserer Wohnungen schon vorausgesetzt, hätten leisten können, waren ramponierte Keuschen. Und die anderen, die uns gefallen hätten, waren zu teuer.

So sind wir übereingekommen, unser Zusammenleben zuerst einmal für ein paar Wochen oder Monate in Willys Wohnung zu versuchen. ›Fünf Zimmer plus Küche: Fürs Erste muss das genügen. Wir können uns dann in aller Ruhe nach einem Haus umsehen, das Angebot prüfen und die Preise vergleichen. Wie wärs mit dem Waldviertel, wo die Gründe noch billiger sind?‹«

Es sei Sommer gewesen (der Sommer 68), den Juli wollten Paul und Silvi in der Türkei verbringen. Aber sobald sie zurückkommen würden, das hatten sie ausgemacht, wollten sie ohne Verzug zu Wüstenrots ziehn. Schubert habe ja schon eine geraume Zeit dort gewohnt, nachdem man ihn zum zweiten Mal aus der städtischen Nervenheilanstalt entlassen hatte, sei er sofort wieder hingezogen. Und hätte so weitergelebt wie vorher, das heißt als ewig bargeldloser Untermieter, nur mit dem Unterschied, dass er jetzt auch noch rekonvaleszent war.

In der Türkei hatten sie sich sehr wohlgefühlt, sie hatten dort einige Zeit in einem Fischerdorf verbracht und sich mit den Fischern befreundet. Die hatten sie am Abend zum Auslegen der Netze mit hinaus aufs Meer genommen, und waren sie am Morgen zeitig genug aufgewacht, so hatten sie auch beim Einholen, Auslösen und Abschuppen der Fische dabei sein können. Dann waren sie meist auf eine der Bucht vorgelagerte, kleine Insel gerudert und waren dort nackt und allein geblieben wie Adam und Eva. Es war so eine Art Traum vom einfachen, idyllischen Leben zu zweit, den sie da noch einmal miteinander geträumt hatten, aber so intensiv wie selten zuvor.

Er war jedoch genauso illusorisch gewesen, dieser Traum, wie das Leben mit den Fischern. Sie waren keine Fischer und selbst die Fischer waren nur Relikte einer überholten Zeit. Lagen sie am Strand, mit geschlossenen Augen, so hörten sie das Rollen der Kiesel in der Brandung, ein archaisches Geräusch. Aber wenn sie genauer hinlauschten, so entnahmen sie daraus nicht nur die ewige Wiederholung des Gleichen, sondern auch die dauernde Veränderung.

Na ja und dann seien sie wieder Richtung Heimat getrampt. Vor der griechischen Grenze hätten sie schon nicht mehr damit gerechnet, einen Lift zu kriegen, die vorbeifahrenden Autos waren entweder voll bepackt oder besetzt mit jenen Gesichtern, die, aus für diese Gegend zu gepflegten Anzügen heraus, starr durch sehr dunkle, womöglich spiegelnde Brillen glotzen, und da bist du ohnehin froh, wenn sie nicht halten. Also suchten sie bereits nach einem halbwegs gemütlichen Platz am Rand der Straße, Silvi und Paul, und entrollten ihre Schlafsäcke. Es gab einen Brunnen dort und Paul hatte sich soeben das Hemd ausgezogen, um sich zu waschen, da hörte er auf einmal das Quietschen von Bremsen hinter sich.

Was da gebremst wurde, war ein alter, von oben bis unten

staubiger Ford. Silvi und Paul nichts wie hin, drinnen zwei Typen: Mondgesicht mit weichem, wellig brünettem Bart und blauen Strahleraugen (Jesus Christus auf Schlafzimmerbildern) der eine; langes, hennarotes Wuschelhaar, Stirnband, darunter ein Blick zwischen Ironie und Skepsis, dackelbraun (Dennis Hopper in »Easy Rider«) der zweite. »Do you go to Thessaloniki?«, fragt Paul, und: »Yea!«, sagt Jesus, mit sehr amerikanischem Akzent, »get in.« Und Hopper, der Beifahrer, steigt aus und schmeißt die Rucksäcke in den Kofferraum.

»Where do you come from, where do you go?«, fragt Hopper, als sie versuchen, sich auf den Rücksitzen einzurichten, zwischen einem Riesenhaufen getragener Wäsche, einer verschrammten Gitarre und einer Wasserpfeife. »It's amazing«, sagt Jesus, als sie erzählen, dass sie in Wien zu Haus sind, »Vienna, that's just the place, we want to go.« Und beginnt den Donauwalzer zu pfeifen und lässt den Ford dazu tanzen (er studiert Musik, sagt er, der eigentlich Green heißt, Ed mit Vornamen, und zwar in Oberlin, Staat New York). Und Hopper, eigentlich Brown, »call me Harry!«, macht so was Ähnliches wie Pädagogik, kommt von weiter drüben, L. A., sagt er, und baut, sobald sie die Grenzkontrolle hinter sich haben, einen ungeheuren Joint.

Sie waren in Indien, »what a country!«, und haben dort drei Monate gelebt in einer Stadt mit lauter Gypsies und Hippies. Und das Meer war blau und die Sonne war heiß und der Stoff war gut. Und die sozialen Verhältnisse im Hinterland waren natürlich erschreckend, ja aber. Es ist dort ganz anders als überall anders: »India is different.«

Im Übrigen sind sie natürlich gegen den Krieg in Vietnam, Harry und Ed, und wollen dort auch nicht hin. Sie haben an Bürgerrechtsdemonstrationen teilgenommen und versuchen, dem Militärdienst zu entgehn. Ed pflegt seine Plattfüße, Harry hofft, dass er nicht einberufen wird als Lehrer. Er hat einen gekannt, der ist gesund aus Vietnam zurückgekommen und hat sich dann umgebracht.

»Wir können auch Deutsch reden«, sagt Ed und erklärt langsam, aber fast akzentfrei, dass er auf dem College einen Deutschkurs belegt hat. Und Harry sagt, dass er zumindest ein bisschen Deutsch versteht, als Kind, sagt er, hat er zu Hause Jiddisch gelernt. Und dann schaut er Paul sinnend an und sagt: »You've got something very jewish in your face!« Und Paul zuckt die Achseln und sagt, dass das durchaus sein kann.

Nein, nicht nur deshalb hätten sie sich immer besser verstanden. Von der türkischen Grenze bis Wien, das waren immerhin drei Tage, redeten sie über Gott und die Welt, und Langeweile kam nicht auf. Sie sangen einen großen Querschnitt durch das Werk Mozarts (Ed die Singstimme, die andern die Begleitung: »Just sing plim plim plim, yes, it's marvellous, it's amazing, just go on …«) und schafften das, obwohl Ed, der Dirigent werden wollte, zuweilen das Lenkrad losließ und mit den Armen durch die Luft fuchtelte, ohne Unfall. Und als sie in Wien ankamen (es war mitten in der Nacht und wo hätten Harry und Ed da hingehen sollen?), hatten sie alle miteinander keine Lust, sich so abrupt zu trennen, »ach was, ihr könnt natürlich bei uns wohnen, wir haben's zwar nicht allzu groß, aber es wird schon gehn.«

Vielleicht allerdings hatte Silvi, die diese Einladung aussprach, ein noch etwas größeres Interesse daran als Paul, denn je länger sie miteinander gefahren waren, desto öfter hatte sich Harry nach ihr umgedreht und sie immer inniger ins dackelbraune Aug' gefasst. Und wenn es ums Platztauschen ging, sodass eins von ihnen, sie oder Paul, auf den Beifahrersitz wechseln konnte, so war das immer häufiger er. Und wenn dann Harry neben ihr saß, griff er gern zur Gitarre und spielte ihr jiddische Lieder oder Songs von Bob Dylan. Und zweifellos nahm sie das für ihn ein, denn sie liebte beides.

Am nächsten Morgen so gegen elf (sie waren noch keineswegs ausgeschlafen), klingelte jemand an der Tür. Es waren Willy und Bärbel: Willy hatte sich den Bart voll und somit sein Kinn zuwachsen lassen, er sah nun aus wie ein junger, etwas bissiger Löwe. Hingegen hatte Bärbel die Haare kurz geschnitten, ihr Schwangerschaftsbauch war weg, Paul kam nur schwer mit der Vorstellung zurecht, dass sie jetzt wirklich ein Kind hatte. Er konnte sich's nicht verkneifen, ihr zu sagen, dass er sie hübsch fände, und dass er sehr in Versuchung gerate, ihre neue Frisur zu streicheln.

Sie lachte und hielt ihm den Kopf hin, schräg, mit verschmitzten Augen, und er streichelte ihn rasch von hinten nach vorn, gegen den Strich. »Was ist los mit euch?«, fragte Willy, der das geflissentlich übersah, »wir haben geglaubt, ihr kommt schon Anfang August!« – »Ja«, sagte Paul, »das wollten wir auch, aber wir sind erst seit gestern Abend wieder da. Und außerdem haben wir liebe Gäste bei uns.«

Mit diesen Worten führte er Willy und Bärbel ins Wohnzimmer, wo sie über Ed und Harry steigen mussten, die sich soeben aus ihren Schlafsäcken schälten. Auch Silvi erschien, aus dem Kabinett kommend und sehr hübsch anzusehn im Gegenlicht, das ihr himmelblaues Nachthemd durchsonnte, die Katze Salome, die den türkischen Monat bei der Nachbarin verbracht hatte, auf dem Arm. Sie küsste Bärbel auf die Wange und sagte, dass ihr das Kind offenbar guttue, sie sähe phantastisch aus. »Wenn du auch ein Kind kriegst«, sagte Bärbel, »und wenn wir bis dahin alle zusammenleben, dann tun wir uns beide leichter.«

Willy erzählte dann über Schubert, der sich, etwa zwei Wochen her, ein Bein gebrochen hatte und nun mit einem Gehgips bei ihnen zu Haus herumhing. »Das ist«, sagte Bärbel, »schon der dritte Arbeitsunfall, seit der Franz bei uns wohnt. Ich kann mir nicht vorstellen, dass er das absichtlich macht, aber geht er zwei Tage in der Früh in die Arbeit, so kommt er am Mittag des dritten aus dem Unfallkrankenhaus zurück.« Man müsse das, sagte Willy, auch als soziales Problem sehn, nicht bloß als privates.

Später befragte Willy Harry und Ed über die politische Situation in Amerika, war aber mit dem, was sie erzählten, nicht recht zufrieden. Sie wussten zwar beide etwas über die Protestbewegung an den Universitäten (Harry hatte sogar eine Weile in Berkeley studiert und war eines Tages vor der Nationalgarde davongelaufen, die ein Teach-in zerstreut hatte, und zwar mit Waffengewalt: »I remember a girl, lying on the ground, her face full of blood …«), aber sie hatten natürlich zu wenig Beziehung zur Basis. »In Wirklichkeit«, sagte Willy, »in Wirklichkeit spielen sich doch die politischen Auseinandersetzungen nicht an den Universitäten ab, dort werden sie bestenfalls reflektiert! – »How do you know?«, rief Ed (er ärgerte sich), »how do you know so well what reality is?«

Da zog sich Willy für eine Weile in ein bärbeißiges Schweigen zurück. Harry und Ed aber erzählten von Kerouac und Ginsberg, die sie lesen, und von Joplin und Hendrix, die sie singen gehört hatten. Und Silvi, die schmiegsam an Harrys Schulter lehnte, war fasziniert: »You really have seen them?« – »Indeed«, sagte Ed (nun wieder beruhigt), »and it's been amazing!«

Ungefähr da zupfte Bärbel Paul am Ärmel und sagte ihm etwas ins Ohr. Und sie gingen ins Kabinett, während die andern im Zimmer blieben, und setzten sich auf die Couch. Und Bärbel, den Blick auf ihren Schoß gesenkt, erzählte, dass sie vor einiger Zeit, noch bevor das mit seinem Bein passiert sei, mit Schubert geschlafen habe, sie wisse nicht, warum. Oder doch, ja: Er habe ihr wahrscheinlich leidgetan mit seinem ewigen Jammer, dass niemand ihn liebe, und da habe sie gedacht, sie könne ihm vielleicht damit helfen und einmal sei keinmal. Außerdem habe sie natürlich nicht rückständig sein wollen, sondern fortschrittlich. Und wenn sie ohnehin eine Kommune gründen wollten, habe Schubert gesagt, dann gehöre sich früher oder später freier Sex. Aber sie habe es nicht so geschafft, wie sie es gern geschafft hätte, keine Rede davon. Während er auf ihr gelegen sei und wie ein Wilder herumgefuhrwerkt habe, da habe sie sich vor ihm geekelt.

Und es sei schwer gewesen, ihn das nicht merken zu lassen, und wahrscheinlich habe er es doch gemerkt. Und noch schwerer sei es, nein zu sagen, wenn er wieder wolle, was sie ihm einmal gegönnt habe, und das wolle er immer öfter. Oh ja, sicher, Willy wisse Bescheid, er sei für den Abbau der ehelichen Besitzansprüche und verhalte sich ziemlich vernünftig. Aber dennoch könne man gerade von Willy keinen objektiven Ratschlag in dieser Sache erwarten: So hoffe sie auf Paul.

Schwer zu sagen, ob Bärbel, als sie so redete, wusste, dass sie auch von Paul keinen objektiven Ratschlag in dieser Sache erwarten konnte (das wusste er ja zu diesem Zeitpunkt selbst noch nicht so genau). Wenn sie es nicht wusste: War das nun Naivität; wenn sie es wusste: War das dann Koketterie, dass sie ihn trotzdem fragte? Die Vorstellung, dass Schubert »wie ein Wilder« auf Bärbel »herumfuhrwerkte«, war Paul jedenfalls zuwider. Und er meinte, es wäre vielleicht das Beste, wenn sie Schubert, rückständig oder nicht, von ihren Gefühlen zu Willy spräche, in dem Sinn, dass sie es zwar versucht, aber nicht hingekriegt habe, sich aus ihrer emotionellen Fixierung zu lösen, und da könne man, bei aller Progressivität und Sympathie für Schubert, eben doch nicht so ohne weiteres dagegen an.

Als er so weise gesprochen hatte, spitzte Bärbel die Lippen und küsste ihn rasch. »Wann zieht ihr zu uns?«, fragte sie später, »wir warten!« – »Ich weiß nicht recht«, sagte Paul, »die Amerikaner …« – »Ach was«, sagte Bärbel, »nehmt sie ganz einfach mit.«

»Wie war sie eigentlich?«, fragte Julia, und wendete, ohne den Blick von der Fahrbahn zu lösen, die Tonbandkassette. *Die Liebe*, sang Morrison, *kommt, wenn du sie am allerwenigsten erwartest.* »Ich meine Bärbel«, sagte sie, »was hat dir eigentlich so gut an ihr gefallen?« – »Ich weiß nicht«, sagte Paul, »wir haben sie vor einiger Zeit im Prater getroffen, Silvi und ich, da ist sie mit Walter, ihrem zweiten Mann, und dem inzwischen schon ziemlich groß gewordenen Buben auf einer Wiese gesessen: Da habe ich mich das auch gefragt.

Als ich sie kennengelernt habe, ist mir zuallererst an ihr aufgefallen, wie schweigsam sie war. Wahrscheinlich ist sie genauso schüchtern gewesen wie Willy. Hat sie trotzdem gesprochen, so in einem ziemlich breiten, unschönen Dialekt. Der hat aber, finde ich, überhaupt nicht zu ihr gepasst.«

Nein, also zart sei sie eigentlich nicht gewesen.

Später, als er sie näher und ganz nah kennengelernt habe, sei ihm ihr Körper manchmal überraschend plump erschienen. Aber ihr Gesicht: eine schmale, mit der Stirn verlaufende Nase, fast filigran wirkende, lange Backenknochen und ein Kinn, das vielleicht eines Tages, wenn sie älter wäre, etwas zu spitz wirken könnte, das alles habe, in Kombination mit den munteren Augen (»welche Farbe? Ich weiß nicht …«), apart gewirkt. Und beim Ein- und Aussteigen in und aus Willys Auto habe sie eine Bewegung gemacht, eine seltsame, gegenläufige Verschiebung von Kopf und Schulter … Hier ließ Paul den begonnenen Satz in der Luft hängen und sprach nicht weiter.

»Was hast du denn?« Julia machte die gleiche Bewegung.

»Nichts«, sagte Paul. »Ich habe nur den Faden verloren.«

Merkwürdig. Sonst sah sie Bärbel doch gar nicht ähnlich. Komisch, worauf es im Grunde genommen ankam.

3

Die Fünfzimmerwohnung war – wenigstens ihrem Grundriss nach – eine Bürgerwohnung und passte nicht recht zu Willys gern zur Schau getragenem proletarischen Bewusstsein. Kam man zum Eingang herein, so betrat man einen langen Schlauch von Vorzimmer, von dem aus diverse Türen in die anderen Räume führten. Schon richtig, die Wohngemeinschaften, von denen sie gelesen und gehört hatten, hatten meist mehr Raum (und mehr Kapital) gehabt. Aber für eine Weile, so dachten sie, und als Experimentierfeld würde das hier wohl reichen.

»Da waren allerdings«, erzählte Paul, »gewisse Handicaps, die alles von vornherein kompliziert haben. Ein Haufen alter Möbel zum Beispiel, die man nicht rausschmeißen durfte, weil sie Willys Eltern gehörten und eines fernen, aber nie genauer festgelegten Termins von denen abgeholt werden sollten. So haben wir uns mit unseren neuen Ideen in den bestehenden Verhältnissen einrichten müssen. Na ja, und dann«, sagte Paul, »war da zu allem Überfluss die Großmutter.«

»Welche Großmutter?« Julias Stimme klang amüsiert.

Aber was suchte auch eine Großmutter in der Geschichte einer Wohngemeinschaft, einer Kommune oder was immer das gewesen war …? »Willys Großmutter«, erklärte Paul, »der bis an ihr Lebensende ein Zimmer in der Wohnung des Enkels zur Verfügung stehen sollte. Das war die einzige Bedingung seiner Eltern, als sie ihm die Wohnung überlassen haben: Die Großmutter bleibt drin.«

So war ein Zimmer aus der übrigen Wohnung ausgespart. Dieses Zimmer war untertags kalt und leer, das Bett der Großmutter stand ernst und eckig gebaut in dem durch die stets zugezogenen Vorhänge verursachten Halbdunkel, wie ein für den Fall des Falles vorbereiteter Sarg. Die Großmutter selbst indes werkte noch ziemlich lebendig und für ihr Alter geradezu blühenden Aussehens (was besonders auffiel, waren ihre apfelroten Backen) in der Küche. »Wir können sie nicht davon abhalten«, sagte Bärbel, »uns jeden Tag das Essen zu kochen und das Geschirr abzuwaschen; und außerdem«, fügte Willy hinzu, »ist das praktisch.«

Im an das Zimmer der Großmutter anschließenden Kabinett, das früher wahrscheinlich als Dienstbotenzimmer gebraucht worden war, hauste Schubert. Als Paul und Silvi mit den beiden Amerikanern und Salome ankamen, humpelte er hervor, das Gesicht noch aufgedunsener als vor einem Monat, die Haut wie ein Grottenolm. »Entschuldigung«, sagte er, »aber ich habe geschlafen; ich bin ja im Krankenstand.« Und grinste und schlug mit der flachen Hand auf sein Gipsbein.

Sie gingen dann ins ehemalige Speisezimmer, das Willy und Bärbel weitgehend von elterlichen Möbeln (die jetzt die anderen Zimmer verrammelten) befreit hatten, stellten ihre Koffer ab und setzten sich auf die in der linken, hinteren Ecke des Raums auf dem Boden liegenden, bei irgendeiner Entrümpelungsaktion vor dem Abtransport in die Müllverbrennungsanlage geretteten Matratzen. An die Wände hatte Willy Gedichte und Parolen geschrieben: Es waren zum Großteil dieselben wie auf der Karosserie seines Autos. Auf dem von der ursprünglichen Einrichtung übriggelassenen Tisch (einem schweren Ungetüm mit gedrechselten Beinen) stand Willys Schreibmaschine, eine vorsintflutliche »Adler«. Es gab einen Balkon mit Blick auf den Augarten (der allerdings war durch die auf kreuz und quer gespannten Wäscheleinen trocknenden Babywindeln verhängt).

»Das«, sagte Bärbel, »könnte unser Gemeinschaftsraum werden, hier kann man gemütlich sitzen.« – »Ja«, sagte Paul, »sicher, aber vielleicht sollten wir unseren Gemeinschaftsraum auch gemeinsam gestalten.« Silvi griff sich ein paar Blätter Schreibmaschinenpapier vom Tisch und zeichnete Entwürfe. »Ach was«, sagte Willy, »das ist schon unser Gemeinschaftsraum, hier diskutiert sich's gut.«

Was zuerst diskutiert wurde, war die Verteilung der Zimmer. Man einigte sich darauf, dass Ed und Harry, die ja nicht lange bleiben würden, die sogenannte Rumpelkammer nehmen sollten, ein von Willy über und über mit alten Zeitungen und Manuskripten vollgestopftes Loch, Paul und Silvi das Erkerzimmer, in dem allerdings im Moment der kleine Michael schlief, Willy und Bärbel aber den Gemeinschaftsraum. Nach und nach wollte man an Veränderungen gehen, die den durch die neue Form des Zusammenlebens sich ergebenden Bedürfnissen entsprachen. Aber diese Bedürfnisse, meinte Willy, würden sich eben erst durch die Praxis dieses Zusammenlebens entwickeln.

Ein diffiziles Problem war die Organisation des Zusammenlebens zwischen der Katze Salome, die Paul und Silvi mitgebracht hatten, und dem Wellensittich Hansi, der hier wohnte. Hansi war ein alter, gelber und, wie es Paul vorkam, ziemlich blöder Vogel, der kaum mehr fliegen und zwitschern konnte, und wahrscheinlich hatte er das überhaupt nie recht gekonnt. Aber Bärbel hing an ihm als an einem Relikt ihrer Kindheit und stellte seinen Käfig, um ihn vor Salome zu schützen, auf einen der von Willys Eltern hinterlassenen Kästen. Salome, die das offenbar als Ansporn auffasste, legte die Ohren zurück, wackelte mit dem Hintern und erreichte das mit zu engen Schlitzen verengten Pupillen anvisierte Ziel auf den zweiten Sprung.

Bärbel schrie auf, Paul, der Salome, die nun mit der linken Vorderpfote zwischen die Gitterstäbe langte, die Beute vergönnt hätte, packte die Katze ohne besondere Leidenschaft am Nacken und las ihr die Leviten. Salome fauchte und klebte ihm eine: Sie hatte recht. Paul setzte sie zu Boden und wischte sich übers Gesicht, an seinen Fingern blieb Blut. Bärbel kniete sich neben ihn auf die Matratze und tupfte ihm Cibozol auf den Kratzer; er sagte: »Tu nur weiter.«

Babygeschrei aus dem Nebenzimmer brachte ihm zu Bewusstsein, dass sie (das hatte er fast schon wieder vergessen) jetzt Mutter war. Alle standen auf und gingen den kleinen Michel bewundern, der in einem zur Wiege umgebastelten Wäschekorb lag und ein hochrotes Gesicht hatte. Silvi sagte, dass er ein liebes Kind sei, Paul konnte nichts an ihm finden, ihm schien das Gebrüll einfach störend und das beinahe noch embryonale Stadium des Säuglings eher erschreckend. Bärbel setzte sich auf einen Sessel, knöpfte ihre Bluse auf und reichte dem Kind die Brust: Ihre Brustwarze war groß und steif und hatte einen violetten Hof.

Vom nächsten Tag an hätten sie versucht, sich einzurichten auf ein gemeinsames Leben (und sei es auch nur für einen Monat), doch das sei gar nicht so einfach gewesen. »Verschiedene Rhythmen«, sagte Paul, »verschiedene Gewohnheiten, das alles ist viel erschwerender, als man glaubt. Natürlich, wir haben mit so was gerechnet, aber wir haben uns vorgestellt, dass wir es leichter in den Griff kriegen würden. Stattdessen haben wir es überhaupt nicht oder nur schlecht in den Griff gekriegt, und die Konstellationen, die sich, kaum waren wir beisammen, ergeben haben, sind, so schnell haben wir gar nicht schauen können, zu Polarisierungen geworden.«

Schon früh am Morgen, zu einer Zeit, zu der Paul und Silvi für gewöhnlich noch ruhig schliefen oder einander im Halbschlaf umarmten, habe der kleine Michel gebrüllt. Bärbel habe Babyutensilien gebraucht und sei daher auf Zehenspitzen im Erkerzimmer, in dem das Kind ja bisher geschlafen hätte, umhergeschlichen, der Boden hätte geknarrt. Schließlich stand Silvi, die sich eine Weile auf dem quietschenden, von Willys Eltern hinterlassenen Ehebett herumgewälzt hatte, ebenfalls auf, um Bärbel zu helfen. Paul rollte sich Richtung Wand und fiel zurück in einen dumpfen, schwarzen Schlaf, aber die Stimmen der Frauen und das gelegentliche Aufraunzen des Kindes im Nebenraum rissen ihn immer wieder daraus hervor.

Dann empfand er einen kaum mehr erträglichen Druck auf der Blase und beeilte sich, aufs Klo zu kommen. Aber die Tür war verriegelt, und von drinnen meldete sich die angestrengt klingende Stimme Schuberts, die wissen wollte, ob man denn einen kranken Menschen wie ihn hier nicht einmal in Ruhe scheißen lasse. »Vergiss dein Bedürfnis«, sagte Willy, der inzwischen hinter Paul aufgetaucht war, zerrauften Haars und zerknitterten Gesichts, »wenn Schubert einmal eine Sitzung hat, bricht er sie nicht so schnell wieder ab.« Sprachs und verschwand im Badezimmer, aus dem Paul, von einem Fuß auf den andern tretend, kurz darauf ein verdächtiges Plätschern hörte. Kaum war Willy, ein verlegenes Grinsen unterm Bart, draußen, huschte Paul hinein und tat es ihm nach. Aber als er mitten im schönsten Pissen war (genau in den Abfluss des Waschbeckens zu zielen war nicht reizlos), rüttelte jemand an der Tür. Paul beherrschte sich und machte auf; herein wollte Silvi. »Bärbel braucht die Milchpumpe«, sagte sie, ihr Gesicht hatte, trotz des Lächelns, das sie ihm zeigte, einen gehetzten Ausdruck, »sie soll hier irgendwo sein.«

Dann versuchten sie gemeinsam ein Frühstück zu machen, Silvi und Paul, aber damit gab es Probleme. Nicht nur, dass sie das entsprechende Geschirr nicht fanden in der nach ganz anderen als ihren Prinzipien geordneten (oder eben nicht geordneten) Küche, sie fanden auch die entsprechenden Naturalien nicht. Sie waren gewohnt, am Morgen recht ausführlich zu speisen, »das Frühstück«, pflegte Paul zu sagen, »ist die wichtigste

Mahlzeit am Tag.« Aber es gab weder Kaffee noch Eier, und was die Milch anlangte, so fanden sie im Eiskasten nur eine fast schon zu Tode gequetschte Tube Kondensmilch.

Endlich zeigte ihnen die Großmutter, die, ein Gespenst im langen rosa Nachthemd, ihr Reich verteidigte, eine Dose mit einem Rest von Löskaffee tief unten am Grund. »Weißt du was«, sagte Paul, dem auch das harte Ende Brot im Brotfach missfiel, »ich gehe jetzt hinunter in den Konsum und kaufe ein.« Als er aber zurückkam mit Bohnenkaffee, Frischmilch, Eiern erster Güteklasse und Semmeln, musste er sich zum ersten Mal sagen lassen, wie bürgerlich er sei. »Wir haben«, sagte Willy und sah ihn an, als hätte er soeben die Revolution verraten, »das Frühstück immer aus dem gemacht, was im Haus war.«

Silvi schlug vor, einen Plan zu erstellen, die Lebensmittel betreffend, die man gemeinsam kaufen sollte. Aber da zeigte sich, dass es sehr verschiedene Meinungen darüber gab, was notwendig sei und was Luxus. Zum Beispiel waren Silvi und Paul für Bier zum Mittagessen, während Bärbel und Willy, seit sie hier wohnten, von einer riesigen Flasche Himbeersaft zehrten, deren Inhalt sie mit viel Wasser verdünnten. »Ihr seid halt verwöhnt«, sagte Schubert, »ihr lebt etabliert und habt es noch gar nicht bemerkt!«

Bärbel machte sich daran, Windeln zu bügeln, Silvi packte ihren Zeichenblock aus dem Koffer und versuchte, den kleinen Michel zu skizzieren, aber es ging nicht so recht. Erstens war das Kind ziemlich unruhig und warf sich ständig von einer Seite auf die andere, zweitens aber schien sich Silvi, zeichnend neben der bügelnden Bärbel sitzend, immer schuldiger zu fühlen, Paul kannte ihren Gesichtsausdruck, und schließlich legte sie den Zeichenblock weg. »Ich find es beschissen«, sagte sie, Bärbel das Bügeleisen aus der Hand nehmend, »dass ihr Männer da einfach herumsitzt, während die Frauen sich plagen.« – »Entschuldige«, sagte Willy, der hinter der »Adler« saß, »ich habe auch meine Arbeit.«

»Wüstenrot behauptet«, warf Julia ein, »deine Frau hat ihn von Anfang an nicht leiden können …«

»Aber das stimmt nicht«, sagte Paul, »ich kann mich noch gut an einen Abend erinnern, an dem ich (ein paar Monate vor alldem) mit Silvi im Kino war. Ein Hauptdarsteller des Films (es war ein Wildwestfilm) hat ausgesehen wie Willy. Und ebendeshalb war Silvi ziemlich begeistert …«

»Wie war das eigentlich zwischen dir und Willy, ich meine: zwischen dir und Helmut?« – Ich bin nicht Paul, fahre nicht mit Julia auf der Autobahn, die Pauls Freundin werden könnte, sondern mit Sonja, die meine Frau ist. Miriam sitzt hinter uns im Kindersitzchen und kommentiert, was draußen vor sich geht: »Papa, es regnet!« – »Ja, Miriam«, sage ich, »es regnet, es verregnet uns den Sonntagsausflug« (nein, das sage ich nicht), »vielleicht hört es wieder auf.«

»Zwischen Helmut und mir, wie soll das gewesen sein?« – Sonja schaut scharf durch ihre riesige, honigfarben getönte Brille, sie sieht damit aus wie eine große, schöne Biene. »Er war mir im Anfang ganz sympathisch, aber mit der Zeit ist er mir immer unsympathischer geworden. Er hat mich in unangenehmer Weise an meinen Vater erinnert.

Wie er dort gesessen ist und es für selbstverständlich gehalten hat, dass die Frauen für ihn arbeiten: die Großmutter, Christel und ich womöglich auch! Und wie er gleich aggressiv geworden ist, wenn man diesbezüglich etwas gesagt hat. Und dabei ist er sich noch ungemein fortschrittlich vorgekommen! Er war, na ja, heute würde ich sagen: ein männlicher Chauvinist.

Aber du bist ja auch nicht wesentlich anders!« – Sie fügt das rasch hinzu, damit ich nicht womöglich noch übermütig werde aus spätem Triumph über die Konkurrenz. »Die Unterschiede sind bestenfalls quantitativ … Euch Männern ist das Leben auf Kosten der Frauen so selbstverständlich geworden, dass ihr es gar nicht mehr merkt.«

Ich bin Miriam dankbar, dass sie uns in diesem Augenblick vom Thema Männer und Frauen ablenkt: »Schon wieder eine Feuerwehr!« – »Nein, Miriam«, sage ich, »das ist nicht die Feuerwehr, das ist die Polizei.« – Tatsächlich überholt uns alle paar Kilometer ein Polizeiauto mit nervös blinkendem Blaulicht. Ab und zu stoppen sie jemanden und kontrollieren, MPs an der Seite, am Straßenrand: schon wieder kein Terrorist!

»Die Auseinandersetzung über das Bügeln von Windeln«, fuhr Paul fort, »und die sich daran knüpfende Diskussion über die Formen der Arbeitsteilung in der Kleinfamilie einerseits, der Großfamilie andererseits war es jedenfalls, bei der die Spannung zwischen Silvi und Willy zum ersten Mal, wenn auch noch mäßig laut, explodiert ist.« – »Woher weißt du denn«, wehrte sich Willy gegen Silvis Vorwürfe, »dass ich Bärbel nicht manchmal helfe beim Windelnbügeln?« – »Dass du ihr manchmal hilfst«, empörte sich Silvi, »wie sich das schon anhört!« – »Was willst du denn«, brauste Willy auf, »sie hilft mir ja auch nicht beim Schreiben!«

Er nahm seine »Adler« samt Manuskript und stapfte aus dem Zimmer. Paul, der sich im Moment ohnehin nichts Besseres zu tun wusste, löste Silvi beim Bügeln ab und bekam dafür einen zärtlichen Blick von Bärbel. Ja, es mochte schon stimmen, dass er damals ein Interesse daran gehabt hatte, sich im Vergleich zu Willy als der ganz andere zu zeigen. Nur allzu gern ergriff er die Partei der Frauen, wenn es gegen einen anderen Mann ging, das gab er zu.

Nicht so Schubert, der Willy verteidigen wollte, aber damit

zog er die Aggressionen nur auf sich. »Du machst ja auch nichts als faulenzen«, rügte ihn Silvi, die nun einmal in Fahrt war, »und fortwährend jammern!« – »Wenn du so krank wärst wie ich«, sagte Schubert, »dann würdest du auch jammern«, und griff sich an den Kopf. Und erzählte Harry und Ed die ganze lange Geschichte seines Scheiterns im bürgerlichen Leben nebst einer eindrucksvollen Selbstdiagnose über den seiner Meinung nach bereits völlig unheilbaren Zustand seines geschädigten Gehirns.

Nach einer Weile kam Willy in den Gemeinschaftsraum zurück, genauso, wie er gegangen war, und trug die »Adler« vor sich her. »Vielleicht habt ihr recht«, brummte er, »ich habe sowieso vorschlagen wollen, dass wir alle zusammen einen Haushaltskalender zur möglichst gerechten Aufteilung der blödesten Arbeiten entwerfen.« Dann spannte er aber ein neues Blatt Papier in die Schreibmaschine und tippte weiter. Paul bewunderte seine Konzentrationsfähigkeit.

Er selbst würde hier nichts schreiben können, das war ihm klar. So setzte er sich, nachdem ihn Bärbel (und wieder sah sie ihn an, als wollte sie ihn streicheln) beim Bügeln abgelöst hatte, an die andere, Willy entgegengesetzte Seite des Tisches, nahm das »Prinzip Hoffnung« aus dem Koffer und machte sich Notizen für seine Diss. Es gehe darum, schrieb er, den Vorschein des Neuen, wo immer er auftauche, als Möglichkeit zu begreifen. An dieser Stelle begann der kleine Michel zu stinken, Silvi und Bärbel wickelten ihn im Teamwork, Paul aber, dem ein bisschen vor dem gelben, breiigen Babystuhl grauste, räumte das »Prinzip Hoffnung« wieder weg.

»Dieser Gemeinschaftsraum«, sagte er beim Mittagessen (die Partei, die dafür war, zuerst die vorhandenen Lebensmittel zu verzehren und dann, aus gemeinsamer Kasse, einzukaufen, hatte sich, da sich der sparsame Ed der Stimme enthielt, durchgesetzt, also gab es Erdäpfel mit Gurkensauce oder auch Gurkensauce mit Erdäpfeln, ein von der Großmutter als Spezialität angepriesenes und – trotz Einspruch Silvis – auch zubereitetes Gericht, und zum Trinken Saft, »dieser Gemeinschaftsraum ist ja ganz schön und gut, aber ich schlage vor, die Nebenzimmer so rasch als möglich den Erfordernissen einer Wohngemeinschaft anzupassen.« – »Klar«, sagte Bärbel, und schob ihm noch eine besonders große Kartoffel auf den Teller, »es kann überhaupt nicht schaden, wenn wir die Wohnung ein bisschen herrichten, das will ich ja schon lang.« – »Jaja«, sagte Willy irgendwie grimmig, »wir sollten so manches verändern, aber das ist eine Heidenarbeit und muss ja nicht von heute auf morgen geschehn. Im Übrigen ist es doch nicht der Sinn einer Wohngemeinschaft, dass sich jeder gleich von Anfang an in seine Privatgemächer zurückzieht.«

In dieser Meinung unterstützte ihn Schubert, der ja immerhin sein Kabinett hatte. »Lauter bürgerliche Vorurteile, die ihr da mitbringt«, sagte er zu Paul und Silvi, »ihr müsst euch halt umstellen.« – Und dann, als Paul eine Serviette suchte, um sich die Gurkensauce aus dem Bart zu wischen, und natürlich war keine Serviette im Haus, und nie, dozierte Willy, hätte man in diesem Haus Servietten gebraucht, obwohl er ja auch einen Bart habe, und zwar einen viel dichteren, dann fiel ein denkwürdiges Wort: Servietten, hieß es da, seien reaktionär …

»Habt ihr es«, fragte Julia, »eigentlich nie mit einer Grundsatzdiskussion versucht, ich meine: Habt ihr nicht besprochen, was sich jeder Einzelne von euch unter dieser neuen Form des Zusammenlebens, die ihr da miteinander probiert habt, vorgestellt?« – »Oh ja, doch, natürlich«, sagte Paul, »aber zu dem Zeitpunkt, zu dem wir in Willys Wohnung gezogen sind, war diese Grundsatzdiskussion eigentlich längst geführt. Schon als Schubert wieder aufgetaucht ist, und da war auf einmal die Frage:

Wohin mit ihm?, haben wir damit begonnen. Und dann, als wir beschlossen haben, eine gemeinsame Zeitschrift zu machen, haben wir sie, zum Teil in Form von Artikeln, fortgesetzt.«

Apropos Zeitschrift: Das meiste, was sie über derartige Experimente gewusst hätten, hätten sie aus der Presse gehabt. Nein, nicht aus der sogenannten seriösen, die so etwas zu dieser Zeit noch nicht einmal ignoriert habe, und aus der Boulevardpresse, die sich bis heute an Horrormeldungen aufgeilte (*Rauschgiftorgien zwischen Marx und Mao / Lustschreie weckten ganzen Bezirk …*), schon gar nicht. Vielmehr aus der Alternativpresse; und Alternativblätter schossen ja damals wie Pilze aus dem Underground, und wo Pilze sind, so dachten manche, ist Fäulnis, und was da fault, so glaubten viele, das seien die morschen gesellschaftlichen Verhältnisse, Widersprüche an der Basis, Gegensätze im Überbau usf. Nur dass dieser Zusammenhang zwar oben deutlich war, aber unten nicht klar, und sicher gab es welche, die daran Interesse hatten, dass es so blieb, ihr da unten, wir da oben, Hand- und Hirnarbeit, Leben und Kunst.

Und was sei die Keimzelle dieser faulenden Gesellschaft gewesen? Die Kleinfamilie! Und was sei als Alternative dazu in Frage gekommen? Die Wohngemeinschaft! Erleichterung und Verbilligung des täglichen Lebens, Auflösung der als Einengung empfundenen bürgerlichen Privatsphäre, Entwicklung einer ganz allgemeinen Politisierung im Sinn von Bewusstwerdung. Na ja, gelesen und geschrieben habe sich das ja alles sehr schön und einfach, aber jetzt, da sie es auch zu leben versucht hätten, sei ihnen bald bewusst geworden, wie schwierig es war.

»Aber ich weiß nicht, ob dich das überhaupt interessiert«, sagte Paul, »so im Detail.«

»Doch, doch«, sagte Julia, »du interessierst mich, ich meine: Das interessiert mich; ich höre dir gerne zu. Außerdem ziehe ich möglicherweise selbst in eine Wohngemeinschaft. Vielleicht geht es mir anders als dir, vielleicht kann man aus euren Fehlern lernen, vielleicht machen wir jetzt, was ihr damals falsch gemacht habt, richtig.«

»Willst du wirklich in eine Wohngemeinschaft ziehn?« – Paul wusste nicht recht, was ihn daran irritierte, reagierte jedoch entsprechend.

»Ja«, sagte Julia, »möglich. Warum denn nicht?«

»Weil ich keine gut funktionierende Wohngemeinschaft kenne«, sagte er, »aber das ist wahrscheinlich kein Argument ...«

»Nein«, sagte sie. »Du hast recht. Das ist wirklich keins.«

Nach dem Essen, erzählte Paul weiter, habe er vorgeschlagen, doch endlich ein bisschen Luft zu schnappen, was übrigens, so habe er seinem Vorschlag mehr Nachdruck zu verleihen versucht, auch dem Kind guttun müsse, er fühlte sich am Ersticken. Aber Bärbel und Willy waren der Ansicht, es sei einfacher und genüge, das Kinderkörbchen auf den Balkon zu stellen. Silvi werkte mit Papier, Bleistift und Dreieck an neuen Entwürfen. Schließlich verdrückte sich Paul unter dem Vorwand, er hätte ein paar für die Weiterarbeit an seiner Dissertation notwendige Bücher zu Hause vergessen. Er ging den an sich recht weiten Weg zu Fuß und fühlte sich so befreit, dass er sogar eine Strecke lief, aus Freude an der Bewegung. Als er die leere, kühle Wohnung betrat, die Silvi und er erst gestern Abend verlassen hatten, fragte er sich unwillkürlich, ob der ganze Kommuneversuch nicht völlig verrückt sei. Er atmete den frischen Holzgeruch der neuen Möbel, bis gestern, stellte er fest, war ihm der überhaupt nicht aufgefallen. Dann zog er sich aus und setzte sich in die von niemandem sonst beanspruchte Wanne. Später holte er sich eine Flasche Spezialbier und trank es mit Muße, Schluck für Schluck, im Bewusstsein des Genusses, den er sich da gönnte. Er hatte gute Lust, nicht mehr zu Wüstenrots zurückzukehren, aber ein Experiment, das man mit so viel Engagement begonnen hatte, gleich wieder abzubrechen, weil einem diverse Kleinigkeiten missbehagten, war vermutlich falsch und überdies peinlich. Vielleicht waren das nur die Kinderkrankheiten, die man auf dem Weg in die Zukunft überstehen musste, die Widerstände des alten Menschen in uns gegen die Heraufkunft des neuen. Schließlich musste man das alles in einem größeren Zusammenhang sehen, denn was jeder Einzelne dachte und tat, wirkte letzten Endes auf ein übergeordnetes Ganzes, das Subjekt aufs Objekt und das Objekt wieder zurück aufs Subjekt, und Letzteres wollte ja nun einmal bestimmt nicht reaktionär sein, sondern progressiv.

Überdies, wenn er jetzt nicht in Willys Wohnung zurückfuhr: Silvi war dort. Und Bärbel war dort und würde nicht, wie voraussichtlich Silvi, mit ihm gehen, wenn er sein Unbehagen kundtat. Das war ein seltsamer Gedanke, bei dem er sich da ertappte: Lag ihm wirklich so viel an Bärbel? Er beschloss, die Antwort auf diese Frage offenzulassen, zog sich ein frisches Hemd an und ging zur Schnellbahn.

4

Wie sich dann allmählich so eine Art von Alltag zwischen ihnen eingespielt habe. Sie seien auf den Matratzen im Gemeinschaftsraum herumgelungert, hätten Willys Zeitschriften und Manuskripte aus der Rumpelkammer auf den Dachboden getragen, seien im Augarten spazieren gegangen. Einkaufen ging man paarweise, wobei sich Vorlieben für gewisse Kombinationen (Silvi und Harry, Bärbel und Paul) nicht verleugnen ließen. Willy, dem dadurch meist nur die Wahl zwischen Ed und Schubert blieb, war der Ansicht, dass man Fixierungen, wo immer sie aufträten, tunlichst vermeiden sollte, und bestand auf der Einführung eines Reihumsystems.

Sobald das eingeführt war, wichen die Paare, deren Hälften einander, einem verdächtigen Magnetismus folgend, immer wieder zusammenzufinden bestrebt waren, auf die Hausarbeit aus. Bärbel und Paul trafen sich beim Kehren und Staubwischen wieder, Silvi und Harry beim Kochen, das man der Großmutter nun doch nach und nach abnahm, Willy, Schubert und Ed blieben unzufrieden. »Es ist doch erstaunlich«, ätzte Schubert, »wie viel Zeit ihr auf einmal für Tätigkeiten aufbringt, die euch sonst anstinken, findet ihr nicht?« Willy blieb sachlich und drückte das Reihumsystem auch in Bezug auf die Hausarbeit durch.

So strenge Bräuche auch beim »Barricade«, einem Gesellschaftsspiel, das sie am Abend gern spielten, zu verlangen, schien ihm wohl übertrieben. Also spielten die Parteien Blau/Grün (Paul und Bärbel) und Gelb/Rot (Harry und Silvi) gegen Schwarz/Weiß (Willy und Schubert oder Schubert und Ed, auch Willy und Ed). Und freuten sich diebisch, wenn sie die Figuren der jeweils anderen hinauswerfen oder ihnen den Weg verbarrikadieren konnten. Und manche von ihnen (leicht zu erraten, wer) benutzten dann die Gelegenheit, sich um den Hals zu fallen, wenn sie gewannen.

Natürlich gab es auch Anlässe, zu denen Willy und Paul sich zusammenfanden, vor allem die Arbeit an der Zeitschrift. Sie lasen und korrigierten Texte, diskutierten die Auswahl, tippten Matrizen. Und dass Paul und Silvi bzw. Bärbel und Willy gemeinsam schliefen (im Gemeinschaftsraum die einen, im Erkerzimmer die andern noch immer), erinnerte sie zumindest daran, dass sie zusammengehörten. Und dass Silvi und Bärbel so etwas wie ein weibliches Geschlechtsbewusstsein als mögliche Kommunikationsbasis entdeckten, wenn auch nur in Ansätzen und getrübt durch ein gewisses, zu diesem Zeitpunkt noch nicht an der Oberfläche ihrer Gesichter, sondern erst unter der Haut bemerkbares Misstrauen, war ja, angesichts der zumindest die publizistischen Arbeiten betreffenden, männlichen Dominanz, gar kein Wunder.

Was Ed betraf, so empfanden alle eine mehr oder minder große Sympathie für ihn, aber irgendwie stand er draußen oder daneben. »It's amazing!«, sagte er bei allen möglichen und unmöglichen Gelegenheiten, und wahrscheinlich meinte er das auch, aber in Bezug auf die Spannungen, auf die Kreuz-und-quer-Beziehungen in der Gruppe blieb er ein etwas naiver, wenngleich anteilnehmender Zuschauer, der alles noch viel später begriff als die Akteure, und das wollte etwas heißen. Schubert endlich klammerte sich, da er sich sowohl von Bärbel, die nicht mehr, als auch von Silvi, die überhaupt nicht mit ihm schlafen wollte, zurückgewiesen fühlte, immer stärker an Willy. Zu Paul, der zwischen den beiden Frauen posierte, hatte er offenbar nicht mehr das richtige Zutrauen.

»Apropos Posieren«, sagte Paul, »Silvi hat wieder zu zeichnen und schließlich sogar zu malen begonnen. Diesmal mich: Mit nacktem, leicht aufgeblasenem Oberkörper bin ich ihr Modell gesessen und habe meine Brusthaare gezeigt. Das Porträt, das sie schließlich unfertig weggestellt hat, wäre zu schön geworden, um wahr zu sein. Aber Bärbel war ziemlich beeindruckt davon.«

Einmal seien Fröhlich und Eder da gewesen, um mit Willy und Paul das Generalthema des nächsten »Bienenstichs« zu besprechen. »Aha, ihr habt euch also wirklich zusammengetan«, sagte Eder, der schon, wenn er etwas zu spät nach Hause kam, Schwierigkeiten mit seiner eifersüchtigen Frau hatte, »und wie geht das so?« Sie erzählten ihm, wie das so ginge, wobei ein gemeinsames Interesse auffiel, alles viel einfacher darzustellen, als es war. »Und wie habt ihrs«, fragte Fröhlich, ein Auge verkneifend, »mit dem Privateigentum: ich meine mit dem Privateigentum aneinander?«

»Das alles braucht seine Zeit«, sagte Willy rasch. »Man kann sich doch nicht von heute auf morgen auf völlig neue Lebenfsormen umstellen, nicht wahr?«

»Ja«, sagte Paul, »aber prinzipiell verstehn wir uns gut. Und da wir lauter aufgeklärte Menschen sind, glaube ich nicht, dass uns das Probleme macht.«

Auch Lampel sei zu Besuch gekommen und habe sich als Experte gegeben. Er hatte ehemals, nach dem Vorbild der Berliner Kommune 1, eine mit derselben Nummer versehene Wiener Kommune gegründet, aber die war schon bald zerfallen. Teils, weil ihre politische Wirksamkeit nicht so groß gewesen war, wie man sich das erhofft hatte (sie waren vor Fabrikstoren gestanden und hatten Flugblätter verteilt, aber die Gesichter der Arbeiter waren verschlossen geblieben, morgens wie abends, und wenn man sie überhaupt beachtet hatte, dann hatte man sie aufgefordert, erstens zu verschwinden, zweitens zum Friseur zu gehn und drittens einmal richtig zu arbeiten), teils aus zwischenmenschlichen Gründen. (Ferry sprach in diesem Zusammenhang von Relikten kleinbürgerlicher Elendigkeit, und das hörte sich furchtbar an, was immer er damit meinte.) »Die nächste Kommune«, sagte er und hackte mit seiner scharfen Nase in die Luft, »verteilen wir auf zwei Wohnungen: hier die Männer, dort die Frauen – alles andere ist von Übel.«

Paul fand diese Idee absurd und machte sich darüber lustig. Das wäre ja, sagte er, wie bei gewissen Südseestämmen, von denen er einmal gelesen habe. »Sie leben, glaub' ich, auf zwei verschiedenen Inseln und treffen sich nur einmal im Jahr, entweder auf dieser oder auf jener.« – »Gewisse Konkurrenzverhältnisse«, sagte Ferry Lampel todernst, »würden dadurch auf einen Tag pro Jahr beschränkt.«

»Ach was, Konkurrenzverhältnisse«, sagte Willy, so wichtig seien die gar nicht! Aber als sie am nächsten Tag Tischtennis spielen gingen in die nahe Sporthalle und Paul, mit mehr Glück als Geschick, das erste Match gewann, sah er sich plötzlich einem verbissen kämpfenden Willy gegenüber, der keinerlei Verständnis für seine zwischen die leicht geschnittenen Bälle geplauderten Scherze hatte. Schweigend, eine steile Falte zwischen den zusammengezogenen Löwenbrauen, versuchte er Paul zu zerschmettern. Als der schließlich die Schwäche seiner Rückhand nicht mehr verbergen konnte und das dritte Spiel haushoch verlor, atmete Willy auf, als hätte er die ganze Zeit über die Luft angehalten.

Zum Wochenende wollten die beiden Amerikaner nach Prag, weil Ed dort eine Tante hatte und weil sie sich ganz allgemein für die Entwicklung in der Tschechoslowakei interessierten, über die man in letzter Zeit so viel hörte und las. Sozialismus mit menschlichem Antlitz, das war, durch die ständige Wiederholung in sämtlichen Medien, zum Schlagwort geworden, das einem, so vage es auch klang, nicht mehr aus dem Kopf ging. Und man verband es mit dem Antlitz Alexander Dubčeks, das man seit Anfang des Jahres immer wieder zu sehen bekam (fotografiert unter Berichten von Parteitagen der KPČ, gefilmt zwischen den Antlitzen anderer Politiker aus diversen Bruderstaaten, vornehmlich aus dem großen Bruderstaat, dem größten Bruderstaat, dem Bruderstaat, der so mächtig und groß war, dass die Bezeichnung Bruderstaat vielleicht gar nicht mehr passte. Und Dubčeks Antlitz war ein zweifellos menschliches, dessen zaghaftes, etwas leidendes Lächeln Hoffnung ausdrückte, aber auch, tiefer eingefaltet unter seiner relativen Jugend und Selbstsicherheit, eine uralte Angst.

Um also (wenn auch vorläufig nur auf zwei bis drei Tage) Abschied zu nehmen, regten Harry und Ed an, den Freitagabend beim Heurigen zu verbringen, ein Wort, das sie lustig aussprachen mit ihrem Akzent, und mit dem sie etwas meinten, das, wenn man ihrem Reiseführer Glauben schenkte, gemütlich und typisch wienerisch war. Paul schlug vor, ihnen keins der vielen Klischeelokale in Grinzing oder Sievering zuzumuten, sondern ihnen lieber etwas noch halbwegs Ursprüngliches zu bieten, zum Beispiel im weniger bekannten Oberlaa. Aber schon aus Prinzip, wie ihm schien, wehrte sich Willy gegen seinen Vorschlag und bestand auf einem ihm bekannten Heurigenlokal in Nussdorf. So saßen sie schließlich, recht angenehm, wenn auch nicht ganz ohne Klischee, auf einer Anhöhe am Fuß des Kahlenbergs und ließen die Lichter der Stadt unter sich funkeln.

»It would be wonderful«, sagte Harry, der eine gewisse Tendenz, sich an Silvi zu lehnen, mit zunehmendem Alkoholkonsum immer weniger verleugnen konnte (und sie, Silvi, schien das nicht zu stören, im Gegenteil, denn wenn sein Kopf abrutschte, so schob sie ihn mit sanfter Hand wieder an ihre Brust zurück), »it would be wonderful, if there were no moscitoes.« Tatsächlich waren die in dichten Wolken aus den Obstbäumen des Gartens schwärmenden Gelsen eine Plage. Bärbel und Paul rauchten aus Gründen der Abwehr, wie sie sagten, eine gemeinsame Zigarette, dann noch eine, dann eine dritte. »Komisch«, sagte Willy, der sich sonst wenig anmerken ließ und, wenn auch etwas verkrampft, mit Ed diskutierte (»Sozialismus mit menschlichem Antlitz, was soll denn das heißen? Warum verlangt niemand nach einem Kapitalismus mit menschlichem Antlitz, das möcht ich nur wissen?«), »komisch, der Paul raucht doch sonst nichts!«

Auf der Heimfahrt redete er kaum ein Wort und fuhr (Paul sah sein Gesicht im Rückspiegel), grimmig an seinem Bart kauend, mit überhöhtem Tempo. Als er an einer Ampel, die unerwartet rasch von Grün auf Gelb wechselte, einfach weiterraste, kreischte Bärbel auf. Er solle gefälligst daran denken, dass er außer sich selbst auch noch sie und Paul zu Tode kutschiere. Den vorn auf dem Beifahrersitz neben Willy sitzenden Schubert vergaß sie glatt.

Glücklicherweise kamen sie ohne Unfall nach Haus. Die beiden Amerikaner, die keinen Wein gewohnt waren, verschwanden sofort (oder genauer: nachdem Silvi den torkelnden Harry zur guten Nacht geküsst hatte) in ihrer Kammer. Die anderen aber saßen noch in der Küche beisammen, Löskaffee trinkend. Da kam Bärbel auf den Gedanken, die Nacht doch zu viert auf den Matratzen im Gemeinschaftsraum zu verbringen.

»Na und ich?«, protestierte Schubert. »Mich wollt ihr ausschließen aus eurem Gruppensex? Das ist wieder einmal typisch!«

»Blödsinn!«, sagte Bärbel, von Gruppensex sei überhaupt keine Rede, ihr sei bloß danach, vor dem Einschlafen noch mit Paul und, das ergänzte sie rasch, mit Silvi zu tratschen. Und außerdem sei auf den Matratzen im Gemeinschaftsraum beim besten Willen nicht mehr Platz als für vier. Und schon gar nicht für einen Fünften mit Gipsbein.

Also zog sich Schubert, wenn auch maulend, in sein Kabinett zurück, Willy, Bärbel, Silvi und Paul aber lagen, in ebendieser Reihenfolge, nebeneinander. Lagen nebeneinander und redeten über eine Privatschule, die sie gründen wollten, wenn sie einmal viel Geld hätten (immerhin wollten drei von ihnen Lehrer werden und auch Paul hatte pädagogische Ambitionen; dass sie allerdings eines Tages viel Geld haben würden, schien eher unwahrscheinlich). Und es geschah nichts in dieser Nacht, außer dass Willy, als er glaubte, die anderen schliefen bereits (oder glaubte er das etwa nicht?), Bärbel überwölbte und keuchend in sie eindrang. Und Paul, der wach lag und lauschte, starrte ins Dunkel.

Am nächsten Morgen brachen die beiden Amerikaner nach Prag auf. Der Abschied zwischen Harry und Silvi war innig, weit inniger, fand Paul, als das für eine voraussichtliche Trennung von zwei bis drei Tagen angebracht sei, doch er sagte nichts. Umarmung von links, Umarmung von rechts, langer, wenn auch gerade noch keuscher Kuss in der Mitte, Paul fühlte sich überflüssig. Ob er auf Silvis Wange wirklich eine Träne sah, als der alte Ford Richtung Praterstern davonfuhr und sie zu Ende gewinkt hatte, er war nicht ganz sicher.

»Doch«, sagte Silvi, und der Ton ihrer Stimme schwankte zwischen Lachen und Weinen. »Doch, du hast recht, ich weiß selbst nicht, was mit mir los ist.« Paul nahm sie um die Schulter und ging so mit ihr die Treppe hinauf, drei Stockwerke hoch, in einem scherzhaften Gleichschritt. Oben setzten sie sich zu Willy und Bärbel.

»Politisch«, sagte Willy, nachdem eine Weile keinem etwas eingefallen war, »politisch sind diese zwei aber völlig naiv.« – »Wieso«, sagte Paul, »sie haben halt andere Erfahrungen als wir.« – »Andere Erfahrungen«, ereiferte sich Willy, »dass ich nicht lach! Sie sind ein bisschen bei Popkonzerten herumgehangen, haben ein paar Joints geraucht und sind durch Indien gefahren, wie die Schlafwandler: Politisch ist da nichts.«

»Na und?«, sagte Paul, »was haben denn wir schon für großartige politische Erfahrungen, du und ich?«

»Du vielleicht keine«, sagte Willy, »aber ich habe immerhin den Streik an der Pädagogischen Akademie organisiert, das darfst du nicht vergessen!«

Dagegen ließ sich kaum etwas einwenden, Paul wusste zwar (typisch für ihn) nicht genau, worum es bei diesem Streik gegangen war. Aber Willy hatte ihn organisiert, und zwar mit Erfolg.

»Ach was«, sagte er ärgerlich, »du tust immer so, als bestünde Politik nur aus Protestieren, Demonstrieren und Streiken, aber das stimmt doch gar nicht. Also für mich spielt sich Politik viel umfassender ab! Zuallererst auf der zwischenmenschlichen Ebene, wie beispielsweise hier und jetzt, unter uns. Und sie beginnt und endet im Extremfall im Bett!«

Nun war das zwar nur eine schöne Phrase gewesen, mit der Paul etwas von seinem in den vergangenen Tagen aufgestauten Unmut gegen Willy hatte ablassen wollen (es kam manchmal vor, dass seine Worte mit ihm durchgingen und dann wusste er selbst nicht mehr genau, was er mit ihnen meinte ...), aber vielleicht hatte sie doch etwas zu bedeuten. Während Willy zu einer Konterattacke ausholte, versuchte sich Paul darüber klar zu werden, warum er das ausgerechnet in diesem Augenblick und in dieser Konstellation gesagt hatte (er zwischen Bärbel und Silvi, in Opposition zu Willy). Aber er konnte diesen Gedanken nicht zu Ende denken und Willy kam nicht dazu, ihm seine, voraussichtlich grobe, Antwort zu geben, denn in diesem Moment erschien Schubert. Na, sagte er, der bis dahin in seinem Kabinett geschlafen hatte und nun ins Zimmer humpelte, wobei er die letzten, das Bett betreffenden Worte Pauls gerade noch mitgekriegt hatte, wie war der Fick zu viert?

Silvi hatte das nicht gehört oder nicht hören wollen, Bärbel fragte ihn spitzig, ob er denn nichts anderes im Kopf habe.

»Natürlich«, sagte er, »hab ich nichts anderes im Kopf«, und ließ sich haarscharf neben sie auf die Matratze plumpsen, »ich leb doch in sexuellem Notstand!«

»Das stimmt«, sagte Willy gereizt, »aber du kannst doch nicht von uns erwarten, dass wir dieses Problem für dich lösen. Und außerdem gibt es in einer Wohngemeinschaft viel wichtigere Probleme ...«

Hier nun regte sich Pauls Widerspruchsgeist erneut: Er fand (ohne eine Lösung von Schuberts Problemen zu meinen), dass Sex natürlich ein zentrales Problem sei. »Wenn wir damit nicht fertigwerden«, sagte er (da entschlüpfte ihm schon wieder eine Formulierung, deren geradezu prophetische Tragweite er selbst noch nicht absah), »so werden wir sicher auch mit nichts anderem fertig.« – »Ach du«, sagte Willy, und jetzt war er überraschend böse, »mit deinem stinkbürgerlichen Begriff von Sex! Nimm deinen Schwanz und steck ihn dir an den Hut!«

Damit tat er kund, dass er für seinen Teil an der Diskussion, die von den anderen noch weitergeführt wurde, nicht mehr interessiert sei. Er setzte sich hinter die Schreibmaschine und tippte, als bediente er ein Maschinengewehr und wollte alle erschießen. Nur manchmal warf er einen unerwarteten Satz zwischen sie, etwa den, dass er es primär wichtig finde, politische Arbeit zu leisten, die über ihren engen Kreis hinausreiche, und dass es nun wohl an der Zeit sei, über diesbezügliche Möglichkeiten nachzudenken, statt lauter Quatsch zu reden. Und statt (und diesen Vorwurf schleuderte er buchstäblich in Pauls Richtung, sodass sich der unwillkürlich duckte) das Private kurzschlüssig fürs Politische auszugeben und sich damit um das wirklich Politische herumzudrücken.

Das alles war nicht dazu angetan, die immer spürbarere Spannung zwischen Willy und Paul zu verringern. Sie diskutierten über die entlegensten Fragen, aber über ebendiese Spannung, die sie so hautnah empfanden, diskutierten sie nicht. Sie vollführten eine perfekte Maskerade, ein zwar allen durchschaubares, aber nie als solches deklariertes Rollenspiel. Bei einer Auseinandersetzung über die Lage der Juden in der Sowjetunion etwa übernahm Paul den Part des auswanderungswilligen Hebräers, Willy den der KPdSU, und in dieser Verkleidung, nicht als Willy und Paul, bekämpften sie sich auf das heftigste.

Schließlich nannte Willy Paul einen Zionisten, Paul Willy einen Antisemiten, und sie redeten eine Weile nicht mehr miteinander. »Weißt du«, sagte er zu Bärbel, »gegen alles, was aus dem antisemitischen Eck kommt, bin ich allergisch.« – »Bist du eigentlich beschnitten?«, fragte sie ihn überraschend, während sie ihn mitfühlend ansah und seine Hände tätschelte, um ihn zu beruhigen. – »Nein«, sagte Paul, »ich bin katholisch getauft.«

Harry und Ed endlich brachten neuen Stoff zum Diskutieren (und, was seinen Gebrauch durch Willy und Paul betraf, auch zum Streiten) aus Prag. Sie hatten dort, im Studentenheim von Strahov gewohnt und waren begeistert über die Atmosphäre. »An amazing young city«, sagte Ed, »although it is so old.« Und dann, auf Deutsch: Dort herrsche ganz allgemein eine Aufbruchstimmung, wie anderswo nur in der Jugend.

Den Parkplatz vor dem Studentenheim hätten Burschen und Mädchen in bunten Kostümen mit farbigen Kreiden bemalt. Um das Denkmal des Jan Hus vor der Teynkirche sei man im Kreis gesessen und habe Musik gemacht. In den Durchhäusern der Innenstadt habe man allenthalben Theater und Pantomimen gespielt. Und vor der Uni habe sich ein riesiger Reigen gebildet, in den habe man sie, Harry und Ed, auf einmal, mir nichts, dir nichts, einbezogen, und dann hätten sie alle mitsammen »We shall overcome« gesungen.

Das Aufregende dabei sei, dass sich die Alten und die Jungen in dieser Aufbruchstimmung zu treffen schienen. Sie stünden auf dem Wenzelsplatz, in dichten Trauben, und diskutierten miteinander über die Zukunft des Landes. Insgesamt herrsche der Eindruck, als wäre eine für alle, quer durch die Generationen, ungemein wichtige Veränderung im Gang. Und dass es wichtig sei, durch Denken, Reden und Handeln zu dieser Veränderung beizutragen.

Hier hakte Willy ein und sagte, man dürfe das Kind nicht mit dem Bad ausschütten. Dass sich die sozialistische Gesellschaft in der Tschechoslowakei am Beginn einer neuen Entwicklungsphase befinde, sei ja an sich zu begrüßen. Aber der erste und wichtigste Schritt zum Sozialismus, nämlich die Überführung der Produktionsmittel in die Hände des Volkes, sei ja dort, zum Unterschied von so vielen anderen Ländern, schon längst getan. Und jeder Schritt, der diesen ersten und wichtigsten Schritt gefährde, sei letzten Endes ein Rückschritt.

Paul ärgerte sich darüber, dass Willy daherredete wie ein marxistisches Lehrbuch. »Das hast du aus der ›Volksstimme‹, nicht wahr«, versuchte er dem anderen Autoritätsabhängigkeit vom Organ der Kommunistischen Partei Österreichs zu unterstellen, »und die haben es wieder aus der ›Prawda‹!« Und zitierte seinerseits Ernst Bloch, dessen zitierbarste Sätze er, seit er an seiner Dissertation schrieb, verfügbar im Kopf trug. *Reich der Notwendigkeit, Reich der Freiheit, Humanum.*

Und schon wieder lagen sie sich in den Haaren, Willy und Paul. Und stritten den ganzen Abend über die Entwicklung in der Tschechoslowakei, die nichtsdestoweniger ihren Lauf nahm. Während Silvi mit großen, fernen Augen (seit die beiden Amerikaner zurück waren, gab es nicht nur neuen Stoff zum Streiten, sondern auch zum Rauchen) auf der Matratze saß, Harrys Kopf in ihrem Schoß. Und Paul, der das merkte, rückte näher zu Bärbel.

5

Wie sich dann alles sehr rasch ent- bzw. verwickelt hätte vom nächsten Tag an. Es war heiß und sie beschlossen, in die Lobau zu fahren, an einen bei der Regulierung der Donau um die Jahrhundertwende von dieser abgetrennten und seither vor allem von der werktätigen (oder arbeitslosen) Bevölkerung zu Erholungszwecken aufgesuchten Arm. Das sei die wirkliche Arbeiterriviera und nicht das städtische Strandbad »Gänsehäufel«. Willy, der sich in solchen Fragen als Kenner fühlte, wollte, wenn überhaupt, dort baden und nirgendwo anders.

Der Platz, den er meinte, war allerdings nur schwer zu finden. Zwischen Fabriksarealen und Schrebergärten ging es dahin, bog Willy rechts ab, so meinte Bärbel, sie wären doch links abgebogen, als sie das letzte Mal dorthin gefahren seien im Vorjahr, fuhr er nach links, so fand sie, er wäre doch besser nach rechts gefahren usf. Worauf Willy, wie Paul vorkam, übertrieben bissig (oder genauer: unterbissig, den Unterkiefer deutlich vorgeschoben) reagierte. Aber vielleicht lag das bloß an der drückenden Schwüle und Enge im Auto, sie waren immerhin sechs Personen, ein Invalide darunter; nur Ed, der in Prag zu viel Budweiser getrunken hatte, war mit dem kleinen Michel, der Großmutter und der Katze zu Hause geblieben.

Schließlich langten sie bei einem ziemlich vergammelten und überdies heute geschlossenen Wirtshaus mitten in der Au an, dort endete die Straße. Es kostete noch viel Geduld und Schweiß, Schubert, dessen vom Rücksitz weit nach vor ragendes Gipsbein sich zwischen Fahrer- und Beifahrersitz verklemmt hatte, aus Willys Renault zu befreien. Dann klebte ihnen die Wäsche an der Haut: Sie verfluchten den Ruhetag, doch auch die wüstesten Verwünschungen hexten die verschlossene Tür des Beisels nicht auf. So machte man sich also durstig auf den Weg nach dem in Aussicht gestellten Gewässer.

»Der folgende Fußmarsch«, erzählte Paul, »war skurril.« Zum Ersten hatte die zwar schon vor einigen Wochen über die Ufer getretene, aber immer noch nicht ganz zurückgegangene Donau die Auen überschwemmt, sodass man den sein Gipsbein möglichst rechtwinkelig von sich reckenden Schubert streckenweise stützen oder tragen musste, zum Zweiten aber gab es hier noch weitaus mehr Gelsen als unlängst beim Heurigen; aus den durchfeuchteten Blättern des Auwalds attackierten sie in immer dichteren Staffeln. Da man die (gemeinsam gekauften) Zigaretten daheim vergessen hatte, musste man sich darauf beschränken, mit von am Wegrand wachsenden Sträuchern gerissenen Zweigen herumzufuchteln. »Das war«, sagte Paul, »ein reichlich komischer Anblick.«

Er beschrieb die Formation, in der sie gegangen waren: voran Silvi und Harry, dann, nach einem nicht unerheblichen Intervall, Bärbel und er, und dann, immer weiter zurückbleibend, Willy und Schubert. Irgendwann nahm er die Netztasche mit dem noch am Vorabend vorbereiteten Proviant (Fleischlaibchen und Gurkensalat in von der Großmutter als praktisch empfohlenen, aber, wie sich jetzt herausstellte, sehr gewichtigen Einsiedegläsern) in die Außenhand; nein, sie seien gar nicht so schwer, er trage sie leicht allein; und fasste Willys Frau um die Hüfte. Sie legte ihre dadurch frei gewordene Linke um seine Mitte, Paul bildete sich ein, Willys (und wohl auch Schuberts) Blicke im Rücken zu spüren, aber das konnte ihn (speziell angesichts seiner eigenen Toleranz gegen Silvi und Harry, die kaum mehr zu sehen waren) nicht kümmern.

Endlich erreichten sie den lang gesuchten Donauarm. Der Himmel hatte sich inzwischen verdunkelt (über der Praterinsel ging ein Wolkenpilz auf, als wäre dort ein Vulkan ausgebrochen oder die Bombe gefallen), doch sie zogen sich alle, bis auf Schubert, aus und sprangen ins Wasser. Paul ließ nun keine Gelegenheit mehr vorbeigehn, Bärbel zu imponieren, und schwamm, so rasch und elegant er nur konnte, ans andere Ufer. Als er dort ankam, hatte er kaum mehr Luft, aber Bärbel war, er staunte über ihre Kondition, ganz knapp hinter ihm. Dann saßen sie eine Weile auf spitzen, öligen Steinen, winkten alibihaft zu den andern hinüber und spürten eine Elektrizität zwischen sich, die jener der Atmosphäre entsprach.

Zurückschwimmend kamen sie dann an Harry und Silvi vorbei, die nebeneinander im seichten Wasser lagen. Da wandte sich Silvi kurz von Harry ab, lächelte strahlend und küsste Paul auf die Stirn. Ihm sei, sagte Paul, zu Bewusstsein gekommen, dass dieser Kuss vielleicht eine Art von Entschuldigung war. Aber indem er der inzwischen an Land gegangenen Bärbel gefolgt sei, habe er diesen Gedanken gleich wieder verdrängt.

»Bist du eifersüchtig gewesen?«, fragte Julia und löste ihren Blick für einen Moment von der Fahrbahn. »Ja«, sagte Paul, »wahrscheinlich war ich eifersüchtig und bin es noch jetzt, wer ist denn das nicht? Den Besitzanspruch aneinander aufgeben, selbst wenn man längst eingesehn hat, dass er eine Zumutung ist, das sagt sich leicht, aber tut sich schwer. Doch damals habe ich ja meinen Ausgleich gehabt.«

Was man von Willy nicht behaupten konnte, der sich offenbar nicht wohlgefühlt hatte als einsamer Schwimmer und daher schon seit geraumer Zeit neben Schubert saß, auf einer karierten Decke. »Ich verstehe nicht«, sagte er, eher aggressiv als naiv, »was ihr so lang im Wasser treibt, das Gewitter wird gleich da sein.« Und wirklich, jenseits der Donau gab es ein recht imposantes Wetterleuchten. Und kaum hatten sie die Einsiedegläser mit den Fleischlaibchen und dem Gurkensalat aufgekriegt, öffnete sich ein schwarzes Loch über ihnen und der Himmel fiel herab.

Es war allerdings kein Gewitter, sondern ein wolkenbruchartiger Regen, so viel stand schon nach wenigen Augenblicken ohne Blitz und Donner fest. So seien sie auf den Gedanken gekommen, nicht zum Auto zurückzulaufen, weil sie (und Schuberts Gipsbein) bis dahin total durchnässt gewesen wären, sondern sich alle, in einem Kreis stehend, mit der Decke zu schützen und zu warten, ob der Regenguss vielleicht bald wieder aufhöre. Nein, sagte Paul, er könne sich beim besten Willen nicht mehr daran erinnern, wer das aufgebracht habe: vielleicht Bärbel, vielleicht Silvi, vielleicht er. Aber alle wären damit einverstanden gewesen, und dann seien sie wirklich so dortgestanden, einander möglichst eng umfassend, und da habe eine ungemein erotische Atmosphäre geherrscht.

Hätten sie das Gefühl, dass sie nun spürbar durchrieselt habe (»Funken«, sagte Silvi später auf einem Trip: Sie habe da Funken von einem zum anderen springen gesehn ...), eine Art von zärtlicher Solidarität jenseits oder beinahe jenseits aller Eifersuchts- und Konkurrenzverhältnisse: hätten sie dieses Gefühl und das damit verbundene, ganz selbstverständliche Begehren gleich ausgelebt, wären sie nicht so vollkommen idiotisch nebeneinander stehen geblieben, sondern miteinander in die Knie gegangen und tiefer, dem nassen Gras zum Trotz, pfeif auf die Eierstockentzündung, pfeif auf die Hämorrhoiden, möglicherweise wäre alles ganz anders verlaufen.

Dass sie es nicht taten, lag vielleicht an dem alten Mann mit Hund, der gerade, als sie es hätten tun können, aus der Au daherkam. Sie sahen ihn nicht kommen, aber als er um sie herumging und der Hund ihre unter der Decke hervorguckenden nackten Beine beschnupperte, wussten sie, dass er da war, und die Funken, die Elmsfeuer, von denen Silvi später schwärmen sollte, verloschen. Der Alte erging sich in hörbar zahnlos gemurmelten Spekulationen darüber, was für ein seltsames Ritual sie wohl vollführten und wer hier von welchem Geschlecht sei. Als er, ein grauer Gnom im Regenmantel, sein Hund eine nasse Ratte, endlich Richtung Prater abzog, hatte der Regen zwar nachgelassen, aber sie hatten die Decke, unter der sie gemeinsam gesteckt waren, schon abgestreift.

Nein, sagte Paul, auch wer diese Idee gehabt habe, wisse er nicht: Aber als sie nach Haus in die Fünfzimmerwohnung gekommen seien, wären sie sich darüber einig gewesen, dass sie sich jetzt alle auf die Matratze im Gemeinschaftsraum legen und schwitzen müssten. Tatsächlich waren sie völlig durchnässt, der Rückweg vom Donauarm war womöglich noch skurriler gewesen als der Weg dorthin, der Versuch, Schubert halbwegs trockenen Gipsbeins ins Auto zu bringen, war kläglich misslungen. Ein schmaler Nebenarm, über den sie ihn zuerst schlecht und recht hinweg gestützt hatten, war zum reißenden Wildbach geworden. Schubert, vorn von Willy, hinten von Paul getragen, plumpste, als einer der beiden (»ich glaube«, sagte Paul, »ich wars, aber das habe ich damals nicht zugegeben«) auf dem glitschigen Boden ausrutschte, voll ins Wasser.

»Wir sind also aus den nassen Kleidern geschlüpft, haben uns gegenseitig abfrottiert und wirklich hingelegt. Aber kaum sind wir dort gelegen und haben auf den heißen Tee gewartet, den uns Ed zu kochen versprochen hat, da hat sich herausgestellt, wie komisch die Situation doch eigentlich war. Wir haben unausgesetzt Platz getauscht wie beim Bäumchen-wechsle-dich, Harry wollte neben Silvi liegen, Willy neben Bärbel, ich neben Bärbel und Silvi, Schubert neben uns allen. Sein Gipsbein, das er nicht ausziehen konnte, war immer im Weg.

Schließlich ist Harry aufgestanden, hat sich angekleidet und ist in die Rumpelkammer verschwunden. Kurze Zeit später ist ihm Silvi gefolgt, mit der rhetorischen Frage, ob er vielleicht verstimmt sei. Kaum ist sie weggewesen, hat Willy nach seiner Unterhose gelangt, eine Art von Trotz im Gesicht. Eine Weile hat Schubert noch versucht, an Bärbel herumzufummeln, aber sie hat seine Hand kurz und bestimmt von ihrer Brust gewischt.«

Und dann, das sei seltsam gewesen, seien sie beieinandergelegen, Bärbel und Paul, von den andern, aus welchen Gründen auch immer, allein gelassen, und hätten sich nicht berührt. Einmal habe er sich aufgerichtet und die Konturen ihres Körpers mit Blicken nachgezogen, und als er der dünnen, kaum sichtbaren Linie gefolgt sei, die von ihrem schmalen Nabel bauchabwärts führte, ins schwarze, merkwürdig glatte Schamhaar, da habe sie gelächelt. Aber dann hätte er sich wieder hingelegt und nur die Spitzen ihrer kleinen Finger hätten sich einander genähert. Und dann sei die Tür aufgegangen und da sei Ed mit dem Tee gestanden und habe dumm geschaut.

Nach dem Abendessen (da hatten sich alle wieder sittsam angezogen und löffelten den letzten Rest der Gurkensauce) ging Silvi zum Plattenspieler und wählte wieder einmal die »Beatles«. *I Want To Hold Your Hand* – während sich Ed euphorisch über den Einfallsreichtum Lennons und McCartneys äußerte (it's amazing!), rückten sie und Harry einander immer dichter zu Leib. Schließlich standen sie auf und verdrückten sich Hand in Hand nach daneben. Paul redete sich eine Weile ein, dass sie gleich wieder kommen würden, doch sie ließen auf sich warten. Er suchte Bärbels Augen, sie schlug sie nieder. Willy hatte sich zwischen sie und ihn gesetzt, verschlossenen Gesichts, wachsam, wie ihm vorkam, vielleicht lag ihre plötzliche Zurückhaltung daran. Schubert lehnte da, mit gestreckten Beinen, eine Flasche Bier in der Hand. Grinste er oder kam es Paul nur so vor?

Paul ertappte sich dabei, dass er den Atem anhielt, die Ohren spitzte, zu hören war ohnehin nichts. Müssen sie das gerade hier tun, dachte er trotzdem, wo es die andern merken? Unter dem Vorwand, noch etwas an seiner Diss arbeiten zu wollen, verkroch er sich ins Erkerzimmer. Er spannte ein Blatt in die Schreibmaschine und schrieb.

Das Verhältnis des Privateigentums, schrieb er, das VERHÄLTNIS DES PRIVATEIGENTUMS. »Der Paul«, hörte er, obwohl er möglichst lautstark tippte, durch die Tür, »der Paul trägt das mit Fassung« (war Schuberts Tonfall sarkastisch?). Er war sich nicht ganz klar darüber, aber er spürte, dass ihm etwas zwischen Schmerz und Wut zu Kopf stieg. Stützte er die Schläfen in die Hände, so waren sie hart und heiß.

Er tippte eine Zeile sinnloser Silben und dann die Wörter: *mein dein sein unser ihr.* Das Farbband klemmte, und die besitzanzeigenden Fürwörter wurden immer blasser. Er sah, was kommen würde, und beschloss, es mutwillig herbeizuführen (von draußen traf ihn ein Lachen). Indem er, die besitzanzeigenden Fürwörter durchstreichend, einfach weitertippte, verhedderten sich die Lettern, und das überspannte Farbband riss.

Und dann der nächste Nachmittag (den Vormittag hatte er, tief auf dem Grund einer bleiernen Traumlosigkeit, verschlafen, hatte, ganz gegen seine Gewohnheit, aufs Frühstück verzichtet und lustlos gestochert im Mittagessen, Grenadiermarsch, nein, das hätte ihm auch sonst nicht geschmeckt, doch rund um ihn war eine große Stille gewesen, das Klappern seines Bestecks, das Mahlen seiner Kiefer, die Kontraktion seiner Speiseröhre, das alles hatte er überlaut gehört: Da waren ihm Silvi und Harry vis-à-vis gesessen, »was schaut ihr mich so an?«, da hatte Harry die Lider niedergeklappt, die schön melancholischen, doch Silvi hatte, quer über den Tisch, nach seiner Hand gefasst): dieser Nachmittag im Prater, an dem ihn plötzlich, mitten aus der Depression heraus, eine seltsame Lustigkeit erfüllte, und zwar bis zum Überschwappen, das war in der Spielhalle bei der »Fortuna«, er erinnerte sich noch genau, und er schlug Willy, der 0:1 geführt hatte beim Tischfußball und auf so einen Energieschub nicht gefasst war, mit 9:2.

Wie er sich dann einen Schnaps kauft und noch einen und dann eine Zeitlang alles sehr komisch findet: Dosenwerfen und

Autodromfahren und Untertassenfliegen und vor allem den Blick in die Zerrspiegel des Lachkabinetts, »schaut doch, wie wir verbaut sind.« Und wie er dann nach und nach wieder etwas stiller wird, um nicht zu sagen traurig, »ins Trudelrad steig ich nicht, ich bin schon schwindlig genug, komm, Bärbel, lass mich an dir festhalten«, und Willys Lippen unter dem Bart sind eine immer schmalere Naht.

Wie sie dann im Gasthausgarten vom »Walfisch« sitzen und er sich zwei Krügel bestellt mit je einem doppelten Korn und Silvi sagt, er soll sich nicht besaufen, und er antwortet, dass er sich schon nicht besaufe, sein Knie an Bärbels Knie, und da springt Silvi auf einmal auf und rennt davon. Und wie sie dann nach ihr suchen, Harry und er, Geisterbahn Sturmboot Tobbogan, »I did not know«, sagt der Amerikaner, und »I did not want«, und Paul umarmt ihn und sagt »it does not matter«, vielleicht sollten wir uns irgendwo hinsetzen, denkt er, nur Harry und ich, und miteinander weitertrinken, aber Harrys dackelbraune Augen sind schon wieder auf der Suche nach seiner Frau.

Und dann kommen sie zurück zum »Walfisch« und sie ist womöglich inzwischen schon wieder dort, doch nein, sie ist es nicht. Und Willy macht sich erbötig, mit dem Auto zurück in die Rauscherstraße zu fahren, um zu sehen, ob sie vielleicht nach Hause zu Ed ist, und Schubert will lieber nicht ohne Willy sein und Harry muss mit. Bärbel und Paul aber bleiben sitzen und halten die Stellung. Und als Willy zurückkommt und meldet, dass Silvi daheim ist, in Sicherheit unter den andern, da halten die beiden einander zärtlich umfasst.

Silvi stand vor dem Haustor, ihre Augen verschleiert, ihre Pupillen sehr groß. Sie schien, im wahren Sinne des Wortes, unheimlich aufgekratzt, küsste Paul mit unerwarteter Zärtlichkeit und sagte, sie sei sehr froh, dass sie jetzt wieder alle beide habe,

Harry und ihn. Im Stiegenhaus hakte sie sich bei Bärbel unter: »Weißt du«, sagte sie, »ich habe gar nichts dagegen, wenn du mit dem Paul schläfst. Ich sehe ja, dass das fällig ist, ich bin doch nicht blind!«

Oben saß Harry im Yogasitz auf der Matratze und drehte soeben einen neuen Joint. Schubert und Ed zu seiner Rechten und Linken lächelten sanft. Silvi ließ sich wie ein Stück Holz neben Harry fallen und riss Paul mit sich. »Ich liebe euch«, sagte sie, »wirklich, ich liebe euch alle zwei.«

Paul war das recht, doch er wandte sich so, dass er Bärbel erreichte. »Du hast mir heute viel geholfen«, sagte er und drückte ihre Hand. Sie lachte und kuschelte sich an seine Brust. Paul fuhr ihr durchs Haar und küsste sie rasch auf den Nacken.

Der Joint ging im Kreis, sie rauchten, nur Willy nicht. »Ich mag es nicht«, sagte er, »wenn mein Bewusstsein getrübt wird.« Silvi dagegen rauchte, als gälte es, Lethe zu trinken. Dann legte sie sich auf den Rücken, die Augen geschlossen.

Und dann, Paul stand gerade im Badezimmer und putzte sich die Zähne, erschien auf einmal Bärbels Bild neben ihm im Spiegel. »Schlaf mit mir«, sie sagte das so mir nichts, dir nichts. Paul steckte die Zahnbürste in den Becher. »Schlaf mit mir«, sagte sie, »ja«, sagte Paul, »ich will. Aber ich möchte zuerst mit Silvi reden.« Bärbel nickte. »Und Willy?«, fragte er noch. »Ich hab es Willy«, sagte sie, »schon gesagt. Du weißt ja, er ist vernünftig in solchen Dingen. Mit Willy«, sagte sie, »geht das vollkommen klar.«

Also ging Paul ins Erkerzimmer, wo Silvi, angetan mit ihrem hübschen blauen Nachthemd, schon im Bett lag und auf ihn wartete. »Ich liebe dich«, sagte er, »aber ich möchte mit Bärbel schlafen.« Sie gab keine Antwort. Dann bat sie ihn, Harry zu holen. Da küsste er sie auf die Stirn, wie man ein Kind küsst.

Harry war verwirrt, als ihn Paul ersuchte, zu Silvi zu kommen, aber schließlich stand er, vorsichtig, um den leise schnarchenden Ed nicht zu wecken, auf, schlüpfte, offenbar peinlich berührt, dass ihm Paul dabei zusah, in eine verblichen rote Badehose und ging. Paul ging hinter ihm her in den Gemeinschaftsraum, dort aber lag Bärbel schon auf der Matratze, nackt und fremd. »Wo sind denn die andern?«, fragte er, obwohl er es wusste: Schubert war in seinem Kabinett, Willy in der Küche. Als er sich auszog, fiel ihm auf, dass die Schreibmaschine auf dem Tisch stand: Der andere würde also nicht einmal schreiben.

»Entschuldige«, sagte Julia, »aber das gibts nicht. So kann man das doch nicht machen: Ihr wart verrückt!«

»Ja«, sagte Paul, »natürlich, da hast du recht. Doch damals war uns das überhaupt nicht bewusst.«

Was für ein Quasibedürfnis doch so ein Coitus interruptus erweckt … »Nein«, sagte Paul, »eigentlich war es überhaupt kein Coitus interruptus. Ich bin mit Bärbel auf der Matratze gelegen, noch gar nicht so recht erregt vor Aufregung, ich habe das Bedürfnis gehabt, ihren Körper erst noch ein bisschen besser kennenzulernen. Sie hat anders ausgesehen als Silvi, sie hat sich anders angefühlt, anders gerochen hat sie, anders geschmeckt.

Aber bei ihr hat die Aufregung das Gegenteil bewirkt wie bei mir. Komm, hat sie gesagt, und mich fest an sich gepresst, und auf einmal waren wir beisammen. Ich war noch nicht richtig da: Die physische Erregung hatte die psychische noch immer nicht ganz eingeholt. Doch Bärbel war heißweichfeucht, sie hat, kaum dass sie mich in sich gespürt hat, auf eine mich befremdende, halb beängstigende, halb stimulierende Art zu keuchen begonnen.

Ein merkwürdig kurzatmiges Keuchen war das, das ich von Silvi nie gehört habe in all den Jahren und auch später von keiner. Heute würde ich sagen, Bärbel hat eine schlechte Atemtechnik, aber damals war es gerade dieses Keuchen, das mich endlich doch noch scharf gemacht hat. Na ja, und dann, gerade ein paar Herzschläge vor dem Gipfel – und auch Bärbel wäre, ihre Atemstöße sind jetzt immer kürzer und höher gekommen, gleich so weit gewesen –, fliegt plötzlich die Tür hinter mir auf und Silvi (ich habe sofort gewusst, dass sie es war) weht mit einem Aufschluchzen, das alles soeben dorthin geschossene Blut wieder aus meiner Körperspitze zurückholt, durch den Raum. Als Kind habe ich einmal ein verletztes Kaninchen gefunden, das war von einem Hund halb zerbissen worden, das hat ein ganz ähnliches Geräusch gemacht.

Sie rauscht also bei der einen Tür herein und bei der andern hinaus, Silvi, ins Vorzimmer, streift sich, wir hören es, an der Kleiderablage die Jacke über, fasst nach dem Schlüsselbund, und bums fällt die Wohnungstür zu. Und Bärbels Keuchen reißt ab, ich schrumpfe aus ihr heraus, und einen Moment lang liegen wir da, als wären wir schlagartig eingefroren, und schauen uns an. Und dann kommt Harry aus dem Erkerzimmer, noch immer oder schon wieder in seiner ausgebleichten Badehose, und breitet die Arme aus: ›I am sorry.‹ Und wir springen auf, fahren in die Kleider und rennen Silvi nach, an der Großmutter, die inzwischen verwirrt durchs Vorzimmer geistert, vorbei.«

Aus dem Stiegenhaus kam keine Antwort, der Hof, zu dem ein Fenster offen stand, was Paul, wie er sagte, für einen Augenblick so erschreckt hätte, dass er sich gar nicht hinauszuschauen getraut habe, war tief unten und leer. Die Nachtluft draußen vor dem Haustor wehte mild und – in Beziehung zu dem, was eben geschehen war – zum Heulen, Paul musste sich sehr zurückhalten, um das nicht wirklich zu tun. Sie standen da, Bärbel und er, schauten links und rechts, ratlos.

Paul fühlte sich innerlich zerrissen: Hier war die Frau, mit der er soeben Lust empfunden, dort die andere, um die er Angst hatte – schließlich zuckte er, ohne Bärbel dabei in die Augen zu sehen, bedauernd die Achseln und lief, unter Zurücklassung seiner Hausschuhe, Richtung Augarten.

Der Park war stockfinster, der Flakturm, den man, weil das die umstehenden Häuser gefährdet hätte, nicht sprengen konnte, sodass er noch heute an den Zweiten Weltkrieg gemahnte, stand als schwarzer Klotz. Paul rief nach Silvi, rannte, rief wieder, wenn er stehen blieb, merkte er, wie ihm das Herz im Kopf klopfte, sein Hals fühlte sich an, als hätte er Angina. Dann versuchte er es in der anderen Richtung, überquerte die Wallensteinstraße und schrie Silvis Namen durch verlassene Seitengassen. Einige Fenster gingen auf, eine keifende Stimme wollte die Polizei verständigen, ein Betrunkener, der, an ein Baugerüst gelehnt, offenbar im Stehen geschlafen hatte, erwachte und murmelte ein paar Mal das Götzzitat.

Und dann hörte Paul Schritte auf dem Straßenpflaster, laufend, dann innehaltend, dann wieder laufend, und wusste, das war Silvi. Und dann sah er Silvi, etwa fünfzig Meter von sich entfernt auf der anderen Straßenseite, wo sie sich soeben in einer Garageneinfahrt zu verbergen versuchte. Er sprintete hin, sie wollte ihm entfliehen, schlug Haken, wieder fiel ihm das verletzte Kaninchen ein. Kurz bevor er sie endlich, völlig ausgepumpt, an eine Hauswand drängte, stieß er sich noch am Randstein eine große Zehe blutig.

»Geh weg von mir!«, sagte sie mit einer Stimme, die nicht zu ihr gehörte, so schrill und belegt zugleich. »Geh weg von mir, lass mich in Ruh du, rühr mich nicht an!« Und nestelte ihren Ring von der Hand und warf ihn ins Rinnsaal. Und schleuderte ihm Willys Schlüsselbund, den sie zuerst vom Schlüsselbrett gefasst hatte, ins Gesicht.

Später, als sie wieder in Willys Wohnung waren (es war ihm endlich gelungen, sie zu umarmen und dadurch festzuhalten, vorher aber habe sie ihm noch einen Finger halb abgebissen, welchen, das wisse er nicht mehr, wahrscheinlich den Zeigefinger rechts, den ehebrecherischen, gewissermaßen symbolisch, und geschrien, er solle sie loslassen, sie gehe in den Donaukanal, der wirklich nicht weit war, dann jedoch habe sie sich wieder wie eine Ertrinkende an ihn geklammert, er solle bei ihr bleiben, er solle sie nicht verlassen, das solle er ihr versprechen –): später, als sie alle miteinander auf der Matratze im Gemeinschaftsraum lagen, ja, auf ebenjener, es sei keine andere da gewesen, und sie zu beruhigen versuchten, da fing sie auf einmal an zu lachen, mitten aus den Tränen heraus, »entschuldigt, ich habe euch alle lieb, aber ich schaffe es nicht«, und griff, immer noch lachend, nach einer Flasche Wodka, die in Reichweite stand, und ließ sie sich nicht entringen, und trank sie (sie war noch zu zwei Drittel voll gewesen) leer. Und dann sprach sie nur mehr englisch (»Harry, oh Harry«), bis sie, es hatte inzwischen zu dämmern begonnen, aufs Klo lief und den Wodka wieder von sich gab, wobei sie Paul und Bärbel stützten. Und dann schlief sie ein an Pauls Brust und sah aus wie ein kleines Mädchen, mit blonden, von der türkischen Sonne rührend weiß gebleichten Brauen, und Paul, einen Umschlag mit essigsaurer Tonerde auf der Beule, die ihm der von ihr geschleuderte Schlüsselbund geschlagen hatte, je ein Pflaster auf Finger und Zehe, dachte, dass er sie liebte. Ein Quasibedürfnis aber ist das Bedürfnis, etwas, das man begonnen hat, auch zu vollenden.

Über Silvis großer Szene jedoch hatte Paul (und vermutlich auch Bärbel) zu wenig auf die Reaktionen der anderen geachtet. Auf die Schuberts etwa, der in einer Mischung von voyeuristischer Aufregung (»na wie wars denn, wie habt ihrs denn gemacht?«) und Kränkung (»mir hast du erzählt, du hast die Regel!«) Details wissen wollte, und dann, auf seine Krücke gestützt im Zimmer auf und ab humpelnd einen langen Monolog darüber hielt, dass es ja absehbar gewesen sei, dass es die beiden miteinander treiben würden, aber das sei wohl der falsche Zeitpunkt gewesen und der falsche Ort, er habe ja, ehrlich gesagt, auch nicht einschlafen können, obwohl er sich Ohropax in die Ohren gestopft habe, doch das habe gar nichts genützt, im Gegenteil, mit den Stoppeln in den Ohren habe er viel mehr gehört als ohne sie usf. Oder die Reaktion Harrys, der sehr still und traurig, das Gesicht total auf die gesenkte Nasenspitze konzentriert, an der äußersten Ecke der Matratze saß und den ganzen langen Abend bzw. Morgen kaum mehr was sagte, außer einmal, und da war nicht klar, zu wem, wahrscheinlich zu Ed, vielleicht aber nur zu sich selbst: »Maybe I've been used.« Was Ed betraf, so hatte der wie üblich am wenigsten von allen mitgekriegt, war durch Silvis Flucht und die darauffolgende allgemeine Aufregung aus einem tiefen und offenbar friedlichen Schlummer gerissen worden und musste sich jetzt, mit seinen großen blauen Augen verwirrt von einem zum andern schauend, erst alles erklären lassen: »It's amazing!« Und Willy? Ja Willy saß oder stand nur hier und da beschwichtigend oder helfend um Silvi und die meist links und rechts von ihr angeordneten Kumpane Bärbel und Paul herum und kaute, den Unterkiefer auf die gewohnte Weise etwas vorgeschoben, an seinem Bart.

Der kleine Michel war – erstaunlich genug – trotz des ganzen Wirbels nicht aufgewacht. Hingegen war Salome durch ein offenes Fenster auf das breite, blecherne Sims gestiegen, das von Zimmer zu Zimmer fortlief, und musste mit einem Stück Leber zurückgelockt werden. Die Großmutter war konfus und erzählte – völlig ungefragt – die Geschichte einer Fleischhauerstochter, die, das sei vor Jahren in ihrem, der Großmutter, Heimatort tatsächlich vorgefallen, mit einem Bernhardinerhund geschlafen und neun kleine Bernhardiner geworfen hatte, worauf sie der Fleischhauer habe ins Kloster schicken müssen. Der

Wellensittich Hansi endlich war zu alt oder zu blöd, um noch auf irgendetwas zu reagieren, und döste, als wäre nichts geschehen, in seinem Käfig.

»Am nächsten Vormittag dann«, sagte Paul, »als alle anderen noch ermattet geschlafen haben, ist Willy, um irgendein Manuskript aufzugeben, auf die Post gefahren. Wie er zurückgekommen ist, hat er gesagt, dass er einen Unfall gebaut hat, einen Blechschaden, nichts Besonderes, aber ärgerlich genug. Nach dem Essen hat er mich gefragt, ob ich mit ihm zur Versicherung fahre, wegen der Schadensanzeige. Ich habe nicht gewusst, was ich dabei zu tun habe, bin aber mitgefahren, weil ich gedacht habe, er will mit mir reden. Wie wir jedoch im Auto gesessen sind (die rechte, schon vorher ramponierte Tür war jetzt total kaputt), haben wir nur über den Unfall gesprochen. Und darüber, ob die Versicherung den Schaden zahlen würde oder nicht. Und ob es nicht gescheiter wäre, überhaupt ein neues Auto anzuschaffen. Und dann, auf der Rückfahrt von der Versicherung, über Schuberts Gipsbein.«

»Ja habt ihr denn die Geschichte nie ausdiskutiert?« Fast unwillig schüttelte Julia jetzt den Kopf.

»Doch«, sagte Paul, »natürlich, das haben wir schon. Am folgenden Abend. Aber nur sehr abstrakt.«

Silvi war untertags bei Irene gewesen, einer Schulkollegin, die nun Psychologie studierte, und hatte sich bei ihr ausgeweint. Sie war jetzt erstaunlich gefasst, ihr Intellekt hatte wieder die Oberhand über ihre Emotionen bekommen, die Krise von gestern Nacht schien überwunden. Natürlich, sagte sie, es sei ganz normal, dass Bärbel und Paul miteinander schlafen wollten, dagegen könne sie gar nichts haben. Habe sie doch selbst mit Harry geschlafen und vorausgesetzt, dass Paul nichts dagegen habe, so sei das nur gerecht.

Da seien allerdings ihre Kindheitserinnerungen, die ihr am

Vorabend einen Streich gespielt hätten, das müsse man verstehn. Ihr Vater habe ihre Mutter des Öfteren betrogen oder zumindest habe sich ihre Mutter das eingebildet. Und sie erzählte, wie sie ihre Mutter eines Tages an der Hand genommen und in ein fremdes Haus geführt habe, in dem (so der Ausdruck der Mutter) »dieses Weib« gewohnt hätte, und da hätten sie an die Tür geklopft. Und sie, das Kind, schloss sie, hätte sich damals völlig unreflektiert mit ihrer Mutter identifiziert …

So entstand der Eindruck, als wäre das Problem, das vorlag, einzig und allein Silvis Problem. Oder Silvis und Pauls Problem oder Silvis und Pauls und Bärbels Problem. Und Bärbel schlug vor, es wieder einmal zu viert auf der Matratze zu versuchen. Und Willy, der weiterhin an seinem Bart kaute, sagte noch immer nichts.

Nur später, als Silvi auf einmal sehr leidenschaftlich mit Paul zu schmusen begann (beinahe erschrak er, wie ungestüm ihre Zunge war) und Bärbel dagegen einwandte, dass man zu viert sei, und also sei es nicht richtig, wenn zwei sich da bürgerlich isolierten etc., war Willy auf einmal verschwunden. Sie nahmen eine Weile an, er sei auf dem Klo oder im Badezimmer, aber als sie ihn, durch sein langes Ausbleiben beunruhigt, dort suchten, fanden sie ihn nicht. Er war auch weder in der Küche noch sonst wo in der Wohnung, Schubert, Harry und Ed hatten ihn nicht gesehn. Als sie endlich beim Fenster hinausschauten, erspähten sie ihn auf dem Sims, auf dem sie gestern die Katze gefunden hatten, er lag auf dem Bauch und starrte hinab auf die Straße, drei Stockwerke tief.

»Um Himmels willen«, sagte Bärbel, »was machst du denn da?«

»Nichts«, sagte Willy, »ich brauch nur ein bisschen Luft.«

»So komm doch herein«, sagte Paul, »du fällst noch hinunter!«

»Nein«, sagte Willy, »bestimmt nicht, ich liege da öfters.«

Darauf meinte Bärbel, dass es vielleicht doch besser wäre, für heute auf die gemeinsame Matratze zu verzichten und paarweise zu ruhen. Sie müsse sich, sagte sie, heute Willy widmen, vielleicht sollte man das alles überschlafen und morgen früh besprechen. Als sie aber am nächsten Morgen das Radio aufdrehten, gab es eine Direktübertragung vom Einmarsch der Warschauer-Pakt-Truppen in die Tschechoslowakei. Da diskutierten sie dann über andere Themen.

»Vermutlich wäre das Verhältnis zwischen Helmut und mir gar nicht so schlecht gewesen«, sagt Sonja, »hättet ihr, Christel und du, es nicht derart forciert.« Es hat zu regnen aufgehört, wir sind von der Autobahn abgefahren, Miriam raschelt durchs Laub. Es ist nicht Frühling, sondern Herbst, obwohl sich der Herbst zuweilen als Frühling zu tarnen scheint. Der Himmel ist blau jetzt, der Wind hat die Wolken verjagt.

»Helmut und ich«, sagt Sonja, »wir hätten uns möglicherweise ganz gut verstanden, hättet ihr zwei uns nicht so unter Druck gesetzt. Aber solche Situationen wie die damals auf der Matratze waren ganz einfach absurd. Christel wollte mit dir schlafen, also sollte ich mit Helmut schlafen, na gib das doch zu! Nein, meine Lieben, da hab ich nicht mitgespielt!«

»Ja«, sage ich, »das stimmt, die Situation war absurd. Das konnte nicht funktionieren und trotzdem war etwas Richtiges dran. Ich mein, der Versuch, die Grenzen zu überschreiten, die uns beengen, innen und außen. Wir haben das versucht, andere haben das versucht: Dass es uns nicht gelungen ist, beweist überhaupt nichts.«

Die Blätter, die noch an den Zweigen haften, sind unwirklich bunt. »Schaukeln!«, sagt Miri, und streckt ihre Arme hoch. Wir nehmen sie in die Mitte und schaukeln sie vor und zurück. Sie jubelt. »Noch einmal«, sagt sie und jubelt wieder.

Dann hebe ich sie hoch, werfe sie ein paar Mal in die zart durchsonnte Luft und fange sie wieder auf. Und dann umarme ich sie ganz fest und drücke ihre Wange an meine. Sonja sieht uns an, als wollte sie uns malen, sie lächelt und für einen seltenen Augenblick wirkt sie ganz jung und glücklich. »Ja«, sage ich, obwohl sie mich nichts gefragt hat, »das ist die Art von Glück, die wir hier und da empfinden.«

Später sitzen wir auf einer Bank und lesen das Zentralorgan der Regierungspartei, das ich vor kurzem für die Wochenenden abonniert habe, Miri spielt im Gras. »Ihr könnt uns doch jetzt nicht im Stich lassen«, hat der alte Genosse, den sie als Werber herumschicken, gerade, als ich ihm erklären wollte, warum ich nicht in seiner Partei bin, gesagt: »nicht jetzt, wo die Abonnements ohnehin zurückgehn …« – »Hast du schon einmal über den Zusammenhang zwischen Sozialdemokratie und reformistischer Ehe nachgedacht?«, frage ich Sonja, sie schüttelt den Kopf – »Ehrlich gestanden nein, doch das hat was für sich.«

Wie sich dann die Lage immer ärger zugespitzt habe, bis sie es beim besten Willen nicht mehr miteinander ausgehalten hätten. Bärbel und Paul hatten das Bedürfnis, ihren unterbrochenen Koitus, aber nicht nur den, fortzusetzen, die andern versuchten das, auch wenn sie das Gegenteil behaupteten, zu verhindern. Wo immer die zwei allein sein wollten, tauchten Dritte, Vierte und Fünfte auf. »Tut's doch, so tut's doch endlich, damit einmal Ruh ist …«

Was sich am besten zur Rationalisierung eignete, war die Theorie. So wurde nicht gesagt, »wir wollen nicht, dass ihr miteinander schlaft, während wir anderen nichts als Frust davon haben«, sondern da hieß es, die zwei hätten egozentrisch reaktionäre Tendenzen. Einmal sagten sie, dass sie zusammen ins

Kaffeehaus wollten, um in Ruhe miteinander zu reden, das wurde ihnen nicht erlaubt. Zu zweit und noch dazu ins Kaffeehaus, pfui, wie bourgeois, »wenn ihr etwas miteinander zu reden habt«, meinte Willy, »so könnt ihr das doch auch hier!«

Dass dieses Verhalten der anderen die Sucht der beiden, einander endlich irgendwo zu umarmen, sei es in der Küche, im Badezimmer oder im Treppenhaus, noch erheblich steigerte, lag auf der Hand. Da war eine schrille Spannung zwischen ihnen, ein Wunder, dass die Gläser und Tassen im Haus nicht zerbrachen, die Fensterscheiben nicht zersprangen. Doch diese Spannung entlud sich woanders: Willy warf das Blumengeschirr mit Pauls Kaktus nach Bärbel, Silvi schmiss Paul die Geburtstagstorte, die sie für ihn gemacht hatte, vor die Füße. Endlich, nach ungefähr drei Wochen, konnte sich keins mehr in irgendeiner Richtung rühren, ohne irgendeinem andern wehzutun, da gaben sie es auf.

»Der Rest«, sagte Paul, »ist in wenigen Worten umrissen. Die beiden Amerikaner sind heim nach Amerika, Silvi und ich, wir sind wieder in unsere Wohnung, die Wüstenrots sind mit Schubert und der Großmutter zurückgeblieben. Bärbel und ich, wir haben uns noch eine Weile getroffen, wir haben uns kurze, leidenschaftliche Stunden gegönnt, aber nicht nur wir beide waren schon weitaus früher verletzt. Willy ist immer aggressiver, Silvi immer lethargischer geworden, schließlich haben sich Bärbel und Willy scheiden lassen, Silvi und ich aber sind wieder enger zusammengerückt, und wir haben uns umklammert wie zwei frierende Kinder in der Kälte.

Den ›Bienenstich‹ haben Willy und ich noch ein Jahr gemeinsam betreut, aber ärger und ärger gestritten. Infolge der immer schlechter kaschierten privaten Konflikte sind wir auf immer mehr künstlerische und politische gestoßen, von einer wirklichen Gemeinsamkeit war immer weniger die Rede. Ich habe konstatiert, dass ich es ablehne, nur aus dem schlechten Gewissen, dass ich kein Arbeiter bin, sogenannte Arbeiterliteratur zu schreiben. Dass ich es blöd finde, Engagement nur als Alibi zu benutzen, weil Literatur ihrem Wesen nach eher eine Passion ist als eine Aktion. Und auch Wüstenrot hat erkannt, was er will, respektive was er nicht will. Vor allem hat er um keinen Preis dem Bild ähnlich werden wollen, das er sich von mir gemacht hat. Keiner sein, dessen Gesicht bekannter ist als seine Texte, keine Kulturmarionette, kein kleiner Großschriftsteller. Das war nämlich die Zeit, in der mein erstes Buch erschienen ist, das hat den Konflikt noch verschärft. Willy hat mir vorgeworfen, ich verhalte mich den Zeitschriften und Rundfunkanstalten gegenüber genauso, wie ich mich seiner Ansicht nach den Frauen gegenüber verhalten habe. ›Publizitätsgeilheit‹, ein für den Redakteur einer Alternativzeitschrift unwürdiges Betragen. Gute Kritiken und zuletzt sogar Veröffentlichungen in der eindeutig bürgerlichen Presse. Endlich haben wir überhaupt nicht mehr miteinander reden, sondern uns nur noch gegenseitig anschreien können: Da haben wir uns getrennt.

Inzwischen hat Willy allerdings so gut wie überall dort publiziert, wo ich auch publiziert habe, und wo ich nicht publiziert habe, dort publiziert er erst recht. Er schimpft auf den bürgerlichen Kulturbetrieb, von dem er, genau wie ich und einige andere unseres Schlages, lebt, aber der bürgerliche Kulturbetrieb hat ihn darum umso lieber. Und manche Kulturbetriebler haben gewittert, dass zwischen uns eine Animosität besteht, und finden das interessant. Sie haben uns, die wir ausgezeichnete Voraussetzungen dafür mitgebracht haben, zu Konkurrenten gemacht und gegebenenfalls, denn aus Konkurrenz resultiert schließlich in diesem System hier Leistung, spielen sie uns gegeneinander aus.

Was Schubert betrifft, so hat er noch eine Weile bei Willy gewohnt. Bin ich hingekommen, so war er, besonders wenn er etwas getrunken hat, mir gegenüber ziemlich aggressiv. ›Verräter!‹, hat er einmal zu mir gesagt. Ein anderes Mal: ›Du hast mich bitter enttäuscht.‹

Es war merkwürdig: Er hat sich so benommen, als hätte ich mit seiner Frau geschlafen und nicht mit der Willys. Obwohl er nicht zugeben wollte, dass ihm etwas an ihr gelegen ist. ›Die Bärbel mit ihrer Hausmeisterinnenfigur! Ich versteh nicht, warum du so stehst auf die!‹

Letzten Endes hat Willy zum zweiten Mal geheiratet und Schubert ist, ich weiß nicht genau, ob im Guten oder im Bösen, aus der Fünfzimmerwohnung ausgezogen. Willy hat etwas über ihn geschrieben, darin ist er ein junger Arbeiter, ausgebeutet gerade auch von jenen, die von der Befreiung seiner und seinesgleichen ständig reden. Sich zuerst dumpf und dann mit erwachendem Klassenbewusstsein dagegen wehrend. Nun ja: Man kann die Geschichte auch so erzählen.«

Paul war müde, nachdem er so lange geredet hatte. Doch andererseits fühlte er sich jetzt merkwürdig leicht. Sie schwammen nun durch ein seltsames, blassblaues Licht, die Scheinwerferkegel der Autos auf der Gegenspur tasteten fahl in den Abend. Dagegen die roten Sterne der Rücklichter auf der eigenen Spur.

Er lehnte sich tief in den Beifahrersitz zurück, ließ den Anblick dieser zwei Prozessionen eine Weile auf sich wirken und dachte, dass das ganz einfach schön war. Hier und jetzt, auf der Autobahn, in dieser Dämmerung, kam etwas von der Ästhetik unseres sonst so unästhetischen Jahrhunderts zum Vorschein. Zum Vorschein: Wahrscheinlich lag diese Assoziation daran, dass er zuerst seine Dissertation erwähnt hatte, die nie Vollendete. Zum Vor-Schein: genau: Die Wirklichkeit oder Unwirklichkeit, in die er sich da, auf eine sowohl faszinierende als auch ein bisschen beängstigende Weise einbezogen fühlte, hatte etwas Utopisches.

Er schaute aus dem Fenster, sie waren wohl irgendwo zwischen Amstetten und Linz, aber die Gegend schien ihm fremd. Grau, dunkelgrau, schwarz floss die Autobahn unter die Räder, auf denen sie rollten, er und sie, für eine Weile ausgespart aus der übrigen Welt, wie in einer Raumkapsel für zwei. Die Begrenzungssignale am Straßenrand folgten sehr rasch aufeinander, sie musste ziemlich schnell fahren, Julia, aber er hatte alles unmittelbare Gefühl für die Geschwindigkeit verloren. Wenn wir jetzt einen Unfall hätten, kam ihm in den Sinn, würden wir vielleicht ganz sanft hinausfallen aus Zeit und Raum.

Was ihm Ute über ihren Autounfall erzählt hatte: Plötzlich war eine unermessliche Helle. Ute: Er hatte ein paar Wochen mit ihr verbracht, nachdem alles gescheitert und seine Ehe mit Silvi in ein Stadium geraten war, in dem ihm nichts mehr anderes einfiel, als zu kneifen. War einfach losgefahren, nur weg, ein Fluchtversuch vor all dem, das er nicht mehr bewältigte, und hatte Ute getroffen. Das war in Berlin gewesen, dort hatte er sich so verloren gefühlt wie niemals zuvor.

Ihr Gesicht war eine Landschaft: das Gesicht einer immer noch hübschen, reifen Frau, aber die Spuren der Windschutzscheibe, die es durchstoßen hatte, waren deutlich zu sehn. Sie saß allein an einem Tisch, in einem dieser furchtbar sterilen Lokale am Kudamm, alles Blech und Plastik, in denen man sich seiner Einsamkeit noch bewusster wird, doch wahrscheinlich war das genau das, was sie damals wollte. Paul wollte das nicht, aber es hatte ihn hierher verschlagen. Und als er sie da sitzen sah mit ihrem Gesicht, das so viel erzählte, auch wenn sie gar nichts sagte, da zog es ihn zu ihr hin.

Ihr Mann war bei dem Autounfall umgekommen, er war auf

dem Beifahrersitz gesessen, sie war gefahren. Seine Bilder in ihrem Haus am Wannsee zwischen den Bildern Bakunins. Er sah nicht mehr ganz jung aus, obwohl er noch studiert hatte: hohe Ehestandswinkel, ein etwas verschwommener Traum hinter dicken Brillen. Ja, sagte Ute, sie und ihr Mann, sie hätten sich engagiert für die antiautoritäre Bewegung.

Sie erzählte von Demonstrationen, an denen sie gemeinsam teilgenommen hatten, und von den daran anschließenden Diskussionen: »Da haben wir viel gelernt.« Und davon, wie die Demonstrationen nach und nach aufgehört hätten, ein Spaß zu sein: spätestens mit dem Tod des Studenten Ohnesorg im Vorjahr. Und das habe sich hochgeschaukelt bis zu einem kritischen Punkt: Gewalt gegen Sachen, Gewalt gegen Personen, wo sei die Grenze zu ziehen, wenn sie doch der Staat, der immer ärger als Leviathan erscheine, der das, was sich gegen den Einzelnen kehre und gegen die Vielen, die das zu erkennen im Begriff seien, zu schützen habe, und zwar nötigenfalls mit Gewalt, wenn also der Staat diese Grenze seinerseits nicht ziehe. Ihr Mann, der Jus studiert habe und in den Dienst dieses Staates hätte treten sollen, als Vertreter und Interpret seiner Gesetze, habe sich immer weniger mit diesem Staat und seinen Gesetzen identifiziert.

»Der Unfall«, sagte sie, habe ihn jedenfalls aus diesem Dilemma herausgerissen, und womöglich sei das, so betrachtet, auch gut. Nein, sagte sie, sie wolle da nichts rationalisieren, schließlich sei sie am Steuer gesessen und sei, wenn auch unschuldig, schuld an seinem Tod. Aber er wäre sonst vielleicht an diesem Dilemma zugrunde gegangen, manchmal, kurz vor dem Abend, an dem es geschehen sei (»plötzlich war eine unermessliche Helle, dann weiß ich nichts mehr«), also da habe sie manchmal Angst gehabt. Der Unfall jedenfalls habe alles verändert: auch sie.

»Seit damals«, sagte sie, »bin ich auf einem Auge halbblind, doch mit dem anderen habe ich sehen gelernt.« Sie führte Paul auf den Balkon und zeigte ihm eine Gruppe von Birken vis-à-vis. »Einen Monat lang hab ich die Bäume dort drüben betrachtet. Und wie ihre Schatten wandern, vom Morgen bis zum Abend.«

Paul erzählte ihr über Silvi und die Zeit, die hinter ihm lag, aber nicht allzu viel. Der gescheiterte Kommuneversuch, die pseudopolitischen Quereleien, die permanente Ehekrise, das schien ihm, verglichen mit ihren Erzählungen, läppisch. »Bei uns ist das alles noch nicht so heraußen, weißt du, die Widersprüche.« – »Du glückliches Österreich«, sagte sie, nicht sehr überzeugt.

Weiß und rot: Die beiden Lichterkonvois, Gegenspur und eigene Spur, rollten noch immer. Es war jetzt völlig dunkel geworden, Paul ahnte Julias Profil mehr, als dass er es sah, aber er kannte es schon auswendig. »Eine Zwischenfrage«, sagte er, obwohl weder er noch sie geredet hatten, er wusste nicht, seit wie lange, »wohin entführst du mich?« – »Das wirst du schon merken«, sagte sie, er spürte ihr Lächeln.

»Na schön«, sagte er, er dachte, dass ihm eigentlich alles egal sei, aber in einem angenehmen Sinn. *Wenn die Musik vorbei ist, dreh das Licht ab*; hatte Morrison die ganze Zeit hindurch gesungen oder hatte Julia das Band erst jetzt wieder eingelegt? Eine Weile flog der Mond, eine feine Sichel, auf der linken Seite mit, dann war er auf einmal rechts, Paul begriff nicht gleich, wie das zuging. Dann merkte er, dass sich der durch die Abfolge der Begrenzungssignale angegebene Rhythmus verlangsamt hatte: Julia war offenbar von der Autobahn abgebogen und fuhr jetzt auf einer Landstraße.

Schließlich bog sie auch von dieser ab und nahm einen Feldweg, der VW schwankte, Kukuruzstauden tauchten auf und unter. Und hielt endlich vor einem großen, dunklen Block, offenbar ein Vierkanthof, dachte Paul, er wusste nicht recht, was er von alldem halten sollte, blieb sitzen und schaute Julia an. »Da sind wir«, sie öffnete ihren Sicherheitsgurt. »Hier wohnen Freunde von mir: eine Wohngemeinschaft …«

Wie um ihre Worte zu bestätigen, gab es plötzlich Licht hinter Fenstern, eine Tür ging auf, mehrere Personen kamen auf das Auto zu. Julia stieg aus, männliche und weibliche Stimmen redeten durcheinander, sie wurde von verschiedenen Seiten umarmt. Paul saß noch immer: Er war ein bisschen enttäuscht. Er hatte erwartet, dass sie diese Nacht mit ihm allein verbringen würde: Das wurde ihm erst jetzt klar.

Vierter Tag

(Morgen,
Mittag und
Abend)

Oh wie schön
schizophren
ich doch bin

Schizophrenie
ist eine Krankheit
der Peripherie:
weder draußen
noch drin

weder kalt
noch heiß
ja
ich weiß
die
werden ausgespien

weder heiß
noch kalt
oder genauer
sowohl
als auch

einmal Kopf
einmal Bauch
einmal Hirn
einmal Schwanz

nie
ganz

…

Schizophrenie
ist eine Mangelkrankheit
der Zeit:

Mangel
an Identität

aber wie kann ich mit mir
identisch sein
angesichts
einer Wirklichkeit
angesichts der
einem alles
vergeht

kein
Stein
wird auf dem anderen bleiben

was bleibt mir
als schreiben:

der Himmel war grün
das Gras war blau
sie war mein Mann
ich war ihre Frau
trau

schau
ja wem
sei schlau
kein
Stein
Brot
und Wein
Kaugummi
und Coca-Cola

1

Paul brauchte erst einige Zeit, um sich zu orientieren, als er erwachte. Der Plafond über ihm hatte Risse, doch er war näher als der in der Spengergasse, das Fenster war links statt rechts, davor stand ein Baum. Das Bett, in dem er lag, war kürzer, aber breiter als die Couch, die er gewohnt war. Es knarrte, wenn er sich darin bewegte, es wäre ein Bett für zwei gewesen, aber Julia lag nicht neben ihm.

Paul stand auf, zog sich Hose und Hemd an, bückte sich, um sich nicht den Kopf am niedrigen Türstock anzuschlagen. Draußen ein Vorraum, in dem drei Fahrräder lehnten, eine Kleiderablage mit Anoraks und Wettermänteln, darunter mehrere Paar Gummistiefel. An der Wand ein Plakat mit dem Titel GEMEINSCHAFTSORDNUNG. TAGWACHE NACH LAUNE, MAHLZEITEN NACH MASSGABE DER BEDÜRFNISSE, ARBEIT NICHT OHNE LIEBE.

Drei Türen, drei Möglichkeiten: Paul entschied sich für die mittlere, kam in die Küche. Ländlicher Herd mit Ofenbank, Herrgottswinkel mit Jesus ohne Kreuz, großer runder Tisch. Zwei Flaschen mit Resten von Wein und Obstschnaps, dunkel erinnerte sich Paul, davon getrunken zu haben, ein angeschnittener Laib Brot, kein Messer. Eine Gitarre, eine Maultrommel, eine Flöte.

Paul setzte sich hin, brach sich ein Stück Brot ab, versuchte, die Krümel des gestrigen Abends in seinem Bewusstsein zusammenzukratzen. Beppo und Tommy, Steffi und Josef, Wolf. Und Julia, die ihn zu Bett gebracht hatte, oder hatte er das nur geträumt. »Wo bin ich, wer bist du, sei so nett und hilf mir aus der Hose, ich kenn mich nicht mehr aus.«

Und dann? Was war dann gewesen? Keine Idee! – Aber das gibt's doch nicht, dachte Paul, das ist doch unmöglich! – Er nahm einen Schluck vom Obstschnaps, um sein Erinnerungsvermögen zu reaktivieren: erfolglos. Der Rest der Nacht blieb im Dunkel des Ungewissen.

Das Geräusch tiefer Atemzüge, das er durch die nur halb angelehnte Tür hörte, lockte ihn in den nächsten Raum. Das Zimmer ähnelte dem, in dem er geschlafen hatte, über dem Bett gab es ein Marienbild, im Bett Beppo und Tommy. Tommys lockiges Haupt an Beppos Brust. Paul lehnte die Tür wieder an und suchte weiter. Im nächsten Zimmer schliefen Steffi und Josef. Sie lagen eng beieinander, ihr kurzes und sein langes Haar kaum zu unterscheiden. Im übernächsten Zimmer lag Wolf – allein. Paul atmete auf. Irgendwie war er erleichtert.

Dann fuhr ihm auf einmal ein Schreck vom Kopf in die Füße. Er eilte zurück in den Vorraum, suchte die Haustür und riss sie auf. Draußen ein Duft nach Sonne und Erde und Blüten. Julias alter VW stand immer noch da.

»Guten Morgen«, sagte Julia: Sie saß, sich sonnend, im Gras und sah aus wie Eva. In der Hand hielt sie allerdings eine Birne: Sie hatte soeben den Stängel beiseitegeworfen und biss herzhaft zu. Paul fragte sich, woher sie um diese Jahreszeit eine Birne hatte, noch dazu unter einem Apfelbaum. »Hast du gut geschlafen?«, fragte sie; »ja«, sagte Paul, »ich kann mich an nichts mehr erinnern.«

Ihre Augen lächelten, während sich ihre Zähne weiterhin mit der Birne beschäftigten, und zwar mit unverhohlenem Eifer. Ihr Körper wirkte, wie von Renoir gemalt, kindlicher und zugleich fraulicher, als Paul gedacht hatte. Runde, etwas abfallende

Schultern, hübsch geschwungene Arme, kleine, aber schwere Brüste, breite Hüften. Und ein gewisses, sanftes Verschwimmen der Konturen, das vielleicht auf das Licht zurückzuführen war, das strahlend und doch gedämpft durch die Kronen der Obstbäume fiel.

Er setzte sich neben sie, ihre Haut roch gut, er hatte das Bedürfnis, sie zu berühren. Sie reichte ihm den Rest der Birne, er biss ab, der Saft rann ihm in den Bart. »Zieh dich doch aus«, sagte sie, »die Sonne ist schon ganz schön warm heute und der Wind tut wohl. Na was hast du denn, glaubst du mir etwa nicht oder genierst du dich?«

Es war kein besonderes Problem, Hemd und Hose auszuziehn, nichtsdestoweniger hatte Paul Probleme. Er verfing sich im linken Hemdärmel, dann kämpfte er eine Weile mit dem rechten Hosenbein, endlich war er nackt. Früher war er von seinem Körper überzeugt gewesen, hatte er sich entkleidet, so hatte er das Gefühl gehabt, dadurch zu gewinnen. Jetzt war er sich seines Körpers nicht mehr so sicher.

»Schön bist du«, sagte er zu Julia, um von sich selbst abzulenken, sie nahm das zur Kenntnis. Er meinte, was er sagte, obwohl er kaum hätte definieren können, worin ihre Schönheit bestand. Vielleicht darin, dass sie im Gras lag, als ob sie hierhergehörte, mit einer großartigen Selbstverständlichkeit. Wie die Blumen, dachte er unwillkürlich, die ihr Geschlecht im Gesicht tragen: Und niemand findet was dabei.

Gerade, als er die Hemmung, sie zu berühren, überwunden hatte, kam Beppo daher. Er trug einen gelben Kimono, um den Hals eine Kette. »Kommt, Kinder«, sagte er fröhlich, »das Frühstück ist fertig.« »Ja«, sagte Julia, »fein!«, löste Pauls Hand sanft von ihrer Brust und stand auf.

Sie hatten einen Tisch und Korbsessel vors Haus getragen, Beppo hatte das Frühstück arrangiert. Es gab Räucherspeck, Eier und Most: Trotzdem redete er über makrobiotische Ernährung. Seit er die konsequent durchhalte, sagte er, habe er zehn Kilo abgenommen. Nun fühle er sich nicht nur hübscher, was er ja – »wer hat sich da geräuspert?« – eigentlich gar nicht notwendig habe, sondern auch wohler.

Beppo war Schauspieler und das merkte man auch, zuweilen erinnerte sein Gesicht an das eines Lausbuben, zuweilen an das einer nicht mehr ganz jungen Frau. Manchmal, wenn er etwas gesagt hatte, legte er eine Pause ein und lauschte dem Gesagten nach, mit einer unaufdringlichen, aber unübersehbaren Koketterie. Kopf etwas schief gelegt, Kinn leicht angehoben, Lachfältchen um den Mund. Und aß demonstrativ irgendwelche Körner aus einer nicht ohne Effektbewusstsein in seiner langfingrigen Hand gehaltenen Schale.

Paul genoss es, in der Sonne zu sitzen, zu essen, zu trinken und die neuen Menschen, die er hier kennenlernte, zu beobachten. Und zwar ohne besondere Absicht: Er sah sie an, hörte ihnen zu, wie er die Bäume ansah, den Vögeln zuhörte, was ihm sonst selten gelang. Er fühlte sich wohl, wie schon lange nicht mehr: Die innere Hektik, die dauernde Anspannung, die er seit Monaten oder gar Jahren für so gut wie normal hielt, war beinahe weg. Er war Julia dankbar, dass sie ihn hierher gebracht hatte, und als hätte sie das gespürt, schaute sie, die ihm jetzt vis-à-vis saß, zu ihm herüber und ihr Blick war ein Echo.

Sie hatte ein langes, weinrotes Kleid mit gesticktem Mäandermuster übergestreift und sah jetzt, im Gegensatz zu vorher, wieder ein bisschen aus wie Iphigenie. Ihr zur Rechten saß Steffi, ein völlig anderer Typ, und zu der fielen Paul keine klassischen Vergleiche ein. Klein, dunkel, muntere, rastlose Augen, redselig, lachfreudig, unausgesetzt in Bewegung. Aber sie und

Julia schienen dicke Freundinnen zu sein, einander in ihrer Gegensätzlichkeit ergänzend.

Sie studierte, soviel Paul aufschnappte, Soziologie, stand der »Aktion Unabhängiger Frauen« nahe und war überall dabei, wo frau sich engagierte. Erzählte von einem »Widerstandsfest« in Frankfurt, zu dem sie tags darauf fahren wollte, »fährst du mit?«, fragte sie Julia, und boxte sie kumpelhaft in die Seite. Ihren Freund Joe, sagte sie, werde sie auch dort treffen, weißt du, den aus dem Urlaub in Portugal, den Großen, Starken. Ihr Freund Josef, der still lächelnd daneben saß und ihre freie Hand hielt, ohne sie festzuhalten, redete ihr nicht wider.

Er wirkte verträumt, vielleicht ein bisschen melancholisch unter seinem langen Haar. Aber möglicherweise war er weder das eine noch das andere, lag der Eindruck der Verträumtheit nur am Ausdruck seiner Augen, jener der Melancholie an der Form seiner Nase. Wenn er etwas sagte, sagte er es bedächtig, er war Lehrer und hatte sich um einen Posten an der hiesigen Schule beworben. »Es ist schwer mit den Landkindern«, sagte er, »schon rein sprachlich, wie ich hierhergekommen bin, habe ich weder sie, noch haben sie mich verstanden, aber allmählich wird es.«

Noch stiller war Tommy, der zuvor mit Beppo im Bett gelegen war. Er saß Julia zur Linken und spielte manchmal versonnen mit ihrem Ärmel. Nicht nur deswegen wurde Paul aus ihm nicht ganz schlau. Er saß da, ein samtäugiges, unrasiertes, manchmal grinsendes Schweigen unter dem Wuschelkopf und gab nichts von sich preis. Zumindest nicht verbal, doch vielleicht, dachte Paul, ist das gar nicht nötig. Vielleicht bin ich zu fixiert auf Wörter und sollte versuchen, genauer auf andere Kommunikationsformen zu achten. Und wirklich: Nachdem er sich eine Weile auf Tommy konzentriert hatte, langte sich der sein Glas herüber und schenkte ihm nach. Paul beschloss, dass ihm

Tommy sympathisch sei: erst recht, als er Julias Ärmel losließ, sich auf eins der Fahrräder schwang und davonfuhr.

Aber dann war da noch Wolf und der war allein im Bett gelegen. Es gibt hier zwei Verdächtige, dachte Paul, diesen Wolf und mich. Wolf war Architekt, von ihm, Paul, abgesehn, wohl der Älteste in der Runde und von einer, wie Paul fand, reichlich übertriebenen Egozentrik. Er legte allzu viel Wert auf Selbstdarstellung, sprach, obwohl er mit ihm, Paul, zu sprechen vorgab, eigentlich eher mit Julia als mit ihm und schien sich, im Bewusstsein ihrer Anwesenheit, vor allem an der Konkurrenz zu messen.

An der »Arena«-Bewegung hatte Wolf sich beteiligt, einer durch die Besetzung des alten Schlachthofs St. Marx in Wien ausgelösten und von einer dadurch klein- bis spießbürgerlich erschrockenen Gemeinde, die sich zwar sozialistisch nannte, aber den Schlachthof trotz oder gerade wegen der Besetzung an einen privaten Textilkonzern verkaufte, abgewiegelten und letzten Endes abgewürgten Kulturrevolution. Darüber hielt er einen Vortrag: Das seien Tage, Wochen und Monate der Spontaneität gewesen. Der wahrhaft schöpferischen Freiheit, der damit verbundenen Politisierung, der Selbstorganisation. »Wir haben uns genommen, was wir gebraucht haben, ein Kulturzentrum, das uns ständig versprochen, aber nie gegeben wurde, wir haben unsere Bedürfnisse artikuliert, aufeinander abgestimmt und verwirklicht: Das war ein Modell. Da ist der Widerspruch zwischen unseren Interessen und denen der offiziellen Kulturpolitik deutlich geworden. Da hat sich auf einmal gezeigt, wie entgegengesetzt die Werte von Kultur und Kapital sind. Und die Begriffe von Hoch- und Subkultur. Was im Konfliktfall auf welcher Seite steht.«

Paul fand diese Interpretation im Großen und Ganzen richtig, bis auf die seiner Ansicht nach abstrakte Unterscheidung von Hoch- und Subkultur. Aber Wolfs Art, sich in Szene zu setzen, reizte ihn zum Widerspruch. »Ich bitte dich«, sagte er, »lass doch das Romantisieren. Die ›Arena‹-Bewegung wäre auch ohne die Einmischung der Gemeinde zugrunde gegangen, sogar früher vermutlich, weil dann der Druck von außen gefehlt hätte, machen wir uns nichts vor. Ich war ja auch ein paar Mal dort, ich habe ja gesehn, was sich da abgespielt hat, so toll war das wieder nicht. Zwei Drittel der Freaks, die dort herumgelungert sind, haben doch überhaupt nicht gewusst, was sie wollen, von einer Artikulation ihrer Bedürfnisse war also keine Rede. Und die andern, die artikuliert und organisiert haben, tun das doch anderswo auch: an der Uni, in der KP usf. Außerdem waren die Verträge mit dem Textilkonzern ja schon vor der Besetzung des Schlachthofs abgeschlossen, da kann man halt nichts machen.«

Paul war der »Arena«-Bewegung mit Sympathie gegenübergestanden, hatte auch irgendwelche Solidaritäts- und Protestadressen unterschrieben, hatte sich aber nicht wirklich engagiert. Er hatte, seiner üblichen Skepsis und Trägheit entsprechend, von Anfang an nicht recht daran geglaubt, dass die Bewegung lang leben würde. Spätestens zu Beginn der kalten Jahreszeit, hatte er sich gesagt, werden die Besetzer den Schlachthof verlassen müssen und der Winter kommt bestimmt. Und die Gemeinde wird nicht nachgeben und ihnen auch noch die Beheizung zahlen, das ist zwar alles sehr beschissen, aber voraussehbar.

Im Übrigen hatte er keinen rechten Zugang zu den Besetzern gefunden, obwohl er sich das vielleicht gewünscht hätte. Zwar hatten sie ihn einmal eingeladen, dort zu lesen, wie andere halb engagierte, halb etablierte Kollegen auch, aber als er hingekommen war, hatte ihn, zumindest hatte er diesen Eindruck gehabt, niemand so recht beachtet. Das von anderen Lesungen gewohnte Grünzweig-hin-Grünzweig-her war ausgeblieben, er hatte das Gefühl gehabt, dass er durchaus entbehrlich sei, und hatte sich nicht aufgedrängt. Und also hatten ihn die Organisatoren, deren Spontaneität natürlich auch den Nachteil hatte, dass fast nichts nach Programm lief, ganz einfach vergessen.

Er war dann durch die großen, bunt bevölkerten Höfe des Areals gegangen, hatte hier und dort zugesehn, wie meist sehr junge Leute (Lehrlinge, Arbeiter, Schüler und Studenten, wie es hieß) gemeinsam Wände bemalten, diskutierten, Musik machten, Klosette reinigten, aßen, tranken und liebten, aber hatte sich, stets daneben stehend, nicht recht dazugehörig gefühlt. Vielleicht hätte er sich irgendwo dazustellen, -setzen oder -legen und einfach mitmachen sollen, aber er hatte es nicht getan. Später hatte ihn jemand von den Besetzern angerufen und gefragt, warum er nicht gelesen hätte und ob er das nicht zu einem anderen Zeitpunkt nachholen wolle. Aber da hatte er gesagt, dass er zu diesem Zeitpunkt nicht in Wien sei.

Vielleicht also waren ihm Wolfs »Arena«-Schwärmereien auch deswegen nicht besonders angenehm, weil die »Arena« etwas war, zu dem er ein ambivalentes Verhältnis hatte. Aber darüber hinaus irritierte ihn Wolf vermutlich schon deshalb, weil er sich so verhielt wie sonst (oder früher) er selbst. Seine Mienen und Gesten, temperamentvoll, aber allzu bewusst eingesetzt, selbst oder besonders dann, wenn er unterspielte, schienen Paul Mienen und Gesten einer, so hoffte er wenigstens, vorgetäuschten Überlegenheit, auch wenn sie sich bescheiden gab. Und in seinen wasserhellen Augen lauerte etwas Gelbes, Raubtierhaftes, wenn auch sehr weit hinten: Er sah und schätzte ab: erstens die Beute, das war Julia, zweitens den Gegner, das war Paul, der andere Mann.

»Du spinnst«, sagte Julia später, »du projizierst.« Da gingen sie durch den Wald, junges Laub gegen den ausgekehrten Himmel, jede Menge Natur. Ganz einfach schön! – Schon zum dritten Mal seit gestern Nacht hatte Paul diese Empfindung. »Seit sie mir an mir selbst nicht mehr so selbstverständlich ist«, sagte er, »entwickle ich einen Sinn für die Schönheit.«

»Ich habe gesagt«, sagte Julia, »dass du spinnst. Ich habe gesagt, dass du projizierst, ich meine in Bezug auf Wolf. Deine Ängste, deine Agressionen, dein verinnerlichter Kapitalismus! Du bringst Züge ins Spiel, die hier nicht mehr gespielt werden; zumindest bemühen wir uns, sie abzubaun.«

»Wir?«, fragte Paul, »du gehörst also wirklich dazu?«

»Ich komme gelegentlich her«, sagte Julia, »aber vielleicht bleibe ich eines Tages ganz. Du musst wissen, das ist alles im Aufbau, Beppo hat den Hof erst im vorigen Jahr von seinem Onkel geerbt. Aber das könnte was werden, weißt du, das ist ein Versuch alternativer Lebenspraxis, bei dem ich Lust hätte, mitzutun.«

»Na ja«, sagte Paul, er hatte noch immer ein Bedürfnis nach Widerspruch, aber das ist doch eigentlich eine Art von Flucht. Jetzt, wo alles mehr oder weniger nach rechts rückt, ziehen die mehr oder minder Linken aufs Land. Die, welche sich's leisten können wohlgemerkt, denn wer erbt schon einen Bauernhof? Ich meine: Wo bleibt die gesellschaftspolitische Relevanz?«

»Entschuldige«, sagte Julia, »aber das ist doch ein schlechter Witz! Ausgerechnet du kommst mir mit gesellschaftspolitischer Relevanz, nach all dem, was du mir gestern erzählt hast! Hast du nicht irgendwann zwischen St. Pölten und Amstetten gesagt, dass du das Private für politisch hältst? Na also, das tun wir hier auch! Dass das nicht genug ist und dass wir uns damit nicht hier in diesem Vierkanthof verschanzen dürfen, ist uns allen klar.

Hingegen kenne ich Leute, die verschanzen sich hinter ihren

Schreibmaschinen und betreiben da eine Art von Onanie. Irgendwo in ihren Einzelräumen, und dort ist es wahrscheinlich wesentlich ungesünder als hier, wo es übrigens nicht bei der Onanie zu bleiben braucht ...« War nun ein Unterton in ihrer Stimme und wenn, was für einer, sollte das eine Anspielung sein oder gar eine Aufforderung? Paul war verunsichert, noch dazu setzte sich Julia bei diesen Worten auf einen geschlagenen Baumstamm, was alles Mögliche oder gar nichts bedeuten konnte, er setzte sich neben sie.

»Apropos«, fragte er schließlich vorsichtig, »darf ich dich etwas fragen, ohne dass du mir bös bist?«

»Frag«, sagte sie und stützte die Hände auf die Knie, die sich stramm und selbstbewusst unter dem Kleid abzeichneten, ihre Füße standen mit der ganzen Sohle auf der Erde.

Pauls Stimme klang heiser, obwohl er gar nicht verkühlt war.

»Haben wir gestern Nacht miteinander geschlafen oder haben wir nicht?«

Da stand Julia auf, breitete die Arme aus, warf den Kopf in den Nacken und lachte. Sie lachte schallend in den Wald hinein und genauso kam es von dort zurück. Sie drehte sich einige Male um sich selbst, erst schnell, dann langsam, kam allmählich zur Ruhe, wie ein großer Kreisel, saß schließlich wieder neben Paul. Saß da und verschnaufte: Sie hatte Tränen gelacht.

»Verzeih«, sagte sie, »du hast überhaupt nichts kapiert. Ob wir gestern Nacht miteinander geschlafen haben oder nicht, als ob es darauf ankäme! Du warst mein Lehrer und ich war deine Nachhilfeschülerin, aber seither ist viel Zeit vergangen. Du bist nicht mehr der Alte, weißt du, aber wenn du ein Neuer werden willst, musst du noch viel lernen!

Eine neue Art von Zärtlichkeit zum Beispiel: Es geht nicht mehr darum, dass Männer und Frauen voneinander Besitz nehmen. Hättest du etwas gewonnen, wenn wir miteinander geschlafen hätten, hättest du etwas verloren, wenn nicht?, das ist doch alles Blödsinn! Welche gesellschaftspolitische Relevanz hätte es denn gehabt, wenn ich mit dir geschlafen hätte? Wäre das ein Akt der Unterdrückung gewesen oder ein Akt der Emanzipation oder hätte es uns ganz einfach gefreut?«

Paul musste lachen. »Du sagst es mir also nicht?«

»Nein«, sagte Julia, »fällt mir doch gar nicht ein.«

»Na schön«, sagte Paul, »vielleicht hast du wirklich recht.«

In diesem Moment rief ein Kuckuck. Sie schwiegen und lauschten.

»Ich hab dir viel von mir erzählt«, sagte Paul auf dem Rückweg, »erzähl mir auch von dir.«

»Das ist nur halb so interessant. Was willst du denn wissen?«

Er sah sie an, wie sie neben ihm herging, in den zehn Jahren, die sie sich nicht gesehn hatten, war sie etwas größer als er geworden, sie ging sehr aufrecht.

»Wie aus der Julia, die ich gekannt habe«, sagte er und streckte sich ein bisschen, »die Julia geworden ist, die ich jetzt kennenlerne«, da spürte er sein Kreuz.

»Ich glaube, du überschätzt mich«, sagte sie; sie hatte ein feines Gehör für das, was er nicht aussprach. »Ich bin halt ein bisschen erwachsener, das ist alles. Ich habe gelernt, mich selber zu akzeptieren. Das habe ich damals, als du aufgehört hast, mir Nachhilfestunden zu geben, noch nicht gekonnt.

Bevor du aufgetaucht bist, bin ich mir in jeder Beziehung unzureichend vorgekommen. Zu dumm, das hat meine Mutter mir ständig eingeredet, weil sie auf meinen Vater wütend gewesen ist, der sie nicht hat heiraten wollen; zu hässlich, das habe ich mir eingebildet, wenn ich mich in den Spiegel geschaut habe; zu jung. Du warst der Erste, der mir ein gewisses Selbstvertrauen gegeben hat, dafür war ich sehr in dich verliebt. Aber wie ich dich mit Silvi vor dem Kino gesehen habe, war es vorläufig aus.

Ich bin dann durchgefallen in der Schule, ich habe eine Zeitlang das Gefühl gehabt, mein Leben ist vollkommen sinnlos. Aber wie ich die Klasse wiederholt habe, da hat sich das radikal geändert. Einerseits, weil ich jetzt die Älteste war und schon etwas reifer gewesen bin als die andern, vor allem aber, weil mir mein neuer Klassenvorstand, den wir in Deutsch und Geschichte gehabt haben, imponiert hat. Ich muss dich enttäuschen, er hat dir überhaupt nicht ähnlich gesehn: Er war eine Frau.

Die Beziehung, die ich zu ihr gehabt habe, hat sich grundlegend von der Beziehung zu dir unterschieden, aber der Effekt war vergleichbar. Von dir hätte ich mich gern entführen lassen oder so was, aber du warst der ganz andere, ich hätte niemals den Wunsch gehabt, dir zu ähneln. Mit ihr hingegen, Lisa hat sie geheißen, wir haben sie beim Vornamen nennen dürfen, habe ich mich identifizieren können, Sie war mir, ihm wahren Sinne des Wortes, ein Vorbild. Nicht, was Äußerlichkeiten anlangt, aber dem Wesen nach: Sie hat das Gefühl vermittelt, sie selbst zu sein.

Sie war vielleicht vierzig, unverheiratet, aber immer noch oder jetzt erst recht hübsch, und zwar aus Selbstbewusstsein. Sicher hat sie Freunde gehabt, einmal habe ich sie sogar mit einem gesehn, der war um gute zehn Jahre jünger als sie. Ich glaube jedoch nicht, dass sie davon abhängig war, ich meine: Das hat ihr Selbstbewusstsein nicht ausgemacht. Ich habe von ihr geschwärmt, ja, aber nicht auf die oberflächliche Art, die in diesem Alter angeblich üblich ist; ich habe den Eindruck gehabt, dass sie eine souveräne Persönlichkeit war, und das hat mir selbst geholfen.

Außerdem hat sie gesehen, dass ich Probleme habe, und hat sich um mich gekümmert. Haben wir die letzte Stunde Geschichte gehabt, so sind wir manchmal noch lang nach dem

Klingeln sitzen geblieben, sie und ich, und haben geplaudert. Es hat nichts zu bedeuten, hat sie gesagt, ob du zu dick bist oder zu dünn, ob du Pickel hast, ob du ein Talent für Mathematik hast oder nicht. Du brauchst nichts zu erzwingen, du kannst einfach alles kommen lassen, du darfst nicht krampfhaft versuchen, wer anderer zu sein.

Auch brauchst du nicht zu verzweifeln, wenn du was falsch machst, Fehler macht jeder. Wenn du findest, du hast nicht den richtigen Weg eingeschlagen, so geh zurück und nimm einen anderen: So simpel ist das. Und wenn du findest, dass du den richtigen Weg gehst, und wenn die Gegend, durch die er dich führt, dir gefällt, so freu dich. Es gibt genug Anlass dazu in diesem Leben, genauso, wie es genug Anlass dazu gibt, traurig zu sein, aber es ist natürlich und gut, wenn du dich mehr der Freude zuneigst, und die Traurigkeit nur in Kauf nimmst …

Na ja, und das habe ich mir zu Herzen genommen. Ich hab die Matura gemacht, das war ein Anlass zur Freude, ich hab immer ärger mit meiner Mutter gestritten, aber ich war jetzt schon stark genug, um das zu verkraften. Sie hat sich einen neuen Mann gefunden, den habe ich nicht leiden können, ich habe vorgeschlagen, in ein Studentenheim zu ziehn. Meine Mutter und mein Stiefvater waren offenbar froh, mich auf so problemlose Weise loszuwerden, und haben mir das bezahlt.

An der Uni habe ich eine Menge Leute kennengelernt, die haben mir eine ganz neue Welt eröffnet. Über verschiedene Themen habe ich bis dahin viel zu wenig nachgedacht: über Politik zum Beispiel. Na ja, und natürlich haben mich meine neuen Bekannten und Freunde nicht nur zum Nachdenken angeregt. Da waren einige, die sind ziemlich nett gewesen, und einige, die waren sogar sehr nett, und manche, die waren ganz nett, aber komische Figuren.

Stefan etwa, mit dem ich ungefähr ein halbes Jahr liiert war, also Stefan hätte mir gut gefallen. Aber er war auf einem Meditations- und Askese-Trip, schon der Gedanke, mich anzurühren, hat ihm ein schlechtes Gewissen verursacht. Nicht meinetwegen, woher denn, um seinetwillen! Er hat sich eingebildet, irgendwelche Energien zu verschwenden, falls er mit mir schläft, also haben wir es nicht getan.

Dann ist er nach Nepal gefahren und ich war eine Zeitlang mit Dieter beisammen. Bis ich draufgekommen bin, dass er, obwohl er den Mund voll progressiver Phrasen gehabt hat, unser ganzes Leben vorausplanen wollte, mit sich als Mann in gehobener Stellung und mir als Heimchen am Herd. Man muss den Kapitalismus von innen kennenlernen, um ihn bekämpfen zu können, hat er gemeint, offensichtlich hat er sich so etwas Ähnliches auch in Bezug auf die Ehe gedacht. Ich hab ihm da weder folgen können noch wollen und hab mich von ihm getrennt.

Allmählich hab ich begriffen, was ich will, nämlich nicht nur auf einen Menschen angewiesen sein, auch wenn ich meistens nur einen wirklich gernhab. Jetzt ist es so, dass ich viele Beziehungen habe, nein, nicht wie du glaubst, die wenigsten davon sind intim. Aber ich fühle mich wohl, wenn es mehrere Menschen gibt, mit denen ich mich wohler fühle als allein. Kein Zweifel, dass ich mich am wohlsten fühle, wenn ich mich wirklich geliebt weiß, aber ich möchte nicht total davon abhängen, ich glaube, die ausschließende und ausschließliche Form von Abhängigkeit ist der Tod jeder Beziehung.

Vielleicht möchte ich eines Tages ein Kind, vielleicht möchte ich sogar einen Mann, aber keinen, der mit mir zusammenwohnt, keinen, den ich sehen muss, wenn ich ihn nicht sehen will. Ich habe angefangen, Artikel zu schreiben, ich bin aus dem Studentenheim ausgezogen und habe mir eine kleine Wohnung gemietet. Frag mich nicht, wie ich mir meine Zukunft genauer vorstelle, ich stell sie mir nicht genauer vor. Ich will die Gegenwart, verstehst du, wirklich hier und jetzt sein, nicht vage dort und dann.«

»Ja«, sagte Paul, »so wie wir jetzt durch diesen Wald gehn und es genießen, dass wir nah beieinander sind, ich glaube, das heißt leben. Wenn ich eine Kamera hätte, würde ich dich gern fotografieren, gibt es in Beppos Bauernhof einen Apparat?«

»Untersteh dich«, sagte sie, »tu das nicht! Weißt du, ich kann es nicht leiden, wenn man mich festhält.«

Auf dem Hof wurde gearbeitet, als sie zurückkamen. Josef und Wolf zersägten Bretter, Steffi und Tommy mischten Zement, Beppo stand in der Küche und bereitete das Mittagessen. Außerdem betätigte er sich als Diskjockey, wechselte die Scheiben auf einem Plattenspieler, die man, durch unter dem Dach montierte Boxen, auch draußen hören konnte. *Wir lernen im Vorwärtsgehen*, sangen die »Schmetterlinge«, Paul fand diese frohe Botschaft schön, obwohl er nicht daran glaubte.

Der lange Marsch durch die lange Nacht / der Geschichte hat uns stark gemacht. Die allgemeine Geschichte und die besondere, die kollektive und die individuelle, Geschichte, Geschichten, Geschichtlein. »Ehrlich gestanden«, sagte Paul zu Julia, während er die geborgten Gummistiefel auszog, »ich bewundere diesen Optimismus. Dass ich ihn trotzdem nicht teile, ist eine andere Sache.«

Dann betätigte Beppo einen Gong, das Mittagessen war fertig, aus irgendeinem Zimmer tauchte ein neues Mädchen auf. Sie hieß Ursel, hatte hennarot gefärbte Haare, bewegte ihre kurzen, kräftigen Arme und Beine mit einer resoluten, aber heiteren Entschlossenheit und erinnerte Paul an eine kleine Hexe. Sie setzte sich neben Wolf, was Paul zu gewissen Hoffnungen veranlasste, aber wahrscheinlich dachte er nach wie vor in bürgerlichen Kategorien. Sie erzählte von einer Demonstration gegen ein geplantes Atomkraftwerk, die Regierung hatte zwar die Inbetriebnahme schon so gut wie beschlossen, aber trotzdem oder deshalb erst recht sollte man auf die Straße gehen, da waren alle einer Meinung.

»Daran ist zu sehen, was es mit unserer sogenannten Volksherrschaft auf sich hat. Du kannst etwas ablehnen«, sagte Wolf, »du kannst das auch äußern, nur die Volksvertreter, die angeblich deinen Willen repräsentieren, schert das einen Dreck. Aber sie sollen nicht glauben, dass sie uns auf diese Weise zum Schweigen bringen, dass es uns vor lauter Resignation die Rede verschlägt, also nur das nicht!« … Paul fand, dass Wolf recht hatte, auch wenn er sich innerlich immer noch ein bisschen gegen ihn wehrte, aber das hatte nichts damit zu tun.

»Julia hat uns gesagt, dass du Probleme hast«, sagte Wolf schließlich zu ihm gewandt, »du könntest sie hier bei uns abladen. Ich meine: Du könntest darüber reden, wenn dir danach ist, und wenn dir nicht danach ist, könntest du vielleicht darüber nachdenken und sie, wenn sie dir nicht mehr so wichtig erscheinen, irgendwo im Wald verlieren. Siehst du, es gibt viel Gegend hier bei uns und viel Platz. Nun ja, das ist ein Angebot, wenn du willst, kannst du eine Weile bleiben, Zimmer haben wir genug.«

Paul wusste nicht, was er sagen sollte, er war überrascht und entwaffnet zugleich. Dass ausgerechnet Wolf so zu ihm redete: Er hatte das Gefühl, als hätte ihm jemand die Hand geschüttelt, dem er ein bisschen misstraut hatte, aber der Händedruck war fest und gut. Oder nein, Händedruck war kein ganz treffender Vergleich, eher eine andere, ebenso unerwartete wie erfreuliche Form von Berührung. Eine neue Art von Zärtlichkeit, ja, vielleicht war es das, er konnte ihr ausweichen oder sie annehmen: Er ahnte eine neue Freiheit.

Zwar war da noch der Artikel für Fiedler, den er zu schreiben hatte, aber was, wenn er ihn hier schrieb? Sicher gab es da eine Schreibmaschine, die man ihm zur Verfügung stellen konnte, er würde später danach fragen. Und gab es keine, so würde er mit der Hand schreiben, und Fiedler würde sich halt bequemen müssen, seine Schrift zu entziffern. Oder er würde den Artikel überhaupt nicht schreiben und Fiedler vergessen, »mach dir nichts draus«, sagte Julia, »ich schreibe ja meinen Artikel über dich auch nicht, das ist alles nicht so wichtig!«

Wieder saßen sie um den Tisch vor dem Haus, Beppo hatte Huhn auf indische Art gekocht, in den Gläsern schimmerte ein fast violetter Rotwein. Es war Paul, als wäre er schon einmal hier gewesen, aber vor sehr langer Zeit, sodass er sich nur mehr dunkel daran erinnerte, wie an einen alten Traum. Er empfand auf angenehme Weise, dass er fünf Sinne hatte und vielleicht noch einige mehr. Ein Motiv aus den »Vier Jahreszeiten« fiel ihm ein und wiederholte sich mehrere Male in seinem Kopf: Es war eins aus dem Frühling.

2

BETRETEN DES RASENS VERBOTEN / RADFAHREN UND FUSSBALLSPIELEN VERBOTEN / LÄRMEN UND MUSIZIEREN VERBOTEN ... Sogar die Mistkübel haben sie jetzt mit einem Gitter umgeben, damit niemand Unbefugter seinen Dreck bei uns ablädt: NUR FÜR HAUSMÜLL. Dass wir selbst so viel Dreck machen, ist doch unmöglich! Bei der letzten Hausversammlung haben die Delegierten einstimmig für die Errichtung des Mistkübelgitters votiert.

Ich betrete den Hausflur, bücke mich an den Briefschlitz, rufe den Aufzug. Sehe mich im Spiegel, finde mich immer fremder, womöglich kenne ich mich eines Tages nicht mehr. Der

Bart ist fast durchgewachsen, vielleicht liegt es daran. Ich sollte mich, denke ich, wieder einmal rasieren.

Wenn ich nach Hause komme, treffe ich mich daheim an? Ich klingle und hoffe; es wäre schön, denke ich, wenn der Abend schön würde. Sonja küsst mich: Sie lächelt müde, aber sie lächelt. Miriam läuft mir entgegen: »Papa!«, ruft sie.

»Du bist der Zauberer«, sagt sie, »und ich bin der Kasperl.«

»Gut«, sage ich, während ich mir die Schuhe ausziehe, »Zauberer bin ich gern.«

Ich hänge Jacke und Kappe auf die Kleiderablage.

»Zauberer, komm«, sagt Miriam, »spiel mit mir!«

Dann sitzen wir im Kinderzimmer auf dem Boden und bauen einen Turm. Wenn er hoch ist, wirft ihn Miriam um. Ihr eigener Schatten ist ihr längst kein Problem mehr. Fällt er ihr auf, so sagt sie ganz einfach: »Schatten«, und damit hat sich's.

Nachher essen wir Grießkoch, Miri und ich. Sonja will schlank bleiben und verzichtet aufs Abendessen.

»Der Kindergarten«, sagte sie, »ist auch zu bezahlen.«

»Aber ja, ich bin doch ein Zauberer, nicht wahr?«

»Zauberer, badest du heute mit mir?«, frägt mich Miri.

Ich sage: »Na klar, dem Kasperl sag ich nicht nein!«

Und schon hat sie sich die Kleider vom Leibe gerissen und flitzt ins Badezimmer.

»Na komm schon«, ruft sie von dort, »zieh dich aus! Wie lang soll ich warten?«

Dann sitzen wir in der Wanne und spielen mit einem Schiff. Und Miriam schüttet mir eine Gießkanne lauwarmes Wasser über den Kopf.

»Hab ich dir die Haare ausgerissen?«, fragt sie und klatscht mir eine Hand voll Shampoo auf die allzu hohe Stirn.

»Nein, Miriam«, sage ich, »die fallen mir von selber aus.«

Schließlich liegt Miri im Bett und ich sitze bei ihr. Erzähl mir was, sagt sie, und ich erzähle ihr etwas: »Es war einmal …« Oder ich greife zur Gitarre und spiele ihr Lieder, die gehören nur für sie und mich.

»Papa, bleibst du mir?«

»Aber sicherlich, Miri.«

»Und wie geht es in der Schule?«, frage ich Sonja, sobald Miriam eingeschlafen ist, sie zieht ein Gesicht. Sie muss jetzt in der Hauptschule unterrichten, B-Zug, »das ist«, sagt sie, »das Letzte. Wie eine Gesellschaft, die das Wort Klassenkampf nicht hören will, von vornherein Klassen züchtet. Die«, sagt Sonja, »die ich heute bürgerlich erziehe, sind morgen das Proletariat.

Ich weiß nicht, wie ich sie motivieren soll. Zeichnen und Musik, das sind schöne Gegenstände, aber sie finden keinen Zugang. Und wenn wir uns ehrlich sind, sollen sie gar keinen finden. Kunst und Kultur sind doch gar nicht für sie bestimmt … Sie wissen genau, dass sie den ganzen Scheiß, den ich ihnen da biete, überhaupt nie brauchen. Unterrichten in Hinblick auf die Werte des Guten, Wahren und Schönen: dass ich nicht lach! Wahr ist vielmehr, dass dieses System gut ist für die Reproduktion des Bestehenden und darin hat das Schöne nicht viel Platz. Humanistische und realistische Fächer: Schon diese Aufteilung zeigt: Humanismus ist nicht realistisch.«

Nachher sitzen wir vor dem Fernseher, Sonja und ich. *Weiß, weißer, am weißesten:* Diese Gesellschaft hat ein verräterisches Bedürfnis nach Reinigung: Wir waschen unsere Wäsche in Unschuld. Ein Vertreter der Industrie redet vom notwendigen Nachschub für gewisse Teilbereiche der Wirtschaft. »Hier herrscht Mangel«, sagt er, »dort hingegen Überschuss, eine gewisse Umstrukturierung ist daher unvermeidlich. Natürlich müsse es in diesem Zusammenhang zu Rationalisierungen kommen, auch die Vollbeschäftigung könne nämlich zum Fetisch werden. Aber dass der Prozentsatz an Arbeitslosen in einem gewissen, der internationalen Entwicklung entsprechenden Ausmaß ansteigt, also das ist doch noch lang kein Grund zur Panik.« Das Interesse der Industrie und unser Interesse: Wir sitzen alle in einem Boot. Wenn es untergeht, wer ersäuft dann zuerst?

Dann sehen wir eine Rakete, die ihr Ziel auf jeden Fall trifft. Sie ist auf ihr Ziel programmiert: Wenn du das Pech hast, dieses Ziel zu sein, kannst du ihr nicht entgehn. Auch die Wirkung einer neuen Atombombe wird uns, anhand einer schematischen Zeichnung, erklärt. Die Sachwerte bleiben, die Menschen sterben, wie unheimlich praktisch.

Endlich liegen wir im Bett nebeneinander und fühlen uns meistens zu ausgepumpt, um uns zu lieben. Wir lesen noch ein bisschen, aber für gewöhnlich fallen uns schon nach zwei Seiten die Augen zu. Manchmal, später, keine Ahnung, wie spät, umarmen wir uns im Schlaf und wachen dadurch wieder auf. Oder genauer: Wir geraten dann in ein seltsames Zwischenstadium zwischen Träumen und Wachen; sie erkannten einander, heißt es biblisch: Aber ich bin nicht sicher, ob diese Bezeichnung auf solche Umarmungen passt.

Und also bin ich inzwischen Mitte der Dreißig
und lebe womöglich noch etwas darüber hinaus

und also bin ich inzwischen Mitte der Dreißig
und sehe ärger denn je nach Jesus aus

bis auf die Glatze am Hinterhaupt

und hab eine Zeitlang an mich geglaubt
und wollte mehr schein als seinen /

schließlich (verkünde ich) haben wir alle gelernt
unsere Ausbeutung zu genießen auch ich

fühl mich nicht frei von Schuld und hebe entsprechend
erst gar keinen Stein auf oder nur einen kleinen

ich predige Wein aber saufe Wasser ich weiß
ich bin ja auch innerlich aus mir selbst emigriert

das ist mein Fleisch das ist mein Blut also esset und trinket
und liebet einander dass ihr was Warmes spürt /

späte Geschlechter
fachsimpelnd über Fossilien
(Präservative
die sie aus unseren
Rocktaschen fischen)
mögen die Zwischeneiszeit
in der wir wohnen
interpretieren

wir aber
unsere eigenen
Epigonen

müssen zuerst versuchen
nicht zu erfrieren

alles andere
wird sich womöglich
ergeben

Leben
heißt überleben

PETER HENISCH

Pepi Prohaska Prophet

Pepi Prohaska
Prophet

für Miriam
(früher oder später)

Weil die Pupille dunkel ist,
nimmt sie alles Licht in sich auf.

Rabbi Pinchas von Korez

1

Damals, als ich ihn zum ersten Mal wiedersah – nicht mehr das Kind, das ich gekannt hatte, aber auch noch nicht ganz erwachsen, hoch aufgeschossen im Vergleich zu früher (in unserer Volksschulklasse war er einer der Kleinsten gewesen) –, damals hätte ich ehrlich gestanden nicht gedacht, dass aus ihm werden würde, was später aus ihm geworden ist. Es war anlässlich eines Fußballspiels, zu dessen Besuch mich mein Bruder überredet hatte, der sich, zum Unterschied von mir, für Sport interessierte; ich ging nur aus brüderlicher Solidarität mit. Auf einem inzwischen längst verbauten Areal in Wien-Favoriten sollte die Heimmannschaft, der Franz aus mir nicht nachvollziehbaren Gründen anhing, gegen irgendwelche Gäste antreten, deren Namen ich vergessen habe. Als wir das Drehkreuz hinter uns hatten und uns einen Platz suchten, war noch das Vorspiel der Jugendmannschaften im Gang, eine, wie ich der Reaktion meines Bruders entnahm, selbst für ihn eher unerhebliche Angelegenheit – er sah kaum aufs Spielfeld, blätterte in der Zeitung, in der das Hauptspiel angekündigt war, und machte sich schließlich an die Verfolgung eines durch die Sitz- und Stehreihen klingelnden Eismanns. Ich fühlte mich also nicht einmal um seinetwillen bemüßigt, die auf dem schütteren Rasen hin und her rennenden Jungfußballer – grün bedresst die einen, rot die andern – besonders zu beachten. Doch machten mich vereinzelte Pfiffe und volkstümliche Unmutsäußerungen, die ich hier nicht wiedergeben will, auf den meist die Outlinie entlangtrabenden Linksaußen der Grünen aufmerksam, dessen Schuhe offenbar mindestens eine Nummer zu groß waren und dessen Stutzen ständig rutschten. Er wurde höchst selten angespielt, zwei Mal, an die ich mich erinnern kann, stolperte er und wirbelte sonnenvergilbte Grasbüschel durch die Luft. Das dritte Mal zögerte er, vor dem gegnerischen Tor stehend, so lang, bis ihm der Tormann, sichtlich ungeduldig geworden, den Ball ganz einfach vom Fuß nahm. Danach bückte er sich und schnürte an seinem Schuh, was die bis dahin moderaten Pfiffe zu einem kurzen Crescendo anschwellen ließ. Charlie Chaplin!, rief jemand, als er, gesenkten Kopfs, zurück in seine Outlinienposition lief, Charlie Chaplin, Charlie Chaplin!, fielen ein paar andere ein, statt der Pfiffe gab es jetzt Gelächter. Der Vergleich war nicht abwegig: Um ihm vollkommen gerecht zu werden, fehlte dem unfreiwillig komischen Linksaußen eigentlich nur der Schnurrbart. Ich sehe ihn heute noch deutlich vor mir, wie er – ein fußballerisches Exempel der Sinnlosigkeit – bis zum Spielende tapfer weitertrabte, aber (vielleicht war er ohnehin froh darüber) keinen Ball mehr bekam.

Wahrscheinlich wäre dieses Bild, so kurios es an sich sein mag, nicht mehr im Album meiner Erinnerung, hätte ich nicht kurz darauf in ebenjenem Linksaußen, der, mit einer gewissen Distanz von den anderen, als Letzter vom Feld kam, Pepi Prohaska erkannt. Um Missverständnisse gar nicht erst aufkommen zu lassen, merke ich an, dass er nicht mit dem später, wie sogar ich weiß, recht populär gewordenen Fußballer gleichen Familiennamens verwandt oder gar ident ist, obwohl er damals, zu meiner Überraschung, die gleiche Karriere anstrebte. Bertl, sagte er, als wir – ich wollte die Pause vor dem Hauptspiel für einen Gang auf die Toilette nutzen – einander über den Weg liefen (keine Ahnung, woran er *mich* erkannte, ich jedenfalls erkannte ihn an seinen Augen wieder, auf die ich, denke ich, noch einige Male zu sprechen kommen werde), heute haben sie mich ausgepfiffen, aber sie wissen nicht, was sie tun. – So?, fragte ich. Meine Stunde ist noch nicht da, antwortete er. Aber ich sag dir: Ich komm noch ins Nationalteam!

Diese seine erste (zumindest seine erste *mir* gegenüber getane) Prophezeiung ist, wie sich leicht nachweisen lässt, nicht in Erfüllung gegangen. Aber das beweist nichts, außer dass vielleicht auch und besonders ein Prophet seine Entwicklung braucht. Es ist nicht die Absicht dieses meines Berichts, zu beurteilen, ob P. P. ein echter oder ein falscher Prophet war, in dieser Frage fühle ich mich nicht kompetent. Seiner Ent- oder Verwicklung auf die mir mögliche, persönliche Weise nachzuspüren und sie gerade in einer Situation, in der manche dazu neigen, ihn zu mystifizieren, der Öffentlichkeit mitzuteilen, fühle ich mich aber durchaus berufen: Bin ich ihm doch (trotz zeitweiliger räumlicher und vor allem geistiger Entfernung) nähergestanden als die meisten anderen.

Fußballerische Ambitionen hätte ich ihm, nach dem Bild, das ich bis dahin von ihm hatte, am allerwenigsten zugetraut. Aber man konnte sich (das weiß inzwischen nicht nur ich) in ihm irren, vielleicht sogar an ihm irre werden. Als ich ihn zum ersten Mal sah – es war an unserem gemeinsamen ersten Schultag –, hatte ich den Eindruck, er sei ein weiches, wehleidiges, für einen wie mich, in dessen Familie der vielen Geschwister wegen die Herausbildung solcher Charakterzüge gar nicht in Frage kam, geradezu ärgerlich verwöhntes Kind. Er war der Einzige, der heulte, saß da und presste ein sehr weißes Taschentuch gegen seine (infolgedessen noch nicht zur Geltung kommenden) Augen; mir, der ich damals eine Bankreihe vor ihm saß und mich nach ihm umwandte, war das geradezu peinlich.

Der erste Eindruck wurde bestätigt durch die unglückliche Figur, die Prohaska beim Turnen machte. Über die als harmlose

Hürden von etwa 20 cm Höhe in den Weg gekippten Holzbänke sprang er nicht, wie wir anderen, sondern stieg, vorsichtigen Fußes (mit gewissermaßen spitzen Zehen) und an die Brust gewinkelten Arms, »wie ein Mäderl«, was in einer reinen Knabenklasse wie der unseren ein abfälliges Urteil war. Nachher, im Umkleideraum, war er nicht imstande, sich die Schuhbänder ordentlich zu schnüren (ja, mit den Schuhen hatte er immer Probleme, vielleicht ist das der Grund, warum er später so gern Sandalen trug), und latschte mit offenen (gleich wieder aufgegangenen) Schnürriemen über den Gang ins Klassenzimmer zurück. Während der nächsten Unterrichtsstunde versuchte er dann, wenn er sich unbeobachtet glaubte, unter die Bank tauchend, den Toilettefehler zu korrigieren, aber die üblichen Knoten- und Maschenmodelle beherrschte er offenbar nur unzureichend, und zur Erfindung neuer reichte seine in praktischen Angelegenheiten auch später wenig entwickelte Phantasie nicht.

Ansonsten war diese allerdings schon damals sehr ausgeprägt. Wenn es darum ging, etwas zu erzählen, beispielsweise vom König Richard Löwenherz, über den uns, da eine Gasse in der Nähe unserer Schule nach ihm benannt war (angeblich war er, vom Kreuzzug zurückkehrend, ebendort in ein Wirtshaus eingekehrt und erkannt worden), unser Lehrer schon in der ersten Klasse informierte, und wir anderen, weniger Sprach- geschweige denn Hochsprach-Begabten, bestenfalls ein paar klägliche Satztröpfchen aus uns herausquetschten, redete Prohaska wie ein Wasserfall. Wie sich Löwenherz in seinen Mantel gehüllt habe, dass dieser Mantel von grauer Sackleinwand gewesen sei, aber darunter hervor habe ein reich besticktes Wams geschimmert etc. etc., lauter Details, die der gute, dicke, ständig schwitzende Lehrer Kattinger gar nicht erwähnt hatte. Und was der Wirt, von Löwenherz, der kein Kleingeld bei sich trug, mit einem schweren Goldstück bezahlt, gedacht und wie der König endlich stolz sowie – trotz der schlimmen Folgen, die das für ihn hatte – irgendwie erleichtert seine unscheinbare Verkleidung abgeworfen und gesagt habe: Ja, ich bin es!

Natürlich tat sich Pepi auch im Zeichnen hervor, und zwar durch die Schöpfung von allerlei Wunderblumen und Fabeltieren, die dann, weit häufiger als die von uns anderen zu Papier gebrachten Kräuter und Kreaturen (für die Natur als Modell hatte Kattinger viel übrig), die Wände des Klassenzimmers zierten. Sein Eifer bei der Produktion solcher, durchaus nicht allseits geschätzter Kunstwerke (Was soll denn das wieder sein, kritisierte etwa der realistische Mitschüler Tulipan, das gibt's doch gar net!) manifestierte sich schon rein physisch – er kniete, was Kattinger in diesem Fall duldete, auf einem Sessel, lümmelte über dem Tisch und zeigte die Spitze seiner Zunge. In die Musikstunde durfte er sein Akkordeon mitbringen, ließ es sich allerdings (typisch für ihn) vom körperlich stärkeren (für die noch magere Zeit damals erstaunlich korpulenten) Miksch Peter tragen. Besonders gern spielte er »Lustig ist das Zigeunerleben«, griff kühne, uns andere beim Singen irritierende Akkorde und bekam dabei jenen seltsam schwimmenden, die Gegenwart (damals die unseres trüben Musikzimmers, in dem vom grünen Wald, den wir besangen, variavaria, keine Spur war, denn die Fenster schauten auf eine Feuermauer) gewissermaßen transzendierenden Blick, den er später so kultivierte.

Dass ich ihm näherkam, hängt zuallererst mit einer rein räumlichen Annäherung zusammen. Im Zuge der Sitzordnungsreform, die unser Lehrer nach etwa drei Monaten Schulbetrieb, also Ende November, durchführte, weil die bis dahin nebeneinandersitzenden Schüler durch munteres Plaudern den Unterricht störten, wurde er neben mich gesetzt. Wir lasen gerade ein Gedicht aus dem Lesebuch, in dem ein Bratapfel auf der Herdplatte lag, duftete und allmählich die Farbe wechselte. Natürlich war es Pepi, unser bester Leser, den Kattinger zum Vorlesen aufrief. Da er sein Buch vergessen hatte (was ihm eher nachgesehen wurde als anderen), schauten wir beide in meines. Ich erinnere mich genau, dass mir der Unterschied zwischen der Mühe, mit der ich buchstabierte, und der Leichtigkeit, mit der er – und zwar ohne Gebrauch des Zeigefingers – förmlich über die Zeilen hinwegflog, besonders auffiel. Unglaublich! Der Vorsprung, den er auf diesem Gebiet hatte, schien mir uneinholbar. Das war das erste Mal, dass ich Pepi beneidete.

Nein, ich konnte ihn noch eine Weile nicht leiden! Aber das gewissermaßen widerwillige Interesse, das ich von Anfang an für ihn aufgebracht hatte, nahm zu. Da er nun neben mir saß, brauchte ich mir nicht mehr den Kopf nach ihm zu verrenken. Er allerdings würdigte mich vorerst kaum eines Blicks, sondern zeigte mir, mit der ihm eigenen, schüchternen Arroganz, vor allem sein Profil. So hatten wir einen Monat lang wenig Kontakt. Im Unterricht sollten wir ohnehin nicht schwätzen, und in der Pause wandte sich Pepi eher dem Erich Koneczny, seinem früheren Sitznachbarn, zu, ich aß mein Jausenbrot und war, obwohl ich mir das nicht eingestand, beleidigt. Nach Schulschluss wurde Prohaska meist von seiner Mutter abgeholt, und deren für meine Begriffe außergewöhnliche Erscheinung verstärkte den Eindruck seiner etwas anrüchigen Exklusivität. Sie hatte Dauerwellen und war geschminkt, etwas, das damals (in unsere Hefte schrieben wir Tag für Tag das Jahr 1950) tatsächlich recht selten war und bei meiner eigenen, biederen Mutter nur zu besonderen Anlässen vorkam.

Unsere Freundschaft begann bezeichnenderweise an einem Tag, an dem ihn seine Mutter *nicht* abholte. Es schneite, da stürmten die meisten von uns mit Indianergeheul aus dem Schultor –: er nicht. Skeptisch verkniffenen Gesichts blickte er ins Gestöber, als ihn, zu allem Überfluss, ein Schneeball traf. Ich weiß nicht, warum, aber ich hatte das Gefühl, dass sich das nicht gehörte – jedenfalls ging ich zu ihm hin und säuberte seinen Mantel vom Schnee. Von da an, so scheint es mir zumindest aus der Distanz all der Jahre, begleitete ich ihn. Der Weg von der Schule bis zu dem Haus, in dem er wohnte, war für mich ein nicht unerheblicher Umweg, aber ich nahm ihn in Kauf. Er erzählte mir Filme, die er gesehen hatte, eine für mich, der ich noch nie im Kino gewesen war, an sich schon sehr aufregende Vorstellung. Dass er darüber hinaus sogar für Jugendliche verbotene Filme gesehen haben wollte (Mein Papa, sagte er, gibt dem Billeteur im Kapitolkino ein Trinkgeld, dann lassen sie mich in die Balkonloge), wäre meinethalben gar nicht notwendig gewesen, steigerte aber, so schien es, für ihn die Faszination des Erzählens. Vor allem schwärmte er für Piratenfilme. Ein gewisser Pedro de Malaga, der, fälschlich der Seeräuberei verdächtigt, dann justament unter die Seeräuber ging, hatte es ihm besonders angetan. In seltsamen Rollenspielen, eigentlich Dialogen, mit denen wir uns während des Gehens unterhielten, war er natürlich dieser Pedro. Ich hingegen war – und das entsprach unserer Beziehung – sein im Zuge der Verlagerung des Landadelshaushalts auf ein Piratenschiff zum Freund gewordener Exdiener Pablito.

Durch seinen Vater, den ich mir, solange ich ihn nicht kannte, als reichen Mann vorstellte, war er übrigens nicht nur ins Kino, sondern auch sonst erstaunlich in der Welt herumgekommen. Etwa zum Heurigen, was damals in meinen Ohren klang, als wäre er in einem Nachtlokal gewesen. Um Mitternacht, sagte er, habe er, um seinem Papa eine Wette zu gewinnen, auf der Opernkreuzung den aus einem Heimatfilm aufgeschnappten Schlager »Mariandl« gesungen. Darfst du denn überhaupt so lang aufbleiben?, fragte ich. Klar, sagte er, wir haben oft Gäste im Atelier. Ich wusste natürlich nicht, was ein Atelier war. Dass sein Vater Maler sei, erwähnte er öfter, nicht ohne Stolz, aber das lag jenseits meines Horizonts. Ich dachte dabei immer an einen Maler & Anstreicher wie den Herrn Resch, der schräg gegenüber von unserem Haus ein Geschäft mit einem selbstgemalten Schild hatte und immer im weißen Overall umherlief. Erst als mich Pepi eines Tages im Frühling aufforderte, noch auf einen Sprung, wie er sich erwachsen ausdrückte, mit ihm zu gehen, weil er mir etwas zeigen wolle, klärte sich dieses Missverständnis.

Was er mir zeigen wolle?

Er sagte: Die Aktbilder.

Was denn das sei?

Er lächelte altklug: Komm mit.

Ich folgte ihm zögernd bis in den letzten Stock.

Er klingelte an der Tür. Seine auch zu Hause geschminkte Mutter machte uns auf.

Aha, sagte sie, du hast Besuch mitgebracht.

Ja, sagte Pepi, wir wollen ein bisschen spielen.

Gut, sagte seine Mutter mit ihrem Mund, der mich damals frappant an Himbeerzuckerln erinnerte, einen süßen Wunsch, der mir allerdings nur höchst selten erfüllt wurde, das Essen ist ohnehin noch nicht fertig. Ihr könnt ja derweil in dem Pepi sein Kabinett gehn.

Wir gingen also ins Kabinett (seins!, ein für mich unvorstellbarer Besitz), Pepi warf seine Schultasche in die Ecke und zeigte mir seine Spielsachen. Das heißt, er kippte zahllose Bausteine, Tier- und Indianerfiguren sowie eine komplette Eisenbahnanlage mit aufziehbarer Lokomotive aus großen Waschpulverschachteln. Besonders die Eisenbahn imponierte mir so sehr, dass ich glatt vergaß, was Pepi mir angekündigt hatte. Aber nach einer Weile boxte er mich in die Seite und forderte mich auf, ihm zu folgen.

Wir schlichen an der Küche vorbei, in der seine Mutter, nach dem Duft zu schließen, Palatschinkenteig sprudelte. Wir schlichen weiter durchs Vorzimmer, Pepi griff sich einen neben der Eingangstür hängenden Schlüsselbund vom Nagel und schlüpfte, mir voraus, auf den Gang. Die Eisenblechtür vis-à-vis, die er danach aufsperrte, hatte ich zuvor für die zum Dachboden gehalten, und tatsächlich lag auch ein Dachboden dahinter, aber was für einer! Er war vollgestopft mit Bildern: Stadtansichten, Landschaften, Tieren, Blumenstücken, Stillleben und – ja, eben Aktbildern. Jetzt wusste ich, was ein Atelier war, und nicht, was ich sagen sollte, denn es verschlug mir die Rede. *Und* den Atem – die, wie ich heute sagen kann, in jeder Hinsicht dick aufgetragenen Gemälde rochen stark nach Ölfarbe. Das ist die Margit, sagte Pepi vor dem Bildnis einer sehr rosarot auf ein sehr blaues Sofa hingegossenen jungen Dame, die zwar die Augenlider niederschlug, aber sonst alles zeigte, was sie hatte (keine Ahnung, wer diese Margit war, Pepi schien sie, nach dem vertraulichen Tonfall, in dem er ihren Namen nannte, jedenfalls gut zu kennen). Und das, sagte er angesichts einer anderen, ebenso splitternackten Frau, die man allerdings, im Abendlicht ans Fenster gelehnt, mit viel violettem Schatten nur von hinten sah, das ist meine Mutter.

Ich muss gestehen, dass ich ziemlich schockiert war. So sehr, dass ich danach, als wir in der Küche saßen und den Kaiserschmarrn aßen, auf den auch ich eingeladen war, fortwährend errötete, wenn mich Pepis Mutter ansah oder gar anredete. Wenn ich mir vorstellte, dass *meine* Mutter – also nein, das war (abgesehn davon, dass sie dafür wahrscheinlich weniger geeignet gewesen wäre) überhaupt nicht denkbar. Meine Familie war schrecklich katholisch, ging jeden Sonntag geschlossen in die Messe, und nicht einmal wir größeren Kinder sollten uns, wenn es sich irgendwie vermeiden ließ, voreinander nackt zeigen.

Pepis Vater, dessen Abwesenheit bei meinem ersten Besuch mich keineswegs überrascht hatte, da ich ja meinen eigenen Vater nie vor sechs Uhr abends sah, lernte ich ungefähr eine Woche später kennen. Es war April und regnete, »auf der Gasse«, wo ich mich nachmittags meistens herumtrieb, war nicht viel anzufangen. Da besann ich mich der aufziehbaren Eisenbahn. So groß war meine durch sie ausgelöste Faszination, dass ich um ihretwillen sogar meine Hemmung wegen der Aktbilder (ein Wort, das mir ständig durch den Kopf spukte) überwand.

Grüß Gott, Frau Prohaska, sagte ich und gab mir vergebens Mühe, nicht gleich wieder rot zu werden, ist der Pepi da?

Ja, sagte Pepis bekleidete Mutter. Komm nur herein.

Pepi lümmelte in seinem Kabinett auf der Couch und las. Servus, sagte er, als er mich sah, und seufzte.

Können wir Eisenbahn spielen?, fragte ich.

Von mir aus, brummte er. Es klang nicht begeistert.

Zog die entsprechende Schachtel hervor, kippte Gleise, Waggons und die sagenhafte Lokomotive aufs Linoleum. Begann betont träge mit dem Aufbau der Utensilien.

Aber Pepi, sagte ich, du kannst doch den Bahnschranken nicht quer über die Schienen stellen!

Er schien sich das bis dahin nie überlegt zu haben.

Ah ja?, sagte er. Und warum eigentlich nicht?

Für einen Augenblick wünschte ich mir Tulipan herbei, der hätte ihm erzählt, wie sich die Dinge »in Wirklichkeit« verhielten.

Und dann, ich zog gerade die Lok auf, eine Tätigkeit, für die Pepi wenig übrighatte, sei es, weil sich seine auch später auffallend kleinen Hände mit dem großen Schlüssel und dem strengen Widerstand, den die Spiralfeder bot, schwertaten, sei es, weil er dazu ganz einfach zu faul war, dann ging die Tür auf, und herein trat, einen Zeichenblock unter dem Arm, Prohaska senior. Ich wollte aufstehen, ihm die Hand reichen, einen Diener machen, wie ich es gelernt hatte, aber er winkte ab. Sagte nur »Grüß euch« und setzte sich, etwas entfernt von uns, im Schneidersitz auf den Boden. Die Bezeichnung Schneidersitz fällt mir übrigens nicht von ungefähr ein, denn er ähnelte frappant meiner Vorstellung vom tapferen Schneiderlein, nur dass er nicht nähte, sondern, den Kohlestift (wie ich, den man die Vorschulzeit lang gezwungen hatte, »mit der schönen« Hand zu arbeiten, befremdet bemerkte) links haltend, flink übers Zeichenpapier strichelte, was ein flüsterndes Geräusch gab. Als er spürte, dass ich ihn anstarrte (ich hatte noch keinen auf dem Boden sitzenden Vater gesehn), steckte er den Daumen der freien, rechten Hand in den Mund und tat so, als bisse er ihn ab, ihn hinter der Handfläche versteckend und angelegentlich kauend, wobei er wahrscheinlich die Zunge im Mund hin und her schob, sodass sie, einmal auf dieser, einmal auf jener Seite, die Wange wölbte. Obwohl mir dieser Trick nicht neu war und ich natürlich nicht an den abgebissenen Daumen glaubte, verursachte mir die Perfektion, mit der Pepis Vater ihn beherrschte, sooft er ihn vorführte (und er führte ihn oft vor), stets eine leichte Gänsehaut. So, sagte er, als er uns, ich schätze in weniger als fünf Minuten, skizziert hatte, fertig ist das Kunstwerk. Die Ähnlichkeit hielt sich in Grenzen, zwei ziemlich schwarze Buben beugten sich über eine zu meinem Bedauern nicht sehr detailliert ausgeführte Eisenbahn, aber ich war trotzdem beeindruckt.

Von da an ging ich am Nachmittag öfter zu Pepi. Auch wenn das meinen Eltern nicht wirklich recht war. Was brauchst du denn, fragten sie, fremder Leute Brot zu essen? Sie waren erst knappe drei Jahre nach meiner Geburt aus dem westlichen Niederösterreich zugereist und dementsprechend zurückhaltend bis misstrauisch. Was mich betraf, so erinnerte ich mich unserer ländlichen Herkunft nur dunkel. Die Großmutter, der ich den Vornamen Engelbert verdanke, besuchten wir zwar manchmal, aber ich fühlte mich bei ihr »daheim«, wie das mein Vater nannte, trotz zweier Kühe, mehrerer Hühner und eines kleinen Obstgartens, in dem man Zwetschken ernten konnte, weniger zu Hause als in unserem »Grätzel« zwischen Hainburger Straße und Baumgasse. Darüber kam ich allerdings selten hinaus. Wie ein streunender Hund oder Kater hatte ich meine Grenzen, die ich kaum überschritt.

Gerade deshalb ist mir ein Erlebnis mit Pepi und seinem Vater in besonderer Erinnerung. Es war an einem jener langweiligen Samstagnachmittage, die meine Geschwister und ich zu Hause verbringen mussten, weil unser Vater da nicht in die Fabrik zu gehen brauchte. Zwar lag er dann meist auf der Couch und schlief. (Der Papa arbeit' die ganze Wochen schwer, hieß es, der Papa muss seine Ruh haben.) Aber obwohl wir – zum Unterschied von der Mutter, die sich die stille Flickarbeit fürs Wochenende aufhob – immer wieder in Versuchung kamen, diese »Ruh« durch eine heftige Bewegung, ein lautes Wort oder gar ein Lachen zu stören, war unsere Anwesenheit während dieser endlosen Stunden obligat – das verstand man bei uns unter Familienleben. An so einem Samstagnachmittag also klopfte es (wir hatten keine Klingel) dreimal an der Tür. Der Vater gab einen sehr unwilligen Ton von sich, die Mutter zuckte zusammen, wir Kinder erstarrten. Eine weitere Serie von Klopfgeräuschen folgte, nun etwas lauter. Wer ist denn *das*?, fragte der Vater. Ich weiß nicht, sagte die Mutter. Ich geh schaun, sagte mein Bruder.

Da draußen, da steht einer, grinste er zurückkehrend, der will was von dir.

Draußen stand Pepi Prohaska. In Knickerbockers.

Das war tatsächlich ein eher komischer Anblick.

Servus, sagte er nichtsdestoweniger selbstbewusst. Kommst du mit in den Prater?

In den Prater? Mich traf beinahe der Schlag.

Dazu muss man wissen, dass der Prater für mich ein bis dahin unerfüllter Traum war. Trotz seiner relativen Nähe hatten es meine puritanischen Eltern bis dahin nicht angebracht gefunden, mit uns Kindern den Prater zu besuchen. Man konnte, so kam uns das vor, nicht mir nichts, dir nichts dort hingehen.

Vielleicht, wenn wir brav waren, später einmal, zur Firmung. Falls der Onkel Leo aus Amstetten sein Versprechen halten und unser Pate sein würde. Aber so ganz ohne Anlass? Wer kam denn auf *so was*? Das gehörte sich nicht und kostete nur Geld.

Na, sagte Pepi, was ist?

Du, ich glaub, das geht nicht, sagte ich.

Und wieso nicht?

Es schien mir zu kompliziert, ihm das zu erklären.

Also weißt du, sagte ich, meine Eltern …

Pepi lächelte. Warum fragst du sie nicht ganz einfach?

Das kann ich nicht, fand ich.

Geh, sagte Pepi. Wieso nicht?

Da stand er, den Kopf schief gelegt, ein bisschen spöttisch, aber auch ein bisschen nachdenklich.

Und dann sprach er einen Satz, mit dem er, wie mit so manchem, über sein Alter hinaus war und der mir in Hinblick auf seine spätere Karriere fast programmatisch erscheint.

Alles, sagte er, kann man, wenn man will.

Stimmt, er hat es dann nicht ganz geschafft, dieses Programm zu erfüllen. Aber er war jemand, der sich das immerhin zutraute. Etwas zu wollen, das andere für unmöglich hielten.

Und immerhin zu probieren, es durchzusetzen.

Zum Unterschied von mir. Ich war schon damals ein Kleingläubiger.

Da stand Pepi und wartete. Warum ging er nicht endlich?

Soll *ich* fragen?, schlug er vor.

Nein, sagte ich rasch, lieber nicht!

Na schön, sagte Pepis Vater. Dann frag halt ich.

Er war bis dahin etwas abseits auf dem Gang gestanden, sodass ich ihn nicht gesehen hatte.

Jetzt trat er ganz ungeniert auf unseren Fußabstreifer. Eine von den bei uns herrschenden Normen abweichende Erscheinung. Die Baskenmütze auf dem Kopf, den Zeichenblock unter dem Arm.

Darf ich weiterkommen?

Moment!, versuchte ich ihn hinzuhalten und sauste voraus ins Zimmer.

Du Papa, stotterte ich, der Herr Prohaska …

Wer ist der Herr Prohaska?

Der Papa vom *Pepi* …

Mein Vater stopfte sich hastig das Hemd in die Hose, aber da stand der Herr Prohaska schon auf der Schwelle.

Entschuldigen Sie, sagte er, dass ich so unangemeldet hier hereinschneie. Mein Name ist Prohaska. Ihr Sohn geht mit meinem in dieselbe Schulklasse. Er war auch schon ab und zu bei uns zu Besuch. Ein lieber Lauser. Sie haben wohl nichts dagegen, wenn ich mich setze …

Und so weiter. Dass ich letzten Endes wirklich die Erlaubnis bekam, mit in den Prater zu gehen, wundert mich ehrlich gesagt noch heute. Aber mein Alter war, glaube ich, ganz einfach überrumpelt. Dass er dem Herrn Prohaska trotzdem misstraute, erwies sich beim Abendessen. Über den Prater befragte er mich kaum, wohl aber über diesen »komischen Kauz«, wie er Pepis Vater nannte.

Wie der daherredet!, sagte er. Und wie der ausschaut! – *Was* ist der? Maler? Ein Künstler? Was du nicht sagst! – Kunst! Jaja,

Kunst. Das kennt man. Kunntst mir net ein' Schilling borgen? – Und dann sagte er etwas, was sich mir tief einprägte, obwohl (oder weil) er es leise sagte und ich es damals nicht verstand: Wieso hat den der Hitler eigentlich übrig gelassen?

Aber ich wollte von unserem Besuch im Prater erzählen. Wir gingen, ich erinnere mich daran, als wäre es gestern gewesen, die mit Katzenkopfsteinen gepflasterte Haidingergasse Richtung Donaukanal und stiegen in die Überfuhr. Schon das war sehr aufregend: Der Kanal, dessen Ufer im Vergleich zu heute noch natürlich (das heißt mit staubig grünem Gesträuch) bewachsen war, erschien mir als mächtiger Fluss. Und die Überfahrt mit dem an einem Drahtseil hängenden, nach Teer riechenden Fährboot kam mir unglaublich lang vor. Drüben der Auwald – damals, so kurz nach dem Krieg, tatsächlich recht verwildert – war mir ein bisschen unheimlich. Ein Ort, an dem, wie ich gehört hatte, »Kinderverzahra« ihr Unwesen trieben und Besatzungssoldaten auf Frauen lauerten, um ihnen, ich wusste nicht was anzutun. Auch Schleichhändler gab es dem Vernehmen nach, und ich schaute mich manchmal möglichst unauffällig um, ob sie nicht hinter uns herschlichen. Aber Prohaska senior und junior waren ganz unbefangen, so als gingen sie hier öfter.

Pepi hatte sogar Lust, einen Abschneider durchs Dickicht zu nehmen und mir »was zu zeigen«. Was denn?, fragte ich unsicher. Wirst schon sehen, sagte er. Dann standen wir plötzlich vor einer hohen, mit großen Vierkantnägeln besteckten Robinie. Und Pepi kletterte mir erstaunlich behänd voraus und schaute, eine kühne Stirnfalte zwischen den Augen, in die Ferne.

Dann aber waren wir endlich im »Wurstelprater«! Unter brandschwarzen Karussellskeletten (auch und vor allem das Riesenrad war eine Ruine) gab es nur einige wenige, rasch wieder aufgerichtete Buden. Mir jedoch war dieser arme, invalide

Prater, wie gesagt, die Verwirklichung eines Traums. Und dass uns Papa Prohaska auf ganzen vier Ringelspielen – ich glaube, mehr gab es gar nicht – fahren ließ, war sicher noch mehr, als ich mir bis dahin erträumt hatte. Danach klappte er einen Hocker auf, den ich, da er mit Stoff bezogen war, bisher für einen Regenschirm gehalten hatte, setzte sich und begann (er sei ja, sagte er lächelnd, schließlich nicht nur hergekommen, um Geld *auszugeben*, sondern auch, um welches zu *verdienen*) Passanten zu zeichnen. Und zwar, ob sie wollten oder nicht – für diejenigen, die wollten, kostete ein Porträt 5 Schilling, mit denjenigen, die *nicht* wollten, stritt er. Und diese Art von Streit schien ihm Spaß zu machen. Kein Wunder: Sein Wortschatz war phänomenal, und solang wir diesen Diskursen zuhörten, war ihm keiner seiner Kontrahenten auch nur im Entferntesten gewachsen. Wir hörten sie allerdings, obwohl das den Rest des Nachmittags durchaus kurzweilig gefüllt hätte, nicht vollständig, denn zum krönenden Abschluss des Praterbesuchs setzte er uns ins Kasperltheater. Und dort, auf der rohen Holzbank, nicht mehr zu zweit mit Pepi, sondern zwischen zwei Dutzend dünnen, blassen Kindern, fiel mir etwas auf, das mir als Indiz für Pepis problematische Persönlichkeit noch heute signifikant erscheint. Auf die Frage »Kinder, seid ihr alle da?« riefen natürlich, wie sich's gehört, alle derart Angesprochenen, ich eingeschlossen: Ja! Alle bis auf Pepi, der sich offenbar *nicht* angesprochen fühlte, weder durch den Plural »Kinder« noch durch das eben jeden einzelnen unter diesen Plural subsumierende »alle« – die Kinder, das waren für ihn die andern.

Die sozusagen elitäre Haltung, die Prohaska auch später, trotz all seiner volkstümlichen Anwandlungen, nie ganz verleugnen konnte, ist sicher nicht zuletzt auf den Einfluss seiner Großmutter zurückzuführen. Ich erinnere mich eines Nachmittags, an dem diese winzige Frau mit der nobel gekrümmten Nase, deretwegen sie ihr Sohn scherzhaft »Schäfchen« nannte, mit uns, Pepi und mir, der ich der Familie trotz eines gewissen Unwillens der Meinen mehr und mehr zuwuchs, in den sogenannten Beserlpark ging und auf eine freie Bank zusteuerte, die im letzten Moment von einer aus der anderen Richtung kommenden älteren Dame besetzt wurde. Ausgerechnet da muss sie sich hersetzen, raunte die Oma und setzte sich mit der Miene einer höhergestellten Persönlichkeit, die sich durch eine nicht ebenbürtige Person belästigt fühlt, ans andere Bankende. Ausgerechnet da! So groß ist der Park! Aber ausgerechnet da!

Den Beserlpark, in dessen Niederungen sich auch Pepi, hatte ich den Eindruck, nur mir zuliebe ab und zu herabließ (oder in den er sich, man kann es auch so sehen, ohne mich nicht getraute, denn so wie er redete, wurde er von den Buben, die dort das Sagen hatten, kaum akzeptiert, und selbst wenn er den Mund hielt, sah er ganz einfach anders aus und vor allem drein), den Beserlpark mochte die Großmutter ohnehin nicht. Viel lieber verschleppte sie ihren Enkel und, da unsere Freundschaft immer unzertrennlicher wurde, »nolens volens« (eine ihrer bevorzugten Redewendungen) auch mich in die »Stadt«, den ersten Bezirk also, einen Bereich, in den ich bis dahin ebenso wenig vorgedrungen war wie in den Prater. Im Burggarten oder beim Theseustempel konnte man auf Sesseln sitzen, die von – durch eine Art Straßenbahnschaffnertaschen gekennzeichneten – »Sesselfrauen« für ein paar Groschen (»ein Sechserl«) vermietet wurden. Da rückt einem, sagte die Oma, niemand zu Leib.

Nein, sie schätzte partout nicht jede Nähe. Eine, die sie schätzte, war allerdings die der Kaiserin Elisabeth. Die war zwar (wie andere Denkmäler) noch unter einem ursprünglich zum Schutz gegen Bomben- und Granatensplitter aufgebauten Ziegelklotz verborgen. Aber die Großmutter wusste: Die Sissy war dahinter. Die hab ich noch selber gesehn, sagte sie jedes Mal, wenn sie, je näher wir kamen, mit umso erstaunlich längeren Schritten ihrer kurzen Beine auf ihren Lieblingsplatz zusteuerte. Und zwar beim Blumenkorso in der Hauptallee – ein Bild von einer Frau! In einer offenen Kutsche ist sie vorbeigefahren, und ihr dichtes, narzissenbestecktes Haar hat im Wind geweht. Und dann – dann hat sie so ein meschuggener Anarchist mit einer Nagelfeile erstochen; ach Kinder, die Welt ist traurig!

Der Name Prohaska bedeutet auf Deutsch Spaziergang. Das wusste ich damals noch nicht, aber in den Erinnerungen an meine frühe Freundschaft mit Pepi überwiegen die Spaziergangsszenen. Spaziergänge mit Pepi und seinem Vater, Spaziergänge mit Pepi und seiner Großmutter, wie die soeben beschriebenen. Aber allmählich (und ab Beginn des zweiten Schuljahres immer regelmäßiger) besonders Spaziergänge zu zweit.

Der Beserlpark, wie gesagt, war nicht Pepis Fall. Auch liebte er nicht die Ecken, an denen sich Buben unseres Alters zusammenrotteten und einfach herumlungerten. Machten wir trotzdem ab und zu an so einer Ecke halt, weil ich den einen oder anderen der dort Herumlungernden kannte, so zog er sich hinter ein eigenartig puppenhaftes Gesicht zurück. Waren andere von uns Erwachsenen gegenüber schüchtern, so war er, im Umgang mit jenen geradezu weltgewandt, Kindern gegenüber gehemmt, nur wirkte diese Hemmung manchmal wie Hochnäsigkeit.

So gingen wir meistens nach kurzem Wortwechsel weiter. Suchten, vor allem um seinetwillen, Gegenden auf, in denen wir möglichst niemanden trafen. Das sogenannte Ratzenstadel etwa, das sich, ebenso überraschend wie romantisch, hinter einem Wall von brennnesselüberwucherten Schutthalden am Anfang der Gestettengasse auftat: zwei dörfliche Straßenzüge mit gedrungenen, sozusagen hockenden Häusern, rundbogigen Holztoren und grasbewachsenen Innenhöfen inmitten der Stadt. Oder (sobald wir uns über die Schlachthausgasse, die uns immer ein bisschen unheimlich war, hinauswagten) das »Erdberger Mais«, ein Areal von Gärtnereien Richtung Simmering, das, auch wenn man dort war, merkwürdig fern wirkte, irgendwie jenseitig mit seinen langen, blaugrünen Salatfeldern und seinen matt irisierenden Glashäusern.

Was wir dort taten? Wir gingen spazieren und redeten. Das heißt, dass vor allem Pepi redete. Ich hörte eher zu. Wovon wir redeten? Rückblickend habe ich den Eindruck, dass wir viel philosophierten. Aber womöglich ist das eine Projektion, denn im Detail kann ich mich an wenig erinnern. Es scheinen mir allerdings sozusagen philosophische Grundfragen gewesen zu sein, die wir auf diesen Spaziergängen erörterten. Wieso ist überhaupt etwas und nicht vielmehr nichts? Woher kommen wir, wohin gehen wir, und wozu ist das alles gut? Vielleicht ist die Welt überhaupt nur ein Traum, den wir träumen, und dann sind wir (oder ist einer von uns) der liebe Gott.

Dass dieser eine im Zweifelsfall er, Pepi, war, sprach er, schon damals von einer gewissermaßen diplomatischen Raffinesse, nicht aus, aber auf diese Idee kam sogar ich. Dass ich, meine Wenigkeit, ihn, seine Vielfalt, träumte, entsprach ganz einfach unserm Verhältnis nicht, das stand mir eindeutig nicht zu. Dafür, dass ich das unausgesprochen einsah, bekam ich übrigens seine Zuneigung. Er legte mir den Arm um die Schultern oder streichelte mir, gegen den Strich, über die Stoppelglatze (meine Eltern waren, auch was die Friseurbesuche betraf, sparsam) – eine scherzhafte Zärtlichkeit, die ich bestimmt von keinem andern geduldet hätte.

Womit wir bei Gott und der Welt sind, einem Thema, das Pepi tatsächlich schon damals weit über den altersüblichen Horizont hinaus interessierte. Er war der Einzige in unserer Klasse, der die Religionslehrerin, eine junge Dame von transparenter Fleischlosigkeit, durch Fragen unterbrach und – was allerdings nicht schwer war – durch Einwände aus der Fassung brachte. Schon der Sturz der sogenannten bösen Engel schien ihm »ungerecht«, weil sie ja nur ihre berechtigt kritische Meinung über den ihnen unterbreiteten Heilsplan (in dem so unangenehme Ereignisse wie Sündenfall, Sintflut, Sprachverwirrung zu Babel, Zerstörung von Sodom und Gomorrha etc. auf Kosten der Menschen vorgesehen waren) deponiert hatten. Sicher, das sagte er wohl doch in etwas kindertümlicheren Worten, aber sinngemäß sagte er's bestimmt, so wahr ich vier Semester Theologie studiert habe.

In diesem Zusammenhang fällt mir übrigens der Abend ein (es war der Abend eines 5. oder 6. Dezember, wahrscheinlich 1951), an dem wir, Pepi und ich, am Straßenrand standen und dem traditionellen Maskenumzug der Nikolos und Krampusse zusahen, den es damals in unserem Viertel noch gab. Es schneite (der Winter kam in jenen Jahren früh) in großen, segelnden Flocken, und die Luft roch nach Maroni. Vorbei ziehen – zumindest in meiner Erinnerung – endlose Scharen von Maskierten, die einen mit golden gefärbten Bischofsmützen aus Pappendeckel, rosa gepuderten Wangen und weißen Wattehaaren, die andern gehörnt, mit rußgeschwärzten Gesichtern oder Larven und langen, roten, aus den Mündern baumelnden Zungen. In den Händen trägt man – je nach Parteizugehörigkeit – Bischofsstäbe oder Ruten, auf dem Rücken Erdapfelsäcke oder Kohlenhändlerbutten, wer einen Nikolaus darstellt, singt etwas Frommes, wer ein Krampus sein will, brüllt, blökt, wiehert, bellt, miaut oder rasselt, falls er eine hat, mit seiner Kette.

Hältst du zu den Nickerln oder zu den Kramperln?, fragte mich Pepi auf einmal. Welch eine Frage! Nie wäre für mich, ein, wie gesagt, katholisch erzogenes Kind, die Frage der Wahl zwischen diesen beiden Möglichkeiten überhaupt aufgetaucht. Für Pepi jedoch war das offenbar anders (oder wollte er, dem, so ernst er auch aussehen konnte, schon damals der Schalk im Nacken saß, bloß mich, den Naiven, leicht Irritierbaren, bluffen, schockieren?). Jedenfalls sagte er, und das gab mir derart zu denken, dass ich ihn von da an in mein Nachtgebet einschloss:

Ich halte zu den Kramperln.

Mein Freund war gefährdet, kein Zweifel. Ich bangte um ihn. Der alte Bundespräsident starb (sein Bild in der Schule wurde mit einem Trauerflor versehen), wir bekamen frei, da die Klassen als Wahllokale gebraucht wurden, ein neues Staatsoberhaupt sollte gewählt werden. Wir hoffen alle, sagte ich, zu Hause Gehörtes nachplappernd, dass es der Gleissner wird! – *Wir* hoffen alle, konterte Pepi, der Körner wird es!

Nun war Dr. Gleissner, der, im Steireranzug von den Wahlplakaten herablächelnd, ein kleines Mädchen mit adretter Kopfmasche auf dem Schoß hielt, das sich dort sichtlich wohlfühlte, der »christliche« Kandidat der Österreichischen Volkspartei. General Körner jedoch, obwohl er, zwar ohne kleines Mädchen, aber mit weißem Bart, noch väterlicher, ja großväterlicher aussah, war, so mein Alter, ein Sozi und ehemaliger Schutzbündler, worunter ich mir zwar nichts Rechtes vorstellen konnte, was aber für meine Großmutter, die wir während des verlängerten Wochenendes besuchten, etwas Ähnliches zu sein schien wie der Gottseibeiuns. Ein Sozi, ein Roter – noch röter waren nur noch die »Kummerln«, die Kommunisten, und die waren ohnehin mit den Russen verwandt, die unser schönes Heimatland besetzt hatten. Zwar hatten auch die Amerikaner, Engländer und Franzosen unser schönes Heimatland besetzt, aber die Amerikaner, Engländer und Franzosen waren wenigstens Christenmenschen.

Die Russen, die man, wenn man etwa von unserem dritten in den vierten Bezirk überwechselte, marschieren sehen konnte, wobei sie die in hohen Stiefeln und etwas unförmigen Reithosen steckenden Beine in die Luft schleuderten und wilde Lieder sangen, die Russen hingegen, sagte mein Vater, waren das nicht. Im Gegenteil: Bei ihnen war die Religion abgeschafft – sie gingen nicht zur Sonntagsmesse, nachdem sie die Kirchen zu Museen oder Lagerhäusern gemacht hatten. Als ich das hörte, erschrak ich, und zwar weniger wegen der Russen, die ohnehin ein verlorener Menschenschlag zu sein schienen, als wegen Pepi. Er und die Seinen gingen, soviel ich bis dahin mitbekommen hatte, auch nicht in die Kirche.

Jedenfalls nicht so richtig. Das heißt nicht zur Messe. Sein Vater pflegte, erzählte mir Pepi nicht ohne Stolz, unseren Lehrer einzuladen und mit ihm (der ein braver Katholik war) über Religion zu diskutieren. Er selbst, Prohaska senior, habe die seine (welche eigentlich?) im Krieg verloren. Er sei aber, habe der Lehrer gesagt, ein Suchender, was Pepi offenbar imponierte.

Ich kapierte von alldem nicht allzu viel. Dass man über Religion diskutieren konnte, war für mich ohnehin irritierend. Durfte man das überhaupt? Beging man damit nicht schon eine ganz schwere Sünde? Die diesbezüglichen Zustände in Pepis Familie waren vielleicht noch fragwürdiger als alle anderen.

Seine Mutter machte zwar manchmal »einen Sprung« in die Herz-Jesu-Kirche, aber nie zu Messzeiten. Diese Sprünge hätten sich gehäuft, als sein Vater die mir ja zumindest vom Bild her bekannte Margit gemalt habe. Die Großmutter schließlich sei überhaupt nicht katholisch. Was sei sie denn dann? Nein, evangelisch sei sie auch nicht.

Mit einem Geheimnis, das mir Pepi in diesem Zusammenhang anvertraute, konnte ich nicht viel anfangen. Papa, was ist ein U-Boot?, fragte ich also meinen Vater, einige Tage später das

Siegel der Verschwiegenheit, die mir auferlegt war, nicht gerade brechend, doch – es war weniger Neugier als, ja: ehrlich besorgte Beunruhigung, die mich dazu brachte – immerhin ankratzend. Ein U-Boot?, sagte mein Vater. Ein Unterseeboot! – Schon, sagte ich, aber … – Was aber? – Ich weiß nicht. Gar nix!

Dieser mein Rückzug ärgerte meinen Alten. Da ich nicht weiterreden wollte, schickte er mich (wir saßen gerade beim Abendessen) vorzeitig ins Bett. Dort lag ich dann wach und grübelte, wie ein Mensch ein U-Boot sein konnte. Und dass, wenn Papa Prohaska eigentlich gar nicht Prohaska hieß, Pepi Prohaska eigentlich auch nicht Prohaska heißen konnte.

Dass mit Pepis Verhältnissen irgendetwas nicht richtig war, lag jedenfalls auf der Hand. Da herrschte keine Ordnung, sondern Schlamperei, ja Chaos. Natürlich ging er auch nicht in den Seelsorgeunterricht, der jeden Donnerstagnachmittag in der Sakristei der Apostelkirche stattfand, sodass also nicht entsprechend für seine Seele gesorgt wurde. Und als wir anderen, in schreckliche schwarze oder blaue Anzüge gesteckt, lange, rosig oder golden verzierte Kerzen in der Hand, zur ersten Kommunion geführt wurden und den oblatenen Leib Christi mit gesenktem Blick und herausgestreckter Zunge vorm Altar kniend erstmals erwarteten, war kein Prohaska dabei.

So blieb mein Pepi fürs Erste ein halber Heide. Außerdem (vielleicht gerade deshalb) zeigte sich bei ihm schon früh jene Verquickung von religiösen und sexuellen Regungen, die – hier zitiere ich besser ihn selbst, P. P., mit einer Stellungnahme aus dem Jahr 1973 – »nur auf den ersten, übrigens prüden Blick widersprüchlich erscheint und sich meistens selbst verleugnet«. Bei ihm war das schon 1950 nicht sehr der Fall. Ich, der ich, zum Unterschied von ihm, vor der hl. Beichte zitterte, sah und hörte das damals mit einem gewissen Gruseln, wenngleich (und das gehört ja zum Gruseln) nicht ohne Faszination.

Pepi zeichnete dem Adam und der Eva im Katechismusparadies Geschlechtsteile. Auch den Armen, die trotz ihrer Sünden geschlechtslos glatt (und merkwürdigerweise ebenfalls nackt) von der Großen Flut ersäuft werden sollten, ließ er noch rasch Genitalien angedeihen. Womit Frau Potiphar den ägyptischen Joseph derart erschreckt habe, dass er, sein Gewand in ihrer Hand zurücklassend, Hals über Kopf geflohen sei, wollte er genau wissen. Und das Glaubensbekenntnis betete er mit dem an die üblichen Glaubensartikel (»Ich glaube an Gott, den allmächtigen Vater« etc. etc.) angefügten, allerdings geflüsterten und daher nur von mir, der ich neben ihm stand, gehörten einschränkenden Postdictum: … nur nicht an die ewige Keuschheit.

Nun weiß ich nicht genau, was er damals, mit seinen sieben, acht Jahren, unter »ewiger Keuschheit« verstand – wahrscheinlich handelte es sich um ein Missverständnis. Ein Missverständnis, das allerdings im Zusammenhang mit der Art, auf die unser Religionsfräulein von »unschamhaften Dingen« sprach, leicht aufkommen konnte. War doch zum Beispiel schon ohne Badehose ins Kinderbassin zu springen »unkeusch«, und einer Heiligen, von der uns besonders gern erzählt wurde, ward, als ihr irgendein Moslem, der sie ohnehin schon entführt hatte, auch noch die Unschuld (was immer das war) rauben wollte, vom lieben Gott über Nacht ein langer Bart beschert. Mit Pepis frühem häretischem Ansatz hatte es jedoch – abgesehen davon, dass er, hätte er die Unkeuschheit als Sünde im Sinn der keuschen Katechetin akzeptiert, zumindest seinen Vater, seine Mutter und die ominöse Margit für Sünder und Sünderinnen hätte halten müssen, die, hätten sie, Gott behüte, mit ihren befleckten Seelen das Zeitliche gesegnet, zumindest ins Fegefeuer gekommen wären – eine ganz besondere Bewandtnis.

Es war Sommer, als ich sie zum ersten Mal sah, wenige Wochen vor Schulschluss, wir hockten, erinnere ich mich, in kurzen Hosen vor Pepis Haustor und spielten mit Tonkugeln. Sie kam von der gegenüberliegenden Straßenseite und trug einen Krug Bier, den sie für ihren Vater, den Flickschuster Vitasil, aus dem Wirtshaus an der Ecke geholt hatte, aber Informationen über ihre Familienverhältnisse gab mir mein Freund natürlich erst später. Die Sonne glänzte auf ihren roten, schneckenförmig zu einer sogenannten Gretelfrisur hochgesteckten Zöpfen, ihre Knie waren aufgeschunden und ihre nackten Füße überzogen mit einer Patina von Staub, aus der die kleinen, rosigen Zehennägel keck kontrastierend hervorlugten. Ich habe diese Füße deshalb so detailliert vor Augen, weil sie (die Steffi) direkt vor meiner (oder nein: eher Pepis) Nase stehen blieb, den Bierkrug schwenkend, und eine spannungsgeladene Weile einfach nichts sagte.

Wollt's ihr ein bissel vom Schaum kosten?, fragte sie endlich. Pepi nickte, ich wusste nicht, was ich antworten sollte, durch dieses Angebot verwirrt. Sie hielt erst ihm, dann mir den Krug hin, ich hatte bis dato noch nie an Bier genippt, es schmeckte, obwohl ich sehr vorsichtig war, für meinen an »Kracherl« gewöhnten Gaumen zu bitter. Als sie sich von uns abwandte und, tänzelnden Schritts, in Richtung auf das Gewölbe ihres Vaters davonging, rief ihr Pepi nach: Wann machen wir's wieder?

Was?, fragte ich nachher beim Hydranten, an dem wir uns, einer nach dem anderen, Wasser pumpend, den Mund spülten, *was* macht ihr?

Ja weißt du, die Steffi, lächelte Pepi, ist meine Geliebte!

Wie er das sagte! Mit diesem Erwachsenenwort! Und mit diesem altklugen, nein alt*schlauen* Ausdruck im Gesicht!

Seine Geliebte! Ja und? Was sollte das heißen?

Was macht ihr?, wiederholte ich.

Ach weißt du, sagte er, drüben im Rabenhof …

Er ließ eine Pause.

Was? drängte ich. Was ist dort?

… dort gibt es, sagte er, viele versteckte Platzerln.

Diese andeutungsweise Art zu reden! Sie war mir unangenehm. Wenn er so redete, kam ich mir ganz dumm vor.

Aber was macht ihr da?

Na ja, lächelte er. Du weißt schon.

Sein Lächeln war das eines Menschen, der Bescheid weiß.

Zum Unterschied von mir. Ich wurde, glaube ich, rot. Aus Scham über mein Unwissen. Oder war es die Scham über sein Wissen? Seine Andeutungen ließen mir keine Ruhe. Sie waren beunruhigend, aber auch irgendwie aufregend.

Der Rabenhof war ein großer Gemeindebau. Kein einzelnes Haus, sondern ein ganzer Komplex, eine fast burgartig wirkende Anlage von Wohnblöcken, Durchgängen und Höfen. Da gab es tatsächlich viele Winkel und Nischen. Dort *machten sie es* also, Pepi und diese Steffi.

Aber was machten sie? Ich wusste es nicht, aber ich ahnte es dunkel. Abends im Bett liegend, stellte ich mir den Rabenhof vor. Halb noch im Wachen, halb schon im Träumen näherte ich mich dem Komplex durch die Baumgasse. Ja, irgendwas hatte Pepis Geheimnis mit dem Baum zu tun, von dem uns die Religionslehrerin erzählt hatte. Wie war das gewesen? Der Baum der Erkenntnis von Gut und Böse. Oder der Baum des Lebens? Handelte es sich um einen Baum oder um zwei? Pepi wusste das vielleicht. Ich wusste es nicht. Er war ein unverschämter Kerl! Vielleicht wusste er, was gut war.

Was aber war böse? Schon fast im Einschlafen erschrak ich. So sehr, dass ich wieder aufwachte. Mein Herz klopfte. Ich faltete die Hände und betete. Ich rief meinen Schutzengel zur Hilfe. Vielleicht war es besser, wenn ich mich von Pepi fernhielt.

Das war allerdings viel leichter gedacht als getan. Zwar besuchte ich ihn seltener zum Eisenbahnspielen (sollte er sich seine Lok doch selber aufziehn!) und schützte, wenn er mich zu nachmittäglichen Spaziergängen einlud, familiäre Verpflichtungen vor (du weißt ja, mein Vater …), aber so leicht kam ich nicht von ihm los. Erstens saß ich ja vormittags in der Schule weiterhin neben ihm. Zweitens aber zog es mich nachmittags, wenn ich, scheinbar ziellos, umherstreunte, immer wieder in die Nähe des Rabenhofs.

Und dann *sah* ich die beiden einmal, wie sie »es machten«, am helllichten Tag. Das heißt, genau genommen war es im Halbdunkel eines der zahlreichen, spitzbogigen Durchgänge, in einem dort seit Jahr und Tag abgestellten, verrosteten Motorradbeiwagen. In diesem Motorradbeiwagen hatten wir ehemals Flugzeug gespielt, Pepi und ich, er war der Pilot gewesen und ich sein Copilot. Und dort »machten sie es«, ausgerechnet da, dachte ich in den Worten der Schäfchenoma, mussten sie es machen, wirklich: So groß war der Rabenhof, aber ausgerechnet da!

Als sie mich auch sahen (mich unbemerkt davonzustehlen gelang mir leider nicht), erstarrten sie für eine kleine Schrecksekunde, zogen – es war, glaube ich, schon in den Ferien – ihre Schwimmhosen hoch und gaben sich nonchalant. Na?, lächelte Pepi im wahrsten Sinne des Worts unverschämt, wohin des Wegs? Dass er redete wie ein Buch, hielt ich in diesem Augenblick nicht aus. Ich hätte ihn am liebsten ins Gesicht geschlagen, aber stattdessen wandte ich mich ab und rannte davon.

Danach, kommt mir vor, sah ich Pepi sehr lange nicht. Wahrscheinlich war ich mit meinem Bruder bei der Großmutter auf dem Land und kam erst Ende August wieder nach Wien zurück. Als das neue Schuljahr begann, bekam ich Brillen und wurde (von Pepi weg) in die erste Bank versetzt. Das hätte mich ein

Jahr früher sehr traurig gemacht, jetzt aber war's mir ganz recht, ich drehte mich selten um und bekam lauter Einser im Semesterzeugnis. Natürlich hörte mein Kontakt mit Pepi nicht völlig auf, aber er war sachlicher als bisher. Wir tauschten zum Beispiel Karl-May-Bilder, die gewissen Kaugummipackungen beilagen. (Übrigens hatte Pepi, dem, zum Unterschied von mir, Buchwünsche prompt und nicht nur zu heiligen Zeiten erfüllt wurden, damals schon eine stattliche Bücherwand von sage und schreibe dreißig Karl-May-Bänden. Davor standen – chronologisch gereiht als frühere Leseerfahrungen – »Kribbel Krabbel Kugelrund«, »Kasperle auf Burg Himmelhoch«, »Pu der Bär«, alle »Doktor-Dolittle«-Bücher und »Der kleine Brockhaus«, den er angeblich in den zwei Wochen, die er einmal mit Mumps im Bett gelegen war, von A bis Z gelesen hatte.)

Beide gewannen wir – da wir einander ein wenig verloren – andere Freunde. Er Gerhard Grill (genannt Jiminy Grille, ein Leichtgewicht in jeder Hinsicht), der ihn auch auf dem Nachhauseweg begleitete und – soviel ich mitbekam – in Pepis konjunktivischen Spielen etwa den Hadschi Halef Omar zu verkörpern hatte, während der Herr Prohaska (unglaubhaft genug) natürlich Kara Ben Nemsi war, ich den stillen Stremnitzer Erich, der allerdings, im Vergleich zu Pepi, wirklich nicht viel zu sagen hatte. Dass er, Pepi, von unserem Lehrer in vieler Hinsicht bevorzugt wurde (Immer, beschwerte sich Tulipan, gibt es für den Prohaska eine Extrawurst), fiel mir jetzt anders auf als früher. In einem Theaterstück, das wir zur Weihnachtsfeier aufführten, durfte er den Oberzwerg namens Saladro darstellen, während ich (wie die meisten anderen) ein namenloser Zwerg blieb.

Mit Steffi sah ich ihn noch einige Male, habe aber, da ich versuchte, nicht hinzuschauen, keine konkreten Bilder vor Augen. Nur eins (wieder ein Sommerbild), auf dem die beiden dem Spritzwagen nachlaufen, der über den noch ungepflasterten Platz vor Pepis Haus fährt, und sich – die Haltung, in der sie das taten, kam mir damals besonders lasziv vor – anspritzen lassen. Dass sie »es« weiterhin machten, glaubte ich ihnen an den Nasenspitzen anzusehen. Übrigens deutete der Miksch Peter, der, dumm wie er war, nach wie vor Pepis Akkordeon trug, die Existenz einer Art von Exklusivklub an, dem außer Pepi und Steffi noch andere Kinder beiderlei Geschlechts angehören sollten, die sich entweder einmal wöchentlich oder aber einmal monatlich (in diesem Falle bei Vollmond) an einem geheimen Ort (womöglich gar auf dem unter der Stadionbrücke in den letzten Kriegstagen von einer Granate getroffenen und seither dort schräg im seichteren Uferwasser liegenden Raddampfer Leopold) trafen und Verbotenes taten. Letzteres halte ich inzwischen für ein von P. P. bewusst in die Welt gesetztes Gerücht. Er neigte ja auch später zu dieser seltsamen Art von Imagepflege. Damals beurteilte ich das weniger kühl, ja geriet sogar ins Schwitzen, wenn ich mir, was da angeblich vorging, allzu konkret vorstellte. Obwohl ich mich nach wie vor von ihm angezogen fühlte, wich ich Pepi nun aus.

Etwas detaillierter erinnere ich mich noch an unseren letzten gemeinsamen Schulausflug. Es muss im Herbst gewesen sein, Anfang der Vierten, denn Pepi, dessen Eltern eine neue Wohnung in einem anderen Bezirk bekamen, verließ uns noch vor dem Halbjahr. Wir stiegen auf die Ruine Aggstein, wo sich Pepi, wie konnte es anders sein, als Kenner der Materie produzierte und eine Menge über das Raubrittergeschlecht der Kuenringer wusste, wofür er, wie üblich, von unserem Lehrer gelobt wurde. Beim Völkerballmatch auf der Lagerwiese spielte er jedoch eine weniger attraktive Rolle; auf der Heimfahrt im Autobus schließlich wurde er ganz grün und musste sich, als wir endlich vor der Schule hielten, eilig zum Ausgang drängend, auf dem Gehsteig übergeben.

Dann, eines kalten Montags, kam er nicht mehr. Vor Weihnachten hielt uns der Lehrer an, ihm zu schreiben. Lieber Pepi, schrieb ich, Du fehlst uns allen sehr etc. etc. Und abschließend: Du warst der beste Leser in unserer Klasse, jetzt bin ich der beste Leser.

2

Und nun, nach fünf Jahren Trennung, traf ich ihn wieder.

Während der Osterferien war es, die ich, inzwischen Konviktszögling zu Seitenstetten, in Wien verbrachte, mein Bruder Franz hatte mich, wie gesagt, auf den Sportplatz verschleppt.

Nichts ist Zufall, sollte Pepi später sagen, alles ist Fügung.

Na so was, Bertl!, sagte Pepi. Na so was, Pepi!, sagte ich.

Das Hauptspiel, das nun begann, interessierte ihn, sei's angesichts der Wiederbegegnung mit mir, sei's infolge des nur mäßigen Anklangs, den er im Vorspiel gefunden hatte, erfreulicherweise nicht. Und mir war der wiedergefundene Pepi eine willkommene Ausrede. So kam es, dass mein Bruder seiner Mannschaft ohne mich die Daumen drückte und sich wahrscheinlich, wie ich ihn kannte, die Seele aus dem Leib schrie. Wir aber drehten eine große Runde durch just jene Stadtrandlandschaft, die nachmals zu Pepis Reich wurde.

Ich kannte diese Gegend bis dahin nicht. Vom Fußballplatz weg führte ein staubiger Pfad über mit Kletten und Brennnesseln überwucherte Wiesen. Daraus hervor ragte der Wasserturm (ein gleichzeitig wuchtiges und zierliches Gebäude), der wirkte, wie er da einsam stand, beinahe romantisch, trotz seiner Funktionalität. Und dann kam eine ausgedehnte Schrebergartenanlage, Gärtchen für Gärtchen mit kleinen Blumen- und Gemüsebeeten, Lauben, Strecksesseln, Gießkannen, ganz eigenartig in ihrer etwas melancholischen Selbstversunkenheit, in der ich mich ohne Pepi sofort verirrt hätte.

Und dann, ganz unvermittelt, der Lehmabbruch wie eine

Steilküste. Unten glänzten Teiche, Spielzeugbagger zerfurchten die gelbe Erde, die Ziegelwerksbauten im Hintergrund sahen aus, als hätte sie ein Riesenkind aus roten Bausteinen errichtet. Der Himmel hingegen war blau, Falken hingen in der Luft. Und der Wind fuhr durch Pepis Haar, das sich, im Gegensatz zu meinem, jetzt noch reichlicher ringelte.

Und natürlich hatte er sich nicht nur äußerlich verändert. Wir gingen nebeneinanderher wie früher, und indem er erzählte, war Pepi beinahe der Alte. Und doch war er anders. Das wurde zuallererst deutlich durch seine Sprache. Hatte er früher ein Hochdeutsch gesprochen, das in unserer Wiener Umgebung manchmal beinahe peinlich gewesen war, so redete er jetzt streckenweise einen Dialekt, der mich aus seinem Munde eine ganze Weile befremdete. Allerdings schaffte er es schon damals auf erstaunliche Weise, Dinge in diese Worte zu fassen, die für gewöhnlich nicht so gesagt wurden. Was meine Sprache betraf, so hatte sie sich im Priesterseminar eher in der entgegengesetzten Richtung entwickelt. Ich kam mir jetzt neben ihm nicht mehr so hilflos vor. Und trotzdem redete vor allem er, und ich hörte zu, kaum anders als dazumal, das entsprach unseren Temperamenten, und vielleicht war es das Wesen unserer Beziehung.

Gewiss, er hatte sich ziemlich verändert (ich mich ja auch). Rein äußerlich: das schmaler gewordene Gesicht, die deutlicher hervortretende, etwas an die der Schäfchenoma erinnernde Nase, der dunkle Bartflaum. Die Arme – er trug ein ärmelloses Leibchen und kurze Sporthosen – gebräunt und erstaunlich sehnig, desgleichen die Beine. Aber indem er neben mir herging und redete, redete, war er doch der geblieben, der er gewesen war.

Der Schulwechsel hatte Pepi nicht gutgetan. Kein Wunder – Mitte der vierten Volksschulklasse zu einer seit über drei Jahren verschworenen Gemeinschaft zu stoßen und in sie aufgenommen zu werden, wäre auch einem anderen, Integrationsfähigeren nicht leicht gefallen. Er war schon unter uns ein Außenseiter gewesen, wenngleich ein gerade wegen seiner Außenseiterqualitäten akzeptierter. In der neuen Schule, die ihm bereits beim ersten Mal, da er sie betrat, unsympathisch war (vom benachbarten Kindergarten hatte sich ein Geruch nach Einbrennsuppe in der Aula, im Stiegenhaus und sogar in den Klassen festgesetzt, vor dem ihm, in Reminiszenz an die schwedische Ausspeisung, bei der wir uns noch gemeinsam um ein Mittagessen hatten anstellen müssen, schlichtweg grauste) – in der neuen Schule kam er mit diesen seinen Außenseiterqualitäten nicht an.

Und zwar weder bei den Mitschülern, die ihm samt und sonders auf unangenehme Art erwachsen, ja alt schienen (kleine große Buben, erzählte er, mit langen, desillusionierten Gesichtern), noch beim Lehrer. Letzterer, Schatzl mit Namen, sei eine Art Leitwolf gewesen. Gesicht auf die Schnauze hin konzentriert, etwas zu magere, drahtige Figur, federnder Gang. Kühl abschätzend der Blick, geradlinig nüchtern die Rede, vor allem praktisch orientiert der Sinn. Entsprechend sei auch sein Unterricht gewesen: Rechnen, Werken und Turnen habe er, vom Standpunkt einer »Tüchtigkeit« aus, auf die es im Leben ankam, hervorgehoben. Lauter Fächer, für die Pepi wenig Talent und Neigung mitbrachte. Der Kombination von Zahlen konnte er, bevor er die kabbalistischen Möglichkeiten entdeckte, nicht viel abgewinnen. Mit seinen Händen mochte er nie viel anfangen, und dass er kein großer Turner war, habe ich schon erwähnt. Ich kann mir gut vorstellen, wie er schaudernd vor den Tauen stand, die zu erklettern Schatzls Schüler gewohnt waren, und dann, mit seinen damals noch butterweichen Muskeln, bestenfalls ein, zwei Meter hinaufkam. Und wie er den Bock, den Kasten oder das Pferd vor sich sah, lauter schreckliche Hindernisse, die man noch dazu im Sprung überwinden sollte. Was, wenn er nicht vorher, unter dem Gelächter der Kameraden, bremste oder abdrehte, am ehesten mit Sturz endete. Von einem solchen schon früher getanen Sturz erzählte er übrigens zur Rationalisierung seiner Angst – man hörte ihm nicht zu. Mit seinen musischen Fähigkeiten hingegen kam er nicht an. Die phantasievollen Aufsätze etwa, mit denen er uns und unseren guten Lehrer Kattinger beeindruckt hatte, waren hier nicht gefragt. Zum Thema »Wie ich einmal auf dem Bau zugesehen habe« fiel ihm (tatsächlich hatte er noch nie auf dem Bau zugesehen) wenig ein. Und auch die Frage »Wie nähe ich einen Knopf an?« wusste er (da er noch nie in die Lage geraten war, das zu versuchen) in Form einer »Beobachtungs- und Beschreibungsübung« kaum zu beantworten.

So wurde er auch dessen, was er konnte, unsicher, begann, da ihn – zumindest im Schulbereich – niemand bestätigte, an sich zu zweifeln. Seinen Mitschülern kam er nur komisch vor, die andere, sagen wir, seltsame Seite seines Wesens fiel keinem auf. Einen bewundernden Freund wie mich fand er nicht, und nach dem, was er selbst erzählte, bot er in dieser Phase auch wenig Grund zur Bewunderung. Sicher, er hatte Schulwegbegleiter (einen Ulram Michi, einen Ritter Herbert, einen Viehuber Erich), doch denen wurde er in seiner – ohnehin unterdrückten – Andersartigkeit (er habe wahrhaftig, erzählte er, binnen weniger Monate nicht mehr gewusst, wie er dreinsehen, gestikulieren, sich bewegen und besonders reden sollte) vor allem zum Ziel von Neckereien und Spott, sodass er froh war, wenn er sich von ihnen verabschieden und das Haustor hinter sich schließen konnte.

In der neuen Wohnung (gepflegt, zweiter Stock, mit Lift) habe er sich aber nicht daheim gefühlt. Zwar gab es da ein Badezimmer, und die weiß emaillierte Badewanne kam ihm, der an eine Sitzwanne aus Zink gewöhnt war, am Anfang riesig vor, wie ein kleines Schwimmbad. Auch hatte er nun ein eigenes Zimmer, viel größer als sein von mir schon so sehr bewundertes Kabinett, und konnte Spielzeug und Bücher aus den Waschpulverschachteln in Kästen und Schränke aus Lindenholzimitation räumen. Aber wenn er, was er früher gern getan hatte, kleine Männchen (oder Weibchen) an die Wand über seinem Bett zeichnete, so bekam seine Mutter, die plötzlich (ich verwende, soweit ich mich daran erinnern kann, seine Ausdrücke) ihre putzteufelhaften Tugenden entdeckte, einen halben Nervenzusammenbruch und scheuerte hinter ihm her.

Auch Prohaska senior malte nicht mehr im selben Haus – hier gab es keinen für künstlerische Zwecke adaptierbaren Dachboden –, sondern mietete, zusammen mit einem gewissen Grandits, ein Atelier im sechsten Bezirk; ein Unternehmen, mit dem er sich, nebenbei gesagt, übernahm, doch davon später. Der Junior jedenfalls fühlte sich isoliert und isolierte sich selbst. Schloss die Zimmertür hinter sich, hing, den Globus, den er zu Weihnachten bekommen hatte, drehend, Träumen nach einer unbestimmten Ferne nach. Amerika, Afrika, Asien – egal: Da, wo er war, gefiel es ihm nicht.

Dort, wo er gewesen war, ja – danach habe er sich heftig zurückgesehnt. Zwar war man nur vom dritten Wiener Gemeindebezirk in den fünften umgezogen, aber ihm schienen Zeitalter und Welten zwischen diesem und jenem zu liegen. Dort war ein Sommer gewesen, in dem man hatte barfuß laufen können, hier war ein endloser, nasskalter Winter, in dem man unförmige Pelzstiefel brauchte. Dem Haus gegenüber lag zwar noch ein zum Rodeln geeigneter Schutthaufen, aber die Buben und Mädchen, die dort rodelten, kannten (und anerkannten) ihn nicht und schienen ihm überdies rüde und ohne Anmut.

Apropos Anmut. Hier kam er auf Steffi zu sprechen.

Ob ich mich, fragte er, an die Steffi erinnere.

Natürlich, sagte ich kurz angebunden.

Ob ich auch wisse, was sie ihm bedeutet habe.

Ich glaube, sagte ich, schon.

Sie gehe ihm ab.

Ob er nie versucht habe, wieder mit ihr Kontakt aufzunehmen.

Nein.

Und warum nicht?

Warum nicht? Warum wohl nicht!

Da wäre er sich, sagte er, nach einem kurzen, sehnsüchtigen Anklang an sein früheres Hochdeutsch jetzt wieder im breitesten Dialekt, da wäre er sich halt ganz einfach »deppert« vorgekommen.

Blöd vorgekommen sei er sich ja nun überhaupt leicht. Etwa, wenn er in den Spiegel geschaut habe: Durch den neuen, »erwachsenen« Haarschnitt, den ihm der Friseur in der Kliebergasse verpasste, wirkten seine Ohren ungewohnt abstehend. Die Kleidung, die ihm seine Mutter zumutete (saudumme, ärmellose Pullover in Pastellfarben, idiotische Bundfaltenhosen mit Pepitamuster), passte ihm im doppelten Sinn dieses Wortes nicht. Und die Pullmanmütze, die er nach dem Vorbild der väterlichen Baskenmütze bisher widerstandslos getragen hatte, bezeichneten seine Schulkollegen, wenn sie ihn damit sahen, gnadenlos als »Affenkappel«.

Seine Schüchternheit, in den dreieinhalb Volksschuljahren bei uns nach gewissen Anfangsschwierigkeiten gekonnt überspielt, kam nun zum Ausbruch wie eine lang unterdrückte Krankheit. Und zwar nicht nur Gleichaltrigen gegenüber – Pepis Gewandtheit im Umgang mit Erwachsenen war bis auf weiteres dahin. Betrat er ein Geschäft, um etwas, das ihm seine Mutter auf einen Zettel geschrieben hatte, einzukaufen, so verspürte er eine schreckliche Hemmung. Ich krieg das und das – er musste sich schon ungefähr hundert Meter vor Betreten des Ladens und dann die ganze Zeit über, die er in der Schlange stand, ein »Sprücherl« vorsagen, um, wenn er endlich an der Reihe war, nicht allzu sehr zu stottern.

Noch etwas, sagte er. Wenn du wirklich ein Pfaff werden willst, wird dich das interessieren. Sie haben mich *doch* noch in den Seelsorgeunterricht und zur Erstkommunion geschickt, als sie mir draufgekommen sind, dass ich dort noch nicht war. Der Katechet, gleichzeitig Kaplan in der nur zwei Gassen von der Schule entfernten Pfarre, hat gemeint, das geht nicht. Nämlich, dass ich den Religionsunterricht besuch, aber die allerheiligsten Sakramente der Buße und des Altars noch nicht empfangen habe – das muss sich schleunigst ändern.

Also schickte man ihn, den bis dahin mehr oder minder Freigeisternden, mit den kleinen, siebenjährigen Hascherln zur Sakramentsvorbereitung. Das war ein weiterer Knick für sein Selbstbewusstsein. Abgesehen davon, dass man bei ihm dort, spät, aber doch, Schuldgefühle erzeugte – denn wie oft hatte er den Tag des Herrn nicht geheiligt, Vater und Mutter nicht geehrt, falsches Zeugnis gegeben wider seinen Nächsten und vor allem Unkeuschheit getrieben. Als er dann endlich, es war am Palmsonntag, mit schon am Freitag patentgereinigter Seele auf dem Weg zum Altar war, da wurde ihm bewusst, dass er ja am dazwischenliegenden Samstag schon wieder gesündigt hatte, wenn auch nur in Gedanken, und er fiel in Ohnmacht.

Na, was sagst du?

Ich kommentierte das nicht. Im Stillen allerdings dachte ich, dass man ihn, wäre ihm das im Mittelalter passiert, möglicherweise für vom Teufel besessen gehalten und vorsichtshalber verbrannt hätte. Und tatsächlich kam ja – wer diese Lebensbeschreibung weiterliest, wird mir beipflichten – bis zu seiner Entrückung immer wieder etwas zutage, das sozusagen gegen den heiligen Strich ging. Das Sakrament hat er übrigens doch noch empfangen, obschon, nach erneuter Seelenwäsche, eine Woche später.

So ungünstig konditioniert kam Pepi ins Gymnasium. Die Aufnahmsprüfung im Juni bestand er, obgleich die erwähnte Verunsicherung von Seele und Leib allmählich auch seinen Geist erfasste. Gaudeamus igitur, sang die Großmutter, die ihn, obwohl er ihr über den Kopf wuchs, nach wie vor zum Spazierengehen abholte. Was, wie er erzählte, ihm peinlich, aber gut gemeint war – die Schäfchenoma, die auch in Krisenzeiten an ihren außergewöhnlichen Pepi glaubte, war einfach ein Schatz. Die bestandene Aufnahmsprüfung war allerdings sein bis auf sehr weiteres letztes schulisches Erfolgserlebnis. Als er, Anfang September, das neue Schulhaus betrat, stolperte er über einen in der Aula zur Schonung des Fliesenbodens aufgelegten Kokosläufer. Das war, falls es wahr ist, ein schlechtes Omen und wäre, sollte es erfunden sein, ein ausgezeichnet erfundenes. Die Geistesgegenwart und vor allem das Selbstbewusstsein Caesars, der bei einem ähnlichen Anlass »Ich fasse dich, Afrika« gesagt haben soll, besaß der nachhaltig verunsicherte P. P. zu diesem Zeitpunkt nicht mehr/noch nicht, abgesehn davon, dass er erst später von Caesar lernte und ihn (nicht nur, weil er lateinisch schrieb) nie leiden konnte – er nahm dieses Zeichen eines vorläufig wenig wohlwollenden Himmels fatalistisch zur Kenntnis.

Der Himmel wollte ihm aber geradezu übel. Gab ihm gar nicht die Möglichkeit, nach der Verschnaufpause der Ferien ganz neu anzufangen. Sondern setzte ihn (etwas Perfideres hätte ihm gar nicht einfallen können) mit den »Freunden« aus dem letzten Volksschulhalbjahr in eine Klasse. Er war unter sie gekommen, doch sie hatten ihn nicht erkannt. Der Ulram Michi, der Viehuber Erich, der Ritter Herbert. Die ließen ihm gar keine Chance, sich ein neues Image aufzubauen, nagelten ihn fest auf sein altes. Der Pepi Prohaska war ungeschickt, feig und dumm. Kein richtiger Bub, eine Jammergestalt, ein »Seicherl«. Dem mochten sie, wenn sie ihn auf dem Schulweg begleiteten, das »Affenkappel« wegnehmen und damit ein Ballspiel beginnen, in dem er, bis ihm die Tränen in die Augen traten, zwischen ihnen hin und her hetzte. Dem durften sie in gewissen Unterrichtsstunden, die sie nicht ernst nahmen (Musik oder Zeichnen zum Beispiel) den schmutzigen Inhalt einer Malschale oder ein aus dem Samen der Platanen, die im Schulhof wuchsen, gewonnenes Händchen voll Juckpulver in den Kragen schütten. Den konnten sie in den Pausen völlig ungestraft in den Arsch treten. Er war nicht gewohnt, sich zu wehren, und brauchte noch eine Zeitlang, es zu lernen.

Was er indessen tat, anstatt sich zu wehren? – Er spielte allmählich die Rolle, die sie ihm aufzwangen. Lernte, mit den Ohren zu wackeln und die Augen so beängstigend zu verdrehen, dass selbst seinen Peinigern angst und bang wurde. Betätigte sich in der Naturgeschichtsstunde als Tierstimmenimitator und in Musik als Kunstfurzer. Natürlich nahm das die Lehrer nicht für ihn ein. Er war ein lästiger Störer – die Ursachen seiner Gestörtheit zu erkennen, dazu waren sie nicht Psychologen, ja nicht einmal Pädagogen genug, und warum hätten sie es auch sein sollen? Sie hatten ihren Stoff vorzutragen, die Schüler zu prüfen und ihnen dreimal im Jahr Zensuren zu verpassen. Die Choleriker unter ihnen brüllten Pepi an, die Sanguiniker und Melancholiker zogen ihn, je nachdem lust- oder unlustbetont, am Haarschopf, die Phlegmatiker stellten ihn in die Ecke.

Zu Hause ging's ihm inzwischen auch nicht besser. Zu seiner persönlichen Krise schlug sich noch die der Eltern. Tags war der Vater im Atelier, da saugte die Mutter (zum Leidwesen des sein Lebtag geräuschempfindlichen Sohnes) Staub. Nachts, wenn der Senior, immer gedämpfter, heimkehrte, machte ihm seine Frau (ich konnte mir die in meiner Erinnerung weiterhin sehr attraktive Mama Prohaska gar nicht so vorstellen) immer schrillere Vorhaltungen, bis er, in die Enge der (so Pepi) ungewöhnlich ungemütlichen Küchenecke getrieben, sich irgendein Stück Geschirr vom darüber hängenden Bord griff, das er dann gegen die Wand schmetterte. Spätestens hier wachte der Junior auf, knipste das Nachtlicht an und griff zu einem guten Buch. Auf diese Weise las er »Die Schatzinsel«, »Robinson Crusoe« und eine Prosanacherzählung der »Odyssee«. In Letzterer besonders gern die Stelle, an welcher der ungeschlachte Riese Polyphem den listigen Odysseus so lange für niemand hält, bis ihm der – das hat er dann davon – sein einziges Auge aussticht. Van de Veldes »Vollkommene Ehe« las er auch, aber nur wenn die Eltern, kurzfristig wieder versöhnt, miteinander ins Kino gingen.

Was war geschehen? – Beeinflusst vom Ateliercompagnon Grandits, den Mama Prohaska einen »falschen Hund« nannte, weil er ihren Mann in ihrer Ansicht nach anrüchige Lokale, zum Beispiel in den »Strohkoffer«, verschleppte, entwickelte Papa Prohaska den Ehrgeiz, surrealistisch zu malen. Worauf der Markt, etwa die auf Schlafzimmerbilder spezialisierte Galerie Willy, die er bis dahin meterweise beliefert hatte, nervös reagierte. Mit steigender Nervosität der Abnehmer sanken die Einkünfte der Prohaskas, die Ausgaben für die neue Wohnung und das externe Atelier hingegen sanken nicht. Von ebenfalls steigender Tendenz waren allerdings die Sicherheitsbedürfnisse der Gattin und Mutter, die einen Gutteil ihres Charmes auf hinhaltende Flirts mit Steuerexekutoren verschwendete. Also begann Herr Prohaska, diesem Genre auch früher nicht abgeneigt, neben der surrealistischen (der Titel »Verlorener Fäustling in der Wüste Gobi«, den mir Pepi exemplarisch nannte, verrät einen trotz allem ungebrochenen Humor) noch eine andere, zumindest unter der Hand verkäuflichere Art von Bildern zu malen. Beziehungsweise (da sich das Atelier auch dafür eignete und die Bilder auf diese Art sowohl schneller fertig als auch, in vielerlei Hinsicht, schärfer wurden) zu fotografieren. Worauf Frau Prohaska auf die Idee kam, dass es mit der Interesselosigkeit des Wohlgefallens, mit dem ihr Mann seine Modelle bis dahin abzubilden behauptet hatte (zum Beispiel Petra, die Freundin des Herrn Grandits, deren Konterfei als »Blaue Sphinx unter dem Zwetschkenbaum« schon längst ihren Verdacht erregte), vielleicht nicht ganz so weit her war. Alles in allem ist dies ein schönes Beispiel für die Wechselwirkung von ökonomischen und privaten Verhältnissen.

Der Sohn reagierte darauf auf seine Weise. Zog sich mehr noch als früher in sein Zimmer zurück, schlug, sagte er, die Tür hinter sich zu und gab sich (unter diesen Umständen kein Wunder) vor allem sexuellen Phantasien hin. Erfand sich eine Insel, Jamay mit Namen, auf der paradiesische Zustände und heidnische Kulte herrschten, eine Mischung von Arkadien und Schlaraffenland mit freier Liebe für alle und einem hohen Königspaar (Pepi und Steffi) auf einem Doppelthron. Die Regierungsgeschäfte dieser beiden bestanden vor allem in der Eröffnung und beispielhaften Einleitung von Bacchanalien, einer Freizeitgestaltung, der die Insulaner auch zu sonst in der Welt üblichen Arbeitszeiten frönten; die abstrakte Trennung zwischen Arbeits- und Freizeit, gegen die P. P. später leidenschaftlich polemisieren sollte, existierte, so simpel abgeschafft oder gar nicht erst eingeführt, dortselbst überhaupt nicht.

Das war – in Pepis Kopf – das Reich der Freiheit; im Reich der Notwendigkeit, draußen, sah es leider anders aus. Dumpf brütend streifte der Einsame, wenn ihn der Besuch eines die Mutter immer öfter beratenden Versicherungsvertreters namens Eberbaum, dessen sonore Stimme ihm auch durch die geschlossene Tür auf die Nerven ging, aus seinem Refugium trieb, durch den grauen, ihm unsympathischen Bezirk. Hohlweggasse, Amtshausgasse, Einsiedlerplatz – schon die Straßen- und Platzbezeichnungen in seiner neuen Wohngegend hatten etwas ausgesprochen Tristes. Zuweilen brach Pepi die blitzenden Sterne von den Kühlern geparkter Mercedes-Autos ab.

Freund hatte er keinen und erst recht keine Freundin. Im Haus gab es einen gewissen Wilfried, der ihm zu jung (vielleicht acht), und eine gewisse Anni, die ihm zu alt war (vierzehn). Außerdem – und das gab wohl den Ausschlag – gefielen ihm, einem schon damals unverbesserlichen Ästheten, beide nicht. Wilfried sah aus (ich zitiere:) wie ein Engerling, Anni wie ein Nilpferd.

Eines Tages wurde der spätere Prophet bei der Milchfrau erwischt, wie er, den Einkaufskorb mit den bezahlten Artikeln in der Rechten, mit der Linken nach einer unbezahlten Cremeschnitte griff. Daraufhin ließ man ihn »technologisch testen«, er musste lange und etwas bange warten, wie beim Zahnarzt, dann auf ein Klecksbild hin assoziieren und ein Puzzle zusammensetzen. In einem als harmlos getarnten Aufsatz mit dem Allerweltstitel »Was ich einmal werden möchte« schrieb er: Pirat. Er hatte (vielleicht erinnert man sich mit mir des edlen Don Pedro de Malaga) gewisse Ideen, denen er unter allen Umständen treu blieb.

In der Schule kam er in diesem ersten Jahr noch mit einem blauen Auge davon. Ein im vorletzten Moment engagierter Nachhilfelehrer (Dr. Feigl), den er mit allerlei Tricks (Abmontieren der Türglocke beispielsweise, eine für Pepi, den technisch

Unbegabten, erstaunliche Leistung) von sich abzuhalten versuchte, verhalf ihm, allen Widerständen zum Trotz, zu einem knappen Genügend in Mathematik. Während der Ferien, die ihm als sonnig in Erinnerung blieben, lernte er Tina, die Tochter eines mit dem Vater befreundeten Schauspielers kennen. Mit ihr im Heu wäre er Steffi beinahe untreu geworden, aber dieses Kind war keins mehr und hatte schon gelernt, dass es für eine junge Dame darauf ankommt, sich, nachdem sie lang genug gelockt hat, rechtzeitig zu entziehen – Pepi, von Steffi anderes gewohnt, litt und verfasste Gedichte.

In romantischer Stimmung war übrigens auch sein Vater. Der Mond hing voll über Weilern (so hieß das Nest, in dem sich all diese Denkwürdigkeiten abspielten), da schwor er seiner Frau, dass es mit der blauen Sphinx ein für alle Mal vorbei sei. Pepi hörte das, am Fenster stehend, seine Eltern gingen – zwei zu *einer* zusammengewachsene Silhouetten – auf den in dieser Nacht dotterfarbenen Erdtrabanten zu; der Vater, der eine hübsche Baritonstimme hatte, sang. Das war im Juli. Den August verbrachte Pepi traditionsgemäß mit der Großmutter auf der Hohen Wand. Im September fühlte sich Frau Prohaska schwanger, und damit begann für P. P. das neue Schuljahr.

Nun – er hätte sich vielleicht auch ganz anders auf das bevorstehende Ereignis einstellen können. Sich durch die neue (kuschelige) Nähe der Eltern angeheimelt fühlen, ihre Vorfreude teilen, die Aussicht, in absehbarer Zeit großer Bruder eines kleinen Geschwisterchens zu werden, wenigstens amüsant finden. Tatsächlich aber konnte er dieser Aussicht nicht viel abgewinnen, Babys, die nun plötzlich ins Blickfeld der Familie rückten, erschienen ihm als störende, kleine Ungeheuer (meistens rotgesichtig, manchmal übelriechend, häufig aus unerfindlichen Gründen brüllend), die vorschüssige Liebe, die man dem Kind im sich rundenden Mutterleib angedeihen ließ, hätte er, wenn auch in anderer Form, selbst nötig gehabt. In der Schule rutschte er weiter ab, zu Hause fand er jetzt erst recht keinen Halt; die mit dem selten hässlichen Herbst voranschreitende Verfinsterung empfand er auf immer ausgedehnteren Gängen (*Spaziergänge*, meinte er rückblickend, wäre wohl nicht das richtige Wort dafür) als seine eigene.

Die trotzdem einsetzende vorweihnachtliche Helligkeit sabotierte er, indem er (eine Fähigkeit, die er nicht ohne Schadenfreude entdeckte) durch Konzentration seiner, wie man sieht, nicht unerheblichen inneren Spannungen Kurzschlüsse auslöste. Sein Vater suchte nach technischen Ursachen und elektrisierte sich einige Male. Seine psychischen Kräfte auch positiv anzuwenden und die im engen, verregneten Hof aus dem Beton wachsende, kahle Akazie wider den Lauf der Natur zu begrünen oder gar zum Blühen zu bringen, gelang Pepi trotz größter, mehrere Wochen lang durchgehaltener Anstrengung nicht. Es hätte mir, sagte er, sogar noch geholfen, wenn mir der Baum wenigstens durch ein relativ frühes Erwachen im, sagen wir: März, entgegengekommen wäre, aber nichts da, er rührte sich erst im späten April.

Bis dahin hatten die Schwangerschaft der Mutter, der etwas fahrige Stolz des Vaters und die neue, schnäbelnde Innigkeit der beiden miteinander ihren gemeinsamen Höhepunkt erreicht. Da war blaue und rosa Babywäsche gestrickt und ein silbern glänzender Kinderwagen gekauft worden, die Eltern kosten einander (was sie seit Pepis frühester Kindheit nicht mehr getan hatten) mit allerlei diminuierenden Tiernamen. Nur Pepis Sinn war durchzogen von schwarzen Wolken und manchmal daraus hervorzuckenden, zynischen Blitzen. Ihm erschien das ganze Getue unecht, und damit hatte er (seine Sensibilität für falsche Töne war ja schon in der Volksschule stark entwickelt) wahrscheinlich nicht so unrecht.

Durch die Zeugung von Kindern lassen sich Ehen, diese Erfahrung habe ich später auch machen müssen, nicht wirklich retten. Das zu solchem Missbrauch von den Prohaskas herangezogene Seelchen ließ sich diese Funktionalisierung auch prompt nicht gefallen und entschlüpfte, gleich bei der Geburt, dahin zurück, woher alle Seelen stammen. Das war nun an sich schon tragisch genug (zumindest mit irdischen Augen betrachtet). Noch tragischer aber war, dass Papa Prohaska, in Hinblick auf das freudige Ereignis, das sich nun als trauriges herausstellte, seine freie künstlerische Tätigkeit aufgegeben, das kostspielige Atelier zur Gänze Grandits überlassen und eine Anstellung als Gebrauchsgrafiker angenommen hatte. Zwar meinte die Großmutter, so habe alles Böse auch sein Gutes und ihr Sohn solle dem Himmel danken, dass er jetzt, mit vierzig, gerade noch Unterschlupf gefunden habe, denn mit der Malerei (wie immer drückte sie sich bildhaft aus) wäre er eines Tages sicher im Regen gestanden. Ihr Enkel aber, der sie sonst, wie wir wissen, sehr schätzte, sah das ganz anders. Von da an war sein ihm früher so imponierender, besonderer Vater genau wie andere Väter, ging morgens, eine komische Figur mit Krawatte, Sakko und kaum mehr ausgebeulten Hosen, aus dem Haus und kam abends, von der Langeweile des verlorenen Tages müder als von seiner Anstrengung, zurück mit einem Gesicht, das zusehends leerer wurde. Von da an (so Pepi später) hörte er auf, er selber zu sein.

Aber zurück in jene für Pepi und die Seinen so krisenhafte Zeit (1955). Mitte Mai wurde definitiv, was sich schon zweieinhalb Trimester lang abzeichnete – der Schüler Prohaska würde das Schuljahr nicht positiv abschließen. Erinnerung an die Diskrepanz – ganz Wien war beflaggt, im Belvedere wurde der Staatsvertrag unterzeichnet, aber im Hause Prohaska waren die Fenster verhängt. Pepi nahm den blauen Brief, der seinen Misserfolg ankündigte, aus der Schultasche, die Mutter wurde vorläufig damit verschont, der Vater zuckte nur still die Achseln.

Ach was, sagte die Großmutter, selbst Einstein ist in Mathematik durchgefallen (diese Großmutter war unbezahlbar). Allerdings hatte Einstein, falls diese Geschichte nicht bloß tröstlich erfunden war, kaum auch in Physik versagt. Ebenso unwahrscheinlich, dass er ein Nicht genügend in Naturgeschichte bekommen hatte. Pepi war sich nicht sicher, ob der Vergleich mit Einstein nicht doch zu seinen Ungunsten ausgefallen wäre: Sein Selbstbewusstsein war auf dem Nullpunkt.

Doch wohin wendet der Mensch sich, bevor er verzweifelt? Und wenn außerdem Schuldgefühle in seinen seelischen Eingeweiden rumoren (in immer wiederkehrenden Träumen hatte P. P. jemanden umgebracht und die Leiche im Hof verscharrt, wachte, schweißgebadet aus Angst vor Entdeckung, auf und brauchte, erzählte er, jeweils ein paar Minuten, um sich erleichternd klarzumachen, dass dieser Traum nur ein Traum war)? Wohin? Erraten. Zu Gott und wieder zu Gott. Zwar hatte Pepi damals auch in Religion nur ein Befriedigend zu erwarten, aber er ging in sich und geriet Anfang Juni dieses remarkablen Jahres in seine erste wirklich religiöse Phase.

Der Katechet, ein gewisser Schiffkowiak, hatte ihn bis zu diesem Zeitpunkt nicht leiden können. Die Buben, meinte er, sollten aus Gründen des öffentlichen Anstands nicht mit kurzen Hosen in die Schule kommen – Pepi kam. Sie sollten, wegen der dadurch womöglich verursachten problematischen Gefühle, nicht auf der Zentralheizung sitzen – Pepi saß. Und die Sonntagsmesse, nach deren Besuch er sich regelmäßig erkundigte, hatte Pepi (sonst ein guter Lügner) eingestandenermaßen selten bis nie besucht. Nun aber befand sich ausgerechnet dieser Prohaska auf dem besten Weg, Schiffkowiaks Lieblingsschüler zu werden. Und bekanntlich herrscht im Himmelreich mehr

Freude über einen bekehrten Sünder als über x Gerechte. Einer Heiligen, deren Namen ich in diesem Zusammenhang nicht in Misskredit bringen will, war angeblich geoffenbart worden, dass nicht in Todsünde sterben werde, wer eine erkleckliche, aber keineswegs astronomische Anzahl von Wochen hindurch jeden Freitag zur Frühmesse die Kommunion nehme. Aber natürlich ohne zwischendurch eine Todsünde zu begehen, das war der Pferdefuß am heiligen Handel.

Pepi tat sein Möglichstes, kasteite sich sozusagen, sündigte, wenn man ihm glauben darf, eine beachtliche Durststrecke lang nicht. (Wenn er allerdings morgens, das sagte ihm Schiffkowiak in einem Gespräch unter vier Augen ausdrücklich, seine Hände in einer »unschamhaftem Lage« vorfände, so solle er schnell drei Ave Maria beten.) Es hätte nicht viel gefehlt, und P. P. wäre damals, mit zwölf, ganz heimlich, still und leise zum Heiligen geworden. Und nicht erst später zum Propheten, was mir persönlich die problematischere Position zu sein scheint, in seinem Fall besonders. Aber dann kamen die Ferien, was den bis dahin unter der Patronanz Schiffkowiaks tapfer durchgehaltenen Besuch der Freitagfrühmesse entscheidend erschwerte. Und wenn Pepi seine Hände am Morgen in einer unschamhaften Lage vorfand, hatte er viel Zeit, viel mehr als für drei Ave Maria. Und jetzt, sagte der Satan bei solchen Gelegenheiten zu Pepi, ist es auch schon egal. Also wiederholte P. P. die zweite Klasse des Gymnasiums nicht als Heiliger, sondern im Gegenteil: als notorischer Sünder.

Als Repetent hatte man gleich von vornherein ein besonderes Image. Man gehörte einer Kaste an, von der 1.) schlechtes Betragen und 2.) trotz Wiederholung des Lehrstoffs kein gutes Fortkommen erwartet wurde. Die Vergangenheit, die man eigentlich guten Muts hätte bewältigen und überwinden sollen, hing einem nach, holte einen ein und überholte einen manchmal sogar. Dass es so kam, dazu taten die Mitschüler, vor allem aber die Professoren das ihre.

Pepi hatte das Pech, in eine ausgesprochene Repetentenklasse zu kommen. Der Anteil der »sitzengebliebenen« Schüler betrug an die 30%, sie saßen vor allem in den hinteren Bankreihen (was sich vielleicht durch ihr – in diesem Alter macht ein Jahr etwas aus – den anderen gegenüber weiter fortgeschrittenes Wachstum erklären lässt) und vom Katheder aus gesehen links (was sich nicht oder nur archetypisch erklären lässt); überwiegend schwarzhaarig und dunkelhäutig waren sie nicht. Pepi war auch das – sein in der Volksschule noch brünettes Haar war nachgedunkelt, und den leicht bronzefarbenen Teint hatte er von seiner Großmutter. Er war also, das sahen ihm die in langen Dienstjahren, in denen sie sich mit Repetenten grau geärgert hatten, immer unduldsamer gewordenen Lehrer gleich an, sozusagen der Superrepetent.

Es hatte folglich gar keinen Sinn, diese Rolle nicht annehmen und etwa den braven, aufmerksamen Schüler mimen zu wollen. Das hätten, erzählte P. P., die Professoren nicht gefressen, und in der Gruppe, zu der ich nun immerhin gehört hab, wär ich gleich unten durch gewesen. Repetenten waren anders und hatten das auch zu beweisen. Zum Beispiel indem sie während der großen Pause auf dem Klo rauchten, auch wenn sie (wie Pepi) noch nie zuvor geraucht hatten und sich durch den Hustenanfall, den der als besonders fesch geltende Lungenzug auslöste, der Gangaufsicht verrieten. Repetenten zeichneten sich auch sonst durch eine gewisse provokante Renitenz aus. Schaukelten während der Stunden auf dem Sessel, drehten die Augen gelangweilt zum Plafond, summten sich ab und zu sogar ein Liedchen. Selbstverständlich gehörte es auch zum Bild des Repetenten, dass er unter der Bank las. Aber nicht die »Odyssee« und nicht einmal (man merkt schon, Pepis Entwicklung stagnierte in gewisser Hinsicht) die Karl-May-Bände 31–72, sondern richtige Schundhefte.

Letztere musste mein Freund sich extra besorgen. Aber allmählich, erzählte er, fand er Geschmack daran. Zack peng! / Na warte, du Schurke! / Nimm! / Dafür dieses! / Siehste wohl? / Autsch! / Hast du geglaubt, du kannst dem roten Rächer entgehn? / Ja Pustekuchen! / Stöhn! … Dieses erlesene Nord- oder Westdeutsch mischte sich in der Sprache der Repetenten auf eigenartige Weise mit einem besonders lässig gesprochenen Wiener Dialekt. Einem Wiener Dialekt, der, aus dem jeweils freien Mundwinkel kaugummikauender Münder gepresst, eine eigenartige Symbiose mit einem Idiom einging, das als amerikanisch galt. Zwar waren die Besatzungssoldaten weg, aber für die Repetenten schickte es sich ganz einfach, gewisse, meist aus Amerika importierte Filme zu sehen. Die spielten in den Savannen von Arizona oder in den Straßen von Chicago, wenn nicht gleich in den Dschungeln von Korea, aber auch und besonders dort war man repetentisch männlich.

Nun war unser Pepi gar nicht der Typ für so was. Aber er gab sich Mühe, das muss man ihm lassen. Um in den Kinos zu Vorstellungen eingelassen zu werden, die erst ab vierzehn freigegeben waren, empfahlen sich einige Veränderungen seines Äußeren. Er tauschte die Pullmankappe gegen eine »schieberische« Mütze aus Schnürlsamt, die er extra speckig pflegte, und ließ sich, obwohl ihn die Äußerung dieses Ansinnens infolge der nach wie vor lästigen Hemmungen große Überwindung kostete, beim Friseur die Haare im Nacken ausrasieren, statt sie, wie bisher, verlaufen zu lassen, was, im Jargon »Packel« genannt, in jenen Jahren als besonders aufmüpfige Frisur galt. Schließlich sah er, zusammen mit Freunden oder Kumpanen, die er jetzt wenigstens fand, sogar Filme ab sechzehn. Obwohl der jeweilige Billeteur angesichts dieser Rudel entweder blind gewesen sein oder, wie Pepi rückblickend meinte, zumindest ein Auge zugedrückt haben muss. Nicht lang allerdings, und Pepi entdeckte eine »Falte« in seinem Schülerausweis, die, entsprechend behandelt, zu einer wunderbaren Wandlung des Geburtsjahrgangs »43« in »42« führte. Von da an wies er, zumindest bei Filmen ab vierzehn, sein Dokument vor.

Noch etwas Besonderes aber gab es für die Repetentenclique. Etwas, das es im Kino damals noch *nicht* gab. Ich zeig euch was Schönes!, sagte Billy Biber, über die ganze glänzende Visage grinsend, ein Äuglein verkniffen, mit dem Zeigefinger der Patschhand lockend. Come with me! Ein Vorschlag für Repetenten! – Dann ging man die Wendeltreppe zum Biberbau hinauf. Und oben, im dritten Stock, waren Billys Eltern nie zu Haus. Ja, stimmt, es muss so ähnlich gewesen sein wie damals, als Pepi *mich* ins Dachbodenatelier seines Vaters lotste. Nur dass er jetzt, sieben Jahre später, selber gelotst wurde: Come with me, brother!

Brother ums Eck, da gab es einen Schlafzimmerkasten mit Lade. Und in dieser Lade gab es (unter einigen Wäschestücken, die man später wieder genauso hinlegen musste, wie sie gelegen waren, wozu sich Billy Biber immer einen Lageplan zeichnete) einen kleinen Stoß Hefte. Schwarzweiß, nicht besonders scharf, wie Pepi fachmännisch feststellte, aber immerhin, sie kamen, laut Impressum, aus Paris. Dort standen, wie man sah, die Hausfrauen, nur eine kleine, weiße Schürze, weiter nichts, umgebunden, am Herd oder saugten, nur mit schwarzen Strapsen und sonst gar nichts bekleidet, Staub, eine sicherlich aparte Angewohnheit.

Pepi allerdings, schon wieder einmal überlegen, lächelte beim Anblick solcher, wenn auch hübscher Halbheiten. Lächelte dieses schmale, in höllenwärts gezogenen Mundwinkeln endende

Lächeln auch jetzt noch, drei Jahre danach, als er bei dieser delikaten Episode seiner ausführlich erzählten Geschichte (wie lange hatte er geschwiegen, dass es jetzt so detailliert aus ihm heraussprudelte?) angelangt war. Pepi Luzifer! Habe sein Vater doch, wie er zuvor erwähnt hatte, als er vom Atelier ins Grafikbüro wechselte, eine Reihe von Fotos – Die blaue Sphinx? – Klar, die auch. Aber vor allem (hier wurde Pepi allerdings, graugrün ins abendliche violette Wiener Becken blickend, ernst), vor allem seine Mutter …

Oh Pepi! Nein! Hat man Worte? *Ich* hatte nicht. Mir verschlug es die Rede. Und ich fühlte mich erröten. Sieben Jahre nachdem ich Frau Prohaskas (damals noch vergleichsweise keusch in Öl gemalte) Hinteransicht erblickt und danach geraume Zeit ernsthaft mit Erythrophobie – das ist, wie ich später in Psychologie lernen sollte, die Angst vor dem Erröten – gekämpft hatte, glühten, ich spürte es, meine Ohren, und zwar ärger denn je. Ja, sagte der findige Pepi, dem die nach Auflösung des Ateliers mit allen andern nicht verkauften Schöpfungen seines Vaters in den Prohaska'schen Kohlenkeller übersiedelte Fotoschachtel nicht entgangen war, sagte es, indem er mich Gott sei Dank nicht an-, sondern durch mich durch sah, sodass er meine in der Dämmerung wahrscheinlich *leuchtenden* Ohren nicht wahrnahm, jaja, so ist das.

Vielleicht ist es jetzt angebracht (und erspart mir die weitere Beschreibung meiner damaligen besonderen Verlegenheit), etwas Allgemeines über Pepis gewiss manisches Verhältnis zur Sexualität anzumerken. In einem, ungefähr ein Vierteljahrhundert nach diesem Spaziergang an der Wienerbergküste (Früher, ich meine vor der Eiszeit, war da ein Meer, sagte P. P., eigentlich wandeln wir also jetzt auf dem Wasser …) aufgenommenen Interview sagte mein ehemaliger Schulfreund Folgendes: Es ist ja verniedlichend, Sexualität nur als Zeugungsakt zu interpretieren – und selbst nur als Akt einer mehr oder minder vergnüglichen Kommunikation … Sexualität ist, wenn Sie verstehn, was ich meine, auch oder gar nicht zuletzt ein Akt des unter Umständen radikalen Widerstands.

Nun, ich bin nicht sicher, ob die Journalistin, die den soeben von den Medien entdeckten Propheten damals interviewte, verstand, was er meinte. Vielleicht errötete auch sie, und vielleicht war Pepis Statement überhaupt nur darauf angelegt, diesen (oder wer weiß welchen) Effekt zu erzielen. Andererseits waren die Zeiten fortgeschritten und dieser Prophet (echt oder falsch, das war eine sekundäre Frage) galt als fortschrittlich. Und *war* es auch in gewisser Hinsicht: Schließlich verweigerte er, und damit stand er in guter Tradition, die Steuerzahlung, mit der Begründung, er wolle nicht die Erzeugung und den Export von Waffen beziehungsweise Panzern durch verstaatlichte oder vom Staat gestützte Betriebe mitfinanzieren – und überhaupt gefalle ihm und wahrscheinlich auch dem lieben Gott das wenigste von dem, was mit Steuergeldern angefangen, man sollte wohl treffender sagen: ange*stellt* werde.

Doch um auf den frühen Prohaska zurückzukommen: Was mich betrifft, so habe ich, seit ich sie einigermaßen kenne, eine gewisse Reserve gegen die Theorien Freuds und seiner Epigonen. Für Pepi hingegen waren sie (so ein weiteres Zitat aus jenem Interview) »von früh an eine poetische Anregung«. Ich weiß nicht, ob er die »Drei Abhandlungen zur Sexualtheorie« damals, mit sechzehn, bereits gelesen hatte, aber Teile der Geschichte, die er mir auf unserem ersten Spaziergang an der Favoritner Peripherie erzählte, kommen mir heute, da ich sie aufzuschreiben versuche, vor, als hätte er sie nach diesem Muster gestrickt.

Seine etwas eigenartige Mutterbeziehung wird durch eine Episode, die er bezeichnenderweise gleich anschließend an die

Repetentenvorschlaggeschichte erzählte, noch deutlicher beleuchtet. Die kokette Tina (man erinnert sich: Tochter eines Schauspielers) tauchte wieder auf, da drehte Mama Prohaska durch. Nein, nicht sofort – Pepi traf sich ein paarmal mit Tina. Sie gingen zum Beispiel zusammen eislaufen (auf einem von Papa Prohaska geschossenen Foto – man bedenke, welch eine Ritterlichkeit bei Pepis diesbezüglichem Ungeschick! – schnürt er ihr den Schuh). Auch kam Tina einige Male zu Besuch. Pepi erzählte von einer scherzhaften Balgerei in seinem Zimmer, bei der sie unversehens auf die Couch gerieten. Sie unten, er oben, es war plötzlich so ein seltsamer Blickwechsel zwischen ihnen und eine Art von Erschrecken. Aber da wahrte die nach der Totgeburt schonungsbedürftige Mutter (vielleicht einfach aus Lethargie) noch die Fassung.

Dann aber, es war im Frühjahr und Pepis Zeugnisauspizien waren in diesem (wiederholten) Schuljahr gar nicht so katastrophal, rief die kecke Tina eines Tages bei Prohaskas an und machte einen Vorschlag. Wie es denn wäre, wenn Pepi am Wochenende zu einem Ausflug, den sie mit einigen Freundinnen und Freunden vorhatte, mitführe, nein, keine Erwachsenen sollten dabeisein, nur »Kinder«. Das komme, meinte die Mutter und erblasste bis an die Nasenspitze, überhaupt nicht in Frage, ihre Erregung über dieses Projekt, sagte Pepi, war erstaunlich, unverhältnismäßig, sie begann sogar zu weinen. Danach traf er Tina nur mehr selten; nach den Ferien, die er dieses Jahr ganz mit der Großmutter verbrachte, entschlummerte die Liaison, und für die nächsten paar Jahre war ihm schon das Anknüpfen von Beziehungen zu Mädchen ein kaum lösbares Problem.

Hingegen ergaben sich merkwürdige Beziehungen zu Burschen. Etwa im Margaretenbad, in das die Schulklasse einmal pro Woche zum Schwimmunterricht geführt wurde. Das Bad war ihm unsympathisch, erzählte Pepi, kam man von draußen hinein, so verschlug einem der Fauleeiergestank einer im Souterrain sprudelnden Schwefelquelle den Atem. Und besonders in der kalten Jahreszeit brach einem der Schweiß aus, bis man zu den Umkleidekabinen kam, wobei man absurderweise in Pullover und Mantel quer durch die Schwimmhalle musste.

Diese Umkleidekabinen aber waren (ich kannte Ähnliches aus dem Konvikt) ein Ort der Versuchung. Je zu zweit zum Aus- oder Anziehen geschickt, kam man, angesichts anfangs nur flüchtig, bald jedoch mit immer bewusster wahrgenommener Nacktheit auf seltsame Ideen. Besonders *nach* der Schwimmstunde, wenn die Haut feucht glänzte. Ein gewisser Semotan, mit dem Pepi, nachdem sie im Physikunterricht davon gehört hatten, übrigens auch eine Taucherglocke bauen wollte, was, wenn man mich fragt, doch auf eine gewisse Neigung zu ungewöhnlicher Zweisamkeit hindeutet, habe ihm zwar keinesfalls gefallen, sei aber ein an der gleichen Sehnsucht leidender Partner gewesen, sodass sie aus ihrer gemeinsamen sexuellen Not (denn eigentlich, sagte er, hätten sie beide von Frauen geträumt, etwa Gina Lollobrigida, kurz Lollo genannt, aber die war nicht da), sodass sie also aus ihrer je einsamen sexuellen Not eine gemeinsame Tugend (soll wohl heißen Untugend) gemacht hätten – ich erspare mir Details.

Die Beziehung zu einem Mitschüler namens Aichhorn wirkt auf den ersten Blick unverfänglicher. Sie sei, grinste Pepi, »wirklich platonisch« gewesen. Nun wollte und will ich mich nicht darauf einlassen zu beurteilen, was Platon und seine Freunde wirklich miteinander getrieben haben. Aber an Pepis Ironie ist vielleicht insofern etwas Wahres, als man die Freizeitbeschäftigung, der die beiden anscheinend desto eifriger nachgingen, je kläglicher sie in der Schule versagten, als ein skurriles Gemisch von Realitätsverweigerung und Idealismus im einfachsten Sinn des Wortes verstehen kann.

Das von den Schülern der damaligen Unterstufenjahrgänge in den vormittäglichen Pausen gern gespielte Spiel nämlich, bei dem man, über die zu Fußballfeldern erklärten Schulbänke gebeugt, Schillingmünzen oder Mantelknöpfe als Kicker, Groschenstücke oder Hemdknöpfe als Ball imaginierte, spielten sie ganze Nachmittage lang in Pepis Zimmer weiter. Und das auf eine Art, die schon bald weit über die Grenzen des simplen Vormittagsspiels hinausging. Sie begnügten sich nämlich nicht mit einem oder, in der bereits erweiterten Spielversion, zwei Münzen oder Knöpfen, einem Tormann also und einem Feldspieler. Ihre Phantasie strebte nach vollständigen Fußballmannschaften.

Das wäre mit Münzen einfacher gewesen, aber die Münzen waren ihnen zu gleich. Knöpfen hingegen konnte man so etwas wie Individualität andichten. Zuerst durchstöberten sie die Nähschachteln ihrer Mütter nach geeigneten Exemplaren, einigermaßen großen und gewichtigen Knöpfen also, die gut auf der Platte von Pepis Schreibtisch auflagen und, mit dem Finger in Schwung gebracht, den Hemdknöpfen, unter denen es auch verschiedene Grade der Eignung für dieses Spiel gab, den entsprechenden Impuls versetzten. Sobald aber diese Nähschachteln geplündert und auch einige verführerisch attraktive Knöpfe von im Kasten hängenden Mänteln gedreht waren, gingen sie dazu über, ihr Taschengeld in Textilzubehörläden auszugeben. Sie gaben den Knöpfen interessante Namen – Aichhorn neigte zu englischen, Pepi zu spanischen. Erwies sich der eine oder andere Knopf als »Star«, so begannen sie um ihn zu schachern. Ob du es glaubst oder nicht, sagte Pepi, wir haben regelrechte Transferverhandlungen geführt. Eine bedenkliche Entwicklung, auch im wirklichen Fußball, über den sie in den Zeitungen lasen, aber das alles war Stoff für ihr von der Materialität der Knöpfe weit abhebendes Hirngespinst.

Kam Pepi, auch noch als Erwachsener, auf diese Geschichte zurück, so sprach er von der funktionalen Ästhetik der Knöpfe. Dabei lächelte er. Aber dieses Lächeln hatte stets auch etwas Verträumtes. Die funktionale Ästhetik der Knöpfe sei ihm und seinem Partner damals zum immer höheren Begriff geworden. Und vielleicht wären sie, hätten sie mehr als ein halbes Jahr damit weitergetan, tatsächlich noch zum idealen Knopf, zur Idee des Knopfs, vor- und emporgedrungen.

Nach diesem halben Jahr verlagerte sich ihr Interesse jedoch von Fußballmeisterschaften auf Radrundfahrten. In den Sportseiten der Zeitungen, die Pepi eifrig studierte, las er vorerst die Berichte über die Österreich-Rundfahrt. Ganz interessant: Einmal im Jahr fuhren die Amateurradfahrer diese große Schleife durch Österreich. Aber die großen Profi-Rundfahrten, die Tour de Suisse, der Giro d'Italia und vor allem die Tour de France, schienen noch viel interessanter. Darüber standen in den heimischen Zeitungen zwar nur kleinere Berichte. Doch eines Tages entdeckte Pepi im Schaufenster eines Wettbüros eine Zeitschrift namens »Radsport«. Es kostete ihn einige Anstrengung, seine Hemmungen zu überwinden und das Geschäft zu betreten. Aber sobald er das geschafft und die Zeitschrift zum ersten Mal gekauft hatte, eröffnete sich seiner Phantasie eine neue Welt.

Ein paar Jahre früher hatte er ein Spiel zu Weihnachten bekommen, das nannte sich »Vierländertour«. Ein Spielplan aus Pappe mit sechs verschiedenfarbigen Plastikradfahrern. Man würfelte und ließ sie ziehen. Sie fuhren durch Österreich, Deutschland, die Schweiz und Norditalien. Die Städte auf dem Weg waren durch Symbole und Wappen gekennzeichnet. Natürlich handelte es sich um ein sogenanntes Gesellschaftsspiel. Ein Spiel, hieß es in der Beschreibung, für vier bis sechs Personen. Er hatte es ein paar Mal mit seinen Eltern und seiner Großmutter gespielt und dann vergessen. Jetzt aber, da er sich daran erinnerte und es zwischen Spielen wie »Mensch ärgere dich nicht«, »Halma«, »Safari« und »Fang den Hut« hervorzog, eröffneten sich ihm vormals ungeahnte Dimensionen.

In seinem Kopf fuhren bereits die »Giganten der Landstraße«. Auf langen, einsamen Fluchten fuhren sie dem Hauptfeld davon. Zwar wurden sie meist eingeholt, fielen zurück, aber ließen sich nicht unterkriegen, bissen die Zähne zusammen, holten wieder auf. Ihre Märtyrergesichter waren in der Zeitschrift in Großaufnahmen zu sehen, Assoziationen an Golgatha ließen sich daran knüpfen, Jesus fällt zum weiß Gott wievielten Mal unter dem schweren Kreuz, Schweißtuch der heiligen Veronika, Dornenkrone.

Nein, so weit konnte oder wollte ihm der in solchen Bereichen weniger bewanderte Aichhorn nicht folgen. Aber bis zu einem gewissen Grad zogen ihn die Radfahrergeschichten, die Pepi erzählte wie früher die Piratengeschichten, anscheinend doch in ihren Bann. Mit sechs Plastikradfahrern konnten sie natürlich keine große Rundfahrt nachspielen, also gingen sie hin und kauften einige Ersatzgarnituren. Die bedressten sie, verschiedene Buntstifte mit den Zungen befeuchtend, variabler, blau-gelb etwa oder rot-schwarz, aber für ein sportliches Großereignis war das immer noch zu wenig. Sie widmeten also die Knöpfe um, aus Fußballern wurden Radfahrer. Nummerierten sie, gaben ihnen Namen aus der real existierenden Radsportwelt. Fausto Coppi zum Beispiel. Oder Rik Van Looy. Vorerst auf dem Plan der Vierländertour, dann auf eigens gezeichneten ließen sie ihre Heroen alle großen Rundfahrten mit Dutzenden von Etappen strampeln, deren Ergebnisse sie in langen Listen notierten.

Hier dürfte allerdings Aichhorn manchmal die Geduld verloren haben. Und wenn schon. Dann sollte er halt nach Hause gehen! Dieses längere Gedankenspiel war ja im Grund genommen auch kein Spiel für zwei. Beim Knopffußball war ein Partner eher vonnöten, aber die Rundfahrten konnte Pepi auch allein weiterspielen.

Er würfelte für jeden einzelnen Fahrer und ließ ihn, der Anzahl der gewürfelten Augen gemäß, auf dem Spielplan vorrücken. Dabei machte er (je geschummelt zu haben dementierte er auf das heftigste) sozusagen autosuggestive Erfahrungen. Die sogenannten Roller siegten im Flachland, die Bergspezialisten gewannen die Bergwertungen. Die Champions der realen Radszene erwiesen sich auch bei ihm als die Besten.

Besonders liebte er den luxemburgischen Fahrer Charly Gaul, der bei der Österreich-Rundfahrt die Großglockneretappe gewonnen hatte. Ein junger Mann, der aufblühte, wenn es bergauf ging – aufrecht stehend in den Pedalen und dennoch scheinbar leichtfüßig ließ er seine Konkurrenten hinter sich. Ein paar Jahre später sollte der wirklich die Tour de France gewinnen. Auf Pepis Spielplan gewann er schon ein paar Jahre früher.

Ob das bereits ein prophetischer Zug war, will ich nicht beurteilen. Aber wer weiß, wozu die Versenkung führt. Und eine Versenkung war es, ein immer tieferes Eintauchen in jene phantastischen Rundfahrten, auf die sich Pepi da einließ. Ein jeden Nachmittag neu inszeniertes Versinken.

Am Schreibtisch in seinem Zimmer schob er die Realität (die Schulhefte) einfach beiseite. Sollte die Mutter glauben, dass er lernte – er saß oder, eher noch, kniete, über seinen Spielplan gebeugt, Giro, Tour de France, Tour d'Europe, ein Etappenrennen, das es nicht gab, aber, wenn es nach ihm ging, hätte geben sollen, eine Fahrt über alle Grenzen. Und die Hausübungen in Mathematik, mit denen er immer weniger zu Rande kam, versuchte er einfach zu vergessen. Wenn er sich am nächsten Vormittag rechtzeitig daran erinnerte, schrieb er sie noch in der Pause von

Aichhorn ab, der zwar ein bisschen beleidigt war, aber ein gutmütiger Typ, nur hatten seine Schlussrechnungen meist die falschen Ergebnisse.

So war das. Pepi ließ die Dinge da draußen einfach ihren Lauf nehmen. Die zweite Realschulklasse hatte er einigermaßen erfolgreich wiederholt, aber nun, in der dritten, versagte er völlig. Was interessierte ihn das? Die Tour d'Europe ging in die Endphase. Charly Gaul gewann auch die, der Rennleiter Prohaska gratulierte begeistert, aber der Schüler Prohaska fiel zum zweiten Mal durch.

Und was geschah dann? Es ist mir ehrlich gestanden nie ganz klar geworden, wieso Pepi doch noch aus seiner Apathie erwachte. Wieso er – zumindest vorläufig – um 180 Grad schwenkte, sich der Realität, vor der er durch vier bedenkliche Jahre in zunehmendem Maß geflohen war, plötzlich aussetzte, und zwar, wie er glaubhaft versicherte, in gewisser Hinsicht erfolgreich. Wieso verändern sich Menschen? Und wodurch genau setzt ihre Veränderung ein? Aber vielleicht denke ich mir Freiheit zu kompliziert, und Pepis Veränderung war eine Veränderung aus simpler Notwendigkeit.

So wie ich war, sagte er später, habe ich nicht bleiben können. So scheint es tatsächlich, aber was wäre geschehen, wenn ... also wenn er das nicht gerade noch rechtzeitig eingesehen hätte? Oder wenn er es zu sehr eingesehen hätte, denn seine Einsicht und der daraus resultierende »Realismus« standen doch, wenn ich seine spätere Entwicklung bedenke, unter einem gewissen Vorbehalt. Wäre Letzterer nicht gewesen, so hätte ich heute kein Buch über einen Propheten zu schreiben.

Was wäre geschehen, wenn ... ihn sein Vater zum Beispiel, wie nach der zweiten Schulkatastrophe zuerst einmal angedroht, nein, einfach *angekündigt*, korrigierte sich Pepi, denn

Papa Prohaska, nicht der Mann, um zu drohen, stellte das, mit dem bösen Zeugnis in der Hand, einfach in Aussicht, auch wenn es keine Aussicht war, schwerlidrigen Blicks … wenn ihn sein Vater nun tatsächlich in die letzte Hauptschulklasse und dann in »irgendeine Lehre« geschickt hätte? Nicht, dass mir das prinzipiell zu minder erschiene, Handwerk hat goldenen Boden und meine Brüder sind beide Meister geworden, relativ anständige Menschen und glückliche Familienväter dazu. Aber Pepi? Kann ich mir Pepi als Kunsttischler oder Automechaniker vorstellen? Kaum. Da schon eher als von vornherein zum Scheitern verurteilte, verkrachte Existenz, in Haupt- und Berufsschule weiter verunsichert, von Kollegen und Lehrherrn nicht für voll genommen, als ärgerlichen Versager. Und in der Folge? Was wäre aus ihm geworden? Ein linkischer Komplexler, ein unattraktiv an sich selbst Leidender, ein trüber Verlierer? Ein Trinker, ein Drogensüchtiger, ein Irrenhauspatient, ein Exhibitionist oder Kinderschänder, ein Selbstmordkandidat? Das alles wäre möglich gewesen. Und ist doch nicht wirklich geworden. Wie finden wir unseren Weg?

Oder konträr: Was wäre geschehen, wenn er seine Anpassung, denn es war eine, zu weit getrieben hätte, nachdem ihm seine vife Großmutter, mit ihren alten, aber immer noch agilen Füßen treppauf, treppab von Direktor zu Direktor laufend, doch noch einen Mittelschulplatz verschafft hatte? Real-Schule, das ist eine Schule für Realitätstüchtige, kein Latein, also bitte, kein Gaudeamus am Ende, kein Doktorhut, aber vielleicht wenigstens ein Dipl.-Ing. in nüchtern-eleganter Schrift auf dem Türschildchen? Oder wenigstens – wenn man die Matura hat, dann hat man schon etwas – eine solide Beamten- oder Angestelltenlaufbahn bei Bund oder Gemeinde, nun, vielleicht auch bei einer Sparkasse? – Kann ich mir Pepi in einer von diesen Rollen denken: ernst, anstellig, fleißig, seinen Vorgesetzten ein

Wohlgefallen, mit den Jahren in hohe und höhere Positionen aufrückend, seriös, saturiert, Sie sprechen mit / wenden Sie sich vertrauensvoll an / beispielsweise Filialleiter Josef Prohaska? Nun? Nun, ich weiß nicht.

Sicher, auch so ein Leben wäre ihm möglich gewesen. Und wahrscheinlich hätte er's, die Annahme der Spielregeln vorausgesetzt, darin leichter gehabt, als er es (zumindest materiell) tatsächlich hatte. Und nichts gegen so ein Leben, sage ich im Namen aller Beamten und Angestellten, sei's im öffentlichen Dienst, sei's in der Privatwirtschaft, die Diplomingenieure unter und über ihnen nicht zu vergessen, so ein Leben ist, verglichen mit manchen anderen, zweifellos ein in vieler Hinsicht besseres, man braucht, außer der Inflation und der Atombombe, nichts groß zu fürchten und kann (vorausgesetzt, es kommt weder diese noch jene) im jeweils nächsten Sommer einen schönen Urlaub machen, mit Wohnwagen nach dem Süden ziehend oder sogar hinfliegend und (etwa beim Club Méditerranée sich noch etwas besser fühlend) in der Sonne liegen, auf den Wellen schaukeln, gut bis exquisit essend und trinkend. Aber wo bleibt in einem solchen Leben, würde Pepi Prohaska der Prophet fragen, die Transzendenz?

Wodurch aber damals der Schwenk, die Wende, die Umkehr? Nicht anlässlich unseres Wiedersehensspaziergangs, aber ein anderes, späteres Mal hat mir Pepi etwas davon erzählt, das womöglich hierhergehört. Er sei, sich völlig miss- und unverstanden fühlend, von zu Hause ausgerissen, nein, es wäre wohl zutreffender, zu sagen: weggeblieben, habe sich durch Wien treiben lassen wie durch eine fremde Stadt. So fremd gefühlt und wohl auch so fremd fühlen wollen habe er sich, dass im Ostbahngelände, das besonders gut zu dieser Stimmung passte, ein Eisenbahner ihn für einen Ungarnflüchtling gehalten und ihm – ein guter Mensch – einen Fünfzigschillingschein zugesteckt habe; er, Pepi, der Spende wegen verlegen und vor allem des Ungarischen, das von ihm erwartet wurde, mit keinem Wort mächtig, habe das Geld zwar genommen, aber, wenn er sich recht besinne, in der Keplerkirche, an der er danach vorbeikam, dem heiligen Antonius abgetreten. Jedenfalls habe ihn dieser Eisenbahner an seinen Großvater erinnert. Nein, nicht an den im Krieg verschwundenen Mann der Schäfchenoma, sondern den der anderen, früh verstorbenen Großmutter mütterlicherseits. Und der sei früher Lokomotivführer gewesen. Seit er wegen eines Unfalls bei einer Nachtfahrt frühzeitig in Pension geschickt worden war, sei dieser Großvater vor allem zu Hause gesessen und habe das Fenster, durch das er auf die Bahntrasse sah, mit stachligen Rosen und Kakteen zuwachsen lassen.

Er würde also auch jetzt zu Hause sitzen. Vorausgesetzt, dass er noch lebte – Pepi hatte diesen Opa anscheinend seit Jahren nicht gesehen. Und mir hatte er nie zuvor von ihm erzählt. Aber dass er sich in dieser Situation auf ihn besann, hatte wohl etwas zu bedeuten.

So habe er also an der Tür geklingelt. Im dritten oder vierten Stock eines Hauses in der Nähe des Waldmüllerparks. Keine elektrische Türklingel, erzählte er, sondern noch eine von diesen alten Messingschellen. Es habe eine Weile gedauert, bis ihn der Opa gehört habe.

Doch dann habe er, Pepi, die Schritte des Großvaters gehört. Ein wenig schlurfende Schritte (der Großvater trug Filzpatschen). Und dann sei der Großvater wirklich vor ihm gestanden.

Na so was, Pepi, habe er sich gewundert, was führt dich zu mir?

Und Pepi habe dem Opa sein Herz ausgeschüttet. Was eigenartigerweise gelungen sei. Sonst sei er damals gehemmt und verschlossen gewesen. Aber in der Küche des Großvaters, der ihm eine Tasse Malzkaffee aufgewärmt und einen Schluck böhmischen Likör dazu angeboten habe, original Karlsbader Becherovka, das ist Medizin, das wärmt Leib und Seel – in der Küche des Großvaters sei er einiges von dem losgeworden, was ihn damals belastete – wir zwei, sagte der Opa und lächelte unter dem grauen Schnurrbart, können doch jetzt schon von Mann zu Mann reden.

Das tat gut, so ernst genommen zu werden. Und andererseits ein Gefühl für die Dimensionen der Probleme zu bekommen, die augenblicklich so unverhältnismäßig groß erschienen. Weißt du, sagte der Großvater, die Zeit vergeht. Und aus der Entfernung von ein paar Jahren betrachtet, sieht man die meisten Probleme schon viel kleiner. Das meiste, was einem in so einem Leben geschieht, ja sogar das, was einem regelrecht angetan wird, kommt einem später eher komisch vor. So habe der Großvater geredet, sei in die Stiefel geschlüpft und das erste Mal seit Wochen wieder aus dem Haus gegangen. Des Enkels wegen. Und das wollte etwas bedeuten. Komm, Peperl, habe er gesagt. Ich werd dir was zeigen.

Sie seien südwärts gegangen, peripheriewärts. Da unten im Ziegelwerk, sagte der Großvater, da haben die Arbeiter, als ich noch klein war, im Ringofen gehaust. So arm waren die. Das musst du dir einmal vorstellen. Auch mein Onkel, der Wenzel, der an Tuberkulose zugrund gegangen ist … Nicht, dass der Großvater diese und jene Probleme ausdrücklich zueinander in Beziehung gesetzt hätte. Er brachte auf diesem Spaziergang nur manches zur Sprache, das den Enkel auf die vergleichsweise Leichtigkeit seines Lebens aufmerksam machte. Dort oben im Washington-Hof, sagte er, haben wir uns anno 34 hinter den Koloniakübeln verschanzt. Damals haben sie das Bundesheer gegen uns eingesetzt und mit Kanonen auf die Gemeindebauten geschossen.

Übrigens dürfte der Großvater damals auch auf erfreulichere Dinge zu sprechen gekommen sein. Zum Beispiel darauf, wie er die Großmutter kennengelernt habe, nämlich beim Polkatanzen im »Böhmischen Prater«. Mir scheint sogar, dass Pepis Erzählung über diesen Spaziergang mit dem Großvater die erste war, in der dieses Areal vorkam, dieser etwas heruntergekommene Vergnügungspark mit dem dahinter liegenden Eichenwäldchen, von dem dann Pepis Prophetenkarriere ihren Ausgang nahm. Und vielleicht hat so manches in Pepis späterer Entwicklung mit diesem (sonst nie erwähnten) Großvater zu tun.

Von seinem Vater hatte er etwas traumtänzerisch Bohemienhaftes und von dessen Mutter, der Schäfchenoma, verstiegen bürgerliche, manchmal fast adelige Allüren. Von dieser Seite aber, dem Wurzelgrund, aus dem (zumindest für mich überraschend) seine schöne Mama kam, blieb ihm, so scheint es, etwas wie ein Rest von proletarischem Bewusstsein. Zumindest der Keim für einen gewissen Bewusstseinswildwuchs. Der dann recht eigenwillige, von Stacheln umgebene Blüten trieb.

Genug der Spekulationen. Zurück zu den Tatsachen. Tatsache ist, dass Pepi, der Schulversager, im Herbst 1957 noch eine Chance bekam. Und dass er diese Chance zu nutzen verstand. Die neue Schule betrat er mit neuem Bewusstsein.

Woher er das hatte? Im folgenden seine Version:

Na, woher schon? Ein Engel ist mir erschienen! Im Traum. Ich hab ihn ganz deutlich vor mir gesehen. Pepi, hat er gesagt, was lässt du dich ins Bockshorn jagen?

Nein. So redete er damals, unmittelbar nach unserem unverhofften Wiedersehen, noch nicht. Zwar hatte er auch schon früher dazu geneigt, seine Geschichten auszuschmücken, und die eigenwillige Ironie, die schon das Kind gehabt hatte, war dem etwas schlaksigen Sechzehnjährigen nicht abhandengekommen, neben dem ich nun herging, aber eine gewisse Art von Reden führte er erst später. In den Jahren 1973 und 1974, auf dem Höhepunkt seiner zweifelhaften Popularität, nahm er eine Reihe von Tonbändern für seine Jünger und Jüngerinnen auf. Daraus stammen die oben zitierten Sätze, ebenso wie die folgenden.

Steh auf, hat der Engel gesagt, beweg deinen spätkindlichen Leib, zackzack! Und versuch gefälligst, ein Mann zu werden! Deine pubertäre Lethargie, das muss ich dir sagen, findet höherenorts wenig Anklang. Ja, um ehrlich zu sein, sie geht uns schwer auf die Nerven.

Und siehe, so begann der nachmalige Prophet seinen bis dahin vernachlässigten Körper zu trainieren. Quälte sich mit Liegestützen und Kniebeugen, schwang Hanteln, gewöhnte sich an Dauerläufe. Steigerte die Quantität solcher Kraft- und Ausdauerleistungen den Anweisungen eines sportmedizinischen Taschenbuchs folgend. Und als die Ferien vorbei waren, die er mit erstaunlicher Konsequenz zu dieser Art Ertüchtigung genutzt hatte, da fühlte er sich deutlich größer und stärker.

Aber der Engel habe ihm noch was gesagt. Hör zu, Pepi! In einem männlichen Körper hat auch eine männliche Seele zu wohnen. Mit gewissen Kindereien hat es jetzt ein Ende, eine gewisse Wehleidigkeit und Feigheit gewöhnst du dir gefälligst ab, durch gewisse Blödheiten lässt du dich von nun an nicht mehr beeindrucken! Wir haben noch einiges mit dir vor. Also reiß dich zusammen!

So weit Pepis mythische Darstellung dieser Wandlung. Vielleicht lässt sie sich auch rein biologisch erklären. Er tat, wie es scheint, einen qualitativen Sprung. Hatte er sich früher, in unserer gemeinsamen Volksschulzeit, im Vergleich zu den anderen nur erwachsener *gefühlt*, so war er es jetzt tatsächlich. Das tat ihm gut. Das gab ihm eine gewisse Souveränität. Nicht, dass er auf die anderen hinunterschaute, rein körperlich gehörte er noch immer nicht zu den Größten. Aber der seinen fortgeschrittenen Jahren entsprechende Ernst verlieh ihm eine gewisse Unangreifbarkeit. Dass es auch in der neuen Schule Idioten gab, die sich als Klassenstärkste aufspielten und von Gorillas begleitet auftraten, war kaum überraschend, aber solche Typen rührten ihn nicht mehr an.

Dass er nun einer der besseren und – da er teils mit Selbstüberwindung, teils mit Lust weitertrainierte – bald einer der besten Turner war, verschaffte ihm darüber hinaus die Wertschätzung der Kollegen. Und festigte sein neues Selbstbewusstsein. Zwar war ihm das Geräteturnen nach wie vor unheimlich, aber er überwand seine Angst. Und wo Kraft und Ausdauer erforderlich waren, etwa beim Seilklettern im Saal oder beim Mittelstreckenlaufen auf dem Sportplatz, da ließ er die meisten anderen weit hinter sich.

Darüber hinaus war er nun auch einer der besseren Schüler. Und im folgenden Jahr schon einer der besten. Der Erfolg freute ihn. Auch oder gerade weil er etwas mit Selbstüberwindung zu tun hatte. In gewisser Hinsicht, erzählte er, hab ich auch das wie eine sportliche Disziplin aufgefasst.

So hätte er, zufrieden über diese erfolgreiche Anpassung, ein im Vergleich zu früher (und später) problemloses Leben führen können. Anpassung, ja, denn das war es doch, was er da schaffte. Ganz gegen sein Naturell eigentlich. Ein bisschen langweilig, aber fürs Erste recht erholsam. Insofern hatte ihm der Engel gut geraten.

Doch dann die Idee, sich unter die Fußballer zu mischen. Und sich ausgerechnet in einer Disziplin bewähren zu wollen, für die er möglicherweise wirklich kein besonderes Talent hatte. In einem Milieu, in dem er sofort wieder zum Außenseiter wurde. Es muss ein Teufel gewesen sein, der ihn dazu verführt hat.

Engel und Teufel beiseite. Das sah ihm schon ähnlich. Dass er über diese Anpassungsrealität hinauswollte. Zwar gehört Fußballspielen unter Burschen unseres damaligen Alters natürlich erst recht zur Anpassung. Aber es war etwas anderes, ob man im abschließenden Match beim Nachmittagsturnen keine allzu unglückliche Figur machte, oder ob man sich einbildete, einem Verein beitreten zu müssen, um – wie Pepi auf jenem Spaziergang einige Male wiederholte – ins Nationalteam zu kommen. Hier schlug die Anpassung in ihr Gegenteil um. Da wollte der Herr Prohaska kein Gleicher unter Gleichen sein, sondern schon wieder ein Besonderer. Das hörte sich recht absurd an. Nicht weil die Perspektive, im österreichischen Nationalteam zu spielen, damals schon so wenig attraktiv gewesen wäre wie später. Aber nach der Slapstickdarbietung, die er zuvor auf dem sogenannten grünen Rasen jenes steppenartigen Fußballplatzes geboten hatte, schien eine Karriere als Fußballer das Letzte, was man diesem jungen Mann zutrauen würde.

Mein Bruder, der ihn allerdings nie hatte leiden mögen, sah diese Problematik, zumindest was die fußballerische Karriere betraf, so simpel wie drastisch. Wie man so etwas kicken lassen kann, sagte er, nachdem ich ihn vor dem bereits geschlossenen Sportplatz wieder getroffen und mich von Pepi verabschiedet hatte, ist mir total schleierhaft. Klar war er ungehalten, weil wir ihn hatten warten lassen; einfach ins Auto zu steigen und ohne mich abzufahren, das habe er, sagte er, unserem Vater nicht antun wollen. Aber aus ihm sprach nicht nur Zorn, sondern auch Kennerschaft.

Dass Pepi damals auch ganz anderes im Kopf hatte als Fußball, geht aus den Briefen hervor, die er mir im Anschluss an diese unsere erste Wiederbegegnung schickte. Sie folgten in Abständen von jeweils einigen Wochen. Warum ich sie all die

Jahre aufbewahrt habe? Nun, erstens bin ich ein Mensch, dem es schwerfällt, etwas wegzuwerfen. Und zweitens? Ach was, ich weiß nicht. Jedenfalls bin ich in der Lage, aus ihnen zu zitieren.

Lieber Engelbert!, heißt es etwa im ersten Brief, datiert mit 26. 4. 59. Darüber, dass wir uns wiedergetroffen haben, hab ich mich ehrlich gefreut. Auch und vor allem darüber, dass wir nach all den Jahren wieder so gut miteinander reden konnten. Ja, ich weiß, ich hab wohl ein bisschen viel geredet und Du hast ein bisschen viel zuhören müssen, aber wenn Dein Vorschlag, dass ich Dir auch noch schreiben soll, nicht nur ein Versuch war, mir fürs Erste zu entwischen, dann hat Dich ja interessiert, was ich dir erzählt hab, und wenn Du jetzt prompt diesen Brief kriegst, bist Du selber schuld.

Dazu ist anzumerken, dass der Vorschlag natürlich von ihm kam. Trotzdem, das gebe ich zu, hatte ich nichts dagegen, dass er mir schrieb. Der Alltag im Konvikt war ja alles andere als amüsant. Und Pepis Briefe, das war zu erwarten gewesen, hatten zumindest einen gewissen Unterhaltungswert.

An manchen Stellen musste ich laut lachen. Obwohl er gewiss übertrieb und die Grenze zur Geschmacklosigkeit oft überschritt. Gleich als er einleitend seine Lehrer vorstellte. Die Vergleiche aus dem Tierreich, die er zur Beschreibung dieser »Professorenmenagerie« anstellte, finde ich aus der Distanz der Jahre doch recht peinlich.

So beschreibt er einen Chemielehrer, der sich einbildet, schon an der Mittelschule Hochschulniveau verlangen zu müssen und jede Stunde damit beginnt, einen Schüler auf Nicht genügend zu prüfen. Und einen Physiklehrer, der von kaum weniger gemeinen Fragen aus dem Gebiet seines Fachs nur dadurch abzubringen ist, dass man ihn auf seine Vergangenheit als angeblicher Adjutant Rommels in Nordafrika anspricht. Schließlich einen Französischprofessor, der die Schüler immer aufs Neue daran erinnert, dass es einzig und allein von seinem Wohlwollen abhängt, ob sie fahrplangemäß zur Matura kommen oder nicht. Fallt ihr nicht in der Fünften durch, lächelt er, dann fliegt ihr in der Sechsten, fliegt ihr nicht in der Sechsten, so poltert ihr in der Siebenten, und dabei lässt er die Fingerspitzen der linken und rechten Hand mit schleimiger Elastizität aufeinander zu und voneinander weg wippen.

Zweifellos unsympathische Zeitgenossen. Aber das alles war eigentlich halb so wild. Pepi hätte einmal ein paar Tage mit mir tauschen und zu uns ins Konvikt kommen sollen. Wir hatten andere Probleme, aber die gehören nicht hierher, schließlich geht es in diesem Buch nicht um mich, sondern um ihn.

Pepi Prohaska also, in dieser Phase ein junger Mann mit einer gewissen Resistenz. Jedenfalls was die Anfechtungen durch den Schulalltag betraf. Mich, schreibt er, kriegen Typen wie diese nicht mehr klein. Obwohl ich mir manchmal wünsche, dass ein Kugelblitz durchs Fenster fährt, wenn sie auf dem Professorenklo sitzen.

Ich lächle ihnen ins Gesicht und erwecke den Eindruck, mich für ihren Unterricht zu interessieren. Und folglich in ihren Fächern etwas zu können. Was ja, so schreibt er, im Übrigen wirklich der Fall ist. Dieser Pepi ist stolz darauf, dass und wie er mit den Anforderungen dieser Welt fertigwird.

Obwohl er gleich im nächsten Absatz demonstriert, dass es ihm in Wahrheit auf ganz andere Dinge ankommt. Die sind eben nicht von dieser (der schulischen) Welt. Das Lernen erledigt er am frühen Morgen. Ich steh um sechs, wenn es sein muss, auch um fünf Uhr früh auf und lern halt, was anfällt.

Ihm seien die Nachmittage zum Lernen zu schade. Die brauche ich nämlich, schreibt er, um zu trainieren. Auch wenn ihn sein Vater belächle und über den Eifer, mit dem er seine gymnastischen Übungen treibe, den Kopf schüttle. Mit seinen sportlichen Plänen sei es ihm ernst.

Nach dem Essen lese ich eine halbe Stunde. (Hab ich Dir eigentlich gesagt, wie sehr ich Hemingway schätze?) Aber dann schlüpf ich in meine Basketballschuhe und laufe – auch das schon ein gutes Training – hinauf zur Wasserturmwiese. Vielleicht erinnerst Du Dich, wir sind auf unserem Spaziergang unlängst daran vorbeigekommen – das ist noch eine richtige, schöne »Gstätten« vom alten Schlag.

Hier wird er unversehens romantisch, der angehende Fußballstar. Und – trotz seiner Jugend – schon ein bisschen nostalgisch. »Gstätten« – ein Wort, das inzwischen kaum mehr anders als abwertend verwendet wird. Für diese Art Freiräume, einfach unbebaute Flächen, wild überwachsen oder auch eher steppenhaft kahl, hatte Pepi schon immer was übriggehabt.

Jetzt sah er sie allerdings mit anderen Augen. Als den Grund und Boden nämlich, auf dem Fußballtalente wachsen. Er nennt einige Spieler, deren Namen mir (abgesehen von dem des legendären Matthias Sindelar) nichts sagten. Die alle hätten zuerst auf der »Gstätten« gekickt.

Na schön. Jetzt kickte dort er, das war die Botschaft. Er und eine Schar Gleichgesinnter, darunter Robert, sein Cousin. Der spiele übrigens auch mit ihm in der Jugendmannschaft. Bei meinem Besuch auf dem Fußballplatz müsste ich ihn eigentlich gesehen haben.

Ein bulliger Typ, beschreibt ihn Pepi, der, wenn er eine Chance sieht, an den Ball zu kommen, tief Luft holt, als ob er tauchen wollte, und dann mit gesenkter Stirn losrennt. Nein, ich erinnerte mich nicht an diesen Typ. Das Spiel war ja völlig diffus an mir vorbeigeflossen. Wäre mir dann nicht Pepi aufgefallen, so hätte ich daran überhaupt keine Erinnerung gehabt.

Ich weiß, schreibt er, meine Vorstellung als Fußballer kann

Dich nicht überzeugt haben. Mein Cousin hat das auch gemeint, ich war eine Witzfigur, sagt er. Manchmal kommt er sich neben mir ziemlich gut vor. Aber der wird schon noch sehen, Ihr werdet schon noch sehen!

Robert und ich, wir haben allerdings noch andere gemeinsame Interessen. Wir spielen gegeneinander Schach, wir gehen miteinander ins Kino. Wir sehen zum Beispiel gerne Historienfilme. (Hast Du »Die zehn Gebote« gesehen?) Aber am liebsten sehen wir Filme mit Brigitte Bardot.

Das ist die Frau, die wir am meisten begehren. Jetzt werd nicht gleich rot, Engerl, ich weiß, Du bist in solchen Dingen eher zurückhaltend. Mein Cousin hingegen ist, auch was diese Dinge betrifft, ein eher geradliniger Mensch: Brischitt vögeln, sagt er, und dann sterben.

Na ja, sag ich, das sagst du vielleicht doch etwas vorschnell.

Nein, sagt er, darüber hinaus will er sich gar nichts mehr wünschen.

Seine Aussprache des Französischen lässt allerdings noch einiges zu wünschen übrig. Aber das merkt er nicht. Er geht in eine Lateinklasse.

Mir verschafft der Umstand, dass ich jetzt Französisch lerne, vielleicht einen gewissen Vorteil. Wenn ich daran denke, empfinde ich sogar unserem Monsieur Crapaud gegenüber eine gewisse Dankbarkeit. Robert und ich erwägen nämlich, in den Ferien per Autostopp nach Saint-Tropez zu fahren. Vielleicht treffen wir B. B. dort am Strand, dann soll sie sich für einen von uns entscheiden.

Manchmal überlege ich, wie ich sie ansprechen könnte. Bonjour, Madame Bardot! – Oder sage ich besser Mademoiselle? – Oder gleich eher leger: Salut Brigitte? – Nebenbei bemerkt kann ich mir nicht vorstellen, dass sich B. B. für meinen Cousin entscheidet, selbst wenn ich kein Wort herausbringe.

Jetzt aber lieber noch etwas anderes. Auf gewisse Phantasien sollte man sich gerade um die Stunde nicht allzu weit einlassen. Ich hab noch die Abendgymnastik vor mir, Programm ist Programm. Nachher dusche ich und geh mit den »Brüdern Karamasow« ins Bett.

Für dicke Bücher habe ich nämlich viel übrig. Diese vielen Seiten hinter sich zu bringen, das ist immer wieder ein gutes Gefühl. Es ist ein Gefühl wie beim Laufen längerer Strecken. Auf den ersten paar hundert Metern ist es anstrengend, aber sobald man den Rhythmus heraußen hat, gerät man in einen eigenartigen Schwebezustand.

Und dann ist man plötzlich tief drin in diesen Romanen. Hast Du schon etwas von Dostojewskij gelesen? Bei mir hat alles mit »Schuld und Sühne« begonnen. Es war im Advent vor zwei Jahren, als ich diesen Band unter den Büchern meines Vaters entdeckt hab. Schmöker, die mich sonst wenig interessiert haben. Aber dieses! Es hat mich auf einmal magisch angezogen! In der Schule hat mich der Deutschprofessor damals gerade mit Stifters »Bergkristall« geärgert. Kinderkram, hab ich gedacht. Ich wollte erwachsene Lektüre.

»Schuld und Sühne« also. Rodion Romanowitsch Raskolnikow. Schon der Name des Helden hat mir imponiert. »Anfang Juli, an einem außergewöhnlich heißen Tag …« Das Buch beginnt zwar im Sommer, aber für mich war der Winter gerade die richtige Jahreszeit, um mich in diese russische Seele einzufühlen.

Das war ein Wahnsinn, Engerl, das war erregend! Da kann man – ja, da kann man schon süchtig werden. Inzwischen hab ich »Der Jüngling«, »Der Idiot« und »Die Dämonen« gelesen. Und jetzt eben bin ich mit den »Brüdern Karamasow« beschäftigt, die sind vielleicht überhaupt die Stärksten.

Drei Brüder, drei ganz unterschiedliche Typen. Aber – ob Du's glaubst oder nicht – ich kann mich mit jedem von ihnen identifizieren. Der erste (Dimitrij) ein ausschweifender Gemüts- und Genussmensch, der zweite (Iwan) ein nach außen hin kontrollierter Intellektueller. Aber der dritte (Aljoscha) beinahe ein Heiliger …

Schon irritierend, was da in Pepis Brief alles nebeneinander (oder, um genauer zu sein, unmittelbar nacheinander) stand. Mich irritierte es jedenfalls damals ziemlich. Natürlich tat ich mir mit manchem schwerer als heute. Angefangen von Pepis Schrift, die sich im Vergleich zur bemühten Schönschrift der Volksschulzeit doch recht verändert hatte.

Ich sollte allerdings genug Gelegenheit bekommen, mich einzulesen. Pepis zweiter Brief kam schon am 2.5. In meinem Antwortbrief hatte ich auf gewisse Probleme hingewiesen, die sich nicht zuletzt aus meiner Situation im Konvikt ergaben. Pepi begann also bemüht, nicht nur, was die äußere Form betraf.

Ich hab schon kapiert, der Fußball ist nicht Deine große Leidenschaft. Und über andere Leidenschaften sollte ich mich vielleicht auch etwas weniger auslassen. Na schön. Ich will mir das vorerst zu merken versuchen. Du hast mir über einige von Deinen Kollegen geschrieben, also schreib ich Dir über einige von meinen.

Er schreibt über einen Vorzugsschüler namens Kurz, der erfolglos gegen sein Image kämpft. In der Unterstufe hat er den Ruf eines fleißigen Schülers erworben, jetzt, in der Oberstufe, wird er ihn nicht mehr los. Macht einen meist desinteressierten und fast immer unausgeschlafenen Eindruck. Aber das nützt nichts. Sein guter Ruf bei den Professoren hängt ihm verhängnisvoll nach. Ich mag ihn, schreibt Pepi, trotzdem irgendwie gern. Seine zurückhaltende Art. Manchmal tauschen wir Briefmarken. Ich glaube, er kann nicht so recht aus sich heraus. Nur einmal, als wir auf einem Schulausflug in einem Gasthausgarten gesessen sind, da hat er hinter dem Rücken unseres Klassenvorstands ein Achtel Wein bestellt – damals hab ich den Eindruck gehabt, dass er uns was Wichtiges sagen will, aber bevor es dazu gekommen ist, mussten wir weiter.

Dann schreibt Pepi über einen Kollegen namens Kaizar. Der trägt den Kopf hoch, er misst beinahe zwei Meter. Legt darauf Wert, adelig zu sein, ein Anspruch, der in unserem kleinbürgerlichen bis proletarischen Ambiente nicht wirklich gut ankommt. Mir ist das egal. Ich schätze ihn als Diskussionspartner. Weißt Du, mit dem kann man richtig niveauvoll reden. Über Nietzsches »Zarathustra« zum Beispiel ... Im Turnen, beim Basketball, wähle ich ihn immer in meine Mannschaft. Er steht einfach unter dem Korb, hat zwar kein Ballgefühl, aber wenn man ihn oft genug anspielt, trifft er.

Zillinger Reinhold: ein ziemlich komischer Kauz. Sieht aus wie Franz Schubert und ist Zeuge Jehovas. Erklärt nicht nur Rock 'n' Roll-Veranstaltungen, sondern auch Kino- und Theaterbesuche für sündig. Du kannst Dir denken, dass er sich damit nicht sonderlich beliebt macht. Ich versuche aber, auf ihn einzugehen, mich interessiert er. Seine Mutter, die sich, wenn ich das recht verstehe, nach dem Tod ihres Mannes (vielleicht auch nach der Trennung von ihm) den »Zeugen« angeschlossen hat, dürfte ein rechtes Problem sein. Er fühlt sich von ihr bewacht, auch wenn sie nicht da ist. Wenn ich ihn begleite, verabschiedet er sich immer schon an der Ecke der Gasse, in der er wohnt – anscheinend will er von der Frau Mama nicht in Gesellschaft gesehen werden.

Auch auf einen gewissen Pausback kommt Pepi zu sprechen. Nomen est omen. Ein Putto. Klein und noch irgendwie kindlich rundlich. Man ist versucht, ihn im Vorbeigehen zu streicheln. Diese Versuchung ergibt sich durch die Frisur, eine (mir fällt kein anderes Wort dafür ein) geradezu niedliche Art von Pagenschnitt.

Bis hierher ist die Seite erhalten, darunter ist sie abgerissen. Das war nicht die Zensur im Konvikt (die sich später tatsächlich noch bemerkbar machen sollte), das war die Selbstzensur. Die Stelle schien mir, so sieht es aus, verfänglich. Ich weiß nicht mehr, was darin stand, nur etwas von Pausbacks Engagement für die Sozialistische Jugend ist mir erinnerlich, dass der Putto, schrieb Pepi, trotz Verbots durch die Direktion in der Schule Flugblätter verteilt habe, aber das kann es wohl nicht gewesen sein.

Die folgenden Seiten sind Pawlowski gewidmet. Der steht oder sitzt mir, schreibt Pepi, am allernächsten. Er habe ein bisschen etwas von Pierre Besuchow. Wenn ich »Krieg und Frieden« gelesen hätte, wüsste ich, was er meine.

Natürlich hatte ich »Krieg und Frieden« nicht gelesen. Gerade hatte ich mir etwas von Dostojewskij aus der Konviktsbibliothek ausgeborgt, nun kam er mit Tolstoj daher. Körperlich groß, eher dick, ohne seine Brillen ein paar Augenblicke zwinkernd hilflos. Peter ist der gutmütigste Mensch, den ich kenne.

Pawlowski also. Eine sensible Seele. Pjotr Kirillowitsch, wie er ihn scherzhaft nenne. Kurioserweise sei seine erste Erinnerung an ihn die an eine Rauferei. Obwohl er – nach der kurzen Charakteristik von zuvor könne ich mir das denken – alles andere als ein Raufer sei.

Doch damals – es muss kurz nach Pepis Eintritt in die neue Klasse gewesen sein – habe man diesen gutmütigen Menschen angegriffen. Der Aggressor habe Piffl geheißen. Vasall und Gorilla eines gewissen Weiler. Eines Feschaks, so Pepi, der ein paar Griffe auf der E-Gitarre beherrschte und sich bemühte, so dreinzusehen wie Elvis Presley.

Dass er, Pepi, sich von solchen Typen nicht mehr provozieren habe lassen, davon habe er mir ja schon auf unserem Spaziergang erzählt. Den Pawlowski aber hätten sie teils wegen seiner Kurzsichtigkeit, teils wegen seiner Korpulenz im Visier gehabt. Mit beiden Eigenschaften hätten sie ihn gehänselt. Was den Piffl betraf, so sei der übrigens kaum schlanker gewesen als der mäßig dicke Peter, nur ungeschlachter, und die Augen, mit denen er in der Welt, die er wahrnahm, nach Feinden suchte, waren vielleicht etwas weniger kurzsichtig, aber von einem sagenhaft dummen Ausdruck.

Die Situation war also die, schreibt Pepi, dieser Untam hat damit angefangen, auf den Pawlowski Peter loszuboxen. Und der, 1.) wie gesagt seinem Wesen nach gutmütig und 2.) um seine Brille besorgt, hat ihn mit einem rechten Ausleger (ich weiß nicht, lieber Engelbert, ob Du in der Boxersprache bewandert bist: also mit gestrecktem rechten Arm) von sich abgehalten. Na hau doch zurück, du fette Sau!, hat der Piffl geätzt, der es, mit seiner Punchingballfigur, gerade nötig gehabt hat. Aber der Peter war nicht einmal ein Zurückschläger.

So hat ihn der Piffl immer näher an die Wand gedrängt. Und als es dort nicht mehr weitergegangen ist, hat er Maß genommen und zum entscheidenden Schlag ausgeholt. Und dieser Schlag war tatsächlich ein entscheidender. Denn weit wendiger, als man ihm das zugetraut hätte, hat sich der Pawlowski kurz gebückt, und sein Gegner hat den mit ziemlicher Wucht angesetzten Schlag gegen die Wand geführt.

Und nicht nur gegen die Wand, schreibt ein offenbar immer noch von dieser Szene begeisterter Pepi. Nicht nur gegen die Wand, sondern gegen ein an der Wand hängendes Bild. Ein Bild, das (ich weiß nicht, welchen pädagogischen Wert es haben sollte) einen Husaren in engen, roten Hosen gezeigt hat. Der Husar war verglast, und die Faust, die der Piffl danach mit einem mir unvergesslich blöden Blick aus dem Rahmen gezogen hat, war danach ebenso rot wie die Hose.

Wie dann, gerade im richtigen Moment, der Klassenvorstand zur Tür hereingekommen sei. Und wie Pepi darauf Wert gelegt habe, festzustellen, dass der Idiot Piffl die Rauferei angefangen habe. Es könne also keine Rede davon sein, dass auch Pawlowski bestraft werden müsse. Vielmehr gehöre eigentlich auch Weiler bestraft, der im Hintergrund Grinsende.

Ob sich der Klassenvorstand das tatsächlich hat sagen lassen, darüber will ich nicht spekulieren. So wie ihn Pepi darstellt, dürfte er allerdings ein Vernünftiger und trotz einer gewissen Biederkeit sozusagen aufgeklärter Mann gewesen sein. Möglich, dass der beim Evozieren dieses Kampfberichts immer schwungvoller schreibende Pepi das Bedürfnis hatte, seine eigene Person am Ende doch noch vom Rande ein wenig ins Zentrum zu rücken. Aber dass er – etwas spät, aber doch – das Seine zum Sieg der Gerechtigkeit beitragen wollte, kann ich ihm nachfühlen.

Na jedenfalls, schreibt er, ist die Sympathie, die wir, der Peter und ich, schon bis dahin füreinander empfunden haben, mit diesem Tag zur Freundschaft geworden. Auf dem Heimweg haben wir einander die eben geschilderte Szene ein paar Dutzend Mal erzählt. Um dann nahtlos von diesem besonderen Ereignis zu allgemeinen Themen überzugehen, die uns am Herzen liegen. Gerechtigkeit und Ungerechtigkeit, Frieden und Krieg, die beste Gesellschaftsordung.

Du musst nämlich wissen, der Peter ist Kommunist. Das heißt genau genommen: Sein Vater ist es. Funktionär der KP in der Gewerkschaft der Post- und Bahnangestellten. Na ja, und da hat der Peter halt den Kommunismus als das einzig Richtige und Wahre mitgekriegt, wie andere Leute, zum Beispiel Du, den Katholizismus.

Was mich betrifft, so weißt Du ja, dass ich durch meine Familienverhältnisse nicht so fixiert bin. Aber ich fühl mich von jeher denen verbunden, die von den jeweils einen als die jeweils anderen schief angesehen werden. Vielleicht liegt das an gewissen Erfahrungen und sozusagen ererbten Erinnerungen aus der Familie meiner Großmutter. Dass der Peter, der mit seiner Überzeugung (das heißt genau genommen der seines Vaters) nicht hinter dem Berg hält, von den meisten unserer Klassenkollegen belächelt worden ist, hat mich sowohl geärgert als auch für ihn eingenommen.

Obwohl sich der Widerspruchsgeist, den ich nun einmal habe, natürlich auch in den Gesprächen mit ihm zu Wort meldet. Manchmal ist es mir ganz einfach ein Bedürfnis, den seiner sozusagen fromm vorgetragenen Überzeugung entgegengesetzten Standpunkt einzunehmen. Und zu verteidigen. Als Advocatus Diaboli sozusagen. Oder – da es ja in diesen Gesprächen eigentlich um Glaubensfragen geht – als Advocatus Dei.

Darüber geraten wir manchmal ganz schön in Hitze. Aber wir sind uns deswegen keineswegs böse. Im Gegenteil: Dass wir einander so aufregen und anregen, steigert nur unsere gegenseitige Wertschätzung. Wertschätzung ist übrigens schwer untertrieben – wir mögen uns richtig. So sehr mögen wir uns, dass es uns meistens schwerfällt, uns voneinander zu trennen. Sind wir im Lauf unserer Streitgespräche bei meinem Haustor angelangt, so sind die Weltprobleme, die wir diskutieren, natürlich noch immer ungelöst, und das ist gut. So kann ich mich nämlich entschließen, ihn bis an sein Haustor zu begleiten. Sind wir dann dort, so entschließt er sich seinerseits, und wir schlendern wieder bis an mein Haustor zurück.

Besonders ereifert haben wir uns über das Problem, ob die Welt von A bis Z wissenschaftlich erklärbar ist. Peter meint, eines Tages werden alle Welträtsel gelöst sein, und dann ist alles in Butter. Oder in Milch und Honig, was weiß denn ich. Aber wenn alle Welträtsel gelöst wären, meine ich, dann wäre es ja stinkfad auf der Welt, und außerdem hätten wir dann keinen Grund mehr, zwischen unseren Haustoren hin und her zu pendeln. Darüber hinaus weigere ich mich zu akzeptieren, dass es bei der Lösung der Welträtsel vor allem um naturwissenschaftlich lösbare Fragen geht. Gagarin hat gesagt, er hat im Weltraum keine Spur vom lieben Gott gesehen – ja aber das beweist doch nur, dass dieser Astronaut ein recht unbedarfter Mensch ist. Erst recht weigere ich mich zu glauben, dass es zum Glück der Menschen nicht mehr bedarf als der Erfüllung und Übererfüllung von Fünfjahresplänen. Ich vertrete reaktionäre Standpunkte, hat darauf Peter gesagt, daran haben alle Reaktionäre ein Interesse, dass der Fortschritt nicht fortschreitet und die Probleme nicht im praktischen Sinn der dialektisch-materialistischen Theorie gelöst werden.

Damit ich kapiere, worum es geht, hat mir Peter »Das Kapital« geborgt. Ledergebunden, strengen Geruchs, entwendet, wie ein Stempel auf der ersten Innenseite verrät, aus der Bibliothek der Österreichisch-Sowjetischen Gesellschaft. Es ist allerdings – Dir kann ich's ja gestehen – nicht ganz mein Fall. Und dabei habe ich mir gerade von diesem Buch etwas Besonderes erwartet. Ich hab es nach Haus getragen wie – ja, wie einen erotischen Roman. Doch die Erregung, die ich beim Aufschlagen der ersten Seiten empfunden hab, ist mir bald vergangen. Vielleicht liegt es daran, dass darin keine Menschen vorkommen. Ich meine, keine Menschen als Individuen, sondern nur als Exemplare – in diesem Fall halt von Klassen.

Nein, hab ich zu Peter gesagt, sei mir nicht bös, aber das ist nicht die Literatur, die ich mag. Das ist keine Literatur, hat er gesagt, sondern … Jaja, hab ich gesagt, ich weiß schon – aber im materialistischen Sinn ist doch Literatur alles Geschriebene.

Also »Das Kapital« des gewiss ehrenwerten Herrn Marx ebenso wie Mickymaus-Hefte.

Ja, hat der Peter gemeint, damit hast du eigentlich recht. Er hat das gesagt und gelächelt, denn für Mickymaus-Hefte haben wir beide was übrig. »Dem Ingenieur ist nichts zu schwör« oder: »Und lieg ich dereinst auf der Bahre, so bringt mir meine Gu-itarre …« Solche Zitate sind Running Gags zwischen uns.

So ist das, schreibt Pepi, wir philosophieren und politisieren nicht nur tüchtig. Nein, wir können auch perfekt miteinander blödeln. Manchmal unterhalten wir uns königlich über etwas, das andere gar nicht verstehen. In der Schule, wo wir inzwischen nebeneinandersitzen, haben wir einmal beim Öffnen des Atlas, am Anfang der Geographiestunde, einen Ort namens *Huben* gefunden, und der Name hat uns, weiß der Kuckuck warum, derart amüsiert, dass wir, vorerst einmal bis zur nächsten Pause, darüber gekichert haben. Und mit der Pause hat das nicht aufgehört. Noch Wochen, ja Monate danach haben wir Lachanfälle gekriegt, wenn uns dieser Ort namens *Huben* eingefallen ist. Bis heute ist es eine Art Spiel zwischen uns, diese Einfälle in dafür eher ungeeigneten Augenblicken herbeizuführen. Besonders raffiniert ist es, das Wort *Huben* zu flüstern oder in zierlichen Buchstaben auf einen Zettel zu schreiben, während es in der Klasse ganz ruhig ist, und die Wirkung abzuwarten.

Und so weiter. Was ihn und Pawlowski betraf, konnte Pepi offenbar gar nicht genug schreiben. Mir war das allmählich zu viel und ich überflog die folgenden Zeilen eher pauschal. Nichtsdestoweniger beglückwünschte ich ihn in meinem Antwortbrief. Das ist ja schön, schrieb ich, dass Du endlich einen richtig guten Freund gefunden hast.

Anschließend versuchte ich, etwas über die Beziehungen zu meinen Konviktskollegen zu schreiben. Aber ich hatte den Eindruck, dass es da nicht viel zu erzählen gab. Pepi schien das jedoch nicht weiter zu stören. Er selbst hatte offenbar genug zu berichten.

Mein lieber Bertl, schreibt er im 3. Brief vom 14. 5. 59. Draußen ist ein strahlender Nachmittag, aber ich muss, ganz gegen meine jüngst beschriebene Gewohnheit, im Zimmer sitzen und stucken. Vor einem zweidimensionalen Zeichenblatt sitzend soll ich mir dreidimensionale Körper vergegenwärtigen (weißt Du, wie ein Rhombendodekaeder ausschaut?). Es gibt angeblich Menschen, die sich das einfach in ihrem Kopf vorstellen können, aber zu denen gehöre ich nicht.

Scheiße! Ich habe die letzte Schularbeit in Darstellender Geometrie verhaut. Jetzt muss ich mich anstrengen, um nicht ins Schlittern zu kommen. Quälend. Ich würd mir lieber ganz andere Körper vorstellen, aber was hilft's? Abstraktionen! Die hab ich nie leiden können.

Außerdem ist der Professor, den wir in diesem Fach haben, zwar nicht bösartig, aber trotzdem eine Zumutung. Betritt mit Dreieck und Zirkel die Klasse (nein, umgekehrt, Dreieck und Zirkel, beide von überdurchschnittlicher Größe, kommen mit ihm, einem 1,50-Riesen, zur Klassentür herein), kurbelt die Tafel auf sein Giftzwergenmaß herab und beginnt wortlos zu zeichnen. Dazu murmelt er irgendetwas, das keiner versteht, weil sein Kehlkopf vom Kettenrauchen so kaputt ist, dass er nur mehr ein heiseres Flüstern zustande bringt und sonst nichts. Das Einzige, was man aus der dritten Bankreihe, in der ich sitze, halbwegs deutlich hören kann, ist ein rhythmisches Hüsteln.

Aber ich hab jetzt eine Pause gemacht und Dir, wie Du merkst, zu schreiben begonnen, um auf andere Gedanken zu kommen. Was mir, wie Du ebenfalls merkst, nicht recht gelingt. Mein Vater geht mir in letzter Zeit auch wieder schwer auf den

Geist, weil er sich (eine Folge meines oben erwähnten Missgeschicks) nach wohltuend langer, diesbezüglicher Abstinenz, nun plötzlich wieder als Erziehungsberechtigter aufspielt. Eine Rolle, die, wie Du weißt, nie zu ihm gepasst hat und, wie Du Dir denken kannst, jetzt erst recht nicht zu ihm passt.

Apropos Abstinenz: In dem Sinn, in dem man es für gewöhnlich gebraucht, passt dieses nüchterne Wort überhaupt nicht zu ihm. Er hat – ich habe es schon angedeutet – ganz simpel zu saufen begonnen, kommt selten ohne Fahne nach Haus und belästigt dann meine Mutter sozusagen unsittlich. Es ist peinlich, weißt Du, er stammelt allerlei Kosenamen, aber sie steht nicht mehr auf ihn – und wenn er betrunken ist, schon gar nicht. Sie entzieht sich, er läuft ihr nach, es ist wie bei den Tauben auf der Straße, nur dass er halt schon ein recht alter, schäbiger Täuberich ist – also in solchen Situationen könnte er einem direkt leidtun.

Jedenfalls möcht ich niemals so werden wie er. Obwohl er mir manchmal immer noch imponiert. Vor einiger Zeit hat er eine Rückzahlung (Steuerausgleich) bekommen und ist, aus Freude darüber, statt ins Wirtshaus in die Delikatessenhandlung gegangen. Wollte ein bisschen feiern, und zwar nicht allein, sondern (nette Idee) mit meiner Mutter.

Es klingelt also, und draußen steht der Ernährer. Mit einem Huhn unterm Arm und zwei Flaschen Wein. Schau, Rita, sagt er, was ich mitgebracht hab! Sie schaut u. sagt nichts. Na, sagt er, freust du dich nicht? Nein, sie macht nicht den Eindruck. Sie freut sich nicht, sagt er, Huhn und Wein in den Händen. Was sagt man dazu? Na, ich hab gar nichts gesagt, nur die Achseln gezuckt. Doch meine Mutter, die hat jetzt losgelegt. Von überflüssigen Ausgaben hat sie geredet und dass wir ohnehin nur Schulden haben. Und was er doch für ein unvernünftiger Mann ist im Vergleich zu anderen, vernünftigen Männern. Und dass der Gerichtsvollzieher da war und den Kuckuck auf die Möbel gepickt hat. Und dass sie nicht mehr aus noch ein weiß und schon gar nicht, wie sie eigentlich zu alldem dazukommt.

Soll das heißen, hat mein Vater gesagt und ganz enge, gelbe Augen gekriegt, dass du das Hendel nicht willst? – Du schmeißt doch das Geld zum Fenster raus, hat sie gesagt. – So, hat er gesagt, na dann schmeiß ich halt zur Abwechslung einmal ein Hendel zum Fenster raus. Und hast Du nicht gesehn, ist das Hendel tatsächlich zum Fenster rausgeflogen – ein hübscher Anblick!

Richtig zum Schießen, nicht wahr, wie's bei uns zugeht. Apropos Schießen. Also ob Du's glaubst oder nicht, Bertl – ich hab ein Tor geschossen! Nein, nicht auf der Wasserturmwiese, sondern auf dem Simmeringer Platz. Gegen die als besonders hart verschriene Simmeringer Jugend. Und was für ein Tor, mein Lieber, was für ein Tor! Also ganz ehrlich gesagt, der Zufall hat auch ein bissel mitgespielt, aber sag's nicht weiter. Von links kommend, bin ich in eine Flanke von rechts gehechtet, wollt sie per Kopf erreichen. Hab sie verfehlt, aber der Ball ist (ich bin mit angewinkelten Beinen gesprungen) von meiner Ferse abgeprallt u. zur völligen Überraschung des Tormanns, der in die andere Ecke geflogen ist, exakt ins Kreuzeck gesaust – so schön, dass man durchaus sagen könnte: mit Gottes Fügung.

So viel (oder wenig) vorläufig auf Deine im letzten Brief ganz einfach gestellte Frage, ob und inwieweit ich an Gott glaube. Sag einmal: Kannst Du mich nicht etwas Leichteres fragen? Glaube ich, glaube ich nicht? Vielleicht sollt ich ein Gänseblümchen rupfen. Aber wahrscheinlich werde ich meines Glaubens sicherer, wenn Gott meine Gebete um eine wenigstens befriedigende Schularbeitsnote erhört.

Der 4. Brief folgte am 24. 5.

Jetzt geht es mir wieder gut! Ein schwerer Brocken ist mir vom Herzen gefallen. Die Geometrieschularbeit habe ich geschafft – Befriedigend ist eine ebenso unspektakuläre wie beruhigende Note. Damit kann ich durchatmen. Dieses Schuljahr ist gelaufen.

Ein Unglück, heißt es, kommt selten allein – vielleicht stimmt das ja manchmal auch in Bezug auf Glück. Im Augenblick sieht es so aus. Stell dir vor, was passiert ist! Du erinnerst Dich an unseren Französischprofessor, von dem ich Dir im ersten Brief geschrieben habe? Erinnere Dich pietätvoll. Monsieur hat das Zeitliche gesegnet.

»Kindchen! Fallt ihr nicht in der Fünften durch, so fliegt ihr in der Sechsten. Fliegt ihr nicht in der Sechsten, so purzelt ihr in der Siebenten.« Usw. Nichts da. Les jeux sont faits. Gott hat es für besser gehalten, Monsieur aus dem Spiel zu nehmen.

»Unerwartet« steht auf dem Partezettel, der in der Aula hängt. Das Wort »unerwartet« hat jemand gestrichen und durch »unverhofft« ersetzt. Nicht doch! Wo denkst du hin? Ich war das nicht! Aber ich gestehe, dass ich recht zustimmend darüber gelacht habe.

Schuldgefühle habe ich deswegen keine. Hat ihn ja nicht der von mir ersehnte Kugelblitz getroffen, sondern, wie es scheint, ein simpler Herzschlag. Mit meinem Wunschdenken hat das nichts zu tun. Jedenfalls erfreuen sich die Herren Angerl (Physik) und Zipperer (Chemie) nach wie vor robuster Gesundheit.

Aber schön. Man kann nicht gleich alles haben. Doch soll man die Feste feiern, wie sie fallen. Wir haben das im Amalienbad getan. Unseren Jour fixe dort haben wir letzte Woche in ausgelassener Stimmung begangen.

Hab ich Dir überhaupt schon von unserem Jour fixe erzählt? – Also wir treffen uns jeden Mittwochnachmittag im Bad und verbinden das sportlich und hygienisch Nützliche mit dem gesellig Angenehmen. Der Kurz, der Pausback, der Pawlowski und noch ein paar von den niveauvolleren Typen aus unserer Klasse. Meinen Cousin, der ja schon eine Klasse weiter ist, haben wir sozusagen kooptiert.

Nicht ohne Vergnügen streben wir an diesen Nachmittagen nach einer sozusagen klassischen Ausgewogenheit von körperlicher und geistiger Ertüchtigung. D. h., wir springen, schwimmen und tauchen natürlich. Aber zwischendurch liegen wir in anmutiger Mußehaltung auf den Steinstufen. Oder promenieren in Nachfolge der alten Peripatetiker am Rand des Schwimmbeckens.

Ja, es ist wahr, mein Lieber, wir philosophieren. Etwa so: Du bist in die Welt geworfen und stellst Fragen an das Sein, aber das Sein (nachdem es überhaupt nicht ist) gibt natürlich keine Antwort. – Also ist Sein nicht? – Also: Ist nichts? – Doch. Etwas ist. Zweifellos sind viele Etwasse! – Das sieht man doch, nicht wahr? Oder ist das alles nur Schein? – Der Fliesenboden unter unseren Füßen und die Neonbeleuchtung über unseren Köpfen. – Die Bademeister in ihren Leinenanzügen und die Badegäste in ihren Schwimmhosen und -kostümen. – Jeder/jede eine Einzelerscheinung, der schwerbäuchige, dürrbeinige Pensionist, der soeben aus der Dusche kommt und seine tiefhängenden Hoden nicht recht zu verpacken weiß, ebenso wie dieses glänzende Mädchen im frühlingshaft hell geblümten Bikini, das jetzt gerade wieder aus dem Wasser auftaucht, die Leiter hinaufklettert und erneut aufs Trampolin tritt – mein Gott, wie nett ihre kleinen –

Etwas abrupt, dieses Ende. Das konnte kaum an Pepi liegen. Das Kuvert, in dem ich den Brief bekommen hatte, war mir gleich verdächtig gewesen. Als ob die ursprüngliche Gummierung nicht gehalten hätte, hatte jemand noch nachträglich einen auch durch den Geruchssinn wahrnehmbaren Klebstoff verwendet. Eher unwahrscheinlich, dass es sich hierbei um einen übereifrigen Schalterbeamten auf der Post handelte.

Ehrlich gesagt, hatte ich mich ohnehin gewundert, dass die Konviktszensur nicht schon früher aktiv geworden war. Dabei handelte es sich um eine keineswegs offizielle, aber von uns Zöglingen nie bezweifelte Einrichtung. Jetzt war es so weit. Ich dachte mir mein Teil. Aber von nun an hatte ich auch Probleme, Pepi zu antworten.

Was sollte ich schreiben? Wie sollte ich es formulieren? Von Tag zu Tag schob ich die Abfassung eines weiteren Briefs auf. Manchmal gelang es mir fast, darauf zu vergessen. Doch dann, Mitte Juni, kam Pepis 5. Brief.

Hallo Engerl!

Bist Du am Ende beleidigt?

Seit Wochen höre ich nichts mehr von Dir und kann mir dieses Dein Schweigen nicht ganz erklären. Na ja, vielleicht liegt es nur an der Post und weiter an nichts. Oder liegt es gar daran, dass ich die von Dir gestellte Gretchenfrage nun schon zwei Briefe lang aufgeschoben und immer noch nicht beantwortet habe? Es waren doch nur die Verhältnisse schuld daran. Erst die schulischen, dann die sog. privaten. Was einen Menschen halt abhält von den wesentlichen Fragen. Jetzt haben beide an Aktualität verloren, leider bzw. Gott sei Dank.

Womit ich auf Gott zu sprechen komme, na bitte! Der Herr ist so fern! Ich glaube, wir Menschen brauchen was Näheres. Zum Beispiel Jesus. *Der* imponiert mir. Jawohl. Aber nicht als Gottessohn, sondern als Menschensohn. So hat er sich doch genannt.

Siehst Du, es kommt mir recht witzlos vor, wenn der kleine

Jesus schon in der Wiege liegend weiß, wer er ist. Die Engel besingen ihn, die Hirten beten ihn an, die drei Könige bringen Geschenke, sogar seine Eltern rutschen vor ihm auf den Knien. Und er lächelt von Anfang an, denn er denkt sich insgeheim: Ist ja alles nur Komödie. Ich bin zwar in dieses Menschenkostüm geschlüpft, muss jetzt 30 bis 33 Jahre so tun als ob, aber in Wirklichkeit bin ich die zweite göttliche Person.

Selbst wenn er am Ende Schmerzen erleiden und sterben muss: Das ist ja eigentlich die Erlösung. Das ist ja alles seit Anbeginn so geplant und abgesprochen. Und wenn er das übertaucht hat, wird er auferstehn. Und auf den Wolken wiederkommen und richten über die Lebendigen und die Toten, halleluja.

Klar, es ist kein Spaß, sich verspotten, dornenkrönen, geißeln und zu allem Überfluss noch kreuzigen zu lassen. Aber wenn er ein Menschenleben auf sich genommen hat – was wäre denn das für ein Menschenleben gewesen ohne Zweifel und Verzweiflung? Und das steht ja auch in der Bibel, dass er am Ölberg gezweifelt und am Kreuz verzweifelt nach seinem Vater gerufen hat, warum hast du mich verlassen. Also wenn Jesus groß war, dann nicht als Gott (das ist angesichts der Weltgeschichte, mit der dieser Gott ja auch was zu tun hat, überhaupt eine zwielichtige Rolle), sondern gerade als Mensch wie Du und ich.

Das würde mich übrigens interessieren: die Psychologie von Jesus. Wie er nach und nach draufgekommen ist oder sich eingebildet hat, der Messias zu sein (falls das wirklich der Fall war). Und wie ihm gedämmert ist, dass dieser Messias ganz anders ausschaut, als sich der kleine Maxi das vorstellt. Wie gesagt: falls – dann vielleicht, ja sehr wahrscheinlich, hat er das noch gar nicht von sich selbst geglaubt.

Na ja, das ist, ehrlich gesagt nicht alles auf meinem Mist gewachsen, sondern bis zu einem gewissen Grad angeregt durch den Dr. Stranitzky. Das ist unser neuer Religionslehrer, weißt

Du, ein spannender Typ. Man würd ihm den Priester nicht ansehn, wenn man nicht wüsste, dass er einer ist. Und dass man das nicht gleich tut, darauf legt er offenbar auch großen Wert.

Hier sein Steckbrief: kein weißer Kragen, sondern nur ein schwarzer Pullover. Redet nicht salbungsvoll wie ein Pfarrer, sondern richtig wie ein Mensch. Obenauf nicht mehr allzu viel Haar, Intellektuellenbrille, manchmal spöttischer, hier und da sogar boshafter Blick. Dazu eine Nase im Gesicht, die er beim Denken und Diskutieren mit Daumen und Zeigefinger manieriert, aber nicht unironisch von der Wurzel abwärts streichend gewissermaßen zuspitzt.

Wir machen das manchmal in mehr oder weniger großen Gruppen nach, um ihn zu necken. Aber er grinst nur unter der Haut und tut so, als wär nichts. Überhaupt ist er ein großer Unter-der-Haut-Grinser, der Doktor Stranitzky. Als ob er sich seinen Teil über Verschiedenes dächte, sogar über sich selbst.

Denken und Diskutieren ist übrigens auch das, was wir in seinen, Stranitzkys, Unterrichtsstunden vorwiegend tun. Natürlich gibt es ein paar, die weder zum einen noch zum Zweiten fähig sind – aber die meisten haben schnell begriffen, dass es lohnt, diese Religionsstunden nicht zum Schlafen oder Aufgabenschreiben zu benutzen. Und dass sie auch anders sind als die anderen Unterrichtsstunden, in denen halt einer was mehr oder minder Langweiliges vorträgt und man eine gewisse Mindestenergie darauf aufwendet, zuzuhören, nicht, weil es so interessant ist, sondern weil man irgendwann nachher darüber geprüft wird. Nein, die Stranitzkystunden, auf die ich mich – und das will was heißen – immer schon am Vorabend freue, sind so etwas wie ein geistiges Training, verstehst Du, und wenn es beim Sport in den Muskeln kribbelt, weil man auf angenehme Weise spürt, wie sie wachsen, so kribbelt es hier in den Gehirnzellen.

Apropos Training: denk Dir: Meine Großmutter hat mir zum

Schulschluss ein Rad gekauft. Ja sicher, genau genommen haben wir noch nicht Schulschluss, aber es ist so gut wie sicher, dass ich recht positiv abschließe, und ich hab es einfach nicht mehr erwarten können. Ein Rad! Ein richtiges Rennrad mit zehn Gängen und Rennlenker, was sagst Du? Jetzt strample ich, sooft es geht, zum Schloss Laxenburg und wieder zurück, das ist gut für die Waden. Aber nicht *nur*: Dieses einsame Radfahren ist eine ganz eigenartige, fast kontemplative Übung. Wenn ein Hügel kommt, und Du kämpfst Dich hinauf, und dann, wenn Du über den Hügelkamm drüber bist, und es geht wieder bergab – weißt Du, was das für ein Gefühl ist? Sich selbst besiegen ist der größte Sieg, das fällt mir in diesem Zusammenhang manchmal ein, wer hat das geschrieben oder gesagt? Egal, wer's gesagt oder geschrieben hat, mir kommt vor, als hätte es ganz speziell für mich was zu bedeuten.

Der 6. Brief kam nur wenige Tage später.

Stell Dir bloß vor! Ich hab's ja gewusst! Jetzt bin ich bestätigt! Ich bin entdeckt! Erinnerst Du Dich an mein mit Gottes Hilfe geschossenes Tor, ich meine den Superfersler? Er ist von der Fußballwelt nicht unbeachtet geblieben. Aber alles nach der Reihe.

Also, in den letzten Wochen ist des Öfteren ein Mensch im grauen Trenchcoat bei unserem Training erschienen. Ist einfach am Spielfeldrand gestanden und hat geschaut. Er ist natürlich aufgefallen, den Geheimagenten haben sie ihn in der Kabine genannt – der beobachtet einen von uns. Aber *wen* er beobachtet hat, das hätten sie sich nicht gedacht, die Herren Kickerkollegen!

Gestern hat er dann: wen? Du errätst es: mich! beiseitegenommen und unter vier Augen mit mir geredet. Er kommt von Rapid, weißt Du, was das heißt, Rapid ist österreichischer Rekordmeister! Er hat mein Tor [s. o.] damals gesehn und war schwer beeindruckt. Jetzt hat er den Eindruck verifizieren wollen. So ein Tor, hat er gesagt, schießt man nur alle zehn Jahre (da kann ich lang warten!), aber ich habe ihn nicht enttäuscht. Ich bin, hat er gesagt, obwohl ein Individualist, ein im Grunde sehr mannschaftsdienlicher Spieler. Nur spiele ich, hat er gelächelt, offenbar in der falschen Mannschaft. Wenn es mir gelänge, aus meiner Isolation herauszukommen, könnte ich, meinen Willen zum vollen Einsatz für den Fußball vorausgesetzt, eines Tages ganz groß einschlagen.

Er ist bei Rapid der zweite Jugendtrainer und würde mich gern in der neuen Mannschaft sehen, die er jetzt aufzubauen im Begriff ist. Ich soll mich morgen (das ist also heute) um 17 Uhr (das ist in einer Stunde) auf der Pfarrwiese (das ist der Rapidplatz) einfinden. Er will mich eine Weile probeweise mitlaufen lassen und die Sache dann, nach Rücksprache mit dem ersten Jugendtrainer, fix machen. Die Formalitäten mit meinem jetzigen Klub könne man später erledigen. Bertl! Drück mir die Daumen! Ich muss jetzt aufbrechen.

Und dann, schon am Tag darauf, der 7. Brief.

Was meinst Du? Spinn ich? Oder spinnt *unsereiner*? – Wenn man auf gewisse Probleme zu sprechen kommt, ja wenn man überhaupt auf Probleme zu sprechen kommt, schauen einen die meisten in unserer Klasse an wie ein Fabelwesen. Oder genauer: wie ein Wesen von einem anderen Stern.

Ja, ich weiß, ich hab schon Konträres geschrieben. Aber was soll's? Unter den 30, mit denen ich Vormittag für Vormittag beisammensitze, sind, nüchtern betrachtet, 25 Krautköpfe. Leute, die sich für *überhaupt nichts* interessieren. Wenn Du Dich für *irgendwas* interessierst, bist Du denen schon irgendwie verdächtig.

Ich weiß nicht, wieso mir das gerade in den letzten Tagen wieder einfällt. Oder doch, ja: Wahrscheinlich liegt es daran, dass Peter Pawlowski die Klasse hier kaum mehr positiv abschließen kann und daher rechtzeitig (also noch vor Schulschluss) die Schule wechselt. Es ist übrigens Angerl, Du erinnerst Dich: der Physikprofessor, der ihn rasseln lassen will. Aber selbstverständlich lässt sich nicht nachweisen, dass die Nicht genügend, mit denen der Schüler Pawlowski seine Physikprüfungen abschließt, mit seinem (und Angerls) politischem Hintergrund zusammenhängen. Klar ist ein Schulwechsel unter diesen Umständen das Beste, was man tun kann. Aber ich? Ich kann nicht schon wieder wechseln! So wird er gehen, mein Freund, und ich werde bleiben. Ich werde bleiben und mich vereinsamt fühlen.

Sicher, da sind noch ein paar, die sind halbwegs hell. Aber eigentlich, fällt mir jetzt auf, sind das lauter komische Figuren. Sie sind mir allesamt ganz sympathisch, das schon. Aber andererseits – Bertl, sei ehrlich – siehst Du mich auch so?

Ich meine: Ich hab mich redlich bemüht, Du verstehst mich. Zweieinhalb Jahre lang habe ich mich bemüht, den andern zu gleichen. D.h. eigentlich den einen (soll heißen denjenigen, die sich für die einen halten). Na ja, genau genommen nicht ihnen zu gleichen, aber ihnen, sagen wir, besser nicht aufzufallen. Oder doch, ihnen gegebenenfalls schon aufzufallen, aber tunlichst nicht unliebsam. Eher: was ist das Gegenteil? – nennen wir's liebsam. Durch Übererfüllung des Plansolls gewissermaßen. Und jetzt? Gehör ich zu ihnen? Sie schaun mich dumm an mit ihren Knopfaugen!

Übrigens auch die neuen Fußballkollegen. Bei den alten hab ich schon nicht mehr darauf geachtet, aber die … Ich tu mir nicht leicht mit ihnen, beileibe nicht. Oder noch eher beileibe als beiseele oder gar beigeiste.

Die sind die einen, und ich gehör nicht zu ihnen. Aber die andern: Will ich zu denen gehören? Die andern der einen, die andern der andern, kennst Du Dich aus? Nein? Kein Wunder. Ich kenn mich ja auch nicht mehr aus.

Du, Bertl, wie ist das mit Dir, ich meine, wo stehst Du? Du kommst doch in den Ferien wieder nach Wien, oder nicht? Wenn alles klappt, trampe ich wirklich mit meinem Cousin Richtung Saint-Tropez. Allerdings scheint sich da einiges zu verzögern, also in der ersten Juliwoche könnten wir uns bestimmt sehn. Wie schön wäre es, wieder zu reden, statt immer zu schreiben. Wir könnten z. B. einen Ausflug machen und über alles quatschen. Auch über die Zweifel, Deine Zukunft betreffend, die Du im letzten Brief andeutest. Wie wärs mit dem Kahlenberg? Da könnten wir hinaufsteigen und auf Verschiedenes hinunterblicken.

Der 8. Brief erreichte mich dann in den Ferien.

Liebster Engerl!

Aus Saint-Tropez, wie Du als detektivisch begabter Mensch schon an der Briefmarke bemerkt haben wirst, schreib ich Dir nicht. Dieses kühne Projekt ist nicht nur an meinem Cousin gescheitert, dem wegen meines ihn schnöde beim F. C. Wien zurücklassenden Flirts mit Rapid Beleidigten, sondern auch an meinen Alten. (Immer größere Bedenken in Bezug auf die Gefahren einer so langen Autostoppreise – dabei haben sie gar nicht gewusst, von *welchen* Gefahren sie sprechen –, immer kleinere finanzielle Zuschussangebote …)

B. B. wird also warten müssen und womöglich alt werden, bis sie mich kennenlernt, sie weiß nicht, was ihr entgeht. Was mich betrifft, so teile ich das Doppelbett, in dem ich die nächsten drei Wochen schlafen werde, statt mit ihr mit meiner Großmutter.

Wir sind wieder auf der Hohen Wand, die Schäfchenoma und ich, wie schon die vergangenen neun Sommer. Heuer ist der zehnte, also feiern wir gewissermaßen ein Jubiläum.

Angesichts der Freude, die das der alten Dame bereitet, bin ich, bei allem Bedauern über das geplatzte Rendezvous mit der Bardot, eigentlich ganz froh, dass ich ihr (meiner Großmutter) letzten Endes doch keinen Korb gegeben hab. Für sie ist das eine große Sache, verstehst Du. Die Nacht vor der Abreise muss ich immer schon bei ihr verbringen; sie lässt es sich nicht nehmen, mir ihre Couch zur Verfügung zu stellen, sie selbst schläft auf einem Klappbett. Bevor wir einschlafen, stellt sie sich zwei Wecker, noch dazu eine Viertelstunde vor, damit wir ja nicht zu spät aufwachen und den Bus versäumen.

Dann schleppen wir (morgens um sechs) die Koffer zum Verkehrsbüro, wo wir natürlich zu früh ankommen, sodass wir zumeist eine gute halbe Stunde warten müssen, bis der Bus überhaupt auftaucht, aber das macht nichts. Auf ihrem Koffer sitzend, ist sie ganz gespannte Erwartung. Sie sitzt da wie ein kleines Mädchen (Du weißt, was für kurze Beine sie hat) und freut sich. Manchmal fasst sie meine Hand und schaut mich nur an, da ist ein Glanz auf ihrem Gesicht, der ist mir allerdings fast peinlich.

Die anderen Reisenden, die jetzt allmählich eintrudeln, sind nämlich wesentlich nüchterner. Ganz zu schweigen vom Chauffeur, der routinemäßig den Busbauch aufklappt und das Gepäck hineinschubst, man fährt schließlich nur knappe zwei Stunden. Aber die Aufregung der Großmutter nimmt nicht ab, sondern zu. Kaum sind wir aus Wien draußen, sucht sie die Hohe Wand schon am Horizont.

Dort ist sie!, zeigt sie. – Nein, Oma, sag ich, das ist der Anninger! – Sie will es nicht wahrhaben. Bei der Haltestelle in Wiener Neustadt wird sie ganz ungeduldig. Können die nicht schneller einsteigen? kritisiert sie die von dort aus noch Mitreisenden. Wie spät ist es? Wir haben bestimmt schon Verspätung!

Und erst, wenn's dann endlich die Kurven den Berg hinaufgeht. Da schnappt sie sich wieder meine Hand und presst sie, angesichts der Felswände. Und wenn wir dann endlich oben sind auf dem Parkplatz! Schon beim Aussteigen holt sie tief Luft und bekommt eine gesunde Gesichtsfarbe, obwohl es da rundherum noch nach Bus und Benzin stinkt.

Na ja, und dann sind wir halt wieder, wo wir schon waren. Ein an sich auch für mich recht erfreuliches (sozusagen heimatliches) Gefühl, wäre nicht das leidige Begrüßungszeremoniell. Nein so was, der Pepi! So klein war er. So groß ist er. Da merkt man, wie man alt wird! Darf man dich überhaupt noch Pepi nennen oder muss man am End schon Herr Josef sagen?

Der Pensionsgasthof, in dem wir hier wohnen, trägt nämlich diese Bezeichnung, kann ich Dir versichern, völlig zu Recht. Er ist eine Art von Pensionistennest oder – der Seehöhe angemessen – Pensionistenhorst, Durchschnittsalter der Stammgäste mindestens 100. Das ist, auch abgesehen von den Begrüßungskalamitäten, lästig, denn natürlich sind sie alle taub. Betrete ich den Speisesaal, so muss ich Mahlzeit schrein, dass die Wände wackeln, sonst hören sie gar nichts und sind außer taub auch noch verschnupft.

Das wäre der negative Aspekt dieser »Heimkehr«, aber es gibt auch einen sehr positiven. Ich werd nicht nur wiedererkannt, ich erkenne auch wieder. Weniger die Menschen, die sind, bis auf Adi, den Kühe hütenden Dorftrottel, eher normal und daher langweilig. Vor allem die Gegend erkenne ich wieder (heuer ganz anders und, wie soll ich sagen, intensiver als in den Vorjahren): Wald, Felsen, Himmel und an klaren Tagen eine geradezu beglückend weite Aussicht.

Klar, die Spaziergänge mit der Großmutter sind (obwohl sie,

wie Du weißt, eine außergewöhnliche Großmutter ist, mit der man über alles Mögliche diskutieren kann, z. B., da liest sie gerade ein Buch darüber, über die Französische Revolution) gewissermaßen Pflichtübungen. Aber die einsamen Streifzüge, die ich unternehme, wenn ich sie irgendwo auf eine Bank gesetzt habe, weitab von markierten Wegen, ja überhaupt von Wegen, gefallen mir sehr. Ich klettere über den Zaun, schlüpfe durch unterm Stacheldraht und bin ganz allein mit der Natur. Das ist befreiend und – wie soll ich es sagen – ein bisschen erschreckend. Es ist so heiß, dass die Luft zittert, der Boden duftet so eigen (nicht nur süß, nein, sondern auch scharf, streng, denk Dir ein Gemisch aus Erde, Heu, Klee, Pfefferminz und Wermut), die Bienen, Wespen und Hummeln summen, große, weiße Falter mit wie Samt aussehenden schwarzen und roten Punkten taumeln um mich herum, am Himmel ruft ein Habicht. Engelbert! Gestern hab ich mich splitternackt ausgezogen und in eine Mulde geschmiegt, kannst Du das verstehn? Auf dem Rückweg wär ich dann beinahe auf eine Schlange gestiegen, die ist so kompakt zusammengerollt in der Sonne gelegen, dass ich sie im ersten Augenblick für einen toten Vogel gehalten hab, graubraun gezeichnet, aber dann hat sie sich blitzschnell aufgerichtet mit einer richtigen Drohgebärde wie eine Kobra, und ich bin zur Seite gesprungen. Ich weiß nicht, was es war, vielleicht eine Kreuzotter, da ich keine Schuhe angehabt habe, hätte sie mich jedenfalls gut beißen können. Ich habe mir hier nämlich das Barfußgehen angewöhnt – es tut zwar weh, wenn man auf Disteln oder spitze Steine steigt, aber in gewisser Hinsicht genieße ich das sogar, und außerdem schmerzt es ja bekanntlich weniger, wenn man fest auftritt. Schuhe nehme ich nur zum Klettern – unlängst bin ich den Ganghofersteig hinunter, obwohl oder gerade weil auf einem verrosteten Schild vor dem Abstieg gewarnt wird. Das ist schon ein Gefühl, Du, so zwischen Himmel u. Erde in der Wand zu hängen, und alles kommt nur auf Dich an und (vielleicht) den lieben Gott – der Großmutter habe ich gesagt, ich mache einen Waldlauf.

Womit wir, lieber Bertl, schon wieder beim Thema wären. Du siehst, mir fällt stets was ein, um unsere Diskussion in Gang zu halten. Wenngleich sie, was ich bedaure, nur schriftlich erfolgt. Aber dem sollten wir endlich Abhilfe schaffen.

Also hör zu: Das Folgende ist ein Vorschlag. Während des Schuljahrs können wir kaum zusammenkommen, aber warum, verdammt noch einmal, tun wir's nicht jetzt? Ja, stimmt, ich bin ausgerechnet in dem Moment von Wien weggefahren, in dem Du dahin zurückgekehrt bist. Aber wer zwingt Dich, während dieser schönen, heißen Tage in Wien hocken zu bleiben, und was hindert Dich, mich auf ein paar Tage zu besuchen? Na, was meinst Du? Die Oma hat nichts dagegen. Und was die Finanzen betrifft: Es gibt hier auch Touristenquartiere mit Strohmatratzen. Keine Ausreden, steig in den nächsten Bus. Lass mich nicht allzu lang warten. Ich freu mich auf Dich.

Dass ich der Einladung nicht folgte, nicht folgen konnte, liegt an dem Ferienjob, den ich damals, moralisch genötigt durch die von Abend zu Abend vorwurfsvolleren Blicke meines Vaters, trotz ursprünglich anderer Vorsätze doch noch annahm. Etwas, das Pepi, dem bei allen Problemen und Problemchen vergleichsweise Privilegierten, sicher absurd schien. Aber was half's: Meinen Eltern als einziges von vier Kindern müßig auf der Tasche zu liegen, diesen unausgesprochenen Vorwurf konnte ich, zu Hause herumhockend, nicht auf mir sitzen lassen. Also verlud ich, statt mit Pepi durch Wald und Wiesen zu philosophieren, während der Hundstage 1959 Sperrgut auf Lastwaggons, wer weiß, wozu es gut war.

Das heißt, ich weiß schon, wozu es gut war (aus Pepis Sicht).

Denn schwerlich hätte er *sie*, von der im *letzten Brief* (einem Brief, auf den ich nicht antwortete) vorwiegend die Rede war, bzw. hätte sie *ihn* … Geduld, man wird gleich verstehen, was ich meine. Er und *ich*, das hätte geheißen, nicht er und *sie*.

Zum ersten Mal sah er sie – er hat mir das später nicht ohne einen gewissen Sadismus wiederholt und ausführlich erzählt – auf dem steinigen Weg zur Busstation, den er und die Schäfchenoma zweimal pro Woche gingen, um in der nicht weit von dort entfernten Alpenverkaufshütte Obst zu erwerben. Da hinkte sie ihnen entgegen, Köfferchen in der Rechten, den abgebrochenen Stöckel des ihnen näheren, nun stöckellosen Stöckelschuhs in der Linken, ein allerdings nicht nur deshalb außergewöhnlicher Anblick. Was ist denn *das* für eine Fee? Wie hat sich denn *die* hierher verirrt?! Pepi, das kann man ihm glauben, drehte sich, zum Unterschied von der Großmutter, nicht nach ihr um und enthielt sich vorläufig jeglichen Kommentars. Doch schoss die Kamera seines Bewusstseins folgenden Schnappschuss: nach oben sehr lange Knie, weißes Kleid mit dunklen Schatten an drei Stellen, hexenschwarzes Haar. Im Übrigen gab es eine Geruchserinnerung, denn ihr Parfum, vor und hinter ihr herwehend, kontrastierte sehr deutlich mit der Alpenluft. Als sie zur Pension kamen und die Holztreppe zum Zimmer hinaufstiegen, um sich vor dem Mittagessen, das unten im Speisesaal wie immer allzu zeitig aufgetragen wurde, rasch die Hände zu waschen, habe er, sagte er, ihre zwar erhoffte, nicht aber wirklich erwartete Anwesenheit unter dem auch ihn beherbergenden Dach buchstäblich erschnuppert.

Beim Mittagessen nahmen seine Blicke in ihrem Dekolletée, ihrem ihm zugewandten Achselausschnitt Platz. Sein Appetit ließ die Großmutter ein stilles Dankgebet gegen die betont bäuerlich getäfelte Decke stoßen. Auf dem Gang zur Toilette begegneten sie einander nicht ganz zufällig, aber wie und unter welchem Vorwand hätte er sie – er spürte Hemmungen, wie ehemals beim Einkaufen. Im Verlauf des Nachmittags wusste er ihr noch einige Male in die Quere zu kommen, brachte aber erst recht kein Wort über die Lippen. Am Abend kam sein Schachpartner, der Kellner, auf sie zu sprechen, mit einem besonders schrägen Seitenblick und dem Vorschlag zu einer Wette, dass sie ihn, Martin, trotz seines fünfunddreißigjährigen Bauches einlassen würde, käme er in der Nacht zu ihr fensterln. Man sähe doch, sagte er auf seine rustikale Art, wie gamsig die Frau sei. Die vorläufig unbeantwortete Frage war allerdings, warum sie, diese psychophysische Voraussetzung einmal angenommen, ausgerechnet hier heraufkam. Es sei denn (aber diesen Gedanken hatte kaum der Kellner) vom Himmel, respektive von der Hölle gesandt.

Tags darauf, Enkel und Großmutter dösen in Streckfauteuils, Pepi, der sich gebräunt männlicher vorkommt, natürlich in der Sonne, die Oma, die lieber nobel blass bleibt, etwas abseits im Schatten – steht plötzlich Lilith im Panorama. Sie heißt nicht wirklich so, aber in seinen Aufzeichnungen gibt er ihr diesen Namen. Auf der schrägen Wiese steht sie, vor der schönen Aussicht, die im Prospekt der Sommerfrische gepriesen wird. Der Unterteil ihres weißen Bikinis ist etwas zu klein, um die hübsche Kerbe in ihrem Hintern ganz zu bedecken.

Angelegentlich räkelt sie sich, linker Arm überm Neusiedler See, den man an schönen Tagen in der Ferne sieht, rechte Hüfte über Wiener Neustadt. Ölt sich, indem sie sich liebt wie sich selbst, wobei ihr allerdings der Nächste fehlt, der ihr an gewissen Stellen behilflich wäre, zwischen den Dämoninnenflügeln zum Beispiel. Späht, eine Hand über die Augenbrauen gelegt, eine allerdings sehr hellhäutige Indianerin, kühnen Blicks ins Land. Und tut so, als wüsste sie nicht, dass Pepi sie sieht, als spürte sie nicht seinen Blick.

Sie zeigt sich ihm nun von der Seite, sucht, den Liegestuhl neben sich klappend, Trial and Error, ein Wiesenstück, auf dem er nicht wackelt. Bis sie, allzu offensichtlich überrascht, den jungen Mann entdeckt, der da vor dem Brombeerstrauch sitzt. Nun zeigt sie sich ihm frontal, er kann nicht umhin, Brustwarzen und Schamhaare unter dem dünnen Stoff zu ahnen, der ihren Körper eher weniger als mehr bedeckt. Und ohne seine Antwort auf die Frage abzuwarten, ob das Gelände dort oben, neben ihm, streckfauteuilfreundlicher sei, kommt sie ihm näher und näher, bis sie die Großmutter bemerkt, die Frau im Hintergrund, da ändert sie rasch die Richtung.

So weit diese Szene, die Pepi mit immer neuem Spaß an der komischen Konstellation evozierte. Und mit nie nachlassender Lust an gewissen Details. Mein Vergnügen daran war nicht so groß. Aber gerade das schien ihm manchmal eine geradezu boshafte Freude zu machen.

Am Abend, beim Fernsehen (zur Sendung »Zeit im Bild« um halb acht, eine im Tagesablauf des »Almenrauschhauses« schon späte Stunde, zu der die am Weltgeschehen interessierten Pensionsgäste ihre Stühle vor den flimmernden Empfänger rückten), kam Lilith dann offenbar doch neben Pepi zu sitzen. Wie sonst hätte er (so seine Worte) »Bekanntschaft mit ihrem Knie« machen sollen? Zuerst sei er noch unsicher gewesen, vielleicht war die Berührung, die er da gespürt hat, ja doch eine zufällige. Aber das Drücken und Drängen habe nicht aufgehört, und nach einer Weile habe er es erwidert.

Es gab dann noch eine Quizsendung, die man anschaute. Pepi sah solche Sendungen sonst mit Konzentration, weil er sich freute, wenn er die Fragen aus Kunst und Kultur beantworten konnte, für deren Beantwortung manche Kandidaten schon damals zu ungebildet waren, doch diesmal war er abgelenkt. Liliths Fuß schlüpfte aus dem Schuh und umzärtelte seinen Knöchel.

Das war eine Sprache, die er erst lernen musste, aber als Fußballer war er in diesem Bereich sensibel, und noch vor dem Zubettgehen begriff und erwiderte er einige Basisvokabeln.

In der Nacht habe er dann von Lilith geträumt. Und zwar, so stellte Pepi das dar, prophetisch. Er träumte, was kommen sollte, eine zärtliche Umarmung mit Lilith, die auf einen Höhepunkt zustrebte, der allerdings in diesem Traum nicht erreicht wurde. Im letzten Moment sei er aufgewacht und da sei seine Großmutter neben ihm im Doppelbett gelegen – eine Nähe, die ihn bis dahin nicht wirklich gestört, aber jetzt doch etwas irritiert habe.

In diesem Traum sei er Lilith immerhin sehr nahe gekommen. Wie er das allerdings in Wirklichkeit anstellen sollte, war ihm nicht klar. Sie sandte Signale ihrer Bereitschaft aus, die er nicht ignorieren konnte und wollte. Aber – so erstaunlich das bei der scheinbar ungehemmten, ja für mein Empfinden manchmal unverschämten Art schien, mit der er von erotischen Dingen redete und vor allem schrieb, in der Realität kämpfte er mit einer eigenartigen Schüchternheit.

Was wohl der Grund war? Etwa Mama Prohaska? Liliths Versuche, ihn zu konkreteren Aktivitäten anzuregen, hatten jedenfalls im Lauf der nächsten Tage nur halben Erfolg. Zwar schien ein Wetterwechsel dem Unternehmen günstig, ein Azorenhoch wurde von einem Islandtief abgelöst, und das gab ihr Gelegenheit, den jungen Mann immerhin zum Kartenspiel zu verführen. Aber obwohl das schon einiges bedeutete, weil Pepi damit seine Großmutter brüskierte, die das Kartenspielen an sich schon als ein Laster betrachtete, und zwar, wie sie pikiert hinzufügte, bevor sie sich mit einem guten Buch ins Zimmer zurückzog, als ein ordinäres, führte es nicht wirklich weiter.

Zwar erlernte der Schüler Prohaska in diesen Stunden nicht nur eine Anzahl von Kartenspielen, sondern machte auch Fortschritte im Spiel der Beine und Füße, es tat sich also einiges nicht nur über dem Tisch, sondern auch unter dem Tisch. Und die Hände waren natürlich auch nicht nur mit den Karten beschäftigt, ganz zu schweigen von den Augen. Aber es war klar, dass das alles zu etwas führen sollte, auf das diese Frau wartete. Vorläufig schien sie noch amüsiert über die Zurückhaltung des jungen Mannes, aber möglicherweise würde es ihr bald reichen.

Denn eine gewisse Schwelle wollte oder konnte der junge Mann anscheinend nicht überschreiten. Auch als das Wetter sich besserte, womit sich wieder andere Möglichkeiten ergaben. Zwar ließ sich Pepi jetzt auch von den empörtesten Blicken der Großmutter nicht mehr davon abhalten, recht nah neben »dieser Person« in der Sonne zu liegen und gewisse, gezielte Entblößungen ihres Körpers mit kaum mehr kaschierbarer Erregung wahrzunehmen. Aber wie sehr die Verführerin ihre Erfindungsgabe gewisse Positionen und Dispositionen betreffend auch strapazierte – bis dahin brachte sie ihn, aber nicht weiter.

So floss der August dahin. Und die Tage, die von diesem denkwürdigen Ferienaufenthalt blieben, wurden rasch weniger. Die Großmutter, die in den vergangenen Jahren um diese Zeit sonst immer melancholisch geworden war, quittierte das nahende Ende sarkastisch. Na schön, sagte sie. Jetzt ist das ja bald überstanden. Pepi hörte das mit einer gewissen Verbitterung, die Disharmonie mit seiner Großmutter, aber auch sein eigenes Verhalten, das der entgegenkommenden Lilith allmählich mehr als nur blöd erscheinen musste, das alles war höchst ärgerlich.

Die Geduld, die sie mit ihm hatte, war ohnehin erstaunlich. Aber anscheinend hatte auch sie das Gefühl, dass jetzt bald etwas geschehen müsse. Jetzt bald musste etwas geschehen oder eben nie. Am definitiv vorletzten Abend, der zur Verfügung stand, sprang sie, plötzlich angefallen von Müdigkeit, wie sie behauptete, vom Rummy-Spiel auf und verschwand in Richtung Zimmer.

Dies allerdings unter Zurücklassung ihrer Geldbörse. Diese Geldbörse sei aus Samt gewesen. Der Samt, so Pepi, habe ein wenig an Maulwurfsfell erinnert. Etwas, das man gern anfassen möchte, auch wenn man vielleicht eine gewisse Scheu davor hat. Er meine, so Pepi, da sei dieses kleine, nette Täschchen also vor ihm auf dem Tisch gelegen. Und was sollte er nun tun? Er konnte doch nicht einfach aufstehen und seinerseits weggehen. Er konnte die Börse nicht einfach hier liegen lassen! Aber sie einfach einstecken konnte er auch nicht.

Schließlich nahm er sie also mit spitzen Fingern. Und trug sie ins zweite Stockwerk, wo Lilith wohnte. Dann stand er vor ihrer Tür und hielt den Atem an. Von drinnen war nichts zu hören. Er hörte nur sein Herz pochen.

Endlich klopfte er doch an Liliths Tür. Dass sie nicht reagierte, überraschte ihn kaum. Auch dass die Tür nicht versperrt sein würde, hatte er sich gedacht. Trotzdem habe er noch eine gute Minute gebraucht, bis er die Klinke hinunterdrückte.

Na ja, und da drinnen lag sie dann auf dem Bett. Weder von einer Lohe umgeben noch von einer Dornenhecke. Einfach so. Ihr Rock und ihr Pulli lagen über die Sessellehne geknüllt. Den Slip hatte sie angelassen. BH trug sie keinen. Ihre Augen waren geschlossen, er räusperte sich. Ihre Lippen bewegten sich, aber sie sagte nichts. Vielleicht lag auf ihren Lippen die Spur eines Lächelns. Er aber legte die Geldbörse aufs Nachttischchen und ergriff die Flucht.

Am Morgen war Inge (so hieß sie tatsächlich) beleidigt. Nickte ihm nur kurz zu beim Frühstück, legte sich, im Streckfauteuil ruhend, Blätter auf die Augen, wollte ihn, der trotzdem den halben Vormittag neben ihr ausharrte, partout nicht wahrnehmen. Mittags schäkerte sie mit Martin, dem Kellner. Pepi fand das geschmacklos, aber gleichzeitig hatte er das Gefühl, dass ihm irgendwie recht geschehe.

Es kam noch schlimmer. Am Abend gab es im benachbarten Kohlröserlhaus den sogenannten Almkirtag. Und prompt ging Inge mit dem Kellner dorthin. Pepi blieb daheim, daran tue er gut, sagte die Großmutter. Solche Kirtage gehörten zu den fragwürdigsten Vergnügungen.

Also lag Pepi, ein wohlanständiger Enkel, neben ihr im Bett und las. Aber er konnte sich kaum auf sein Buch konzentrieren. Lang lag er dann wach, die vielen versäumten Gelegenheiten der vergangenen Woche rekapitulierend. Vor allem die gestrige, mutmaßlich letzte. Spät um vier hörte er noch die grölenden Stimmen der Kirtagsheimkehrer, darüber ein girrendes Kichern. War das Inge?

Und dann brach der letzte Tag an. Der Tag der Entscheidung. Obwohl er viel weniger geschlafen hatte als sonst, stand Pepi viel zeitiger auf, lang vor der Großmutter, was sonst nicht seine Art war. Er wusch sich wild entschlossen und überaus gründlich. Da und dort besprengte er sich mit Omas Uralt-Lavendel.

Beim Frühstück setzte er sich demonstrativ zu Lilith. Und schmiegte sein Bein an ihres, der für solche Aktivitäten eher ungewöhnlichen Tageszeit ungeachtet. Sie wich zuerst aus, aber nach und nach schien sein plötzliches Ungestüm sie zu belustigen. So sehr, dass sie ihr Lachen darüber schließlich nicht mehr zurückhalten konnte und einen Sprühregen von Kaffee aufs Tischtuch blies.

Das fiel natürlich auf, und zwar nicht nur der Großmutter. Aber darum konnte sich Pepi, dessen Image als anständiger junger Mann bei den Wirtsleuten und beim Küchenpersonal ohnedies dahin war, nun nicht mehr kümmern. Dass, sobald sich Inge vom Tisch erhob und ihm vorausging, der Kellner beziehungsvoll an sie anstreifte, hätte beinahe noch alles verdorben.

Aber als sie den Typ einfach stehenließ und ihn, Pepi, an der Hand nahm, zu einem Abschiedsspaziergang, wie sie sagte, bei dem er ihr helfen solle, einen besonders schönen Strauß Blumen zu pflücken, da gab es dann wirklich kein Zurück mehr.

Da ging es dahin, nicht nur im Wald, auf einer Lichtung, die Pepi später noch gern aufsuchte, sondern auch und erst recht danach. Zwar hatte Inge gemeint, sie sollten es vielleicht besser bei diesem einen Mal bewenden lassen, so schön es angeblich auch für sie war, aber der Gefallen, den Pepi daran gefunden hatte, war offenbar zu groß für eine solche Zurücknahme. Sie hatte ihm ihre Adresse nicht gegeben, aber er hatte sie herausgefunden. Und als er dann auch in Wien vor ihrer Türe gestanden war, da hatte sie das gerührt.

Pepi erzählte auch das sehr gern detailliert. Wie er dann bei ihr im Vorzimmer stand und wie sie ihn umarmt habe. Erst eher zurückhaltend und mit dem Hinweis, dass das aber jetzt nicht zur Gewohnheit werden könne. Dann jedoch mit immer deutlicher artikulierter Freude an der Entblößung seines Körpers, der noch so schön braun sei, von oben bis unten, auch im verregneten September.

Für mich endete die Geschichte bis auf weiteres schon an der Schwelle zu Liliths Wohnung. Während der Ferien hatte ich Pepis Briefe ja zu Hause bekommen, aber nun war ich wieder im Konvikt. Nach dem Brief vom 12. September, von dem man mir offenbar nur die erste Seite gelassen hatte, bekam ich nur noch eine verspätete Ansichtskarte von der Hohen Wand. Sie zeigte einen Felsensteig namens Teufelsgrat und war, weil von meinem zerstreuten Freund mit einer unvollständigen Anschrift versehen, sechs Wochen unterwegs gewesen.

Ich saß im Studierzimmer und starrte aus dem Fenster, vor dem es tatsächlich meistens regnete. Nicht nur im September regnete es übrigens, sondern auch im Oktober. Im November regnete es etwas weniger, aber dafür kam der Nebel. Auch im Advent, um den in Seitenstetten natürlich viel Aufhebens gemacht wurde, verspürte ich vor allem Lustlosigkeit.

Zum Unterschied von einem jungen Herrn, dem es mit Lilith wahrscheinlich ganz anders ging. Nicht, dass ich ihm das missgönnte, nein, ich hätte nicht an seiner Stelle sein mögen, aber auf nicht leicht erklärbare Weise nagte es trotzdem an mir. Vielleicht war es so ähnlich wie damals, als ich seinen Umgang mit Steffi mitbekommen hatte und mich nächtens von Phantasievorstellungen über die Art dieses Umgangs heimgesucht fühlte. Dass die Vorstellungen, die ich mir jetzt machte, um einiges konkreter waren, dazu hatte Pepi, solang er mir noch geschrieben hatte, einiges beigetragen.

Und nun dieses Schweigen. Ich fühlte mich ausgeschlossen. Und insgesamt fühlte ich mich im Stich gelassen. Erst jetzt wurde mir bewusst, wie sehr ich mich in den vergangenen Monaten an Pepis Briefe gewöhnt hatte. Sie hatten meinen mausgrauen Alltag aufgehellt. Jetzt saß ich im Dunkeln.

Allmählich begann ich mir überdies Sorgen zu machen. Wer weiß, dachte ich, wozu die Beziehung zu dieser Verführerin noch führt? Auf einer ausgesucht schönen Karte, die ich ihm zu Weihnachten schickte (ein Kunstdruck der Heiligen Drei Könige von Moritz von Schwind), versuchte ich das mit dem Rest von Ironie, deren ich in meiner tristen Stimmung noch fähig war, zu formulieren. Darauf bekam ich keine Antwort. Wahrscheinlich ging ich Pepi einfach auf die Nerven.

Dabei waren die Sorgen, die ich mir machte, keineswegs abwegig. Dass die Aufnahme eines sogenannten normalen Sexuallebens einen Menschen verändert, ist eine verbreitete Auffassung, aber mit Pepi geschah damals viel mehr. Und zwar nicht nur jene rasche und radikale Veränderung seines Äußeren, von der seine ehemaligen Schulkollegen berichten (die könnte man auch als Maskerade bezeichnen). Da war zweifellos auch eine innere Veränderung, die wieder äußere Folgen hatte: Sein Lebensweg nahm an dieser Stelle eine scharfe Kurve.

Man bedenke, was es bedeutet, dass er die nur wenige Monate davor in ein immerhin recht hoffnungsvolles Stadium geratene Fußballerkarriere nach der Sommerpause nicht nur vernachlässigte, sondern binnen kurzem einfach sein ließ. Was wäre aus Pepi geworden, wenn – schon wieder stehe ich vor dieser Frage. Wenn er mit der Zähigkeit und dem Elan weitertrainiert hätte, von der er mir geschrieben hatte. Und wenn er, bei der Nachwuchstruppe des Traditionsvereins Rapid in den besten Händen, erst in die Kampfmannschaft und dann tatsächlich ins Nationalteam gekommen wäre.

Ich verstehe nicht viel davon, aber damals, so viel habe sogar ich mitgekriegt, war der österreichische Fußball noch nicht so inferior wie später. Also angenommen, er wäre ins Nationalteam gekommen und hätte, wer weiß, noch einmal in seinem Leben ein so traumhaftes (traumwandlerisches) Tor geschossen wie vormals auf dem Simmeringer Platz. Im Wiener Stadion oder auswärts, gegen eine Mannschaft wie beispielsweise Italien oder Spanien. Womöglich hätte er eine internationale Karriere gemacht.

Er hätte ein Angebot vom AC Milan oder von Real Madrid bekommen. Hätte einige Jahre im Ausland gespielt, sich die Beine kaputtklopfen lassen, aber dafür eine goldene Nase verdient. Und vielleicht wäre sogar noch ein berühmter Trainer aus ihm geworden. Ein Philosoph oder meinetwegen auch Prophet des grünen Rasens, der die Gegner durch seine ungewöhnliche Taktik oder seine erstaunliche Intuition irritiert hätte.

Aber das sollte offensichtlich nicht sein. Der liebe Gott, so

Pepi später, hatte halt anderes mit mir vor. Dass er dieses andere ausgerechnet durch eine Frau wie Lilith, wenn schon nicht auslöste, so doch ermöglichte (indem das eine, nämlich die Fußballkarriere, mit ihrer Hilfe verunmöglicht wurde), sei eine (biederen Typen wie mir vielleicht frivol erscheinende) Idee. Aber Gott, habe der Dr. Stranitzky gesagt, der ja auch seinerseits aus der Reihe tanzende Religionslehrer, an den er sich immer gern erinnerte, Gott schreibe auch auf krummen Zeilen gerade.

Tatsache ist jedenfalls, dass Pepi, kaum war er mit Inge beisammen, das Fußballspiel nicht mehr ernst nahm. Im September fehlte er nur einige wenige Male beim Training, aber im Oktober begannen sich diese Abwesenheiten zu häufen. Was ist los mit dir?, fragte der Trainer, du wirst mich doch nicht enttäuschen! Der Mann habe ihm ein bisschen leidgetan, sagte Pepi, aber er habe ein schöneres Spiel gefunden als Fußball.

Im November gebrauchte er das Training fast nur mehr als Ausrede gegenüber seinen Eltern. Statt auf dem Rapidplatz verbrachte er die dort ohnehin recht ungemütlichen Nachmittage bei Inge. Besonders gern auf dem Teppich vor dem Kamin. Das sei viel gemütlicher und trotzdem eine Art körperlicher Ertüchtigung gewesen.

Aber es ging nicht nur um das Körperliche. Diese Frau, deren sozusagen hetärisches Talent ihn offenbar fesselte, hatte durchaus Einfluss auf seinen Geist und seine Seele. Nicht nur »erotisch spannend« fand er den Umgang mit ihr. Ihm imponierten auch »die Kreise, in denen sie sonst verkehrte«.

Von Beruf war sie angeblich Kostüm- und Maskenbildnerin. Allerdings habe er nie herausgekriegt, für wen, außer für sich selbst, sie ihre Kostüme und Masken eigentlich bildete. Wovon sie lebte, war nicht ganz klar, anscheinend war sie sogar verheiratet. Aber ihr Mann, ein Zauberkünstler, der sie auf offener

Bühne in eine Kiste gesteckt und zersägt, aber zum guten Ende der Vorstellung immer habe schweben lassen, dieser Mann, ein anscheinend vielseitiger Mensch, saß im Gefängnis, manchmal sagte sie wegen eines Postraubs, manchmal wegen eines Versicherungsbetrugs.

Materielle Sorgen hatte sie anscheinend trotzdem keine. In seinen Aufzeichnungen beschreibt Pepi ihre Wohnung (Jugendstil, grüne Vorhänge mit schlangenartigen Ornamenten). Und er beschreibt sie (meist auf dem Bett sitzend, ihre Zehennägel lackierend). Der Geruch von Nagellack bzw. Nagellackentferner, den er aufgrund dieser narzisstischen Manie mit ihr verband, löste, so schreibt er, bei ihm noch Jahre später einen bedingten Reflex aus.

»Die Kreise, in denen sie sonst verkehrte«, waren jedenfalls Schauspieler und solche, die sich dafür ausgaben. In seinen Aufzeichnungen nennt er einige Namen, die ich sonst nie gehört habe. Offenbar handelte es sich vor allem um Selbstdarsteller. Aber wahrscheinlich war das genau das, was ihn ansprach.

Alles in allem waren Inge und ihre Bekannten sicher nicht das, was man den richtigen Umgang für einen Realschüler nennen würde. Der noch dazu (da er für die Unterstufe länger gebraucht hatte als vorgesehen) erst in die sechste Klasse ging. Aber genau das gefiel Pepi. Binnen kurzem hatte er ein neues Image. Unter den Mitschülern galt es als »existenzialistisch«.

Wie er daherkam? Nun, zuerst ließ er sich die Haare über den Kragen wachsen. Auch rasierte er sich (ein junger Mann mit starkem Bartwuchs) nur jeden dritten Tag. Das regte die Professoren schon hinreichend auf. Die von Pepi durchaus genossene Klimax aber erreichte diese Aufregung mit seiner sogenannten Lieblingsweste.

Diese Weste hatte ihm Inge geschenkt. Ihr hatte sie vorher, notiert er, als Hauskleid gedient. Eine Strickweste, die im Lauf der Jahre immer länger geworden war. Ehemals angeblich bordeauxrot, aber inzwischen von undefinierbarer Farbe.

Schon als er mit dieser Weste nach Haus gekommen sei, notiert Pepi, sei er mit einer heftigen Reaktion seiner Mutter konfrontiert gewesen. Was er denn da für einen Fetzen trage? Nun ja, überlegte er. Das war vielleicht ihr weiblicher Instinkt. Er hatte ihr nichts von seiner Liebschaft erzählt, aber jetzt habe sie die buchstäblich gewittert.

Die stinkt, diese Weste!

Nein, erwiderte Pepi, sie duftet.

Das sei am Abend gewesen. Er sei in sein Zimmer gegangen und habe die Tür hinter sich zugemacht.

Aber am Morgen sei er wieder mit der Weste aus seinem Zimmer getreten.

Um Gottes willen, habe seine Mutter gesagt. So kannst du doch nicht in die Schule gehen!

Aber er ging. Und von da an tat er das jeden Tag. Bissige Bemerkungen der Professoren ignorierte er. Nach einer Weile schien die Aufregung abzuklingen, vielleicht hoffte man einfach, dass er das unpassende Kleidungsstück mit Beginn der wärmeren Jahreszeit ablegen würde. Aber als die wärmere Jahreszeit kam, legte er nicht die Weste ab, sondern das Hemd darunter.

Seine Lilith fand das natürlich sexy. Aber die Professoren hatten keinen Sinn für so was. Der sonst tolerante Klassenvorstand Dr. Bürger rief, da seine täglich an Pepi gerichteten Ermahnungen, sich anständig anzuziehen, nichts fruchteten, den Direktor zur Hilfe. Der legte dem Schüler Prohaska auch noch einen ordentlichen Haarschnitt nahe, mit dem gegenwärtigen könne er nicht maturieren.

Pepi wies dieses Ansinnen ebenso wie alle Bekleidungsvorschriften zurück. Erstens, sagte er, seien es bis zu seiner Matura noch zwei Jahre. Zweitens aber habe er bisher den Eindruck gehabt, in einer Demokratie zu leben. Und da könne jeder an- bzw. ausziehen, was ihm gefiele.

Vor allem Letzterem widersprach der Direktor. Dass einer darunter nur ein schwarzes Leibchen oder, wie ihm zu Ohren gekommen sei, fallweise gar nichts trage, sei öffentliches Ärgernis.

Wieso öffentlich?, erkundigte sich Pepi und knöpfte – ein rein taktisches Entgegenkommen – seine Lieblingsweste zu.

Eine Weile blieb er auch zugeknöpft, trug aber zum Ausgleich einen ebenfalls von Inge stammenden Ohrclip.

Der Direktor, ein würdiger Mann, den man mit »Herr Hofrat« ansprechen sollte, was Pepi zu der Bemerkung veranlasste, dass es in der Republik Österreich keinen Hof mehr gab, der ratlose Hofrat also lud sich den Vater vor. Aber der war kein Vater, wie ihn ein Schulmeister sich vorstellt. Zwar trat er, im Vergleich zu ehedem, geknickt auf, früh gealtert und auch körperlich etwas gebeugt. Aber gegen die Einschränkung persönlicher Freiheit, wie er das nannte, hatte er prinzipiell etwas und ergriff (Pepi erzählte das später ebenso gern wie immer aufs Neue gerührt) die Partei seines Sohns.

Sein Vater sei übrigens der Einzige gewesen, der auch Verständnis für sein Verhältnis zu Inge gehabt habe. Das kann ich mir vorstellen. Irgendwie trat der Sohn ja damit in seine Fußstapfen. Frau Prohaska hingegen ließ ihre Missbilligung deutlich spüren. Sie tat, als Mutter, sozusagen Dienst nach Vorschrift, stellte dem Sohn, sofern er zu Hause war, seine Mahlzeiten auf den Tisch, aber die Wäsche, die er ihr auch als Heranwachsender in einen Plastiksack gesteckt und neben die Waschmaschine gestellt hatte, diese Wäsche übersah sie nun ganz einfach.

Und die Großmutter? Die Großmutter liebte ihren Enkel. Und sie war eine auf ihre Art fortschrittliche Frau. Zwar habe diese, wie heiße sie, Lili? – ihren Urlaub verpatzt, und sie frage sich nach wie vor, was eine wie die eigentlich in der Pension

Almenrausch gesucht habe. Aber wenn es denn einmal so sei, dass Pepi seine junge Männlichkeit ausleben müsse, dann solle er das in Gottes Namen tun – allerdings (Pepi zitierte das noch Jahre danach mit Vergnügen) solle er sich von dieser Person nicht ganz und gar aussaugen lassen.

Was mich betraf, so lernte ich »diese Person« im Winter 1961 kennen. Da waren sie und Pepi noch immer beisammen. Wie immer man dieses Beisammensein definieren mag. Es dauerte schon vierzehn Monate und schien ihnen nach wie vor zu gefallen.

Jedenfalls machten sie den Eindruck von Menschen, die sich recht wohl in ihrer Haut fühlten. Ich werde wohl einen anderen Eindruck gemacht haben. Die Zeit, die hinter mir lag, war schwierig gewesen. Auch mein Lebensweg hatte inzwischen eine andere Richtung genommen.

Nur dass ich leider weniger Spaß daran hatte. Konträr: Ich fühlte mich nach wie vor unbehaglich. In den letzten Monaten im Konvikt war mir klar geworden, dass ich mich zur Priesterlaufbahn nicht berufen fühlte. Die darauf ausgerichtete Schule im hinhaltenden Zweifrontenkampf gegen Familie und Lehrkörper zu beenden, hatte ich gerade noch hingekriegt – aber was sollte ich nun mit mir anfangen?

Nach Wien zurückgekehrt, hatte ich zunächst an der Theologischen Fakultät das Fach Religionspädagogik belegt. Das war eine Wahl, die mich selbst nicht recht überzeugte. In den Vorlesungen, die ich seit Oktober besuchte, befiel mich vor allem Müdigkeit. Ich fand das unnatürlich. Ich war knapp achtzehn Jahre alt. Wieso spürte ich so wenig Lebenskraft?

Darüber zu reden hätte mir gutgetan. Aber mit wem? Meine Eltern kamen für so etwas nicht in Frage. Es reichte schon, dass ich ihnen die Freude verdorben hatte, dereinst auf einen Sohn im Talar stolz sein zu dürfen. Mein Bruder, robuster als ich und nach Abschluss einer höheren technischen Lehranstalt mit dem Bau landwirtschaftlicher Fahrzeuge beschäftigt, war inzwischen verheiratet und hätte mich überhaupt nicht verstanden.

Pepi! Natürlich dachte ich manchmal an ihn. Allerdings tat ich das mit einer gewissen Verbitterung. Ein schöner Freund, der mich einfach vergessen hatte! Aber ich hatte ihm ja auch nicht mehr geschrieben.

Vielleicht war all das ein Missverständnis und ließ sich aufklären. Eines Novembernachmittags, nach der Exegetikvorlesung, versuchte ich ihn anzurufen. Da hob aber seine Mutter ab, deren Stimme ich trotz einer gewissen Veränderung (sie klang etwas tiefer und matter als früher) erkannte. Erschrocken, ohne genau zu wissen, worüber, hängte ich den Hörer des Telefonautomaten wieder ein.

Dann, im Dezember, die familiäre Pflichtübung um Weihnachten war vorbei und die Ferien wurden mir eigenartig lang, ging ich eines Abends ins Kino. Und zwar ins Burgkino, in dem für gewöhnlich von der Kritik hoch gelobte Filme liefen. Nicht, dass ich ein Cineast gewesen wäre – ich bekam die Entwicklung in diesem Bereich nur eher vage mit. Aber von der sogenannten Nouvelle Vague war damals viel die Rede, sogar die katholische Filmkommission, die zu jener Zeit ihre Urteile über das aktuelle Lichtspielprogramm noch in Schaukästen vor den Kirchen anschlug, musste davon Kenntnis nehmen.

Vom Besuch des Films, den ich mir an diesem Abend ansehen wollte, hatte diese Kommission nun nicht gerade abgeraten. Aber sie hatte Vorbehalte geäußert, die für einen wie mich, wie soll ich sagen, eine gewisse Verlockung darstellten. Ich kam etwas zu spät. Aber das war nicht der einzige Grund, warum ich der Handlung, die da in – zugegeben – passagenweise faszinierenden Schwarzweißeinstellungen ablief, nicht folgen konnte.

Dass man nicht recht wusste, worum es eigentlich ging, gehörte anscheinend zur werkimmanenten Ästhetik.

Wie dem auch sei: Während ich dieses cineastische Ereignis über mich ergehen ließ, fiel mir der problematische Pepi aus vorerst unerfindlichen Gründen noch öfter ein als sonst. Vielleicht lag es am Hauptdarsteller, dessen eigentümlich helle Augen recht apart mit seinem dunklen Teint kontrastierten. Aber nein, etwas genauer betrachtet sah er meinem Freund eigentlich gar nicht ähnlich. Trotzdem fühlte ich mich ihm, Prohaska, so nah wie schon lang nicht.

Als der Film zu Ende ging und das Licht im Saal aufstrahlte, wusste ich, warum. Pepi war zwei Reihen vor mir gesessen. Nun erhob er sich. Sein Haar war um einiges länger als damals bei unserer Begegnung auf dem Fußballplatz. Aber dass er es wirklich war, daran bestand auch in den paar Sekunden, in denen ich nur seine Rückenansicht sah, kein Zweifel.

Ebenso wenig zweifelte ich daran, dass die Frau neben ihm Inge war. Obwohl sie nicht ganz so aussah, wie ich sie mir vorgestellt hatte. Kleiner, schmaler, weit weniger appellierend als in meiner Phantasie. Sobald sie allerdings ihren Arm um Pepis Hüfte legte, auf eine Art, die ebenso selbstverständlich wie (jedenfalls für mich) fast unanständig wirkte, konnte ich schon erspüren, dass eine, ja, zum Teufel noch einmal, erregende Energie von ihr ausging.

Auch Pepi muss etwas gespürt haben, denn im nächsten Moment drehte er sich nach mir um. Ja so was, Engerl! Das ist aber eine Überraschung! Inge, sagte er, das ist mein Freund Engelbert, stell dir vor, wir sind in der Volksschule nebeneinandergesessen. Engelbert, das ist Lilith, du hast sicher schon von ihr gehört oder gelesen.

Wir setzten uns ins Espresso gleich nebenan. Da gab es eine Wendeltreppe, die in den ersten Stock führte. Dort oben saß man recht hübsch, man sah hinunter auf die verschneite Ringstraße. Man saß aber auch recht eng. Das verursachte mir vorerst ein gewisses Unbehagen.

Diese doch etwas allzu große Nähe! Pepis Lieblingsweste, die er zwar, der winterlichen Witterung entsprechend, nicht über der nackten Haut, sondern über einem Rollkragenpullover trug, roch nicht nur nach irgendeinem starken Parfum (ich glaube, es war Moschus), sondern darunter nach Schaf. Ein Bocksgeruch war das, ja, ich konnte mir nicht helfen. Aber vielleicht war es Pepi, der inzwischen so duftete. Was Inge betraf, so roch sie entschieden besser. Etwas wie Vanille, allerdings lag auch unter diesem Duft ein anderer. War es der Geruch nach Nagellack oder Nagellackentferner, von dem Pepi geschrieben hatte? Aceton? Wieso hatte ich auf einmal eine so feine Nase?

Außerdem irritierte mich das viele Schwarz, das sie trug. Schwarzer Mantel, auch irgendein Schaf, aber elegant verarbeitet. Darunter ein ebenfalls schwarzes Samtkleid, eng, wie ein schönes Fell. Und ihre Augen hatte sie schwarz umrandet.

Ach Gott, diese Augen, die, obgleich so melancholisch ummalt, über alles, und speziell über mich, amüsiert dreinschauten! Ich hielt sie nicht aus. Ich musste diesen Blicken ständig ausweichen. Übrigens Blicke. Auch Pepi nervte mich mit seinem Blick. Dauernd zog er eine, manchmal sogar beide Augenbrauen schräg wie ein schmierenkomödiantischer Mephisto.

Diese mimische Anstrengung stimmte jedoch kaum mit den dazu gesprochenen Worten überein. Die waren vorwiegend freundlich, ja irritierend herzlich. Er schien sich wirklich zu freuen, mich wieder getroffen zu haben. Und das – ich konnte es nicht verleugnen – freute wieder mich. Warum er mir nicht mehr geschrieben hatte, bekam ich nicht aus ihm heraus. Vielleicht hatte er mir ja geschrieben, und ich hatte seine Briefe nur nicht mehr bekommen. Ach ja, er war doch trotz allem mein bester Freund! Erst tranken wir Cola, aber dann schlug er vor, auf unser Wiedersehen ein Glas Wein zu trinken.

Jetzt, wo du wieder da bist, sagte er, müssen wir uns einmal ausführlicher zusammentun. Das machen wir, Engerl! Und zwar nicht erst im nächsten Jahr.

Das nächste Jahr, wandte ich ein, ist aber schon bald.

Ah ja, stimmt, antwortete er, da hast du wieder einmal recht – aber was machst du zu Silvester?

So kam es, dass ich die mir in mancherlei Hinsicht unvergessliche Silvesternacht 1960/61 mit Pepi und (oh ja, der Name passte doch zu ihr!) Lilith verbrachte. Und nicht nur mit diesen beiden – aber alles der Reihe nach. Wie ausgemacht, stand ich um 20 Uhr 30 vor Inges Tür. In der Hand ein Papiersäckchen voll Mitbringsel (an einer Neujahrsbude erstandene leichtmetallene Goldfische und ebensolche Kleeblätter), im Herzen eine nicht weniger naive Vorfreude. Ich klingelte, aber statt im nächsten Augenblick in die Wohnung gelassen zu werden, auf die ich nach Pepis Briefen neugierig war, wurde ich zurück ins Treppenhaus gedrängt. Eine Horde sichtlich und vor allem hörbar schon recht Angeheiterter stürmte auf den Gang. Übrigens war man verkleidet, geschminkt und maskiert. Pepi, wie konnte es anders sein, gefiel sich als Pirat mit rotem Kopftuch und schwarzer Augenklappe, Inge, die ich, zum Unterschied von ihm, nicht auf den ersten Blick erkannte, als Nixe mit grüner Perücke (das laszive Netz, das sie unter dem Pelzmantel trug, sah ich erst später).

Ich wurde, so schnell konnte ich gar nicht schauen, von wildfremden Menschen beiderlei Geschlechts umarmt, von manchen sogar geküsst, und in die Mitte genommen. Wir fahren, schrie mir Pepi, zu dem ich mich endlich, schon wieder unten auf der Straße, durchkämpfte, den von der zweifelhaften Gesellschaft entwickelten Lärm übertönend, ins Ohr, wir fahren jetzt alle miteinander nach Klosterneuburg! – Nach Klosterneuburg?, schrie ich zurück, was machen wir dort? – Dort, so Pepi mit unverminderter Lautstärke, dort sind wir eingeladen.

Eigentlich eingeladen war, wie ich auf der darauf folgenden Autofahrt mitbekam, während der ich gewisse – auch noch gar nicht begangene – Sünden abbüßte, eingeladen war genau genommen nur Joschko, der, nach seiner Fahrweise zu schließen, völlig wahnsinnige Chauffeur des VW-Busses, in den wir uns alle gequetscht hatten. Und auch Joschko nicht direkt: Einer seiner Freunde, der, wie ich allmählich begriff, gar nicht mit von der Partie war, hatte ihm erzählt, dass wieder einer seiner Freunde dort draußen ein tolles Fest gab. Joschkos Freund sollte, wenn er wollte, mitbringen, *wen* er wollte, hatte jedoch selbst, wie es schien, etwas Besseres vor. Joschko, der offenbar *nichts* Besseres vorhatte, fuhr nun an seiner statt und brachte, wenn ich mich nicht verzählte, zwölf Personen mit.

So weit, so verrückt – das war aber lang noch nicht alles. Als wir die von Joschko auf einen Zettel gekritzelte Adresse, eine schmucke Villa, nach wilden Irrfahrten durch die engen Gassen des klösterlichen Vorstädtchens endlich gefunden hatten, stellte sich heraus, dass wir keineswegs erwartet wurden. Ja mehr noch: Der Hausherr, ein Mann mit graumeliertem Vollbart, einer in diesen Jahren noch ungewöhnlichen Tracht, bemerkte, die Horde verstimmt musternd, dass das Haus bereits überfüllt war. Doch Joschko, wie ich im weiteren Verlauf des Abends erfuhr, ehemaliger Jugendmeister im Mittelgewichtsboxen, schob ihn einfach beiseite und verschaffte uns mit der Begründung, dass wir uns nach einer so weiten Fahrt durch Schnee und Sturm wenigstens aufwärmen müssten, auch gegen den allerdings nicht sehr überzeugend vorgetragenen Protest der ihrem Mann inzwischen zu Hilfe geeilten Hausfrau, Einlass.

Das hätte ich, muss ich zu meiner Entschuldigung sagen, in nüchternem Zustand gar nicht mitgemacht. Aber man hatte mir während der Autofahrt schon allerlei Alkoholika eingeflößt, über deren beruhigend-ermutigende Wirkung ich, wie man sich vielleicht vorstellen kann, nun nicht unfroh war. So ließ ich mich mitschleifen, ja lachte sogar unbändig über die Blicke der bereits vorhandenen, die weitläufigen Räume übrigens nur mäßig füllenden Gäste. Lasst euch nicht stören, gab sich Joschko, einmal eingedrungen, gemütlich, wir finden uns schon zurecht.

Und wie wir das taten: Zuallererst fanden wir uns etwas zu trinken. Der Hausherr versuchte gute Miene zum bösen Spiel zu machen und überließ uns eine Doppelliterflasche Weißwein. Danach, so hoffte man sichtlich, würden wir gehen. Aber als der Doppelliter (bei dreizehn daran beteiligten Personen kein Wunder) sehr bald ausgetrunken war, machten wir uns einfach auf die Suche nach weiteren Getränken und entdeckten, sozusagen nebenbei, auch die Speisekammer. Von da an fühlten wir uns noch wesentlich wohler. Dem Hausherrn und der Hausfrau hingegen ging es sichtlich konträr, sie verschwanden, unter bloßer Zurücklassung ihres Hundes, eines gutmütigen Rottweilers, noch vor Mitternacht in ihre Privatgemächer. Worauf wir uns mit den so schnöde im Stich gelassenen anderen Besuchern, die dieses Verhalten der Gastgeber inzwischen auch befremdlich fanden, zusammentaten. Und, in gewisser Hinsicht befreit, weiterfeierten, bis – aber um die Kalamität, in die ich letztendlich geriet, verständlich zu machen, muss ich wohl einige bei der Beschreibung der allgemeinen Turbulenz vernachlässigte Einzelheiten nachholen.

Das heißt: soweit ich überhaupt noch Einzelheiten mitbekam. Im Auto etwa – wie sich Pepi und Inge, er links, sie rechts von mir, sozusagen über meinen Kopf hinweg küssten. Obwohl es dunkel war, merkte ich, wie ihre Zungen einander berührten, ja umschlangen und – so schien es mir wenigstens – eine kleine Ewigkeit nicht mehr voneinander loskonnten, als hätten sie Widerhaken. Auch in der Villa taten die beiden vorerst so weiter. Ich habe schon erwähnt, dass sie, Lilith, unter dem Mantel nur ein im wahrsten Sinne des Wortes schlüpfriges Kostüm trug. Pepi seinerseits, der beim Freistiltanzen (ich kann die Art, wie er sich drehte und wand, nicht anders bezeichnen) ins Schwitzen geriet, warf sein T-Shirt ab. Es fehlte nicht viel, und sie hätten – er ein faunischer Narziss, sie eine narzisstische Nymphe – auf einer nicht allzu abseits stehenden Chaiselongue eine Show für Voyeure gegeben. Um Mitternacht aber, wenige Sekunden, nachdem wir zu den Glockenschlägen, die von der benachbarten Stiftskirche zu hören waren, im Chor das alte Jahr ausgezählt oder das neue Jahr eingezählt hatten, akkurat da nahm alles eine überraschende Wendung.

Pepi umarmte nicht Inge, sondern eine gewisse Michaela. Inge dagegen legte ihren Kopf an Joschkos von einem großen, meines Erachtens falschen Goldmedaillon verzierte Brust. Aber der ehemalige Boxmeister zeigte schon zu viel Wirkung. Er sank, obwohl ihr grünumlocktes Köpfchen (wovon ich mich später noch überzeugen konnte) leicht war, unter der süßen Last in ein wahrscheinlich traumloses K.o.

Inzwischen war Pepi mit Michaela erfolgreicher. Na ja, sagte Inge, die jetzt neben mir saß, sie ist ein schönes Mädchen, nicht wahr? Ich enthielt mich, ohnehin schon etwas schwerzüngig, jeglichen Kommentars. Aber obwohl ich mich beim besten Willen nicht mehr entsinnen kann, wie diese Michaela genau aussah, nur dass sie mir für Pepi (auch rein physisch) sozusagen eine Nummer zu groß vorkam, hatte Inge wohl recht.

Ich hab mir sowieso schon Sorgen gemacht.

Worüber?, fragte ich höflich.

Na, dass er sich fixiert.

Worauf fixiert?

Sie lachte ein bisschen wächsern: Auf mich. Ich hab ihm immer gesagt, er soll das nicht tun.

Mit diesen (oder so ähnlichen) Worten verschwand sie. Nun, vielleicht war mein Zeitgefühl etwas verlangsamt, aber nach einer Weile hatte ich den Eindruck, sie sei schon eine halbe Stunde weg. Pepi, vergraben in die andere, kümmerte sich um nichts. Also fühlte ich mich bemüßigt, Inge zu suchen. Ich suchte nicht lang. Ich fand sie im Badezimmer. Sie hatte die grüne Perücke abgelegt und betrachtete sich im Spiegel. Ihr Gesicht war sehr weiß; sie hatte sich offenbar gewaschen.

Wie geht's?, fragte ich, ist dir schlecht?

Nein, sagte sie, es geht schon.

Und dann – ich weiß wirklich nicht mehr, wie wir dorthin kamen – lagen wir plötzlich auf einer Couch. Rundherum war Halbdunkel, draußen, vor dem Fenster, durch das ich auf eine Silbertanne sah, dämmerte schon das neue Jahr. Du bist lieb, sagte Inge mit ihrer Lilithstimme, du bist lieb, du bist lieb, du bist sehr lieb. Und dabei küsste sie mich von oben bis unten.

Oh Gott, ihre Lippen waren recht angenehm. Und sie kam mir auch auf einmal, das muss ich zugeben, sehr attraktiv vor. Besonders ihres Nabels erinnere ich mich – sie hatte (ganz objektiv) den hübschesten Nabel, den ich je gesehen habe. Ihre Frage, ob sie mir nicht gefalle, traf also keineswegs ins Schwarze. Auch war es wohl nicht (oder nicht nur) der Gedanke an Pepi, der mich störte. Dass der zutrauliche Rottweiler, seinerseits liebesbedürftig, ab und zu zwischen uns kam, lockerte die Situation, die sich sonst leicht hätte verkrampfen können, wenigstens auf. Ach so, sagte Inge endlich und küsste mich abschließend, sehr feinfühlig muss ich sagen, auf die Nase. Nach dieser Nacht sah ich Pepi zwei Jahre nicht mehr.

3

Zwei Jahre später hatte ich endgültig genug von der Theologie und wechselte, der familiären Obhut in ein Studentenheim entschlüpft, die Fakultät. Als Philosoph konnte ich einige der bereits erworbenen theologischen Zeugnisse brauchen, als Philosophie- und Geschichtslehrer würde ich, so dachte ich damals zumindest, weit weniger in Gewissenskonflikte geraten denn als Religionspädagoge. So diesseitig eingestellt genoss ich die materialistische Auffassung diverser Vorsokratiker. Und da – in der Einführungsvorlesung, in der ich saß, ging es gerade um Demokrit – trat Pepi Prohaska erneut in mein Leben bzw. ins Auditorium Maximum. Meine Geschichte mit Pepi Prohaska: eine Geschichte wiederholten Wiedersehens. Ich komme somit in die Verlegenheit, schon wieder ein Wiedersehen mit ihm schildern zu müssen. Ich will es kurz machen und nur darauf hinweisen, dass sich dieses Mal auch meine Gefühlsambivalenz vom letzten Mal wiederholte. Das heißt, dass ich (und erst recht nach jener Nacht, an die ich mich ebenso ambivalent erinnerte) nicht wusste, ob ich mich über das Wiedersehen freuen sollte oder (eher) nicht.

Doch ich begegnete einem neuen Menschen. Dass derjenige, als der er sich nun zeigte, kein eigentlich neuer, sondern im Grunde genommen der alte, eine andere Wirklichkeit des möglichen oder eine andere Möglichkeit des wirklichen Pepi war, ähnlich wie der fußballernde Pepi nur dem Anschein nach ein anderer als der mir zuvor bekannte, einer immer die dialektische Voraussetzung des nächsten, begriff ich damals – wie gesagt stand ich erst am Anfang meines Philosophiestudiums – noch nicht. Pepi Prohaska, der Mensch in seinem Widerspruch: Goethe hätte sich wahrscheinlich durch ihn bestätigt gefühlt. Mich aber versetzte er wieder (und danach noch wiederholt) in Erstaunen.

Rein äußerlich hatte er sich nicht besonders verändert, obwohl seine Haare sich vorläufig nicht mehr über den Hemdkragen ringelten. Doch sprach, kaum machte er (nach der Vorlesung) den Mund auf, gewissermaßen ein neues Wesen aus ihm. Im Buffet, bei einem Glas Milch sitzend, erzählte er mir von Gretchen, dem Mädchen, das diese seine Veränderung offenbar ausgelöst hatte. Sie hieß übrigens ebenso wenig Gretchen, wie Inge, die jetzt weit weg war, Lilith geheißen hatte, aber er neigte nun einmal dazu, den Menschen, die ihm nahestanden, *seine* Namen zu geben, auch später, wenigstens hierin durchaus in der Nachfolge Christi: Du bist Petrus, und auf diesen Felsen will ich meine Kirche bauen, du bist nicht Engelbert, sondern Teufelbert, aber alles zu seiner Zeit.

Sie, Gretchen, die ihn jetzt, zum Unterschied von letzthin, so hell erscheinen ließ, hatte er gleich nach der Matura kennengelernt, und zwar auf einer Autostoppreise, die ihn, nein, nicht nach Saint-Tropez, sondern, soviel ich mitbekam, noch mit Inge nach Sizilien, dann aber ohne sie zurück und – eines Geschenks für seine Mutter wegen, die ihm in dieser Situation und auf dieser geographischen Breite einfiel – nach Murano bei Venedig führte. Ihre Eltern hielten ihn für einen Italiener und wollten ihm die Vase abkaufen, die er soeben für die – nebenbei erwähnt, nicht nur von ihm vorübergehend verlassene – Frau Prohaska (sein Vater, auch er immer wieder zu Überraschungen fähig, war eines Tages allein – weder seine Gattin noch sein Sohn interessierten sich mehr für so was – in den Zirkus gegangen und, bezaubert von einer sogenannten Gummifrau, nicht mehr heimgekehrt), ihre Eltern also wollten ihm die Vase, die er soeben für Mama ausgesucht hatte, abkaufen, und das war Schicksal. Sie, eigentlich hieß sie Susi, schaute *hin*, er schaute *her* oder umgekehrt, ihr Vater jedenfalls schaute streng dazwischen, aber das nützte nichts. Es war (sehr merkwürdig, das aus Pepis Mund zu hören) Liebe auf den ersten Blick gewesen, ihre Mutter erwähnte, versehentlich oder vorsätzlich, wer weiß, dass sie aus Lignano gekommen waren und – für den Rest der Ferien – auch wieder dorthin zurückfahren würden, er setzte sich über sein Vorurteil, diese, wie er sich ausdrückte, Dépendance österreichischer Hausmeister betreffend, hinweg und folgte ihren Spuren.

Herr Wirth, Susis Vater, war übrigens kein Hausmeister, sondern Justizwachebeamter, also, laut Pepi, der, was sich auch später noch weisen sollte, zu allerlei Autoritäten ein prinzipiell renitentes und aus seiner eigenen Vaterbeziehung schwer erklärbares Verhältnis hatte, gewissermaßen ein Überhausmeister. Pepis Auftauchen am angeblich goldsandigen Lido (»Lignano Sabbiadoro«) blieb ihm also weder verborgen, noch war es ihm recht. Was wollen denn *Sie* da?, fragte er den aufdringlichen jungen Mann und hielt ihn (ich folge Pepis Beschreibung der Situation) mit Hilfe seines beeindruckend weiß behaarten Bauches auf Distanz. Pepi dementierte vorerst bestimmte Absichten, er gehe, sagte er angeblich, am Strande so vor sich hin, allerdings sei er der gnädigen Frau (diese Worte mit einer kleinen, höflichen Verneigung in Richtung der Mama) dankbar für die zwei Tage zuvor in Murano ausgesprochene Anregung.

Man merkt schon: Er wusste sich, schlau wie er war, eine Verbündete zu schaffen. Die Dame fand ihn (zumindest vorläufig) charmant. Außerdem ähnelte er, wie sich später herausstellte, ihrem ersten Schwarm, einem 1939 noch rechtzeitig emigrierten Eislauflehrer. Dass er der Tochter gefiel, daran zweifelte er nicht, Sympathie, meinte er, beruhe doch auf Gegenseitigkeit (ich habe da leider andere Erfahrungen gemacht), sie gefiel ihm ja auch.

Bei diesen Worten zeigte er mir ihr Bild, ein dort, in Lignano, selbst geschossenes Foto, und die Art, wie er das tat, mit ebenso zärtlichen Fingern wie Augen nämlich, vertrieb mir gewisse, mit seiner trotz allem leise zynischen Erzählweise zusammenhängende Zweifel. Trotzdem bin ich nicht ganz sicher, ob die durch solches Verhalten signalisierte Empfindung für sie tatsächlich die ursprüngliche war und nicht erst aus besonderen, genauer: besonders komplizierten Umständen erblühte. Wäre mit ihr alles so problemlos unidealistisch verlaufen, wie er es seit seiner Einweihung in das, was er mit Inge für Liebe gehalten hatte, gewohnt war, Susi wäre wahrscheinlich ein durch seine Trennung von ihr, Lilith, die sich (aber das erzählte er mir erst später) in Taormina mit einem Araber abgesetzt hatte, bedingter Sommerflirt geblieben. Aber mit einem Gretchen ging nichts problemlos.

Auf dem Foto lehnte sie an einem Fahrrad, trug ein nicht ganz vorteilhaft kurzes Ruderleibchen zu den Shorts, die ihre langen, noch etwas schlaksigen Schulmädchenbeine immerhin hübsch zur Geltung kommen ließen, und schaute innig in Pepis subjektives Objektiv. Mit dem Fahrrad, erzählte er, habe sie jeden Tag ihre Runden gedreht, während die lieben Eltern, die opulent zu speisen pflegten, ihr Mittagsschläfchen hielten. Das herauszukriegen und ihr mit einem anderen Fahrrad in die Quere zu kommen, war dem raffinierten Pepi natürlich keine Schwierigkeit. Außerdem dürfte sie, nachdem sie ihn am Strand wiedergesehen hatte, ihre Runden durchaus schon in Erwartung eines solchen Zusammentreffens gedreht haben.

Bis hierher schien also (ganz gegen obige Ankündigung) doch alles problemlos verlaufen zu sein, wenn auch – aber für so etwas war Pepi, nachdem sich sein Weg von dem Inges getrennt hatte, womöglich schon aus Protest offen – vergleichsweise romantisch. Zwei Tage drehten sie ihre Runden zu zweit, auch stiegen sie manchmal von den Fahrrädern ab und gingen eine Strecke händchenhaltend. Er erzählte ihr, sie erzählte ihm, von sich – aber vorläufig Belangloses. Erst am dritten Tag, als sie sich nach einer in der Sonne ausgestreckten Katze bückte und bemerken musste, dass das Tier tot war (da ihre Finger das Fell berührten, flog ein Schwarm schillernder Fliegen auf), war es mit der Belanglosigkeit vorbei. Sie barg, erzählte er, ihren Kopf an seiner Brust und weinte. Und mit den Tränen quoll es aus ihr heraus. Wie sie sich einsam fühle. Und unverstanden. Und eingesperrt. Und vor allem, dass ihr Vater, der Polizist mit den weißen Haaren am Bauch, ein mutmaßlich zwangsneurotischer Tyrann war.

Wenn sie als Kind, erzählte sie, etwas angestellt habe, habe sie auf einem Reibeisen knien müssen. Die Arme waren dabei gerade zu halten, manchmal habe ihr Vater einen Kochlöffel draufgelegt. Zwar habe sie sich so das Zählen beigebracht, habe, um sich die bittere Zeit zu vertreiben, zum Beispiel von eins bis hundert gezählt. Aber manchmal sei ihr schon ziemlich zum Heulen gewesen.

Er suchte und fand ein Taschentuch, um ihre Tränen zu trocknen. Zu Hause, erzählte sie, habe sie manchmal eine Vision. Wenn die Familie beim Essen sitze oder danach vor dem Fernseher hocke oder schon in den Betten liege. Ein Vampir klopfe ans Fenster, sie wisse, dass es ein Vampir sei, aber sie lasse ihn herein. Oder aber, es sei überhaupt kein Vampir. Sondern (hier lächelte sie schon wieder) ihr Retter, ihr Ritter. Der Vampir beiße die Eltern letal ins Genick, und das sei schön. Der Ritter aber nehme sie ganz einfach in den Arm, und das sei noch schöner.

Man kann sich denken, wie das auf Pepi wirkte. Am Vampirismus fand er ja weniger Geschmack (deine Mutter, räumte er ein, scheint doch gar nicht so schlimm zu sein). Für Messianismus aber, speziell wenn sich die messianische Erwartung auf ihn richtete, war er, wie nicht nur ich inzwischen weiß, bedenklich anfällig. Und Susi/Gretchen war die Erste, die diese sozusagen erogene Stelle seiner Seele kitzelte. Dem Mädchen, dachte er, muss geholfen werden. Ein kurzer Versuch (man kann es auch einen Rückfall nennen), das zuerst einmal auf die ihm – aus gewissermaßen schlechter Gewohnheit – vertrauteste Art zu tun, scheiterte nicht nur (immerhin folgte sie ihm in sein Hotelzimmer) an ihrer relativen Keuschheit. Auch er tat das Seine dazu: Ihre Mädchenhaftigkeit, sagte er, habe ihn gerührt. Er sah ein, dass er sich geirrt hatte, er entschuldigte sich auf sensibelste Weise, er küsste sie, wie er Inge nie geküsst hätte. Sie strahlte. Kein Zweifel: Das war die wirkliche Liebe.

Tags darauf ging er an den Strand, hielt, sehr zielstrebig durch den Sand schreitend, dem Blick des Justizwächters stand, fragte ausgesucht höflich, ob er sich zur Familie gesellen dürfe. Zwar schnaubte der Alte durch die Nase, aber er sagte (ein halbes Ja der Mutter kam ihm zuvor) nicht nein. Die Tochter dankte ihm seine Kühnheit mit einem Blick, den er mir nicht zu beschreiben brauchte. Und am äußersten Zipfel der familiären Decke sitzend, begann P. P. (mimisch nie untalentiert) die Rolle zu spielen, die er in dieser Gesellschaft so lange spielen musste, bis sie ihm tatsächlich zum Hals heraushing: den anständigen jungen Mann.

Ziemlich erfolgreich, wie er erzählte, zumindest anfangs. Am nächsten Morgen durfte er auf der Decke schon etwas weiter Richtung Mitte rücken. Auch dass er mit Susi gemeinsam ins Wasser ging, verhinderte ihr Vater nicht. Obwohl sie sich dann, nebeneinander schwimmend, die ganze Zeit über beobachtet fühlten und gewisse Zärtlichkeiten vorsichtshalber nur *unter* Wasser austauschten. Nicht lang, und die Mutter lud ihn, in einer angesichts ihres wogenden Busens nicht ganz überraschenden Anwandlung von Weichherzigkeit, zum Mittagessen ein. So wurde er also, wiewohl vom Vater scheel betrachtet, in den Bungalow mitgenommen, von der Tochter an der Hand geführt. Zu seinem Leidwesen servierte Frau Wirth sogar in Italien deftig Heimatliches. Essen Sie, sagte sie, greifen Sie tüchtig zu – und traktierte ihn mit Wurstknödeln.

Ihr Mann machte seltsam freundliche Nasenlöcher. Pepi begann schon, an Susis Erzählung zu zweifeln. Aber am Sonntag kam es zum ersten Eklat. Angesichts eines besonders großen Schnitzels, das seine Frau nicht ihm, sondern dem Jüngeren auf den Teller schob, sprang Herr Wirth mit hitzigem Kopf vom Tisch auf und verschwand eine Stunde. Zurückgekehrt, wollte er dann mit Pepi reden. Unter vier Augen, sagte er, kommen Sie mit. Sie brauchen nicht glauben, sagte er, dass ich schlecht seh. Sie brauchen schon gar nicht glauben, ich seh das gern. Mir wär viel lieber, Sie wären nicht aufgetaucht. Meine Tochter, bedenkens das, ist erst sechzehn. Wenn Sie trotzdem intim werden, passen Sie auf. Aufzuklären brauch ich Sie hoffentlich nicht.

Ach ja, und dann war eine Vollmondnacht und ein trotz allem gemeinsam unternommener Bootsausflug und Musik auf dem Meer. Und eine Tochter war da, die nicht tanzen wollte mit ihrem Vater, des Jüngeren wegen, der nicht tanzen *konnte* (das hatte Inge Pepi nicht gelehrt). Und der Vater wurde rabiat, denn schließlich war diese Tochter *seine* Tochter. Und er hatte ein bisschen viel getrunken, und die Tochter begann zu weinen, denn sie wollte nicht, dass der Vater sie derart an sich quetschte, anhauchte. Und die Mutter war ratlos, denn sie wusste nicht, wie sie's allen recht tun sollte, aber den jungen Mann konnte sie leiden. Und sie stellte ihn (da sie nicht wusste, wie sie ihn vorstellen sollte) Bekannten, denen man, wieder an Land, über den Weg lief, kurzerhand vor als den Verlobten ihrer Tochter. Und der Vater war schon wieder beleidigt und stapfte heimwärts den andern voraus, steif, als hätte er einen Besenstiel verschluckt. Und die Tochter fragte den Jüngeren, ob er bei ihr bleiben wolle für immer, und der so unversehens zum Verlobten Ernannte sah den Mond und sah ihre Augen und brauchte trotzdem eine Sekunde zum Durchatmen, denn immer ist eine lange Zeit, aber dann (die Nachtluft war süß wie Susi), dann sagte er ja.

Er war auch später ein schlechter Neinsager, Pepi Prohaska. Was aber sein Ja zu Susi nicht entwerten soll, damit hatte es schon seine Richtigkeit. Beziehungsweise: Was hätte er sagen sollen? Ich glaube, mir selbst wäre an seiner Stelle auch nichts anderes eingefallen.

Susi jedenfalls dankte es ihm mit leidenschaftlichem Vertrauen. Er liebte sie, also konnte ihr Vater, das alte Ekel, sie gernhaben. Auf einer Luftmatratze treibend, von sanften Wellen geschaukelt, blickten sie so lang in den blauen Himmel, bis (Pepi bemerkte es zu spät) fast kein Land mehr in Sicht war. Dass sie folglich, vergebens gegen die Strömung strampelnd, mit einem Rettungsboot zurückgeholt werden mussten, brachte Herrn Wirth vollends gegen ihn auf – da war nicht nur Unmoral, sondern auch (ein Zusammenhang) Verantwortungslosigkeit.

Eine Argumentation, der sich sogar die im Prinzip sympathisierende Mutter anschloss. Sie war (wie nachher noch oft) parallel zu ihrem Mann empört. Ja, parallel, sagte Pepi, denn die Empörung der beiden manifestierte sich auch und vor allem in ihrer Haltung. Sie litten beide unter Spondylarthrose und bekamen, wenn sie empört waren, oben sehr aufrecht, aber im unteren Teil der Wirbelsäule stark abgewinkelt, das Aussehen von Gänserich und Gans, auch wenn sie nicht schnatterten. In dieser Haltung also am Strand auf und ab laufend, erwarteten sie ihre um ein Haar am Horizont entschwundene Tochter. Statt sie in die Arme zu schließen, packten sie Susi an der Hand und entzogen sie Pepis schlimmem Einfluss. Der wollte zwar klarstellen, was – und was nicht – geschehen war. Die Naturgewalten, sagte er. Jaja, diese Naturgewalten, schnauzte der Alte, kennt man. Schauns, dass Sie weiterkommen.

Eine dramatische Entwicklung, die diese wie erwähnt ohnehin mit romantischer Potentialität aufgeladene Beziehung jedoch nur umso romantischer machte. Und Pepi, der sich ungern etwas anschaffen respektive verbieten ließ, erst recht motivierte. Die letzten Tage von Lignano standen im Zeichen einer wahren Romeo-&-Julia-Konstellation. Die nun wirklich auf Schritt und Tritt überwachte Susi warf entzückende Zettelchen aus dem Fenster des Bungalows, in kurzen, aber intensiven Augenblicken des Zusammentreffens (etwa auf der Toilette des Strandcafés) umarmten die beiden einander justament wie für die Ewigkeit.

Auf – beziehungsweise nach – der Heimreise, erzählte Pepi, sei ihm dann noch etwas Bemerkenswertes passiert. Als er nämlich, per Zettel vom vorverlegten Aufbruch der Familie Wirth informiert, ebenfalls gefahren sei, und zwar, um so wenigstens in der Nähe der Geliebten zu bleiben, ebenfalls per Zug, habe er ohne Platzkarte keinen regulären Platz mehr gefunden und daher im Korridor auf seinem Rucksack sitzen müssen. Das sei wohl recht unbequem gewesen, aber er habe, direkt neben dem Ausstieg lagernd, trotzdem befürchtet, einzuschlafen und aus der Tür zu fallen. Um das zu verhindern, habe er (was zu dieser Zeit sonst überhaupt nicht seine Art war, denn seine Stimme, auf deren Männlichkeit er damals Wert legte, entbehrte noch auf geradezu peinliche Weise der Modulationsfähigkeit) die ganze Nacht gesungen. Als er dann, frühmorgens und ohne Vorwarnung, wie er versicherte, zu Hause angekommen sei und geklingelt habe, habe ihm seine Mutter aufgemacht. Und habe ihn angesehen wie ein Gespenst. Was, du bist's wirklich?, habe sie gestammelt, ich hab dich heute Nacht singen gehört. So laut, dass ich aufgestanden und in dein Zimmer gegangen bin, um zu sehen, ob du schon da bist.

Nun, ich will mich hier nicht über die Möglichkeit oder Unmöglichkeit telepathischer Kommunikation verbreiten. Prof. Rosenheimer, bei dem ich die für angehende Philosophielehrer obligate »Einführung in die Psychologie« hörte, erklärte sie für unmöglich, da – ihre bloße Denkbarkeit schon verärgerte ihn – die Gehirnströme nur wenige Zentimeter über die Großhirnrinde hinausreichten. Pepi jedenfalls hielt die Telepathie von damals an nicht nur für möglich, sondern für wirklich. Er sei, sagte er, ganz einfach imstande, zu senden und zu empfangen, allerdings nicht nur mit dem Hirn, sondern auch und vor allem mit dem Herzen. Das sei auch der Grund, warum er Susi spüre. Zum Beispiel jetzt, akkurat, ja, er spüre sie. Er spüre, ich müsse entschuldigen, dass sie ihn brauche. Sprang auf und war weg. Ich bezahlte die Milch, die er getrunken hatte.

Von damals an sah ich ihn allerdings nahezu täglich. Wie sich herausstellte, hatten wir im Großen und Ganzen dieselben Lehrveranstaltungen belegt. Philosophisches, Psychologisches, Soziologisches und Kulturhistorisches. So saßen wir nebeneinander wie ehemals in der Volksschule. Nun hätten die Probleme, um die es da ging, mich durchaus interessiert. Mein Leben hatte sonst wenig Interessantes zu bieten, selbst am Abend, in die karge Enge meines Studentenheimzimmers zurückgekehrt, wusste ich mir vorläufig nichts Besseres, als, auf dem Bett lungernd, zu studieren. Pepi jedoch hatte, wie man sich nach seiner oben wiedergegebenen Erzählung denken kann, andere Probleme. Und das Bedürfnis, sie mir, der ich ihm immer ein zu guter Zuhörer war, ungeachtet der mehr oder minder flüssigen Vorträge mehr oder minder kompetenter Professoren auch während der Lehrveranstaltungen mitzuteilen.

Folglich war ich, ob ich wollte oder nicht, stets auf dem Laufenden über die Entwicklung seiner Dauerromanze mit Susi. Hörte eineinhalb Semester lang immer neue Frontberichte aus dem zähen Kleinkrieg, den er seit seiner Rückkehr aus Italien für seine innig Geliebte und (das war wohl entscheidend) gegen deren Vater führte. Der Pepi, hatte die Schäfchenoma einmal gesagt, als wir noch Kinder gewesen waren, hat einen fürchterlichen Dickschädel. Man braucht ihm nur etwas zu verbieten, um mit Sicherheit zu erreichen, dass er es erst recht tut.

Dieser Disposition entsprechend traf er, nach Wien zurückgekehrt, sein Gretchen regelmäßig. Obwohl oder gerade weil Herr Wirth heftig entschlossen war, den Kontakt zu unterbinden. Der Justizwachebeamte bewachte seine Tochter mit Argusaugen. Aber rund um die Uhr konnte er das Mädel nicht beaufsichtigen.

Außerdem war Pepi entschlossen, just rund um die Uhr in Gretchens Tagesablauf aufzutauchen. Sei es persönlich, sei es in Form seines sozusagen poetischen Ich. Dafür opferte er viel Zeit, Energie und Phantasie. Zum Beispiel stand er zeitig auf und erwartete Susi schon auf dem Schulweg.

Für fünf Minuten – aber das waren entscheidende fünf Minuten. Gaben sie ihr doch frühmorgens schon die Gewissheit, von ihm geliebt zu werden. Geliebt und begehrt. Obwohl dem Begehren vorläufig Grenzen gesetzt waren. Aber aufgeschoben ist ja nicht aufgehoben.

Während sie dann in der Schulklasse saß und zwischen mathematischen Gleichungen, englischen Vokabeln und heimischen Kochrezepten (denn sie besuchte ein sogenanntes wirtschaftskundliches Gymnasium) bestimmt immer wieder an ihn dachte, streunte er in der gleich hinter dem Schulgebäude beginnenden peripheren Gegend herum. Waren wir zwei damals vom Fußballplatz zu den Lehmabbrüchen des sogenannten Wienerbergs gekommen, so ging es hier, hinter der Schule, Richtung Laaerberg. Lagerplätze hinter Plankenzäunen, rostige Bahngleise, dann links das dreckigrote Ritterburggebäude der Ankerbrotfabrik. Meist setzte er sich dann in den Garten des Gasthauses »Zur Cillytant«, das war, so beschrieb er es mir, ein seltsam allein mitten auf einer damals noch unverbauten Wiese stehendes Häuschen, nahm ein Gabelfrühstück zu sich und notierte die Verse, die ihm beim Streunen in den Sinn kamen.

Diese Gegend hat ihn ja auch später inspiriert. Jetzt allerdings inspirierte ihn zusätzlich Susi. Die eine Inspiration überschichtete die andere. Was die Stimmung, den Grundton betraf, so konnte sich Pepi damals nicht recht zwischen Lenaus »Schilfliedern« und Heines »Buch der Lieder« entscheiden. Aber das nur nebenbei. Ich will diese Texte, von denen tatsächlich noch einige in der Hinterlassenschaft seines Koffers zu finden waren, nicht literarisch beurteilen. Sie waren ja vor allem für Susi geschrieben. Obwohl die Tatsache, dass er Abschriften oder Zweitschriften davon anfertigte, den Verdacht nahelegt, dass er sie doch auch für die Nachwelt erhalten wollte. Die Originale, auf aus seinem Notizbuch gerissenen Zetteln, steckte er jedenfalls ihr zu, der darin Besungenen, wenn sie mittags das Schulgebäude verließ.

So fand sie nachmittags zwischen Schulaufgaben und Hilfe im Haushalt immer wieder Trost. Warf Blicke auf Pepis Zettel, in unbeobachteten Augenblicken und an Orten, an die ihr die Mutter nicht folgen konnte. Oder der Vater, der, wenn er Nachtdienste gehabt hatte, am folgenden Tag zu Hause war. Das waren Tage, die Susi, die eingesperrte Prinzessin, als Strafverschärfung empfand, aber sie wusste, dass ihr Prinz da draußen an sie dachte.

Und das tat er tatsächlich. Ich kann es bezeugen. Wenn er schon die Vormittagsvorlesungen versäumte, deren Mitschriften er mit größter Selbstverständlichkeit von mir erwartete, so hätte er ja, sollte man meinen, den Nachmittagsvorlesungen, zu denen er immerhin erschien, mit umso größerer Aufmerksamkeit folgen sollen. Dem war aber nicht so. Erstens neigte er, wie schon erwähnt, dazu, mich über den jeweils neuesten Stand der Dinge zu informieren, zwar leise, aber ziemlich ungeachtet dessen, was vorn auf dem Katheder vorgetragen wurde. Und zweitens pflegte er nach einer Weile vorzuschlagen, lieber hinaus in den Hof oder gleich in den Volksgarten zu gehen, eine Anregung, der ich häufig schon deshalb folgte, weil sein immer lauteres Auf-mich-ein-Flüstern nach und nach doch auffiel.

Dann waren wir also draußen im Hof oder im Volksgarten. Auf und ab gehend zwischen den Marmorköpfen der Wissenschaft, die da auf Sockeln herumstanden, oder sitzend auf den Stufen des Theseustempels. Dass Pepi viel redete und ich weniger, das war einfach so, ich hatte mich längst damit abgefunden. Aber jetzt redete er fast ausschließlich von Susi oder meinetwegen Gretchen und seiner Liebe zu ihr, einer Liebe, die immer größer wurde, weil ihr so viel im Weg lag, und abgesehen davon, dass mir das Thema allmählich auf die Nerven ging, konnte ich wirklich nicht viel dazu sagen.

Dass er trotzdem den Kopf für sein sogenanntes politisches Engagement hatte, ist eigentlich erstaunlich. Aber auf seine Anwesenheit bei gewissen Veranstaltungen schien er mehr Wert zu legen als auf die Vorlesungen und Proseminare. Dort gingen wir allerdings nie gemeinsam hin. Im Gegensatz zu mir, der ich mit leidenschaftsloser Selbstverständlichkeit zum katholischen Cartellverband geraten war, weder dem Bier noch der dort üblichen Art politischen Gepolters sonderlich zugeneigt, weswegen ich die Zusammenkünfte meiner Verbindung weniger besuchte als mied, dürfte er tatsächlich öfter im Verband der Sozialistischen Studenten aufgetaucht sein.

Wie weit es mit seinem Engagement dann wirklich her war, vor allem angesichts der kurzen Zeit, die ihm sein Engagement für Susi dafür ließ, kann ich nicht beurteilen. So viel aber kriegte ich mit, dass er eher dem linken Flügel der zu jener Zeit immer mehr zur Spaltung tendierenden Organisation angehörte. Und dass er dort mindestens einige Schlagworte aufschnappte. Schlagworte, deren er sich dann im ideologischen Kampf um Susi (man könnte auch sagen im Kampf um ihre Seele) bediente.

Wogegen es ging, das war das Autoritäre. Und Susis Vater tat ihm den Gefallen, dieses Abstraktum sehr konkret zu verkörpern. Hätte es ihn nicht wirklich gegeben, so hätte man ihn aus demonstrativen Gründen erfinden müssen. Er war der autoritäre Scheißer par excellence.

Abgesehen von solch moralischer Aufrüstung für die Gegenwart hätte ihm dieser Umgang, nebenbei bemerkt, auch Weichen für die Zukunft stellen können. Doch Pepis Karriere, falls man seinen nach Art einer Berg-und-Tal-Bahn auf und ab führenden Weg so nennen kann, war, wie sich, den Hoffnungen seiner Großmutter zum Trotz, bald herausstellen sollte, eine ganz andere als jene, die ein paar seiner damaligen Genossen vor sich hatten. Die gleichen ja, sagte er später von einigen, die »was geworden waren«, ein Klub einander sehr wohlwollender, von halblinks emporgekommener Pragmatiker, die zwar (ich zitiere schon indirekt Pepi) nicht genau wissen wollten, was sie taten, aber *wie* sie es taten, das wussten sie ziemlich gut, und das nannten sie dann Knowhow, die gleichen ja übertünchten Ehrengräbern der Stadt Wien. Letzteres war zwar nicht ganz von ihm, aber durchaus zutreffend.

Doch so exponierte er sich erst Jahre danach. Jetzt, im Herbst 64, ging es ihm in erster Linie darum, seinem Gretchen zu imponieren. Morgens, mittags und schließlich auch noch am Abend. Ja, selbst am Abend fand sich Gelegenheit dazu!

Die Familie nämlich besaß einen Hund. Genau genommen handelte es sich um eine Hündin namens Senta. Mit der musste abends noch eine Runde gedreht werden. Und das (was für ein Glück!) war für gewöhnlich Susis Aufgabe.

Somit eine Möglichkeit, sie noch kurz zu treffen. Kurz und romantisch. Trotz der unromantischen Begleitumstände. Hundebegleitung. Also für mich klang das vor allem komisch. Pepi lachte zwar auch, wenn er davon erzählte, aber wenn er dort war, mit der Verlässlichkeit eines echten Ritters auf dem Posten, dann war das ein Beweis seiner Liebe, und damit war es ihm ernst.

Möglichst flach an die efeubewachsene Mauer einer aufgelassenen Miederfabrik gedrückt, sodass man ihn von den Wirthschen Fenstern aus nicht sehen konnte, fixierte er das Haustor, aus dem die Liebste meist zwischen 19 Uhr 30 und 19 Uhr 35 trat. Das Wirth'sche Familienleben war ein mit Regelmäßigkeit geführtes, gegessen wurde zwischen 18 Uhr 45 und 19 Uhr 25, um halb acht wollte der Vater, aber bei abgeräumtem Tisch, die Nachrichten im TV sehen. Das war der Moment, in dem Susi dem Hund das Geschirr anlegte, sich mit einem munteren Gruß von ihren Eltern verabschiedete und die Treppe hinunterlief. Allerdings gab es da stets einen kleinen Unsicherheitsfaktor, Unvorhergesehenes konnte geschehen sein und Susis Mutter veranlassen, die Aufgabe der Tochter zu übernehmen. Die Hündin Senta zappelte übrigens immer einige Schritte voraus. Sodass Pepi, des zu letztendlicher Tonnenförmigkeit überfütterten Tierleins ansichtig, einige Herzschläge lang nicht wusste, wer hinter ihm herkam. War es die Mutter, so versuchte er, die Augen senkend, ihren Blick nicht auf sich zu ziehen. Das war die triste Variante seines allabendlichen Minnedienstes. War es aber (und in der Regel war sie es) Susi, so bog sie, der Mutter, die in diesem Fall aus dem Fenster schaute, vorher noch kurz winkend, um die nächste Ecke. Während Pepi – seine Kondition war immer noch ausgezeichnet – so schnell er nur konnte um die Miederfabrik herum und ihr entgegenlief. Dann schloss er sie in die Arme, und zwar wieder mit jenem Ewigkeitsbewusstsein, in das er *sich*, aber (das weiß ich von ihr) vor allem *sie* mit jedem dieser nur äußerlich flüchtigen Treffen mehr und mehr hineinsteigerte. Und wenn sie zwanzig Minuten später (mit dem Hund länger auszubleiben, wäre verdächtig gewesen, außerdem waren nach dieser Frist die Nachrichten vorbei, und der Vater, nicht mehr durch das Weltgeschehen abgelenkt, hätte schon aus purer Muße Argwohn schöpfen können) in die langweilige Kleinlichkeit der Wirth'schen Zweizimmerwohnung zurückkehrte, war ihr Herz nichtsdestoweniger groß und erfüllt von einem spannenden Geheimnis.

Sicherlich gab es ab und zu Zwischenfälle. Zum Beispiel benutzte die Hündin ein besonders tiefes Ineinandertauchen der beiden, um ihrerseits auf Abwege zu geraten. Als sie (so Pepi wörtlich) wieder auftauchten, war das Hundsvieh weg. Sie suchten, in Panik, endlose zehn Minuten, bis sie die Ausreißerin ziemlich abseits von der üblichen Spazierroute wiederfanden, noch dazu in intimem Kontakt mit einer grauenhaften Promenadenmischung. Das blieb, Gott sei Dank, ohne Folgen, auch registrierte der Vater, inzwischen durch einen Krimi hypnotisiert, die verspätete Rückkehr seiner Tochter kaum. Ein anderes Mal jedoch, als die beiden, allmählich kühner geworden, trotz des inzwischen spätherbstlichen Wetters auf einer Bank im nur unerheblich von Susis Wohnhaus entfernten Park saßen, ging eine Nachbarin vorbei. Tagelang fürchtete Susi, die tratschsüchtige Dame könnte – ihrer Gewohnheit und Neigung gemäß – plaudern. Aber wie sich herausstellte, wahrte die Nachbarin, gerade in diesem Fall von unerwartetem Feingefühl, Diskretion, oder sie hatte Susi, in derart enger Umschlingung mit Pepi, gar nicht erkannt; so oder so ein Glücksfall.

Wenn ich hier allerdings von enger Umschlingung schreibe, dann muss man das, im Vergleich zu Pepis mit Inge geübter Praxis, sehr relativ sehen. Seine Beziehung zu Gretchen war, zumindest für ihn, in diesen ersten Monaten eine extrem sublime. Was mir schon deshalb bemerkenswert erscheint, weil er mir fortwährend erzählte, was aus dieser Sublimation entstand. Diese Liebe, die sich – vorläufig – nicht irdisch erfüllen konnte, schwang sich in gewisse, eher unirdische Höhen auf, tatsächlich, behauptete Pepi, hätten er und Susi es manchmal fertiggebracht, gemeinsam einige Zentimeter über dem Boden zu schweben, eine, wenn man ihm glauben will, immerhin bemerkenswerte Leistung.

Apropos glauben – das schlug sich natürlich dazu. Sie erwartete viel von ihm, und es scheint, als hätte er, begeistert von dieser Erwartung, zumindest einiges davon erfüllt. Zum Beispiel (das erzählte mir später *sie*) sei er damals durchaus imstande gewesen, ihr ein aufgrund der die Nerven belastenden Situation immer wieder auftretendes Kopfweh abzunehmen. Er habe ganz einfach seine Stirn an ihre gelegt und es gewissermaßen auf sich gezogen: Spürst du es schon?, habe sie gefragt und: Ja!, habe er freudig geantwortet, für sie zumindest ein kleiner Heiland.

Bis Ende November änderte sich nichts Wesentliches an diesen romantischen Verhältnissen. Pepi pendelte zwischen dem Schul- beziehungsweise Wohnbereich seiner so idealistisch Geliebten und der von mir, mangels vergleichbarer Ablenkung, regelmäßiger frequentierten Universität, Herz und Hirn hatte er, selbst wenn er da war, eher dort. War er nicht da, so musste ich zwar für ihn mitschreiben, aber das bedeutete, da meine Mitschriften auch sonst sehr sorgfältig waren, keine wirkliche Mehrarbeit. In gewisser Hinsicht, muss ich gestehen, war ich in solchen nach und nach immer häufiger werdenden Stunden recht froh, den Vorträgen ungestört folgen zu können und den einen oder anderen Tag nichts von Prohaskas Privatleben hören zu müssen. Dessen Entwicklung ich andererseits mit Anteilnahme verfolgte. Wenngleich diese Anteilnahme ambivalent war. Denn wieder hatte mein Freund damit etwas, das ich nicht hatte. Und das ich (auch wenn ich mir's damals nicht eingestehen wollte, fühlte ich es) wohl niemals haben würde.

Natürlich konnte ich trotzdem so tun als ob. Angeregt – oder genauer: beinahe genötigt – durch Pepis schon erwähnte Liebesgedichte, deren Entwürfe oder Kopien mir zu zeigen er eitel oder unbefangen genug war (er hat auch später keine Peinlichkeit darin gesehen, Privates zu veröffentlichen), begann auch ich, Ähnliches zu verfassen. Doch waren, wie man sich denken wird, die Objekte meiner Poesie etwas weniger konkret. Zur Tarnung erfand ich eine Kollegin aus dem Studentenheim, ein Mädchen vom Lande namens Maria, an dessen Existenz jedoch Pepi, hatte ich den Eindruck, nie im Ernst glaubte, obwohl er sie – entweder aus Höflichkeit oder aus purem Desinteresse – nie ausdrücklich bezweifelte.

Jedenfalls war das für mich der Einstieg in jene andere, jene Ersatzwelt, die mir mit der Zeit immer mehr bedeuten sollte. Bald ließ ich von der besonders schlecht erträumten Maria ab (göttergleich / seh ich sie vor mir stehn) und wandte mich allgemeineren Idealen zu. Ein Essay »Über die Freiheit des Willens« ließ sich, im Schatten der philosophischen Großherren Nietzsche und Kierkegaard, nicht schlecht an. Allerdings kam ich über die schon nach wenigen Seiten konstatierte Erkenntnis, dass es unter dem schicksalhaften Einfluss von Anlage und Umwelt eigentlich keine Entscheidungsfreiheit des Einzelnen (somit auch meiner Wenigkeit) gebe, nie recht hinaus, weswegen ich (der Fehler, erkannte ich nicht unrichtig, musste im Ansatz stecken) diesen meinen ersten und einzigen theoretischen Text immer wieder von vorne begann.

Aber zurück zu Pepi, um den es hier geht. Ende November trat, wie oben angedeutet, seine Liebe zu Susi betreffend, eine neue Situation ein. An der Fabriksmauer wartend, jedoch der Jahreszeit entsprechend bei dichtem Nebel, wurde er eines Abends, wie gewöhnlich, erst des Hundes gewahr und dann der Begehrten. Die hinterherkommende Dame aber sah beziehungsweise erkannte er aufgrund der erschwerten Sicht nicht beziehungsweise zu spät: Es war Frau Wirth.

Nun – aufs Erste war sie natürlich empört. Doch erwies sich ihre Empörung ohne die gottlob vor dem Fernseher sitzen gebliebene männliche Hälfte als halb so wild. Schon winterlich gekleidet, ähnelte der junge Mann ihrem auf Nimmerwiedersehen entschwundenen Eislauflehrer mehr denn je. So hatte er, besonders wenn er trotz allem lächelte, etwas für sie ziemlich Entwaffnendes. Dass er hier stand und allem Anschein nach nicht anders konnte, war einerseits eine Frechheit. Andererseits ließ sich daraus ableiten, dass er es – immerhin signalisierte seine Anwesenheit eine gewisse Opferbereitschaft – mit seiner Neigung zu Susi »wirklich ernst« meinte. Sobald es ihm gelungen war, Frau Wirth nach anfänglichem Widerstand (mit Ihnen red ich ja gar nicht) in ein Gespräch zu verwickeln, hatte er schon Oberwasser. Denn das Gespräch war viel eher sein als ihr Element.

Der Pepi sollte (hiemit zitiere ich wieder die Schäfchenoma), wenn es nach mir ginge, Jus studieren. Der redet noch einen Toten vom Galgen herunter. Diesem Talent war die verbal eher bescheiden bemittelte Mutter einer so zäh geliebten Tochter nicht gewachsen. Letzteres: dass es ja *ihre* Tochter war, der gegen alle Widerstände eine so leidenschaftliche Aufmerksamkeit geschenkt wurde, schmeichelte ihr übrigens auch, abgesehen davon, dass sie einst selbst gern so geliebt worden wäre.

Pepi sah seine Chance und nutzte sie. Am nächsten Vormittag, nachdem er die Tochter auf dem Schulweg erwartet und wie üblich mit Glauben und Vertrauen gestärkt hatte, widmete er sich der Mutter. Mit fünf Teerosen in der Hand klingelte er an ihrer Tür. Schon der Nachbarin wegen, deren Auge vergrößert am Spion der Nebentür erschien, ließ sie ihn rasch ein. Ob seiner Kühnheit gab sie sich vorerst konfus. Dann aber suchte sie eine Vase für die Rosen, führte ihn (»in Gottes Namen« und nachdem er sich die Schuhe ausgezogen hatte) ins Wohnzimmer, bot ihm Keks an. Dass sie vorläufig ihrem Gatten gegenüber geschwiegen hätte, wusste er schon von Gretchen; sie bestätigte das. Er pries ihr verständnisvolles Mutterherz und bestätigte dadurch *sie*.

Wie alles weitergehn solle, fragte sie schließlich – er sagte es ihr. Sie garantiere für nichts, wandte sie ein, wenn ihn ihr Mann ganz einfach hochkantig zur Tür hinausschmeiße, sei er selber schuld. Das Risiko nahm er auf sich, bat sie nur (man beachte den Diplomatenjargon) um ihre guten Dienste. Die Rosen nicht ohne eine gewisse Zärtlichkeit zum xten Mal in der Vase umordnend, versprach sie, ihr Möglichstes zu tun, jetzt aber müsse er gehen.

Am Wochenende danach hatte er einen Termin mit Herrn Wirth.

Was wollen Sie?, fragte der, nachdem er ihm demonstrativ nicht die Hand gereicht hatte.

Ich liebe Ihre Tochter!

So, sagte der Justizwachebeamte. Und wie stellen Sie sich das vor?

Womit sich Pepi auf eine Diskussion einließ, auf die er sich besser nie eingelassen hätte.

Zwar glaubte er in der Offensive zu sein, doch geriet er, seiner verbalen und intellektuellen Überlegenheit zum Trotz, rettungslos in die Defensive. Wenn es ihm, wie die potentielle Schwiegermutter zu seinen und ihrer Tochter Gunsten vermutete, wirklich ernst war mit seiner Neigung für Letztere, so hatte er das auch zu beweisen. Das hieß: Man würde ihn gewissermaßen arbeitshypothetisch als Schwiegersohn in spe akzeptieren. Und mit der Zeit (bis Susi die Schule fertig gebracht habe) würde sich herausstellen, ob er dieser Ehre auch würdig sei. Was darauf hinauslief, dass er die Rolle des anständigen jungen Mannes, in der er zu Lignano debütiert hatte, erneut spielen musste. Aber so glaubhaft, dass man sie ihm trotz des von Anfang an gehegten, inzwischen jedoch durch Erfahrung erhärteten Verdachts, er spiele sie eben nur, möglichst abnahm. Eigentlich war er, da konnte er einem von Berufs wegen scharf beobachtenden Justizwachebeamten nichts vormachen, ein »Hallodri«, also ein geborener Abweichler von der allgemein verbindlichen Norm, der dieses sein Abweichlertum noch dazu für etwas Besonderes hielt, womöglich gar genoss. Aber er konnte sich ändern, bessern, in eine begrifflichere Sprache als die, welche Herr Wirth vermutlich verwendete, übersetzt: Er konnte (und sollte) sich anpassen.

Wozu man ihm überreichlich Gelegenheit gab. Wenn er die süße Susi, die er ja auf angeblich anständige Weise liebte, weiterhin treffen wollte, so mochte er das im Hause Wirth tun. Was zur Folge hatte, dass er dort zum abendlichen Dauergast wurde, nicht nur physisch geschnäuzt und gekämmt, sondern sozusagen gesamtpersönlich. Wie er das bei seiner diametralen Anlage aushielt, ist mir bis heute ein Rätsel.

Aber er liebte sein Gretchen offenbar wirklich. Ertrug heroisch (und allmählich zunehmend) die Kost der Hausfrau, spielte mit dem Hausherrn Canasta oder Schach und ließ ihn (um ihn bei Laune zu halten) gewinnen. In weltanschaulichen Gesprächen, den Leichtsinn der »heutigen Jugend« und die ihrem anarchischen Wesen entgegenzusetzenden Schranken von Recht und Ordnung betreffend – ein Thema, auf das Herr Wirth, vielleicht um den Anpassungswillen Pepis auf die Probe zu stellen, mit Vorliebe kam –, hielt er sich zurück. Und das alles, um der bei entsprechendem Wohlverhalten darauf folgenden halben Stunde willen, die er mit Susi (und Senta) um den Häuserblock gehen durfte. Natürlich auch um einer anderen Zukunft willen. Warte nur, sagte er zu ihr, der er weniger gut getarnt eigentlich lieber gewesen war, bis wir das durchgestanden haben. Das wieder sah sie ein und begriff die Überwindung, die er sich ihretwegen antat. Aber wenn sie einander in dunklen Nischen und Torbögen umarmten, fuhr sie ihm durchs Haar und zerraufte es, bevor sie ihn küsste.

Kaum anzunehmen übrigens, dass Herr Wirth sich nicht denken konnte, was die beiden, auch nur kurz aus den Augen gelassen, miteinander trieben. Aber diese Kleinigkeit nahm er, in dem Bewusstsein, die an sich peinliche Angelegenheit im Großen unter Kontrolle zu halten, in Kauf. Fürs Erste war Winter, was konnte da schon passieren? Und bis die lauen Frühlingsabende kamen, war das alles dem frechen jungen Mann, den er sich wohl kaum im Ernst als Schwiegersohn vorstellte, womöglich schon zu blöd geworden.

Nun, diesbezüglich machte der Wirth die Rechnung ohne seine Tochter. Die nämlich wollte ihrem Pepi ganz gehören. Er wollte natürlich auch, dass Susi das wollte. Und dennoch war er, wenn man ihm glauben darf, überrascht über die von ihr ausgehende Initiative. Ich will hier, schon aus persönlichen Gründen, die man später noch einsehen wird, nicht ins Detail gehen. Obwohl ein gewisser Anteil Intimleben einfach nicht aus P. P.s Biographie auszusparen ist. Nur so viel (oder so wenig): Die zeitliche

Bedingung der Möglichkeit war ein fingierter Theaterbesuch. Und die räumliche die Wohnung der Großmutter, denn die Schäfchenoma, die während der zwei Schäferstunden diskret im Kaffeehaus saß, konnte ihrem Enkel keinen Wunsch abschlagen.

Es ist, nebenbei erwähnt, seltsam, dass mir Pepi diese für ihn doch an sich sehr erfreuliche Neuigkeit geradezu zerknirscht erzählte. Vielleicht hatte er den Namen Gretchen für Susi doch nicht ganz zufällig gewählt, sondern aus einem sozusagen projektiven Unterbewusstsein. Sie hatte, soviel ich mitbekam, post festum jedenfalls Angst, stand, als sie Pepi am Tag danach wiedersah, mit niedergeschlagenen Lidern am Bügelbrett – da fühlte er sich (auf eine Weise, die ich dem Pepi jener Silvesternacht nie zugetraut hätte) schuldig. Die Gründe für beides, ihr Angst- und sein Schuldgefühl, waren vermutlich keine, aber sie kamen zum Tragen.

Nägelbeißend und kleine Pickel aufkratzend konnte sie den Eltern ihre Nervosität nicht ganz verbergen. Die wollten zwar vorsichtshalber gar nichts Genaueres wissen, aber sie deuteten an, dass sie ahnten. Sie konnten (ich weiß es leider) so dreinsehn: kleinmündig gegen die Nase zugespitzt, als witterten sie etwas Bitteres. Womit jedoch oft Ursache und Wirkung vertauscht wurden, denn diese Bitterkeit lag durch jenen Witterblick erst richtig in der Luft. Zum Zweiten aber ließ sich Pepi (obwohl die liebe- und lustvolle Vereinigung mit Susi ja nicht zuletzt ein Ausbruchsversuch aus den kleinkarierten Vorstellungen der Familie Wirth gewesen war) noch weiter in die familiäre Enge treiben. Falls geschehen war, worüber man lieber nicht redete, hatte er ihr, Susi, gegenüber nur eine umso größere Verantwortung. Zu der man ihn übrigens, auch das brauchte man nicht aussprechen, zweifellos ziehen würde, wenn gewisse Zustände ihrerseits – vor Schreck wurde Susi jetzt nach jeder Mahlzeit schlecht und die ohnehin unregelmäßige Regel ließ in diesem Monat besonders lang auf sich warten – nicht bloß hysterisch bedingt sein sollten. Eigentlich hätte man ihn, den mutmaßlichen Verführer, ja jetzt vor die Tür setzen können respektive müssen, wenn man das nicht tat, dann nur aus unverdienter Liebe für die wahrscheinlich missratene Tochter; auch Letzteres verstand Pepi nonverbal.

Verbal erhob sich wieder die etwas abstrakte Frage, wie er sich das alles eigentlich vorstelle. Konkreter: Wollte er etwa ewig studieren? Immerhin tat er das schon anderthalb Semester. Glaubte er etwa, vom Dichten leben zu können? Seine bis dahin vor allem aus Susigedichten bestehende literarische Produktion war nicht ganz verborgen geblieben. Eine gebildete Tante, die gerade ein Buch über Grillparzer gelesen hatte, malte das Schreckbild der ewig sitzengebliebenen Braut Kathy Fröhlich an die Wand. Im Übrigen zog man (jetzt hörte sich der Spaß auf, jetzt wurde es ernst) Erkundigungen über seine Familie ein. Deren Ergebnisse nur zu bedenklich waren. Zwar war Papa Prohaska aus den Armen der Gummifrau in die seiner eigenen zurückgekehrt. Aber was war das, bitteschön, für ein Vater! Abgesehen von anderen, weniger aktuellen, aber tiefer schürfenden Fragen, etwa jenen der Herkunft. Und der des Vermögens: Wenn man schon einen jüdischen Zweig im Stammbaum hat, fand der dem gesunden Volk entstammende und daher auch nach seiner Art empfindende Herr Wirth, so könnte man wenigstens Geld haben.

Hier hatte Pepi, in dieser Hinsicht empfindlich, fürs Erste genug. Er verabschiedete sich von Herrn und Frau Wirth, nicht allerdings ohne darauf hingewiesen zu haben, dass er nie aufhören werde, ihre gottlob aus der Art geschlagene Tochter zu lieben. Dieser wurde vorübergehend der Umgang mit dem Freund verboten, der soeben wieder sein wahres Gesicht gezeigt hatte, aber sie reagierte mit einem Hungerstreik. Schließlich, was blieb ihm über, erlaubte ihr Herr Wirth wieder, am Abend den Hund auszuführen, bewarf aber sie und ihren Galan, wenn sie sich vor dem Haustor allzu innig voneinander verabschiedeten, vom Fenster aus mit durchgebrannten Glühbirnen.

Inzwischen lief das Sommersemester, Pepis Besuche auf der Uni waren schon im Winter immer seltener geworden, jetzt aber kam er kaum mehr. Eines Tages von mir, der ich denn doch nicht zum bloßen Mitschriftenlieferanten degradiert werden wollte, zur Rede gestellt, überraschte er mich mit der Meldung, er habe einen Job angenommen. Ja, sagte er, ich arbeite jetzt stundenweise auf der Post, sortiere Briefe und Pakete. Nein, nicht aus finanziellen Gründen (er bekam, wie ich, eine Studienbeihilfe), aber aus sozusagen prinzipiellen. Was das bedeuten solle, wollte ich wissen: sozusagen prinzipiell? Schau, sagte er, ist es nicht eigentlich unmoralisch, so ins Blaue hineinzustudieren und nichts zu arbeiten? Das sagte derselbe Pepi Prohaska, der einige Jahre danach ein »Manifest zur Abschaffung der Arbeit« verfassen sollte! Aber er war ohne Zweifel in einer Identitätskrise.

Ihren Höhepunkt erreichte diese Krise Ende Mai, nach einer schriftlichen Prüfung in Statistik, die wir im Fachbereich Psychologie abzulegen hatten. Pepi, auch äußerlich bedenklich verändert – blass, etwas zu dick –, war sicher, versagt zu haben.

Das kostet mich ein Jahr, stöhnte er. Wie bring ich das Susi und ihren Eltern bei?

Wart erst einmal ab, sagte ich. Aber er hörte nicht auf meinen Rat.

Ging zum Ergänzungskommando in der Stiftskaserne und stornierte die ihm (wie auch mir) studienhalber gewährte Rückstellung vom Militärdienst.

Ich fand das verrückt. Erst recht, als sich herausstellte, dass einzig und allein sein »Gespür« hier versagt hatte.

Er bekam seine Prüfungsarbeit mit einer positiven Bewertung zurück.

Aber da war es zu spät. Da nahm alles bereits seinen Lauf.

Pepi zuckte die Achseln. Das ist halt Schicksal.

Mir gefiel das nicht. Mir gefiel das gar nicht.

Das ist halt Schicksal! Tatsächlich. Das war es auch.

Allerdings, wie sich (und zwar fatalerweise) erweisen sollte, nicht nur seins, sondern auch meins.

Ein paar Tage später nämlich lernte ich Gretchen kennen. Auf dem Korridor des 2. Philosophischen Instituts erwartete sie zwar nur ihn, aber ich erkannte sie sofort. Das ist – es war überflüssig, mir das zu sagen – die Susi. In einem Espresso nicht weit von der Uni sah ich sie zum ersten Mal weinen.

Du bist doch sein Freund, Bertl, sagte sie, red ihm das aus!

Das hat keinen Sinn mehr, sagte er, mein Aufschub ist zurückgenommen.

Neun Monate, sagte sie. Pepi! Wie sollen wir das aushalten?

Ich bring's hinter mich, sagte er. Auch für dich. Und dann ist alles anders.

Wie groß das Opfer war, das er auf diese Weise glaubte bringen zu müssen, ermaß ich, indem ich mich an ein Gespräch erinnerte, das wir vor gar nicht allzu langer Zeit geführt hatten. In einer Vorlesungspause, die er ausnahmsweise nicht dazu nutzte, zu Gretchen zu eilen, hatte ich ihm – wir saßen auf einer Bank im Hof der Universität – den Anfang meines schon erwähnten, unglücklichen Essays präsentiert. Ich möchte auch einen Essay schreiben, sagte er, ohne tatsächlich auf meinen einzugehen. Das Thema ist zwar nicht dasselbe, aber verwandt.

Worüber?, fragte ich, wieder einmal unangenehm berührt durch seine Egozentrik. Über die Uniform, nicht nur über die sichtbare, sondern auch und vor allem über die unsichtbare. Ist dir noch nie aufgefallen, dass die meisten Menschen früher oder später in eine unsichtbare Uniform schlüpfen? Und zwar gern: Da ist kein Wille zur Freiheit, mein Lieber, sondern ein Wille zur Unfreiheit.

Kaum bist du erwachsen, wird dir zugemutet, dir eine dieser unsichtbaren Uniformen zu wählen. Eine schöne Wahl – du sollst nicht mehr weiterwachsen, sondern nur mehr in eine solche unsichtbare Uniform hinein. Du sollst nicht du selbst bleiben oder du selbst werden – der sogenannte Ernst des Lebens besteht darin, sich an eine vorgegebene Norm anzupassen. Das gilt als normal – das Absurde ist nur, dass die meisten, eben die sogenannten normalen Menschen, diese Zumutung überhaupt nicht als solche empfinden.

Aber …, sagte ich.

Nein, sagte Pepi, kein Aber. Auf die Frage, wer bist du, antwortet ein sogenannter normaler Mensch nicht: »Ich«, sondern zum Beispiel: Finanzreferent. Er entwickelt kein *eigenes* Selbstbewusstsein, sondern streift bloß eines über. Ein Selbstbewusstsein von der Stange gewissermaßen; ein Ersatzselbstbewusstsein; doch die meisten sind wahrscheinlich froh darüber, wenigstens ein solches zu finden.

Ja, sagte ich, warum nicht? Sonst stünden sie nackt da.

Na und?, sagte er. Besser nackt als in eine Zwangsjacke geschnürt.

Ich fand, hier überstrapazierte er die Metaphorik.

Ach was, sagte er. Jeder Vergleich hinkt. Aber du verstehst, was ich meine.

Ich verstand, was er meinte. Wenngleich nicht gern. Die Vorstellung, nackt dazustehen, war mir, zum Unterschied von ihm, höchst unangenehm. So unangenehm, dass ich dieses Gespräch (genau genommen war es ja fast ein Monolog) fürs Erste vergaß. Nun aber, da er, ein so leidenschaftlicher Uniformgegner, dass er sogar unsichtbare Uniformen hasste, beschlossen hatte, eine sichtbare, die Uniform schlechthin, anzuziehen, obschon nur für neun Monate, fiel es mir wieder ein, und sein Entschluss schien mir umso heroischer.

Er liebt dich halt, sagte ich ehrlich beeindruckt zu Susi.

Ja, ich weiß, sagte sie, unter melancholischen Augenlidern hervorblickend, aber es tut weh. Außerdem: Wenn er im Herbst zum Bundesheer geht … Wer gibt mir dann meine Mathematiknachhilfestunden?

Das war mir neu, dass Pepi ihr Nachhilfe gab. Und noch dazu ausgerechnet in Mathematik.

Das habe sich so ergeben, erläuterte er. Anlässlich eines Gesprächs, das er unlängst mit ihrem Vater geführt habe.

Ein Gespräch unter Männern sei das gewesen.

Aha, habe Herr Wirth gesagt, nehmen Sie also Vernunft an? Sehen Sie ein, dass es so nicht geht, wie Sie sich das vorgestellt haben? Wir leben nun einmal nicht in Wolkenkuckucksheim! Zuerst die Pflicht, das lässt sich schon eher hören. Vielleicht wird beim Bundesheer noch ein Mann aus Ihnen. Nicht so ein Luftikus, sondern ein richtiger Mann. Bei diesen Worten, erzählte Pepi, habe ihn der Herr Wirth mit falscher Kollegialität gegen die Brust geboxt.

Herr Wirth also fasste Pepis verrückten Entschluss, jetzt, seinen Neigungen und Überzeugungen zum Trotz, den Wehrdienst zu absolvieren, als Beginn einer Bewährungsprobe auf. Einer Prüfung, die der junge Herr Prohaska vor ihm und der vernünftigen Wirklichkeit ablegen wollte, mit der er sich eins fühlte. Ganz so meinte Pepi das zwar nicht zu meinen. Aber wie er es eigentlich meinte, war nicht recht aus ihm herauszubringen.

Er faselte etwas von Taktik. Und dass man das System von innen her bekämpfen könne.

Indem man scheinbar auf seine Normen eingehe.

Mich machte das skeptisch. So kannte ich Pepi nicht.

Was mich selbst betraf, so hatte ich mich diesen Normen ja von jeher eher angepasst, aber zu Pepi schien mir das nicht zu passen.

Die Nachhilfestunden für Susi waren jedenfalls bereits ein Teil der Taktik beziehungsweise der Bewährungsprobe. Wenn Sie sich schon einbilden, meine Tochter so oft sehen zu müssen, dann soll das, hatte Herr Wirth nicht ohne Sarkasmus gesagt, wenigstens einen praktischen Nutzen haben. Es hatte: Gretchen, zu Ostern noch in Mathematik gefährdet, schloss, da Pepi als Mathematiklehrer über sich hinauswuchs, Anfang Juli mit Befriedigend in diesem Fach ab. Dann durfte Pepi mit der Familie Wirth in die Ramsau fahren, dann kam er (schon mit gestutzten Haaren) aus diesem übrigens ziemlich verregneten Sommer zurück – und mit dem 1. Oktober verschwand er tatsächlich zum Heer.

Sechs Wochen später bekam ich folgenden Brief:

Lieber Engelbert!

Doch, ich lebe noch.

Die Realität ist nicht besser als die Phantasie, das Kasernenleben hier draußen ist ungefähr so, wie in den blödesten Alpträumen erwartet. Aber die Phantasie ist besser als die Realität – ich bin froh, dass ich sie noch habe und dass sie mir trotz konsequentester Grundausbildung (= Einübung in den phantasielosesten Stumpfsinn), die nun hinter mir liegt, noch nicht ganz vergangen ist.

Ergebnis dieser meiner Sturheit gegen die Sturheit ist beiliegender Text. Er ist z. T. auf dem Klo, z. T. nachts unter der Bettdecke entstanden, bei Taschenlampenschein. Eigentlich wollte ich den Essay über die unsichtbare Uniform schreiben, hier, umgeben von sichtbaren Uniformen, ja sogar selbst umhüllt von einer solchen. Aber wenn alle Theorie grau ist, so ist hier die Praxis schon grau genug: Also nimm ganz einfach und lies.

Vom Exerzierplatz aus kann ich die Straße sehn. Wenn es regnet, besonders deutlich, da glänzt der Asphalt. Weswegen ich gern exerziere bei Regenwetter. Weswegen ich überhaupt relativ gern exerziere. Der Zugsführer bildet sich ein, dass ich nicht kann, was ich soll. & was ich soll unter anderm, das ist: meine Augen beherrschen. Meine Augen beherrschen, seitdem ich hier bin. & über die Zeit, die ich hier sein werde, hinaus.

Doch meine Blicke wollen den Lastautos nach. Erfassen sie, trotz Tarnfarbe, hängen sich an, fahren mit bis zur Schießplatzkurve. Und nach der Kurve? Da fährt meine Phantasie mit. & dann, dort am Schranken, dem Garnisonsbereichs-Anfang u. -Ende, dann springt sie ab, meine Phantasie, Richtung Vergangenheit & Zukunft.

Aber die Gegenwart ist hier, was zu beweisen ist durch Habtachtstehen oder Sturmlaufen zum (versperrten) Osttor & retour. Desgleichen durch Robben, Gleiten, Tarnen, Täuschen oder gar in die Pfütze zu Füßen des Zugsführers hechten, der Tiefflieger über unseren Köpfen ausmacht, obwohl da keine sind. & wieder habtachtstehend, hast du den Blick befehlsgemäß auf einen Punkt am vorgeschriebenen Horizont zu richten. Was schauns denn ins Noankastl, überschlägt sich das vorgesetzte Organ, suachns den gestrign oda den heitign Tog, Se Wappla, jetzt is jetzt!

Richtig. Jetzt. Es ist Freitag. Ein Tag im Oktober. Der wievielte weiß ich nicht. Anno 65. Ich hab zu studieren begonnen, aber Susi kennengelernt, die ich liebe (zu lieben behaupte, sagt mein Schwiegervater in spe, denn wenn ich sie wirklich liebte, dann, ja was dann, dann hätte ich ein Verantwortungsbewusstsein ihr gegenüber & würd ihr nicht zumuten, jahrelang zu warten, bis ich Mann genug bin, eine Frau zu erhalten, & wer weiß, werd ich überhaupt fertig, & wer weiß, will ich überhaupt fertig werden ...). & jetzt bin ich also hier, hab eine verhaute (doch nicht verhaute) Prüfung zum Anlass genommen, den Aufschub meines sog. Präsenzdienstes (blödes Wort! War ich davor nicht präsent?) zurückzunehmen, bin also präsent, jetzt und hier, an diesem beschissenen Ort, Kaisersteinbruch, wie das schon klingt, nach einem Ort der Unfreiheit, Fron, Sklaverei, und das ist es auch, denn wer würde schon freiwillig, oh ja, doch, es gibt solche Idioten, also welcher vernünftige Mensch würde schon freiwillig sich anbrüllen lassen von einem durch zwei weiße Plastiksterne auf grünem Kragengrund größenwahnsinnig gewordenen Analphabeten, also bin ich hier, um das hinter mich zu bringen, meine staatsbürgerliche Pflicht zu tun, frei zu werden, fertig zu werden, mich fertigmachen zu lassen, kurz: zur Einpassung in die Uniform.

Genau dort, am Schranken nämlich: Garnisonsbereichs-Anfang & -Ende: hat das begonnen. Aus der Bahn steigend waren wir noch Zivilisten, Individuen also, Menschen mit einem Recht auf Vereinzelung sowohl als auch auf Einzigartigkeit. Trotz gewisser, etwas verkrampft kameradesker Annäherungsversuche während der Fahrt, gar galgenhumorig-prämilitärischen Verhaltens: Wir sitzen alle im gleichen Zug. Jenseits des Schrankens, an den scheckig betuchten Lastwagen, haben sie schon gewartet, die öffentlich Ein- & Angepassten, die mit den kantigen Gesten u. Rufen: eine andere Sorte Mensch.

Hopphopp, kaum waren wir einigermaßen draußen aus den übrigens bereits in die uns nun weiterhin zugemutete Atmosphäre einstimmenden Waggons (ratternd, hölzern, zugig, Baujahr wahrscheinlich zwischen 1938 & 45), hat man uns schon klargemacht, dass wir als Vereinzelte, Einzigartige künftighin unerwünscht sind. Was stehens denn da herum wie die Kuh vorm neuen Tor, hier gibt's keine Extrawürsteln, merkens Ihnen das am besten gleich von Anfang an, na wird's bald, gemma gemma. & die einzig richtige Antwort auf so was, nämlich: Hör zu, du Flegel, ich bin nicht gewohnt, dass man so mit mir spricht & hab auch nicht die Absicht, mich daran zu gewöhnen, gebe ich vorsichtshalber nicht. Der Mensch erfüllt seine Staatsbürgerpflicht, indem er sich, sowie er so unmittelbar mit dem Staat in Berührung kommt, seiner Menschenwürde entschlägt bzw. entschlagen lässt.

Also rauf auf die Ladefläche des Lastwagens wie ein Vieh, das ist nur folgerichtig, & auf geht's, los geht's, der Fahrer steigt extra brutal aufs Gas, sodass die Noch-Zivilisten gleich bei der ersten Kurve durcheinanderpurzeln & merken, wo bzw. wie es von nun an langgeht. Die Gegend, durch die man uns karrt, sehen wir (seitlich schließt die außen scheckige, innen speckige Plane dicht) nur hinter uns verschwinden: ein Straßendorf mit Pfützen, dann Stoppelfelder & Schilf, dann fällt Nebel ein, das passt. Schließlich, während der Fahrer, der Barbar, uns eine letzte, magenhebende Kurve zumutet, eine Reihe von grauen Gebäuden, offenbar aus dem letzten Weltkrieg übriggelassen, Ruinen z. T. & dann ein weiterer Schranken, der Schlagbaum, der hinter uns zufällt, rotweißrot, und ein Uniformierter, dessen lang mundwinkelwärts gezogenes Grinsen ich nur als schadenfroh deuten kann: Recht geschieht euch, wie mir unrecht geschehen ist, lasst, die ihr einfahrt, alle Hoffnung schwinden.

Welch letztere Assoziation sich dann gleich bestätigt. Von der ersten Minute in der Kaserne an wird klargemacht, dass unser ziviles Sein hiemit hinter uns zurückgeblieben ist, draußen, & uns eventuell noch anhaftendes, sozusagen eingeschmuggeltes ziviles Bewusstsein wird uns, darauf können wir Gift nehmen, auch noch ausgetrieben. Runter vom Lastwagen, antreten in einer endlosen Riege, grad stehen, abzählen. Wer lacht da, wer findet das komisch, wer war das, der dreht eine Runde um den Kasernenhof. Korporal Hartleben, dessen Namen ich natürlich erst später erfahre, aber nomen est omen, ein prinzipiell hysterisch bellender Hirtenhund, terrorisiert die Schafe, die noch nicht wahrhaben wollen, dass sie es sind, durch Stimmgewalt (im Anfang war das Gebrüll) & Konsequenz, wer nach einer Runde noch nicht genug hat, kann auch zwei oder drei drehn.

Effekt: die schon angepasstere Kantigkeit der Jawollantworten auf die zwischen Vorder- und Hintermann im Alphabet gewissermaßen nicht mit Fragezeichen, sondern mit Rufzeichen danach in die raue Luft gestoßenen Namen. Man sieht schon den Hauch vor dem Mund. Das sieht aus wie Sprechblasen. Ich heiße hier übrigens nicht mehr Pepi, auch nicht etwa Josef, sondern Jäger. Ist es auch Blödsinn, so hat es fraglos Methode.

Jäger Prohaska! So werden zumindest die Vornamen gleich wegrationalisiert. Weguniformiert. Wie alles, das zu individuell scheint. Aber darüber nachzudenken bleibt vorerst wenig Zeit. Ab, Tempo, Tempo, zur Entgegennahme der Anfangslöhnungen und der Spindschlösser.

Mit denen man dann, nachdem man auch die Ausrüstung gefasst und ins Quartier geschleppt hat, im klobigen, überall lecken Zeltplanenbündel, fortgesetzt stolpernd, schon wieder von Hartlebens Stimme gehetzt (sogar der Länge nach hingefallen bin ich), die Reste des schon Zeitalter zurückliegenden Zivillebens einsperren kann. Man war einmal ein junger Mann in mehr oder minder persönlichen Kleidern. Doch jetzt steht man da, vor einem halbblinden Spiegel, der über dem verzinkten Sautrog im Waschraum hängt. Und hat sie endlich an, die *sichtbare* Uniform, die einem natürlich weder steht noch passt (feldgrau, mausgrau) & erkennt sich nicht.

& das ist ohnehin alles nur halb so schlimm. Zumindest in Relation zu früher, nicht wahr. & im Prinzip ist es billig & recht, ja vonnöten. Denn wer sich einmal an die sichtbare Uniform gewöhnt hat, dessen so vorgeformte Existenz wird sich leichter, weil im Grund genommen erleichtert, in die unsichtbare fügen, was sage ich: schmiegen, & das ist ja wohl der Zweck der Übung. Denn, sagt sogar meine Großmutter, es schadt gar nicht, wenn einer beim Militär an Zucht & Ordnung gewöhnt wird, dadurch wird er erst ein richtiger Mann. Man muss lernen, dass nicht immer alles nach dem eigenen Kopf geht, im Gegenteil, es geht immer nach anderen Köpfen, sofern von Köpfen überhaupt die Rede sein kann, das ist der Lauf der Welt. Also lernt man hier draußen was fürs Leben drinnen, das finden die Herren von der Wirtschaft auch. Wochentags Blödsinn treiben & wochenends regenerieren, das ist vernünftig, weil notwendig, damit immer alles so weitergeht wie bisher, wenn es nach uns geht, geht es nur so & nicht anders. Damit immer alles so weitergeht, das ist notwendig, weil vernünftig, auch wenn von Not keine Spur ist. Denn heute geht es euch sowieso besser, als es uns früher gegangen ist, sagt mein Schwiegervater in spe, kein Vergleich. Damals, da hat man beim Lernen fürs Leben sogar den Tod fürs Vaterland finden können. & die in Stalingrad verhungert & erfroren sind, die wären froh gewesen, hier an eurer Stelle zu sein, die läppischen neun Monate.

In neun Monaten kann man ein Kind kriegen, werden wir einmal ein Kind haben?, fragt Susi, es ist Sonntag, das erste Ausgangswochenende, ich bin aufgestanden, während die anderen noch in den Betten knotzen geblieben sind, ungehalten furzend mein Obermann, *bist deppat, so zeidlich aufkräuln*, & ihr entgegengegangen, entgegengelaufen durch den Nebel. Bis an den Schranken, Garnisonsbereichs-Anfang und -Ende, der sich, akustisch begleitet vom metallischen Klingeln des Zahnrads, das ihn bewegt, geschlossen hat, als der Zug, mit dem sie gekommen ist, kaum noch in Sicht war, nur eine Helle im Grau sein Licht, mehr zu ahnen, als tatsächlich auszunehmen. & abends wird er sich wieder senken, der Schranken, mit dem nämlichen Geräusch, verstimmte Glocke eines Landkirchleins, nur dass dann der Zug aus der anderen Richtung kommen wird, Helle im Schwarz. & wir werden einander nicht in die Arme fallen, sondern aus den Armen gleiten, notgedrungen, alle Tage ist kein Sonntag, schon gar nicht am Montag, sagen die Herren HErren u. sehn, dass es für sie gut ist.

Jetzt aber liegen wir beieinander im Gras, ihnen zum Trotz, der Kälte zum Trotz, auf Susis ausgebreitetem Mantel, meiner ausgebreiteten Ausgehuniform. Sei zärtlich, sagt sie, ohne die Kluft gefällst du mir wesentlich besser, sagt sie, auf den ersten Blick hab ich ja geglaubt, du bist ein Fremder. Ich bin aber ich, sag ich, das ist aber schön, sagt sie, versprich mir, dass du's bleibst. Ich werde mir Mühe geben, sag ich, davon, dass sie euch Brom ins Essen mischen, merkt man aber nichts, sagt sie, na Gott sei Dank

Hier (typisch) war der Text zu Ende oder riss ab. Und hinterließ mir, wie so vieles von Pepis Lebensäußerungen, ein gemischtes Gefühl. Einerseits freute ich mich ehrlich, von ihm gehört zu haben. Andererseits, das lässt sich nicht leugnen, machte er mich einmal mehr eifersüchtig. Und zwar nicht nur (und sicher nicht direkt) Susis wegen. Pepis kokette Detailfreudigkeit bei der mündlichen oder schriftlichen Überlieferung erotischer Szenen hatte mich zwar, immer schon, ja, das ist das richtige Wort, aufgeregt, aber auf eine ambivalente Art. Was mich unmittelbar eifersüchtig machte, war der Text, dieser als solcher eigentlich nicht zustande gekommene Essay über die unsichtbare Uniform. Zum Teil auf dem Klo, zum Teil nachts, unter der Decke, bei Taschenlampenschein entstanden (!) – wenn ich daran dachte, wie meine, unter wesentlich günstigeren Umständen nicht zustande gekommenen Essays aussahen, fraß mich der Neid.

Aber genug davon; der Brief, der mit belanglosen Floskeln mein eigenes Mehr-oder-weniger-Wohlergehen betreffend schloss, hatte noch ein P.S. Wenn ich wirklich sein Freund sei, kritzelte Pepi in immer kleiner und unleserlicher werdender Schrift, so könne und – er sei dessen sicher – werde ich ihm einen großen Gefallen tun. Susi habe ihm erzählt, dass sie (und das Trimesterfinale nähere sich mit Riesenschritten) ohne seine Nachhilfe wieder in Mathematik zu versagen fürchte. Und da habe er sich gedacht, dass doch ich, zu dem er in jeder Beziehung (das unterstrich er) Vertrauen habe, wenigstens in dieser Funktion für ihn einspringen und ihr ein bisschen unter die Arme greifen könne, sie werde sich (unverbindlich) bei mir melden.

So kam es, dass ich – wie hätte ich nein sagen können? – zuerst bis Weihnachten und dann, da mir Pepis suggestive Wirkung auf sie leider nicht einmal als Hauslehrer gegeben war, auch noch bis Ostern mit Susi büffelte. Vielleicht lag der vorerst mangelnde Erfolg meiner Bemühungen auch an ihrer häufigen Abwesenheit – zumindest ihr Kopf war meistens nicht da, bei mir und der Mathematik, sondern dort, bei ihm. Auch gelang es ihr ab und zu, mich in Gespräche über ihn zu verwickeln, und ich war – trotz allem – anfällig für dieses Thema. Immer geht es um Pepi, sagte ich zwar eines Nachmittags, nie geht es um mich – aber da lächelte sie nur ungläubig.

Und dabei blieb er länger weg, als ursprünglich erhofft/befürchtet. Nach der auf die Grundausbildung folgenden Spezialausbildung wurde er nämlich nicht, wie allgemein üblich, in eine am zivilen Wohnort gelegene Kaserne versetzt, sondern ins nur wenige Kilometer von Kaisersteinbruch entfernte Götzendorf. Wo es, wie Susi erzählte, genauso öd war, abgesehen davon, dass es allmählich Frühling wurde. Der Grund war angeblich der, dass er, so konsequent er sich sonst bemühte, nicht aufzufallen, kurz vor dem Versetzungstermin beim theoretischen Unterricht im Lehrsaal (es ging um das Einüben eines neuen Liedtextes mittels Sprechchor) ein erstes und einziges Mal seinen sonst perfekt verborgenen Sarkasmus enttarnte – »Herr Zugsführer«, habe er sich zu Wort gemeldet, ich habe etwas zu sagen!

Das Lied hieß »Jägermarsch« und sollte, dem Willen des Zugsführers gemäß, so etwas wie das Leiblied der ihm anvertrauten Schar werden. Eben vom Jäger war darin die Rede, der, wie wahrscheinlich der Einprägsamkeit wegen einige Male wiederholt wurde, froh und frei lebte, und zwar (wie schön) nicht allein, sondern mit der ganzen Jägerei. Die aber, wie man nach dieser Exposition vielleicht hätte glauben können, keineswegs darauf aus war, irgendein Wild zu jagen, das überließ sie offenbar anderen, nicht grau-, sondern grünberockten Waidmännern. Vielmehr ging es ihr (der ganzen Jägerei) darum, den Feind, falls er die Kühnheit haben sollte, ins Land hereinzukommen, wieder aus diesem zu vertreiben, und zwar vermittels der Stutzen, die nicht ruhen sollten, bis dass das Auge breche, ja breche – und diese Opferbereitschaft machte dem Vorgesetzten (so Pepi später) die Schweinsäuglein feucht.

Er, Pepi, jedenfalls habe darauf hingewiesen, bezugnehmend auf den Liedtext, dass *er*, zumindest für *seine* Person, weder froh noch frei lebe hier draußen als sogenannter Jäger. Und dass er sich auch, was seine Kameraden betreffe, an deren Frohsinn und Freiheit unter den bestehenden Bedingungen ganz bescheiden zu zweifeln erlaube. Wie übrigens wohl die meisten von ihnen ausgesprochen wenig daran interessiert wären, ob der Feind ins Land hereinkäme oder daheimbleibe. Und die Stutzen (genauer: das veraltete Sturmgewehr) nicht ruhen zu lassen, bis dass das Auge breche, sei bei den ständigen Ladehemmungen, mit denen man schon beim probeweisen Schießen mit diesem Selbstmordinstrument zu kämpfen habe, nur mit viel Glück (oder Pech) möglich und außerdem eine höchst fragwürdige Empfehlung.

So blieb also Pepi bis zu seiner Abrüstung als unmittelbar verfügbarer Vaterlandsverteidiger in Grenznähe. Während ich das Vergnügen hatte, in gewisser (aber eben nur gewisser) Hinsicht an seiner Stelle zweimal pro Woche der Familie Wirth meine Aufwartung zu machen. Die Tochter des Hauses zur Matura zu bringen gelang mir schließlich doch, ja nicht nur das, sie bestand die Reifeprüfung verhältnismäßig problemlos. Daraufhin (bei einer zur Feier des Tages geöffneten Flasche Sekt) nickte mir der Hausherr anerkennend zu, die Hausfrau schoppte mich mit einer selbstgebackenen Malakofftorte, und Susi küsste mich blütenblattkühl auf die Stirn – aber damit hatte es vorläufig sein Bewenden.

Dann jedoch kehrte Pepi vom Heer zurück.

Obwohl er mir wiederholt durch Susi hatte Grüße bestellen lassen, war ich der Einladung, sie doch einmal nach Kaisersteinbruch oder Götzendorf zu begleiten, nie gefolgt. Zum Ersten wollte ich, sagte ich, die Idylle nicht stören. Zum Zweiten aber fehlte mir, die Botschaft, dass Pepi mich gern einmal sehen würde, wohl hörend, wahrscheinlich auch der Glaube.

Umso überraschter war ich, als er mich beim Wiedersehen brüderlich umarmte und links und rechts auf die Wange küsste. Der »russische« Eindruck, den er machte, wurde durch den Stoppelbart verstärkt, den er sich, den Staub der Kaserne, wie er sich ausdrückte, von seinen Schuhen schüttelnd, hatte stehenlassen, zum Zeichen seiner glücklichen Rückkehr ins Zivilleben. Im Übrigen roch er, wenn schon nicht nach Wodka, so doch nach Sliwowitz. Ein Getränk, dessen Genuss er sich, wie er sagte, dort draußen angewöhnt hatte, an langen, entsetzlich tristen Abenden, im Wirtshaus »Zur Panzermary«.

Ob eine neue Nuance seines Blicks, eine etwas verschwimmend-verschwommene, nur darauf zurückzuführen war oder auf die ganze, für einen Menschen wie ihn sowohl melancholie- als auch sehnsuchtsübervolle Grundstimmung (»Melancholie im September«, sagte er, das war der Schlager, den sie in den Wurlitzerorgeln beider Kasernen auch noch im Mai ununterbrochen gespielt haben), die Grundstimmung der neun Monate also, die hinter ihm lagen, ist schwer zu sagen. Die nächsten paar Male, die ich ihn sah, hatte sein Blick diese Nuance jedenfalls immer. Aber da hatte er ja auch immer dieselben Sorgen. Und wer Sorgen hat, der hat, wie nicht nur der Belesene weiß, auch Likör, beziehungsweise der braucht ihn.

Stell dir vor, sagte er beim ersten Mal – ebenso unangekündigt wie überraschend war er zu mir ins Studentenheim gekommen – stell dir vor, was passiert ist.

Etwas mit Susi?, fragte ich ernstlich beunruhigt.

Er nickte im Zeitlupentempo. Das wirkte tragisch.

Es ist nicht zu fassen. Sie hat eine Wohnung geerbt.

Nun hörte sich das ja im Grund erfreulich an. Auch wenn Susis Tante und Taufpatin hatte sterben müssen, um der Nichte diese Freude zu bereiten. Die sei aber ohnehin schon sehr alt gewesen. Im ersten Moment begriff ich nicht, was Pepi so bedrückte.

Es dauerte aber nicht lang, bis ich ihn verstand.

Jetzt sei ja auf einmal, sagte er, alles verkehrt. Er und Susi würden nicht allen Widerständen zum Trotz zusammenkommen, sondern –

Sondern was?

Von ihren Eltern genötigt.

Das war nun wirklich eine extreme Wendung. Dass Romeo und Julia auf einmal zusammenkommen sollten, ja mussten, aber auf in den Augen der Welt anständige Weise. Staatlich bewilligt und mit Gottes Segen. Weil die andernfalls (das kostete Pepi ein sliwowitzbitteres Lachen) auf unanständige Weise zusammenkämen.

Das nämlich sei der Alptraum von Susis Eltern. Die Tochter und ihr Liebhaber in der von der Tante ererbten Wohnung! In wilder Ehe! Was würden die Nachbarn sagen? Zu allem Überfluss lag die Immobilie nur zwei oder drei Wohnblocks von dem der Alten entfernt.

Was für eine absurde Situation! Wie sehr hatte sich Pepi eine Zweisamkeit mit Susi gewünscht. Das hatte er jedenfalls ihr und sich suggeriert. Und nun erschien alles, was an sich Freiheit, ja Widerspruch gewesen wäre, als Nötigung und Anpassung.

Was soll ich jetzt tun?, fragte er mich.

Was hält denn die Susi davon?, fragte ich meinerseits.

Sie sieht das Problem nicht ganz so. Weißt du, sie liebt mich.

Jaja, sagte ich, das brauchst du mir nicht zu sagen.

Sie liebt mich so sehr, dass sie auf und davon gerannt ist, wie ich das Problem als solches artikuliert hab.

Und? Was hast *du* getan?

Na, ich bin ihr nach.

Und dann?

Dann hat sie gesagt, ich liebe sie nicht.

Und? Was hast *du* gesagt?

Na, ich liebe sie *schon.*

Wie man sieht, ein Drama, bis ins wildbewegte Hin und Her des Dialogs.

Aber es steht mir nicht an, darüber zu spotten.

Es war ja wirklich ein Drama. Wie sich bald weisen sollte, auch für mich.

Wenn du mich wirklich liebst, hatte Susi klargestellt, dann …

Dann. Ja, was dann? – Ein paar Tage später hatte Pepi eine Aussprache mit Herrn Wirth.

Es freut mich zu hören, sagte der, dass Sie – die neun Monate Militär haben Ihnen anscheinend gutgetan – die Konsequenzen ziehen wollen, die sich für einen jungen Mann aus einem gewissen Nahverhältnis zu einem jungen Mädchen ergeben. Ich meine: für einen anständigen jungen Mann, für den ich Sie, wie Sie wissen, auf Grund Ihres manchmal windigen Auftretens in der Vergangenheit nicht immer gehalten habe. Aber meine Tochter hat sich's nun einmal in den Kopf gesetzt, dass Sie der Richtige sind. Obwohl ich das, ehrlich gesagt, immer noch bezweifle, haben Sie's jetzt in der Hand, ihr und vor allem uns, ihren mit Recht um ihre Zukunft besorgten Eltern, das Gegenteil zu beweisen.

Klar, ganz so gewählt wird er sich wohl in Wirklichkeit nicht ausgedrückt haben, der Herr Justizwachebeamte, dessen alltägliche Ausdrucksweise ich ja inzwischen auch kannte. Aber Pepi gab ihn so wieder, und wahrscheinlich nahm sich der ihm blühende Schwiegervater, der Feierlichkeit des Anlasses entsprechend, tatsächlich zusammen. Schließlich war er auch, sagte Pepi, entsprechend gekleidet. Wie der Vertreter eines Begräbnisinstitutes habe er aus- und im Übrigen auch dreingesehen, und ob das nun stimmte oder nicht: Dass ihn Pepi so sah, hat gewiss seine Logik.

Entsprechend verkleidet gewesen sei auch Frau Wirth. Mein Kind, habe sie gesagt, mein Kind soll glücklich werden, ich will doch nur das Glück meines Kindes. Sie wissen, Pepi, ich habe Vertrauen zu Ihnen. Aber wenn Sie mein Kind nicht glücklich, sondern unglücklich machen, dann gnade Ihnen Gott!

Dann durfte das Kind, das bis dahin draußen in der Küche warten und sich die Zeit mit Kaffeekochen hatte vertreiben müssen, ins Zimmer zurück und umarmte seinen/meinen Freund. Und die Mutter lächelte erleichtert und tupfte sich die Augen mit einem noch aus ihrer eigenen Aussteuer stammenden Taschentuch. Dann werden wir also, sagte Herr Wirth, das Aufgebot bestellen. Aber eins sag ich Ihnen gleich: Sie rasieren sich spätestens am Tag der Hochzeit. Mit einem Bart wird mir nicht geheiratet.

Pepi rasierte sich schon die Woche darauf. Da hatte er nämlich einen Termin im Rathaus. Trat an zu einer Gemeindebedienstetenaufnahmsprüfung. Und hinterließ sowohl durch seine Erscheinung (adretter junger Mann) als auch durch seine Allgemeinbildung (die zur Lösung und Beantwortung der eher simplen Aufgaben und Fragen, die ihm schriftlich und mündlich gestellt wurden, gar nicht notwendig gewesen wäre) einen ausgezeichneten Eindruck.

Somit wäre einer respektablen Zukunft in beruflicher und privater Hinsicht nichts mehr im Wege gestanden. Am 1. September sollte er seinen Dienst antreten, am 10. desselben Monats sollte die Hochzeit sein. Susi würde Kindergärtnerin werden und er (zumindest wenn es nach seiner Großmutter ging), wer weiß, vielleicht sogar Bürgermeister. Womit ich eine andere Biographie zu schreiben hätte, aber an einer ähnlichen Stelle dieses biographischen Versuchs war ich schon zweimal, und die Sterne, das Geschick, der Zufall, Gott, der Teufel oder alle miteinander wollten offenbar etwas anderes.

Oder wollte das ganz einfach Pepi?

Auch wenn er es offiziell nicht mehr eingestand (und nicht einmal sich selbst).

Ich liebe sie, sagte er zu mir, und das ist ausschlaggebend;

jetzt mach mich nicht wieder unsicher. Im Gegenteil: unterstütz mich und sei mein Trauzeuge.

Das konnte ich ihm nicht abschlagen, trotz aller Skepsis. Trotz aller gemischten Gefühle, absurden Visionen. Ja, in diesem Zusammenhang hatte sogar ich solche Anwandlungen. Als ich in die Kostümleihanstalt ging, um mir einen Hochzeitsanzug auszuborgen, war mir jedenfalls ganz mulmig.

Und war es ein Wunder? Am Abend desselben Tages, exakt um 21 Uhr 15, verließ Pepi das Haus der Familie Wirth (Wien 10, Muhrengasse 34–36) und ging vorerst wie jeden Abend die Laxenburger Straße stadteinwärts. Dann bog er, wie immer, in die Gudrunstraße ab, durchquerte, weiter wie immer, bei der Dampfgasse den Waldmüllerpark und kam auf der anderen Seite (Landgutgasse) wieder heraus, anscheinend/scheinbar immer noch auf dem Weg zu seiner elterlichen Wohnung. Noch bevor er, wie immer, den Gürtel überquert hatte, betrat er allerdings (dies die erste, verdächtige Abweichung vom alltäglichen, respektive allabendlichen Usus) eine öffentliche Telefonzelle, warf eine Münze ein, wählte, hängte jedoch den Telefonhörer nach kurzem und – wie der von Herrn Wirth beauftragte Privatdetektiv, ein gewisser Gregoritsch (Ich hab ja gewusst, sagte Pepi später, der Alte spinnt), wie dieser Gregoritsch also in seinem detaillierten Rapport anmerkte – angespannt atemlosem Horchen wieder auf die Gabel zurück. Darauf aber wählte er noch einmal, kam, nach anfänglichem Stocken, in angeregtes Plaudern, weswegen er mehrere Münzen nachwerfen und (von öffentlichen Automaten ohne Nachwahl zu verlängernde Gespräche gab es damals noch nicht) immer aufs Neue wählen musste, insgesamt dreimal, beim vierten Mal rief er sich, wie der Schnüffler fein witterte, ein Taxi. Gregoritsch, wie man sieht, ein fixer Bursche, tat, während Pepi, vor sich hin pfeifend, Ecke Gürtel wartete, ein Gleiches. Folgen Sie diesem Wagen, sagte er, wenige Sekunden nachdem Pepi beziehungsweise sein Fahrer losgebraust war, und der Chauffeur, der Kunde ist König, folgte. An der Kreuzung Kliebergasse–Wiedner Hauptstraße hätten sie Pepi wegen der allzu kurzen Grünphase verloren, aber auf der Höhe der Starhemberggasse holten sie ihn wieder ein. Die Fahrt endete auf der Linken Wienzeile, vor einem (wie ich dem Wirth-Vater, der mir den Bericht mit stets gepresster, sozusagen verbissener Stimme wiederholt vorlas, wohlweislich verschwieg) auch mir bekannten Haus, Pepi bezahlte, stieg aus und beachtete das Taxi, das ihm gefolgt war und nun ungefähr zwanzig Meter weiter hinten parkte, nicht im Geringsten. Ans Haustor kam eine Frau, dunkelhaarig, schlank, die Pepi – so der Detektiv – mit allen Zeichen intimer Vertrautheit umarmte. Diese, wie heißt sie? Inge, schnaubte Herr Wirth, diese Inge war oder ist doch so eine Art von Geheimprostituierter, nicht wahr? Bei dieser Inge verbrachte Pepi die Nacht. Während Gregoritsch, weniger gemütlich, vor dem Haus auf und ab ging und gegen drei Uhr sogar von zwei aus einem Naschmarktbeisel torkelnden Betrunkenen belästigt wurde, wofür er Herrn Wirth eine Gefahrenzulage verrechnete. Nicht allzu zeitig am Morgen, 10 Uhr 42 exakt, traten dann der Beschattete und die Person, die ihn am Vorabend in Empfang genommen hatte, wieder auf die Straße. Gregoritsch, begreiflicherweise übernächtig, schoss zwei Fotos, zwar unscharf, aber doch leidlich beweiskräftig. Eins zeigte Pepi und Inge von vorn, wie sie aus dem Haustor kamen und (so der Kommentar des Herrn Wirth) »auch noch« lachten. Das andere ertappte sie, halb abgewandt am Eingang zu einem Kaffeehaus, in dem sie anschließend frühstückten, da lag seine zwanzigfingrige Hand an ihrem Hintern.

Das reicht, konstatierte Herr Wirth. Und es reichte wirklich.

Was ist dir nur eingefallen?, beschwor ich Pepi.

Ach was, sagte er – und ich kann nicht umhin anzumerken:

stolz trotz aller Zerknirschung –, jetzt komm mir doch nicht moralisch! Das war der angemessene Abschied von einer guten alten Freundin.

Ja aber, wandte ich ein, was wird jetzt mit Susi?

Wenn du mein Freund bist, sagte er, gehst du hin und versuchst es ihr zu erklären.

Was?, fragte ich.

Na, dass ich sie liebe. Trotz allem ... Wir werden heiraten und womöglich Kinder kriegen. Na geh schon – du schaffst das!

Ach, hätte ich mich doch nicht breitschlagen lassen!

Aber ich fiel (zum wievielten Mal?) auf Pepi herein.

Ich ging hin und klingelte an der Tür, die Pepi (nach spektakulärem Hinauswurf am Vortag) verschlossen war. Und dann überstürzten sich die Ereignisse, die ohnehin schon ins Rollen geraten waren, und wuchsen mir über den Kopf.

Frau Wirth war sehr blass, Herr Wirth war sehr rot, ihre Tochter war verweint.

Einen sauberen Freund haben Sie, knurrte der Justizwachebeamte. Ich sollte ihn eigentlich abmurksen, mit diesen meinen Händen! Aber für so etwas wie den lass ich mich nicht einsperren!

Er wusste, wovon er redete. Susi schluchzte.

Entschuldigen Sie, sagte ich, darf ich nur einen Moment mit Ihrer Tochter sprechen? Ich meine, unter vier Augen?

Der Blick, den mir Herr Wirth nun zuwarf, hätte mir zu denken geben können.

Sie sind ein guter Mensch, Engelbert, sagte seine Frau. Dann verließen beide das Zimmer.

Du, Susi, sagte ich leise, der Pepi schickt mich.

Sie sagte nichts. Saß da als ein Häuflein Elend.

Er bittet dich um Verzeihung, log ich. Sie schwieg.

Er liebt dich (das war wohl die Wahrheit) trotz allem. Sie schüttelte den Kopf.

Also schau, sagte ich, diese Frau, diese Inge …

Sie erhob sich abrupt und trat ans Fenster.

Ich trat hinter sie.

Das ist etwas anderes, weißt du.

Sie schwieg noch immer.

Ich legte den Arm um sie.

Um ihre Schulter wohlgemerkt, wie ein Freund.

Da wandte sie mir ihr Gesicht zu, mit winzigen Äuglein.

Und dann (es war alles ein schreckliches Missverständnis), dann sank sie mir an die Brust, ans Herz. Und blieb, Missverständnis oder nicht, für die nächsten paar Jahre dort liegen.

Herrn und Frau Wirth war unsere Nähe, deren sie gewahr wurden, als sie ins Zimmer zurückkamen, recht. Was sage ich recht, sie begrüßten mich als Retter. Der falsche Messias, an den die Tochter geglaubt hatte, war im letzten Moment entlarvt und daher ausgefallen. Ich war zwar vielleicht kein so typischer, aber dafür der echte. Zumindest für die geplagten Eltern, zumindest in dieser Situation, mich schickte ein kleinbürgerlicher Himmel.

Denn wie wäre man dagestanden vor all den Bekannten und Verwandten, ja vor den Leuten insgesamt, hätte man die Hochzeit tatsächlich absagen müssen? So brauchte man sie bloß ein wenig zu verschieben. Dass ich nur ein Ersatzmann war, würde den meisten vermutlich nicht einmal auffallen. Und denen, die es trotzdem mitbekamen, würde man es dezent und in der Hoffnung auf Diskretion erklären. Für den Fall dennoch unvermeidlichen Tratschs würde man der Wahrheit vielleicht ein bisschen nachhelfen. Da seien zwei Freier gewesen, die sich, kein Wunder, um die Gunst der hübschen Tochter bemüht hätten. Doch letzten Endes habe sie sich für den solideren und besseren entschieden. Sie waren mir, sagte Herr Wirth, ohnehin gleich lieber.

So also reagierten Susis Eltern.

Aber Pepi – wie reagierte er?

Dass du mir das antust, sagte er dumpf, das hätte ich nicht von dir gedacht! Trotzdem schwang in seiner Stimme ein Unter- beziehungsweise Oberton von Erleichterung.

Was wirst du jetzt machen? Mit dieser Frage lieferte ich ihm ein Stichwort.

Das fragst du mich?, deklamierte er. Ausgerechnet du? – Nun, wenn ich als Trauzeuge käme, das hieße den Rollentausch zu weit treiben. Ich werde verschwinden. Ja.

Und das tat er. Gründlich.

4

Susi und ich heirateten am 10. Oktober (also einen Monat nach dem für Pepi und sie festgesetzten Termin) 1966. Dieser denkwürdige Tag steht dauerhaft eingraviert an der Innenseite meines Eherings, den ich zwar heute nicht mehr trage, aber in einer Schatulle mit anderen Andenken (etwa einer Haarlocke Susis) aufbewahre. Unser Zusammensein war von geringerer Dauer. Aber genau genommen (vor dem Gesetz und Gott: dies die chronologische Reihenfolge der folgenschweren Vertragsabschlüsse) bin ich ja immer noch mit meiner lieben Frau verheiratet.

Klar, die Versuchung war groß, sowohl vor dem Standesbeamten als auch vor dem Priester auf die übliche Frage statt wie allgemein erwartet mit Ja mit Nein zu antworten. Aber hätte ich ihr, Susi, nach all dem, was schon geschehen war, auch das noch antun können? Sie war hübsch, aber erschreckend blass in ihrem sehr weißen, eng taillierten Brautkleid. Konnte ich wollen, dass sie in Ohnmacht fiel?

Nein, das konnte ich nicht, obwohl mein Ja sowohl auf dem Standesamt als auch in der Kirche etwas verzögert kam. Gleich zweimal stülpte ich ihr den Ring über, und sie tat desgleichen an mir, obschon da – wenn ich mich nicht wohlfühle, schwellen meine Finger immer etwas an – ein gewisser Widerstand war. Das Harmonium spielte »Füglich getraut«, die Orgel »Ave Maria«, alles war sehr feierlich. Frau Wirth heulte, meine Mutter auch, aber beide weinten aus sozusagen traditionellen Gründen, nicht wissend, wie recht sie hatten.

Über dem Hochzeitsschmaus im Gasthaus »Zum lustigen

Fuhrmann« lag dann ein Hauch von Tristesse, dessen wahre Gründe mir durchaus, den anderen aber kaum bewusst waren. Eine gewisse Absenz der Braut mag man wohl damit gedeutet haben, dass der anwesende Bräutigam nicht der ursprünglich vorgesehene war, obwohl man natürlich nicht darüber sprach. Als Erklärung für Susis Stimmung traf das vermutlich auch zu, obwohl sie, in dieser Hinsicht tatsächlich Gretchen, ein ahnungsvoller Engel war. Aber die wahre, existentielle Melancholie, die sich trotz diverser Toasts und Glückwünsche sowie einer riesigen Hochzeitstorte, deren Bräutigam aus Marzipan übrigens beim Anschneiden durch die Braut aus Fleisch und Blut nicht umfiel, nein, aber traurig in sich zusammensank, die wahre, existentielle Melancholie war, dessen bin ich sicher, eine tiefere, höhere, denn der liebe Gott (ich kann nicht umhin, schon wieder Pepi zu zitieren), der liebe Gott lässt sich nicht bescheißen.

Es sei mir gestattet, an dieser Stelle etwas über meine Intentionen, die Eheschließung mit Susi betreffend, zu sagen. Denn, das muss festgestellt werden, mein Geist war ja durchaus willig. Zwar war ich zu meiner Braut oder nun, dem Buchstaben nach, schon Gattin, gekommen wie die Jungfrau – tatsächlich mein (und Pepis!) Sternzeichen – zum Kind, aber vielleicht, dachte ich, dachte es der oben erwähnten Stimmung zum Trotz, vielleicht war es ganz gut so. Ich konnte, gewissermaßen als Stellvertreter Pepis, ja möglicherweise sogar als der heimliche Sieger über ihn, ein Opfer bringen, das (es ist vielleicht nicht ganz abwegig, im Rahmen oder auch nur am Rande einer Prophetenbiographie, etwas mythisch zu reden, und außerdem fällt es mir so leichter) gewissermaßen einen Fluch von mir nehmen und postwendend einen Segen auf mich herabbeschwören würde, der mir bisher gefehlt hatte.

Um übrigens Missverständnisse zu vermeiden: So groß schien das Opfer nicht. Für Susi hatte ich bereits als Pepis Ersatzmann während der Nachhilfestunden Zuneigung, fast Zärtlichkeit empfunden. Jetzt konnte und wollte ich sie nicht auch noch im Stich lassen. Nach und nach empfand ich sogar, ich stehe nicht an, das zu sagen, Liebe für sie, wenngleich in einem anderen Sinn als dem von ihr erwarteten und wohl auch trotz allem erhofften.

Was sich leider gleich in der Hochzeitsnacht herausstellte. Zwar gelang es mir – man wird verstehen, dass ich das etwas pauschal beschreibe – nach einigen Anläufen, die Ehe im physischen Sinn zu vollziehen, aber es war zu bemerken, dass dies nicht ganz mein Fall war. Susi tat dessen, obwohl von Pepi wahrscheinlich anderes gewohnt, keine Erwähnung, was ich ihr hoch anrechne. Sie kam mir, im Gegenteil, erstaunlich verständnisvoll entgegen, bemühte sich redlich, mich auf den Geschmack zu bringen, doch blieben unsere Erfolge im ehelichen Vollzug durch all die Jahre relativ und gekennzeichnet durch eine gewisse Leidenschaftslosigkeit, die allerdings bei ihr, den Verdacht wurde ich nicht los, andere Ursachen hatte als bei mir.

Verdacht: Das war ein Problem, das unsere Beziehung zusätzlich belastete. Genötigt, eine Rolle zu spielen, die mir nicht auf den Leib geschrieben war, wusste ich natürlich, dass ich sie nur schlecht spielte, zumindest nur schlecht und recht. Das würde für Susi, die vermutlich (mit mir konnte sie das gar nicht unter Beweis stellen) eine richtige Frau war, nicht die Erfüllung sein. Sie würde versuchen, anderswo auf ihre Kosten zu kommen, früher oder später, wahrscheinlich noch eher, als ich fürchtete – wenn sie allein aus dem Haus ging, war ich eifersüchtig.

Obwohl diese Eifersucht sicher ein Widersinn war. Und obwohl mir bewusst war, dass ich meiner Frau, fairerweise, nicht zu missgönnen hatte, was ich ihr nicht bieten konnte. Aber, verdammt noch einmal, ich missgönnte mir ja auch was! Es kam vor, dass ich mich, etwa an der Uni, zu Personen meines eigenen Geschlechts hingezogen fühlte – aber ich hätte ohnehin nicht gewusst, wie man so was einfädelt.

Was blieb mir über, als mich mit Schreiben zu trösten? Tatsächlich: So lähmend meine frühen Ehejahre in vieler Hinsicht waren (auf die besonders lähmende Wirkung wiederholter schwiegerelterlicher Einmischungen will ich hier gar nicht eingehen), das Schreiben, schon früher ein Ventil, wurde mir jetzt zum Überlebensmittel. Ich schrieb immer mehr, schickte meine Arbeiten an Zeitungen und Zeitschriften, hatte erste, wenn auch bescheidene, Publikationserfolge. Übrigens ließ sich Susi gern aus meinen literarischen Versuchen vorlesen und entschlummerte, wenn das im Bett geschah, schon nach wenigen Sätzen an meiner Schulter, was uns gewisse Probleme der weiteren Abendgestaltung ersparte.

So hätte sich also ein Modus vivendi gefunden. Unterstützt von Eltern und Staat (ich bezog noch die Studienbeihilfe), richteten wir die Wohnung ein. Manchmal gingen wir ins Kino, zwei oder drei Mal sogar ins Kellertheater. Aber unsere gemeinsame Unternehmungslust hielt sich in Grenzen.

Inzwischen tat sich einiges draußen in der Welt. Wenn wir den Fernseher einschalteten, der, genau genommen, immer noch nicht ganz uns gehörte, denn wir stotterten ihn in Raten ab, bekamen wir das flüchtig mit. Amerikanische Soldaten entlaubten Wälder, verminten Flüsse in Vietnam, in Griechenland putschten die Generäle. Zwischen Israel und seinen arabischen Nachbarn begann und endete, kaum hatte man es recht kapiert, der Sechstagekrieg.

In unserem Land geschahen, so schien es, erfreulichere Dinge. Bei der Eiskunstlaufweltmeisterschaft, die wir gemeinsam mit Susis Eltern anschauen mussten, gewannen die Heimischen Gold und Silber. Im Minoritenkloster in Krems wurde eine große Ausstellung über die Gotik in Österreich eröffnet. Dort wollten wir hinfahren, aber kurz vor dem Wochenende, das wir uns für diesen Ausflug vorgenommen hatten, steckte sich Susi im Rahmen der Kindergartenausbildung mit Mumps an und musste im Bett liegen, mit einem Gesicht wie ein Backenhörnchen.

Bald darauf, kommt mir vor, besuchte der Schah Berlin, und der Student Benno Ohnesorg wurde ermordet. Doch dann fuhren wir in die Ferien, zwar nicht nach Griechenland, wie wir ursprünglich vorgehabt hatten, aber immerhin nach Jugoslawien. Und dort herrschte Friede, ich weiß nicht, ob er falsch war, wir genossen ihn jedenfalls. Und in der Pension, in der wir wohnten, gab es keinen Fernseher, und beim guten Wein und unter dem schönen Sternenhimmel konnte sogar ich romantisch werden, aber da wurde Susi auf einmal sehr müde und wollte zurück ins Quartier.

Und dann waren wir wieder daheim, und der Ernst des Lebens fing erst recht an (Susis erstes volles Kindergartenjahr, mein Probejahr in der Schule). Und in Vietnam schien es immer schlimmer zu werden, die Amis warfen Bomben auf Hanoi. Und in Bolivien hatte man Che Guevara erschossen, die Meldung kam just an unserem ersten Hochzeitstag, den wir in stiller Häuslichkeit begingen. Aber bald darauf krönte der Schah sich und Farah Diba, 15 000 Soldaten bildeten das Spalier für die Fahrt der märchenhaft kostspieligen Kutsche vom Marmorpalast zum Golestanpalast; Susis Eltern, die das zum Anlass einer außerordentlichen Heimsuchung nahmen, waren gerührt (sie) respektive beeindruckt (er), da konnte man sehen, wie anständige Feste gefeiert wurden.

Und dann feierten wir schon Silvester und stießen, auf unserem kleinen Balkon, auf das neue Jahr an. Feuerwerkskörper, geschweift wie Kometen, stiegen auf, manche zerplatzten spektakulär, manche waren Blindgänger. Wir küssten uns, aber es war kalt, und Susi fröstelte. 1968, sagte sie, an diese Jahreszahl muss man sich erst gewöhnen.

Aber dann ging alles sehr schnell, jedenfalls kommt es mir in der Erinnerung so vor. In der Tschechoslowakei wurde Dubček Parteichef, in den Vereinigten Staaten gab Robert Kennedy bekannt, dass er seinem Bruder nachfolgen wollte. Und dann wurde Martin Luther King erschossen, und dann gab es das Attentat auf Rudi Dutschke. Und dann begannen schon die Studentenproteste in Frankreich.

Nach und nach kam sogar bei uns einiges in Bewegung. Schon im Herbst hatten auch in Wien Studenten demonstriert, der Fernsehkommentar hatte sich vor allem über die dadurch verursachte Verkehrsbehinderung empört. Nun, im Frühling, gerieten wir eines Tages sogar in eine kleine Demonstration. Mir war das Gegenüber von Protestierern und vor allem Polizisten allerdings etwas unheimlich, ich nahm Susi am Arm und zog sie aus dem Gedränge.

Die ganze Zeit über sprachen wir kaum von Pepi. Abgesehen davon, dass sein Name vor Susis Eltern, die uns infolge der nachbarlichen Nähe jederzeit heimsuchen konnten, verpönt war wie der des Leibhaftigen, war er auch zwischen uns beinah tabu. So hätten wir ihn allmählich vergessen können. Es ist nur sehr zweifelhaft, ob wir das wirklich wollten.

Ich mag hier nicht masochistisch darüber spekulieren, was Susi mir wahrscheinlich verschwieg. Doch wären gewisse Analogieschlüsse sicherlich zulässig, und ich weiß, was ich von mir weiß. Zwar stimmt es, dass ich *bis auf weiteres* nichts von ihm hörte noch hören wollte (dies wohl auch aus schlechtem Gewissen). Aber ich hielt das, ich muss es gestehen, nicht durch.

Schon Anfang Dezember, also zwei Monate nach unserer Hochzeit, hatte ich bei Pepis Eltern angerufen. Beim ersten Anruf erreichte ich seinen Vater. Seine Stimme am Telefon klang erschreckend gebrechlich. Er wusste nur, dass sein Sohn im September verreist war. Wohin? Da habe er sich nicht festgelegt. Irgendwohin. Einfach weg. Ehrlich gesagt könne er das verstehen. Er habe manchmal auch diesen Wunsch gehabt. Aber jetzt sei es leider zu spät für ihn. Beim nächsten Telefonat, das war Mitte März, erreichte ich seine Mutter. Wie beim ersten Versuch telefonierte ich nicht von zu Hause, sondern von einem öffentlichen Automaten. Susi sollte ja nichts davon mitbekommen. Vor der Telefonzelle stand ein kahler Baum, aber in seiner Krone zwitscherte ein Volk von Spatzen.

Die Fröhlichkeit dieser Spatzenstimmen im Gegensatz zu Frau Prohaskas Stimme.

Ach Engelbert, seufzte sie. Wissen nicht *Sie*, wo sich der Pepi herumtreibt? Ehrlich gesagt, wir machen uns große Sorgen. Zu Weihnachten habe er eine Karte aus Istanbul geschrieben, aber seither habe er nichts mehr von sich hören lassen.

Bestimmt, sagte sie, steckt dieses Weibsbild dahinter.

Dieses Weibsbild. Natürlich. Wieso hatte ich nicht früher daran gedacht?

Vielleicht hatte Pepis Mutter ja einfach recht. Kraft weiblichen Instinkts. Vielleicht sollte ich dieser Spur folgen.

Es dauerte eine Weile, bis ich meine Scheu überwand. Aber dann, eines schon erstaunlich frühlingshaften Tags, lieferte ich mir selbst einen Vorwand. Ich ging auf den Naschmarkt, um Gewürze zu kaufen. Und dann näherte ich mich Inges Haus, jenem aufgrund seiner bunten Majolikafassade schon von weitem auffallenden Gebäude.

Zwei Möglichkeiten spukten mir dabei durch den Kopf. Erstens: Sie wäre nicht da, auch sie, was aus der Menge der Reklamezettel im Briefschlitz erschließbar sein würde, seit Monaten verreist. Zweitens: Sie wäre sehr wohl da, aber nicht allein, sondern mit ihm. Doch mir konnte sie – vorausgesetzt natürlich, dass sie überhaupt vom Bett aufstand und die Türe öffnete – nichts vormachen.

Tatsächlich, die Möglichkeit, dass Pepi, der Schlawiner, sich hier, in Wien, oder dort, in Istanbul, mit seiner Lilith vergnügte, schien mir, während ich im Aufzug zu ihrer Wohnung hinauffuhr und erregt am Rosmarin schnüffelte, den ich an einem türkischen Marktstand gekauft hatte, immer wahrscheinlicher. Und das, während uns wir, seine Familie, seine unversehens zu meiner Frau gewordene Exbraut und nicht zuletzt ich, sein von Anfang an durch die Beziehung zu ihm geschädigter Freund, um ihn sorgten und grämten! Na warte, dachte ich, ohne mir darüber klar zu sein, worauf er denn eigentlich warten sollte, na warte, wenn das wahr ist! Im Türschlitz steckten keine Reklamezettel, aha, dachte ich, nun fast sicher, ihn in flagranti zu erwischen, und klingelte wie ein Gerichtsvollzieher.

Sie, Inge, öffnete überraschend prompt. Als sie mich, mit einem Atemzug Verzögerung, erkannte, stieß sie ein spitzes Lachen aus, das mich gleichzeitig verwirrte und verletzte.

Na so was, sagte sie, du! Also komm schon herein! Was ist denn? Was schaust du denn so? Na geh schon weiter!

Tatsächlich warf ich, bevor ich mich im Erkerzimmer, in das sie mich lotste, hinsetzte, einen Blick ins Nebenzimmer.

Willst du was trinken?, fragte sie.

Nein danke, sagte ich. Wo ist der Pepi?

Der Tonfall der Frage geriet mir etwas zu scharf.

Na hör einmal, sagte sie. Engerl! Was sind das für Töne?

Dass sie mich Engerl nannte, verschlug mir die Rede.

Also pass auf, sagte sie und schenkte sich selbst ein Glas Cognac ein, ich hab deinen Pepi seit einem halben Jahr nicht gesehn. Seit sieben Monaten genau genommen. Aber ich hab gedacht, er ist glücklich verheiratet?

Jetzt nahm auch ich einen Cognac. Du meinst, du weißt nicht …?

Was soll ich denn wissen?, fragte sie. Klappt's nicht? Geht's schief?

Als du vorhin gelacht hast, sagte ich, hab ich geglaubt, du weißt alles.

Entschuldige, sagte sie, aber ich weiß überhaupt nichts.

Die nächste Stunde verging damit, dass ich ihr erzählte, was geschehen war, seit Pepi sich damals, am Morgen, von ihr getrennt hatte. Sie schüttelte nur den Kopf und lachte nicht mehr. Im Gegenteil hatte sie – allerdings aufgrund eines Vorwissens, das andere nicht hatten – Verständnis für meine fatale Situation. Da bist du ja, sagte sie mitfühlend, in ein schönes Schlamassel geraten!

Nachdem ich mein Herz ausgeschüttet und mir zwei weitere Cognacs eingeschenkt hatte, fühlte ich mich bei ihr beinahe geborgen.

Wenn du dich entspannen willst, lächelte sie, können wir uns auch ein bisschen hinlegen. Ich meine rein platonisch.

Da musste ich vorsichtshalber denn doch nach Hause.

Na gut, sagte sie. Wie du glaubst. Aber wegen Pepi würd ich mir an deiner Stelle keine grauen Haare wachsen lassen: Unkraut verdirbt nicht.

Einen weiteren Monat später traf ich Pepis Großmutter. Zufällig. Auf der Straße. Sie hatte sich kaum verändert.

Grüß Gott, Frau Prohaska, sagte ich, kennen Sie mich noch?

Warten Sie, sagte sie. Ich hab die Fernbrille auf. Ich muss Sie durch die Nahbrille betrachten.

Nein, junger Mann, sagte sie, nachdem sie eine Weile in ihrer

Handtasche gekramt und die Nahbrille endlich gefunden hatte, nicht, dass ich wüsste.

Aber ich bin der Engelbert!, sagte ich.

Ah ja, sagte sie. Der Engelhart. Hübsch und groß sind Sie geworden. Kommen Sie, Engelhart. Ich bin gerade auf dem Weg ins Kaffeehaus. Wenn Sie wollen, dürfen Sie mich begleiten.

Im Kaffeehaus hatte sie einen Stammplatz.

Sehen Sie, sagte sie, während ich ihr aus dem Mantel half, hier sitze ich jeden Nachmittag ... Was soll eine alte Frau wie ich denn schon machen? Überhaupt seit mich der Pepi verlassen hat. Früher hat er mich manchmal besucht, aber jetzt ...

Wo ist er? Was treibt er? Wissen Sie etwas von ihm?

Ob ich etwas von ihm weiß?, sagte sie fast empört. Was für eine Frage! Wer soll denn was von ihm wissen, wenn nicht seine Großmutter?

Darauf hätte ich allerdings schon früher kommen können.

Ja und?, sagte ich etwas zu rasch. Wo hält er sich versteckt?

Gemach, gemach, sagte sie, und ein gewisses Glitzern in ihren Augen erinnerte mich an *ihn.* Was trinken Sie? Eine Melange? Und was nehmen Sie als Zubiss? Nehmen Sie eine Brioche oder lieber einen Punschkrapfen?

Also hören Sie, sagte sie schließlich und winkte mich näher. Der Pepi, Sie werden's nicht glauben, ist in Paris!

Das glaubte ich damals wirklich nicht. Paris oder Istanbul, dachte ich. Entweder oder. – Aber bei Pepi, das sollte ich noch mehrere Male erfahren, hieß es meistens sowohl als auch.

Und was macht er dort?, fragte ich eher skeptisch.

Na, was wird er machen? Paris! Paris!, sagte die Großmutter. Ein Traum von einer Stadt! Wissen Sie, ich war als junges Mädel dort. Als er mir gesagt hat, dass er nach Paris will, hab ich mich überreden lassen, für ihn mein Sparbuch aufzulösen.

Mein Gott, Pepi! Er schreckte vor nichts zurück!

Wenn man jung ist, sagte die Großmutter, muss man die Welt sehen, nicht wahr? Und Paris, da hat er ja recht, besonders.

Hat er Ihnen geschrieben?, fragte ich.

Ei freilich, sagte sie, das hat er!

Sie begann in ihrer Tasche zu kramen.

Eine Karte mit so einer Cancantänzerin … Ich hätte allerdings lieber den Eiffelturm gehabt … Warten Sie, wo hab ich sie bloß?

Wir trennten uns, ohne dass sie die Karte gefunden hätte.

Wie und wo Pepi diese Zeit wirklich verbracht hat, habe ich erst später zum Teil von ihm selbst erfahren, zum Teil im Zuge meiner Recherchen zu diesem Buch rekonstruiert. Ich gebe es hier mit gebührendem Vorbehalt wieder. Nachweisbar ist, dass er im Herbst 1967 eine Weile in der Türkei war. Ich habe einen Informanten gefunden, der ihn dort kennenlernte und in seinem Auto eine Strecke des Weges mitnahm.

Es handelt sich um einen gewissen Gert Gerngroß aus Dortmund. Der war damals Mitte zwanzig und wollte nach Indien. Nach dem Abitur habe er in einer Bank zu arbeiten begonnen. Doch nach zwei, drei Jahren hinter dem Schalter sei ihm immer häufiger die Frage in den Sinn gekommen, ob er das sein Leben lang machen wolle, und die Antwort sei jedes Mal nein gewesen.

Im Sommer 1967 jedenfalls habe es ihm gereicht. Er habe seinen Bausparvertrag aufgelöst und habe sich einen alten Opel Caravan gekauft. Hinten habe er Decken und Kissen hineingelegt, ein paar Stücke Blechgeschirr und einen dreibeinigen Kocher plus Gasflasche habe er auch erstanden. Das Geld, das ihm nach diesen Anschaffungen übrig geblieben sei, habe er zum kleineren Teil in einen sogenannten Geldgürtel gesteckt, doppelt aus Leder gearbeitet mit einem Zippverschluss an der Innenseite, zum größeren aber in die Stulpen seiner Jeans eingenäht, die eine Hälfte links, die andere rechts.

So sei er losgefahren, sein Ziel Indien vor Augen. An den Ländern auf dem Weg dahin hatte er vorerst wenig Interesse. Mit Österreich, das er von langweiligen Ferienaufenthalten mit seinen Eltern kannte, hielt er sich nicht auf, ein paar mehr oder minder hohe Berge, manche auch im Sommer noch schneebedeckt, na und wenn schon. Von Jugoslawien hatte er nur die schreckliche »Autoput« in Erinnerung, die er vor allem bei Nacht hinter sich brachte.

Durch den Norden Griechenlands wollte er schon wegen der Obristen rasch, denn denen, so hieß es, waren Typen wie er alles andere als willkommen, und gewissen Gerüchten zufolge hatten sie ihre Zöllner angewiesen, ihnen Haare und Bart zu scheren. So wild war es dann denn doch nicht, sei es, weil die Zöllner, die er erwischte, trotz des bösen Regimes gutartig waren, sei es, weil sie kein besonderes Vergnügen daran fanden, Friseure zu spielen. Oder weil seine Haare und sein Bart noch nicht lang genug waren. Er ließ sie ja erst wachsen, seit er bei der Bank gekündigt hatte, und das war damals gerade zwei Wochen her.

Doch dann die Türkei. Das war schon ein anderes Land. Zwar stellte er sich Indien noch viel besser vor, aber die Türkei hatte damals etwas recht Alternatives. Überhaupt Istanbul. Ja, das war schon was. Besonders die Gegend um den Sultan-Achmed-Platz gefiel ihm, und der sogenannte Puddingshop war der Treffpunkt der Traumwandler.

Dort fühlte sich einer wie er unter seinesgleichen. Stimmt, er war noch nicht ganz so, wie ihm die meisten hier vorkamen, aber er gab sich Mühe, auf ihr Niveau zu kommen. Dabei halfen ihm der rote Libanese und der schwarze Afghane, die man dort günstig und ohne große Bedenken erwerben konnte. Er rauchte sich im wahrsten Sinn des Wortes ein, versuchte sich hier, an der ersten Station seiner Morgenlandfahrt, gewissermaßen einzuüben in eine Existenzform, in der ihn andere schon mittendrin dünkten.

Diese Freaks mit dem glasigen Blick und der schläfrigen Sprache – nein, so empfand er das damals nicht. Unter diesen Leuten, Fahrenden, Gauklern, Pilgern in einem uralten und ganz neuen Sinn, herrschte ganz einfach ein anderes Feeling als unter den Bankangestellten in Dortmund. Eine, so erlebte er das, ja, eine heitere Gelassenheit. Pepi erschien ihm da »total authentisch«.

Obwohl der ja auch erst seit kurzem da war, per Autostopp angereist. So wie ihn Gert beschrieb, war ihm rein äußerlich absolut nichts mehr davon anzusehen, dass er noch wenige Wochen davor beinah mit Anzug und Krawatte aufs Standesamt gegangen und vor den Traualtar getreten wäre. Er erschien vielmehr als der ideale Begleiter für einen Trip, der ja noch wesentlich weiter führen sollte. Manchmal gewahrte Gert im Traum die Südspitze Indiens, ein in der Sonne fast wie ein Edelstein glitzernder Felsen zwischen zwei nur von sanften, heiter gelassenen Menschen bevölkerten Sandstränden, die in schönen, weiten Bögen zu diesem Felsen hinführten, er hatte keine Ahnung, ob es dort wirklich so aussah, aber das war das Kap seiner guten Hoffnung.

So nahm er ihn also mit, der naive Gert den scheinbar erfahrenen Pepi. Der ihn immerhin daran hinderte, jedem Polizisten ein Säckchen Gras oder ein Stück Shit abzukaufen. Dazu brauchte er keine Erfahrung, sagte Pepi später, sondern nur ein bisschen Gespür oder Instinkt. Dieser Gert war einfach ein unglaublich vertrauensseliges Kind.

Manchmal sei er ihm zwar auf die Nerven gegangen, und er

habe sich gefragt, wie er das bis Indien aushalten solle. Aber andererseits habe ihm der brav zugehört, wenn er erzählt habe, und auf der Reise, die sie vorerst an die Südküste der Türkei geführt habe, was zwar in Hinblick auf Gerts Ziel ein Umweg war, aber ein wunderschöner, auf dieser Fahrt sei ihm ja viel eingefallen. Er habe ihm einfach alles Mögliche erzählt, was er so erlebt und gelesen habe. Oder gelesen und erlebt. Manchmal habe er diese beiden Ebenen wohl auch ein wenig vermischt.

Vor allem, so Gert, habe ihm der Typ von seiner verlorenen Liebe erzählt. Von einem Mädel in Wien, das ihm von seinem besten Freund ausgespannt worden sei. Eine traurige Geschichte. Seit damals sei er auf Reisen. Aber das schien schon recht lang zurückzuliegen.

Die Reise der beiden endete jedenfalls viel früher als geplant. Oder genauer gesagt: Sie erreichte viel früher einen Wendepunkt. Sie kamen nur bis Kayseri in Zentralanatolien. Dort nämlich, das heißt ein paar Kilometer davor, gab der Motor des guten alten Caravan ein immer unwilliger klingendes Geräusch von sich, und es war ein Glück, dass sich entlang der Einfahrtsstraße in die angeblich nach Caesar benannte Stadt eine Autoreparaturwerkstätte an die andere reihte. Ein Werkstättenbasar sozusagen, voll von sehr gutwilligen und improvisationsfähigen Mechanikern. Von denen einige Gerts doch schon recht altersschwaches Auto zerlegten und wieder zusammensetzten. Sehr freundliche Menschen, die zwischendurch Obst anboten, dem Gert tüchtig zusprach, ohne es vorher am Brunnen zu waschen, so war er nun einmal. Und prompt ein Problem mit seiner Verdauung bekam, das ihm eine Woche zu schaffen machte, in der er das Bett eines kleinen, durch ein Erdbeben verwackelten Hotels hütete, wenn er nicht auf dem Abort saß, das heißt, von sitzen konnte dort eigentlich nicht die Rede sein.

Jedenfalls fühlte sich Gert danach recht geschwächt und

hatte das dringende Bedürfnis, sich mit Bier zu stärken. Ein Bedürfnis, das in jener Weltgegend nicht so recht am Platz war. Das Bier, das es dort gab, schmeckte ihm nicht, meist war es auch warm und schal. Er bekam eine immer größere Sehnsucht nach dem guten Dortmunder Actien-Bier, eine Sehnsucht, die dann so unwiderstehlich wurde, dass er sich entschloss, umzukehren und Indien ein anderes Mal zu besuchen, was er, erzählte er, dann später auch gemacht habe, mit seiner Frau, Flug hin und zurück, dazwischen zehn Tage mit Bus und Bahn, heiß, stinkend, beim Aus- und Einsteigen von Bettlern angefallen, in den Hotels mit ihren irrwitzigen Klimaanlagen ständig verkühlt; mit einem Wort: Es sei ein Alptraum gewesen.

Aber zurück in den Herbst oder Winter des Jahres 1967. Es war gut, dass sie umkehrten, über Anatolien fegten nämlich die Schneestürme. Mit so etwas hatte er nicht gerechnet, er war wirklich naiv. Pepi gefiel die Türkei unter diesen Umständen auch nicht mehr so besonders. Zwar verbrachten sie noch einige Tage in Istanbul. Das waren offenbar die Tage, in denen mein Freund die Weihnachtskarte an seine Eltern schrieb. Dann aber ging es rasch westwärts, mit nur zwei oder drei Zwischenstopps. Überraschenderweise wollte Pepi nicht in Wien bleiben.

Nein, habe er gesagt, er habe hier kein Rendezvous. Also habe ihn Gert nach Deutschland mitgenommen. Aus irgendeinem Grund machten sie dann noch in Düsseldorf Station. Und dort – so Gerd – sei ihm Pepi abhandengekommen.

Und zwar in einem Lokal namens »Sassafras«. Dort habe ihn, so Gerngroß, irgend so'n Mädchen angemacht und in eine WG verschleppt. Was, als Prophet habe sich der später ausgegeben? Gerngroß, den ich in einem Schnellimbiss in der Dortmunder Fußgängerzone traf, gleich gegenüber der Versicherungsgesellschaft, für die er nun schon seit Jahren arbeitete, hatte von Pepis späterer Karriere nichts gehört.

Wie das Mädchen geheißen habe? Wo die Wohngemeinschaft gewesen sei? Nein, tut mir leid, sagte Gerngroß, keine Ahnung. Er sei ja dann weiter nach Dortmund und heim zu Muttern. Er hatte nur noch das Bild in Erinnerung, wie Pepi, den rechten Arm um die Hüfte der Göre gelegt, sich mit einem Blick wie Fritz The Cat nach ihm umschaute und ihm mit der rechten Pfote winkte.

Was die WG und das Mädchen betraf, so haben auch meine Nachforschungen im »Sassafras« kein Ergebnis gebracht. Die meisten, die heute dort herumsitzen, waren ja damals noch nicht oder kaum bewusst auf der Welt. Die fühlten sich eher genervt durch so alte Geschichten. Über Pepis Düsseldorfer Aufenthalt kann ich also nur pauschal (und auf der Basis von Pepis eigener Erzählung) berichten.

Kam er darauf zu sprechen, so nannte er das Mädchen Lorelei. Sie habe sehr schöne, lange Haare gehabt. Auf einem Felsen sei sie nicht gesessen, wenn sie sich gekämmt habe, aber auf dem Bett, in dem sie sich vorher mit ihm vergnügt habe, nicht ungern. Eine gewisse Ähnlichkeit mit der ihre Zehennägel lackierenden Inge dürfte hier nicht nur mir auffallen. Ein Archetypus sozusagen. Das gab Pepi ohne weiteres zu. Aber, sagte er, den evoziere ja auch Heine. Eben. Und schließlich und endlich war er nun in Düsseldorf. Der Herkunftsstadt des Dichters, dem er sich schon früher fast verwandtschaftlich verbunden gefühlt habe. So also Pepi, in aller Bescheidenheit. Dort in der WG habe es übrigens eine feine Heine-Ausgabe gegeben. Die Wohnung gehörte ja den Eltern eines der Studenten, die dort ihr Lager aufgeschlagen hatten. Aber die (einmal sprach er von einem Ärzteehepaar, ein anderes Mal war der Vater Anwalt und die Mutter Chefin einer Drogeriekette), diese beiden ebenso aufgeklärten wie großzügigen Menschen hatten sich auf ihr Altenteil entweder am Starnberger oder am Gardasee zurückgezogen.

Nun lebten in ihrer Fünfzimmerwohnung sieben oder acht Leute. Nicht, dass nicht genug Platz für alle gewesen wäre, aber eigentlich, dachte Pepi manchmal, sei das schade gewesen. Er hätte die meisten von denen nicht wirklich gebraucht. Genau genommen wäre er mit Lorelei und Heine ausgekommen. Das war ihm offenbar anzumerken, denn ungefähr das warfen ihm die kritischen Mitbewohner, die auf allabendliche Grundsatzgespräche Wert legten, schon nach wenigen Tagen vor. 1.) Unerwünschte Fixierung auf eine bestimmte Person und 2.) mangelnde Beteilung an den von ihnen betriebenen politischen Aktionen. Pepis Einwand, dass die Lektüre Heines, obschon eine Passion, doch auch (und wie!) politisch sei, ließen sie nur bedingt gelten. Es sei schon richtig, dass Heine nicht nur ein poetischer, sondern auch ein politischer Kopf gewesen sei, aber mit der Revolution, die man in dieser Runde gern im Munde führte, also mit der Revolution habe dieses verwöhnte Bürgersöhnchen doch in Wirklichkeit nur kokettiert.

Um Aktionen ginge es also, so viel war damit klargestellt. Daraufhin schrieb Pepi, schon Lorelei zuliebe, einen Flugblatttext gegen den Konsumterror. Der nannte sich »Magisches Quadrat«, konjugierte die Verben einkaufen und verkaufen von oben nach unten, von links nach rechts sowie kreuz und quer und verwirrte, anlässlich einer generalstabsmäßig geplanten Warenhausbesetzung, die ihn simultan vortragenden Kommunarden selbst noch mehr als die Konsumidioten. Die Aktion endete wegen der in der Folge einsetzenden, allseitigen Ratlosigkeit vorzeitig.

Der darauf folgende Katzenjammer trug nicht gerade zur Stärkung von Pepis Position in der Kommune bei. Sein spielerischer Umgang mit ernsthaften Problemen, so wurde analysiert, sei im Grunde reaktionär. Außerdem gab es (ein Rückfall in bürgerliches Besitzdenken) Szenen zwischen Lorelei und einer gewissen Beate. Eines Morgens, als noch alle schliefen, verließ Pepi die gruppeneheliche Wohnung, bevor man ihn hinauswarf.

Wohin sich wenden? Nach Heine hatte er Bloch gelesen. Der faszinierte ihn (sic!) als prophetischer eher denn als politischer Denker. Ich will mich hier nicht auf die Frage einlassen, inwiefern prophetisches und politisches Denken einander ausschließen oder bedingen. Wie dem auch sei, Pepi löste auf dem Düsseldorfer Bahnhof eine Fahrkarte nach Tübingen und fuhr, erfüllt vom »Prinzip Hoffnung«, geradewegs dorthin.

In Tübingen blieb er angeblich zwei Semester. In den Inskriptionslisten der dortigen Universität habe ich seinen Namen zwar nicht gefunden, aber es ist möglich, dass er, ohne sich offiziell zu inskribieren, Blochs Vorlesungen besuchte. Der war (so Pepi) »ein gütiger, weiser Uhu«. Da er jedoch (damals immerhin schon über achtzig) bereits sehr kurzsichtig gewesen sei, habe er den zu seinen Füßen sitzenden potentiellen Lieblingsjünger nicht wahrgenommen.

War also Pepi letztlich enttäuscht von Bloch? Zog er sich deshalb immer mehr in sein Untermietzimmer in der Nähe des Hölderlinturms zurück, oder entsprach dieser Rückzug im Sinne eines sozusagen natürlichen Wechsels von Auswärts- und Einwärtsphasen ganz einfach seinem Wesen? Nach früheren und vor allem späteren Erfahrungen mit ihm bin ich eher geneigt, Letzteres zu glauben, wenngleich das Einsetzen dieser Phasen sicher meist durch äußere Anlässe bedingt war. Der Einfluss Blochs auf ein mit November 67 datiertes Fragment, das ich in Pepis nachgelassenem Koffer gefunden habe, ist jedenfalls nicht zu leugnen:

Ich schaff euch nach meinem Ebenbild, spricht der HErr, also werdet mir nicht wie unsereiner.

Als meine Kinder liebe ich euch, also seid mir nicht eigenwillig.

Von allen Früchten dieses Gartens dürft ihr essen, es sei denn, sie sind in Privatbesitz.

Benehmt euch wie freie Menschen, spricht der HErr, Zuwiderhandelnde werden bestraft //

Na seht ihr, das habt ihr davon, wenn ihr nicht pariert.

Jetzt hab ich euch leider austreiben müssen (Betreten der paradiesischen Grünanlagen verboten).

Im Schweiß eures Angesichtes & unter Schmerzen sollt ihr.

Ob ihr euch unter diesen Umständen lieben könnt, ist mir wurscht, aber vermehrt euch gefälligst //

Na also, jetzt macht euch einander untertan.

Verwaltet einander. Auch im Himmel gibt es eine Hierarchie.

Wen *ich* protegiere, also bitte, das ist *meine* Sache.

Wer, spricht der HErr, hat zu reden, wenn er nicht gefragt ist? //

Ihr seid doch nicht Zweck, sondern Mittel, funktioniert!

Wem das nicht passt, der bekommt einen Aktenvermerk.

Wenn diese Renitenz überhandnimmt, kann ich noch ganz andere Saiten aufziehen!

Na bitte. Ihr habt es so gewollt. Jetzt verschlechtert sich die Großwetterlage …

Das Fragment ist mit dem schwer leserlichen Wort »Heils-Geschichte« überschrieben. Offenbar nachträglich davorgesetzt ist die Silbe »Un-«, sodass man statt Heilsgeschichte Unheilsgeschichte lesen müsste, doch hat Pepi dieses sarkastische Präfix wieder gestrichen. Was auf die hier zitierten Passagen folgt, spielt an (Bibelfeste, die allerdings meiner Erfahrung nach immer dünner gesät sind, werden es schon gewärtigen) auf die Sintflut (Na schön, spricht der Herr; ich hoffe, jetzt habt ihr die Nase voll.) und den Turmbau zu Babel (Ich mag keine Wünsche, die in den Himmel wachsen.) Damit wir uns klar sind, spricht der Herr, oben & unten muss blei-

Hiemit bricht das Fragment ab.

Ob Pepi, um endlich wieder zum Ausgangspunkt dieses Exkurses zurückzukommen, nach seinen Gastspielen in Düsseldorf und Tübingen tatsächlich in Paris war, ist nicht ganz sicher. Zwar hat er manchmal, besonders in alkoholisiertem Zustand, davon gefaselt, dass er damals, im Mai 68, in einem Bistro in Nanterre mit Cohn-Bendit Absinth getrunken habe, aber erstens habe ich in Nanterre, zumindest in der Cité Universitaire, kein Bistro gefunden, das diesen anheimelnden Namen verdient, und zweitens bezweifle ich, dass der Rote Dany, den ich lieber nicht persönlich nach Pepi gefragt habe, diesem grünen Gift überhaupt zusprach. Und dann wurde Cohn-Bendit ja bekanntlich aus Frankreich ausgewiesen. Und auch anderswo machten die Herrschaften, die einen Weltmoment lang vor Schreck gelähmt gewirkt hatten, Schluss mit dem Spuk, da und dort war ein Fenster aufgegangen, jetzt hatten die Hausmeister es wieder zugeschlagen, kaum hatte es angefangen, war das Jahr 1968 auch schon wieder vorbei.

Die Karte aus Paris aber dürfte doch nicht nur in der Phantasie der Großmutter existiert haben. Wahrscheinlich ist Pepi dort vorbeigekommen. Dass er länger dortgeblieben ist, bezweifle ich allerdings. Er hätte sonst sicherlich mehr davon erzählt. Wahrscheinlich war ihm Paris ganz einfach zu teuer. In Frankreich aber scheint er geblieben zu sein. Überwintert hat er wahrscheinlich im Süden. Im Juni 69 jedenfalls bekam ich folgenden Brief:

Béziers, am 17. 6. im Jahr Minus 1

Lieber Engelbert! Friede und Freude über Dich.

Zwischen uns sei kein Zwist! Ich bin Dir nicht böse und hoffe, auch Du bist mir's nicht mehr.

Hier am Meeresstrand sitzend, das Auf- und Ab-Rollen der Wellen betrachtend, bin ich Dir näher, als Du glaubst.

Nach gewissen Irrfahrten und nachdem mir das Geld ausgegangen ist, bin ich als Deutschlehrer am hiesigen Lycée gelandet. Meine Französischkenntnisse waren – hab ich mich doch nicht umsonst mit dem alten Malthus geärgert – ausreichend und haben sich, seitdem ich da bin, entscheidend verbessert. Als Maître d'allemand nun hab ich das Recht, mir diverse Zeitungen und Zeitschriften schicken zu lassen. So bin ich auf Deine »Fluchtversuche« gestoßen.

Na so was, Bertl – das hätt ich Dir gar nicht zugetraut! Nein, Spaß beiseite: Ich war ja direkt beeindruckt. So sehr, dass ich das Heft, in dem Du publiziert bist, hierher an meine intime Stelle – so nenne ich meinen Lieblingsplatz am Meerbusen – mitgenommen habe. Da ist es schön und fast ganz Natur (der Dreck aus Marseille und Montpellier staut sich weiter oben). Also ich sitze und lese und denke an Grillparzer und Dich. Das Land der Griechen oder auch den prädiluvialen Abbruch an der südlichen Wiener Peripherie mit der Seele suchend. Erinnerst Du Dich unseres Spaziergangs damals? Und ob Du Dich erinnerst! Vermutlich wär es Dir, nicht wahr?, lieber, ich dächte an Dich und Kafka, doch ich hab nun einmal meine ganz speziellen Assoziationen, und das mit dem Land der Griechen, ich weiß, ist außerdem von Goethe.

Aber was soll's? Die klassische Bildung, das merk ich auch hier an der Schule, liegt ohnehin im Argen. Man hat ja auch anderes in den Köpfen in Zeiten wie diesen. Seit de Gaulle die

Chienlits (so: Bettscheißer, nennt er die Jugendlichen aller Altersklassen, die ihn im Vorjahr beinah ins Exil geschickt hätten) mit seinen Panzern wieder an die Schulen und Universitäten zurückgetrieben hat, ist die aufmüpfige Euphorie, die, soweit ich das beurteilen kann, das halbe Land angesteckt hat, in Lethargie oder Verzweiflung umgeschlagen. Und Letztere, die Verzweiflung, breitet sich aus.

Die Selbstverbrennung Jan Palachs als Spätfolge des russischen Einmarsches in die Tschechoslowakei hat in Frankreich einen ebenso starken wie deprimierenden Eindruck hinterlassen. Vielleicht, weil er, wie die meisten vom hiesigen Protest Bewegten, Student war, vielleicht, weil man überhaupt viele Parallelen zieht zwischen dem Pariser Mai und dem Prager Frühling, zwischen dem da und dort nun, seit sowohl der Kapitalismus als auch der Kommunismus wieder ihr wahres, also unmenschliches Gesicht zeigen, permanent herrschenden Herbst. Wie ist das bei Euch, ich meine bei uns? – Wenn ich die mir zugänglichen, österreichischen Zeitungen lese, habe ich den Eindruck, dass man, obwohl bestimmten Grenzen viel näher, seinesgleichen geschehen lässt nach dem Motto: Wenn der Herrgott net will, nutzt des gar nix. Hier, bei mir (nein, Gott sei Dank nicht an meinem Lycée, aber immerhin am benachbarten), hat sich vor einigen Wochen ein Schüler ebenfalls mit Benzin übergossen und verbrannt – das verfolgt mich bis in meine Alpträume.

Aber genug von alldem und zurück zu Dir. Deine »Fluchtversuche«, die mir ja – ich hoffe, dieser Versuch, sie einzuordnen, geht Dir nicht ganz gegen den Strich –, obwohl auf sehr existenzphilosophisch-sprachkritische Weise, auch mit den eben erwähnten Ereignissen zu tun zu haben scheinen, haben mir wie gesagt imponiert. Andererseits: wenn (und wie sollten sie nicht?) diese Texte nicht nur objektiv, sondern auch subjektiv deutbar sind: Wovon fühlst DU Dich eingesperrt und wovor willst DU davon? Ganz so schlimm wird es doch nicht stehen, oder? Wie geht es übrigens Susi? Habt Ihr am End schon ein Kind?

Insbesondere angesichts größerer Probleme scheint mir das oder Ähnliches, verzeih, wenn ich Dir das so direkt sage, kein Grund, alles so schicksalhaft zu sehen. Ich meine: dass Dein Held, wenigstens von »dort« nach »da« davongekommen, erst recht, fast bin ich versucht zu sagen, justament keinen Ausweg findet und sich (vorausgesetzt, ich interpretiere richtig), ständig im Kreis gehend, gewissermaßen als moderner Hamlet von des Gedankens Blässe angekränkelt, zu Tode zögert, daran ist er vielleicht auch selber schuld. Möglicherweise liebt er sich selbst zu wenig. Und wenn Du *mich* fragst (aber ich fürchte, Du fragst mich gar nicht), ist das schon gar kein Grund (oder hab ich den vorletzten Abschnitt total missverstanden?), gewissermaßen geistig achselzuckend am bösen lieben Gott zu zweifeln.

Denn wer weiß, was er mit uns vorhat, der Alte. Unlängst, eben hier am Strand, spazieren gehend, ist mir diese Geschichte von Augustinus eingefallen, Du als ehemaliger Priesterseminarist wirst sie besser kennen als ich. Wie er (auch er) am Strand spazieren geht und ein Kind sieht, das, absurderweise, das Meer in ein Sandgrübchen schöpfen will. Und er sagt ihm: Das kannst du doch nicht, und es antwortet: Siehst du, ebenso wenig wie *ich* das Meer in dieses kleine Loch kannst *du* das Geheimnis der Trinität in deinen kleinen Geist fassen. Ein außergewöhnlich gescheites Kind, so was trifft man heute selten. Aber Sarkasmus beiseite, die Story gefällt mir. Nicht, dass mich das Problem der Trinität quält, diesen Scherz – entschuldige den Freud'schen Verschreiber – diesen Schmerz teile ich nicht mit Augustinus. Aber was Gott will, ich meine mit der Geschichte, unserer persönlichen sowohl wie der allgemeinen, würde mich nach wie vor (jetzt erst recht) interessieren, und ich finde, man sollte ihn – mit der gebührenden Respektlosigkeit – immer wieder fragen.

Übrigens kommt mir hier nicht nur Augustinus in den Sinn. Sondern – Du kennst meine alten Leidenschaften – z. B. auch Brigitte Bardot. Wenn ich daran denke, dass ich nur 40 km mit dem Bus fahren müsste, um sie, die zumindest Saint-Tropez treu geblieben ist, zu treffen! Aber ich zweifle, ehrlich gesagt, daran, dass Gott ausgerechnet das mit mir vorhat.

Wenn ich, was ich gern tue, auf die Hügel im Hinterland steige, denke ich, so ganz genau muss man's mit den historisch-geographischen Verhältnissen nicht nehmen, auch oft an Van Gogh. Das ist der Grund, warum ich hier nicht zu malen anfange: *Er* war schon da. Na ja, und ein schlechter Maler ist schon mein Vater. Grüß Dich und grüß mir (wenn's geht) die Susi von

Pepi.

Im P. S. stand Pepis genaue Adresse nebst der koketten Aufforderung, ihm nur zurückzuschreiben, wenn ich wirklich wolle. Nun, ebendas wusste ich nicht, und es würde mich wundern, wenn Pepi *das* nicht wusste. So schaffte er es, kaum dass er wieder, obschon nur brieflich, in meinem Leben aufgetaucht war, mir Kopfzerbrechen zu verursachen. Und das Wort »Kopfzerbrechen« trifft nur die halbe Wahrheit.

Zurückschreiben oder nicht zurückschreiben – dieses Problem lastete von dem Moment an, in dem ich die zwei Briefpapierbögen mit seiner nach unten, aber auch oben ausschwingenden, vielleicht sollte ich mich getrauen, zu sagen: ausschweifenden Handschrift weggelegt hatte, auf meiner Seele. Übrigens gelang es mir gar nicht, den Brief wirklich wegzulegen, tagelang holte ich ihn immer wieder aus der Schreibtischlade hervor, um ihn neuerlich zu lesen. Zuerst – ich hatte die Post am Tage ihres Empfangs in Abwesenheit Susis aus dem Hausbriefkasten genommen – hütete ich dieses Geheimnis vor meiner Frau. Als ich sie jedoch, unsicheren Herzens, denn wie sollte ich ihre Reaktion darauf abschätzen, einweihte, wurde mir auch nicht leichter.

Sie las, mit stummen Lippen buchstabierend, sagte lang kein Wort. Dann stand sie auf, ging ins Badezimmer, kam wieder zurück. Doch, sagte sie schließlich, du kannst mich grüßen von ihm. Und schickte sich schweigend an, unser Bett zu machen.

Zurückschreiben oder nicht zurückschreiben, das blieb also weiterhin die Frage. Ein paarmal setzte ich mich hin und versuchte Ersteres, aber es ging nicht. Lieber Pepi! Nein: Pepi! Geschätzter Pepi! – Darüber vergingen Monate. Und dann klingelte es eines Tages an der Tür.

Draußen stand, man kann es sich denken, P. P. Doch kann man sich denken, *wie* er da stand? Man kann *nicht.* – Er trug einen purpurnen Königsmantel (bei Dreharbeiten zu einem historischen Film entwendet, in dem er statiert hatte) und eine schwarze Augenmaske. Trotzdem wusste ich sofort und mit einer Art heiligem Schrecken, dass er es war. In der linken Hand hielt er ein Buch (wie sich nachher herausstellte, eine illustrierte Jugendstilausgabe des biblischen Hiob, die er mir mitbrachte), in der rechten einen Salatkopf. Unter dem Mantel hervor sahen zwei offenbar seit seiner Abreise aus Frankreich nicht geputzte Gummistiefel. Servus, Engelbert, sagte er, na wie geht's? Und dann: Ich komme doch, hoff ich, nicht ungelegen?

Was ich geantwortet habe, weiß ich nicht mehr. Auch erinnere ich mich nicht, welche Worte wir im Vorzimmer, im Zimmer und auf dem Balkon wechselten, während er (das stelle ich mir bloß vor) die Wohnung inspizierte. Unter Schockeinwirkung stellt sich bekanntlich totale oder partielle Amnesie ein. Und Pepis plötzliches Wiederauftauchen war für mich zweifellos ein Schock. Vielleicht auch ein freudiger, aber ein Schock gewiss. Meinen Erinnerungsfaden kann ich jedenfalls erst wieder in der Küche auffinden und mit dem an der Eingangstür abgerissenen Ende verknüpfen. Da steht Pepi, noch immer im Königsmantel, aber ohne das Buch Hiob, das er mir wohl inzwischen überreicht hat. Und immer noch mit dem Salatkopf in der Hand, der nun für eine Weile zum zentralen Requisit wird.

Genosse, sagt Pepi zu mir, der Salat ist machbar. Wenn schon die Revolution nicht, so wenigstens der Salat. Hast du Zwiebeln, Essig und Öl, vielleicht ein bisschen Thunfisch? Und eine Schüssel brauch ich, ihr werdet doch eine Schüssel haben, wo ist übrigens deine Frau?

Die Susi, sagte ich, ist noch im Kindergarten.

Ah ja?, sagte er. Hat sie sich diese Karriere wirklich einreden lassen? Ein Jammer! – Was machen denn übrigens meine, ich meine *deine* lieben Schwiegereltern? Also, Engelbert, wenn ich dir etwas von all dem, das eigentlich mir gebührt hat, wirklich gern überlassen habe, dann waren es die Alten!

Dann saßen wir, brüderlich Salat aus der doch noch gefundenen Schüssel essend. Und von Bissen zu Bissen begann ich mich wohler zu fühlen. Zumindest begann ich, mein Gleichgewicht wiederzufinden. So war er also zurückgekehrt, Pepi, und wenn schon. Dachte ich. Braucht mich das zu beunruhigen? Nein! Es war doch in mancher Hinsicht eher beruhigend. Er lächelte, ich lächelte zurück, in mein Herz zogen, zumindest versuchsweise, Versöhnlichkeit und Harmonie ein. Aber kaum hatten wir den Salat aufgegessen, wusste er mich aufs Neue (und nachhaltig) zu irritieren.

Ihr habt doch ein Badezimmer?, fragte er nämlich.

Ja, sagte ich, selbstverständlich. Durchs Vorzimmer links.

Fein, sagte er und streifte den Königsmantel ab, hast du etwas dagegen, wenn ich bade? Weißt du, ich hab mich seit Wochen nicht richtig gereinigt.

Na ja, sagte ich, wenn du willst … fühl dich wie zu Haus.

Das tat er ohnehin. So schnell konnte ich gar nicht schauen, da saß er schon in der Wanne.

In der Hoffnung, er würde bis zu Susis Rückkehr wieder draußen sein, brachte ich ihm zwei frische Handtücher aus dem Schrankraum und wollte mich zurückziehen.

Er aber sprach: Bleib da. Und plätscherte im Wasser.

Wusste er, was er tat? – Ich weiß es nicht.

Auf der Waschmaschine sitzend, die neben der Wanne stand, versuchte ich, seinen Körper nicht zu beachten.

Nur aus den Augenwinkeln sah ich seine behaarte, auf den ersten Blick sehr männliche Brust und ein (immer noch vom Fußballspielen?) zerschrammtes Knie. Was unter dem Wasserspiegel lag, war nur trübe und, da er sich eifrig einseifte, bald überhaupt nicht mehr sichtbar.

Und doch fiel mir etwas auf, das ich im Grunde (wo?), in den Tiefen meiner Seele (ach!) schon gewusst hatte. Unter der in den Jahren des Heranwachsens erworbenen und jetzt durch den Vollbart, den er sich hatte stehenlassen, noch überbetonten Männlichkeit verbarg sich etwas anderes. Das kam zum Beispiel zutage, wenn eins seiner Beine auftauchte. Wie schmal doch die Unterschenkel waren, wie zerbrechlich die Knöchel und vor allem: wie er den Rist durchstreckte!

Einen Moment lang dachte ich, er mache sich über mich lustig, spürte, wie mir (wohl auch vor Zorn) das Blut zu Kopf stieg. Er aber schien das, fast zärtlich mit sich selbst beschäftigt, nicht zu bemerken. So hatte mein Blut Gelegenheit, wieder zu sinken. Doch kaum war mein Kopf wieder kühl, sprach er ungefähr Folgendes:

Schon merkwürdig, nicht wahr, Engelbert, so ein Körper. Da liegt er und tut ganz einfach, als wär er ich selbst. Und manchmal, tatsächlich, glaub ich ihm das beinah. Liebe ihn wie mich selbst, hasse ihn wie mich selbst, fühl mich ihm zum Verwechseln ähnlich. So klein hab ich ihn gekannt, so groß ist er geworden, da merkt man, wie die Zeit läuft. Aber die Zeit, ist zu hoffen/zu fürchten, läuft weiter. So jung hab ich ihn gekannt, so alt werd ich ihn möglicherweise kennenlernen. Glaubst du, ich werde mich in ihm wiedererkennen?

Siehst du, ich hab ein ganz gutes Verhältnis zu ihm. Das war nicht immer so, du weißt es, es hat Zeiten gegeben, da hat er mir nicht gepasst. Zu zaghaft, zu zart ist er mir gewesen, zu weich, zu wehleidig. Wenn ich ihn mit anderen verglichen habe, habe ich mich für ihn geniert, am liebsten hätte ich ihn verleugnet. Nun, das ist längst vorbei, jetzt passt er mir gut. Manchmal bin ich sogar ganz schön stolz auf ihn. Und warum nicht? Ich hab ihn trainiert. Ich hab an ihm gearbeitet. Ich kann ihn leiden, vielleicht zu sehr, er wird mir zur Freude. Ich lasse ihn Lust empfinden – oder lässt er mich? Ich lasse auch andere Lust empfinden durch ihn. Ich lasse ihn lieben – aktiv und passiv, das ist eine große Bestätigung. Und zeitweilig eine große Verführung – für mich und für andere.

Ja, Bertl, so ist es doch! Warum schaust du so? Ich fühle mich wohl in meiner Haut und gebe es zu. Ich bin narzisstisch – ich steh vor dem Spiegel und mag mich. Aber ich weiß, das ist nur ein Teil der Wahrheit.

Dieser Körper, in dem ich lebe, das bin nicht ich. Ich meine: nicht endgültig: Wenn man bedenkt, dass in einem Zeitraum von sieben Jahren sämtliche Zellen ausgetauscht werden … Wir werden und vergehen, na schön, aber warum genügt uns das nicht? Und was ist endgültig? Der Leichnam, den wir unser Leben lang produzieren und letzten Endes abgeben? Das kann doch nicht alles gewesen sein, denken wir – denken wir das nur aus Eitelkeit? Und wenn es nicht alles sein *soll*, was tun wir dagegen? Dieser Körper des Todes, sagt Paulus und will ihn schon los sein – der Kerl war, wenn du mich fragst, ein Nekrophiler. Andererseits hat er den toten Jesus, den er geliebt hat, auferstehen lassen – und zwar wohlgemerkt im Fleische.

Mit diesen Worten stand Pepi auf und begann sich zu duschen.

Und dann sperrte Susi, verfrüht, wie mir schien, an der Tür.

Hallo, Bertl!, rief sie, bist du im Bad?

Ja, rief ich, das heißt nein (ihr vorsichtshalber entgegeneilend) – du, rat einmal, wer da ist.

Ich möchte das Wiedersehn zwischen Susi und Pepi nicht ausführlich schildern. Man kann es sich vorstellen, denke ich – oder doch nicht? Vielleicht sollte ich anmerken, dass mich zumindest Susis erste Reaktion auf Pepis Wiederauftauchen überraschte. Das heißt, sie war – oder gab sich – kaum überrascht. Die Nachricht, dass Pepi in der Badewanne saß (beziehungsweise zu diesem Zeitpunkt, sich duschend, schon stand), nahm sie unfassbar gefasst auf. Ging in die Küche, löffelte zwei kleine Berge Kaffeebohnen in die Kaffeemühle, begann sie zu mahlen. Mag sein, dass sie etwas geräuschvoller rieb als sonst, aber vielleicht bildete ich mir das nur ein. Frag den Pepi, ob er mit uns Kaffee trinkt.

Später dann, als wir in trauter Dreisamkeit auf dem Balkon saßen, erklärte sie das Rätsel ihrer erstaunlichen Contenance. Obwohl gerade diese Erklärung auch ein Grund hätte sein können, aus der Fassung zu geraten. Übrigens stieg ein eigelber Mond in den laublauen Abend. Ich habe, so Susi, mit nunmehr lunarischen Augen, ich habe gestern geträumt, dass du in der Badewanne sitzt – so werden Träume wahr.

Pepi nahm das listig lächelnd zur Kenntnis. Jaja, sagte er, es gibt Wahrträume, aber die Wahrheit hat manchmal mehr Schichten, als man glaubt. Stimmt: In gewisser Hinsicht ist dieser Traum hiemit in Erfüllung gegangen. Aber wer weiß, wie ihn der ägyptische Josef gedeutet hätte, ganz zu schweigen von Freud.

Diese Bemerkung berührte mich unangenehm. Das heißt, was mich eigentlich störte, waren meine eigenen Assoziationen. Beim ägyptischen Josef musste ich an brache und fruchtbare Jahre denken, was meine Seele – ich wusste damals erst halb, warum – in leise Schwingungen von Schuldbewusstsein und Angst versetzte. Und die Erwähnung Freuds, so naheliegend sie war, erschien mir in diesem Zusammenhang als Zynismus.

Pepi aber ließ es damit noch nicht gut sein. Im Gegenteil: Offenbar war er bei seinem augenblicklichen Lieblingsthema. In Frankreich hatte er angeblich »alles von Freud« gelesen. Dazu das meiste von C. G. Jung. Und vieles von Reich. Sicher, er hatte so manches davon schon gekannt. Aber jetzt las er nicht nur, sondern lebte darin. Und wie so oft, wenn er las, fand er *sich* bestätigt. Diese Patriarchen der psychoanalytischen Schulen hatten anscheinend nur geschrieben, was er sich auch ohne ihre Lektüre längst gedacht hatte. Vor allem Wilhelm Reich, der gerade in Mode war. Kennst du, fragte er Susi, und ich fand es bezeichnend, dass er diese Frage an sie, nicht an uns richtete, die Funktion des Orgasmus? – Kennst du das Land, wo die Zitronen blühn?, zitierte ich sarkastisch, aber mein Sarkasmus wurde nicht gewürdigt. Das musst du lesen, sagte Pepi zu Susi.

Übrigens, sagte er, kurz bevor er ging, noch einen Effekt setzend, habe ich dir ja auch was mitgebracht. Nicht nur dem Bertl, natürlich auch dir, fast hätt ich's vergessen. Ich glaubte ihm nicht. Aber kam es darauf an, was *ich* glaubte? Aus dem Futter seines Königsmantels, mit dem er sich inzwischen wieder drapiert hatte, zog er eine selbst im Mondlicht apart damit kontrastierende Türkiskette und legte sie Susi um den Hals. Die Geste, mit der er das tat, und die Miene, mit der sie das Präsent entgegennahm, waren mir schwer erträglich. Ich wandte mich ab, sah aber trotzdem noch, wie sie die Augen schloss, als er ihr den Verschluss im Nacken zuschraubte. Ungefragt erwähnte er, dass er nicht wieder zu seinen Eltern gezogen sei, sondern vorläufig in ein Hotel in der Nähe des Westbahnhofs. Dann ging er wirklich. Und meine Frau streichelte gedankenverloren die blauglänzenden Steine.

Von da an suchte uns Pepi öfter heim. Er kam häufig, ohne sich angekündigt zu haben, aber selten kam er unerwartet. Zumindest Susi, hatte ich den Eindruck, erwartete ihn ständig. Und auch mir, muss ich zugeben, ging etwas ab, wenn er nicht da war. Obwohl er mich, wenn er da war, meistens nervte. Seine kokette Männlichkeit, dieses Posieren im Bewusstsein der Wirkung, die er erzielte, ärgerte mich. Trat diese Wirkung bei Susi zutage, so fraß sie mir am Herzen. Trat sie bei mir zutage, so brachte sie meine Seele durcheinander.

Dazu kam, dass P. P. ständig Themen im Munde führte, die mir wie Anspielungen auf diese unsere Situation vorkamen. Wobei man anmerken muss, dass diese Themen damals in der Luft lagen. Wir hatten so manches verschlafen, Susi und ich. Aus guten Gründen. Die ließ Pepi Zeitgeist nicht gelten.

Er fühlte sich nicht nur berechtigt, sondern geradezu berufen, uns aufzuwecken. Und zwar mit dem amüsierten Sadismus des Frühaufstehers, der die Langschläfer, am Rand des Bettes sitzend, mit wiegenden Bewegungen wachrüttelt. Über die allgemeine Problematik der Zweierbeziehung referierte er, als wäre ihm die besondere der unseren nicht bewusst gewesen. Und dass er in Zusammenhang mit der Befreiung und Ehrlichkeit, welche die Lösung oder Sprengung partnerschaftlicher Besitzverhältnisse mit sich bringen sollte (Der Kapitalismus in uns, sagte er, ist, unabhängig davon, ob Huhn oder Ei, jedenfalls der, mit dessen Überwindung wir unmittelbar anfangen können ...), auch immer wieder auf eine Befreiung bislang unterdrückter sexueller Wünsche zu sprechen kam (Alles ist gut, sofern es Spaß macht, man muss nur ein unverkrampftes Verhältnis dazu finden ...), erschien mir zuweilen wie der blanke Hohn.

Trotzdem ließ ich mir Pepi als Hausfreund gefallen. Warum? Nun, zuallererst war er ja *mein* Freund – das in gewissen, spannungsreichen Gesprächen mit Susi zu erwähnen, konnte ich in dem Bestreben, auch mir selbst gegenüber gerecht zu sein, nicht umhin. Andererseits: von wegen Gerechtigkeit ...: Dass Susis und seine Wiederannäherung ihre Berechtigung hatte, und zwar sowohl in dem, was zwischen ihnen, ihr und ihm, gewesen, als auch in dem, was zwischen uns, ihr und mir, eben nicht war, das Wissen darum konnten wir kaum verleugnen.

Außerdem glaubte ich damals noch etwas verhindern zu können. Das heißt, ich glaube, dass ich das damals noch glaubte. Rückblickend versuche ich meine damalige Motivation zu durchschauen. Besser Pepi als unser gemeinsamer Hausfreund, dachte ich wohl, denn als Susis alleiniger Freund außer Haus.

Apropos außer Haus – natürlich spielte sich nicht alles (auch nicht alles, woran ich beteiligt war) in unseren vier Wänden ab. Pepi verschleppte uns beispielsweise ins Café Savoy. Ein Lokal, das so hässlich war, dass man es, zumindest in den Kreisen, die dort verkehrten, schon wieder schön fand. In meiner Erinnerung kann ich es kaum sehen, weil es so verraucht ist.

Mit einem gewissen Globi, der, wie Pepi behauptete, sozusagen dort wohnte und auch so aussah, diskutierten wir die Kulturrevolution in China. Weil das Susi sichtlich imponierte, lotste uns Pepi noch tiefer in den Underground. In einem Keller, der, zumindest nach der dort gestauten Luft zu schließen, immer noch von den Erdäpfeln träumte, die einst in ihm gelagert worden waren, tagte halbe Nächte lang ein sogenannter Theaterworkshop. Da entwickelte ein schwaches Dutzend intellektueller Grottenolme das Konzept eines Stücks, das nur ein einziges Mal aufgeführt werden sollte, ja konnte, Arbeitstitel: »Selbsterkenntnis« – durch zwei getrennte Eingänge eingelassen, würden einander, nachdem sich die Vorhänge (möglichst viele) gehoben respektive (das betraf den eisernen) gesenkt hätten, zwei perplexe Publikumshälften gegenübersitzen.

Meiner Gattin imponierte auch das. In Pepis Bude, einer Küche-Kabinett-Wohnung, die er inzwischen gemietet hatte, rauchten wir Hasch oder Marihuana, für mich kein Unterschied. Während Susi prompt eine »Optik« bekam und nie zuvor gesehene Farben sah, ja sogar eine schillernde Seifenblase, die zur Decke des Raums stieg und wie der Stern von Bethlehem über Pepis Hochbett anhielt, sah ich nichts als den – aus am nahen Brunnenmarkt »organisierten« Obstkisten aufgetürmten – »Bücherschrank« mit einer wirklich beachtlichen Sammlung psychoanalytischer Literatur und, wenn ich die Augen hob, die Sprünge und Risse an der Decke. Kein Wunder, belehrte mich Psychopepi, du sperrst dich.

Ich sperrte mich. Ja. Das war auch mein gutes Recht. Ließ mir, auf diese Feststellung legte ich Wert, nicht alles einreden, aufschwatzen, was Pepi gut fand. Je kritikloser Susi, wie ich ihr, bei aller taktisch gebotenen Zurückhaltung, immer deutlicher vorwarf, mit Pepi übereinstimmte, desto kritischer wurde mir zumute. Während die zwei einander, immer unverhohlener, auch körperlich näherkamen, bei gemeinsamen Spaziergängen (Belvedere) und Ausflügen (Kahlenberg) eines des anderen Hüfte umschlingend, distanzierte ich mich, physisch und psychisch, meist einige Meter hinter ihnen her- oder – seltener – vorausgehend.

So lagen die Dinge, als dieser Film wieder anlief. Er war schon sieben Jahre zuvor gelaufen, eine Frist also, in der wir, nach Pepi, aufgrund des totalen Zellenaustausches alle nicht mehr dieselben, sondern bestenfalls die Gleichen waren, aber er wollte ihn trotzdem noch einmal sehen, und vor allem fand er, dass wir, Susi und ich, ihn unbedingt sehen müssten. Wie sich herausstellte, sah er ihn nicht nur zum zweiten, sondern sogar schon zum dritten Mal. Denn anlässlich seines Aufenthalts in Frankreich hatte er sich »natürlich«, wie er betonte, die Originalfassung nicht entgehen lassen. Nicht nur aus Oppositionsgeist gab ich mich skeptisch. Meine eher reservierte Haltung gegen die nun nicht mehr ganz so neue »Neue Welle« habe ich bereits angedeutet. Was ich bisher davon gesehen hatte, dem hatte ich – und vermutlich lag das nicht nur an mir – kaum folgen können. Aber darüber hinaus verspürte ich gegen speziell diesen Film einen – man kann's nicht anders definieren – geradezu instinktiven Widerwillen.

Vielleicht war's der Untertitel, der mich gewissermaßen vorwarnte. »Eine reine Liebe zu dritt« – das konnte doch nicht gutgehen. Und wie sich herausstellte, ging es ja auch nicht gut. Weder im Film noch in unserer Realität. Überraschenderweise konnte ich der Handlung dieses Films sehr wohl folgen. Deshalb konnte ich ihn erst recht nicht leiden. Jules und Jim waren gute Freunde, bis sie Catherine kennenlernten. Danach blieben sie auch möglichst gute Freunde, aber in ihre Freundschaft war ein Problem geraten, das sie im weiteren Verlauf ihrer tragikomischen und letzten Endes skurril tragischen Geschichte nicht bewältigten.

Nun war das, so heiter sich der Film anließ, von vornherein abzusehen. Die Heiterkeit war nicht wirklich leicht, sondern melancholisch beschwert, wie das Lächeln der die weibliche Hauptrolle spielenden Jeanne Moreau. Nein, melancholisch, sagte ich, ist nicht das richtige Wort. Ihr Mund ist nicht süß, sondern bitter – ich kann mir nicht helfen, aber das stört mich.

Pepi fand akkurat diesen Ausdruck subtil.

Dieses archaische Lächeln, das Lächeln des Schicksals!

Ach so?, fragte ich, jetzt gefällt dir das Schicksal auf einmal?

Und *dir*, sagte Pepi, gefällt es auf einmal *nicht*?

Das ist etwas anderes!, sagten wir beide im Chor.

Offenbar etwas anderes, sagte ich, ob du es männlich verkörpert siehst oder weiblich!

Offenbar etwas anderes, sagte er, ob du es selber beschwörst oder wer anderer!

Das, protestierte ich, ist ein Missverständnis.

Falls er damit auf meinen Text »Fluchtversuche« anspiele. Diese »Fluchtversuche« seien nämlich keineswegs so schicksalsergeben, wie er glaube. Am Schluss sei sehr wohl ein Ausweg in Aussicht gestellt.

Ah ja?, sagte Pepi, den sieht man aber nur mit einem sehr guten Fernrohr.

Das hätte er nicht sagen sollen. Das traf mich tief.

Susi, wie konnte es anders sein, war ganz seiner Meinung. Zu allem Überfluss bemühte sie sich noch dreinzusehen wie Jeanne Moreau. Was mich, obwohl es ihr mangels auch nur entfernter Ähnlichkeit nicht gelang, erst recht verärgerte.

So wie die, sagte ich, wirst du doch niemals ausschaun!

Das verstand sie, wie sich gleich zeigte, dermaßen falsch, dass ihr Mund, mich Lügen strafend, für einen Augenblick, klein und bitter, tatsächlich dem der Jeanne Moreau glich.

Sei doch froh, wollte ich noch sagen, dass du nicht so ausschaust wie die!

Aber das hörte sie nicht mehr, sondern rannte – sie trug damals, Pepi zuliebe, der sie so kennengelernt hatte, wieder einen Rossschweif – wie ein scheu gewordenes Pferdchen davon.

Nun war das gewissermaßen ein Filmzitat. Catherine war, wegen einer Nichtigkeit, die ich spätestens in diesem Moment geschockt vergaß, gestartet und in die Seine gesprungen. Im Stadtpark, den wir, aus dem Kino kommend, durchquerten, hatten wir zwar keine Seine, aber immerhin den Wienfluss. Der, wie mir einschoss, noch dazu so seicht war, dass Susi sich, wenn sie tatsächlich auf die verrückte Idee kam, von der unverhältnismäßig hohen Böschung hineinzuspringen, wahrscheinlich zu Tod sprang.

Sie hatte sich ins Gebüsch geschlagen, war nicht mehr zu sehen. Man sah auch nicht weit, es war Nacht, und die Lichtkegel der Laternen reichten nur wenige Schritte. Wir schauten einander an, Pepi und ich, dann trennten wir uns ohne weitere Absprache. Ich lief rechts, er lief links, dann sahen auch wir uns für diesen Abend nicht mehr.

Später habe ich oft überlegt, ob das alles ein Trick war. Nicht abgekartet gerade, aber unter gewiefter Ausnützung der Situation gegen mich Tölpel angewandt, zumindest von Pepi. Mit bis in den Hals und die Schläfen pochendem Herzen hetzte ich durch den nächtlichen Park, scheuchte Enten und Schwäne aus dem Schlaf, keuchte die Treppe unter der Brücke hinab und am Fluss entlang. Der stank friedlich vor sich hin, keine zu bergende Susi weit und breit, weder tot noch lebendig.

In den Park zurückgekehrt, rief ich so laut wie lächerlich nach ihr und Pepi, sie antworteten mir nicht. Endlich kühler kombinierend, wodurch ich jedoch erst recht in Hitze geriet, pirschte ich mich an ein auf einer Bank schmusendes Liebespaar heran, aber es war das falsche. Wo das richtige war, wusste ich nicht, wahrscheinlich – wenn das Fleisch schwach wurde und der Geist einwilligte, fuhr der Prophet meistens mit dem Taxi – längst unterwegs Richtung Brunnenmarkt. Als Susi gegen drei Uhr früh nach Hause kam, legte sie sich jedenfalls kommentarlos zu mir ins Bett, in dem ich nicht hatte einschlafen können, und liebte mich vehement.

In dieser Nacht ist womöglich Sascha entstanden. Sascha ist unser Sohn, doch wenn ich schreibe, *unser* Sohn, wessen Sohn ist dann gemeint? Susis Sohn, so viel ist wenigstens sicher. Was aber die Vaterschaft betrifft, so habe zumindest ich meine Zweifel.

Und habe sie gleich vom ersten Tag an gehabt. Es war übrigens ein Abend, an dem er sich zum ersten Mal bemerkbar machte. Wir waren, wieder zu dritt, im »Atlantis«, einem inzwischen, gleich dem Kontinent, nach dem es benannt war, untergegangenen Folklokal. Der auf der Bühne sah zwar ganz anders aus als Bob Dylan, bemühte sich aber, täuschend ähnlich zu näseln. Plötzlich wandte sich Susi, bis dahin ganz Ohr, mit auffallend weißer Nase von diesem Pseudodylan ab und mir zu. Du, Bertl, sagte sie fast ohne Sound, mir ist schlecht. Hatte es etwas zu bedeuten, dass sie sich in ihrer Not an mich, nicht an Pepi wandte? Auf der Treppe, die ins Freie führte, wurde ihr schwindlig, ich fing sie auf und trug sie, erstaunt über meine Körperkraft, nach oben.

In einem Taxi, das natürlich Pepi anhielt, brachten wir sie nach Hause. Es ist schon besser, sagte sie, als wir sie aufs Bett legten, schloss die Augen und schlief ein. Pepi und ich setzten uns ins Zimmer und stärkten uns mit Cognac. Sie ist schwanger, sagte ich (einmal *ich* der Prophet). Na gratuliere, sagte Pepi.

Hier suchte etwas lang Aufgestautes nach einem Ventil. Allerdings dringend, denn ich fand keine Worte. Aggressionsgehemmt, wie ich bin, schüttete ich P. P. nur den Inhalt meines Cognacglases ins Gesicht. Nanu, sagte er und wischte sich, nicht hinreichend beeindruckt, mit dem Hemdärmel ab, was hast du gegen mich?

Ich erklärte ihm, was ich gegen ihn hatte. Ich bin ein langmütiger Mensch, sagte ich, ich habe, unserer zugegeben subtilen Situation eingedenk, gute Miene zum bösen Spiel gemacht, aber was zu weit geht, geht zu weit.

Du spinnst, sagte er, wenn sie wirklich ein Kind kriegt, ist es nicht von mir. Hingegen hast du ja eben selbst gesagt, dass ihr in dieser fragwürdigen Nacht damals …

Was sollte ich tun? Mein Cognacschwenker war leer. Ich füllte zwar nach, aber trank lieber, statt zu schütten.

Und wieso bitte, fragte ich, bist du so sicher …?

Wenn ich, sagte er und führte in der Pause nach diesem Wenn sein Glas mit impertinent abgespreiztem kleinen Finger an die Lippen, wenn ich in dieser Nacht tatsächlich mit deiner Frau geschlafen hätte, so hätte ich – wie auch sonst immer – aufgepasst.

Wie auch sonst immer! Sollte ich Pepi würgen? Aber was hätte mir seine Leiche genützt? Ja, ich gebe zu, Pepi, wo immer du jetzt bist, nun kann ich dir's ja gestehen, ich habe manchmal geträumt, dich umgebracht zu haben. Aber ich habe es nicht getan, und jetzt, mein Bester, verhelfe ich dir sogar zum Weiterleben.

Trotzdem wär's mir lieber – und sei es der Ordnung halber – zu wissen, ob Sascha der Sohn des Propheten ist oder der Sohn des Prophetenbiographen. Oder (aber die Wissenschaft hält diese Möglichkeit, soviel ich weiß, für sehr unwahrscheinlich) tatsächlich die Frucht einer, wenn auch keineswegs reinen, ménage à trois. Ihm selbst ist das allerdings, glaube ich, ziemlich egal. So what, würde er vermutlich, sowohl auf die eine als auch auf die andere Potenz angesprochen, sagen – im Himmelreich spielt das keine Rolle.

Warum willst denn eigentlich du nicht der Vater sein?, fragte mich Pepi.

Was heißt da, ich will nicht?

Na ja, sagte Pepi, es scheint so.

Du hör einmal, sagte ich zwischen den Zähnen, jetzt reicht's!

Nein nein, sagte er, im Ernst – vielleicht projizierst du.

Es wäre doch möglich – mit diesen Worten lehnte er sich im Fauteuil zurück, und wäre die Couch nicht im anderen Zimmer gestanden, so hätte er mir wahrscheinlich empfohlen, mich in entspannter Haltung draufzulegen – es wäre doch möglich, dass du die Vaterrolle, die du aus Gründen, die man noch finden könnte, ablehnst, auf mich abzuwälzen versuchst, nicht wahr? Lass mich ausreden, dass du dich gegen diese Interpretation wehrst, ist naheliegend, spricht aber nicht gegen ihre Richtigkeit. Im Gegenteil, fast, will mir scheinen, ist's ein Beweis. Im Übrigen wehrt sich der Patient in der Anfangsphase der Analyse immer gegen seinen Analytiker.

Aber du bist nicht mein Analytiker!, schrie ich. Aufspringend wies ich ihm mehr oder minder die Tür. Du bist überhaupt kein Analytiker, hörst du, wirst nie einer sein! – Das würde ich, warnte Pepi, nicht vorschnell sagen.

Dieser Worte sollte ich mich erinnern. Einige Wochen später nämlich – Susi war inzwischen beim Arzt gewesen, der sie auch offiziell für schwanger erklärt hatte – wurde ich von einem Verein oder Verband Österreichischer Jungbuchhändler angerufen und zu einer Autorenlesung aus meinem demnächst erscheinenden Buch gebeten, was mich natürlich ehrte. Ich fühlte mich, wie man sich denken kann, damals gerade nicht besonders vom Glück verfolgt. Immerhin, dachte ich, wenigstens auf diesem Gebiet eine kleine Bestätigung.

Versöhnlich gestimmt, lud ich Pepi, den zumindest ich seit jener nächtlichen Auseinandersetzung nicht mehr gesehen hatte, nebst einigen anderen Bekannten ein. Das heißt, um ehrlich zu sein, das Motiv war nicht nur Versöhnlichkeit. Bestätigung an sich war schön, eine von Pepi zur Kenntnis genommene Bestätigung dachte ich mir noch schöner. Er sollte nur endlich sehen, mit wem er es zu tun hatte.

Der Leseabend verlief auch gar nicht so übel. Nach eher ratlosen Mienen am Anfang machte das Publikum, wie mir vorkam, allmählich eher betroffene Gesichter. Der Text war, der damaligen Manier und dem damit konformen Formwillen des Lektors entsprechend, ein bisschen jenseits konventionell-kommunikativer Sprachmuster. Aber obgleich es mir demzufolge manchmal selber schwerfiel, zu verstehen, was ich ursprünglich gemeint hatte, schien seine wahre Bedeutung zumindest den Jungbuchhändlern, einer versierten Minorität, nach und nach zu dämmern. Auch Pepi, der zu Beginn mit Susi geflüstert und meinen Vortrag dadurch einige Male zum Stolpern gebracht hatte, spitzte ab und zu die Ohren. Besonders die Stelle, an der Hamlet (eigentlich Hölderlin) im Turm zu Helsingör (eigentlich zu Tübingen) im Kreis geht und dann wie Tityrus (eigentlich Gide) aus dem Fenster blickt, angesichts der Radieschenbeete respektive Sümpfe seiner eigenen Eingeschlossenheit innewerdend, schien ihm zu gefallen. Jedenfalls lächelte er verständnisinnig. Und als ich, vielleicht etwas abrupt, geendigt hatte, war er, nach einer doch etwas peinlichen Stille, der Erste, der applaudierte.

Nachher saßen wir, von der »Alten Schmiede«, wo die Veranstaltung stattgefunden hatte, in ein nahe gelegenes Gasthaus übersiedelt, zusammen und diskutierten. Das tat mir gut: ich, mit Susi an meiner Seite, im Kreis der Jungbuchhändler, die sich für mich und mein Werk interessierten, der Mittelpunkt des Abends. Warum schreibst du eigentlich?, fragte einer, und: Ich würde sagen, aus existentieller Notwendigkeit, nicht wahr?, antwortete an meiner Stelle ein anderer. Da steht allerdings die Frage im Raum –, begann ein Dritter, aber in diesem Augenblick ging die Tür auf, und im Raum stand Pepi.

Er war nicht gleich mitgegangen, weil er, wie er gesagt hatte, noch telefonieren musste. Schon hatte ich teils gefürchtet, teils gehofft, dass er nicht mehr käme. Jetzt aber war er da und lenkte die allgemeine Aufmerksamkeit sofort von mir ab. Tauchte unter dem Tisch durch, um an die andere Seite Susis zu gelangen. Man müsse das alles auch in Hinblick auf seine gesellschaftliche Relevanz hinterfragen, versuchte der zuletzt am Wort gewesene Jungbuchhändler seinen Gedankengang fortzuführen. Aber die Konzentration auf mich und mein Werk war dahin. Wer bist denn *du*?, fragte Jungbuchhändler Numero vier. Was, den kennt ihr nicht?, sagte ich, das ist Pepi Prohaska, der berühmte Psychotherapeut!

In diesem Moment bildete ich mir ein, überlegen zu sein, zumindest ein Bonmot geliefert zu haben. Doch mein Zynismus kam nicht als solcher an und richtete sich, was allerdings nur ich abschätzen konnte, postwendend gegen mich. *Was* bist du? Psychotherapeut?, raunte es nämlich in der Runde. Wirklich wahr? Kann man bei dir eine Therapie machen?

Klar, sagte Pepi leutselig locker, das kann man.

Was verlangst du denn für die Stunde?, erkundigten sich die Jungbuchhändler.

Na ja, sagte Pepi, das bestimme ich nach Maßgabe der Möglichkeiten. In besonderen Fällen akzeptiere er auch Bezahlung in Naturalien.

Ich hielt das noch immer für einen Witz und lachte. Ha-ha! lachte ich, aber niemand nahm das zur Kenntnis.

Man bemühte sich schon um Termine bei Pepi. Und er, ganz ernsthaft, zückte seinen Kalender.

Mir verschlug es die Rede und jeglichen Einwand. Ich hätte diese Jungbuchhändler und vor allem die bisher nicht eigens als solche hervorgehobenen Jungbuchhändlerinnen, die nichtsdestoweniger dabei (und sogar in der Überzahl) waren, vor Pepi warnen sollen. Dass ich es nicht tat, dafür habe ich nur eine Entschuldigung: Fassungslosigkeit. So wurde Pepi zum Alternativtherapeuten.

Trotz allem nahm ich das zu Anfang nicht ernst. Zwar war ich verstimmt über sein Verhalten an diesem Abend, denn schließlich wäre es *mein* Abend gewesen, aber dass er Termine für psychotherapeutische Sitzungen notierte, hielt ich (es war Juni) für einen verspäteten Aprilscherz. Auch als er, nach einem verdächtig langen Intervall, in dem sich Susis Leib rundete, wieder bei uns hereingeschneit, von seinen Patienten sprach, die ihm nun, so drückte er sich aus, die Tür einrannten, glaubte ich weiter an einen Witz. Doch Pepis Witze, falls es wirklich welche waren, reichten, wie sich später noch öfter weisen sollte, über den verbalen Bereich hinaus.

Du wirst doch nicht im Ernst behaupten wollen, sagte ich, da er sich nicht von diesem Thema ablenken ließ, dass du diese Jungbuchhändler …

Doch, sagte Pepi, ich therapiere sie.

Lächelte/schmunzelte/grinste er bei diesen Worten? – Ich glaube kaum. Höchstens war das Gesicht, das er dabei zeigte, etwas spitz gegen den Mund zu, aber vielleicht hatte er abgenommen.

Aber das kannst du doch nicht!, protestierte ich.

Warum denn nicht?, sagte er. Wenn sie an mich glauben, kann ich es ebenso gut wie jeder andere. Vielleicht sogar besser. Sie kommen zu mir und erwarten, dass ich es kann. Und dann spüre ich, dass eine Kraft von mir ausgeht!

Nun entstand eine Pause, in der Susi, die, ihrer Kreuzschmerzen halber, auf die Couch gebettet lag, mit extrem in den Nacken gebeugtem Kopf an seinen Lippen hing. Als ob sich die Worte, die er soeben gesagt hatte, dort, an ihrem Ursprung, noch nachlesen ließen.

Und, fragte ich schließlich vor allem, um diese Pause zu beenden, wie hältst du's jetzt wirklich mit der Bezahlung? – Was hast du gemeint mit Naturalien? Bücher?

Auch, sagte Pepi.

Auch?, fragte Susi. Was noch?

Hier formte er sein Gesicht womöglich noch spitzer.

Nun, sagte er, bekanntlich entstehen gewisse Beziehungen zwischen Therapeuten und Therapierten, negative und positive Übertragung hat das der alte Freud genannt. Die positive ist, wenigstens in gewissen Fällen, nicht unangenehm.

Aber genau diese nicht unangenehme Empfindung, wandte ich aufgeregt (oder muss ich sagen er-regt?) ein, hat doch Freud für den Therapeuten tabuiert!

Ja, sagte Pepi. Das war sein Fehler. Er war ein Bürger. Bestimmte Grenzen hat er nicht überschritten. Er hat die Bedingungen gewusst, aber die wichtigste Konsequenz gescheut.

War das Zynismus? Er hielt seine Augen weit offen. Schaute uns nicht an, aber ließ uns hineintauchen – man kam nicht auf den Grund. Der Opa hat sich verweigert, fuhr er dann fort. War das tatsächlich zum Besten seiner Patienten? – Ich antworte: nein, denn was fehlt denn den meisten? Liebe! Und was hat Jesus gesagt, und was singen die Beatles? Liebe, Liebe, Liebe und noch einmal Liebe! Ein Therapeut, der seine Patienten nicht liebt, ist ein schlechter Therapeut!

Du willst also wirklich sagen, eiferte ich, dass du, als sogenannter Therapeut, aus der Abhängigkeit deiner sogenannten Patienten Profit schlägst?

Was heißt da Profit? – Bei diesem Wort brachte er wirklich einen Tonfall heiligen Zorns zustande. Profit aus der Abhängigkeit, von der du da sprichst, den schlagen die andern! Nämlich die klassischen Therapeuten, die keine Liebe geben, aber Geld nehmen, pfui Teufel!

Hingegen ich – ich opfere mich sogar auf! Überwinde meine Hemmungen, breche mit anerzogenen Tabus – ja glaubt ihr denn, das ist leicht? Als ich zum ersten Mal einen Mann therapiert hab, einen hübschen, brünetten Menschen mit Pagenfrisur nebenbei bemerkt, an den ihr euch – er ist damals schräg vis-à-vis gesessen – vermutlich erinnern werdet, Harry heißt er, also das hat mir zwar durchaus Freude gemacht, doch in der Nacht darauf hab ich trotzdem gelitten. Regelrecht psychosomatische Beschwerden hab ich gehabt, Herzstechen und Schweißausbrüche – aber das nehme ich auf mich!

Und noch ein Exempel: Da ist eine Frau, die mir gar nicht gefällt. Absolut nicht, was selten vorkommt – aber das gibt es. Während der ersten Sitzungen habe ich eine geradezu körperliche Abneigung gegen sie entwickelt. Ich hab sie, versteht ihr, wirklich kaum riechen können. Sie hat gerochen wie sauer gewordene Milch. Und unter uns: Sie hat auch so ausgeschaut. So eine allzu weiße Haut, eine permanente Gänsehaut übrigens, mit blassroten Druckspuren diverser Gummizüge … Und trotzdem. Ich hab ihr gegeben, was sie gebraucht hat.

Du bist ein Schwein, sagte Susi an dieser Stelle.

Sie sagte es leise, aber bestimmt und deutlich.

Pepis Nach-Frage war also überflüssig.

Wie bitte? – Er fragte wohl mehr aus Verwirrung.

Das war nun tatsächlich eine der seltenen Situationen, in denen ich ihn, den Propheten, verwirrt gesehen habe. Doch kann ich auch sagen, eine der süßen Situationen? Nein! Solche Verwirrung passte mir nicht zu ihm. Ein verunsicherter Pepi, ich muss es gestehen, verunsicherte auch mich.

So trat das merkwürdige Phänomen ein, dass ich, ganz gegen meine ursprüngliche Intention, das Bedürfnis hatte, dem gewissermaßen aus dem Gleichgewicht seiner Widersprüche Geratenen beizuspringen.

Sie missversteht mich, sagte er, als Susi das Zimmer demonstrativ verlassen hatte.

Ja, sagte ich, schon möglich, aber sie liebt dich. Dass *du* nicht nur *sie* liebst, ist schwer zu ertragen, das kann ich begreifen.

Was redete ich? Was gab ich mir für eine Blöße?

Und was erreichte ich damit? Was war der Dank?

Ich half ihm in seine Balance zurück. Und was tat *er*?

Jetzt lächelte/schmunzelte/nein: Jetzt grinste er wirklich.

Im Februar, fast gleichzeitig mit meinem ersten Buch, kam dann Sascha zur Welt. Und ich kann mir nicht helfen, er erinnerte mich vom ersten Augenblick an (kaum hatte er die Augen aufgetan) an Pepi. Sehr blau schaute Sascha und – ich konnte mich des Eindrucks nicht erwehren – sarkastisch. In meiner Familie haben sie braune und traurige Augen.

Ich gab mir Mühe, mir nichts anmerken zu lassen, mimte, sobald ich Mutter und Kind vom Spital heimgeholt hatte, den anstelligen Jungvater. Sprang Susi in Sachen Wartung bei, fütterte, wickelte, badete den zweifelhaften Sohn, heimste Anerkennung, ja Lob ein vonseiten meiner im Zuge der prä- und postnatalen Ereignisse leider wieder aufgetauchten Schwiegereltern. Auch sie, meine Frau, die monatelang weniger physisch als psychisch Pflegebedürftige, betreute ich, so gut ich konnte. Aber ich konnte es leider nicht gut genug.

War sie die ersten Monate nach der Geburt eher depressiv, was sich, um die unmittelbar praktische Problematik dieses ihres Zustands nicht zu verschweigen, ungünstig auf die Produktivität ihrer Milchdrüsen auswirkte, sodass wir die sogenannte Muttermilchzentrale zu Hilfe rufen mussten, so war sie, ungefähr von Saschas drittem Monat an, eher aggressiv, und zwar – ich war offenbar das geeignetste Objekt dazu – vor allem gegen mich. Auch hierin, ist sehr zu vermuten, war ich Ersatzmann, was jedoch diese Rolle umso unbefriedigender machte. Der, den diese Aggression mutmaßlich eher anging, Pepi, besuchte uns nur einmal, und zwar an Saschas zehntem Tag, guten Willens, mit einem Rosenstrauß in der Hand. Da nahm die depressive Susi gewisse energische Verhaltensweisen der späteren Phase vorweg und warf die Rosen, sieben an der Zahl, zur Tür hinaus.

Dass Pepi danach nicht mehr auftauchte, wunderte mich nicht. Obwohl ihn das, falls es nicht einfach gegen meinen Verdacht spricht, wirklich als Rabenvater ausweist. Unter diesen Umständen war unser erstes Vater-Mutter-Kind-Jahr alles andere als glücklich. Zu allem Überfluss bekam Sascha auch noch einen halben Mund voll Zähne, aber wahrscheinlich war ihm nicht nur deshalb so häufig zum Brüllen. Damit nicht genug, erwies er sich bald als Nachtmensch. Zwischen zehn Uhr nachts und vier Uhr früh brüllte er besonders munter. Entsprechend müde war mein Unterricht an den darauffolgenden Vormittagen. Der Direktor stellte mich zur Rede, ich stand ihm unzureichend Antwort – andere Lehrer hatten auch Kinder.

So erfolgte die vorläufige Auflösung meines Dienstverhältnisses mit Beginn des Sommersemesters 71 in beiderseitigem Interesse. Der Brief aus Amerika war mir ebenso überraschend wie gelegen gekommen. Ich wusste zu diesem Zeitpunkt ohnehin nicht mehr, wie alles weitergehen sollte. Sonst wäre es kaum meine Art gewesen, mich so schnell zu entscheiden, aber wie die Dinge lagen, konnte ein, und sei es auch noch so radikaler, Tapetenwechsel mir, Susi und wahrscheinlich auch dem kleinen Sascha nur guttun.

Nicht, dass man mich mir nichts, dir nichts als »Writer in Residence« nach Oberlin, Ohio, eingeladen hätte. Von der deutschsprachigen Kritik war mein Erstling mit abwartendem Wohlwollen zur Kenntnis genommen worden; nur ein Rezensent (allerdings jener der in diesem Bereich für maßgebend geltenden Zeitung) hatte es als das überflüssigste Buch bezeichnet, das sich überhaupt denken lässt. Dass ein Germanist aus den USA, ein gewisser Larry P. Wood, schon wegen des Titels (er war ein Hamlet-Fan) einen Narren daran gefressen und – auf eigene Faust – eine Übersetzung versucht hatte, erfuhr ich erst später. Jedenfalls verdankte ich meine überraschende Einladung ihm und der Absage dreier Kollegen, die sich offenbar etwas Besseres wussten. Writer in Residence, residierender Autor, darunter konnte ich mir übrigens, als ich den Brief des Dekans las, nicht viel vorstellen. Aber was immer es war, es sollte mir recht sein. Wenn es sein musste, würde ich auch ein Jahr lang auf einem Thron sitzen, mit einem Kugelschreiber als Zepter und einem zerknüllten Manuskript als Reichsapfel. Schaden konnte meiner literarischen Produktivität, die seit Saschas Geburt aus Zeitmangel und Erschöpfung einfach aufgehört hatte, auch das nicht mehr.

In dieser Hinsicht war Oberlin sicherlich ein Erfolg. Meine Verpflichtungen hielten sich, proportional zum Interesse der Studenten an meinem Werk, in Grenzen, zum Schreiben kam ich viel. Am Ende des zweiten Semesters hatte ich das Manuskript für mein zweites Buch fertig (»Kolumbus fährt nicht ab«, Salzburg 1973). Dass sich, während ich mich darin vergrub, der kooperative Larry meiner Frau widmete, bemerkte ich wohl, hatte aber kein wirkliches Interesse daran, es zu verhindern. In Europa hatte vor allem Pepi meine Eifersucht und meine Empörung entfacht. Jetzt, durch den immerhin zweitbreitesten Ozean der Welt von ihm getrennt, brauchte ich wenigstens ihn nicht zu fürchten. Als mir Susi eröffnete, dass sie und Sascha nicht mit mir nach Europa zurückkehren würden, tat das zwar weh, aber war ganz gut zu ertragen. Okay, sagte ich, wahrscheinlich ist es das Beste so.

Ehrlich gestanden fühlte ich mich erleichtert, als ich, ohne Frau und Kind im Flugzeug sitzend, die Freiheitsstatue hinter beziehungsweise unter mir verschwinden sah. Und die sechs Wochen, die ich, nach meiner Landung in London, Urlaub machte, waren trotz aller Traurigkeit (eine mit dem schottischen Hochland ausgezeichnet korrespondierende Stimmung) vielleicht die angenehmsten meines Lebens. Klar, ich hatte Susi geliebt, aber nicht so, wie sie es gebraucht hätte. Und Sascha, der mir merkwürdigerweise abging, würde in Larry einen ihn weniger skeptisch betrachtenden Vater finden. Was Pepi betraf, so dachte ich viel an ihn. Aber mit einer schönen, kühlen Distanz, die ich in seiner Nähe nie zustande brachte. Diese Distanz, ein sozusagen interesseloses Wohl- beziehungsweise Missgefallen hinsichtlich einer, so stellte ich mir das damals vor, ein für alle Mal ad acta gelegten Beziehung, gelang es mir sogar die ersten Tage, ja Wochen in Wien beizubehalten. Dann aber las ich den Lokalteil einer Zeitung.

»Der Diogenes vom Laaerberg« stand da unter einem Foto, auf dem Pepi, angetan mit einer Melone und einer ärmellosen Fiakerweste, ansonsten haariger, bärtiger und wohl auch etwas schattiger unter den Augen, als er mir in Erinnerung war, vor einer durch die Grobkörnigkeit des Drucks nicht ganz deutlich erkennbaren Behausung saß und – meine Phantasie ergänzte, was ich nur ungenau sah – über einem zwischen zwei in die Erde gesteckten Astgabeln spärlich brennenden Feuer irgendetwas briet. Aus dem darunter folgenden Artikel ging hervor, dass der, wie er sich selbst nannte, »freischaffende Philosoph« P. P. trotz gewisser Anfechtungen wegen der feuerpolizeilichen Vorschriften nicht beabsichtige, sein vor einigen Monaten bezogenes Domizil an der Bezirksgrenze zwischen Favoriten und Simmering zu räumen. Der Bericht (von einer Frau geschrieben) war nicht ohne Sympathie für das, so wörtlich, »sympathische Original«. Was die Behörde tun würde, blieb dahingestellt, doch schien sie sich, um sich nicht unpopulärer zu machen, als sie ohnehin schon war, vorläufig abwartend zu verhalten.

Zwei Tage später unternahm ich einen Spaziergang an die Peripherie. Nicht, dass ich meiner Absicht, Pepi zu suchen und zu finden, von vornherein sicher war, aber warum sollte ich mich nicht in der Gegend, an die mich der oben erwähnte Artikel erinnert hatte, herumtreiben? Beim Amalienbad aus der Tramway gestiegen, schlenderte ich durch die Laaerbergstraße stadtauswärts. Das Gasthaus »Zur Cillytant«, in dem Pepi seine Liebesgedichte an meine spätere/frühere Frau geschrieben hatte, gab es zwar nicht mehr, aber die Neubauten waren noch kaum über den Eisenstadtplatz (eine Parodie auf Manhattan, dachte ich, mich seiner im frühen Oktobernebel vergrößerten Skyline nähernd) vorgedrungen, und danach, signalisiert durch ein Bahnübergangszeichen und schräg über die gerade Straße laufende, rostbraune Schienen, begann Pepis Reich. Nein, ich sah es damals, am Plankenzaun entlanggehend, durch dessen Astlöcher Pepi, Experte für die dahinter liegenden, nur dem Uneingeweihten unscheinbar scheinenden Schätze (Rohre nie gelegter Leitungen, Verschalungen ebenso wenig gegrabener Tunnels, kabellose Kabelrollen), gern spähte, ich sah es damals natürlich noch nicht mit seinen Augen. Allenfalls sah ich den ziegelroten Block der Ankerbrotfabrik oder, wo der Zaun unterbrochen war, die wellblechgrauen Baracken der Gastarbeiterquartiere. Die herbstlich-bunten Hecken der Kleingartenanlage Urselbrunnengasse (wilder Wein) sprachen mich allerdings auch ohne Pepi an. Und die Marienstatue an der Wegbiegung zum Laaerwald zu übersehen, war ich (Erziehung ist Erziehung) nicht imstande: Sie nötigte mich zu einem Kreuzzeichen.

Vom »Böhmischen Prater« hatte mir Pepi im Zusammenhang mit seinem Großvater erzählt, doch war ich noch nie hier gewesen. Der erste Eindruck war eine Enttäuschung – die Buden waren um diese Jahreszeit geschlossen, Rollbalken neben Rollbalken, nur eine windschiefe Spielhalle, vor der einige Mopeds lehnten, gab Lebenszeichen in Form unangenehmer Automatengeräusche. In den Wirtshausgärten hatte man die Tischplatten von den Betonsockeln genommen, die nun dastanden wie Grabsteine. Da mir kalt war und die feuchtglänzende, schlecht asphaltierte Straße ohnehin nirgends mehr hinzuführen schien, betrat ich, obwohl es mir schwerfiel, meine Abneigung gegen abgestandenen Gulaschgeruch zu überwinden, eins der trübe dämmernden Lokale.

Tag, sagte ich – der hinter der Schank lehnende Zwerg, mutmaßlich der Wirt, gab keine Antwort, sondern verschwand. Ich setzte mich trotzdem ans Fenster und schaute hinaus auf ein hölzernes Türkenzelt, hinter dem sich wahrscheinlich ein Karussell verbarg. Nach einer Weile erschien die Wirtin, nicht größer als ihr Mann, aber kompakter, weniger scheu, und stemmte die Arme in die Hüften. Noch an Amerika gewöhnt, bestellte ich einen Hamburger, sie sagte, sie hätte nur Frankfurter oder Debrecziner, Coca-Cola indes war kein Problem. Dann saß ich und hing, meine Würstel essend, meinen Gedanken nach. Bis draußen einer vorbeikam, eine Kanne in der Hand. Die Kanne war blau emailliert und an der mir zugewandten Seite etwas abgeschlagen, der Mann, der sie trug, hatte schulterlanges, dunkles Haar, das allerdings seine Hinterhauptskalotte nicht mehr ganz deckte. Na, sagte die Wirtin, gellja, da schauns, des is der Verruckte.

Also doch. Ich zahlte und ließ den Rest meines Gabelfrühstücks zurück. Etwa fünfzig Meter vom Wirtshaus entfernt war ein Hydrant, an dem stand Pepi und pumpte. Als ich mich bis auf zwei oder drei Meter an ihn herangezögert hatte, hörte er meine Schritte und schaute sich über die Schulter. Ah, du bist es, sagte er. Servus, Engelbert. Wir hatten uns drei Jahre lang nicht gesehen.

Pepis Behausung, die ich auf dem grobkörnigen Foto nicht recht hatte ausnehmen können, war kein Fass, sondern eine abenteuerlich aus Wellblech und Baumrinde zusammengestoppelte Hütte. Er hatte sie nicht »mit eigenen Händen« (hinter ihm hergehend, sah ich nicht, ob er bei diesen in Relation zum Objekt, das sie betrafen, allzu gewählten Worten lächelte) »erbaut«, sondern einem gewissen Theo abgekauft, der sich, nach jahrelangem Widerstand gegen dieses Ansinnen durch seine anachronistische Existenz belästigter Anrainer, doch noch ins Altersheim hatte bringen lassen. Auch die Gemeinde hätte den Abriss der Hütte begrüßt, da der Grund, auf dem sie im Wind wackelte, einem Reihenhausprojekt, das demnächst in Angriff genommen werden sollte, im Weg war. Pepi, mit dem niemand gerechnet hatte, war also sowohl – er ließ diese Worte auf der Zunge zergehen – individuellen als auch kommunalen Sauberkeits- und Ordnungskomplexen in die Quere geraten und freute sich dessen.

Während einer Erklärung ungefähr dieses Inhalts stellte er die abgeschlagene Wasserkanne hin und öffnete die mit einer Drahtschlinge verschlossene, genauer: befestigte Tür, die, kaum war sie losgebunden, schräg in den tiefen Boden des von Öltonnen eingezäunten kleinen Gartens sank. Tritt ein, bring Glück herein, sagte er, aber vergiss ja nicht, dir die Schuhe abzuputzen! Drinnen war's so dunkel, dass ich aufs Erste überhaupt nichts sah, aber der neue Hausherr werkte, wie ich hörte und roch, an einer Karbidlampe. Ja also, sagte er, als es gelblich hell wurde, und nahm rasch die mir aus der Zeitung bekannte Melone von einem in den Türstock getriebenen Dreikantnagel, um dann, beidhändig und mit einer ironisch ritualisierten, an ihrem höchsten Punkt kurz innehaltenden Bewegung seinen Scheitel zu bedecken, my home is my castle, wie gefällt's dir?

Der Raum, vielleicht drei mal drei Meter im Quadrat, war nur mit einem (wahrscheinlich noch von Theo gezimmerten) Tisch, zwei dazu passenden Sesseln, einer Art von Seemannstruhe und einem offenen Stahlrohrklappbett möbliert, dessen Matratze recht ungeniert ihr rosshärenes Innenleben preisgab. Rechts von der Tür hingen etwas abschüssige Regale mit rußgeschwärzten Pfannen und Töpfen, ein paar gesprungenen Gläsern sowie zum Teil mit volkstümlichen Sinnsprüchen bemalten Tassen und Schneidbrettern. Die anderen Wände waren mit eng beschriebenen Notizzetteln, Notenblättern, Bleistiftskizzen und Aquarellen tapeziert. In den Ecken gab es einen Kanonenofen, eine fünfsaitige Gitarre, einen Stapel Bücher (die Bibel, Nietzsche, Thoreaus »Walden«, Bakunins »Staatlichkeit und Anarchie«) und über dem Bett ein aus einer Illustrierten geschnittenes, schon etwas verblasstes Farbbild der ihre schönen Blößen mittels zwei Fächern gleichzeitig ver- und enthüllenden Brigitte Bardot.

Beim ersten Blick, den mich Pepi auf diese kauzige Idylle werfen ließ beziehungsweise hieß, wusste ich wirklich nicht, ob ich dadurch eher amüsiert oder schockiert sein sollte.

Aber, fragte ich schließlich, was machst du hier?

Was ich hier mache? – Er nahm zwei Gläser aus einem der Regale und stellte sie nachdrücklich auf den Tisch. Das wirkte, als setzte er nicht nur einen Gedankenstrich, sondern auch einen Doppelpunkt vor seine Antwort: Ich gehe in mich.

Und seit wann tust du das?, fragte ich, nur vorsichtig am Sliwowitz nippend, den er (eine halb leergetrunkene Flasche) unter dem Bett hervorgeholt hatte.

Der Theo, sagte er, sei seit August hier weg.

Und *warum* tust du das? Dieses – wie nennst du es –: In-dich-Gehen?

Er sagte: Ich hab mich zu sehr außer mir gefühlt.

Nach diesem Satz blieb eine Stille, die früher nach seinen Sätzen kaum geblieben war. Nicht, dass er wortkarg geworden wäre, nicht, dass seine Worte ihren ironisch-sarkastischen Unterton verloren hätten, der mir ehemals so gefallen/missfallen hatte. Aber – und das war neu – sie ließen sich und dem, an den sie gerichtet waren (oder der sie zumindest hörte), Zeit für ebendiese Stille. Vielleicht allerdings lag es auch einfach daran, dass er begonnen hatte, Pfeife zu rauchen, und zwischen den Worten und Sätzen Muße brauchte zum Stopfen, Anzünden und bedächtigen Ziehen an seinem übrigens zur Einrichtung passenden, womöglich ebenfalls von Theo geerbten Tschibuk.

Mich machte diese Stille – eigentlich eine inadäquate Reaktion – fürs Erste nervös.

Ich war in Amerika, sagte ich also, um sie zu brechen.

Ja, sagte Pepi, ich weiß. Ich fragte nicht, woher.

Der Susi, sagte ich, geht es gut – sie ist drübengeblieben.

Und Sascha?, fragte er.

Ist bei ihr.

Pepi nickte.

Kann er schon reden?

Ja. Sogar amerikanisch.

Schade, sagte Pepi, ohne klarzumachen, was genau er damit meinte.

Dann war wieder Stille. Allzustille. Zumindest für mich.

Ich stand also auf und wandte mich, mehr oder minder gespielten Interesses, den Papieren an der Wand zu. Pepis Schrift, kleiner als früher, was jedoch möglicherweise nur am Format der Notizzettel lag (meist waren sie von Rechnungsblocks mit

Bierreklamen abgerissen), konnte ich nicht lesen, mit Noten, auch wenn sie nicht von Prohaskas Hand stammten, habe ich mir immer schwergetan, folglich hielt ich mich an die Zeichnungen und Aquarelle. Stark konturierte Strukturen einerseits (Mulden und Abbrüche), andererseits eher zerfließende, über die Konturen hinausstrebende Farben. Ganz akzeptabel, soweit ich es ausnahm im schummrigen Licht.

Na siehst du, versuchte ich sanft zu scherzen, du kannst es ja doch! Obwohl schon dein Vater ein schlechter Maler ist – du wärst ein ganz passabler.

Obwohl schon mein Vater, erwiderte Pepi, ein schlechter Maler *war*. Aber über die Qualität seiner Arbeiten zu urteilen ist jetzt eigentlich pietätlos. Er ist tot.

Tot? Papa Prohaska, den ich so lebendig in Erinnerung hatte?

Gehen wir ein paar Schritte, sagte Pepi.

Dann standen wir auf dem kurioserweise mit einem trigonometrischen Zeichen versehenen »Gipfel« der Laaerberganhöhe. Man sah jetzt sehr weit, die Welt war hier nicht zu Ende, sondern reichte linker Hand bis zu den bei all ihrer lagernden Breite doch merkwürdig zierlich, wie aus Bausteinen aufgetürmten Simmeringer Gaswerken und vorwärts bis zur Ton in Ton zum hellen Himmel passenden Grünspankuppel der Zentralfriedhofskirche.

Mein Vater, sagte er, hat sich einfach erschossen. Nein, sagte er. Blödsinn. So was ist bestimmt nicht einfach. Aber man sagt so, nicht wahr. Er hat einfach Schluss gemacht. Meine Mutter hat nicht gewusst, dass er eine Pistole gehabt hat.

Wir gingen ein Stück weiter. Auf den Wiesen, die von der Anhöhe in sanften Wellen Richtung Simmering abfielen, ließen Kinder Drachen steigen. An einem im Gegensatz dazu steil zerklüfteten Lößabbruch, den mein Freund »Grand Canyon« nannte, ritten Halbwüchsige ihre unter dieser Misshandlung ungehalten aufheulenden Motormustangs zuschanden. Wahrscheinlich, sinnierte Pepi, hätte es auch nichts genützt, seinem Vater die Pistole wegzunehmen. Er hätte einen anderen Weg gefunden.

In der Schrebergartenanlage, in die wir inzwischen geraten waren, standen schwarz gewordene Sonnenblumen. Jemand verbrannte Laub. Der Rauch biss in den Augen. Er war einfach unglücklich, sagte Pepi, im Grund genommen seit damals, als er in diesem Scheißgrafikbüro zu arbeiten begonnen hat. Er hat versucht, sich's nicht anmerken zu lassen, schon der Mama zuliebe allein damit fertigzuwerden – aber er hat's nicht geschafft.

Und wie gehts *ihr* jetzt, fragte ich, deiner Mutter?

Pepi beantwortete diese Frage nicht wirklich. Sie bringt mir manchmal ein Carepaket hier heraus. Und eine neue Weste hat sie mir gestrickt.

Und deine Großmutter?, fragte ich. Lebt sie noch?

Hier lächelte er. Die Schäfchenoma sei unverwüstlich.

Na Gott sei Dank!, sagte ich. Was hält *sie* von alldem?

Jetzt lachte Pepi.

Sie glaubt noch immer, dass etwas aus mir wird.

Und du?, fragte ich, froh darüber, dass unser Gespräch wieder etwas launiger wurde. Glaubst du das auch?

Dass etwas wird aus mir? Pepi rupfte sich eine überständige Roggenähre. Für wen hältst du mich eigentlich?

Für Pepi Prohaska!

Ja, sagte Pepi, der bin ich. Und der will ich auch bleiben.

Im Ernst, sagte er, mit seinen etwas schiefen Schneidezähnen an einem Korn knabbernd, ich will gar nichts anderes werden, als ich bin. Aber du als alter Philosoph weißt ja, dass das nicht leicht ist. Im Gegenteil, die noch älteren Philosophen haben es als schwer definiert. Selbsterkenntnis. Das ist vielleicht das Wichtigste oder wenigstens der erste Weg zur Besserung. Jedenfalls braucht man, wenn ich, was es darüber zu lesen gibt, richtig verstanden habe, Muße dafür. Also ist in gewisser Hinsicht Müßiggang der noch davor liegende, allererste Weg zur Besserung, nicht wahr? Nun, diesen Weg hab ich eingeschlagen, wie du siehst, konsequenter noch als früher. Ich gehe hier, in dieser Gegend, zu der ich, wie soll ich es sagen, eine innere Beziehung, eine seelische Affinität empfinde, müßig und will mich in ihr erkennen.

Die letzten Worte, gewichtiger gesprochen als die vorangegangenen, klangen, trotz der rhetorischen Floskel »wie soll ich es sagen«, so, als sagte er sie nicht zum ersten Mal. Und tatsächlich hörte ich sie etwas später in einer vermutlich schon etwas früher aufgenommenen Radiosendung über Pepi wieder. Darin wurde er nicht, wie in jenem Zeitungsartikel, als »freischaffender Philosoph«, sondern als »freischwebender Poet« bezeichnet. Eine Etikettierung, die mich, obwohl wir uns letzthin gut verstanden hatten, wieder einmal einen gewissen Ärger über P. P. empfinden ließ – er war und blieb einfach ein Hochstapler. Die Gedichte und Lieder, die ich in dieser Sendung zu hören bekam, waren gewiss nicht schlecht. Dass mein Freund schreiben konnte, wusste ich ja, nun hatte er also eine seiner damaligen Lebens- und Wahrnehmungsweise entsprechende Form gefunden. Wie sich herausstellte, konnte er auch einigermaßen Gitarre spielen und singen. Aber Poet: Die Bezeichnung erschien mir wie ein Spott auf ernsthaftere Bemühungen.

Das sei die Gegend, sang Pepi mit kokett gebrochener Stimme, nach der er Sehnsucht habe im Ausland. Die Schrebergärten / die Lagerplätze, das ganze alte »Graffelwerk«. Das sei die Gegend, nach der er Sehnsucht habe im Ausland. Der Monte Laa / der Monte Wien / der Wiener- und der Laaerberg.

Gegen das Ziegelwerk zu breche die Stadt einfach ab und werde zur Wildostfilmlandschaft. Im lößgelben Himmel darüber flögen die Krähen (oder waren es die Dohlen?). Der verbotene Teich locke tief, allzu tief. Und die Bagger fräßen ein Stück seiner Kindheit.

Nebenbei bemerkt ist diese letzte Verszeile, über ihre vergleichsweise Gelungenheit hinaus, wahrscheinlich ein Schlüssel für die von Pepi behauptete »innere Beziehung«, die »seelische Affinität« zur Favoritner Peripherie. Zwar hat er, wie beschrieben, seine Kindheit gar nicht dort, sondern im dritten Bezirk verbracht, doch wollte er, der auch jetzt, nach dem Tod seines Vaters, nicht eigentlich erwachsen zu werden beabsichtigte (oder der, anders betrachtet, immer schon erwachsen gewesen war), etwas von seiner Kindheit dort wiederfinden. Und wirklich: Da ja seine Kindheit, wenigstens zeitlich und räumlich gesehen, auch meine war, konnte ich etwas von dieser Gleichsetzung verstehen. Die im Zuge des Wiederaufbaus verbaute Landschaft unserer frühen Jahre, diese von Gras, Brennnesseln und Kletten einer seltsam peripheren Natur zurückeroberte Stadtschaft mit ihren zwar durch Zerstörung entstandenen, aber immerhin vorhandenen Durchblicken und Freiräumen, war dieser damals noch nicht oder erst an den Rändern planierten ähnlich gewesen.

Aber natürlich fand Pepi, der mir ja auch jene zum Teil erst erschlossen hatte, noch etwas anderes und sicherlich mehr in ihr als ich. Und gewiss kannte er sich in diesen Gegenden, die er zu Landschaften seiner Seele erklärte, viel besser aus. Mit meiner Orientierung jedenfalls durchschaute ich die örtlichen Verhältnisse nur sehr unzureichend. Stimmt, wir schlugen damals einen großen Bogen, doch dass wir auf diese Weise vom Gipfel des Laaerbergs an den Fuß des Wienerbergs kamen, ja sogar in die sogenannten Wienerberggründe, das Ziegelwerksareal also, das mir Pepi, der Peripheriescout, vor ein paar Jahren von oben gezeigt hatte, damit hatte ich nicht gerechnet.

Der Himmel hing zwar nicht gelb, aber ockerfarben über dem tiefen Boden. Gib acht, sagte Pepi, dass du nicht einsinkst im Lehm. Mir hat es hier unlängst ein paar Schuhe verschluckt. Angeblich sind hier auch schon Menschen versunken.

Ich sah ihn an, betrachtete ihn von der Seite. Grinste er? Nein, er wirkte vollkommen ernst. Seine Miene erinnerte mich an die, mit der er mich ehemals durch den Prater gelotst hatte. Die kühn geschärfte Nase voran, sah er ein wenig drein wie ein Indianer. Er ging auch immer rascher, es fiel mir schwer, mit ihm Schritt zu halten. Tatsächlich war der Lehm unter einer vom Wind getrockneten Kruste verdammt weich. Binnen kurzem ging ich daher wie mit Klumpfüßen. So wart doch!, sagte ich. Na komm schon!, sagte er. Ich will dir was zeigen!

Und dann standen wir dort. Was mich betrifft, zum ersten Mal. Vor Pepis Fabrik. Jenem Gebäude, das für ihn noch eine so große Rolle spielen sollte.

Ist das nicht toll?, sagte er.

Nun, die meisten Menschen hätten es einfach als Industrieruine gesehen.

Aber Pepi hatte einen spezifischen Blick.

Für ihn, sagte er, sei das ein verwunschenes Schloss.

Ziegelgemäuer, zerbrochene Fenster, rostige Türen.

Oder, sagte er, eine verfallene Kirche.

Tatsächlich hatte der Bau ein Längs- und ein Querschiff; der Schlot erinnerte allerdings weniger an einen Turm als an ein Minarett.

Von innen, sagte Pepi, ist es erst recht beeindruckend.

Die Tür klemmte, tat sich nur einen Spalt auf, aber wir zwängten uns hinein.

Und da war dann der große Saal. Der Boden bedeckt mit Scherben und allerlei Gerümpel. Mutmaßliche Ratten raschelten. Aber durch die Fenster, deren Höhe von innen erst recht deutlich wurde, fiel ein gerade durch den Staub, der hier in der Luft tanzte, besonders bemerkbares Licht.

Na?, sagte Pepi.

Ja, sagte ich. Das hat was.

Ich höre die Stimme des Genius loci, sagte er.

Und was sagt diese Stimme?, fragte ich.

Hier, sagte Pepi, sollte man noch etwas anfangen.

Dieser Stimme ist er bekanntlich gefolgt. Aber bis er seine Schar um sich sammelte und an diesen Ort der Kraft zog, musste sich noch einiges entwickeln. Es war schon beinahe so weit, aber noch nicht ganz. Außerdem ballten sich anscheinend Energien zusammen, die darauf aus waren, Pepis Auftreten als Prophet zu verhindern. Oder verhält es sich eher umgekehrt? Waren diese Energien etwa dazu da, ihn genau an den Punkt zu führen, an dem er, wie hieße es in einer klassischen Prophetengeschichte? – in Erscheinung treten konnte? Positive oder negative Energien, weiß Gott, weiß der Teufel. Beide (so Pepi später) spielen ganz gut und gern nicht nur mit dem in ihnen verkörperten Gegensatz, sondern auch mit der dadurch ermöglichten Dialektik; manchmal treiben sie dabei einen ganz schönen Feuerzauber.

Das kann man wohl sagen. Am 13.11.1973, um Mitternacht, brannte Pepis Hütte ab. Die Berichte in den Lokalteilen der beiden ebenso auflagenstarken wie unseriösen Tageszeitungen schlossen Brandstiftung nicht aus, das Polizeiprotokoll ließ sich auf solche Spekulationen nicht ein, gab sich zufrieden mit Funkenflug und Fahrlässigkeit. Mein Freund, Gott sei Dank nur leicht angesengt, aber geschockt, wurde zur Beruhigung in die Psychiatrische Abteilung des Allgemeinen Krankenhauses gebracht. Als ich ihn dort besuchte, sprach er, schläfrigen Tons, von einem glosenden Hollerbusch, angesichts dessen ihm Verschiedenes klar geworden sei. – Was denn zum Beispiel? Er legte die Hand an die Lippen. Es ist noch verschlossen in mir, sagte er, aber bald werde ich es herauslassen. – Du Pepi, sagte ich und versuchte ihn, an den Schultern ansetzend, wachzurütteln, jetzt mach keinen Blödsinn! – Eine Woche später für wieder gesund erklärt, ließ er sich vom Spitalsportier ein Taxi rufen, fuhr auf den Stephansplatz und begann, obwohl das Wetter dafür denkbar schlecht war, zu predigen.

5

Dies ist die Herkunft Pepi Prohaskas, des Propheten, über den der Geist Gottes kam in seinem 30. Jahr, wie sich's gehört.

Abraham zeugte Isaak, Isaak zeugte Jakob, Jakob zeugte Juda & dessen Brüder usw. usf.

& als der Tempel zerstört war & als die Kinder Israels zerstreut waren wie angekündigt & verfolgt & ermordet wieder & wieder & waren gezogen, nicht immer freiwillig, von dort nach da & von da nach hier,

da fanden sich manche von ihnen in Weltzeiten & Weltgegenden, von denen sich die alten Propheten nichts hatten träumen lassen.

So lebte ein Mann namens Gustav Spaziergang in Żory, unweit der Grenze zwischen Preußisch- & Österreichisch-Schlesien.

& war erzogen im Glauben der Väter & ein vazierender Kohlenhändler von Beruf.

Obwohl seiner Profession & Neigung nach Grenzgänger, wurde er, als es zum Krieg zwischen Preußen & Österreich kam, von der preußischen Krone beansprucht bzw. erwischt.

& kämpfte bei Königgrätz, seinen auf der anderen Seite der Grenze erwischten Cousins überlegen, mit einem Zündnadelgewehr.

Trotzdem wurde er verwundet & hob sich, zum zweifelhaften Andenken daran, sein Leben lang den Splitter einer Granate auf, die ihn beinahe vorzeitig aus dem Grenzverkehr gezogen & somit verhindert hätte, was weiter mit ihm & ein Stück über ihn hinaus vorgesehen war.

Um sich & den göttlichen Heilsplan also nicht noch einmal zu gefährden, zog es Gustav, als es 1870 schon wieder losgehen sollte, & zwar gegen Frankreich, vor, keine weiteren Heldentaten zu begehen & verfügte sich mit seinem Kohlenwagen ins Mährische.

Dort hatte er eine Tante in Teschen, die hatte zwar, zum Entsetzen der Mischpoche, einen gojischen Fleischhauer geheiratet, aber man wird gleich merken, wozu das gut war.

Sie redete nämlich ein Wort mit dem Pfarrer, der schon sie getauft & getraut hatte, & ließ Gustav, der Nachstellungen befürchtete, gewissermaßen nottaufen.

Dass der Pfarrer nicht nur ein guter Katholik, sondern darüber hinaus auch ein tschechischer Nationalist war, erwies sich in diesem sehr speziellen Fall als Segen.

Denn Gustav Spaziergang, flugs slawisiert, entzog sich als August Prohaska weit besser dem Griff der preußischen Behörden.

Es ist allerdings etwas zweifelhaft, ob ihm die tatsächlich lang nachforschten.

Vermutlich hatten sie Besseres zu tun – nachdem zu Paris das Deutsche Reich gegründet war, fiel sicher eine Menge Verwaltungskram an: Ein Gustl mehr oder weniger spielte da kaum eine Rolle.

Trotzdem zog Urgroßvater Prohaska weiter nach Süden.

Denn einerseits war er dem Wesen nach unstet, andererseits & vor allem aber fühlte er sich, weiter von Deutschland entfernt, dessen Untertan er lieber erst gar nicht geworden war, wohler.

Außerdem war er es ja gewohnt, mit seinen Kohlen über Land zu ziehen.

& nebenbei war ja, wie gesagt, etwas anderes mit ihm & über ihn hinaus vorgesehen, das konnte in Teschen nicht vorangehen.

Er zog also weiter nach Süden & kam eines Tages, Gott weiß warum, nach Borzom Sveti Iure.

Das liegt in den Kleinen Karpaten, hieß damals Bur St. Georgen & war mitnichten die geringste unter den Gemeinden der ungarischen Reichshälfte der Monarchie.

Zwar muss es ein ziemliches Nest gewesen sein – durch die Hauptstraße watschelten v. a. die Enten, & in den meisten Häusern, heißt es, war der Fußboden einfach der sandige Erdboden.

Aber aus ihr, dieser Gemeinde, oder in ihm, Bur St. Georgen, sollte kommen bzw. sollten alle zusammenkommen, die nötig waren, um ihn, den, von dem die Rede war & von dem die Rede sein wird, letztendlich zustande zu bringen.

Dort nämlich lebte nicht nur der Sattler David Steiner, vor einem halben Menschenalter aus Rzeszów am anderen Ende der Karpaten, das damals, im polnischen Volksmund, Moischeschow hieß, zugereist &, weiß der Himmel weshalb, ausgerechnet hier hängengeblieben mit Frau & Tochter,

sondern auch der vormalige Husar & nunmehrige Kleinbauer bzw. Kräutler Antal Mihalczin, gesegnet mit einer schon etwas größeren Familie, drei Töchter, ein Sohn,

& hätte Gustav-August nicht dem Sattler zuerst seine Kohlen verkauft, sondern dem Kräutler,

so hätte er sich vielleicht in eine von dessen drei Töchtern verliebt & hätte, was in gewisser Hinsicht einfacher gewesen wäre, katholisch geheiratet, wodurch womöglich alles vice versa gekommen wäre, aber Gottes Wege sind kapriziöser.

Vorläufig links liegen blieb also das Haus Mihalczin, das sich, obwohl es mit dem der Steiners keinen Kontakt hatte, zwei Generationen später, allerdings anderswo, mit einem Spaziergang verbinden sollte, der von Geburt an Prohaska hieß.

Das Haus Steiner aber – nehmen wir an, dass es, für den mit seinem Kohlenwagen von Norden, etwa von Piešťany, Kommenden einladend rechts lag – erwies sich als gastliches, umso mehr, als jener, verwandtschaftlich angemutet oder geschäftstüchtig, mutmaßlich beides, ein freundliches Schalom entbot.

& es soll Freitag gewesen sein & der Sattlermeister, geneigt zum Feierabend, lud den Kohlenhändler auf ein Glas des guten Weins ein, der auf den sandigen Hügeln ringsum gedieh.

& seine Frau entzündete die Sabbatkerzen, & seine Tochter schlug die schönen Augen nicht allzu sehr aufs Mieder, & in einem solchen Haus ist gut bleiben.

So konvertierte Spaziergang zum zweiten Mal (oder verschwieg, dass er zum ersten Mal konvertiert war) & heiratete – man brauchte keinen Heiratsvermittler – die Regi (Regina) Steiner auf gut mosaisch.

Dass es Gott trotzdem gefiel, ihn nur vorläufig (für knappe zwei Jahre) zur Ruhe kommen zu lassen & ihn dann, sei es aus familiären Zerwürfnisgründen, sei es der Unruhe seines Blutes wegen, weiter nach Westen zu treiben, erweist die Weitsicht seines Plans.

Denn wie hätte das Reis, das dieser Wurzel entsprang, in Bur St. Georgen, heute ČSSR, wachsen, gedeihen, blühen & Frucht tragen sollen?

Zwar ist auch Wien schon längst nicht mehr das, was es einmal war, nämlich die Weltstadt, in die es nicht nur den Spaziergang zog, aber immerhin.

& Österreich, in dem es, zum Unterschied von Borzom, liegen geblieben ist, klein, aber oho, heißumfehdet, wild umstritten, na ja, alles halb so wild, hat zwar als Ostmark beinah freiwillig in einem ihm gemäßen Rhythmus zu pulsieren aufgehört,

einem nur mäßig starken, mit einer Schwäche für die Anpassung an allerlei andere Rhythmen eher geschlagenen denn aus sich selbst heraus und selbstbewusst schlagenden Herzen gleich,

aber das konnte der aus oben erwähnten Gründen antipreußische, dem Deutschen Reich vorläufig entschlüpfte Stammvater noch nicht wissen

& siedelte sich & seine Frau an in der Leopoldstadt, Erzherzog-Ferdinand-Straße 41, wo er ein Kohlengewölbe vorerst pachtete & gab seinem erstgeborenen Sohn, Gott erhalte, Gott beschütze, den Kaiservornamen Franz – seine Tochter aber, vielleicht weil sie die hohe Nase einer potentiellen Königin hatte, nannte er Esther.

& nahm zu an Körperfülle & Kapital & kaufte das Kohlengewölbe & wurde ein Großkohlenhändler.

& wollte sich weiter vergrößern & sich's nicht verdrießen lassen, auch nicht vom feschen Bürgermeister Lueger.

& war ja schon vormals, nebbich, katholisch geworden zu Teschen, na also,

sodass er zurückkehrte, laut Dokument, in den Schoß der Hl. Kirche, am 22. 2. 1902, zu St. Nepomuk in der nachmaligen Praterstraße & mit sich nahm seine Frau Regi, nunmehr Regina & noch einmal heiratete dortselbst nach katholischem Ritus an selbigem Tag & auch eintragen ließ seinen Sohn ins dortige Taufbuch – nur seine Tochter vergaß er, oder vergaß sie der Pfarrer, Gottes Macheloikes sind seltsam.

So weit der Beginn von Pepis in Hinblick auf sich selbst verfasstes Evangelium. Das ganze, vierzig Seiten umfassende Opus hat er mir zwar einmal vorgelesen, doch habe ich es in dem Koffer, den er mir hinterlassen hat – schwer genug habe ich an ihm getragen –, nicht mehr vollständig gefunden. Vielleicht ist das ohnehin besser so – je mehr er sich nämlich, seine wahrhaft verwickelte Familiengeschichte durch die erste Hälfte des Jahrhunderts verfolgend, sich selbst annäherte, desto distanzlos blasphemischer wurde er. Wobei schwer zu sagen ist, inwiefern er sich dabei selbst ernst nahm.

Versuche ich, mich seines Gesichts zu erinnern, so erinnere ich mich zuerst seiner Augen. Und wenn es stimmt, dass die Augen die Fenster der Seele sind, so muss er eine schöne Seele gehabt haben. Indes ist Schönheit, fürchte ich (hoffe ich?), vielleicht gar nicht das, worauf es ankommt. Wie dem auch sei, fielen besonders die Frauen darauf herein.

Erst recht, seit sich Pepi als Prophet produzierte. Seine Jüngerinnen artikulierten den Eindruck, den diese Augen auf sie machten, einfach ungehemmter als seine Jünger. Waren diese Augen grün, blau oder grau – darüber wurden sie sich wegen der wechselnden Lichtverhältnisse nie einig. Manche von ihnen ließen sich zu einem Enthusiasmus hinreißen, der ihm sicher nicht guttat.

Aber von Anfang an (wer könnte das besser wissen als ich) war etwas in diesen Augen, das sich über ihre eigene Schönheit lustig machte. Und mit zunehmendem Alter entstanden um diese Augen viele kleine Lachfältchen. Genau genommen kreuzten die einen die anderen. Besonders gut war das zu erkennen, wenn P. P., der sich als Prophet noch mehr als früher im Freien aufhielt, im Sommer braungebrannt auftrat.

Gewiss gab es um Pepis älter werdende Augen herum auch Melancholiefältchen, Trauerfältchen und ganz einfach Problemfältchen. Denn erstens war er, bei all seiner Neigung, die Dinge der Welt nicht ernst zu nehmen, bezüglich der Geschichte, die mit uns, gegen uns, über unsere Köpfe hinweg geschieht, sensibler als mancher andere, zweitens aber hinterließ die Geschichte, in der er selbst die Hauptrolle spielte, mit der Zeit auch ihre Spuren. Hatte doch das sogenannte Leben keine Scheu davor, einen, der sich für einen Propheten hielt, ab und zu etwas härter anzupacken. Vielleicht waren die Mehrzahl der Fältchen um seine Augen jedoch ganz einfach Kneiffältchen – mein Freund schaute gern in die Sonne, und ich habe ihn nie mit Sonnenbrille gesehen.

Zu Pepis nach biblischem Muster aufgebauschter Familiensaga wäre noch Folgendes zu ergänzen. Dass Esther Prohaska, die nachmalige Schäfchenoma, bei der Eintragung ins Taufbuch einfach vergessen wurde, hatte – leider – noch weitreichende Konsequenzen. Geriet sie dadurch doch von vornherein in eine Außenseiterrolle. Eine Rolle, die sie zwar später als gewissermaßen aristokratische bejahte, aber bis dahin war ein weiter, beschwerlicher und eine böse Strecke lang sogar lebensgefährlicher Weg. Vorerst dürfte sie sich jedenfalls alles andere als auserwählt gefühlt haben. In der (katholischen) Schule wurde sie wegen ihrer langen schwarzen Haare als »Judenmensch« gehänselt. Zumindest der zweite Teil dieses Wortes war eindeutig beleidigend. Dass sie den ersten unter diesen Umständen als Auszeichnung empfand, ist unwahrscheinlich. Zur jungen Frau herangewachsen, lernte sie einen jungen Mann kennen, den ihre Familie aus Gründen, die ich nicht kenne, ablehnte. Vielleicht ganz einfach deshalb, weil er ihr ein Kind gemacht hatte, ohne damit bis zur Hochzeit zu warten. Jedenfalls verschwand dieser junge Mann, über dessen Identität, religiöses Bekenntnis und Nationalität – so Pepi – die Schäfchenoma sich ihm gegenüber nur sehr vage geäußert hatte. Sicher sei eigentlich nur, dass er Jaro geheißen habe und dass sie dann mit einem unehelichen Kind zurückblieb, aber inzwischen war der Erste Weltkrieg ausgebrochen und danach war alles ohnehin ganz anders.

Das uneheliche Kind, Pepis Vater, wurde zwanzig Jahre danach ebenso wenig an der Wiener Kunstakademie aufgenommen wie derjenige seiner Landsleute, den Pepi, sobald er damit anfing, sich in die Apokalypse zu vertiefen und kabbalistische Mystik zu treiben, mit der Zahl 666 bezeichnete. Vielleicht hätten die Professoren der Akademie diesen Typ trotz seines mäßigen Talents aufnehmen sollen. So Pepi. Damit wäre der Welt Entsetzliches erspart geblieben. Denn was kann ein Maler, und sei er noch so untalentiert, schon Schlimmes anrichten? Papa Prohaska war um einiges jünger, sein Versuch, in die Gilde der akademischen Maler aufgenommen zu werden, muss also erheblich später stattgefunden haben. Da war jener andere längst in die Politik gegangen. Der Anstreicher, nannte ihn Brecht, den Pepi auch in seiner esoterischen Zeit noch gern zitierte. Er selbst, der die Neigung zum bodenständigen Dialekt bei all seinen Gedankenflügen nie verleugnete, nannte Hitler manchmal den Anschmierer.

Was Pepis Vater betrifft, so blieb er seiner künstlerischen Neigung trotz Ablehnung durch die Professoren jener Akademie treu. Er zeichnete und malte ganz einfach weiter. Da er Lebensmittel als Motiv schätzte, malte er gern auf Märkten. Vielleicht war es aber auch umgekehrt, und er malte gern auf den Märkten, weil ihm der Magen knurrte und dort ab und zu etwas für ihn abfiel.

Zum Beispiel auf dem Viktor-Adler-Markt im Arbeiterbezirk Favoriten. Dass er dabei ausgerechnet auf eine Enkelin der Familie Mihalczin traf, die, noch vor dem bitteren Ende der Monarchie, ebenso in die dadurch von ihrem Hinterland abgeschnittene Hauptstadt gezogen war wie der vormalige Herr Spaziergang, nur eben nicht mit dem Kohlen-, sondern mit dem Gemüsewagen, klingt ja ziemlich unwahrscheinlich. Es trifft aber zu. Schon eine Generation vorher hatte eine Tochter dieser Familie, Pepis slowakische Großmutter, Pepis tschechischen Großvater, den Lokomotivführer, geheiratet, und zwar in der Pfarre St. Anton in Wien X. Eine ihrer sieben Töchter hieß Manja, also eigentlich Maria. Aus ihr wurde Pepis mir später so exklusiv und elegant erscheinende Mutter.

Johann Prohaska (als Maler nannte sich Pepis Vater Jean, aber dieser Name war nie amtlich), Johann also und Maria heirateten am 31.1.1938. Und zwar in der Pfarre Mariahilf, das ist im 6. Wiener Gemeindebezirk. Ein sogenanntes besseres Viertel, doch Papa Prohaska wohnte dort nur in Untermiete. Da ich als Quellen meiner Biographie nicht bloß persönliche Erinnerungen verwenden wollte, habe ich mich um Dokumente gekümmert.

Es folgt, wie man weiß, ein sehr dunkles Kapitel Geschichte. Auch die Familiengeschichte ist hier dunkel, denn wie Papa Prohaska, wenn auch römisch-katholisch laut Geburtsurkunde und Heimatschein, zu einem weit genug zurückreichenden Ariernachweis kam, bleibt unklar. Schwer vorstellbar, wie er mit seinem Aussehen und seiner Mentalität bei der Wehrmacht, zu der er noch vor Ende desselben Jahres eingezogen wurde, auch nur die Grundausbildung überstand. Er war allerdings auch mimisch und gestisch begabt und fasste, so Pepi, die Anpassung an die großdeutsche Idiotie vielleicht als schauspielerische Herausforderung auf.

1940 marschierte er trotz eines Hüftleidens, das sich durch die Belastung der ersten Monate bemerkbar machte, nach Frankreich. Das heißt, er marschierte nicht, sondern fuhr im Lastwagen. Hatte irgendetwas mit der Versorgung zu tun, das war zwar auch kein Vergnügen, aber halb so schlimm. Auf einem

Foto, das ihn vor einem Bauernhaus in der Bretagne zeigt, rupft er gerade ein Huhn; der Kessel wartet.

1942 hatte der Anschmierer die jungen Männer schon nach Russland geschickt, wo es ihnen weit dreckiger ging, aber Pepis Vater war noch immer in Rouen. Anscheinend als Ordonnanz bei irgendeinem in Okkupationsverwaltung tätigen Offizier. Um Weihnachten 1942 muss er auf Urlaub in Wien gewesen sein, wenn er denn Pepi, der im August 1943 zur Welt kam, gezeugt haben soll. Dieses Konzeptionsdatum angenommen, wäre der Prophet allerdings etwas zu früh geboren. Was Papa Prohaska betraf, so verschwand er darauf für eine Weile. Laut Pepi setzte er sich zur Résistence ab. Weder dafür noch dagegen gibt es Beweise. Es fällt mir, ehrlich gesagt, schwer, ihn mir mit einem Gewehr in der Hand vorzustellen, sei es aufseiten der Okkupation, sei es aufseiten des Widerstands. Manchmal redete Pepi auch von einer französischen Freundin. Vielleicht war das Wunschdenken. Eine ebenso nette wie couragierte Frau, die seinen Vater, den Schlawiner, versteckt habe. Das wäre übrigens in Montpellier oder Aix-en-Provence gewesen, nicht im besetzten, sondern im unter der Verwaltung des greisen Marschalls Pétain kollaborierenden Teil Frankreichs. Jedenfalls konnte oder wollte Jean Prohaska bis Kriegsende nichts mehr von sich hören lassen und lernte seinen Sohn erst kennen, als dieser beinahe zwei Jahre alt war.

Aus diesen zwei vaterlosen Jahren hat Pepi natürlich einiges für seinen persönlichen Mythos abgeleitet. Übrigens Widersprüchliches: Denn wäre er nicht der Sohn seines Vaters gewesen, so auch nicht der Enkel seiner Großmutter, auf die er indes (was ich verstehen kann) größten Wert legte. Solche Widersprüche, antwortete er auf meinen diesbezüglichen Einwand, seien allerdings auch anderen Evangelienschreibern schon unterlaufen. Denn wenn beispielsweise Matthäus Jesu Geschlechtsregister auf Gedeih und Verderb vom bloßen Ziehvater Josef auf David und Jesse zurückbiege, aber andererseits die Jungfrau Maria in den ersten sie betreffenden Worten (1/18) vorstelle als »empfangen habend vom Heiligen Geist«, so sei das nichts anderes, und insofern sei sein, Pepis, Evangelium ein sozusagen ganz typisches.

Genug der Chuzpe. Auf diverse, recht ausführlich geschilderte Gefährdungen des Babypropheten (Verwechslung mit einem anderen Säugling auf der Geburtsklinik des Wiener Allgemeinen Krankenhauses, Flucht vor den auf Wien fallenden Bomben zu Verwandten ins Burgenland, neuerliche Flucht vor den dort selbstverständlich zuallererst einmarschierenden Russen, sehr abenteuerlich und zu Fuß, »Maria durch ein' Dornwald ging«) will ich wirklich nicht näher eingehen. Schon lohnender zu erzählen wäre, dass und wie die Großmutter einen Gerechten fand, der sie tausend Jahre lang versteckte. Aber darüber mochte sie – so Pepi – ganz gegen ihre sonstige Neigung nicht viel reden. Und außerdem (man weiß nicht, was kommt) wollte sie niemanden kompromittieren oder gar in Gefahr bringen.

Hinzufügen muss ich noch, dass Pepi dieses sein sogenanntes Evangelium nicht gleich zu Anfang seiner Prophetenlaufbahn schrieb – und am Ende schrieb, fast noch schlimmer, jemand anderer ein anderes. Aber es muss wohl schon in seinem Kopf herumgespukt sein, als er, ein mit seinen, wie ich schätze, knapp über eins siebzig Körpergröße doch bestenfalls mittelgroßer Mensch, vors Riesentor des Stephansdoms trat und, nach seiner eigenen Schilderung, dessen ungeachtet, ob man ihm zuhörte oder nicht, zu predigen begann. Die Worte (laut Protokoll der Polizei handelte es sich um einen »wirren Wort*schwall*«), die Worte also, so Pepi selbst, seien einfach aus ihm herausgesprudelt. Dass man ihn nicht zurück auf die Psychiatrie schickte, hat er, nebenbei bemerkt, mir zu verdanken; von der Behörde nach einer Person seines Vertrauens befragt, nannte er, was mich schon am Telefon rührte, meinen Namen, ich verbürgte mich also für seine Harmlosigkeit und nahm ihn vorerst mit nach Hause.

Was ist denn in dich gefahren?, fragte ich, als ich die Tür hinter uns versperrt hatte.

Die Ruach, sagte er.

Was?, fragte ich.

Der Atem Gottes.

Jetzt hör aber auf!, sagte ich.

Nein, sagte er. Jetzt fang ich erst an.

Schön, sagte ich, aber schlaf dich vorher aus. Es ist spät.

Tatsächlich war es nach Mitternacht, und ich musste am nächsten Morgen früh aufstehen. Ich hatte nämlich (in die Schule wollte ich nicht zurück) eine Stelle als Bibliothekar in der Zentralbücherei angenommen und hatte einen langen Weg zur Arbeit. Spannte Pepi also ein Leintuch über die Couch im Wohnzimmer und zog mich ins Schlafzimmer zurück. Während ich einzuschlafen versuchte, hörte ich ihn noch lange auf und ab gehen.

Als mein Wecker läutete und ich mich, schwer genug, aufraffte, gab Pepi keinen Ton von sich. Ich trank also meinen Kaffee allein und schrieb ihm einige Zeilen, des Inhalts, dass er sich, ohne alle Umstände, vorläufig als mein Gast fühlen solle. Ich käme ungefähr um sechs zurück und würde nicht böse sein, ihn noch bei mir anzutreffen. Neben den Zettel auf den Küchentisch legte ich die zweite Garnitur Wohnungsschlüssel, die Susi in Amerika nicht brauchte.

Er war noch anwesend, als ich am Abend heimkam. Das heißt, er war da, machte aber einen abwesenden Eindruck. Ich stellte Teewasser auf den Herd, öffnete eine Dose Sardinen, strich Butter aufs Brot. Dann aßen wir, und ich erzählte ihm Belangloses über meinen neuen Job, er nickte hin und wieder, aber ich bin nicht sicher, ob er mir wirklich zuhörte. Da er von sich aus nicht auf seinen Auftritt vor der Stephanskirche zu sprechen kam, wollte ich ihn nicht daran erinnern. Andererseits wusste ich nicht, was ich in dieser Situation sonst mit ihm reden sollte, also drehte ich den Fernseher auf. Wir sahen einen Film mit Jack Lemmon, bei dem sich Pepi, manchmal laut auflachend, anscheinend gut unterhielt. Da er danach keine Anstalten machte zu gehen – und wohin, fiel mir ein, hätte er auch gehen sollen, seine Hütte auf dem Laaerberg war ja abgebrannt –, breitete ich das von ihm säuberlich zusammengefaltete Leintuch wieder aus und sagte Gute Nacht.

Am folgenden Morgen frühstückte er mit mir, also ersuchte ich ihn, falls er weiterhin bleiben wolle, untertags ein paar Lebensmittel einzukaufen. Ja, sagte er, die hundert Schilling, die ich ihm zu diesem Zweck gab, einsteckend, gern – als ich am Abend die Tür aufsperrte, wehte mir ein nicht unangenehmer Duft nach Eierspeise entgegen. Omelette Surprise, sagte Pepi, der in der Küche am Herd stand und hausfraulich lächelte. Was er in die Eierspeise eingebaut hatte, war tatsächlich überraschend: Schmelzkäse, Oliven, Kapern und allerlei Gewürze – es war etwas ungewöhnlich, aber schmeckte. Während und nach dem Essen unterhielten wir uns. Wir redeten viel über die alten Zeiten in der Schule, etwas weniger über die neueren mit Susi, nichts über die neuesten. Pepi war zwar noch immer deutlich stiller als früher, aber ich hatte den Eindruck, er sei sozusagen auf dem Wege der Besserung. Um ihn nicht etwa davon abzubringen, vermied ich sorgfältig jede Anspielung auf seinen Prophetenspleen.

So lebten wir ungefähr eine Woche recht friedlich. Und ich

muss zugeben, dass ich an dieser Art des Zusammenlebens Gefallen fand. Kam ich nach Hause, wusste ich mich erwartet, Pepi löste das Versprechen, das er mit der Omelette Surprise gegeben hatte, jeden Abend aufs Neue erfreulich ein. Nach dem Essen saßen wir immer entspannter, plauderten, spielten ab und zu Schach, wählten aus dem Fernsehprogramm aus, was uns beide interessierte – meine Ehe mit Susi war nie so harmonisch gewesen.

Dann aber sprach mich eines Tages die Hausbesorgerin an. Was ist denn das für ein komischer Vogel?, fragte sie, ihren Besen wie eine Hellebarde vor sich hinhaltend, der da bei Ihnen wohnt? Ich wollte schon antworten, dass sie das nichts angehe, aber sie ließ mich nicht zu Wort kommen. Erstens, sagte sie, müssen Sie den anmelden, wenn Sie keine Schwierigkeiten mit der Verwaltung kriegen wollen, und zweitens sagen Sie ihm gefälligst, er soll das unterlassen! Was er denn unterlassen solle, fragte ich, in die Defensive getrieben, weil ahnungsvoll. Na, sagte sie, dass er die Hausparteien belästigt! Wie er sie denn belästige, musste ich fragen. Das wissen Sie nicht?, sagte sie, na, er geht von Tür zu Tür und sagt, er kommt mit einer Botschaft vom Herrgott.

Pepi, sagte ich beim anschließenden Abendessen, das mir weniger schmeckte als sonst, Pepi, was soll das?

Was?, fragte er freundlich.

Na, dass du hier hausieren gehst. Mit deinen komischen Ideen.

Er wickelte weiter seine Spaghetti und machte einen stillvergnügten Eindruck.

Das sind nicht *meine* komischen Ideen, sagte er, sondern die komischen Ideen Gottes.

Jaja, sagte ich, ich weiß schon. Ich bin vom Fach. Aber ich wohne hier. Und gedenke noch länger hier zu wohnen. Ich kenne die Leute. Das heißt, ich kenne sie *nicht.* Aber so weit kenne ich sie, dass ich mir denken kann: Die wollen nicht hören, was du ihnen zu sagen hast.

Darauf sagte Pepi nichts, sondern wusch das Geschirr ab. Wobei er Weihnachtslieder vor sich hin summte, obwohl der Advent erst in ungefähr drei Wochen anfing. *Sein* Advent hatte offenbar schon begonnen. Irgendwie, das fiel mir auch und erst recht beim Fernsehen auf, strahlte er – wir hatten extreme Empfangsstörungen.

Ob er die Hausparteien weiter mit seinen Botschaften von Gott verärgerte, kann ich nicht mit Sicherheit sagen. Die Hausmeisterin tat dessen keine Erwähnung mehr, aber sie hatte auch aufgehört, mich zu grüßen. Offiziell, etwa in Form eines Appells an die Hausverwaltung, unternahm sie anscheinend nichts. Aber ich habe den begründeten Verdacht, dass sie sich anderer Beziehungen bediente.

Ein paar Tage später nämlich klingelte es an der Tür. Ich saß gerade im Zimmer und arbeitete an einer Buchempfehlung für die Bibliothekszeitschrift. Das war wohl der Grund, warum Pepi aufmachen ging. Ich hörte Stimmen, eine männliche und eine weibliche, die ich im ersten Moment nicht erkannte, dazu Pepis Stimme, jene und diese in einem rasch heftiger werdenden Wortwechsel, und dann ein Gepolter, das ich mir nicht erklären konnte, bis ich am Ort der Auseinandersetzung (laut Polizeibericht zwischen Eingangstür und Badezimmertür einerseits, zwischen Küchentür und Eingangstür andererseits, einem recht engen Schlauch von maximal vier Quadratmetern) ankam.

Stimmt, vielleicht hätte ich meine Schwiegereltern gleich nach meiner Rückkehr aus Amerika über alles informieren sollen. Aber es fiel mir, wie man vielleicht begreifen wird, schwer, ganz einfach hinzugehen und ihnen einzugestehen, dass ich ihre Tochter samt Enkelkind jenseits des großen Wassers gelassen hatte. Oder genauer: dass ihre Tochter dort geblieben sei, weil ich wahrscheinlich nicht der richtige Mann für sie war. Weder der richtige Mann für diese noch für eine andere Tochter.

So waren also seit meiner Rückkehr drei Monate vergangen, und Susis Eltern wussten noch immer von nichts. Oder sie wussten (vielleicht) etwas (aber was?!) durch die Hausmeisterin. Auf dem Kommissariat haben sie angegeben, sie seien anlässlich ihres Abendspaziergangs – man wird sich erinnern, dass sie leider nur wenige Gassen entfernt lebten – zufällig vorbeigekommen und hätten in der Wohnung ihrer Tochter Licht gesehen. Die Aufregung, die Herrn Wirth bei der ein knappes Jahr später anberaumten Bezirksgerichtsverhandlung als mildernder Umstand zugebilligt wurde, die Aufregung eines ohnehin zum Jähzorn neigenden Mannes angesichts seines zumindest in seinen Augen missratenen Beinaheschwiegersohns, mit dem oder ohne den ja alles ganz anders hätte kommen können, kann sogar ich nachfühlen.

Wobei, kann ich mir vorstellen, der Schock noch größer gewesen wäre, wenn sie, *nicht* durch die Hausmeisterin vorbereitet, sondern wirklich zufällig vorbeigekommen, nur durch den Lichtschein hinter den (der Aussteuer der Tochter entstammenden) Vorhängen angelockt, wie von ihnen behauptet, einfach geklingelt und dann Pepi, ausgerechnet *ihn*, erblickt haben sollten. Andererseits: Sollten sie, wie von ihrem Anwalt möglicherweise nur zum Ausschluss der Vorsätzlichkeit ihrer rabiaten Aktion dementiert, vorher gehört haben, dass Pepi, ausgerechnet *er*, mit einer angeblichen Botschaft von Gott die Türen des Hauses abklapperte, in dem ihre Tochter wahrscheinlich auf anständige Art wohnen geblieben wäre, *wenn* nicht – ihre Empörung (und die entsprechende spondylarthroide Haltung) muss extrem gewesen sein. Wie auch immer, dem Herrn Wirth schwoll, so beschrieb es das Opfer seines Zorns nachher, als die von den Nachbarn verständigte Polizei samt Schwiegereltern und Hausmeisterin endlich wieder abgezogen war, die verästelte Schläfenader, er wurde ganz violett im Gesicht und schlug auf Pepi los. Während die Frau Wirth in fast fledermaushaft hohen Tönen kreischte und sich in den (nur zur Verteidigung, wie Pepi betonte) erhobenen Arm krallte, an dem ihre Tochter, seiner Unwürdigkeit halber, letzten Endes doch nicht aus Standesamt und Kirche getreten war.

Tja, sagte Pepi, mit einem feuchten Handtuch seine Wunden kühlend, es wird vielleicht doch besser sein, wenn ich dieses gastliche Haus in absehbarer Zeit verlasse. Ich hatte, ich muss es gestehen, nicht viel dagegen. In den Anfängen, grinste mein Freund mit einem, infolge der unsanften Behandlung etwas schief gekommenen Mund, haben alle Propheten gewisse Schwierigkeiten. Tatsächlich verließ er das gastliche Haus am folgenden Tag.

Übrigens war er mir nur ein paar Wochen voraus. Denn auch meines Bleibens dort war, nach den turbulenten Ereignissen jenes Abends, nicht wesentlich länger. Ich mietete die erstbeste Wohnung, die ich in der Preisklasse, die ich mir leisten konnte, fand, und schickte die ehelichen Schlüssel in einem rekommandiert aufgegebenen Kuvert an die Wirthseltern zurück. Erst bei der Verhandlung, die (dem Tempo der Justizbürokratie entsprechend) erst Monate später stattfand, sah man einander wieder.

Herr Wirth nämlich hatte (Stimmt, sagte Pepi, er habe es nicht geschafft, auch noch die rechte Backe hinzuhalten, nachdem er an der linken so heftig berührt worden war) einen Kratzer an der Nase abbekommen. Und da er sich immer im Recht fühlte, hatte *er* Pepi geklagt. Doch abgesehen davon, dass die Richterin die Unverhältnismäßigkeit dieses Kratzers im Vergleich zu Pepis amtsärztlich bestätigten, obschon gottlob auch nur leichten Körperverletzungen einsah, hatte der Schwiegervater zu diesem Zeitpunkt keine Chance mehr. P. P. war inzwischen eine, wenn auch umstrittene Figur des öffentlichen Lebens geworden.

Wie er das eigentlich schaffte, bekam ich nicht mit. Mit seinem blauen Auge verschwand er fürs Erste wieder aus meinem Gesichtskreis, und ich war, obwohl uneingestanden, wieder einmal froh darüber. Hatte mit meiner neuen – genau genommen einer uralten – Wohnung zu tun (ein Wasserfleck an der Wand ließ sich nicht und nicht trockenlegen), versuchte, nachdem ich nun einmal in der Bücherei Fuß gefasst hatte, ein, zwei Stufen höher zu steigen. Was Pepi betraf, so hielt ich es für das Beste, anzunehmen, er sei wieder im Ausland.

Er war aber, atypischer Weise, ein Prophet, der in seinem Vaterland zur Geltung kam. Wenngleich begünstigt durch eine neue Stimmung unter den jüngeren Leuten im sogenannten Westen, die allmählich auch bei uns, im äußersten Osten desselben, um sich griff. Ein Bibliothekarskollege, mit dem ich mich ansonsten durch ähnliche Neigungen verbunden fühlte, ersetzte das Mao-Plakat über seinem Bett durch ein Bildnis des Bhagwan. Nicht nur der orange gewandeten Gefolgschaft dieses Gurus begegnete man in den Straßen Wiens, sondern auch den in hässlichen Latzhosen auftretenden Anhängern des Aktionisten Mühl, grau und kahlgeschoren wie KZ-Häftlinge.

Gewiss, da lag etwas in der Luft, eine neue Empfänglichkeit für Spirituelles. Und eine Bereitschaft, auf falsche Propheten hereinzufallen. Außen wie Schafe, innen wie reißende Wölfe. Was Pepi betraf, so war er, bei aller Problematik seines Wesens, anders.

Zum Ersten hatte er eigentlich nichts Exotisches. Bei aller Kuriosität seines Auftretens und seiner Auffassungen griff er ja auf Bekanntes zurück. Er ging an die Wurzeln. Stimmt, sagte er einmal, in diesem Sinn bin ich radikal. Aber das ist ja nichts Neues, unter uns Propheten hat das Tradition.

Zum Zweiten hatte er wenig Lust an der Macht. Vielleicht lag es daran, dass er Lust lieber unmittelbar auslebte. Das ist nicht jedem gegeben, diesbezüglich hatte er ein glückliches Naturell. Natürlich sublimierte er auch, sein Prophetentheater war ja nicht zuletzt eine Kulturleistung (zumindest eine Subkulturleistung), doch Sublimierung, sagte er, sollte es sich tatsächlich um so etwas handeln, ist ja schon der etymologischen Herkunft nach was Feineres.

Darüber unterhielten wir uns aber erst später. Am Höhepunkt oder am Ende seiner Karriere. Über diese Phase werde ich aus eigener Anschauung berichten. Über den Anfang bin ich auf Gewährsleute angewiesen.

Ja, den Anfang, den Aufgang seines Sterns am Prophetenhimmel, habe ich damals glatt verschlafen. Oder nicht wahrgenommen. Anscheinend wollte ich ihn einfach nicht wahrhaben. Zwar erinnere ich mich, im Winter oder Frühjahr des Jahres 1971 oder 72, einen Artikel im Favoritner Bezirksblatt gelesen zu haben, der mich amüsierte, aber ich brachte ihn nicht mit Pepi in Verbindung. Von einer Horde Hippies wurde da berichtet, die im Amalienbad, einem ehrwürdigen Baudenkmal aus der heroischen Zeit der Gemeinde Wien, eine gewisse Aufregung verursacht hatten.

Die respektlosen jungen Menschen hätten, hieß es, zuerst der Vorschrift, im Fall einer gewissen Haarlänge Badehauben zu tragen, nicht entsprochen und dann der wiederholten Aufforderung des Bademeisters, das Schwimmbecken zu verlassen, nicht Folge geleistet. Der Bademeister habe den Direktor zur Hilfe geholt, die Langhaarigen, deren Geschlecht, männlich oder weiblich, kaum unterscheidbar gewesen sei, diese Langhaarigen aber hätten sich durch die Autorität nicht beeindrucken lassen. Vielmehr seien sie auf provokante Weise, nämlich im Konvoi (!), im Becken auf und ab geschwommen. Der Direktor, in Anzug und Krawatte am Rand des Beckens hin- und herlaufend, hätte beinahe einen Herzinfarkt erlitten und von der endlich eingetroffenen Polizeistreife medizinisch versorgt werden müssen.

Nicht unähnliche Artikel schilderten die demonstrative Besetzung von Grünflächen, deren Betreten in Wien damals noch weitgehend verboten war. Einmal war in diesem Zusammenhang wohl vom Burggarten die Rede, ein anderes Mal vom Belvedere oder vom Garten des Schlosses Schönbrunn. In einem Blatt, das gern halb nackte Mädchen in neckischen Posen zeigte, wurde angedeutet, dass die sogenannten Anarchisten sich nicht mit einem bloßen Sit-in zufriedengegeben hätten, sondern drauf und dran gewesen seien, es in ein Love-in übergehen zu lassen. Ich las das und lachte darüber, kam jedoch nicht auf die Idee, dass es sich dabei um Pepi und die Seinen handeln könnte.

Gewährsleute brauche ich also für diese Anfänge. Ein Gewährsmann war nicht aufzutreiben, aber eine Gewährsfrau habe ich mit Glück gefunden. Nein, nicht diejenige, die sich als Prohaskaspezialistin Nummer eins aufspielt, seit uns der Prophet abhandengekommen ist. Diese Sibylle Seidl, Verkünderin dessen, was er nie gesagt und getan hat, ist ja erst sehr, sehr spät zu Pepis Schar gestoßen. *Sibylle* Seidl! Meinen Informationen nach heißt sie gar nicht Sibylle. Sondern schlicht Berta. Schon der Name ist also Hochstapelei. Von ihr soll aber erst später (und wenn es nach mir geht, sehr sparsam) die Rede sein. Meine Gewährsfrau für die Anfänge von Pepis Mission heißt Mitzi.

Maria also. Im Wiener Diminutiv. Ihren Familiennamen solle ich weglassen. Der sei doch nicht wichtig, oder? Mitzi genüge. Gegen die Wiedergabe des Interviews, das sie mir in einer langen und in mancher Hinsicht denkwürdigen Nacht gegeben hat, hatte sie aber nichts einzuwenden.

Es war im zweiten Jahr nach Pepis Verschwinden. Ich besuche selten typische Wiener Gasthäuser, in dieser Atmosphäre fühle ich mich nicht wohl. Damals jedoch, als ich mit diesen Aufzeichnungen begann, lastete der Sommer schwer auf der Stadt, der Abend war heiß, ich verspürte eine unwiderstehliche Lust auf ein Bier. An der Theke eines Beisels, das ich nie zuvor betreten hatte, fand ich mich unversehens in Gesellschaft einer etwas alkoholisierten Person.

Ihre Anlehnungstendenz paarte sich mit dem Bedürfnis, mir ihr Herz auszuschütten. Weißt eh, was ich mein! Ich hatte keine Ahnung, was sie meinte. Soeben hatte ich mich ihr dezent entzogen, als der Name Pepi fiel. He, sagte sie, kannst du dich wirklich nicht mehr an mich erinnern?

Ehrlich gestanden, sagte ich, könne ich nicht.

Aber geh, sagte sie, du warst doch auch in der Fabrik.

War das möglich? Mir kam der Tag in den Sinn, als ich zum ersten Mal zu Pepi und den Seinen ins Ziegelwerk hinuntergestiegen war.

Sie hatte sich stark verändert, nicht zu ihrem Vorteil, muss ich leider sagen, aber allmählich gelang es mir, unter der Unschärfe ihrer Züge das Gesicht von damals wiederzuerkennen.

Das war sie! Das Mädchen an Pepis linker Seite. Eine gute Farbe hatte sie damals gehabt. Sei es vom Aufenthalt im Freien, sei es von der Liebe. Im Gegensatz zu dem jungen Mann, der rechts von Pepi gesessen war, den konnte auch die stärkste Sonne nicht bräunen. Sie saßen an einem langen Tisch – das heißt, eigentlich handelte es sich um ein bloßes Brett, das sie auf aufgetürmte Ziegel gelegt hatten. In der Mitte stand eine grüne Doppelliterflasche Wein, in einer großen Steingutschüssel lagen rote Zwiebeln. Pepi und seine Schar. Na, hatte er gesagt, was schaust du so? Steh nicht herum, sondern setz dich zu uns und schneid dir ein Stück Brot ab.

Und?, sagte Mitzi. Ist der Groschen gefallen?

Ja, sagte ich.

Gut, sagte sie. Also zahlst du mir ein Viertel?

Konnte ich nein sagen? Nein, das konnte ich kaum. Aber sobald sie ausgetrunken hatte, schlug ich vor, das Lokal zu wechseln.

Und wohin gehen wir?, fragte sie.

Zu mir, sagte ich

Sie seufzte. Okay, sagte sie. Hast du ein anständiges Bett?

Es war gar nicht leicht, gewisse Missverständnisse auszuräumen; angeblich wollten alle Männer nur das eine.

Ich nicht, sagte ich. Hast du etwas dagegen, wenn ich den Kassettenrekorder einschalte?

Wie ich ihn kennengelernt hab, begann sie, das war im »Exil«. Das sagt dir nichts? Das war eine Diskothek. Ein bissel grindig. Eine finstere Höhle. Da sind seine Augen besonders aufgefallen.

Pepis Augen. Natürlich. Das konnte ich mir vorstellen. Mit dem Blickkontakt fing also alles an. Er sei einfach dort gesessen und habe geschaut. Und Mitzi spürte, dass dieser Typ sie ansah.

Na und?, habe sie gedacht. Gefall ich ihm halt. So was soll vorkommen. Hat nicht viel zu bedeuten. Noch lang kein Grund, besonders zu reagieren. Aber sie schaffte es nicht, ihn zu ignorieren.

Das sei ihr, sagte sie, vorher noch nie passiert. Einfach nicht wegschauen oder weggehen zu können. Sich von einem Blick so festgehalten zu fühlen. Schließlich sei sie zu ihm hingegangen und habe gefragt, ob er ein Foto von ihr wolle.

Nein, habe er gesagt, ein Foto, das wäre ihm zu wenig.

Oh je, habe sie gedacht. Diese Tour kenne sie schon.

Aber das sei ein Irrtum gewesen – Pepis Tour kannte sie noch nicht. Denn danach habe er keineswegs versucht, sie mit dem üblichen, blöden Gerede anzubraten, sondern habe sie nach wie vor nichts als angeschaut.

Na ja, sagte sie. Das war zwar aufs Erste spannend. Doch auf die Dauer war es schon wieder langweilig. Ach rutsch mir doch den Buckel hinunter, habe sie gedacht. Und habe sich einen anderen Kerl zum Tanzen angelacht.

Sie habe damals leidenschaftlich getanzt. Freestyle. Wie alle. Das sei ihr am liebsten gewesen. Da hat man sich, sagte sie, abreagieren können. Jethro Tull, dann die Stones, dann Santana, also darüber habe sie den großen Schweiger zuerst einmal vergessen.

Beinahe zumindest. Aber dann sei was Komisches passiert. Der DJ habe nämlich Iron Butterfly aufgelegt. Und zwar die Nummer »In-A-Gadda-Da-Vida«. Erinnerst du dich, dieses fast endlos lange Schlagzeugsolo?

Ich nickte. Ja. Ich glaub schon. Etwa sieben Minuten.

Genau das Doppelte, sagte Mitzi. Vierzehn. Vierzehn Minuten und noch ein paar Sekunden. Also bei diesem Solo sind nach und nach alle ausgestiegen.

Du meinst, sie haben zu tanzen aufgehört?

Genau, sagte Mitzi. Nach und nach war man ratlos. Hast du es schnell getanzt, ist dir die Luft ausgegangen, hast du es langsam getanzt, die Lust. Das zu Ende zu tanzen und dabei gute Figur zu machen, das heißt, sich auf die Dauer nicht blöd vorzukommen, war eigentlich unmöglich. Wir sind also auch ausgestiegen, mein Partner und ich. Trinken wir was?, hat mich der Knabe gefragt. Cola mit Rum? Von mir aus, hab ich gesagt. Aber während er sich zur Bar vorgearbeitet hat, bin ich zurückgeblieben, denn inzwischen hat mich etwas von ihm abgelenkt.

Und zwar extrem, sagte Mitzi. Der Schweigsame nämlich. Pepi also. Auf einmal war er im Zentrum. Im Zentrum der Aufmerksamkeit, im Zentrum des Raums. Nicht nur für sie, sondern für die ganze Disko.

Die Tanzfläche, sagte sie, war jetzt vollkommen leer. Und es war, als hätte er nur auf diesen Augenblick gewartet. Ach ja, natürlich! Pepis Sinn für Effekte! Er sei einfach aufgestanden und in die Mitte getreten.

Genau unter diese Kristallkugel, sagte Mitzi. Die Kugel, die sich dort unter der Decke gedreht hat. So eine Glitzerkugel aus Spiegelscherben. Ab und zu habe ein Lichtstrahl seinen Scheitel gestreift.

Und dann habe Pepi ganz einfach zu tanzen begonnen. Solo. Er habe keine Partner gebraucht. Zuerst ganz verhalten, nur mit Fingern und Zehen. Ja, seine Zehen habe man auch gesehen, trotz der kalten Jahreszeit habe er Sandalen ohne Socken getragen. Mit Fingern und Zehen also, rhythmisch bewegt. Dann aber, nach und nach, mit Händen und Füßen. Und dann mit Armen und Beinen. Und dann »als Ganzer«. Nach einer Weile habe es nichts mehr an ihm gegeben, das nicht getanzt habe.

Jetzt lach nicht, sagte sie. Der Typ war einfach ein Wahnsinn! Er hat Jeans und einen ausgebeulten Pullover angehabt, aber es war, als wär er nackt gewesen. Nackter als nackt. Er war sozusagen durchsichtig. Nicht nur mit dem Körper habe er getanzt, sondern auch mit der Seele.

Ob er auch gut getanzt hat? Nein, ich glaub nicht. Aber ich hab nie zuvor und nie danach jemanden *so* tanzen gesehen. Zuerst hab ich gedacht, der zieht eine Show ab, aber das war keine Show. Das war keine Show, das war – ja, das war ein Ereignis.

Und es sei ein regelrechter Sog gewesen, den sie von ihm ausgehen gespürt habe. Oder genauer: eine Art von Gravitation. Sodass sie ihm schließlich nicht mehr widerstehen konnte. Und die letzten paar Takte mit ihm getanzt habe.

Und dann sei es gewesen, als wache er auf und sei gar nicht überrascht. Nicht überrascht darüber, dass sie da war. Er habe gelächelt und nur ein Wort gesagt. Komm, habe er gesagt. Und da sei sie mit ihm gegangen.

Wohin? Das war ihr in diesem Moment egal. Sie sei einfach mitgegangen, ohne zu fragen.

Es war Nacht. Es war finster. Die Straßenbeleuchtung war schlecht. Aber Pepi habe ihr vorangeleuchtet. Ja, sagte Mitzi, genau so sei es gewesen. Pepi habe geleuchtet wie ein Glühwürmchen. Obwohl die Jahreszeit nicht nach Glühwürmchen war. Es habe sogar ein wenig geschneit, aber als er seinen Arm erst um ihre Schulter und dann um ihre Hüfte gelegt habe, sei ihr die Temperatur durchaus angenehm vorgekommen.

Und dann seien sie dort gewesen, vor dem Haus, in dem dieser irre Typ offenbar wohnte.

Und er habe das Haustor aufgesperrt, und im Flur habe er sie geküsst. Und dann habe er sie durch einen Innenhof geführt, weißt du, so ein Hof, sagte sie, mit einem Pawlatschenrundgang im ersten Stock. Da habe der Mond hereingeschienen, und Pepi habe gelächelt und ihr mit dem Finger an den Lippen signalisiert, dass sie leise sein solle.

Und dann hat er die Tür zu einer ebenerdigen Wohnung aufgesperrt. Und hat mich an der Hand genommen und durch zwei dunkle Zimmer geführt. Und dann sind wir in ein drittes Zimmer gekommen, da haben wir uns hingelegt, das heißt, wir sind hingesunken, zumindest ich. Und er hat gefragt: Wie heißt du? Und ich hätt beinah gesagt: Ich weiß nicht. Aber dann hab ich gesagt: Mitzi.

Dann aber das Erwachen am nächsten Tag. Wie sie bemerkt habe, dass sie nicht allein waren. Nur er und ich, habe sie phantasiert, nur ich und er. Jetzt habe sich herausgestellt, dass es da noch einige andere gab.

Wo bin ich denn da hingeraten?, habe sie im ersten Moment gedacht. Das ist ja ein regelrechtes Matratzenlager! Das darf ja nicht wahr sein, habe sie gesagt. Was sind denn das für Freaks? Aber Pepi habe gesagt, das seien alles seine Freunde.

Seine Freunde und Freundinnen selbstverständlich. Das ist der Bernhard, das ist der Peter, das ist die Klara. Das ist die Ruth, und das ist die Christa, und das ist der weiße Hansi. Und das ist die Mitzi, habe er gesagt, die wird vielleicht bei uns bleiben.

Na hallo, habe sie gedacht, was bildet denn der sich ein?

Warum soll ich bei euch bleiben?, habe sie gefragt.

Weil du mich gernhast, habe er geantwortet. Und weil du auch die anderen gernhaben könntest. Jeder und jede hier ist auf seine Art liebenswert.

Der ist ja nicht nur eingebildet, habe sie gedacht, sondern der spinnt. Aber sie sei nicht gegangen, sondern geblieben. Vorerst zum Frühstück. Warum denn nicht?, habe sie gedacht. Ihr Magen habe geknurrt. Die Liebe macht ja auch hungrig.

Und es habe ein schönes Frühstück gegeben. Jedenfalls habe sie es damals schön gefunden. So einfach es war. Ein paar Semmeln, Butter und Milch. Aber das eigentlich Schöne daran war die Gemeinsamkeit. Wie sie beisammengesessen seien, und wie die Sonne durchs Fenster geschienen habe. So schön beleuchtet habe sie die Gesichter der Typen gesehen, die da im Kreis saßen. Sechs, oder waren es damals schon sieben?, ach ja, ein gewisser Tommy sei im Laufe des Tages auch noch aufgetaucht. Und so extrem ihr einige davon aufs Erste erschienen seien, nach und nach habe sie jeden Einzelnen, jede Einzelne von ihnen auf ganz eigene Weise wahrgenommen.

Die Burschen und Männer ebenso wie die Mädchen. Obwohl sie auf die zuerst ein bisschen eifersüchtig gewesen sei. Besonders auf Klara, die zwar, fand sie, eigentlich nicht gut aussah. Doch schien gerade sie besonders mit Pepi verbunden, da war anscheinend etwas zwischen ihnen gewesen, bevor das Gruppenleben begonnen hatte.

Sie, Mitzi, sei übrigens nicht gleich geblieben, schon damit Pepi sich nicht allzu viel einbilde. Sie habe ja auch noch ein anderes Leben gehabt. Daran hing sie allerdings nicht besonders, ihre Eltern, bei denen sie damals noch wohnte, gingen ihr auf die Nerven, die Jobs, in denen sie arbeitete, nachdem sie im letzten Jahr vor der Matura aus dem Gymnasium geflogen war, schienen ihr alles andere als erfüllend. Und die Beziehungen, die sie bis dahin gehabt hatte, waren nie von Dauer gewesen. Trotzdem. Fürs Erste sei sie in dieses Leben zurückgekehrt. In einem Damenmodengeschäft auf der Margaretenstraße habe sie Auslagen dekoriert, die blödesten Typen seien vor dem Schaufenster stehen geblieben und hätten sie angestarrt. Mit ihrem Vater hätte sie keine zwei Worte reden können, ohne zu streiten, und ihre Mutter hätte bei ihrem Anblick immer nur geseufzt. Einen ehemaligen Freund namens Helmut habe sie angerufen und am Wochenende getroffen, aber der arbeitete inzwischen bei einer Krankenkasse und schien ihr erschreckend langweilig.

Bei alldem ging ihr Pepi nicht aus dem Sinn. Der war halt was anderes; sie wusste nicht recht, was, aber dass er was anderes sei, schien ihr klar. Und dass das Leben mit ihm etwas anderes sei, das Leben mit ihm und den Seinen, wenn es denn sein musste. Und tatsächlich waren das ja ganz liebe Leute, besonders der Tommy, der als Letzter aufgetaucht sei, habe ihr eigentlich recht gut gefallen, mit seinen Engelshaaren und der Gitarre, zu der er gesungen habe, mit einer rührenden Stimme wie Donovan.

Und dann, ein Wochenende danach, da sei sie spazieren gegangen, ohne groß zu überlegen, wohin, und siehe da, auf einmal war sie in der Gasse, in der Pepi damals wohnte. Und da war schon das Haus, in dem sie bei ihm übernachtet hatte, und das Tor war bei Tag unversperrt. Und da war der Flur, in dem er sie geküsst hatte, und da war der Innenhof, durch den er sie an der Hand geführt hatte. Und da war die Tür, durch die sie in die finsteren Räume eingetreten waren, aber jetzt war erst Nachmittag, also war es drin noch halbwegs hell, im ersten Raum, einem Vorzimmer, standen eine Menge staubiger Schuhe, und ein paar Jacken und Mäntel hingen an der Kleiderablage, und aus dem zweiten Raum, der Küche, waren Stimmen zu hören, das heißt im Wesentlichen eine Stimme.

Und ich hab auch die zweite Tür geöffnet, erzählte Mitzi, es war die zur Küche, und da ist Pepi auf dem Holzboden gesessen, im Schneidersitz, und hat etwas vorgelesen. Eine Art Gebet – war es von diesem Pharao, wie heißt er, Echnaton?, oder vom heiligen Franz von Assisi, ich weiß nicht. Er hat das später noch oft vorgelesen, mit der Zeit hat er es auch auswendig gesprochen, und ich war immer wieder beeindruckt. Aber ich war nie sicher, ob es jetzt das Gebet oder der Gesang von dem war oder von jenem, manchmal hat er die zwei ja auch kombiniert, und zwischendurch war einiges von ihm selber.

Seine ganz persönliche Version des Sonnengesangs hat Pepi allerdings erst unten im Ziegelwerk verfasst. Nachdem er und die Seinen ebenjene Fabrik bezogen hatten, von der Mitzi gesprochen hatte. BESETZT, hatten sie auf ein Transparent geschrieben, das an der Fassade flatterte. Oben, auf dem Schornstein, den man über eine rostige Eisenleiter erklettern konnte, hatte Pepi eigenhändig die provokante Fahne aufgepflanzt, ein Leintuch mit einem großen roten Klecks, zu dem man alle möglichen Assoziationen haben konnte.

Bis dahin war einiges geschehen seit jenem Abend, an dem Mitzi sich entschlossen hatte, bei der Gruppe zu bleiben. Ein paar Mal hatten sie umziehen müssen, Pepi und seine Schar, immer wieder hatten Nachbarn und Anrainer es geschafft, sie loszuwerden, die Begründungen dafür reichten von nächtlicher Ruhestörung bis zur Unterstellung orgiastischer Umtriebe. Die Zusammensetzung der Gruppe hatte sich verändert, ein bunter Haufen, das sei sie ja von Anfang an gewesen, aber mit dem Zuzug von Jackie, die aus Mississippi oder Missouri kam, sei das Spektrum der Pigmente und Temperamente noch vielfältiger geworden. Und das alles sei gut, habe Pepi gesagt, der dann für eine Weile gerade der besonders zugeneigt gewesen sei (was Mitzi, nach Tonfall und Miene zu schließen, mit denen sie davon erzählte, anscheinend gar nicht so gut gefunden hatte), das alles sei gut, denn die Menschen seien verschieden, und Gott, der sie so gemacht habe, müsse demzufolge auch viel übrighaben für Abwechslung.

In Mitzis Erzählung über den Beginn ihrer Liebe zu Pepi war es Anfang Dezember. Als die Gruppe unten im Ziegelwerk aufzufallen begann, war Mai. Ein halbes Jahr, eigentlich eine kurze Zeit, wenn man bedenkt, was bis dahin alles geschah. Erst die Umzüge, dann die, wenn auch notdürftige, Adaptierung der Fabrik. Das schaffen wir nie, habe Tommy bei ihrem ersten Anblick gesagt. Zwei oder drei Partien Maurer schaffen das nicht, das ist ja unmöglich! – Nichts ist unmöglich, habe Pepi gesagt, wenn man nur daran glaubt. Und habe, man glaubt es kaum, zu Schaufel und Spitzhacke gegriffen.

In einem Stapel alter Zeitschriften, die ich, da es mir schwerfällt, so etwas wegzuwerfen, seit Jahren aufbewahre, habe ich eine Nummer des Magazins *en face* aus dem Juni 1974 gefunden. Auf dem Titelblatt prangt ein Foto von Pepi mit wehenden Haaren. Es dürfte auf dem flachen Dach der Fabrik entstanden sein. Jedenfalls sieht man nur seinen nackten Oberkörper mit viel Himmel dahinter. Der Artikel im Inneren des Blattes ist von beachtlichem Umfang. Ein Interview mit dem Bundeskanzler, das in der nächsten Nummer abgedruckt wurde, ist nur unerheblich länger. »Schräger Jesaias oder Eulenspiegel?« *en face*, steht da zu lesen, sprach mit dem Gebäudebesetzer und selbsternannten Propheten Pepi Prohaska.

en face: Herr Prohaska, Sie und Ihre Anhänger haben dieses alte Fabriksgebäude hier am Fuße des Wienerbergs besetzt. Warum?

PROHASKA: Wir wollen ein anderes Leben führen als das den meisten Menschen in unserer Zeit zugemutete. Darum.

en face: Was für ein Leben?

PROHASKA: Ein unmittelbareres. Ein ehrlicheres. Ein einfacheres. Ein vergnüglicheres. Man könnte auch sagen: ein gottgefälligeres.

en face: Darauf werden wir noch zurückkommen, aber vorerst zu den Fakten. Sie und Ihre Jünger …

PROHASKA: Sagen Sie lieber: ich und meine Freunde.

en face: Seit wann hausen Sie hier?

PROHASKA: Seit Frühlingsanfang. Das war ein guter Termin.

en face: Nicht noch ein bisschen kalt?

PROHASKA: Oh doch. Aber wir können uns aneinander erwärmen.

en face: Auch darauf werden wir noch zurückkommen. Wie viele waren Sie zu Beginn?

PROHASKA: Sieben. Das ist eine gute Zahl.

en face: Und wie viele sind Sie jetzt?

PROHASKA: Das wechselt. Sagen wir vierzig.

en face: Männlein und Weiblein?

PROHASKA: Natürlich. So hat uns der liebe Gott konzipiert.

en face: Schön. Und was tun Sie hier?
PROHASKA: Na, schaun Sie sich doch um!
en face: Sie säen nicht, Sie ernten nicht …
PROHASKA: Nein. Aber wir haben zum Beispiel begonnen, diese Fabrik herzurichten.
en face: Auf eigenwillige Weise …
PROHASKA: Klar sind wir eigenwillig.
en face: Keine Schwierigkeiten mit den Behörden?
PROHASKA: Bis dato sind die vorsichtig.
en face: Wieso eigentlich?
PROHASKA: Vielleicht liegt's an meinem Charisma.
en face: Sie meinen, die wissen nicht, was sie von Ihnen halten sollen?
PROHASKA: So kann man es auch ausdrücken.
en face: Dass Sie den Kardinal und den Oberrabbiner eingeladen haben, Sie zu besuchen – stimmt das?
PROHASKA: Ja, das stimmt.
en face: Und?
PROHASKA: Ich habe Geduld. Ich warte.
en face: Angenommen, die beiden Herren besuchen Sie wirklich – glauben Sie, dass diese Wandgemälde …
PROHASKA: Welche?
en face: Na die hier … dass diese Wandgemälde ihnen gefallen werden?
PROHASKA: Und warum nicht?
en face: Man könnte sie, sagen wir, pornographisch finden.
PROHASKA: Könnte man. Ja. Ich finde sie lebenslustig.
en face: Okay. Was machen Sie sonst außer mauern und malen?
PROHASKA: Musik.
en face: Man hört es.
PROHASKA: Wir singen und tanzen.

en face: Und weiter?

PROHASKA: Wir fischen im Ziegelteich. Wir essen und trinken. Wir lieben uns und einander.

en face: Alles zur höheren Ehre Gottes?

PROHASKA: Na sicher.

en face: Wieso?

PROHASKA: Weil Gott das Leben, das die meisten anderen führen, missfällt.

en face: Das hat er Ihnen gesagt?

PROHASKA: Das hat er mir nicht zu sagen *brauchen.*

en face: Und was sagt er Ihnen sonst?

PROHASKA: Tu weiter so, Pepi.

en face: Na, Gott befohlen! Sagen Sie – woher kommen Ihre Anhänger?

PROHASKA: Sie meinen milieumäßig? Also das ist verschieden.

en face: Nicht doch im Wesentlichen aus dem Studentenmilieu?

PROHASKA: Ja, aber nicht ausschließlich. Die Ines da drüben zum Beispiel kommt aus einem Teppichbegehinstitut.

en face: Einem was?

PROHASKA: Aus einem Teppichbegehinstitut. Das ist ein Institut, in dem man Spannteppiche begeht, um auszuprobieren, wie lang sie begangen werden können. Man begeht sie übrigens nicht persönlich, sondern maschinell. Glauben Sie nicht auch, dass es Gott lieber ist, wenn sie das sein lässt?

en face: Das können wir nicht beurteilen. Aber Sie meinen wohl, dass das Sinnangebot des modernen Lebens …

PROHASKA: Gewonnen, gewonnen! Dieses Angebot ist keins. Es wird für normal gehalten, dass man zwei Drittel des Tages, der Woche, des Monats, des Lebens, Blödsinn macht, um sich im dritten Drittel davon erholen zu können. Zum Ausgleich des dadurch entstehenden Sinndefizits bekommt man Geld und kann sich in dieser lebenslänglichen Sinnlosigkeit komfortabel einrichten.

en face: Sehen Sie das nicht etwas allzu pauschal?

PROHASKA: Nein. Ich denke mir, Gott muss das auch so pauschal sehn.

en face: Ja, wenn er von sehr hoch oben herunterschaut. Aber einmal angenommen, es gibt ihn: Sieht Gott nicht auch jeden Einzelnen aus der Nähe?

PROHASKA: Schon. Aber nicht als Konsumidioten, verstehen Sie? Und ebenso wenig als Produktionstrottel. So sieht uns bestimmt nicht Gott, so sieht uns die Wirtschaft. Aber: Du kannst nicht zugleich Gott und dem Mammon dienen; Matthäus 6/24.

en face: Ja, Herr Prohaska. Auch wir haben die Bergpredigt zitiert. Aber wie stellen Sie sich das vor? Weg von der Geldwirtschaft? Zurück zur Tauschwirtschaft?

PROHASKA: Es gibt einen Film mit den Marx-Brothers, den ich sehr gernhab. Da treffen sich zwei dieser Brüder, nachdem sie sich lang nicht gesehn haben – und dann zieht jeder der beiden die gleiche Stange Wurst aus der Brusttasche und überreicht sie dem andern.

en face: Wie sollen wir das verstehen?

PROHASKA: Verstehn Sie's als Modell. Das ist nicht nur Warentausch, sondern auch Austausch von Liebe. Jeder hat dem andern etwas zu bieten, es ist im Grund genommen das andere vom selben. Aber man freut sich, umarmt sich und klopft sich gegenseitig auf die Schulter.

en face: Fein. Aber ziemlich utopisch, finden Sie nicht? Vor allem: Wer zahlt die Salami?

PROHASKA: (schweigt).

en face: Apropos zahlen, Pepi: Wer finanziert Sie?

PROHASKA: Nur wenn Sie's nicht weitersagen, verrat ich's: Moskau.

en face: Lassen wir das, Herr Prohaska. Viele Ihrer Anhänger sind sehr jung.

PROHASKA: Na und? Wenn sie in Pension sind, ist es zu spät.

en face: Wozu?

PROHASKA: Zum Leben.

en face: Nach *Ihrer* Façon?

PROHASKA: Nach ihrer eigenen Façon. Das ist es, worauf es ankommt.

en face: Und wenn das alle tun?

PROHASKA: Die Gefahr besteht nicht.

en face: Nur einmal angenommen.

PROHASKA: Na, dann kommt vielleicht das Reich Gottes.

en face: Wahrscheinlich kommt eher der Kreislaufkollaps des Staates.

PROHASKA: Das hätten Sie aber Jesus auch sagen können.

en face: Stichwort Jesus, Pepi. Ihr Selbstverständnis. Sie fühlen sich als Prophet. Haben Sie Gott gesucht?

PROHASKA: Das ist ein Missverständnis. Ich bin ja kein Heiliger. Ein Prophet ist nicht einer, der Gott sucht, sondern einer, der von Gott gesucht wird.

en face: Gott hat also *Sie* gesucht. Und hat Sie gefunden.

PROHASKA: *Es* scheint so.

en face: Und Sie glauben, dass er in Ihnen den Richtigen erwischt hat?

PROHASKA: Ich hoffe.

en face: Herr Prohaska, was prophezeien Sie eigentlich?

PROHASKA: Auch das ist ein Missverständnis. Ein Prophet ist ja kein Wetterfrosch.

en face: Sondern?

PROHASKA: Einer, der zum Beispiel die Herrschenden schön schimpft.
en face: Im Namen Gottes?
PROHASKA: Im Namen Gottes und der Menschen.
en face: Tun Sie das, Pepi?
PROHASKA: Ich steh ja erst ziemlich am Anfang.
en face: Pepi Prohaska, wir danken für dieses Gespräch.

Über die Bezahlung der Salami hatte Pepi allerdings doch seine – in diesem Interview vielleicht aus taktischen Gründen verschwiegenen – Auffassungen. In der Türkei, erzählte er öfter, habe er ehemals zwei Fischer kennengelernt, Mustafa und Kadir mit Namen, die – er sei einige Wochen mit ihnen aufs Meer hinausgefahren – vom Ertrag ihrer beschaulichen Arbeit ihr einfaches, aber in dem Sinne, den er im Sinn habe, gutes Leben hätten fristen können. Abends die Netze auslegen, morgens die Netze einholen – zwischen acht und neun Uhr vormittags sei der zuweilen karge, zuweilen aber auch reiche Fang schon im Boot gewesen. Die kleinen Fische hätten sie den an der Mole wartenden Katzen geschenkt, die größeren noch vor zehn auf dem Markt verkauft, je zwei oder drei für den Eigenbedarf zurückbehalten, für die täglichen Bedürfnisse ihrer Familie habe es immer gereicht, und der nicht unerhebliche Rest ihrer Stunden sei für Muße und Meditation übrig geblieben.

Nun, ich will mich hier nicht im Ernst darauf einlassen, die Bedingung der Möglichkeit zur Realisierung einer solchen Idylle ohne Rückfall in vorindustrielle und somit auch vorkomfortable Verhältnisse zu reflektieren. Pepi war halt, zumindest mit *einer* – übrigens kaum der schlechtesten – Seite seines Wesens, ein Romantiker. Außerdem hatten auch Mustafa und Kadir, wie er manchmal zugab, noch andere als die erwähnten Bedürfnisse, etwa einen neuen Außenbordmotor oder einen Kassettenrekorder zur Vertreibung der doch ab und zu aufkommenden, maritimen Langeweile. Abgesehen von den Witterungsverhältnissen bei uns und den politischen Verhältnissen in der Türkei, die doch, will mir scheinen, gewisse Bedenken hinsichtlich des Imports dieses Mustafa-Kadir-Modells nahelegen.

Dass die Wirtschaft, auf die er im *en-face*-Interview so treffend zu sprechen gekommen ist, Mittel und Wege finden würde, die Einführung und Verbreitung dieses Modells zu verhindern, ist keine Frage. War Pepi, der wider die krankhafte Ausbreitung des Wirtschaftslebens schon damals tatsächlich prophetische Worte fand (»Wachstum, nichts als Wachstum wird propagiert. Hört zu, was ich euch sag: Was ständig wächst, ist ein Krebsgeschwür!«), war Pepi im Grunde seines weiten Herzens ein naiver Mensch? Vielleicht, ja. Aber, obwohl er dementiert hat, ein Heiliger sein zu wollen (und dazu, mein Gott, waren die gegenteiligen Tendenzen in seiner Seele viel zu heftig): Mit seinem Traum vom einfachen Leben war er nicht naiver als der heilige Franziskus.

Eine gewisse Bescheidenheit vorausgesetzt, die auch anderen Menschen gut anstehen würde, predigte er in Rück- und Hinblick auf ein schönes, einfaches, beschauliches Fischerleben, eine gewisse Bescheidenheit vorausgesetzt, geht das. Am Fuße des Wienerbergs wäre es allerdings nur gegangen, wenn das prädiluviale Meer, dessen Vorstellung er so gern heraufbeschwor, noch da gewesen wäre. Der Ertrag des Fischfangs aus den Ziegelteichen nämlich (vor allem fing man ihre Winzigkeit schon durch ihren volkstümlichen Namen verratende »Spenadler«, seltener auch nicht gerade durch ihre Größe beeindruckende Rotschwänze) reichte keineswegs zur Stillung des Hungers seiner zugegebenermaßen relativ großen Familie. Ganz abgesehen davon, dass eines Tages ein grauhaariger Herr im grauen, wenn man Pepi Glauben schenkt, auch noch fischgrätenbemusterten

Anzug erschien, um Pepi und die Seinen darauf aufmerksam zu machen, dass Fischen in unseren Breiten nur mit Fischerkarte erlaubt sei, denn sonst könnte ja ein jeder.

Solche Herren wie der, sagte Pepi, als der Graue, angeblich Fischgrätenbemusterte wieder weg war, gehören in jener Welt, die ich mir vorstelle, eben in Pension geschickt. – Und wer, soll Kuno, ein Jünger, der später noch eine sehr fragwürdige Rolle spielen sollte, schon damals geätzt haben, wird die Pension für *die* wovon bezahlen? Jedenfalls konnte keine Rede davon sein, dass der ab da bewusst illegal weiterbetriebene Ziegelteichfischfang den Hunger der Gruppe auch nur einigermaßen stillte. Und auch durch den Diebstahl von Erdäpfeln und Kukuruz auf den Richtung Inzersdorf und Oberlaa bebauten Feldern ließen sich die Mägen nur unzureichend füllen.

Zwar brachte, zumindest war es so ausgemacht, jeder mit, was er hatte, aber die meisten, die Pepi folgten, hatten nicht viel. Macht euch keine Sorgen, sagte er, der liebe Gott wird sich schon etwas einfallen lassen. Mitzi erzählte, dass Pepi wunderschön predigte (besonders schön predigte er auf einem nur ein paar hundert Meter von der Fabrik entfernten Lößhügel). Aber zur Vermehrung von Lebensmitteln durch Wunder hatte er kein Talent.

Es war also wirklich ein Glück, dass René dazustieß. Dieser René, ich habe ihn, wenn auch nur flüchtig, zu Gesicht bekommen, war ein Industriellensohn mit schlechtem Gewissen. Um ihm dieses schlechte Gewissen anzusehen, musste man übrigens kein großer Psychologe sein. Schon die Art, wie er auftrat – blass, leise, und wie er sprach: sich trotzdem schnell ereifernd –, schon diese Art verriet ihn.

Andererseits war er nicht bar jeder Selbstironie. Vielleicht war die Selbstironie, die er hatte, jener, über die Pepi verfügte, gar nicht so unähnlich. Hier war eine gute Basis für gegenseitige

Sympathie. Die Selbstironie eines Industriellensohns jedenfalls war genau das, was der pekuniär zwar im Allgemeinen desinteressierte, aber in dieser besonderen Lage bedürftige Prophet brauchte.

Renés Vater, ein zumindest auf Fotos freundlich aussehender Bürger älteren Stils, hatte nicht nur eine Textilfabrik, die von der damals gerade auf sich aufmerksam machenden Frauenbewegung als für frauenfeindlich erklärte Negligés erzeugte, sondern auch gewisse, der kapitalistischen Wirtschaft immanente Probleme. Probleme, denen er durch – wenn auch seiner persönlichen Ansicht nach moderate – Rationalisierungsmaßnahmen entgegenzuwirken versuchte. Maßnahmen, die den Negligékönig unpopulär machten, obwohl sie – sein einige Jahre nach den hier geschilderten Ereignissen angemeldeter Konkurs ist der Beweis dafür – nichts nützten. Aber vielleicht hat auch sein Sohn zu diesem nicht nur materiellen, sondern dem Vernehmen nach ebenso ideellen Konkurs das Seine beigetragen.

Ihn fischte sich Pepi (befremdlich, wo er sich, wenn er die Wienerberggründe verließ, herumtrieb) im »Salettl«, einem am anderen Ende der Stadt gelegenen Treff schicker Bodenkultur- und Welthandelsstudenten. Ich hab auch eine Fabrik, sagte er, nachdem René, etwas angeheitert oder auch -getrauert, aus seiner noch nicht, aber absehbar bald durch Besitz beschwerten Seele keine Kapitalistengrube machte, ich hab auch eine Fabrik, aber die ist ganz und gar im Eigentum der mit mir übrigens völlig gleichberechtigten Belegschaft. Über diese völlige Gleichberechtigung, fügte Mitzi, das erzählend, hinzu, hätte man streiten oder zumindest lang diskutieren können. Aber Pepi und René diskutierten an diesem lauschigen Abend (sie saßen, Mitzi war dabei, im Garten des »Salettls«, und René spendierte »jede Menge« Drei- oder gar Fünfsterncognac) über etwas ganz anderes.

Geld macht nicht glücklich, lallte nämlich René.

Natürlich nicht, sagte P. P. Wie könnte es auch.

Was meinst du?, stutzte René.

Na, was ich dir sage. Geld *kann* gar nicht glücklich machen. Geld ist nur Schein!

So?, sagte René und griff nach seiner, wie Mitzi am Geruch erkannte, schweinsledernen Brieftasche. Und zog einen Tausendschillingschein heraus und legte ihn, unbesorgt ob der sich eben erhebenden Abendbrise, auf den Tisch.

Nur Schein so ein Schein?

Nur Schein, sagte Pepi, genau.

Und nahm die Banknote und verbrannte sie demonstrativ in der Flamme des pseudobiedermeierlichen Windlichtchens, das die Cognacgläser beleuchtete.

Dies imponierte, so Mitzi, René gewaltig. Er reichte Pepi einen Tausender nach dem anderen, und Pepi, mit einem pyromanischen Glitzern in den Augen, verbrannte weitere drei. Beim vierten berührte sie seinen Unterarm in beschwichtigender Absicht, beim fünften öffnete er endlich seinen Mund und sprach. Wenn es dir nicht um den Schein geht, sondern um die Wirklichkeit, dann komm zu uns.

Und er nahm eine Serviette und zeichnete einen Plan. Schau, sagte er, du kommst entweder von der Triester Straße oder von der Laxenburger Straße. Oder du kommst von der Raxstraße und gehst den Brunnweg. Gib nicht vorzeitig auf, sondern geh frohen Herzens voran. Wenn du wirklich willst, wirst du uns finden.

Ein ganz anderer Fall sei Max gewesen. Der tauchte auf, als Pepi wieder einmal predigte. Dort, auf dem Hügel. Das war seine Lieblingsstelle, sagte Mitzi. Er hatte natürlich auch seine Lieblingsstellen in der Schrift.

Die Seligpreisungen, klar, das war naheliegend. Er war gerade dabei zu erklären, dass die Armen im Geiste keineswegs die Behinderten seien und schon gar nicht die Idioten. Die Idioten seien vielmehr die Blödiane, die sich in der lauwarmen Suppe ihrer sogenannten Normalität suhlten. Die Armen im Geiste aber seien diejenigen, die auf den ganzen materiellen Unfug verzichteten, und zwar um des Geistes willen.

So ungefähr. Er konnte sich ganz schön in Rage reden. In Rage, sagte Mitzi, und in Begeisterung. Aber Be-geisterung, sagte Pepi, was ist das? Das Erfülltsein vom Geist – und dieser Geist kommt nicht in Form einer Taube vom Himmel herabgeschwebt, das ist ein Übersetzungsfehler, sondern in Form von Feuerzungen!

Max also. Einer von denen, die die Gegend mit ihren Mopeds zerpflügten. Ein paar von denen seien schon früher aufgetaucht. Pepi sei oben auf der Anhöhe gesessen, im Schneider-, Türken- oder Lotossitz, umgeben vom Häuflein der Seinigen. Und die seien unten herumgelungert, am Fuß des Hügels, geringschätzig aus der Lederwäsche schauend.

Sie hätten geschaut, ihre Zigaretten geraucht oder ihren Kaugummi gekaut. Manchmal hätten sie gegrinst oder eine abfällige Bemerkung gemacht. Nein, richtig aggressiv seien sie nicht geworden. Nach einer Weile hätten sie für gewöhnlich die Motoren ihrer Mopeds aufheulen lassen und seien weitergefahren.

Max aber habe sich nach und nach angenähert. Dem Vernehmen nach habe er den Propheten zuallererst mit »Reservechristus« angesprochen. Reservechristus, was machst denn da? Usw. Das klingt wie ein Zitat. Aber es ist unwahrscheinlich, dass Max belesen war.

Mag er sie also spontan gebraucht haben, diese Wendung. Einen mehr oder minder jungen Mann mit mehr oder minder langem Haar als »Reservechristus« zu bezeichnen, hielten einfache Gemüter auch damals, beinah ein Jahrzehnt nach Aufkommen dieser Mode, noch für originell. Und Pepi fasste das nicht als Beleidigung auf. Was ich da mach? Na das merkst du doch. Ich predige.

Predigst du Wasser oder Wein?, fragte Max.

Natürlich Wein!, antwortete Pepi. Und zwar einen guten.

Ich trink lieber Bier, sagte Max. Und was predigst du sonst?

Bleib da und hör zu, sagte Pepi. Sperr die Ohren auf, dann weißt du's!

Na ja, sagte Mitzi. Und dann sei er tatsächlich eine Weile geblieben. Zwar habe er ab und zu durch lautstarke Unmutsäußerungen gestört, wenn er zum Beispiel ein Fremdwort nicht verstanden habe, aber Pepi habe sich nicht aus der Ruhe bringen lassen. Auch demonstrativ gerülpst habe Max und provokant, das heißt, ohne dazu mehr als zwei Schritte zur Seite zu treten, gepinkelt. Irgendwann sei er verschwunden. Aber zur nächsten Predigt sei er wieder aufgetaucht.

So sei das einige Wochen gegangen, Pepis Stamm hatte sich schon daran gewöhnt. Doch Ende August sei der Typ aggressiv geworden. Vielleicht lag es am Wetter, es war schwül, und die Stechmücken vom Ziegelteich kamen in Wolken angeflogen. Scheißgelsen!, fluchte Max und schlug mit seinen großen Händen auf seine muskulösen Arme.

Und dann, Mitzi wusste nicht mehr, wie das zugegangen war, stand er auf einmal vor Pepi. In einer Haltung, die ziemlich bedrohlich wirkte.

Du komische Figur!, sagte er. Du heiliger Arsch mit Ohren!

Na komm, sagte Pepi. Sei friedlich! Was hast du für ein Problem?

Das Problem bist *du*, sagte Max. Du mit deinem Gerede vom Geist! Was soll denn das? Ich glaub doch nicht an Gespenster! – Geist, das sei höchstens das, worauf ihm Pepi gehe. Er solle gefälligst aufstehen und verschwinden.

Auf einmal sei dann ein Springmesser im Spiel gewesen. Und kaum habe die erschrockene Schar die ebenso überraschend wie erschreckend aufblitzende Klinge wahrgenommen, war deren Spitze auch schon auf Pepis Kehle gerichtet. Steh auf und verschwind!, wiederholte Max ein paarmal. Aber obwohl er sich, wie er mir später gestand, schrecklich vor der Messerspitze an seinem Kehlkopf fürchtete, blieb mein Freund sitzen und ließ es sozusagen darauf ankommen.

Nach einer ziemlich endlosen Weile (so Pepi wörtlich) schnappte das Springmesser mit einem sehr hellen Klick zurück. Und der arme Teufel Max entwich ins Dunkel. Dort warf er sich hörbar wütend auf sein Moped. Und fuhr mit einer Serie böser Motorfürze davon.

Dann vergingen, so Mitzi, zwei, drei Wochen. Doch Mitte September etwa kam er wieder. Diesmal nicht zur Predigt am Hügel, sondern direkt zur Fabrik. Und eigenartigerweise zu Fuß. Schon dadurch wirkte er verlegen.

Pepi und die Seinen versuchten gerade, der Baupolizei und der Statik zum Trotz, eine eingestürzte Mauer wieder aufzurichten.

Max lehnte eine gute Viertelstunde daneben und erzeugte Kaugummiblasen.

Das kann man ja net mit anschauen, sagte er schließlich. So könne die Mauer ja nie gerade werden.

Sprach's, streifte die Lederjacke ab und arbeitete mit. Was der Mauer ganz ohne Frage guttat. Schön und aufrecht stand sie endlich da. Alle hatten das gute Gefühl, etwas geleistet zu haben.

Nachher, beim Essen, wurde Max dann gesprächig. Sein Eisen (damit meinte er sein Moped) habe den Geist aufgegeben.

Pepi fand erheiternd, dass er in diesem Zusammenhang von Geist sprach.

Aber Max blieb ernst. Er habe auch Troubles mit seinen Alten.

Na und?, sagte Pepi. Warum erzählst du uns das?

Sie haben mich rausgeschmissen!, sagte Max.

Er nagte an seiner Unterlippe. Es fiel ihm offenbar nicht leicht, um etwas zu bitten. Aber dann tat er es doch: Kann ich für eine Nacht bei euch bleiben?

Hätte Pepi da nein sagen können? Hätte er nicht. Er hatte den Typ ja angezogen, mit der ihm eigenen Art von Magnetismus. Bei aller Ambivalenz. Jetzt hatte er ihn am Hals. Den schwarzledernen Max. Max den Problemjünger.

Ja, sagte Pepi später. Natürlich war er ein Problem. Aber weißt du was? Ich hab ihn geliebt! Für ihn hätte ich vom Reservechristus zum richtigen Christus werden wollen. Das hab ich halt leider Gottes nicht ganz geschafft.

Persönlich lernte ich Max anlässlich meines zweiten oder dritten Besuchs in der Fabrik kennen. Ja, ich gestehe, ich ging dort öfter hin. Ich musste doch sehen, was Pepi da unten trieb. Die Schauergeschichten, die man von der sogenannten Kommune hörte und las, waren zwar dazu angetan, meiner üblichen Sorge um ihn neue Nahrung zu geben, aber im Grund (also unter allen Rationalisierungen) war ich ganz einfach ebenso neugierig und voyeuristisch wie damals viele andere.

Da waren die Ziegelwerksgründe, und da waren ihre neuen Bewohner. Ein Stamm, ja, die Bezeichnung war ganz zutreffend, von Vorstadtindianern. Und Indianer*innen* wohlgemerkt, im September noch immer leicht bekleidet. In einem gewissen Abstand von diesem Reservat trieben sich eine Menge Schaulustige herum, nicht nur Polizisten in Zivil, wie mir scheint, sondern auch ganz private Personen, einige davon mit Feldstechern.

Zum Unterschied von diesem fragwürdigen Publikum getraute ich mich allerdings weiterzugehen. Näher heran an die Schar dieser schönen Wilden. Ja, mitten unter sie, wobei ich angesichts gewisser Blößen die Augen senkte. Sie ihrerseits hatten vor mir keine Scheu. Ich war ja ein Freund ihres Häuptlings.

An einem dieser schönen Tage also trat mir Max entgegen. Stieß mir zur Begrüßung seine Bärentatze vor die Brust und grinste.

Du bist dem Pepi sein alter Haberer, stimmts?

Ja, sagte ich.

Das muss schön sein, sagte er, ihn schon so lang zu kennen.

Mir war dieser Auftritt damals ein bisschen peinlich. Nicht nur, weil mir die Bezeichnung Haberer, eine im Wienerischen zwar durchaus übliche Verballhornung aus dem Jiddischen oder genauer aus dem Hebräischen, die nichts weiter als Freund oder Genosse bedeutet, aus diesem Mund ein wenig zu ordinär klang. Da war noch etwas anderes, das mich irritierte. Die Bemerkung, dass es schön sein müsse, *ihn* schon so lang zu kennen, schien mir ein erstes Indiz von Personenkult.

Gerade, weil der Mensch, der das gesagt hatte, so allzu simpel und, ja, vertrauensselig wirkte. Er kam mir vor wie ein Kind und somit gefährdet. Erst recht, als er gleich damit anfing, mir seine Geschichte zu erzählen. Suff und Prügel im Elternhaus, Ungerechtigkeit und Unterdrückung in der Schule, das alles kaum zu verdauen, also ein schwerer Pinkel Wut im Bauch.

Und wo sollte einer wie er, unter diesen Voraussetzungen pubertierend, in der nicht zuletzt emotionalen Wüste der Hasenleitensiedlung zu Wien-Simmering Liebe finden oder gefunden haben, he? Und wäre er nicht Pepi begegnet, den er allerdings beinahe versehentlich abgestochen hätte, wer weiß, was ihm dann noch passiert wäre. Aber Pepi, wenn auch rein körperlich, verglichen mit ihm zumindest, eine halbe Portion, also Pepi sei stark. Stark im Schädel, stark im Herz und das imponiere ihm, obwohl es sich auf Schmerz reime, um meine lange Bekanntschaft mit Pepi sei ich zu beneiden.

Du wirst halt einer von uns, hatte Pepi gesagt. Geh weg von denen, die dich nicht verstehen, komm zu denen, welchen es ähnlich ergangen ist wie dir, nimm Platz in ihrem Kreis. Was brauchst du Vater und Mutter, hier sind deine Brüder und Schwestern. Mag es dort drinnen kalt sein, hier draußen brennt auch für dich ein Lagerfeuer.

Aber das hat nicht gestimmt, räsonierte er später. Wir *waren* nicht seine Brüder und Schwestern, so leid es mir tut. So ähnlich wie ihm ist es *niemand* von uns ergangen. Wir haben leicht Peripherie spielen gehabt, er ist – im Ernst – von vornherein draußen gewesen, gerade weil er so mittendrin war.

Wo mittendrin?

Im systemimmanenten Schlamassel. Das war nicht einfach rituell zu bewältigen.

Ich taufe dich, sagte Pepi anlässlich einer nur für Max improvisierten, aber alle beeindruckenden Zeremonie am Ziegelteich, ich taufe dich auf den Namen Moritz! Solches Begießen allein bewirkte keine an die Wurzeln einer von früh auf verkrümmten Existenz reichende Veränderung.

Was aber hätte *die* schon bewirken können? Die Streichelmatte, die man extra um seinet-, Maxens, willen einführte, mit einer täglich gesteigerten Dosis Streicheleinheiten von sämtlichen Jüngern und Jüngerinnen? Abgesehen davon, dass Max »schwer gepanzert« reagierte, gab es sozusagen tief unter diese verspannte Oberflächenproblematik hinabreichende Störungen. Mit der vorhin erwähnten Wut im Bauch war auch ein Stau gekoppelt, mit dem fertigzuwerden, respektive dessen Folgen sich auszusetzen nicht jedermanns und (so wieder Mitzi) schon gar nicht jederfrau Sache war.

Just zu jener Zeit machte sich Pepi auch daran, diversen Politikern auf die Nerven zu gehen. Er fing damit an, dass er zahlreiche Briefe schrieb. »Sehr geehrter Herr Bundeskanzler / Bundesparteiobmann / Generalsekretär / Präsident / Finanzminister!« Aber diese Briefe – sei es, dass sie durch abschirmende Mitarbeiter der mehr oder minder Mächtigen von ebendenen ferngehalten wurden, sei es, dass sich die dadurch wirklich nichts als belästigt fühlten – blieben, vom ersten bis zum letzten, ohne Antwort. Ob das nun an der Form lag oder am Inhalt, ich weiß nicht. Die Überschriften zumindest entsprachen den Gepflogenheiten, die Unterschriften schon weniger. »P. P., von Gott berufener Auf-die-Finger-Klopfer«, stand da zu lesen oder (meines Erachtens prägnanter:) »P. P., Anwalt der Beschissenen«. Was dazwischen stand, kann ich nicht wörtlich wiedergeben, habe ich doch in Pepis hinterlassenem Koffer nur aus solchen Über- und Unterschriften bestehende Entwürfe gefunden und kenne die vollständigen Briefe nur vom Hörensagen.

Jetzt habe er's ihnen aber, sagte Pepi etwa, als er mich eines Tages völlig überraschend in der Bücherei beehrte, jetzt habe er's ihnen aber hineingesagt! Beziehungsweise hinein*geschrieben* habe er's ihnen, damit sie es ein für alle Mal wüssten! – Wem?, fragte ich rhetorisch, vorläufig weniger an einer wirklichen Antwort auf diese Frage interessiert als daran, den prophetisch Gekleideten, an einem knorrigen Stab durchs Foyer meiner Arbeitsstätte Dahergeschrittenen ohne weiteres Aufsehen hinauszukomplimentieren. Den Herrschenden, sagte er nichtsdestoweniger hallend, die sich von den Stimmen des Volkes wählen lassen und dann auf die Stimme Gottes oder die Stimme ihres Gewissens, was nicht dasselbe, aber ein Gleiches ist, nimmermehr hören!

Ich wurde, das fühlte ich, nach langer Zeit wieder einmal rot, lächelte der beim Drehkreuz sitzenden Kollegin verständnisheischend zu und drängte Pepi aus der Tür.

Bist du verrückt?, fragte ich überflüssigerweise, ich bin hier angestellt, und zwar mit allen Sozialleistungen und letztendlicher Pensionsberechtigung, ich will es auch bleiben! Im Übrigen wäre es besser, wir würden, und sei es auch nur zur Tarnung, miteinander reden wie normale Menschen. Also komm schon – gehn wir auf einen Kaffee!

Alter Freund!, sagte Pepi überraschend gerührt und drückte mir die Hand. Im Espresso setzte ich ihn an einen von der Straße aus nicht sichtbaren Tisch und telefonierte rasch mit einem erst kurze Zeit davor zu uns gestoßenen Kollegen. Dass ich aus familiären Gründen dringend hätte wegmüssen, sagte ich, und dass er ab und zu einen Blick in mein Zimmer werfen solle. Nein, keine Fragen jetzt bitte, Erklärungen würden nachgeliefert.

Weißt du, Engerl, sagte Pepi, als ich zu ihm, der inzwischen, den von mir bestellten Kaffee verschmähend, an einem Glas (wie ich erst beim Bezahlen mitbekam, war es schon das zweite) Sliwowitz schnupperte, ich geh jetzt in die Offensive! Der Wirt und die wenigen Gäste, die um diese frühe Stunde an der Bar lehnten, starrten uns, das heißt ihn, an und grinsten blöd. Ich werde denen schon zeigen, was ein Prophet ist! Mit diesen Worten meinte Pepi aber nicht die Idioten im Espresso, sondern die um Politik bekümmerten Adressaten seiner Briefe.

Diese Briefe, erzählte er, habe er heute Vormittag auf der Hauptpost aufgegeben. Express und rekommandiert, denn es sei viel, was von ihnen abhänge. Und danach sei er halt auf die Idee gekommen, einmal bei mir in der Bücherei vorbeizuschauen, ganz einfach so. Oder nein, doch nicht ganz einfach so, also er habe, ehrlich gestanden, das Bedürfnis gehabt, sich wieder einmal auszuquatschen, und zwar – das sagte er ausdrücklich – mit mir.

Siehst du, sagte er, die dort draußen halten mich alle für was weiß denn ich was. Wofür hältst eigentlich du mich?

Darauf, erinnerte ich ihn, hätte ich ihm schon einmal geantwortet, auch wenn er die Frage damals etwas anders gestellt habe.

Stimmt, sagte er. Für Pepi Prohaska. Aber wer ist das?

Na, sagte ich, wenn du das selber noch immer nicht weißt …

Gesetzt den Fall, sagte er, also es könnte ja immerhin möglich sein, nicht wahr, ich bin wirklich ein Prophet. Also ich *bin* ein Prophet – verhalte ich mich dann richtig?

Das wusste ich nicht.

Was bleibt mir denn anderes über? Wenn ich ein Prophet bin, muss ich die eingerissenen Zustände geißeln. Und diese Zustände sind ja wirklich keine Zustände!

»Deine Fürsten sind Abtrünnige und Diebsgesellen, sie nehmen alle gern Geschenke und trachten nach Gaben. Dem Waisen schaffen sie nicht Recht und der Witwe Sache kommt nicht vor sie …«

Na also bitte, sagte ich, den Witwen und Waisen geht es, glaub ich, gar nicht so übel in unserm Sozialstaat.

Du weißt, was ich meine, sagte er. Und tatsächlich, ich wusste, was er meinte.

Zwar war die Kritik etwas vage und undifferenziert. Aber – den bibelfesten Leser gefragt – war die Kritik des Jesaia das nicht auch? Sei's wie es sei, ich will mich hier auf keine weiteren Rekonstruktionsversuche seiner damals im Espresso gehaltenen Reden einlassen. Und schon gar nicht auf Rückschlüsse bezüglich der Inhalte jener oben erwähnten Briefe – zu groß scheint mir heute, in einer historischen Situation, die, leider muss ich das sagen, nicht besser geworden ist, die Gefahr der Projektion.

Weg von den Rekonstruktionen und Spekulationen also, zurück zu den Tatsachen. Verbürgt durch Mitzi: Als Pepi damals zu seinen mehr oder weniger Lieben, die er um des Postwegs und wohl auch ein bisschen um meinetwillen kurzfristig verlassen hatte, in die Fabrik heimkehrte, hatte Max gerade zum ersten Mal durchgedreht. Es folgten noch mehrere Male, aber wahrscheinlich (auch weil es so unerwartet kam) war dieses erste Mal das spektakulärste. Das war vielleicht etwas, so Mitzi, na habe die Ehre!

Während Pepi in die Offensive zu gehen gedachte, hatte sein Problemjünger anscheinend Ähnliches im Sinn. Obgleich auf einigermaßen andere Weise. Zwar hatten sich inzwischen, das heißt seit den ersten, nicht ganz gelungenen Kommunikationsversuchen auf der Streichelmatte, doch ein paar besonders mildtätige Jüngerinnen im Sinne noch etwas intimerer Kommunikation seiner erbarmt. Aber da konnten sie tun, was sie wollten oder genau genommen eben nicht wollten – er merkte halt leider, dass dies Erbarmen *war.* An diesem Vormittag ohne Pepi nun wollte Max etwas anderes als Erbarmen. Und zwar, in Abwesenheit des Meisters, am liebsten gleich von der Meister*in.* Ich bin auf diese Frage bisher schon deshalb nicht eingegangen, um gewisse Gerüchte, die eine sensationslüsterne Presse später verbreitet hat, nicht zu nähren, aber hier muss sie berührt werden. Pepi Pascha hatte natürlich seine Favoritinnen.

Um diese Zeit nun (und bis zum Schluss des Wienerberg-Experiments) war Pepis Favoritin eine gewisse Gipsy. Manchmal habe sie Pepi auch – eine besondere Maß- und Geschmacklosigkeit angesichts des simpel Pseudoexotischen – seine Königin von Saba genannt. Akkurat ihr habe Max an diesem Morgen nachgestellt. Aber ihre Antwort auf seinen Umarmungsversuch sei (offenbar hatte die Königin einen durch ihre, wenngleich von Mitzi sarkastisch angezweifelte, Position genährten Stolz) eine weit durchs Fabriksgelände schallende Ohrfeige gewesen.

Mit einem Wort: Sie *erbarmte* sich nicht einmal. Wandte

sich von Max, nachdem sie ihn derart gebrandmarkt hatte (ihre Hand, so Mitzi, war noch längere Zeit auf seiner Wange sichtbar), einfach ab und Besserem zu. Nämlich der Vollendung des Mittagessens, wobei sie – das Kochen dort draußen war eine ebenso kollektive wie, und das ist merkwürdigerweise kein Widerspruch, schöpferische Tätigkeit – wegen ihrer ausgefallenen, aber nachher, beim Kosten, meist sehr überzeugenden Würzvorschläge sehr beliebt war. Eine Hex war sie halt, so Mitzi, aber beim Kochen eine gute.

Jedenfalls ließ sie den Maxi »angelehnt«. Und der lehnte eine Weile herum, tragisch monologisierend, wurde aber nicht entsprechend beachtet. Und dann, gerade sollte das Triangel (ein Mitbringsel von irgendjemandem, der durch Mexiko getrampt war) erklingen, ein schöner und anheimelnd schwingender Ton, der zu Tisch rief, erklang stattdessen Maxens Stimme von oben. Und da stand Max auf der höchsten Spitze des Schornsteins und versetzte alle in Panik.

Dass man ihn ja nicht liebe, schrie er, sondern vielmehr nur so tue. Und dass er, weil er ja nicht blöd sei, das ganz gut durchschaue, jawohl, und jetzt auf der Stelle bereit sei, daraus die Konsequenzen zu ziehen. Und sie alle, die nun da unten stünden und lächerlich gafften, und seine Alten, und die Gesellschaft, und die Welt, sie würden gleich sehen, wie weit sie ihn gebracht hätten. Und dann würde es ihnen leidtun, und dann würden sie um ihn weinen, aber nein, wahrscheinlich würden sie ohnehin froh sein, ihn auf diese Weise loszuwerden, aber diesen Gefallen könne er ihnen gern machen.

In diesem Moment, so Mitzi, kam Gott sei Dank Pepi.

Komm runter, rief er.

Ah, der Herr Gut, schrie Max, schön, dass du auch noch zurechtkommst, schau, ich tu soeben ein Werk tätiger Nächstenliebe.

Komm bitte runter, rief Pepi, und red keinen Stuss!

Was heißt, ich red Stuss, antwortete Max, fürs Stussreden bist *du* zuständig, ich red nämlich nicht nur, ich handle!

Was tun? Einige schlugen vor, die Feuerwehr zu alarmieren, aber Pepi war strikt gegen äußere Einmischung.

Du steigst jetzt schön, versuchte er's suggestiv, auf die Leiter zurück und kommst zu uns zum Essen.

Fällt mir nicht ein, schrie Max, ich brauch nichts mehr zum Essen, ich spring. Wenn du so toll bist, wie du dir immer vorkommst, fängst du mich auf.

Und da hat der Pepi, so Mitzi, halt hoch gepokert. Schön, hat er gerufen, ich fang dich, du musst dich nur trauen!

Einen Moment lang sei es ganz still gewesen, und da sie unmittelbar neben Pepi gestanden sei, habe sie (das schwöre sie) ganz deutlich sein Herz pochen gehört. Doch dann habe Max dort oben, nach einer rührend hilflosen Flatterbewegung seiner Arme, die nichtsdestoweniger einen Schreckensschrei, nein, eher einen Schreckensseufzer ausgelöst habe unten, dann habe Max dort oben endlich umgedreht und sei, Leitersprosse für Leitersprosse, hin und wieder ausrutschend, aber sich mit den Händen gottlob festklammernd, zu den anderen heruntergekommen.

Als er endlich ganz unten war, sagte Mitzi, hat er gezittert wie ein Rehrattler. Und so zitternd ist er auf den Pepi zu und – so schnell hat der gar nicht schauen können – vor ihm in die Knie gegangen. Und habe versucht, Pepis Zehen unter den Sandalen zu küssen, eine »unvergesslich ungute« Szene, die sie kaum habe mit anschauen können. Hör auf, habe Pepi gesagt, ich bitt dich, das kitzelt.

Ich wende mich lieber von dieser allzu privaten Szene ab und wieder der Entwicklung von Pepis wenigstens vorsätzlich öffentlichen Angelegenheiten zu. Seine oben erwähnten Briefe, wie gesagt, blieben, was immer das in bürokratischer, politischer oder allgemein menschlicher Hinsicht zu bedeuten hat, unbeantwortet. Also sah sich Pepi, gedrängt von seinem, wie wir wissen, nicht gerade unterentwickelten, aber auch recht labilen Selbstwertgefühl und den Erwartungen einiger seiner nun etwas unübersichtlich mehr und mehr werdenden Jünger, genötigt, andere Saiten auf seine prophetische Leier zu ziehen. Er tat nicht gerade das, was der »linke Flügel« seiner Schar, repräsentiert durch Kuno, der sich in dieser Phase immer lautstärker hervortat, von ihm forderte, aber immerhin, er tat was.

Er tauchte vor Ministerien, Parteizentralen sowie – darüber ist meines Wissens, wenn auch nicht an besonders exponierter Stelle, von einigen Tageszeitungen berichtet worden – vor dem Bundeskanzleramt auf und begehrte in Gottes und der freien Liebe Namen Einlass. Wie man sich ohne besondere Phantasieanstrengung vorstellen kann, nicht mit dem erhofften Erfolg. Die Polizei war trotzdem verhältnismäßig nett zu ihm, schließlich war er, so etwas bleibt eine Zeitlang in Erinnerung, auf einem *en-face*-Titel zu sehen gewesen. Reagierte er, nicht eingelassen, mit Sitzstreik, so griffen ihm zwei Polizisten relativ sanft unter die Arme und schleppten ihn ab.

Nach und nach konnte er aber dem Drängen der radikaleren Kräfte unter den Seinen nicht widerstehen. In einem geheim gehaltenen Papier des Innenministeriums war angeblich davon die Rede, dass diese Kräfte aus dem Ausland gesteuert seien. Dass so etwas auf heimischem Boden wachsen könnte, wollte man sich dort anscheinend nicht vorstellen. Jedenfalls warfen ihm diese Kräfte, angeführt von Kuno, in einem nicht nur im Ziegelwerk verteilten Flugblatt »kleinbürgerlichen Subjektivismus und auf seine eigene, im Grunde genommen reaktionäre Individualität fixierte Profilierungssucht« vor, weswegen er bei seinen demonstrativen Auftritten von da an nicht mehr allein kam.

So konnten, ja mussten seine ursprünglich als Einzelaktionen eines mehr oder minder harmlosen Spinners aufgefassten Belästigungen als Demonstrationen interpretiert werden, noch dazu als unangemeldete. Anlässlich eines kurzen, aber vom Effekt her betrachtet vor allem schmerzlichen Besetzungsversuchs der sowohl dem Amtssitz des Kanzlers als auch dem des Präsidenten benachbarten Meierei im Volksgarten (eines, laut Kuno, strategischen Punkts) renkte ein nun doch schon etwas ungehaltener Polizist dem Propheten den linken Arm aus. Bei mir bist du ka Prophet, soll er dabei gesagt haben, sondern a Psychopath! Worauf die alten Damen, die dort für gewöhnlich ihr Bisquit essen und Spatzen füttern, in Ruhe weiteressen und -füttern konnten.

Verhaftet wurde damals – die vom Zeitgeist inspirierte Zurückhaltung der Behörden war, verglichen mit später, immer noch erstaunlich – nur sehr vorübergehend. Das lag allerdings auch an Pepis Beredsamkeit, die den Besetzungsversuch als eine Art missverstandenen Betriebsausflug in den Park darstellte. Nach einer trotzdem sehr langen Nacht, während der sie, wie Mitzi sich ausdrückte, etwas unsanft, aber, bis auf einige kleinere Schweinereien der lieber mit den Jüngerinnen als mit den Jüngern befassten Untersuchungsbeamten, korrekt behandelt wurden, ließ man sie vorläufig laufen. Es war, erinnerte sie sich, ein infolge seiner ungewohnten Frühe extrem grau erscheinender Morgen, aber nach dem von Pepi in einem Naschmarktbeisel, das schon offen hatte, ausgegebenen Gulaschsuppenfrühstück sah alles schon wieder etwas sonniger drein.

Von Polizeiterror, wie Max das nannte, als ich etwa zwei

Wochen später wieder in die Wienerberggründe hinunterstieg, konnte also kaum die Rede sein. Nur ein Wort von dir, hab ich dem Pepi gesagt, und ich verpass dem ersten Polizisten, der dich angreift, ein Ohrenreiberl. Er wäre, so Max, dem Pepi doch beigestanden, und auch die anderen wären dem Pepi beigestanden. Schulter an Schulter wären sie ihm beigestanden, eisern, sodass da kein Arm auszurenken gewesen wäre, zumindest kein Arm, der dem Pepi gehörte.

Das sei nämlich alles ein und dieselbe Bagage. Die Polizisten unten und die Bonzen oben. Establishment / repressive Toleranz / Bourgeoisie / Affirmation / Reaktion. Er verwendete eine Reihe von Wörtern, die nicht seine waren, und faselte von einem längst fälligen Akt der Solidarität mit den Unterdrückten und Ausgebeuteten der ganzen Welt.

Ich bitt dich, sei still, sagte Pepi. So halt ich dich nicht aus!

Worauf sich Max mit beleidigter Miene zurückzog.

Dann flüsterte er heftig mit einem etwas abseits sitzenden, scharfnäsigen Bruder. Mutmaßlich war das der dubiose Kuno.

Tut es noch weh?, fragte ich Pepi, auf seinen bandagierten Arm deutend.

Ach was, sagte er, das ist nicht der Rede wert. Er brachte ein Lächeln zustande. Das ist ja alles halb so wild. Komm, wir gehen eine kleine Runde um den Ziegelteich.

Das war mir sehr recht. Denn mir lag etwas auf der Seele.

Du Pepi, sagte ich, als wir weit genug von den anderen entfernt waren, hör zu, ich muss dich warnen. Sie wollen eure Fabrik räumen, demnächst mit den Abbrucharbeiten beginnen.

Ach das, sagte Pepi, das wollen sie schon seit einer Weile.

Ja, sagte ich, aber jetzt wird es offenbar ernst. Ich weiß das aus gewöhnlich wohlinformierter Quelle!

Die gewöhnlich wohlinformierte Quelle war ein im Rathaus tätiger regelmäßiger Besucher unserer Bücherei, sozusagen ein

Stammkunde, mit dem ich ab und zu ins Gespräch kam. Er hatte irgendetwas mit dem Flächenwidmungsplan der Gemeinde zu tun.

Natürlich war Pepis im Sinne des sogenannten Fortschritts ineffektives Fabriksareal längst verplant. Früher oder später wäre das Abbruchkommando auf jeden Fall gekommen. Allerdings hatte man das Projekt nun vorgezogen. Und das, hatte mein Informant mit gesenkter Stimme hinzugefügt (mir sage er's, weil ich ihm erzählt habe, dass ich diesen komischen Vogel, der da draußen niste, kenne), auf höhere Intervention.

Pepi wollte das damals ganz einfach nicht ernst nehmen.

Oder war seine Reaktion auf meine Warnung schon ein Anflug von Galgenhumor?

Ich weiß nicht. Er wirkte eigenartig zerstreut.

Na, sagte er, das wäre ja immerhin ein Effekt meiner Versuche einer Kontaktaufnahme mit der Obrigkeit.

Inzwischen hatten wir den Ziegelteich umrundet. Es war Abend. Manchmal gab es dort sehr schöne rote Sonnenuntergänge. Damals aber war keine Sonne zu sehen. Der Himmel war schwefelgelb. Je näher wir zur Fabrik kamen, desto zerstreuter wirkte Pepi.

Auf dem Vorplatz waren ein paar Frauen gerade dabei, die Wäsche von den Leinen abzunehmen. Ein böiger Wind kam jetzt auf. Es würde bald regnen. Etwas weiter im Hintergrund, bei den bunt bemalten Mülltonnen, stand eine Gruppe von sieben, acht fragwürdigen Figuren beisammen. Max und Kuno darunter. Als wir auf Hörweite herangekommen waren, dämpften sie ihre Stimmen.

Ein Brief an den Bürgermeister, dessen Entwürfe ich in Pepis Nachlass gefunden hatte, dürfte im Rathaus nie angekommen sein. Oder man hat ihn dort lieber verschwinden lassen. Bei meinen diesbezüglichen Nachforschungen bin ich jedenfalls abgeblitzt. Man fand in den Akten nur ein paar Zeilen eines jungen Herrn Prohaska, Vorname Josef, der am 1. September eines schon sehr weit zurückliegenden Jahres zum Dienstantritt erwartet worden war, aber sich unter Hinweis auf eine andere Entscheidung über seine Zukunft im letzten Moment entschuldigt hatte.

Vielleicht hat Pepi diesen Brief aber auch nie abgeschickt. Wollte sich mit seinem Anliegen, seinem Protest, seiner Empörung, seiner Mission gleich an eine höhere Stelle wenden. Wenn schon, denn schon. Was ist schon ein Bürgermeister? Die Autorität im Lande war damals ein anderer.

Zwar war mein Freund einerseits antiautoritär, und zwar schon lang, bevor es die sogenannte antiautoritäre Bewegung gegeben hatte. Aber gewisse Autoritäten scheint er doch anerkannt zu haben. Und sei es, indem er sich mit ihnen anlegen wollte. Letzten Endes sogar … Aber diese verrückte Idee war nicht allein seine.

Die Idee, die er damals, im Herbst 1974, hatte, hingegen … So viel ist wahr: Auch sie wirkt schon ein bisschen wirr. Es war aber immerhin ganz seine Idee. Er hat vorher mit niemandem darüber gesprochen, sein Aufbruch kam auch für mich völlig überraschend.

Als Flucht nach vorn könnte man dieses Unternehmen interpretieren, sowohl den drohenden Abbruch der Fabrik als auch den drohenden Putsch betreffend. Aber hatte er wirklich die Illusion, er könne durch seine plötzliche Abreise noch etwas hintanhalten? Er hat sich später nur unklar darüber geäußert. Ich drang nicht auf Klärung – die Haut, unter der die durch all jene Ereignisse aufgerissenen Wunden nur unzureichend verheilten, war sehr dünn.

Jedenfalls schenkte er niemandem reinen Wein ein, sondern

verschwand, so Mitzi, am frühen Morgen, also zu nachtschlafender Zeit. Unter Zurücklassung einer schwer leserlichen Botschaft. Daraus ging nichts anderes hervor, als dass er einige Tage wegbleiben werde und dass ihm seine Jünger vertrauen sollten. Was, wie man sich denken kann, unter diesen Umständen nicht leicht war.

Die zwei schon bestehenden Fraktionen seiner Anhängerschaft brachen, im Laufe eines einzigen Spätvormittags, noch weiter auseinander. Reagierten die einen mit gesteigerter, nach internem Umsturz und externer Aktion verlangender Aufregung, so beruhigten sich die andern, noch phlegmatischer als sonst, durch Rauch und Rausch. Und die paar, die mit zwei praktischen Füßen auf der roten Erde der Wienerberggründe standen? Nach Mitzi handelte es sich dabei durchwegs um Frauen – aber auch und erst recht die fühlten sich (wiewohl sie das voreinander nicht zugaben) verlassen, verraten und für dumm verkauft.

P. P. saß inzwischen im Zug und fuhr – ja wohin? Alpbach (1850 Ew., 1794 m Sh.), Sitz des sog. Österr. College u. Veranstaltungsort der Internationalen Hochschulwochen. Nach einem Ort also, an dem man, so viel ist wahr, einmal im Jahr in gebirgigem Ambiente nicht nur gewisse Gipfel der Wissenschaft, Philosophie und Wirtschaft, sondern auch Spitzen der Politik treffen konnte. Und Letztere treffen wollte ja Pepi (ganz abgesehen von seinen akuten Problemen) schon lang.

So pilgerten also damals nicht nur etliche Herren im Nadelstreif oder im Salonsteirer in die Kitzbühler Alpen, sondern auch einer im Prophetenhabit. Was auch der Grund war, warum er, der ihn trug, von den Medien wahrgenommen wurde (bis auf weiteres zum letzten Mal). Allerdings war die Wahrnehmung, die ihm da zuteilwurde, falsch, in diesem Ambiente wurde er nicht erkannt, sondern *ver*kannt. Als »der Wurzelsepp von Alpbach« durfte er, von preußischen Urlaubern mit erregt an den Hüten zitternden Fasanfederchen bestaunt, durchs von ORF und ARD in Millionen österreichischer und deutscher Haushalte übermittelte Bild gehen.

Befragt über seine einer so breiten Öffentlichkeit nicht bekannt gewordenen Aktivitäten vor Ort, erzählte mir Pepi später Folgendes. Ich hab mir das so schön ausgemalt: wie ich hintrete vor die Großen, oder sagen wir wenigstens: Mittelgroßen dieses unseres Ländchens und sage: Hoppla, jetzt komm ich! Ausgestattet mit allerhöchster Autorität bin ich erschienen, um dich zur Rede zu stellen, und du wirst mir jetzt gefälligst zuhören! Fordere ein Zeichen von mir beziehungsweise von Gott und, verdammt noch einmal, wenn *er*, mein Auftraggeber, mich nicht ausgerechnet in diesem entscheidenden Augenblick im Stich lässt, dann wirst du Augen machen!

Nahm er, was er da nachträglich faselte, ernst? Mutmaßlich nicht, aber bei Pepi wusste selbst ich nie mit zweifelsfrei feststehender Sicherheit, woran ich war. Schien eine solche Sicherheit ausnahmsweise einmal festzustehen, so brachte er es fertig, sie durch eine unerwartete Wendung gleich wieder umzustoßen. So auch in diesem Fall: Weißt du, sagte er mit einer, wie soll ich es nennen, vielleicht: nüchternen Innigkeit, wenigstens einmal hätte ich gern ein wirkliches Wunder getan.

Zurück nach Alpbach. Woran er mit Pepi war, wusste dort und damals wahrscheinlich auch der Bundeskanzler nicht. Er saß (so Pepi) in privatem Kreis, etwa mit dem Schriftsteller Kantor und seiner Frau, in einer Pension namens Edelweiß oder Enzian, als der Prophet vor ihn hintrat. Eine Schrecksekunde, vielleicht auch zwei, seine rötlich-weiß, also in ziemlich verblassten Nationalfarben behaarte, aber (ich bin hier, wohlgemerkt, mitten in einem Zitat von P. P.) alles in allem ganz gute Hand etwas nervös geworden auf der Stuhllehne. Doch dann, schon ist diese, übrigens linke Hand, wieder zur Ruhe gekommen, in den Schoß gelegt, mit der anderen vereint, sodass die Rechte weiß, was die Linke nicht tut, kaum wie zum Beten vereint allerdings, eher wie zum Daumendrehen, spricht (brummelt) der sogenannte Alte folgende Worte:

Schaun Sie. Ich bin mein Lebtag Agnostiker gewesen. (Dass er von sich schon in der Vergangenheit sprach, merkte Pepi extra an). Wenn Sie, wie Sie behaupten, von Gott gesandt sind, ist das bittschön sein und Ihr Problem. Ich bin für so was nicht zuständig. Mich lassens ausm Kraut.

Womit er sich wieder dem Abendessen zuwandte, es gab Szegediner Gulasch. Pepi jedoch wandte sich ab, trotz seines Prophetenstabs entwaffnet, und ging, der Einsamkeit dringend bedürftig, in den Wald. Wo er übrigens noch am nächsten Tag, den Oberkörper entblößt, wie auf dem zu diesem Zeitpunkt schon ein Jahr alten Titelfoto, das muss auf einer Lichtung gewesen sein, den Chef der christlich-konservativen Opposition getroffen haben will. Der sei in einem graugrünen Wetterfleck dahergekommen und sein trübes, nicht nur von erfolgloser Politik, sondern auch von einer Krankheit etwas gequält in die Länge gezogenes Gesicht habe sich kurz aufgehellt.

Na *Sie* machen's gut, habe er (so Pepi) gesagt. Genießen die Sonne und lassen den Herrgott einen guten Mann sein! – Apropos Herrgott, habe Pepi geantwortet, ich habe Ihnen was auszurichten. Doch da sei der Oppositionschef, eine alles in allem eher unwirkliche Erscheinung, schon vorüber gewesen.

Danach überkam den Propheten Melancholie. Er lag in der Wiese, lauschte dem Bimmeln der Kuhglocken und lutschte an Grashalmen. Saß (was, wie er ehemals in Biologie gelernt hatte, vorkam) ein Parasitenei drauf, so würde ihn der daraus ausschlüpfende Wurm innerlich aushöhlen, ja womöglich in sein Gehirn vordringen und es verwüsten – war das nicht auch schon egal? Wie dem auch sei, er wurde bei seiner Rückkunft gleich auf dem Wiener Westbahnhof von der Polizei in Empfang genommen.

Was war inzwischen geschehen? – Allerlei:

Erstens war der Vater des feschen René vorübergehend entführt worden. Zweitens hatte man im Zuge der in diesem Zusammenhang notwendigen Erhebungen das Unangenehme mit dem Nützlichen verbunden und Pepis Fabrik geräumt. Drittens waren fast alle bei dieser Gelegenheit Einvernommenen trotz dessen Abwesenheit gerade in dieser schweren Stunde hinter Pepi stehen geblieben wie ein Mann respektive eine Frau. Bis auf einen gewissen Max B., dessen trotziges Gerede von Gewalt und Gegengewalt in Kombination mit sehr widersprüchlichen Aussagen über die Rolle seines »Chefs« dessen umgehende Verhaftung nahelegte.

Der Verdacht, dass P. P. etwas mit der im Übrigen glimpflich verlaufenen Geiselnahme zu tun hätte (man hatte den Negligékönig Gott sei Dank unversehrt wieder zurückbekommen), stellte sich bald als haltlos heraus. Doch hat man einen wie Pepi schon einmal in U-Haft, besteht kein staatsräsonabler Grund, ihn gleich wieder freizulassen. Gab es doch genug Verstöße (Nächtliche Ruhestörung, Öffentliches Ärgernis, Boshafte Sachbeschädigung etc.), mit denen man ihn in Zusammenhang bringen konnte. Und auch wenn die Verführung Minderjähriger, von der die Voyeure träumten, sich nicht nachweisen ließ – ein paar Gramm Haschisch hatten die auf dem Westbahnhof amtshandelnden Polizisten für alle Fälle in seinem Reisegepäck gefunden.

Dass sie in der Fabrik einiges mehr gefunden haben, will ich gar nicht bezweifeln. Und irgendwie war doch Pepi für all das verantwortlich. Gottlob war seine Verantwortung juristisch nicht recht fassbar. Man hielt es trotzdem für angebracht, ihn für eine Weile aus dem Verkehr zu ziehen.

Insgesamt wurde über die Verhaftung des Propheten eigenartig wenig bekannt. Ja, die Zeitungen übten seltsamerweise auch bezüglich der Entführung eine gewisse Zurückhaltung. Einer Entführung, die man nicht mit der einige Jahre später erfolgten Entführung einer Persönlichkeit aus derselben Branche verwechseln möge. Anlässlich derer die Zeitungen wesentlich weniger Zurückhaltung übten. Vielleicht lag es daran, dass in diesem Fall der Sohn des Negligékönigs in die Geschichte involviert war. So was ist zwar ein Fressen für die Presse, aber anscheinend gelang es der königlichen Familie, erfolgreich zu intervenieren. In dieser Familie war man traditionellerweise großzügig. Noblesse oblige. Die Höhe der in diesem Zusammenhang erforderlichen Beträge dürfte keine Rolle gespielt haben.

Ebenso wenig bekannt wurde über die Räumung der Fabrik. »Den *Sturm* auf die Fabrik«, korrigierte mich Mitzi, wie in einem bösen Film sei das gewesen, plötzlich grell aufgeblendete Scheinwerfer zwei oder drei Stunden nach Mitternacht, eine Megaphonstimme, Verwirrung, Panik. Nicht einmal Zeit zum Anziehen habe man speziell den Mädchen gelassen, sich im Gegenteil einen brutalen Spaß daraus gemacht, sie, wie sie waren, aufzustöbern und johlend zu jagen. Aber sicherlich war es in Frankfurt oder Zürich, und selbst bei späteren Anlässen im gemütlichen Wien (wir sind ja nicht so, oder sind wir am Ende erst recht so?) ärger. Um das alles ist, wie gesagt, von offizieller Seite wenig Aufhebens gemacht worden. Nur die einige Tage später erfolgte Schleifung der Fabrik wurde bekanntgegeben. Sicherheitsmaßnahmen wurden getroffen, das Areal wurde großräumig abgesperrt. Und auf einem meines Wissens bloß in einer Bezirksbeilage veröffentlichten Bild (Untertitel »Favoriten wird schöner und moderner«) hatte der Fotograf den Moment festgehalten, in dem der Schornstein fiel.

Genug davon. Für den Zusammenhang dieser Biographie genügt es, zu wissen, dass ich Pepi im »Grauen Haus« (so nennt man bei uns das Landesgericht) besuchen durfte. Obschon erst nach Ablauf einer gewissen Frist. Was sein Aussehen anlangt, so schien er in relativ guter Verfassung. Er empfing mich mit selbstironischer Lethargie.

It was beautiful, sagte er mit gegen letzthin, da noch, wenn auch mit bereits nachlassendem Druck, der Geist aus ihm gesprudelt war, allerdings deutlich verlangsamtem Sprechtempo, it was beautiful, but now it's sour. (Dies, wie mir erst am Abend desselben Tages, in meine Wohnung zurückgekehrt, einschoss, ein Zitat aus der Rockoper »Jesus Christ Superstar«. Nur, wovon ich mich, das Textheft zur Langspielplatte suchend, überzeugen musste, und natürlich steckte es nicht in der richtigen Hülle, was meine Aufregung steigerte, merkwürdigerweise nicht aus dem Part des Jesus, sondern aus dem des Judas.) Redens, sagte der Justizwachebeamte, zum Glück nicht unser Beinahe- oder Exschwiegervater, aber der Mann hörte unserem Gespräch trotzdem mit unverhohlenem Misstrauen zu, redens gefölligst deitsch!

Na ja, sagte Pepi, so sehn wir uns also wieder.

Kann ich dir, fragte ich, irgendwie helfen?

Er sagte: Wobei?

Geht es dir, fragte ich, halbwegs?

Er sagte: Schon.

Auf Deutsch war er, merkt man, nicht besonders gesprächig.

Trotzdem erzählte er schließlich, dass er viel las. Weil ich so brav bin, lächelte er schief, mit der dem Justizwachebeamten näheren Gesichtshälfte grimassierend, habe ich Leseerlaubnis bekommen. Zum Beispiel habe er kürzlich, da es gerade frei gewesen sei, ein Buch über den portugiesischen Seefahrer Magalhaes oder Magellan gelesen, und zwar mit von Seite zu Seite wachsendem Interesse. Der wollte, sagte er, rund um den Globus herum – und womöglich wollte er noch weiter.

Ah ja?, sagte ich, in dieser Situation nicht besonders an Magellan interessiert. Dann sprachen wir, glaube ich, vom Essen im Gefängnis. Bevor ich ging, schob mir Pepi ein Stück Papier zu. Das steckte ich rasch in die Rocktasche. Dann musste ich mich verabschieden.

Ich hielt dieses Blatt zuerst für einen Kassiber. Er war allerdings sehr eng und für eine flüchtige Botschaft an die Außenwelt zu ausführlich beschrieben. Die Überschrift (»Magellan«) konnte ich, wohl aufgrund der vorangegangenen Erwähnung dieses Namens, relativ bald entziffern. Mit dem Rest (99 Zeilen auf einem fünfmal gefalteten und daher recht zerknitterten A4-Blatt) hatte ich ehrlich gesagt, auch wegen der fehlenden Satzzeichen (selbst im Gefängnis, konnte ich nicht umhin zu denken, diese Manierismen!), weitaus mehr Ärger, will ihn jedoch – ein, wie mir scheint, recht merkwürdiges Dokument – der an Pepis Persönlichkeit immer noch interessierten Nachwelt nicht vorenthalten:

Ob der Punkt von dem du aufgebrochen bist gestern vorgestern vor Monaten vor Jahren noch derselbe wäre für dich bzw. objektiv wenn er eines Tages am Horizont erschiene & bald darauf erreicht wäre dann eben nicht mehr am Horizont ebendarin wirst du sagen sagst du hast du gesagt bestehe das Problem & in der Problemlösung der Grund deines von diesem Punkt weg zu diesem Punkt Aufbrechens

Du zeigst ihnen den Horizont der zurückweicht in ebendemselben Maß in dem ihr auf ihn zuhaltet bei günstigem oder weniger günstigem Wind & dieses Maß ist messbar & die Knoten laufen zum Beweis dafür dass ihr vorwärtskommt obwohl oder weil ihr ihn nie erreicht den Horizont da vorn

Zwischen diesen beiden Inseln sagst du weitausholenden Arms ist er ausgespannt & gegen besseres Ahnen schlechtere Erfahrung glauben sie dir immer aufs Neue weil sie dir glauben wollen darauf angewiesen sind dir zu glauben dass die dunklen Flecken da vor euch Inseln sind und kein Tang

& du sagst es ihnen weil du weißt dass sie darauf angewiesen sind dir zu glauben dass sie dir glauben wollen obwohl du hoffst nahezu sicher bist dass es keine Inseln nicht eine einzige auch noch so kleine Insel gibt auf diesem Kurs den du ja gerade aufgrund seiner voraussichtlichen Insellosigkeit einzuschlagen befohlen hast

Bis ihr jedenfalls herankommt an die Linie zwischen den beiden Inseln haben sich diese nicht nur immer faszinierender immer enttäuschender herausgestellt als Nichtinseln mit denen du nicht vorliebzunehmen brauchst die Mannschaft nichts anfangen kann sondern auch die Linie jener Horizont (der war es nicht wirst du sagen sagst du hast du gesagt) hat sich herausgestellt als Nichthorizont Nichtmehrhorizont die Linie längs der du kreuzen lassen könntest deren geographische Lage feststellbar wäre & fixierbar auf der Karte du nimmst sie mit denkst du insgeheim indem du sie querst indem du weißt dass du sie gequert hast indem du sie queren wirst

Gestern wollen sie dich erinnern gestern ist einer aus dem Mastkorb gestürzt ein anderer hat sich schon vorige Woche besoffen & nicht mehr im Gleichgewicht halten können steuerbords an der Reling weswegen die Haie in täglich dichteren Herden hinter dem Schiff her sind aber das hörst du nicht willst du nicht hören verschanzt hinter Kompass Zirkel Konsole

Man mag hörst du dir nur selbst zu und sonst niemand Freude darüber empfinden oder auch Unbehagen dass man sich immer voraus ist immer voraus zu sein einbildet sich nie einholt sich nie einzuholen vorgibt (wer auf Kurzsichtigkeit setzt durchschaut sich)

& dabei ist es keineswegs sicher ob der Mann von dem noch immer die Rede ist neben dir her wirklich nur aus der Balance geraten tatsächlich nur unter allzu viel Rum gestanden bzw. gefallen ist ob der im Mastkorb der auch wieder ins Gespräch kommt in Wahrheit nur eingeschlafen ist angesichts des unübersehbaren Schlags der immer kleineren Wellen oder –

Sicher sind nur die Haie in ihrer sehr geduldigen Anwesenheit

Du wirst dich sagst du nun selbst auf den Auslug begeben & klimmst hinauf

& weißt dass sie jetzt die Strickleiter kappen könnten & weißt dass sie jetzt womöglich noch nicht aber bald das denken werden was du schon jetzt denkst & aussprechen werden was du schon jetzt aussprichst leise für dich und dass sie einander sagen werden was du dir schon jetzt sagst denn zu wassern wird nötiger von Stunde zu Stunde

Aber oben angelangt unter den ungeheuren Möwen siehst du dass dir ja gar nichts anderes übrigbleibt als zu hoffen dass er dir eines Tages entgegenkommt der Horizont dass du eines Morgens Mittags Abends nicht mehr hinauszuspähen brauchst über deinen Meridian mit immer bedürftigen Augen die Flaute fürchten musst sondern den Anker & sei die See noch so tief zu werfen befehlen darfst mit sehr ruhigem Gewissen weil du dort bist weil er da ist dieser Überfluss des Wassers in den Himmel weil du dir nicht mehr davon kannst weil du dir nicht mehr davon brauchst weil dort (da) alles alles ist & nichts mehr nichts

Sollte es sich jedenfalls wider Erwarten als Land erweisen das vage Grau da vor euch auf das ihr euch immer langsamer zubewegt durch immer dichteres Seegras diese riesige Wiese immer dichtere Schwärme verdächtiger Vögel so wird es nicht einfach sein die Mannschaft in der man sich dieses Land gelobt ein Obstbaumland Kneipenland Mädchenland in der man sich dieses Land phantasiert bis ins Zahnfleisch bis in die Gurgel bis in den Penis die Mannschaft dazu zu bringen das Schiff zu schultern & (wäre das Land auch ein ganzer Kontinent) das Schiff zu tragen immer geradeaus bis an die andere Küste

Denn dass sie sich & einander für das was zu tun sie nicht umhinkommen dürften Motive finden mildernde Umstände zugestehen werden & dass sie Seuchen an Bord & Eisberge rundherum einmal abgewichen vom Weg den du dir und ihnen berechnet hast trotz allem heimgekehrt alles auf irgendwelche Kannibalen schieben könnten ist dir klar

(Sollte was geschehen muss was wahrscheinlich ist zu Wasser geschehen so wirst du daran erinnerst du dich immer heller voraus fallend eine Kerbe ins Boot schlagen auf dass diese Stelle wiedergefunden werde)

Solltest du aber herumkommen ganz herum um diesen Planeten der eine Kugel ist du malst dir das manchmal aus obwohl du so gut wie sicher bist nicht um diesen Planeten herumzukommen trotz oder gerade wegen deiner Besessenheit von der Idee herumzukommen um ihn also einmal angenommen du kämest trotzdem herum so würde dich interessieren ob dann der Horizont der ja derart die erste Runde hinter sich hätte mit dir vor dir ob er & ob du dann noch/wieder derselbe wäre derselbe wärst & ob du ihm dem Horizont dann auch nur einen einzigen Ruderschlag näher gekommen zu sein behaupten könntest

& ob du dann resümieren könntest der Horizont sei Schein & das Zusegeln auf ihn bzw. das Problem des Zusegelns auf ihn ein Scheinproblem oder ob du nichts resümieren könntest gar nichts & daher weitersegeln müsstest redlicherweise eine weitere & noch eine weitere Runde & immer so fort

6

Es fällt mir nicht leicht, Pepis folgende Phase zu schildern. Obwohl er einen Gutteil dieser Zeit (täglich von 9 bis 17 Uhr, abzurechnen nur die Feiertage, Urlaube und Krankenstände) in meiner unmittelbaren Nähe zubrachte. Ehemals in der Volksschule hatte seine Nachbarschaft mich irritiert, doch erwies diese Irritation sich bald als faszinierend. Jetzt irritierte diese Nachbarschaft mich auch, aber die Irritation war vor allem peinlich.

Und dabei hatte ich mir die Suppe, an der ich nun monatelang löffeln musste, selbst eingebrockt. Pepis Großmutter, die, nun schon über achtzig, immer noch regen Anteil an seinem Schicksal nahm, nannte mich einen wahren Freund. Sie haben ihn herausgerissen, Engelhart, sagte sie anlässlich eines Kaffeehausbesuches zu dritt, auf den sie mich durch meinen nunmehrigen Arbeitskollegen hatte einladen lassen, großer Gott, bin ich froh, dass er nun doch noch hineingerutscht ist in solide Verhältnisse! Jaja, sagte sie, es ist zwar nicht ganz das, was ich mir für ihn erhofft habe, bei seinen Talenten, unberufen, aber er muss Ihnen ewig danken!

Dessen gerade war ich mir nicht so sicher. Abgesehen davon, dass Pepi zu dieser Behauptung der Schäfchenoma keinen Kommentar gab, sondern sich offenbar mehr für die Regentropfen an den Fensterscheiben des Cafés Hummel als für unser Gespräch interessierte, machte er auch in der Zentralbücherei, die ihn, auf mein Betreiben, nach seiner Haftentlassung eingestellt hatte, keinen dankbaren Eindruck. Da waren noch andere, gewissermaßen als Sozialfälle aufgenommene Kollegen, ehemalige Lyriker etwa, Philosophen ohne gesellschaftlichen Auftrag, enttäuschte Maoisten. Aber – vielleicht lag es einfach daran, dass ich sie weniger gut kannte – die schienen mir, verglichen mit Pepi, zufrieden. Oder wenigstens kompromisshaft versöhnt mit der Realität, die man ihnen ermöglichte. Pepi hingegen dämmerte vor sich hin. Übrigens nicht nur während der Arbeits-, sondern, soweit ich das mitbekam, auch während der Freizeit. Etwa jetzt (damals), als wir die Großmutter, sie links und rechts stützend, nach Haus gebracht hatten und wieder auf die Straße traten. Gehen wir noch auf ein Bier?, fragte ich, aber er schritt einfach geradeaus und verhielt sich, als ob ich nicht da gewesen wäre.

Sein Äußeres vernachlässigte er – nicht selten kam er des Morgens mit schief zugeknöpftem Hemd und (die Sandalen hatte er vorläufig abgelegt) unterwegs zur Arbeit aufgegangenen oder gar nicht erst zugebundenen Schuhbändern daher. Pepi, ich bitt dich, sagte ich manchmal, du regredierst! Er rauchte zu viel, und zwar nicht, wie ehemals, Pfeife, sondern Zigaretten der übelsten Sorte. Seine Gesichtsfarbe war im Gegensatz zu früher grau oder käsig, sozusagen lustlos.

Und dabei war die Arbeit in unserer Bücherei wirklich nicht die schlimmste. Kaum anstrengend, durchaus interessant, wenn man meine (und wohl auch Pepis) intellektuelle Neigungen als Richtschnur möglichen Interesses gelten lassen will. Bis zu einem gewissen Grad, wenn man das Lesen und Heranziehen von Lesern in einem zunehmend analphabetischen Zeitalter überhaupt noch für der Mühe wert hält, sogar sinnvoll. Ich kam damit zurecht. Ich konnte damit leben. Ich empfand den Job, als den ich diese Arbeit trotz allem auffasste, als meinem eigentlichen Beruf, dem Schreiben, wesensverwandt. Jener laugte mich nicht derart aus, dass ich diesem nicht hätte nachgehen können. Nicht selten konnte ich das sogar während der Büchereistunden. Meinen ersten zwei Prosabüchern folgten ein drittes und ein viertes, auch wenn sie, den Umständen entsprechend, etwas dünn ausfielen.

Pepi hingegen wusste diese Möglichkeiten nicht zu schätzen. Schreib doch auch, ermunterte ich ihn, obschon nicht allzu sehr, das kannst du doch. – Früher, ergänzte ich, die Position klärend, hast du es sogar besser gekonnt als ich. – Jaja, sagte Pepi, heut Abend setz ich mich hin. Doch zum Unterschied von mir lag es ihm nicht, vorsätzlich und konsequent zu schreiben.

Er setzte sich *nicht* hin. Jedenfalls nicht daheim. Seine Mutter, die seit dem Tod ihres Mannes als Aufräumefrau (ich konnte mir die für mich ehemals so attraktive Frau Prohaska in dieser Rolle gar nicht vorstellen) in einem Behinderteninstitut arbeitete, seine Mutter und seine Großmutter hatten zusammengesteuert und ihm eine kleine Wohnung in Mariahilf gekauft. Aber abgesehen davon, dass diese Garçonniere, wie sie die Oma hochtrabend nannte, trotz oder wegen aller Liebe, mit der die beiden versucht hatten, sie auch, und zwar mit entbehrlichen Stücken aus ihrer eigenen Meublage, sozusagen halbe-halbe einzurichten, womit zwei Stillosigkeiten durcheinanderkamen, abgesehen davon also, dass diese folglich noch überfüllte Zimmer-Küche-Wohnung nie recht gemütlich wurde, hielt es Pepi, den früher so Kontemplationsfähigen, nun ohnehin kaum in seinen vier Wänden. Nicht, dass er ausdrücklich Kommunikation suchte, nein – aber er frequentierte gewisse Lokale.

Für Sliwowitz anfällig war er ja, weiß man, schon länger. Jetzt aber schlug sich, was früher nicht der Fall gewesen war, der Wein hinzu. Ein billiger Säuerling, wie er in den Stehweinhallen ausgeschenkt wird oder in den Bahnhofsgaststätten. Mit Sliwowitz kombiniert eine teuflische Mischung. Ja, teuflisch: Ich stehe nicht an, es beim Namen zu nennen. Der sonst renitente Teufel in Pepi, jener Krampus aus der Verwandtschaft des Lichtträgers, der ihn anstiftete, gegen allerlei eingebildete oder echte Zumutungen in dieser angeblich von Gott konzipierten Welt – und sei es um Gottes willen – zu strampeln, verführte ihn nun zur Schädigung seiner selbst. Bisher hatte sich Pepi dies und das nicht gefallen lassen wollen, weil er sich selbst gefiel. Jetzt gefiel er sich nicht mehr oder jedenfalls immer weniger.

So wurde er, vor allen anderen von seiner bisherigen Renitenz herzlich unbeeindruckten Zumutungen, die man durch Alkohol zwar nicht aus der Welt schaffen, aber wenigstens dumpf distanzieren kann, sich selbst zur allernächsten Zumutung. Und allmählich wurde er es auch für andere. Pepi, sagte ich, entschuldige, dass ich dir das so offen sage, aber du stinkst nach Fusel. So sehr, dass ich die Zigaretten, nach denen du früher gestunken hast, kaum mehr rieche.

Darauf ließ ihn der Teufel, der schon große Teile seines Körpers und zweifellos auch seiner Seele besetzt hatte, nur zynisch grinsen. Mein Gott, Pepis Schneidezähne bedurften dringend einer Sanierung! Er kam gar nicht auf die Idee, zum Zahnarzt zu gehen, so weit war es mit ihm gekommen. Vermutlich hätte der Teufel diese Körper- und Seelenbesetzung fort- und zu Ende geführt, hätte sein Opfer nicht einen dieser Destruktion entgegenwirkenden Engel gefunden.

Nein, ich war's nicht. Meinem komischen Namen zum Trotz. Sie hieß auch nicht etwa Angela, Angie oder so ähnlich, sondern ganz simpel Paula. Allerdings kannte ich sie. Und zwar schon lang. So war ich schon wieder mit Pepis Schicksal verbunden.

Und das kam so: Eines Tages klingelte mein Telefon. Ist dort der Engelbert? Eine weibliche Stimme. Ungewöhnlich bei mir. Ich fragte: Wer spricht? – Na, die Paula! Jetzt sag bloß, du erinnerst dich nicht mehr an mich!

Ich sagte es nicht. Durchstöberte mein Gedächtnis. Paula,

Paula … endlich fand ich die Erinnerung an sie unter längst ad acta Gelegtem. Das lag jedoch keineswegs an ihr, sondern an mir. Meine Zeit als Mittelschullehrer hatte ich, da sie ja mit meiner Zeit als Ehemann zusammenfiel, beinahe verdrängt.

Sie hatte, wie es so anheimelnd heißt, »an derselben Anstalt« wie ich Musik unterrichtet. Eine aparte und, soweit ich das aufgrund unserer flüchtigen Bekanntschaft beurteilen konnte, gescheite Person. Braune Löckchen, muntere Augen und ein ebensolches Mundwerk. Letzteres verursachte ihr gewisse Probleme mit dem Direktor, der Widerspruch, und schon gar aus dem weiblichen Teil des sogenannten Lehrkörpers, nicht leiden mochte.

Und, fragte Paula, geht dir endlich ein Licht auf?

Doch, sagte ich. Jetzt seh ich dich wieder vor mir.

Ehrlich?, fragte sie.

Ja, sagte ich. Wie geht's dir?

Danke, sagte sie, besser. Sie sei jetzt Sozialarbeiterin.

Tja …, sagte ich. Wieso sie mich überhaupt anrufe?

Ich sei ihr, sagte sie, immer so sympathisch gewesen, irgendwie anders als die andern. Und da sie gerade dabei sei, sich einerseits wieder einmal zu verändern, andererseits Kontakte, deren Abreißen sie bedaure, neu anzuknüpfen, habe sie im Telefonbuch geblättert. Und siehe da: Gerade mich habe sie gefunden.

Zurückhaltend wie ich bin, konnte ich ihr ein persönliches Treffen mit mir nicht ausreden. Weder das Treffen an sich (sie schlug – vielleicht eine Reminiszenz an ihre Musiklehrerinnenzeit – das Café Mozart dafür vor) noch ihre Erscheinung war unerfreulich. Sie war etwas voller, aber sicher nicht unhübscher geworden und duftete – doch vielleicht ist das nur eine durch die Süßigkeit, die wir uns zur Melange gönnten, bedingte Assoziation – nach frischem Apfelstrudel. Nachdem sie mich zwei Stunden angeplaudert und mich unter anderem darüber informiert hatte, dass ihr langjähriger Freund, ein bis dahin erfolgloser Klarinettist, der berühmten Jazzmusikerin Soundso, die mir kein Begriff war, anlässlich einer Autopanne bei St. Christophen, wo er nämlich ohne sie, Paula, im Rasthaus sitzend, offenbar nichts Besseres zu tun gehabt hätte, den Reifen gewechselt habe und dann (nicht schad um ihn) mit der Soundso, ich glaube, Sandra hieß sie, nach Amerika gegangen und seither beinah ein Star sei, äußerte sie den Wunsch, Luft zu schnappen, und fasste mich im Burggarten mit überraschendem Griff um die Hüfte.

Ein nächstes Treffen konnte und wollte ich zwar nicht verhindern, nahm aber vorsichtshalber Pepi mit. Das heißt, das verlief nicht so einfach, wie es hier steht. Natürlich hatte ich auch den Hintergedanken, Pepi, mit dem es weiter bergab ging, aus seiner alles andere als splendiden Isolation zu reißen. Wenn schon saufen, sagte ich, dann wenigstens gesellig – was hältst du von einem Ausflug zum Heurigen?

Nichts, sagte Pepi. Er hasse Heurigenlokale.

Aber geh, sagte ich, sei kein Spaßverderber. Ich hab da eine alte Bekannte wiedergetroffen, die von dir gehört hat und sich freuen würde, dich kennenzulernen.

Selbstverständlich wusste Paula noch nichts von ihrem Glück.

Samstagnachmittag dann, als ich meinen schwierigen Freund, wie vereinbart, abholen kam, war er alles andere als startbereit.

Ich weiß nicht recht, sagte er, aber ich glaub, ich mag doch nicht.

So wie er aussah, sah er auch ganz danach aus. Soeben vom Bett aufgestanden, die erschütternd schütter gewordenen Haare wie geknickte Grashalme vom Kopf wegstehend, mit winzig kleinen Augen.

Bist du verrückt?, sagte ich. Sie sitzt unten im Auto!

Soll sie doch sitzen!, sagte er. Was geht das mich an?

Mit diesen Worten wollte er unter die Decke zurück. Aber ich ließ ihn nicht: drängte ihn ins Badezimmer und suchte, während er sich jammernd wusch, unter einem unglaublichen Kleiderhaufen einigermaßen frische Wäsche.

Paula war inzwischen aus dem Auto gestiegen und ging auf und ab. Als sie Pepi erblickte, zuckte sie leicht zusammen, hatte sich aber gleich wieder in der Hand.

Sie sind das also, sagte sie.

Ja, sagte Pepi.

Was ihn betrifft, so weiß ich nicht, ob er sie in diesem Augenblick der ersten Begegnung überhaupt richtig wahrnahm.

Er war, trotz Waschung, noch immer nicht richtig wach. Still und blass lehnte er auf dem Rücksitz, während ich, ihn besorgt im Rückspiegel beobachtend, nicht nur fahren, sondern auch Konversation machen musste. Paulas monologisches Geplauder, das für unseren Nachmittag zu zweit voll gereicht hatte, wollte nämlich, seit wir zu dritt waren, nicht recht in Schwung kommen. Als wir vor dem Heurigengarten am Bisamberg ausstiegen, gab die Stimmung jedenfalls Anlass zu den schlimmsten Befürchtungen.

Doch mit dem Wein wurde Pepi erstaunlich lebendig. Die Farbe, die zu seinem Gesicht gehörte, kehrte dahin zurück, seine Augen, die bis jetzt matt und stumpf gewesen waren, bekamen allmählich ihren alten Glanz wieder, signalisierten Seele. Er redete nicht viel, aber lächelte ab und zu, und zwar nicht nur in sein Glas hinein, sondern auch über den Rand des Glases hinweg. Das wirkte, solang er die Lippen geschlossen hielt, charmant und blieb, zu meiner Erleichterung, nicht ohne Wirkung auf sein ab dem dritten oder vierten Mal zurücklächelndes Visavis.

Schau ringsumher, zitierte er schließlich, nach drei oder vier Vierteln auch noch verbal in Schwung kommend, wohin der Blick – und dabei wies er so weit ausholend auf das mäßig silberne (eher bleierne) Band der Donau, dass er meinen Wein verschüttete – sich wendet / Lacht's wie dem Bräutigam – und hier stockte er, als hätte er plötzlich den Faden verloren, aber rückblickend denke ich, auch das, warum nicht?, war vielleicht eine Manifestation seines prophetischen Talents, denn er sah Paula einen Moment lang ganz merkwürdig an, sozusagen überrascht – die Braut entgegen. Da wir mit meinem Auto gekommen waren, konnte ich mich nicht diskret verdrücken, blieb jedoch, mich plötzlich anfallende Schläfrigkeit vorschützend, ohnehin immer weniger beachtet, im Hintergrund. Natürlich freute ich mich, dass mein Plan zu gelingen schien, allerdings war er ein kurz-, höchstens mittelfristiger gewesen, ein Plänchen sozusagen zur Vermeidung von Komplikatiönchen und vielleicht, na ja, auch zur Verbindung des für mich Angenehmen mit dem für Pepi Nützlichen – damit aber, was langfristig daraus wurde, hatte ich nie und nimmer gerechnet.

Geheiratet wurde zweieinhalb Monate später. Nein, ich war nicht dabei – auf Pepis Vorschlag, als Trauzeuge aufzutreten, ging ich erst gar nicht ein. Mein Fernbleiben auch als gewöhnlicher Hochzeitsgast entschuldigte ich mit einem Heuschnupfen. Von der seit meiner eigenen Hochzeit virulenten Allergie gegen derlei Zeremonien sprach ich lieber nicht. Pepi ließ sich die Zähne reparieren und die Haare schneiden, wodurch sie wieder voller wirkten. Auf dem Hochzeitsfoto, das er mir auf den Schreibtisch legte, sah er erholt und verjüngt drein. Paula vermittelte mir selbst über das Konterfei die anheimelnde Geruchshalluzination von frischem Apfelstrudel. Sie wirkte zufrieden mit der von ihr geleisteten Sozialarbeit.

Letztere war tatsächlich bewundernswert. Nicht nur, dass Pepi das Trinken auf ein ihm zu- und seiner Umwelt erträgliches Maß reduziert hatte, er war nun wieder ein kommunikativer und sogar (dies, nota bene, zum ersten Male in seinem Leben) während der Arbeitsstunden produktiver Mensch. Ganz selbständig entwickelte er ein Konzept für die Revitalisierung des Publikumsinteresses an städtischen Leihbüchereien durch intensivierte Zusammenarbeit mit noch lebenden Autoren und schlug, was mich freute, auf einer zu diesem Zweck erstellten Autorenliste gleich an siebenter Stelle mich vor. Mit einem Wort, er war bis zur Kenntlichkeit (oder war es doch Unkenntlichkeit?) verändert.

Jaja, sagte er, das verdanke ich meinem Paulinchen. Eine Seele von einer Frau, tatsächlich. Engerl, du hast unser Glück auf deinem Gewissen. Dessen eingedenk lade ich dich für Sonntag zum Mittagessen ein – und wehe, du kommst nicht!

Diese Einladung auszuschlagen fand ich keinen Grund. Meine schon durch Pepis höchst erfreuliche Wandlung verringerte Skepsis gegenüber dem, was ich da womöglich angerichtet hatte, wurde angesichts der ehelichen Harmonie, die das junge Paar in häuslicher Gemeinsamkeit ausstrahlte, noch kleiner. Natürlich war Pepi zu Paula gezogen, ihre Wohnung (Sozialbau) war, im Gegensatz zu seiner Höhle, hell und mit praktischem Geschmack (viel Naturholz) eingerichtet. Trat man auf den Balkon, so konnte man die relativ gute Luft vom unweiten Schlosspark Schönbrunn atmen.

Paulinchen (von der Gewohnheit, die Namen ihm nahestehender Personen zu verändern, war Pepi nicht abgegangen, allerdings war die Veränderung in diesem Fall nur geringfügig, gewissermaßen bloß ein Zitat dieser früheren Unsitte), Paulinchen also und er wirkten, als ob sie miteinander hierhergehörten. Sie trugen das gleiche Paar Hausschuhe, eine Art, schon durch ihren rustikal gemusterten Anblick erheiternder Hüttenpatschen, und machten auch sonst den Eindruck gut ironisierter, doch gern akzeptierter Zusammengehörigkeit. Über ihre Hochzeitsreise (nach Ägypten und zurück) erzählten sie im Chor. Manchmal breiteten sie ganz unvermittelt die Arme aus und umfingen einander. Das Essen hatten sie, wie sie sagten, »im Teamwork« zubereitet. Sie besaßen, wovon ich mich, in die Küche geführt, überzeugen konnte, auch Schürzen im Partnerlook und mimten, ständig zu Scherzen aufgelegt, einen kurzen Boxkampf mit Haushaltshandschuhen. Dann trugen sie – eine Prozession zu zweit – Teller und Schüsseln ins Zimmer und tischten auf. Das Mittagmahl war ein schönes Indiz dafür, was für großen Spaß ihnen auch oder besonders die orale Form gemeinsamer Sinnlichkeit machte.

Es gab, daran erinnere ich mich gut, vorerst sanft geräucherten Schinken mit Zuckermelone und dann fein nach Obers duftende Tortellini. Hierauf enthüllte der Hausmann eine superb mit Kräuterpastete (ich schmeckte Liebstöckl und Kerbel) gefüllte Kalbsbrust. Danach allerdings – dies eine gewisse Enttäuschung meiner sicherlich etwas fixierten Erwartungshaltung – trug die Hausfrau keinen Apfelstrudel auf. Stattdessen (eine meines Erachtens etwas extreme Kombination) kam erst ein keuscher Käse (Bel Paese) und dann – hier musste ich passen – Vanilleeis mit lasziv in der Hügelmitte aufgetürmten heißen Himbeeren.

Nach dem Essen (und Trinken – ich bin kein Weinkenner, aber der Weißburgunder, der dazu serviert wurde, lief, so alt er laut Etikette auch war, jugendlich kühl über die Zunge und durch die Kehle) lagen wir ziemlich flach. Die beiden einander abwechselnd am Herzen, ich auf einem mir freundlicherweise zur Verfügung gestellten Zierpolster mit der Aufschrift »Ich bleib Dir 3«. Beinahe wären wir – da es Herbst war und früh dämmerte, kam die Müdigkeit nach diesem langen Mittagessen umso organischer – sanft entschlummert, aber im letzten Moment, gerade als ich die Tür zum Traum hinter mir schließen wollte, schreckte ich hoch. Was ist das?, fragte ich. Ach nichts, sagte Pepi, der sich etwas ungehalten aufrichtete und nach einem Zigarillo tastete. Die Wölfe heulen im Tiergarten.

Wennschon. Obwohl uns dieses Geheul damals ein wenig aus der Idylle riss, maß ich ihm vorerst keine Bedeutung zu. Pepi schien glücklich oder wenigstens zufrieden, was konnte man sich und ihm Besseres wünschen? Zwar war er, wie er mir, nach diesem Sonntag ungefähr ein Jahr lang, Wochentag für Wochentag in der Bücherei begegnete, zugegebenermaßen etwas enttäuschend. Aber vermutlich war mein Freund, der früher, als unangepasstes Kind, erwachsen, als physisch Erwachsener aber bisher nie fertig gewirkt hatte, nun doch, mit einigen Kratzern an der Seele, aus einer überlangen Pubertät heraußen, und andere Erwachsene (ich eingeschlossen) waren ja auch nicht interessanter.

Er arbeitete wie die andern, sah aus wie die andern, womöglich sah er sogar so drein wie die andern. Ja, tatsächlich, sein Blick war flacher geworden. Und farbloser, blasser, wie seine ganze Erscheinung. Obwohl ich in seinem Gesicht, um seine sich rundenden Wangen, eine Rosigkeit entdeckte, die mir früher nie aufgefallen war.

Viel erzählte er mir von Paula und sich. Dass sie gern Barockes hörten (zum Frühstück am liebsten die »Wassermusik«, zum Abendessen die »Feuerwerksmusik«) und einander eine neue Stereoanlage geschenkt hätten. Dass sie, um fit (ein ungewöhnliches Wort aus seinem Mund), also um fit zu bleiben, jeden Donnerstag in die Sauna gingen. Und dass er, obwohl er seit fünfzehn Jahren, nämlich seit seinem letzten Schulschikurs, nicht Schi fahren gewesen war, ihr, einer leidenschaftlichen Schifahrerin zuliebe, einen Winterurlaub in Badgastein riskierte.

Von dort kam er zwar mit einem Gipsbein zurück, aber er trug es (ICH LIEBE DICH TROTZDEM, hatte ihm Paula in roten Filzstiftbuchstaben draufgeschrieben) mit sonnigem Humor. Weißt du, sagte er, sie ist nicht nur eine Seele, sondern auch ein Körper von einer Frau. Drum war es auch halb so schlimm, dass ich mir den Haxen gleich am ersten Tag gebrochen hab. Wir haben dann halt vor allem Bettsport betrieben.

Das blieb, wie sich weisen sollte, nicht ohne Folgen.

Stell dir vor, eröffnete Pepi wenige Wochen später, gleich morgens, als er zur Tür hereinkam, was passiert ist!

Ist es *passiert*?, fragte ich.

Nun, sagte er, sie hat geglaubt, dass das bei ihr ohnehin nicht klappt. Aber wir freuen uns, weißt du. Wir freuen uns wirklich!

Bei diesen Worten nahm die neue Rosigkeit um seine Wangen zu. Doch schien mir das kein Erröten, wie in meinem, diesbezüglich nicht unproblematischen Fall, sondern ein bisher zumindest von mir bei ihm unvermuteter Eifer. Im Februar war das. Im April fuhren Pepi und Paula ins Weinviertel und mieteten ein Haus. An einem Wochenende im Mai kam ich sie dort besuchen.

Da trat mir ein Pepi in rotkarierten Hemdsärmeln entgegen, die seinen rosigen Eifer noch zusätzlich betonten. In der Hand hielt dieser mir immer Unbekanntere eine Säge. Was bastelst du denn?, fragte ich. Na, antwortete Pepi mit heiterer Gereiztheit, als müsste ich das wissen, neue Türen! Wenn die Kleine da ist, soll es doch nicht mehr ziehen wie in einem Vogelhaus!

Die einschlägigen Tests waren damals noch nicht üblich, ich fragte ihn nicht, woher er wissen wollte, dass sein mutmaßlich zweites Kind ein Mädchen würde. Paula blühte im Liegestuhl und strickte rosa Strampelhosen. Allerdings erkundigte ich mich, ob ich recht verstanden hätte und die beiden tatsächlich hier herauszuziehen beabsichtigten. Klar, sagte Pepi, ich mach den Führerschein und Paulinchen kann zumindest die ersten zwei Jahre mit dem Kind in Luft und Sonne bleiben.

Dann saßen wir im Schatten zweier kaum beschädigter Fichten und aßen Speck. Das Haus als solches, zweistöckig, mit – wenn auch durchwurmter – Holzveranda, war noch nicht sehr bewohnbar, würde aber, wenn es nach Pepi ging, ein rechtes Schmuckkästchen werden.

Dass du dir das alles zutraust!, wunderte ich mich.

Warum nicht?, konterte er. Ich hab mir schon ganz andere Sachen zugetraut.

Ja, dachte ich. Aber eben ganz *andere* Sachen. Was mich an diesem neuen Pepi störte, war, ich gestehe es, eine bei ihm bisher nicht dagewesene Profanität.

Was bin ich froh, sagte Paula im Liegestuhl, dass alles so gekommen ist.

Dagegen war schwer etwas einzuwenden. Rundherum standen späte Himmelschlüssel.

Dass Pepi gewisse Fähigkeiten trotzdem nicht ganz abhandengekommen waren, erwies sich, wenngleich in einem für meine Begriffe höchst banalen Zusammenhang, einige Wochen später. Er war mit einer leichten Sommergrippe im Krankenstand, und da ich mein Auto nicht weit von Paulas und seiner Hietzinger Wohnung zur Reparatur bringen musste, beschloss ich, die zwei zu besuchen. Als mir Paula, trotz ihrer nun schon etwas deutlicher sichtbaren, aber mit frohem Stolz getragenen Schwangerschaft, öffnete, vermutete ich ihn im Bett. Er saß aber, wie sie mir mitteilte, vor dem Fernseher.

Ein beunruhigend vielstimmiges Geraune aus dem Zimmer, eine aufgeregte, sich ab und zu überschlagende, von kollektivem Seufzen, Stöhnen oder Brüllen begleitete Kommentatorenstimme – ich ahnte Böses. Setz dich zu mir, sagte Pepi, höchstens ein Auge vom Bildschirm abwendend, und sei brav: Das Match hat grad begonnen. Oh Gott, dachte ich – in bunte Dressen gekleidete Winzlinge droschen einen mediengerecht weiß gefärbten Ball auf dem Bildschirm hin und her – jetzt interessiert er sich auch dafür wieder! Austria gegen Liverpool, sagte Pepi, aha, sagte ich möglichst höflich und griff mir aus einer in Reichweite stehenden Vase ein Sträußchen Soletti. Uij, schrie Pepi. Und dann: Na gemma! Und dann: No geh!

Manchmal nagte er an den Fingernägeln, manchmal riss er sich an den Schnurrbartspitzen, manchmal schlug er sich aufs Knie. Paula lächelte mild, ich lächelte, wiewohl etwas gezwungen, zurück. Wie wird's denn ausgehen?, fragte ich rhetorisch. Drei zu zwei, sagte Pepi. Pass auf, sagte er, gleich fällt das erste Tor in der achtzehnten, nein, in der neunzehnten Minute.

In der nächsten Minute gab's wirklich ein Goal.

Es war, wie der Kommentator bestätigte, tatsächlich die neunzehnte.

Wozu schaust du dir denn diese Aufzeichnung an, fragte ich, wenn du ohnehin schon weißt, wie's ausgeht?

Was *du* für Ideen hast, sagte Pepi. Das ist keine Aufzeichnung!

Mach keinen Witz!, sagte ich. Aber das war kein Witz.

Wegen der neuerlichen Ablenkung schon recht verärgert, reichte mir Pepi das Fernsehprogramm.

Europacup-Viertelfinale Liverpool gegen Austria stand da zu lesen.

19 Uhr 30. London. Direktübertragung.

Ich legte das Fernsehprogramm auf den Abstelltisch.

Na ja, sagte ich. Dann hast du's halt gut erraten. Du alter Kicker! Wann fällt denn das nächste Tor?

Was?, fragte Pepi schon sehr ungehalten. In der vierundvierzigsten Minute!

Nun sah ich zum ersten Mal in meinem Leben Fußball mit Spannung. In der siebenunddreißigsten Minute prallte der Ball an die Stange der Engländer, in der neununddreißigsten erwischte ihn der österreichische Tormann mit einer unglaublichen Reaktion. In der zweiundvierzigsten Minute gab es einen Elfmeter für die Austria, aber der wurde verschossen. Tor Nummer zwei (gegen die Austria) fiel wie von Pepi vorausgesagt.

Warum, fragte ich in der Pause, spielst du nicht Toto?

Warum, warum …, sagte Pepi, das geht nur spontan.

Trotzdem fiel das dritte Tor, das er, jetzt schon unter Leistungsdruck, für die fünfundsechzigste Minute prophezeite, nur rund anderthalb Minuten verspätet.

Ich glaub, sagte Pepi, nun schmunzelnd, die Matchuhr geht nicht ganz richtig.

Was bleibt zu erzählen? Die zwei Tore, die noch folgen sollten, folgten programmgemäß. Neunundsiebzigste Minute und einundachtzigste Minute; Letzteres war ein Eigentor.

Vielleicht solltest du *doch* Toto spielen, sagte ich beim Abschied.

Ja, sagte Pepi, vielleicht. Er hatte anscheinend etwas ganz anderes im Kopf.

Pepis und Paulas Tochter wurde termingerecht und, soviel ich weiß, problemlos am 7. Oktober 1975 geboren. Ihre Eintragung ins Geburtsregister des magistratischen Bezirksamts Wien 13, wenige Tage später, erfolgte, wie mir ihr Vater berichtete, schon etwas weniger problemlos. Pepi, der sich die letzten Wochen in der Bücherei königlich mit Astrid Lindgrens »Pippi Langstrumpf« unterhalten hatte, wollte sie Pippi nennen, aber der zuständige Beamte verweigerte die Eintragung dieses Namens unter dem Hinweis darauf, dass er, wie er durch vorwurfsvolles Blättern in einem dicken Buch nachwies, nicht existierte. So musste Pippi Prohaska offiziell Pepita Prohaska heißen, und selbst das war nach Meinung des Eintragenden, der in Klammer die Übersetzung Josepha hinzufügte, ein nur durch Pepis Überredungskunst mehr oder minder erpresstes Zugeständnis.

Pippi oder Pepita, sagte Pepi, egal, ich habe sie gleich erkannt. Ja, ob du's glaubst oder nicht, auf den ersten Blick, unter all den anderen Striezeln, die hinter der Glasscheibe dieses Babyterrariums geplärrt haben. Das heißt, *sie* hat nicht geplärrt, sondern mir zugelächelt, ehrlich wahr, wenn auch vorläufig nur mit einem Mundwinkel. Sie hat Ironie, mein Lieber, die hat sie von mir, und das ist ja auch die ursprünglichste und einfachste Bedeutung von Sympathie – wir sind einander ähnlich.

Um mich davon zu überzeugen, sollte ich meinen Freund am nächsten Tag in die Klinik begleiten. Es war, wie gesagt, Oktober, ein fahriger Wind wirbelte gelbes Laub durch den Spitalsgarten, Pepi war aufgeregt. Mit dem Lift wollte er versehentlich zu hoch hinaus, sodass wir, ganz oben angekommen, zwei Stockwerke hinuntergehen mussten. Als wir endlich an Paulas Bett standen, durfte er die Kleine, deren Mundwinkel tatsächlich zuckten und die ihn überdies, obwohl das nach den Erkenntnissen der Entwicklungspsychologie, die ich ja auch einmal gebüffelt hatte, noch gar nicht möglich war, tief blauäugig *ansah*, zum ersten Mal in den Arm nehmen: Er war, fand Paula, ganz einfach ein süßer Vater.

Und wirklich – sie, die in der mütterlichen Rolle, aber das überraschte mich weniger, eine ebenso gute Figur machte wie er in der väterlichen, hatte recht. Kaum waren, nach knapp einer Woche, die zwei Mädchen, wie er sie scherzhaft nannte, nach Hause zurück- beziehungsweise zu Hause eingekehrt, kümmerte er sich in rührender Weise um beide. Besonders aber um die Jüngere – die Perfektion, mit der er das Kind schon nach wenigen Übungstagen wickelte, versetzte mich, der ich mich seiner früheren Ungeschicklichkeit bei praktischen Handgriffen erinnerte, sooft ich dabei war, in Erstaunen. Dass er auch seine angestammten Fähigkeiten einsetzte, um ihr wohlzutun, erwies sich etwa, wenn er zur Gitarre griff und, an ihrem Gitterbettchen sitzend, auch über ihr friedliches Einschlummern hinaus, immer neue Schlaflieder erfand.

So hätte, erst recht als die Familie, die ja die drei nun waren, im Frühling, wie vorgesehen, ins inzwischen wirklich hübsch und gemütlich eingerichtete Weinviertler Häuschen zog, alles harmonisch sein und bleiben können. Wäre Pepi, der, bei der Fahrschulprüfung auf Anhieb durchgekommen, jetzt zwischen dem nördlichen Niederösterreich und Wien pendelte, nicht auf die Idee gekommen, endlich etwas Entscheidendes gegen die Glatze zu tun, die ihm hinterrücks drohte. »Haben Sie Haarprobleme? Wir helfen!«, bot ein Institut namens »Hair Increase« seine auch in New York, London und Hongkong verfügbaren Dienste an. Pepi beschloss, diese Dienste in Anspruch zu nehmen.

Er tat dies wöchentlich zweimal nach Arbeitsschluss. Seine Äußerungen darüber, was man dabei mit ihm anstelle, klangen amüsiert, aber unverfänglich. Sie schmieren mir, sagte er, angeblich durchblutungs- und haarwuchsfördernde Essenzen auf die Kopfhaut und massieren mich anschließend. Wenn es nichts nützt, wird es, hoff ich, zumindest nichts schaden.

Was er vorerst verschwieg, war, dass es sich bei denen, die da schmierten und massierten, um junge Mädchen handelte. Und dass deren Behandlung, wie sich recht bald herausstellte, nicht ohne Wirkung auf ihn blieb. Zwar weniger auf seinen Haarwuchs, über dessen mögliche Reaktivierung, wie ihm versichert wurde, so rasch nichts zu sagen sei. Aber desto mehr auf seine

Durchblutung, wenngleich sich diese – hier zitiere ich schon ihn selbst – keineswegs nur auf die massierten Stellen beschränkte.

Das Zitat stammt aus Pepis im hinterlassenen Koffer mit hinterlassenem geheimen Tagebuch. Genauer: aus den besonders geheimen und daher in einer Geheimschrift abgefassten Passagen dieses übrigens mehrere Bände (sechzig Blatt dicke, karierte Schulhefte) umfassenden, höchst persönlichen Dokuments. Dass die Methode direkten und indirekten Zitierens, die ich auf den noch ausstehenden Seiten voraussichtlich noch öfter anwenden muss, einer gewissen moralischen Fragwürdigkeit nicht entbehrt, ist mir bewusst. Aber ich schwöre, dass ich Indiskretionen wie die folgenden nur dort begehe, wo sie für das Verständnis von Pepis weiterer Persönlichkeitsentwicklung wirklich vonnöten sind, und dort, wo das nicht der Fall ist, auf ähnlich verfängliche Materialien verzichte.

Der Code der Geheimschrift war nicht ganz leicht zu entziffern. Pepi ersetzte, einer alten kabbalistischen Methode folgend, den ersten Konsonanten des Alphabets durch den letzten, den zweiten durch den vorletzten usf. Da es jedoch in unserem Alphabet, zum Unterschied vom Hebräischen, nicht nur mehrdeutige Vokalzeichen, sondern eindeutige Selbstlaute gibt, wird die Sache in dieser Mischform – die Vokalzeichen behielt Pepi auch im Deutschen bei – komplizierter. Noch dazu, wenn der Schreiber, obwohl kein Hebräer mehr, schwungvoll von rechts nach links schreibt.

So liest sich das Wort »Ärmelausschnitt«, das am Anfang des mit Mai 76 beginnenden Tagebuchs ziemlich oft vorkommt, codiert folgendermaßen: »Tt'nhcss'l'mr'«. Sie tragen alle, heißt es da, die gleichen, weißen Arbeitsmäntel, so scheinbar schlicht in ihrer Funktionalität, so raffiniert durch die Kürze, die ihre netten Knie- und Kniekehlen freilässt, sowie vor allem durch den großen, lockeren *Ärmelausschnitt.* Wenn sie massieren, sehe ich manchmal, durch die Reflexwirkung der in jeder Behandlungsnische wie die Flügel eines Triptychons angeordneten Spiegel, das puddingartige Wippen ihrer Brüste. Da könnt man, obwohl solcher Süßigkeiten entwöhnt, Appetit bekommen.

Natürlich dauert es eine Weile, bis man einen solchen Text, nach der zuvor beschriebenen Methode verschlüsselt, entziffert hat. Wie viele Lesarten des Wortes »g'tr'gn'dd'p« existieren etwa, wenn man von nur fünf prinzipiell möglichen Vokalen ausgeht, die Umlaute nicht mitgerechnet? Hat man das Wort endlich entziffert (man darf übrigens, was mir im Anfang oft passiert ist, nicht vergessen, es umzudrehen) und ergibt das, etwa in Zusammenhang mit »T't'pp'a« (Appetit), seinen Sinn, so ist das, ich will's nicht verhehlen, ein kleiner Triumph. Ich präsentiere also, trotz der oben erwähnten Vorbehalte mit einem gewissen Stolz, zumindest Teilergebnisse meiner Arbeit:

Wenn ich, schrieb Pepi, meinem Paulinchen nicht gar so treu wär! Es ist aber so seltsam wie wahr – ich habe die ganze Zeit über kein Begehren nach einer anderen Frau verspürt. Komisch: Wo hab ich nur meine Augen gehabt? Weniger komisch, doch problematisch: Wo hab ich sie jetzt?

Wir wissen es. Pepi wusste es auch, wusste aber vorerst nicht, was tun. Das heißt, er wusste es wohl, doch hatte er Skrupel. Erstens seiner Frau, zweitens eines möglichen Misserfolges eventueller Initiativen wegen – sein Zustand war, ich hatte es geahnt, in mehr als einer Hinsicht regressiv. Wenn ich zum Beispiel, schrieb er, diese Piroschka anrede – am Ende lässt sie mich abblitzen.

Von Piroschka hatte er schon vorher geschrieben:

Ein junges Geschöpf mit einem netten Akzent. Sie betritt den Behandlungsraum, sie nähert sich mir, zielstrebig, nickt meinem Spiegelbild kurz zu. Sie hat braune Kirschenaugen unter etwas trägen Lidern. Ihr Gesicht, wie auch sonst fast alles an ihr, ist herzförmig. So klein sie ist, beugt sie sich häufig (man sinkt ziemlich ein im Behandlungsstuhl) tief über mich. Zuweilen leisten sich ihre Finger angenehme Abweichungen von meiner Kopfhaut weg hinter die Ohren und in den Nacken. Nach den verbindlichen Unverbindlichkeiten zu Beginn stockt unser Gespräch meistens, aber umso eher wird das Knistern einer gewissen Elektrizität hörbar.

Manchmal hab ich den Eindruck, sie will etwas sagen – denn da öffnen sich ihre leicht lila getönten Lippen kaum merklich und machen sozusagen Mikrobewegungen –, aber sie sagt's nicht. Mir geht es ja übrigens ähnlich, ich sag ja auch nichts. Aber vielleicht bilde ich mir Verschiedenes nur ein. Und vielleicht liegt, dass sie mich so anschaut, nur daran, dass *ich* sie so anschau, alles über den seitenverkehrenden Umweg durch den Spiegel.

Ja, wahrscheinlich ist das alles nur Projektion. Wenn ich damit eine Gelegenheit vorbeigehen lasse, mich auf zugegebenermaßen schon lang entbehrte Weise zu bestätigen, so ist das ja andererseits auch eine Gelegenheit, mich zu blamieren. Warum soll ich mir das antun? Und warum soll ich Paula das antun? Ich werde so tun, als wär nichts. Es wird schon vergehen.

Er hatte ganz gute Vorsätze, wie man sieht. Aber sie einzuhalten, das schaffte er nicht. Nach wie vor saß er zwei Mal pro Woche im Haarinstitut. Ob ihm dadurch neue Haare wuchsen, ist zweifelhaft, aber zweifellos wuchs dadurch sein Begehren.

Und dann geschah es. Er schrieb es auf. Ich gebe es wieder. Fast kommentarlos. Ich mag mich nicht auf Spekulationen darüber einlassen, ob es sich hierbei um einen zynischen Witz, sozusagen schwarze Poesie, oder um Rationalisierung handelt. Oder (das kommt dem Wesen dieses psychischen Vorgangs vielleicht näher) um Irrationalisierung. Um wieder zum dunkleren Teil seiner selbst zu finden, brauchte er jemanden, der ihm heimleuchtete.

Er beschreibt das als Traum. Der Mann, der das Licht trug,

ging ihm voraus. Und es ging mehrere Stockwerke hinunter. Da war ein Gewölbe, schreibt er. Es erinnerte mich ein bisschen an das alte Art-Center. Den ehmaligen Fatty-George-Keller, wo ich manchmal mit Inge gewesen bin, aber letzten Endes war der Raum ein anderer.

Spiralig ging's abwärts, links und rechts viele Nischen, darin, aber immer nur kurz sichtbar im Licht der Lampe, eng umschlungene Paare. Der Typ ging voraus, und ich, an seine Bewegungen geschmiegt, ging ihm nach. Hautnah war ich ihm, er war nackt, ich war angezogen. Ich sah uns von außerhalb meiner selbst, drum wurde mir bald klar, woher ich die Konstellation, in der wir da abwärts stiegen, kannte. – Das war doch ein Bild! Ein Gemälde von Egger-Lienz! »Der Sämann und der Teufel«. Natürlich! Der Nackte war ER. Diese geschmeidige Gestalt: Sie war mir vertraut von den alten Schillingmünzen. Auf denen, eine amüsante Fehlleistung, statt dem Sämann der Teufel abgebildet war.

Im Vergleich zum gemalten bzw. geprägten Original war unsere Konstellation allerdings umgedreht. Er ging mir nicht nach, gewissermaßen als mein Schatten, sondern voraus. Und außerdem waren gewisse Details verändert. *Er* leuchtete, und *ich* hatte nichts zu säen – kein Wunder, dass er führte.

»Du Kleinmütiger«, sagte er, ohne sich umzuschauen, »warum hast du aufgehört, an dich zu glauben? Du hast doch, na sagen wir, etwas überdurchschnittliche Fähigkeiten – warum setzt du sie nicht ein?«

Hier wachte Pepi angeblich auf. Nicht sonderlich verschwitzt. Langte über die friedlich schlafende Paula und griff zum Notizbuch.

Zwei Haarinstitutssitzungen lang will der Versuchte dem Versucher noch widerstanden haben. In der dritten aber versuchte er sein Glück. Konzentrierte sich, möglichst nicht an dieser seiner Fähigkeit zweifelnd, ganz auf die herzförmige Piroschka. In – mit okkulten Kräften Beschäftigte werden womöglich verstehen, was ich meine – widmungswidriger Ausrichtung seiner Seele. Und siehe da, es brauchte nicht lang, es klappte. Sie schaute sich kurz um, sah, wie seriös das zweite Fräulein, das in dieser stillen Stunde im Behandlungsraum 1 agierte, mit dem von ihm betreuten Glatzkopf (eine richtige Billardkugelglatze, schrieb Pepi) beschäftigt war. Schloss durch einen Blick in den Pepi und sie reflektierenden Spiegel, dass, da dieser jenen, vor dem der Kugelkopf saß, nicht reflektierte, jener, nach den Gesetzen der Optik, auch diesen nicht reflektieren würde. Und dann nahm sie, sich noch weiter als sonst vorbeugend, Pepis rechte Hand und legte sie, einen Knopf ihres Arbeitsmantels öffnend, an ihre linke Brustwarze.

Dies ging, schreibt Pepi, ganz ohne Worte vor sich. Ebenso wortlos massierte sie nachher weiter. Bevor sie jedoch das Handtuch, das ihm umgebunden war, von seinem Hals löste, sagte sie Folgendes: Ich wollte Sie ohnehin lang schon was fragen, können wir uns nachher treffen?

Er sagte, sie könnten. Er wartete im Kaffeehaus. Sie hatte noch einen Kunden nach ihm zu massieren. Er wartete also auf sie und trank einen Cognac. Er trank einen Cognac und dachte an seinen Traum.

Und dann erschien sie, forsch entschlossenen Schritts. Dass sie nicht den gewohnten Arbeitsmantel trug, daran musste er sich erst gewöhnen. Hochgeschlossener Pullover, Bundfaltenhose, keine Einblicke. Ihr herzförmiger Hintern kam allerdings in der Hose besonders hübsch zur Geltung.

Kaum dass sie da war, ging sie, mutmaßlich um sich kurz prüfend im Spiegel zu betrachten, Richtung Toilette.

Wissen Sie, sagte sie, als sie zurückkam, dieses Haarinstitut ist nicht das Ziel meiner Wünsche.

Sie wolle, sagte sie, auf etwas anderes hinaus.

Ja?, sagte er. Auf was denn?

Sie wäre gerne Mannequin.

Was Sie nicht sagen!

Oder glauben Sie, dass ich zu klein bin für so was?

Das glaubte er wohl – sie war wenig über 1,50.

Aber, sagte er, das muss man nicht akzeptieren. Brigitte Bardot sei schließlich auch nicht viel größer.

Ich hab's ja gewusst, sagte sie. Sie sind ein sensibler Mensch. Sie sehen aus wie ein Künstler. Sie kommen doch sicher herum in gewissen Kreisen. Kennen Sie nicht – hier befeuchtete sie ihre lila Lippen und lächelte – einen, wie soll ich sagen, verständnisvollen Fotografen, ich meine einen, der mich entsprechend fotografiert?

Da sind Sie, sprach Pepi, genau an den Richtigen geraten!

Kaum anzunehmen, dass sie das wirklich glaubte. Aber vermutlich glaubte sie sich auch selber nicht – die beiden spielten ganz einfach eine frivole Komödie. Nach dem vielversprechenden Anfang oben im Haarinstitut hätte es solcher Umschweife ja eigentlich gar nicht bedurft. Aber da hatten sich offenbar zwei getroffen, die entschlossen waren, es möglichst spannend zu machen.

Erst drei Wochen später erwartete sie Pepi in seinem »Atelier«. Bis dahin hatte er ihr während der Behandlung auf (Zitat) »jedes Mal schöner erregende Weise« (Zitatende) unter den Arbeitsmantel gegriffen. Außerdem hatte er seine Mutter besucht und ihr die von seinem Vater hinterlassenen, etwas verstaubten Foto-Utensilien ausgefochten. Hatte zwei Scheinwerfer und eine Schmalfilmleinwand als Hintergrund in seiner sonst leer stehenden Wiener Wohnung aufgebaut und Paula erzählt, dass er wegen eines Maturatreffens für einen wahrscheinlich langen Abend nach Wien müsse.

So trat er denn in die Fußstapfen Papa Prohaskas. Ich meine (man erinnere sich an die blaue Sphinx!) als Aktfotograf. Womöglich war hier eine Art von Wiederholungszwang am Werk, eine gewisse Identifikation vielleicht aufgrund eines nun erreichten, ähnlichen Alters und Familienstandes. Aber das soll keine Entschuldigung sein, ganz abgesehen davon, dass die Aktfotografie hier viel eindeutiger noch als dort bloßer Vorwand war – und als Seitenspringer sprang Pepi, zumindest wenn man seinen Aufzeichnungen Glauben schenkt, wesentlich öfter und weiter.

Es blieb nämlich keineswegs, so reizend sich das Verhältnis mit ihr auch gestaltete (Ich denke oft, seufzte Pepi später bisweilen, an Piroschka), bei dieser einen. Im zweiten Fall, schreibt er selbst, war's ein Experiment. Er wollte ganz einfach wissen, ob der erste Fall ein Zufall gewesen war. Also konzentrierte er sich, als ihn eines Tages eine andere massierte (zwar versuchte es Piroschka so einzurichten, dass sie meist an ihn kam, aber immer gelang's nicht, und außerdem schien die Chefin, nun öfter stumm und streng in den Behandlungsraum blickend, Verdacht zu schöpfen), also konzentrierte ich mich, schreibt er, auf *die*.

Und siehe da, seine hypnotische oder erotische Kraft wirkte auch hier.

Natürlich gab das gewisse Komplikationen. Im Umkleideraum des Haarinstituts lagen sich Piroschka und Leni (so hieß die Nummer 2) bald in den Haaren. Doch Pepis Anziehungskraft verstärkte das nur.

Die, mit der er mir über den Weg lief, war schon die Nummer 3.

Ich sagte ünbrigens damals kein Wort – wir gingen, es war auf der Kärntner Straße, aneinander vorbei, und Pepi, die mir nähere Augenbraue schräg in die Höhe ziehend, warf mir ein »Servus, Engerl« zu, das ich, bleiben wir im Vergleich, mit einer

Reflexbewegung auffing. Aber dann stand ich da damit und wusste nicht, was tun. Kein Wort sagte ich, hatte auch kaum Gelegenheit, eins zu sagen, denn schon war Pepi vorüber mit der mir fremden, ihm aber – aus der Umschlingungsenge, in der er mit ihr daher- und dahinging, war das zu schließen – wohl ziemlich vertrauten Person.

Auch am nächsten Tag in der Bücherei schwieg ich, obwohl oder weil Pepi vielleicht eine Art Anerkennung von mir erwartete – jedenfalls sah er pfiffig drein. Noch zwei Wochen später, als ich wieder einmal draußen, im Weinviertel, zum Essen eingeladen war, im Garten sitzend, umgeben von friedlichster Natur, sagte ich natürlich nichts. Obwohl mir die Idylle – Pepi, ganz aufgehellt von der Mittagssonne, schaukelte die nun schon anderthalb Jahre große Pippi auf dem Knie, und Paula, ein schönes Bild fraulicher Zufriedenheit, saß ihm arglos vis-à-vis – obwohl mir nun diese Idylle, fast körperlich wehtat, wie ein sehr hoher, falscher Ton. Zum Reden bemüßigt, ja verpflichtet fühlte ich mich erst auf beziehungsweise nach der Frankfurter Buchmesse.

Vielleicht hatte ich Pepis Drängen, ihn nach Frankfurt mitzunehmen, vor allem deswegen nachgegeben, weil ich mir anlässlich der langen Zweisamkeit im Auto die Gelegenheit zu ernsteren Gesprächen erwartete. Dass wir uns beim Fahren abwechseln könnten, war nur ein Vorwand, sowohl für mich als auch für ihn. Ich hätte ebenso gut oder besser per Flugzeug oder per Bahn reisen können, zumindest die Kosten für Letztere hätte mir mein Verlag ebenso zurückerstattet wie die Benzinkosten. Und er hätte ebenso gut daheimbleiben können, kein Mensch hatte ihn eingeladen, auch ich nicht.

Ja, stimmt, ehemals, als es ihm so schlecht ging, hatte ich ihn zum Schreiben, das er ja konnte, anregen wollen. Es hätte ihm, so hatte ich mir das gedacht, in dieser Situation helfen können, aus ebendieser Situation herauszufinden, und dabei und darüber hinaus hätte ich ihm, gewisse, immerhin schon länger geknüpfte Beziehungen mit dem sogenannten Literaturbetrieb nutzend, gern beistehen mögen. Dass er aber ausgerechnet jetzt, als es ihm gut (zu gut!) ging – ich weiß nicht, wann ich die Veränderung an ihm zum ersten Mal bemerkt hatte, aber er, der mir, seit er neben mir in der Bücherei saß, relativ klein vorgekommen war, wuchs sozusagen, erigierte, man entschuldige den Ausdruck, vom Scheitel bis zur großen Zehe – dass er also ausgerechnet jetzt damit anfing und binnen kurzem mit einem Manuskript daherkam, das ich lesen sollte, gefiel mir gar nicht. Die Worte, die er machte, sprudelten, hatte ich den Eindruck, aus der falschen Quelle.

Beim Lesen schon der ersten Zeilen wurde dieser Eindruck bestärkt. So groß war meine Aversion, dass ich das Manuskript (vorerst sechzig Seiten, von denen ich aber bestenfalls zehn gelesen hatte) in eine Lade legte und nicht mehr fand. Doch war es leider nicht das Original gewesen, Pepi, dem ich dieses sogenannte Missgeschick nach einigen Wochen, während der ich vorgeschützt hatte, einfach noch nicht zum Lesen gekommen zu sein, gestand, lachte und brachte mir bereitwillig eine andere (schon umfangreichere) Kopie. Nun aber fand ich meinen Instinkt voll bestätigt.

Ich weiß: Über die Quellen, aus denen Literatur sprudelt, respektive – und dieser postulatorische Ansatz, auch das weiß ich, ist schon an sich problematisch – über die Quellen, aus denen Literatur sprudeln *soll*, lässt sich streiten. Sofern von Sprudeln überhaupt die Rede sein kann, aber das nur nebenbei. Und muss ja übrigens nicht unbedingt sprudeln, meine ich, auch das nur apropos. Gerade unsere Literatur der letzten paar Jahrzehnte hat bewiesen, dass manchmal schon ein Gerinnsel oder zumindest ein mildes Fließen genügt – und außerdem verwechsle man mir nicht nur Quantität mit Qualität! Bei Pepi jedoch, da hatten sich innere Schleusen geöffnet. Und was sich, dies gewissermaßen dokumentierend, übers Papier ergoss, war alles andere als sauber geschriebene Literatur. So weit, so (in einem Sinn, der über das platte Missverständnis von Realismus hinaus oder womöglich genauer: tief drunter reicht) realistisch, das könnte man durchgehen lassen. Aber der Text war – und das begründete gerade bei näherer Beschäftigung mit ihm meine noch weitere Distanz – der Text war, womit er diesen Realismus als Wahrheitsanspruch (der aber vielleicht, der Verdacht ist leider nur allzu naheliegend, von seinem Autor gar nie gestellt worden war) wieder aufhob – der Text war eitel, eitel und nochmals eitel!

Und das betraf beileibe nicht nur die Form! Diese auf sich selbst geilen Satzungetüme, unterbrochen von jenen pseudoasketischen Drei- bis Fünfwortsätzen, in einem geradezu lasziven Rhythmuswechsel! Nein, ich will hier nicht näher auf all das eingehen. Es betraf, wollte ich sagen, kein Wunder, erst recht den von der Form bekanntlich nicht ablösbaren Inhalt. Wir wissen: Bescheidenheit war nie Pepis Zier. Aber dass er sich ausgerechnet an der »Faust«-Dichtung vergreifen musste, diesem anerkanntermaßen bisher höchsten Anspruch deutschsprachiger Dichter- und Denkerei, also das war typisch. Ja, stimmt, ich meinerseits habe in meinem Erstling den »Hamlet« verbraten. Aber doch mit dem gebührenden Respekt vor Shakespeare, Pepi hingegen …

Schon der Titel sagte eigentlich alles. »Entsetztes Frohlocken. Die Wahrheit über den Doktor Heinrich F.« Was für ein Vorsatz! Aber der Untertitel sagte noch mehr: »Enthüllt von seinem armen Teufel Mephisto«. Das signalisierte nicht nur eine Erzähl-, sondern auch eine Geisteshaltung. Nämlich einen Zynismus, der sich dann voll bestätigte. Und was mir besonders missfiel:

diese Identifikation. Nämlich die geradezu lustvolle Identifikation des in der ersten Person Einzahl erzählenden Autors mit dem – ja, hier passt das aus unserer Kindheit so ominös stehengebliebene Wort: mit dem Krampus.

Dass die Dämonen bei Anbruch der Dämmerung als Hunde & Esel durch die Welt zu schweifen beginnen, wissen die Kenner der heimlichen Weisheit. Auch Johann Wolfgang, der alles Mögliche wusste, bildete sich ein, das zu wissen. Aber es ist schon eine Zumutung; ehrlich gesagt: Ich mag keine Hunde. Schön, als Esel hätte mich der Doktor nicht mit ins Haus nehmen können – aber als Kater z. B. wär ich gleich hinter dem Ofen gesessen. Wozu, frag ich, kompliziert, wenn es einfach auch geht? Sitz also hinter dem Ofen des Doktors, ich, verkatert, & spitze die ungeliebten Pudelohren. & eigentlich bin ich ja ein fahrender Scholast, aber das wird sich erst später herausstellen. Der Kasus macht ihn, diesen mittelmäßigen Geisterbeschwörer, lachen, aber warte nur, balde: lacht, wer zuletzt lacht: & schon jetzt lach ich mir ins Pfötchen.

Z. B. *da*rüber: Entschlafen sind nun, behauptet, aus Feld & Au zurückgekehrt der vierfache Doktor (man erinnert sich: phil., jur., med. & leider auch theol.), entschlafen sind nun wilde Triebe – oder was beißt mich. Hunds- oder Katzenflöhe? Egal. Der Herr beliebt zu scherzen. Faust 1, der offizielle, den die Leute draußen vor dem Tor grüßen. Oh, sagt er selber, lerne nie den andern kennen!

Ich weiß, ich weiß, er sagt das über den Trieb. Wagner, der Bildungstölpel, kennt nur den einen, *er* kennt auch den andern. Aber sage mir, was dich treibt, & ich sage dir, wer du bist. & was ihn, Heinrich II., treibt, stärker treibt, zwei Seelen ach (!), ach immer diese Ausreden (!), sieht man nicht allzu lang danach, in der Hexenküche im Spiegel.

Vorerst macht er sich allerdings noch was vor. Die Menschen liegen in ihren Betten & kosten inmitten des Schlafs einen Vorgeschmack des Todes. Wenn aber der Nordwind erwacht um Mitternacht, d.h., wenn das Böse gewaltig wird, huij, dann ist ein heiliger Aufruhr in der Welt! Dann kann man sich auch dem Boss (ja, zugegeben, auf etwas komplizierte Weise, die zu erklären hier & auch überall sonst zu weit führen würde, ist es auch *meiner*), also dem Oberboss, der ja, zumindest von einem bestimmten Aspekt, man denke an Moses & Jakob & all die anderen alten Kracher, denen er so begegnet ist, auch was Dämonisches hat oder – manche sagen, er hat sich geändert – *gehabt* hat, dem Bossboss also kann man sich nähern, heißt es, in dieser gefährlichen Stunde, wenn man *kann*.

Wenn man kann, wie gesagt. Doktor F. konnte *nicht*. Entschlafen sind die wilden Triebe / es reget sich die Menschenliebe – ei! Abgesehen davon, dass dies ein m. E. ziemlich banaler Vers ist (um Goethes Lorbeer zu retten, müssen wir allerdings anmerken, dass er, dazwischengeschlungen, »nun« auf »tun« reimt) – war ja keiner da, der ihn beim Wort nahm. »Nun« regt sich übrigens, glaubt er, warum denn nicht gar, gleich die Liebe Gottes – doch, doch, im Ausnahmsfall, etwa im germanistischen Zitat, kann & darf auch unsereins diesen Namen aussprechen (hab ja nicht ich gesagt, sondern Johann Wolfgang).

Menschen- & Gottesliebe! Du kleiner Scheißer, dachte ich hinter dem Ofen. Knurre nicht, Pudel, sagte er (offenbar war mir doch ein Ton entschlüpft), mich immer noch verkennend, & fühlte sich – erste Erfolgsmeldung an die Zentrale! – auch schon irritiert. Fühlte, aber ach (!) bei dem besten Willen / Befriedigung nicht mehr aus dem Busen quillen; na also. Dann drängte es ihn allerdings, das Neue Testament aufzuschlagen & in sein geliebtes Deutsch zu übertragen; anders lautenden Meldungen zum Trotz übersetzte er vorerst so:

Was im Anfang war / der Leviathan / oder sein Ei / hat man vergessen // Gesprochen wurde / vermutlich / wie sich's gehört / der Prolog // Es kann aber auch / da noch gar nichts war / noch nicht einmal Wände / um zuzuhören / ist das nicht sicher // Ein Epilog kann es gewesen sein / der da / gesprochen wurde / & seither / seither herrscht Schweigen // Alle Dinge / sind durch dasselbe gemacht / ohne dasselbe / ist nichts gemacht / was gemacht ist // In ihm war der Tod / & der Tod / ist das Dunkel des Menschen // & das Dunkel / verdunkelt das Licht // & das Licht? // & das Licht?

Na bitte, diese Worte, so traurig, wie in gewisser (mir von sozusagen Berufs wegen passender) Hinsicht wahr, Worte eines Menschen, der in die Nacht hinein fragt & natürlich bekommt er keine Antwort, veranlassten mich zum Mitheulen. Ein Akt der Solidarität, den Doktor F. – ein auch sonst recht unsensibler oder immer erst zu spät sensibler Typ, man denke an Gretchen & ihre berühmte Tragödie, für die irgendeine Verantwortung zu übernehmen ich mich entschieden weigere, denn verantwortlich ist der Mensch, nicht der arme Teufel, der, Goethe hat's ja gesagt, sogar wenn er das Böse will (& wollen muss er's, denn was wär er sonst für ein Teufel, ob er will oder nicht, oder kann etwa, hat man das je gehört, ein Teufel ein Engel werden?), sogar wenn er also stets, seit unserem Fall wenigstens, das Böse will, trotzdem das Gute schafft – ein Akt der Solidarität, habe ich gesagt, den Doktor F., un- oder zu spät sensibel, wie er nun einmal war, gründlich missverstand. Wollt mir sogar die Tür weisen, bei einem Wetter – wie gesagt blies, so schön der Ostertag gewesen war, in dieser nachösterlichen Nacht der Nordwind –, bei dem man eigentlich keinen Hund aus der Tür jagt. Was blieb mir übrig, als mich zu wehren: Hör einmal, Alter, sagte ich, wenn du mich jetzt rausschmeißt, wirst du nie die schöne Helena vögeln …

Ist es genug? Ich denke, es *ist* genug! Nein, Pepi, sagte ich, entschuldige, aber das kann ich nicht vertreten. Es stimmt, dass ich dir versprochen habe, mich gegebenenfalls bei meinem Lektor für dich einzusetzen. Aber der Fall, in dem ich das tun könnte, ist nicht gegeben.

Seltsamerweise war Pepi gar nicht beleidigt. Kein Wunder, sagte er, dass es dir nicht gefällt. Er betonte das so: dass es *dir* nicht gefällt. Und lächelte ein zumindest in meiner Erinnerung impertinentes Lächeln. Aber könntest du, großer Experte, nicht trotzdem so freundlich sein, deinem Lektor zu schreiben, dass du mich für talentiert hältst? Ich meine, *du* bist wer in diesem Betrieb – wer bin *ich*? – Hör auf, sagte ich, mit diesen zweifelhaften Komplimenten, ich weiß, dass du mich nicht ernst nimmst. Aber siehst du: Gerade *weil* ich dich für wirklich talentiert halte, werde ich *diesen* Text nicht empfehlen.

Und dabei blieb es vorerst. Wir sprachen nicht mehr davon. Pepi schien im Übrigen auch (oder vor allem) andere Sachen im Kopf zu haben, man kann sich denken, welche. Er wirkte nach wie vor übertrieben selbstbewusst, um nicht zu sagen süffisant. Mag sein, dass er seine Situation als schizophren empfand, aber – ich glaube nicht, dass ich ihn hier missinterpretiere – mir kam vor, dass er diese Schizophrenie respektive sich selbst, der mit der Doppelrolle, die er da spielen musste, spielend fertigwurde, genoss.

So hätte er also die Literatur, die nach meinem Dafürhalten das Leiden an solcher (oder eben nicht *solcher*) Schizophrenie: der uns allen zugemuteten, nicht der mutwillig herausgeforderten: widerspiegelt und aufhebt, das heißt auf*bewahrt, auf* ein anderes Niveau erhebt *und* – in besonderen Glücksfällen, wenn auch nur gewissermaßen einen Glückszustand antizipierend, der erst als Utopie da ist – hinwegnimmt, wie die Sünde der Welt hinweggenommen werden soll (ich weiß schon, ich hole hier sehr weit aus, aber es ist mir ein Bedürfnis), so hätte Pepi die Literatur in diesem Sinne gar nicht gebraucht. Denn die Identität, die unsereins, spätestens seit der Romantik, nimmermehr findet oder zu finden fürchtet, hatte er gleich doppelt. Dass er sie nur subjektiv, sozusagen (ja, zugegeben, auch ich bin nicht frei von Einflüssen, diese Passage verdanke ich, obwohl ich den eigentlich gar nicht mag, bis zu einem gewissen Grad Hegel) im Rahmen eines *falschen Bewusstseins* hatte, ist etwas anderes. Jedenfalls bildete er sich ein, seine schöne Schizophrenie souverän managen zu können, das beweist auch das folgende, von mir im nachgelassenen Koffer entdeckte Gedicht:

Mit einem Hintern
sagt meine Großmutter
kann man nicht
auf zwei Kirtagen tanzen

Oh ja
Ich kann

Mir schien es also der reine Mutwille, dass Pepi auf die Idee kam, sich nun (wohlgemerkt nun, gerade in diesem Augenblick) auch noch an der Literatur zu versuchen. Auch noch die Literatur zu versuchen, sollte ich vielleicht schreiben, damit man die volle Tragweite dessen begreift, was ich meine. Ein vermessener Wunsch, den Selbstgenuss der Person, der ihm, zum Unterschied von anderen Leuten, zumindest phasenweise vergönnt war, noch zu steigern. Er gefiel sich. Und die weniger hübsche Welt konnte und sollte ihn im doppelten Sinn dieses Wortes gernhaben.

Dass wir nun, trotz dieser meiner Einsichten, miteinander nach Frankfurt fuhren, war folgendermaßen zustande gekommen. In diesem Herbst erschien mein drittes, dezent autobiographisches Buch »Leise Loslösung«, ich sollte – natürlich unter anderen Autoren meines Verlags – auf der Buchmesse präsent sein und sogar daraus lesen. Als Pepi das hörte, war er sofort begeistert. Ich komme, sagte er, auch nach Frankfurt, um das zu hören. Dagegen war ja nun schwerlich was einzuwenden. Zwar wies ich darauf hin, dass der Aufwand nicht nötig sei, da ich nach meiner Rückkehr auch in Wien lesen würde, aber Pepi ließ das nicht gelten. Er konterte: *Dort* ist es ein Ereignis, *hier* nicht. Und außerdem wollte ich sowieso einmal auf die Buchmesse.

Das kam der Sache, um die es ging, schon näher. Du irrst dich, sagte ich, wenn du meinst, dass dieses Spektakel der geeignete Orts- und Zeitpunkt ist, Verleger, Lektoren oder sonstige Kulturgschaftelhuber anzusprechen. Ich meine, ansprechen kannst du sie schon, aber sie hören dir nicht zu. Und wenn sie dir zuhören, geht ihnen das, was du sagst, beim einen Ohr hinein und beim anderen wieder hinaus.

Ich habe vorgegriffen. Man weiß also bereits, dass er mir *nicht* glaubte. Das heißt, dass er (typisch) glaubte, was für andere gelte, gelte für ihn nicht. Er komme trotzdem, sagte er, ohnehin habe er in Frankfurt eine alte Bekannte aus dem Achtundsechzigerjahr. Die würde sich freuen, ihn wiederzusehen. Und bei der könne er wohnen.

Im vorletzten Moment stellte sich dann heraus, dass er keineswegs, auch wenn es bisher so geklungen hatte, auf irgendeine andere Weise nach Frankfurt kommen, sondern mit mir dorthin fahren wollte. Und im letzten, nämlich beim ersten Telefonautomaten nach der Autobahnabfahrt, dass die alte Bekannte unter ihrer alten Telefonnummer nicht mehr erreichbar war (vielleicht hatte sie nie existiert). Sehr schön, sagte ich, schon vorweg ungehalten, da er meine Absicht, ihm ins Gewissen zu reden, durch permanentes Geplauder oder (in den Pausen) simples Davonschlafen vereitelt hatte, und was willst du jetzt tun? – Na, was schon, sagte er, zieh ich zu dir ins Hotel.

Da werde es, meinte ich, sicher kein Zimmer mehr geben.

Er klärte mich auf: Er meine, er ziehe *mit mir.*

In *mein* Zimmer?, fragte ich, immer noch naiv, aber Pepi, das geht nicht!

Ach was, sagte er, in so einem großen Hotel ist genug Platz – und bei der Frequenz, die dort herrscht, merken die überhaupt nichts.

Diese Vorhersage Pepis zumindest traf zu. Das »Canadian Pacific«, das sich mein Verlag allem Anschein nach eine Stange Geld hatte kosten lassen, war ein ungeheurer Kasten, in dem, hatte er einmal seinen Zimmerschlüssel, der Gast getrost verlorengehen konnte. Vor den Aufzügen warteten Dutzende, wenn nicht Hunderte, die wahrscheinlich in allen Stockwerken gleichen Gänge waren endlos mit Spannteppichen ausgelegt, Schritte und – wie Pepi witzelte – wohl auch Stimmen Verirrter wurden nicht gehört. Ich wohnte im 24. Stock, mein Zimmer hatte, auch hierin behielt mein anstrengender Freund recht, einen Vorraum mit Couch, das Fenster ließ sich nicht öffnen, damit man sich nicht etwa aus Verzweiflung hinausstürzte, aber um Luft herbeizuführen gab es ja eine Klimaanlage, und gegen Depressionen hatte ich (so Pepi) schließlich und endlich den launigen Herrn Prohaska bei mir.

Depressionen hätte ich, wie sich gleich am nächsten Vormittag herausstellte, hier in Frankfurt und besonders auf dem Buchmessegelände ohne weiteres bekommen können. Zwar war ich schon zweimal dagewesen, aber so ausgelaugt wie diesmal bereits nach den ersten paar Stunden hatte ich mich die Jahre vorher auch nach drei Messetagen nicht gefühlt. Vielleicht war das Geschiebe und Gedränge der aus mir unerfindlichen Gründen freiwillig hierher strömenden Menschenmassen größer, das überhitzte und überstresste Klima, das mir, kaum hatte ich, ohnehin immer etwas raumängstlich, die Halle betreten, den Schweiß aus den Poren trieb, schlimmer geworden. Vor allem aber wurde mir, auch angesichts der sich nach Maßgabe ihres momentanen Marktwerts entweder eitel spreizenden oder schüchtern herumdrückenden Autoren und -törinnen, klarer als bisher, wie tragikomisch das alles war.

Als Kind hatte ich manchmal, ohne zu wissen, warum, bis zum Erbrechen lachen müssen. Jetzt spürte ich diesen Lachreiz, der zum Brechreiz tendierte, sozusagen geistig. Und wusste, warum – zumindest so ungefähr. Und fragte mich folglich, weshalb ich mir all das antat.

Sicherlich wären mir so depressive Gedanken nicht oder weniger gekommen, hätte ich zu den Autoren gehört, denen das Naturell und die Gelegenheit gegeben war, sich eitel zu spreizen. Aber sowohl meinem Temperament als auch meiner Position in diesem fragwürdigen Betrieb entsprechend, gehörte ich eher zu jenen, die sich schüchtern herumdrückten. Wohl war ich diesmal mit relativ hochgesteckten Erwartungen angereist, hatte mir doch mein – als ich ihm Aug in Aug gegenüberstand, konnte ich dieses familiäre Pronomen nicht aufrechterhalten, der Mann war mir fremd –, also *der* Lektor brieflich gewisse Komplimente gemacht (mein Buch sei genau das, was jetzt im Kommen sei, nämlich nach der Übersättigung durch Politisches ein schönes, stilles, sensible Seelen betroffen machendes Stück wirklicher Literatur), doch wurden diese Erwartungen herb enttäuscht. Zweifellos waren die sensiblen Seelen hier selten, auch Hansen, so hieß mein ungetreuer Betreuer, bekannte sich weder zu einer Sensibilität, die er – wahrscheinlich hatte ich das missverstanden – eher als Trend konstatieren denn als auch ihm gegebene Eigenschaft behaupten hatte wollen, noch zu mir, also fand ich wenig bis gar keine Beachtung.

Zwar wurde ich nach ungefähr zwei Stunden überflüssiger Anwesenheit am Verlagsstand von einem Hörfunkjournalisten abgeschleppt und in seinem draußen (ich atmete auf) im relativ Freien geparkten Kleinbus einem mit mehrmaligen Sprechproben vorbereiteten Interview unterzogen. Doch stellte sich, als es ernst wurde, heraus, dass mich der Mensch mit einem etwas bekannteren Landsmann verwechselte – von mir hatte er nie etwas gehört, geschweige denn gelesen. Es war für beide Teile nicht leicht, die Peinlichkeit, als die sich unser Gespräch jetzt, noch dazu bei laufendem Band, herausstellte, halbwegs höflich zu Ende zu bringen. Ich spürte wenig Lust, in die Messehalle zurückzukehren, doch unglücklicherweise hatte ich meine Tasche drinnen gelassen.

Kaum war ich wieder auf meinem Posten, erwischte mich nämlich die Fotografin. An sich, sollte man glauben, ein Lichtblick, aber mir geriet an diesem Tag alles finster. Wahrscheinlich sah ich auch so drein – sie umkreiste mich mehrere Male blitzend –, aber, obwohl sie fortwährend lächelte wie Jackie Onassis, nie richtig zufrieden. Wo ist denn, fragte sie, eigentlich Ihre Schokoladenseite?

Schon wollte sie abziehen, aber just in diesem Moment tauchte Pepi auf. Er hatte natürlich länger geschlafen als ich. Während ich Idiot, aufs Frühstück verzichtend, meine Präsenz in der Messehalle für obligat gehalten hatte, hatte er sich mit allerlei Leckerbissen und – wie er hervorhob – zwei Gläsern Sekt verwöhnt. Er war nun gut durchblutet und glänzend in Stimmung. Noch dazu trug er einen großen, schwarzen Schlapphut, den er, wie er mir nachher, von sich selbst amüsiert, erzählte, von einem ledernen Lehnstuhl in der Hotelhalle, auf dem er (der Hut) einfach gelegen war, hatte mitgehen lassen. Er repräsentierte, verwegen wie er darunter aussah, offenbar genau das, was sich die Fotografin unter einem Autor vorstellte. Sie leuchtete auf wie ein Scheinwerfer und verzichtete in logischer Konsequenz auf das Blitzlicht, mit dem sie mich gequält hatte. Zweifellos gab sie sich und anderthalb Filme dem immer noch – und unter dem Hut erst recht wieder – interessanten Kontrast in Pepis Gesicht hin.

Mit meinem (nein, bleiben wir dabei: dem) Lektor hatte der von der Fotografin so selbstverständlich für einen Kollegen gehaltene Zorro vorerst weniger Glück.

Mein Name ist Prohaska, stellte er sich vor, mein Freund Engelbert hat Ihnen sicher schon von mir erzählt.

Ja doch, sagte Hansen, obwohl ich ihm nie von Pepi geschrieben oder gesprochen hatte. Sie sind doch dieser … mit dem bewussten Text, nicht wahr … sehr originell, keine Frage.

Wir haben Ihr Manuskript natürlich mit Aufmerksamkeit gelesen … Allerdings: unser Programm im Besonderen, die Situation der Branche im Allgemeinen … Wenn wir nicht solche Idealisten wären, das sage ich Ihnen … Also dann würde das Verlagsgeschäft heutzutage glatt ohne Literatur auskommen …

Na, sagte ich nachher, als wir zum Mittagessen aus dem Messegelände geflohen waren, was hab ich gesagt?

Vielleicht hast du recht gehabt, sagte Pepi, aber noch ist nicht aller Tage Abend.

Heut Abend, sagte ich, muss ich aus meinem Buch lesen, mir ist schon jetzt ganz schlecht.

Ach was, sagte er und hob sein Glas Bier, komm, trinken wir auf unseren Erfolg.

Dass er diesen Toast unter Verwendung der Mehrzahl aussprach, hätte mir zu denken geben sollen. Aber was hätte ich getan, selbst wenn ich rechtzeitig stutzig geworden wäre? Ich konnte ihn doch nicht hindern, mich in den »Römer« zu begleiten, wo die Veranstaltung, zu der mich der Verlag angemeldet hatte, stattfinden sollte. Und außerdem war ich, zumindest am Anfang, ganz froh, dass ich ihn bei mir hatte.

Der Saal wartete voll mit Menschen, die nur deswegen nicht wimmelten, weil dazu, bei der zumindest mich beängstigenden Körperdichte, kein Platz war. Natürlich waren die nicht alle meinetwegen gekommen – im Rahmen des schon beim Lesen der Ankündigung ermüdenden Programms lasen ein Dutzend Kolleginnen und Kollegen. Wahrscheinlich waren sie auch nicht deretwegen gekommen, sondern wegen des sauren Weins (Edelzwicker) und des Westfäler Schinkens. Und ein nicht unerheblicher Teil der zweifelhaften Gesellschaft, nämlich die primär- und sekundärliterarische Prominenz, war wohl erschienen, um gesehen zu werden oder zu sehen – aber das war bei dem Rauch, der beinah so stabil im Raum stand wie die gotischen Pfeiler, alles andere als leicht.

Zu hören war, wie sich, kaum hatte der erste Kollege, ein weißgesichtiger junger Mann mit gelbem Seemannsbart, das Podium erklommen, erwies, zu hören und zuzuhören war ebenso schwer. Zwar gab es gleich zwei Mikrophone, aber entweder waren sie nicht laut genug eingestellt, oder der Autor las zu leise, im Übrigen schlug er von vornherein, wahrscheinlich vorsichtshalber, einen Ton an, als ob ihn das alles (was er geschrieben hatte und wie man ihm nicht zuhörte) nichts anginge. Umso weniger fühlte sich das Publikum angesprochen und manifestierte das durch ständiges Gemurmel. Vom Vortrag verstand man dadurch noch weniger und hatte einander ohnehin viel zu erzählen, wobei nur das beharrlich dazwischen leiernde Organ des Schriftstellers ein wenig störte. Ihm folgte eine Kollegin in traurigem Schwarz mit dazu passender Stimme. Ihr besonders klagender Klang drohte die allgemeine Stimmung etwas zu drücken, aber nach einigen Schrecksekunden begegnete man dieser Gefahr mit Heiterkeit. Im großen Gewoge bildeten sich Inseln besonderer Dichte, auf denen sich die Atmosphäre explosiv lockerte. Lachen entlud sich ungeniert, ja ordinär, irgendwelche Bayern sangen und schunkelten vom Münchner Hofbräuhaus, der gesellschaftliche Erfolg des Abends war nicht mehr aufzuhalten.

Unter solch üblen Auspizien rückte der Zeitpunkt heran, zu dem ich aufs Podium sollte. Und je näher er rückte, desto unzumutbarer schien mir ein solcher Auftritt. Der Übernächste, nickte mir Hansen nach dem fünften Unglücklichen, den er auf seiner Liste abhakte, zu, der Übernächste sind Sie. – Jaja, sagte ich, aber meinte das Gegenteil, denn mir war schon die längste Zeit nach Auskneifen.

Du, Pepi, flüsterte ich, gehn wir weg von hier. Ich flüsterte laut: Suchen wir uns irgendein hübsches, friedliches Lokal und vergessen wir diese Walstatt.

Was?, fragte Pepi.

Verschwinden wir!, rief ich ihm ins Ohr. Ich will hier nicht lesen und werd hier nicht lesen und basta.

Bist du verrückt?, schrie Pepi, das ist deine Chance! Die Welt der Literatur ist hier, du steigst aufs Podium, und sie liegt dir zu Füßen!

Aber geh, sagte ich, die hören mir doch überhaupt nicht zu.

Und er: Du musst sie halt dazu bringen!

Und ich: Aber wie?

Während dieser unserer Wechselrede las der Kollege Numero 6. Und er las, wie mir vorkam, mutwillig kurz. – Jetzt!, signalisierte Hansen. – Na spring schon!, ermunterte Pepi. – Nein, sagte ich. Da riss er mir das Manuskript aus der Hand und drängte sich durchs Getümmel.

Ich lese, sagte er, das Mikrophon aus dem Stativ nehmend und dicht an die Lippen haltend, ich lese für meinen Freund Engelbert N., der leider indisponiert ist. Sein Buch heißt »Leise

Loslösung«, aber ich werde nicht anstehen, laut, hören Sie, *laut*, daraus vorzutragen. Ich meinerseits nämlich bin recht disponiert, verstehn Sie?! *Recht disponiert* bin ich! Haben Sie das kapiert?!

Tatsächlich brachte er auf diese Weise zumindest einen Teil der Anwesenden dazu, aufzuhorchen. Und die ersten zwei, drei Seiten der »Leisen Loslösung« kamen, dafür bin ich ihm zu Dank verpflichtet, sozusagen auch über die Rampe. Das genügte immerhin, dass mein Buch am übernächsten Tag, einem Samstag, in den Literaturbeilagen der zwei großen Frankfurter Tageszeitungen, klein, aber oho, erwähnt wurde. Das Interesse der kurz aus ihrer Unterhaltung Aufgestörten jedoch flaute nach diesen zwei, drei Seiten wieder ab, schließlich war, was Pepi in meinem Namen zu bieten hatte, auch nur Literatur, wenn auch vielleicht besser und sicherlich lauter gelesen als die zuvor, aber was sollte es, Literatur blieb eben Literatur, ein Wortgespinst, das einen, schon etwas schwer von Speis und Trank, nicht länger als, sagen wir, vier Seiten lang trug, also wandte man sich wieder grobstofflicheren Unterhaltungen zu.

Das heißt, das wollte man. Aber da tat Pepi einen Schrei. Er kam vorerst, guttural gurgelnd, von tief unten, erhob sich aber zu ungeahnten, die Gläser auf den Tischen zu bedenklichem Klirren verführenden Höhen. So, ihr Arschlöcher!, sagte Pepi betont freundlich in die darauf folgende, irritierte Stille hinein. Ihr könnt diesem wunderbaren Text meines Freundes N. nicht zuhören, okay, ihr braucht stärkeren Tobak!

Mit diesen Worten legte er mein Manuskript weg und zog ein anderes, etwas zerknittertes aus der Brusttasche. Natürlich ahnte ich, was nun kommen würde, aber der Effekt war ungeahnt. Was Pepi aus seinem »Faust«-Fragment las (die Stelle, an der Mephisto, der natürlich wieder besser wegkam, dem Doktor ernstliche Vorhaltungen wegen der von diesem vorangetriebenen Verführung Gretchens macht), war eigentlich unerheblich. Aber wie er es las, nein, wie er, Mephisto und Faust in einem verkörpernd, eine in jeder Hinsicht unkeusche Parodie seiner selbst, quer durch den Literaturgarten der letzten zweihundert Jahre fuhrwerkte, also das war schon, stöhnte Hansen, na ja, ich würde meinen … also Mensch, da ist eine Kraft dahinter!

Hiermit zumindest hatte mein Lektor recht. Da *war* eine Kraft dahinter. Ich wusste auch, welche. Das heißt, ich musste befürchten, dass ich es wusste. Gegen alles bessere Wissen*wollen*.

Denn mit rechten Dingen ging das nicht zu. Als Pepi geendigt hatte, wurde er von einem aufgeregten Rudel Menschen umringt. Sein Abgang vom Podium war beinahe wie der eines Popstars. Das ist Ihr Freund?, fragte mich Hansen. Aber warum haben Sie mir nicht früher von dem erzählt?! Inzwischen hatte sich Pepi zu uns durchgekämpft und schüttelte mir, aus Gründen, die ich, verstört wie ich war, nicht durchschaute, die Hand. Nur näher, nur näher, sagte Hansen, setzen Sie sich zu mir, Sie wollen doch sicher noch was trinken! Die Fotografin vom Vormittag *kniete*, so wenig Platz dazu war, vor Pepi und stellte fest, dass er die schönsten Augen habe, die ihr je vors Objektiv gekommen seien. Da erinnerte ich mich daran, dass ich schon vor mehr als einer Stunde hatte gehen wollen, und wechselte, weder von Pepi noch von Hansen daran gehindert, das Lokal.

Als ich, etwas betäubt vom Alkohol, mit dem ich mich ganz gegen meine Gewohnheit und übrigens nur unzureichend getröstet hatte, spät, aber doch in mein Hotelzimmer zurückkehrte, kam mir gleich etwas komisch vor. Im Vorraum verstreut lagen verschiedene Kleidungsstücke, die schon aufgrund ihrer Quantität nicht nur von Pepi abgefallen sein konnten, von ihrer Qualität ganz zu schweigen. Im Hauptraum brannte Licht, und unter diesem Licht, völlig schamlos, vergnügte sich Pepi mit der auch oder erst recht bei dieser Gelegenheit lächelnden Fotografin. In *meinem* Bett! Es stört mich nicht, sagte er kurz aufblickend, wenn du dich ausnahmsweise auf meine Couch legst.

Wahrscheinlich wäre es besser gewesen, schon da, stehenden Fußes sozusagen, umzudrehen und abzureisen. Aber, um ehrlich zu sein, ich stand in dieser Situation nicht sehr fest auf meinen Füßen. Ich hatte es dringend nötig, mich fallen zu lassen. Und sei es – erniedrigend oder nicht – auf Pepis Couch. Trotzdem hätte ich mich, wäre ich gleich abgefahren, vermutlich nicht dazu hinreißen lassen, mit Paula zu sprechen. Ich meine: so mit Paula zu sprechen, wie ich es dann getan habe. Ihr, wie ich mir einredete, aus Verantwortungsgefühl die Augen zu öffnen. Zwar bin ich mit Pepi schon länger befreundet, sagte ich, als mit dir, aber ich kann das ganz einfach nicht länger mit ansehn …

Meine Engelsgeduld riss erst am nächsten Tag. Prohaska hier, Prohaska dort – um den Messestand meines (seines!) Verlags war es kaum auszuhalten. Er unterschrieb einen Vertrag fürs »Entsetzte Frohlocken«, brachte es fertig, mit einem zweiten Verleger, der durchaus etwas von ihm haben wollte, einen Kontrakt über ein Buch mit dem vielversprechenden Titel »Die abenteuerliche Geschichte des Herrn Pedro de Malaga. Ein Piratenroman« abzuschließen, und zog sich dann zurück. Wohin? Als ich, um etwas Schlaf nachzuholen (in der allzu kurzen Nacht hatten mich, meinem fast tauben Schädel zum Trotz, gewisse Geräusche denn doch gestört), zur Siesta in mein Bett wollte, war mir Pepi schon wieder zuvorgekommen, nur dass die lächelnde Fotografin jetzt durch eine sonst sehr scheue Autorenkollegin ersetzt war, die mich lispelnd begrüßte, um dann gleich wieder unter der Decke zu verschwinden.

Am Abend war es das Gleiche. Und wieder nicht mit derselben.

Schon um 21 Uhr! Um diese frühe Stunde, hatte ich gedacht, sei mir vielleicht doch noch etwas Ruhe vergönnt.

Irrtum. Also packte ich meinen Koffer und fuhr voll rabenschwarzer Gedanken durch eine rabenschwarze Nacht.

Am folgenden Nachmittag besuchte ich Paula.

7

Das aber hatte ich sicherlich nicht gewollt:

Pepi, vor Paulas Tür auf der Treppe sitzend (sitzstreikend) um Pippis willen.

Ich will meine Tochter sehn, klagte Pepi, ich hab ein Recht dazu!

Ja, sagte die Magistratsbeamtin. Theoretisch schon. Aber praktisch lässt sich das kaum einfordern.

Mit dieser Reaktion, dieser *Über*reaktion Paulas hatte ich nicht gerechnet.

Geh aus dem Weg, sagte sie zu Pepi, wenn sie aus der Tür trat, weiter nichts.

Bis an die Lippen blass geworden war sie, als ich ihr von Pepis Frankfurter Umtrieben erzählt hatte. Die Haarinstitutsaffären, über deren vollen Umfang ich ja auch erst viel später (nach Pepis Fortgang) erfahren, ich meine, gelesen habe, brauchte ich gar nicht zu erwähnen.

Nicht, dass sie kleinlich gewesen wäre, die Paula. Im Prinzip, sagte sie, haben wir eine offene Ehe geführt, nur war überhaupt kein Grund, dieses Prinzip beim Wort zu nehmen. Das heißt, in die Tat umzusetzen, verstehst du mich, Bertl? Wir waren doch, daran erinnerst du dich auch, so froh miteinander!

Ja, sagte ich.

Und jetzt soll das alles Lüge gewesen sein?

Nein, sagte ich. Vielleicht …, sagte ich. Ich weiß nicht.

Dass er mich so hintergangen hat!, sagte Paula.

Dann stand sie plötzlich auf, kerzengerade, und bat mich, sie mit ihrem Kind (wohlgemerkt *ihrem* Kind, das im Nebenzimmer schlief) allein zu lassen.

Das war noch draußen im Weinviertel, Mitte Oktober. Feine Spinnfäden glitzerten in der Sonne. Ein paar Tage später kam Paula mit Sack und Pack nach Wien zurück. Und wieder ein paar Tage später reichte sie die Scheidung ein.

Pepi hatte seinen Frankfurter Aufenthalt noch etwas über die Buchmesse hinaus verlängert. Er glaubte, als Sieger heimzukehren, doch wie sich nun herausstellte, war er ein Verlierer. So sah er auch aus, als er, nach einer Woche Krankenstand, den er telefonisch gemeldet hatte, wieder in die Bücherei kam. Nur um sein Zeug abzuholen. Eine alte Aktentasche und einen Pullover. Er hatte schon gekündigt.

Pepi …, sagte ich.

Nein, sagte Pepi, sei still.

Was wirst du jetzt machen?, wollte ich trotzdem fragen, erinnerte mich aber daran, dass ich ihn genau das schon einmal gefragt hatte.

Das hätte ich dir nicht zugetraut, sagte er.

Wandte sich von mir ab und ging, ohne sich noch einmal umzusehen.

Wohin? – Soviel ich in Erfahrung gebracht habe und dank seiner Aufzeichnungen rekonstruieren kann, überwinterte er im Weinviertel. Ja, stimmt, vorläufig war noch Herbst, in seinem nun nicht mehr chiffrierten, sondern ganz simpel (übrigens auch wohltuend leserlich) geführten Tagebuch schreibt er von langen Gängen durch den von Tag zu Tag schütterer werdenden Wald. Wie das Laub unter seinen Schuhen raschelt, wie die Sonne von Tag zu Tag nackter zwischen den Zweigen hängt. Doch sind die für diese Phasen charakteristischen Notizen meines Erachtens die Winternotizen.

Ab Mitte November konstatiert er, wie der Schnee vor den Fenstern immer höher wird:

Wann endlich wird es ganz zu sein?, fragt er, schreibt er. Die Geräusche von draußen sind kaum mehr zu hören. Wenn es doch auch mit Erinnerungen so wäre!

Natürlich erinnert das Haus ihn an Frau und Kind.

Jeder Gegenstand, schreibt er. Manchmal habe ich Lust, die Hacke aus dem Stadel zu holen und alles, was Paula übriggelassen hat, zu zertrümmern. Nein, dass ich Lust habe, stimmt nicht, ich habe ja Trauer. Und außerdem lieb ich das alles, berühre es nur mit behutsamen Fingern – wenn mir ein Teller zerbricht, ist mir zum Heulen.

Dann schreibt er vom Gehen und vom Versinken im Schnee. Wie er auf einen erfrorenen Dachs stößt, wie er sich, nicht ohne Faszination, sobald er erkennt, dass er's tut, verläuft, aber endlich (so faszinierend war's also offenbar doch nicht) auf seine eigene Spur zurückfindet. Mit den im Dorf lebenden Leuten hat er wenig Kontakt: Nicht, dass ich sie nicht mag, schreibt er, aber ich mag nicht reden.

Selten geht er ins Wirtshaus, seinen Sliwowitz, bei dieser Witterung hier draußen, schreibt er, tatsächlich lebensnotwendig, holt er sich lieber flaschenweise vom Greißler. Eigentlich sollt ich, schreibt er, was anderes schreiben, zumindest so tun, als ob – schließlich kassiere ich zwei Vorschüsse. Es ist jedoch einfach nicht möglich: Die Wahrheit über den Doktor Heinrich F. ist Lüge, und zum Piraten Pedro de Malaga fällt mir in dieser Umgebung nichts ein. Was ich hier schreiben könnte, wäre ein Buch mit dem Titel »Frost«, aber das existiert schon.

Ab Mitte April hauste er wieder in seiner Bude in Wien-Mariahilf. Gerade den Frühling im Weinviertel hielt er nicht aus. Im April vor zwei Jahren waren Paula und er dorthin übersiedelt. Jeder blühende Baum, schrieb er, treibt mir Tränen in die Augen.

Das war auch die Zeit, in der er seine Sitzstreiks aufnahm. Ich komme, sagte er, meiner Alimentationspflicht nach, also bestehe ich auch auf meinem Besuchsrecht. – Ja, sagte die Fürsorgerin, bestehen Sie nur. Doch wenn Ihre Exfrau nicht will, dann nutzt das, fürchte ich, gar nix.

Und genau so war es. Die Fürsorgerin hatte mit solchen Fällen jahrzehntelange Erfahrung. Pepi saß jedes zweite Wochenende auf der Treppe vor der ehemals ehelichen Wohnung. Er war auf dem Posten. Vorläufig ohne Erfolg. Ab dem sechsten oder siebenten Mal brachte er eine Schiefertafel mit, auf die er schrieb, zum wievielten Mal er nun schon vergebens da sei.

Ich sah ihn in dieser traurigen Rolle nicht, aber ich weiß das von Paula. Dass sie ausgerechnet mich anrief, um ihr in dieser Sache zu raten, war mir peinlich.

Ich will nicht, dass er da sitzt, sagte sie. Ich empfinde das als Belästigung. Was meinst du, fragte sie, soll ich die Polizei zur Hilfe rufen?

Ich riet ihr natürlich ab. Pepi sei ja im Grunde im Recht, meinte ich.

Ach was, sagte sie. Dieser Mensch hat bei mir keine Rechte.

Paula!, sagte ich. Offenbar liebt er seine Tochter.

Das, sagte sie, hätte er sich früher überlegen müssen.

So ging das monatelang. Und Pepi ließ keinen Termin aus. Das gibt mir Gelegenheit, eine der Geschichten, auf die meine fragwürdige Kollegin Seidl in ihrer Prohaska-Biographie besondern Wert legt, exemplarisch ins Reich der Legende zu verweisen. Zwar hätte eine engagierte Teilnahme meines Freundes an den Protestaktivitäten um das Atomkraftwerk Zwentendorf, die gerade damals in die entscheidende Phase gingen, durchaus zu ihm gepasst. Aber Pepi als exponierter Aktivist dieses ausnahmsweise gelungenen Unternehmens lässt sich leider nicht nachweisen. Konträr: Jenes Zwentendorf-Wochenende, das Wochenende des Sternmarschs gegen die Inbetriebnahme eines zwar von Regierung und Industrie gelieferten, aber, wie man nun gewahr wurde, vom österreichischen Volk nicht bestellten und daher abgelehnten Reaktors, fiel mit einem von Pepis Sitzstreikwochenenden zusammen. Das lässt sich nicht nur durch seinen Kalender, sondern auch durch in den Akten der Fürsorgerin verzeichnete Termine belegen. Kein Pepi in Zwentendorf also mit einer Fahne in der Hand, mit einem Megaphon vor dem Mund. Der saß ebenso pflichtbewusst wie provokant auf seinem Platz in Paulas Treppenhaus.

Es trifft allerdings zu, dass er eine Art Essay zum Fall Zwentendorf geschrieben hat. Einem in der Geschichte unseres Landes recht ungewöhnlichen Fall. Das kommt nämlich nur alle heiligen Zeiten vor, schrieb er, dass sich hier bei uns Widerstandsgeist regt. Leben hier doch traditionellerweise eher Jasager als Neinsager oder zumindest Kleinmütige, denen, wenn sie einmal nein gesagt haben, bald die Courage ausgeht.

Er holte dann weit aus, kam auf die Jahre 1848 und 1918, 1934 und 1938 – Letzteres ein Jahr, in dem die Jasager besonders entfesselt gewesen seien. Schrieb vom Kaiser Franz Joseph, den man im Nachhinein einen so guten Mann sein lasse, dass man einen wie ihn gerne wiederhätte. Hütet euch, schrieb er, vor den allzu guten Vätern. Dass er gerade dabei war, sich selbst als guter Vater zu erweisen, nicht fehlerlos, aber zweifellos liebend, mit einer Konsequenz, die nebenbei bemerkt auch etwas mit Widerstandsgeist zu tun hat, finde ich bemerkenswert.

Was nun den Landesvater betrifft, den wir damals seit einigen Jahren hatten und nun enttäuschten, weil er uns zu enttäuschen begann, so war Zwentendorf für ihn der Anfang vom politischen Ende. Hatte er doch das Votum für oder gegen die friedliche Nutzung der Atomkraft zu einem Votum für oder gegen seine Person aufgebauscht. Und diese Person, so präsent sie war, stand inzwischen in Frage. Dass man ihn, den Regierungschef eines nach schweren Geburtswehen demokratischen Landes, als Sonnenkönig bezeichnete, wenn auch nur halb im Ernst, fand übrigens auch Pepi höchst fragwürdig, zur Sonne hatte er ja seine eigene Beziehung, und überhaupt hatte sich's dieser Herr (Was glaubt er denn, wer er ist?, schrieb Pepi), dieser Herr Kreisky also, vielleicht mit höheren Mächten verscherzt, als er den Propheten und seine Botschaft in Alpbach nicht recht ernst nahm.

Die Volksabstimmung ging gegen die Inbetriebnahme des Kraftwerks und somit gegen den Kanzler aus. Das war für Pepi nicht nur eine persönliche Genugtuung, sondern auch eine Bestätigung im Grunde basisdemokratischer Emotionen. Weil es nämlich – ich zitiere – ganz unabhängig davon, was man von der sogenannten friedlichen Nutzung der Atomkraft hält, nicht angeht, dass man sich, in einer angeblichen Demokratie, eine Entscheidung, die man angeblich erst treffen soll, von oben diktieren lässt. Und weil es eigentlich eine große Hoffnung für die Zukunft ist, wenn die sonst allzu braven Österreicher das endlich kapieren.

Tatsächlich ist es schade, dass Pepi diesen Text nirgends veröffentlicht hat. Sei es, weil ihn niemand drucken wollte, sei es (eher), weil er damals, bei allem Interesse an der öffentlichen Sache, durch seine privaten Probleme zu sehr okkupiert war. Öffentlich verlesen hat er ihn jedenfalls weder vor dem Reaktor in Zwentendorf noch auf dem Heldenplatz. Hier ist die Phantasie oder das Wunschdenken mit der Frau Seidl durchgegangen.

Ich muss allerdings zugeben, dass die Prophezeiung, die sie am Ende des diesbezüglichen Kapitels wiedergibt, wirklich nach

Pepi klingt. Sie könnte authentisch sein – muss sich aber, wie so manche andere Prophezeiung, nicht bewahrheiten. & die Österreicher, heißt es da, werden sich nach & nach immer weniger gefallen lassen. & erst dann (zwar konnte er Grillparzer nicht leiden, aber aus dieser oft strapazierten Passage zitierte er tatsächlich gern), erst dann werden sie wirklich froh & frank sein.

Den folgenden Sommer verbrachte Pepi, soweit ich das durch seine keineswegs fortlaufenden, keineswegs immer datierten Tagebuchaufzeichnungen belegen kann, in Wien. Borgte sich in der Radleihanstalt Hainburger Straße ein altes Fahrrad, radelte schon am frühen, noch kühlen Morgen der heißen Tage durch den Prater zum sogenannten Winterhafen und darüber hinaus an die Stelle, wo der die Stadt wie die Sehne eines Bogens durchschneidende Donaukanal in die Donau zurückfließt. Diese Gegend (ich bin Pepis Wege, soweit sie sich bei der ständigen Veränderung unserer Stadtlandschaft noch nachgehen lassen, später nachgegangen beziehungsweise nachgefahren), diese Gegend mit ihrer eigenartig melancholischen Atmosphäre von Ferne, Vergangenheit, schwer fassbarer Unwirklichkeit erinnerte mich an das Erdberger Mais, durch das wir als Kinder gestreunt waren, über Gott und die Welt philosophierend. Nur dass Pepi, falls ihn dort eine ähnliche Stimmung ankam wie mich, nun allein war wie ich und keine ihn, wenn auch ambivalent hebende Seele ihm beim Denken zuhörte.

Auf dem Damm zwischen Donaukanal und Donau kam ich mir vor wie in einem Traum. Rechts unten Fischerhütten mit vor Jahren zum letzten Mal aus dem Wasser gehobenen und inzwischen ganz ausgetrockneten Netzen, links eine Insel aus öligen Steinen, überflogen von Möwen, deren Stimmen jedoch seltsam gedämpft klangen, so als wären sie, wie alles hier, weiter weg, als es den Anschein hatte. Einmal kamen mir Leute entgegen, Mann und Frau, alt oder vielleicht auch alterlos, miteinander redend, aber ihre Worte, die, kaum dass ich sie aufnehmen wollte, schon an mir vorbei, hinter mir waren, klangen wie aus einer anderen Sprache. Vorn, an der Landzungenspitze, blies einem der Wind die Haut feucht, wenn man das Gesicht donauabwärts hielt und ins davonstrudelnde, ein wenig schwindelerregende, je weiter entfernt, desto vager im Nebel verfließende Wasser schaute.

Das sind jedoch meine und nicht Pepis Notizen. Er selbst erwähnt nur, dass er des Öfteren dorthin fuhr. Manchmal ganz lapidar: Heute wieder Winterhafen und Kap Ultimo (diese Ortsbezeichnung existiert nicht, davon habe ich mich, die stadthistorische und -geographische Literatur durchforstend, überzeugt, sie stammt also offenbar von ihm). Auch sonst dürfte er wenig bis nichts Schriftliches produziert haben in diesen, soviel ich mich erinnern kann, schwülen Sommermonaten, die dort unten allerdings wahrscheinlich erträglicher waren als woanders; schon gar nicht produzierte er, was er sollte.

Daran erinnerten ihn zwei fast gleich lautende Briefe aus Frankfurt und München, von denen der eine Mitte September, der andere Anfang Oktober eintraf:

Sehr geehrter Herr Prohaska! (Werter Herr Prohaska!)

Wie Sie sich vielleicht erinnern werden (Wie Sie hoffentlich nicht vergessen haben), haben Sie mit uns (haben wir mit Ihnen) anlässlich der vorjährigen Buchmesse (vor beinahe Jahresfrist) einen Vertrag abgeschlossen und einen monatlichen Vorschuss (und eine monatliche Summe) an Sie überwiesen. Das damals versprochene Manuskript (Von dem als Gegenleistung erhofften Manuskript) lässt allerdings trotz wiederholter Nachfragen auf sich warten (haben wir jedoch seither ebenso wenig wie von Ihnen, Herr Prohaska, Weiteres gehört), was wir bedauerlich finden (was uns, wie Sie verstehen werden, befremdet).

Wir ersuchen Sie also dringend (Wir fordern Sie also auf), möglichst bald von sich hören zu lassen (umgehend mit uns Kontakt aufzunehmen). Andernfalls (Widrigenfalls) müssten wir Sie ersuchen (müssten wir Ihnen nahelegen), die bezahlten Vorschussraten (die auf Ihr Konto überwiesene Gesamtsumme) bei Gelegenheit zurückzuerstatten (bis längstens 21.11. d. J. zu überweisen). Wir hoffen sehr, in dieser Angelegenheit keine weiteren Schritte unternehmen zu müssen (Bedauern würden wir, müssten wir mit dieser Sache unseren Anwalt beschäftigen). Mit freundlichen Grüßen (Hochachtungsvoll) e. h. (nach Diktat verreist).

Dass die beiden Verlage die bis dahin geleisteten Zahlungen mit spätestens dem jeweiligen Datum dieser ihrer Briefe einstellten, versteht sich. Ebenso dass Pepi, obwohl er die Summen trotz konsequent einlangender Anwaltsschreiben vorläufig nicht zurückzahlte, nun in finanzielle Schwierigkeiten geriet. In und aus diesen half ihm vorläufig seine Großmutter, die ihm immer wieder auf die Beine geholfen hätte, sooft er auch gestürzt wäre. Doch stürzte sie beim ersten Glatteis des folgenden Winters leider selbst, brach sich den Oberschenkelhals und starb, ob der Zumutungen eines Krankenhausaufenthalts unter anderen, gewöhnlichen Patientinnen indigniert, noch vor Weihnachten.

Damit hörte sich nicht nur die emotionale, sondern auch die finanzielle Unterstützung von dieser Seite auf. Zu erben war nichts, die alte Dame hatte dem nun gar nicht mehr so jungen Mann schon zu Lebzeiten alles gegeben, was sie gehabt hatte. So kam Pepi, zuerst aus praktischen Gründen, seiner Mutter näher. Beim Essen, schreibt er, reden wir miteinander und lernen uns kennen.

Die Konstellation war bei Pepi, der früher gern mit seinem, nur einen Tag (und natürlich 194 Jahre) von dem des Olympiers abweichenden Geburtstag gescherzt hatte, gerade die umgekehrte wie bei Goethe. Nicht die der Gestirne vielleicht – die Sonne jedenfalls stand im Zeichen der Jungfrau, ansonsten weiß ich zu wenig von Astrologie und will mich daher lieber nicht auf Details einlassen –, aber gewiss die der sogenannten Elternteile. Die Frohnatur (mit ihren konträren Implikationen) hatte er eher vom Vater. Von seiner Mutter dagegen hatte er nicht nur (ja, ich erinnere mich, auf die Gefahr hin, für pietätlos gehalten zu werden, auch an dieser Stelle ihrer violett verdämmerten Hinteransicht) die Statur: einen, bei aller ursprünglich weichen Verträumtheit, mit der Zeit – und einer gewissen Not – doch der Welttüchtigkeit fähigen Körper, sondern auch eine sozusagen fleischliche Festigkeit der Seele.

Diese Festigkeit allerdings bedingte auch eine sozusagen konvexe Form. Nach außen war da, bei aller Verbindlichkeit, ein seelischer Muskelreflex: Abwehr; die Zugänglichkeit dieser Seele war im Allgemeinen nur eine Zugänglichkeit des Bis-hierher-und-nicht-weiter. Seinen Vater beschreibt Pepi als sentimental und zuweilen so wehleidig, dass er ihm »schlicht auf den Nerv ging«. Die Mutter war, schreibt er, manchmal ernüchternd nüchtern.

Dass Pepi, all dem blendenden und eben nur scheinbar wärmenden Schein, den er ausstrahlte, zum Trotz, gerade *das* manchmal *auch* war, davon könnte gerade ich ein Lied singen, aber das gehört nicht hierher. Indes erkannte er nun, und das *gehört* hierher, spät, aber doch etwas von sich an seiner Mutter und etwas von ihr an sich. Nein, er erkannte es, denke ich, nicht – er erkannte es *wieder.* Und war, wie ich glaube, zu Unrecht überrascht über die derart freigelegte Vertrautheit.

Zwar muss es eine Weile gedauert haben, bis diese beiden sperrigen Seelen einander berührten. Dein Fischschnitzel, sagte etwa Pepi, und besonders der Erdäpfelsalat, den du dazu machst, hat mir schon als Kind so geschmeckt. – Ja, sagte die Mutter, es war eine Freud, für dich zu kochen, du hast, ganz anders wie der Papa, immer aufgegessen. Und dann: Weißt du noch … und darauf: Ich erinnere mich. Sie fanden viel gemeinsame Geschichte.

Natürlich blieb manches (stillschweigend) ausgespart. Aber im Stillschweigen, das sie, schreibt Pepi, und damit ist, finde ich, viel gesagt, mitsammen ertrugen, ohne den Eindruck zu haben, die neue, alte Vertrautheit dadurch zu unterbrechen, im Stillschweigen wussten sie, warum. Sie sagten einander nicht, dass sie (und wie sie) einander geliebt hatten, liebten, das wäre, zumindest passagenweise, unanständig gewesen und hätte ihnen auch dort, wo es um sogenannte reine Gefühle ging, nicht entsprochen. Sie ließen's einander spüren, spät, aber doch.

Womöglich zu spät. Frau Prohaska nämlich trug, wer weiß, wie lang schon, einen Krebs in ihrer Brust. Den hatte sie auf die Dauer, trotz oder gerade wegen des Muskelreflexes ihrer konvexen Seele, nicht abwehren können. Keimte er doch von innen, und nun wucherte er in ihr. Und dann konnte sie ihn nicht mehr ignorieren – etwas, das sie, wenigstens nach außen hin, gern oder wenigstens gut getan *hatte* mit allerlei Unannehmlichkeiten des Lebens –, denn er war die Unannehmlichkeit des Todes.

Also packte sie, nur etwa ein halbes Jahr nach Aufnahme der gemeinsamen Abendessen mit ihrem Sohn, eine kleine Reisetasche, ließ sich von Pepi ins Spital bringen und starb, überflüssigerweise operiert, einige Wochen später. Pepi schrie, schreibt er, lautlos, als er das Spital verließ. Und weinte, ergänzt er, tränenlos, beim Begräbnis. Und tatsächlich, ich kann mir das vorstellen; als er (nach einem vorangegangenen Gespräch mit unserem Chef, von dem ich erst nachträglich erfuhr) in die Bücherei zurückkam, war er in sich gekehrt wie ein Stein. Pepi!, sagte ich. Engelbert, sagte er. Und dann tagelang nichts mehr.

Als er dann wieder zu reden begann, begriff ich das im ersten Moment gar nicht.

Was hast du gesagt?, fragte ich.

Ein Sauwetter, sagte er. Es regnet schon wieder.

Ah ja, sagte ich.

Beschissen, sagte er.

Ich pflichtete ihm bei.

Es wird aber besser, sagte P. P., ich spür's in den Knochen.

So?, sagte ich.

Bestimmt, sagte er. Willst du wetten?

Nein, sagte ich. Ich weiß, was du für ein Prophet bist.

Hier ließ er's um seine Mundwinkel zucken, wortlos. Nach einer Weile aber fragte er mich, ob ich Lust hätte, ihn, vorausgesetzt, dass er recht habe, am Sonntagvormittag auf einen Spaziergang zu begleiten.

Sonntagvormittag schien, wenn auch blässlich, die Sonne.

Wo gehen wir hin?, fragte ich.

Ich weiß nicht, sagte er, das ist überhaupt nicht mehr meine Stadt. Gestern war ich am Wienerberg, zum ersten Mal nach all den Jahren. Alles aufgewühlt. Eine einzige Baustelle.

Na ja, sagte ich, die Peripherie hört sich auf.

Was heißt, hört *sich* auf?, protestierte er. Man ruiniert sie!

Sie tragen die Gegensätze ab, schütten die Widersprüche zu! Jetzt kommt die Saison der Planierraupen. Flach. Ein Alptraum.

Wir schlenderten also nicht, wie ich erwartet hatte, an den Stadtrand, sondern ins Zentrum.

Apropos Alptraum, sagte Pepi. Unlängst habe ich geträumt, die Atombombe fällt. In meinem Traum ist sie über München gefallen, ich bin im Auto gefahren, weißt du, auf der Westautobahn, und auf einmal ist eine Rakete geflogen. Von hinten nach vorn. Über unsere Köpfe hinweg. Da haben wir gewusst: Jetzt ist es so weit!

Wer wir?

Wer weiß. Eine Frau, ich glaub Paula, und ich. Es kann aber auch Susi gewesen sein; oder meine Mutter; oder es waren alle miteinander. Meine Tochter war Gott sei Dank nicht dabei. Aber besonders um meiner Tochter willen hat sich in diesem Augenblick mein Herz verkrampft.

Bei der Stephanskirche stand Waluliso, ein Pensionist, der, statt ins Altersheim zu gehen, in eine weiße Tunika geschlüpft war, sich einen Lorbeerkranz aufgesetzt hatte und nun, einen Apfel in der Linken, ein Zweiglein in der Rechten, Liebe und Frieden predigte. Seine zum Namen gewordene Parole (WAsser, LUft, LIcht und SOnne) stand ihm auf Rücken und Brust geschrieben. Auch ein Prophet. Aber von der garantiert jugendfreien Sorte. Ungefähr so unangepasst wie ein Teller Müsli.

Die Polizei, alles andere als zurückhaltend, wenn es um das Verscheuchen missliebiger Elemente aus der Fußgängerzone ging, ließ ihn seit einiger Zeit gewähren. Dieser auf eine enervierend glückliche Art lächelnde Opa war nicht missliebig.

Salve, Kollege!, sagte er zu Pepi und spreizte zwei freie Finger der den Friedenszweig haltenden Hand zum Victoryzeichen.

Pepi schien peinlich berührt. Aber er winkte kurz zurück.

Dann saßen wir zwischen Frühschoppenalkoholikern im »Göttweiger Stiftskeller«.

Draußen hatte es wieder zu nieseln begonnen.

Na also, sagte Pepi, vielleicht bin ich doch kein richtiger Prophet.

Hoffentlich, sagte ich. Darauf lass uns anstoßen.

Dessen ungeachtet schrieb er um diese Zeit, wenn die Datierung der im Koffer vorgefundenen Texte stimmt, seine »Widerlegung der Bergpredigt«. Einen Zyklus, in dem er, angesichts der gegenwärtigen Wirklichkeit (…), die vor 2000 Jahren von einem gewissen Jesus für eine Möglichkeit gehaltenen Seligpreisungen in Frage stellt. Denn die Sanftmütigen, heißt es darin zum Beispiel, haben noch immer kein Land. & auch die Dulder sind alles andere als selig zu preisen.

Selbstverständlich (erschreckend diese Selbstverständlichkeit!) ist auch von denen die Rede, die da hungern & dürsten. Nicht nur im Geiste / sondern / vor allem / noch / lebendigen Leibs. Die unsereins, die wir uns die bloße – und in dieser Blöße fast schamlose – Reflexion darüber leisten können, eher fern als nah sieht. Sahel / Scheol / das ist jenseits / die Unterwelt / diesseits / an unserer Oberfläche / leben wir weiter / versuchen wir / auf Distanz zu bleiben / drehen / den Fernseher ab / oder nicht.

Bemerkenswert scheint mir auch ein »Versuch über Österreich«.

Österreich ist eine demokratische Republik, hat Pepi da notiert, ihr Recht geht vom Volk aus / Erstmals gelesen auf einem feierlich gerahmten Plakat, das in der Volksschulklasse über unseren Köpfen gehangen ist, geschrieben mit Redisfeder in Zierschrift / Das, muss ich gestehen, hab ich schon damals nicht ganz geglaubt //

Denn *wie* soll das funktionieren?, hab ich gefragt / Ich war, muss man wissen, ein ebenso frühreifes wie skeptisches Kind / Ganz einfach, hat unser Lehrer, ein Mann guten Willens, gesagt / Das Volk wählt, d. h., es beauftragt die Volksvertreter & die vertreten es nach bestem Wissen & Gewissen // *Wir* sind das Volk & die Republik sind wir auch / Das eben ist demokratisch, hat der alte Kattinger gesagt / Demo-kratie, d. i. die Herrschaft des Volkes / So & jetzt singen wir noch einmal schön die Bundeshymne //

So war das. Aber war das wirklich so? Und wird es je so sein? / Als ich das erste Mal mit meinen Eltern zur Wahl gegangen bin, das war aufregend / Mein Papa hat mich in die Wahlzelle mitgenommen, da war ich vielleicht stolz! / Es gibt verschiedene Parteien, hat er gesagt, zwischen denen können wir, die Staatsbürger, entscheiden // Früher hat es bloß eine Partei gegeben, die hat das Volk nur auf öffentlichen Plätzen um seine Meinung gefragt & da haben alle Heil geschrien / Aber was dabei herausgekommen ist, war letzten Endes nichts als Unheil / Jetzt ist das anders, hat mein Papa gesagt & mit diesen Worten hat er sein Kreuzchen geschrieben / Es hat auch welche gegeben, hat er gesagt, die haben nicht Heil geschrien, aber d. i. eine andere Geschichte //

& was wollen die Parteien?, hab ich gefragt, ich war nicht nur frühreif & skeptisch, sondern auch neugierig / Na, im Grunde, hat mein Papa gesagt, wollen sie alle die Freiheit / *Welche* Freiheit? Na, Österreichs Freiheit natürlich! / Österreichs Freiheit / Aha / Also *unsere* Freiheit //

Österreichs Freiheit / Ja, darunter konnte ich mir damals schon etwas vorstellen / Durch die Straßen marschierten oder fuhren fremde Soldaten, in der Tramway rief der Schaffner alle paar Stationen das Wort Zonengrenze, wenn die Erwachsenen ihre Identitätskarte nicht bei sich hatten, konnten sie, wie die Oma sagte, Zores kriegen / *Unsere* Freiheit: An den die vielen Schutthalden nach & nach dem Blick entziehenden Plankenzäunen klebte ein in Ketten liegender Bundesadler / Sieben Jahre schon, stand darunter zu lesen. Wie lange noch? //

Außerdem wollten die Parteien in jenen frühen Jahren noch etwas, das alle wollten / & wollten es (ganz zu Recht, wie mir schien) gemeinsam / Den Wiederaufbau / Unsere Kindheit war eine Kindheit zwischen Ruinen / Die ließen zwar Frei- & Phantasieräume, aber dass uns mit dem Wiederaufbau auch die verbaut werden sollten, konnten wir Kinder damals noch nicht ahnen //

& dann? Dann waren diese Ziele erreicht / Durch gemeinsame Anstrengung zweifellos, wenn auch nicht *nur* durch gemeinsame Anstrengung, waren die Spuren des Krieges nach & nach beseitigt, & die Freiheit, nach der man so einhellig verlangt hatte, war auf einmal da / Letzteres etwas überraschenderweise; ich erinnere mich an einen Witz, der in den ersten Monaten des Jahres 1955 kursierte / Jetzt steht an der Donau alle 100 m ein Polizist, um aufzupassen, dass der Staatsvertrag nicht doch noch ins Wasser fällt // Aber schön. Nun hatten wir sie, die Freiheit / Zumindest *diese* / eine Rahmenbedingung für jede weitere / König Ottokars Glück & Ende im Burgtheater, Fidelio in der Oper / Mir gings damals schlecht, ich war, aus einem guten Volksschüler zum indiskutablen Mittelschüler geworden, soeben in drei Gegenständen durchgefallen, doch das Programm im vor kurzem angeschafften Fernseher war ein Sursum corda //

Nur: Was hatten uns die Parteien, die wollen sollten, was *wir* wollten (oder war es umgekehrt?), von nun an zu bieten? / Zuerst einmal Fortschritt: Mein Vater warf die Schreibtischlampe mit dem grünen Glasschirm weg & kaufte sich eine aus Plastik / Produktion & Konsum, damit weiterhin (oder jetzt erst recht) alles aufwärts ging / Fortschritt durch Leistung; wer mehr leistet, wird sich mehr leisten können; & dass wir uns alle mehr leisten können, d. i. die Zukunft //

Über diesen Willen zur Zukunft (über den Willen zu *dieser* Zukunft) herrschte nun ähnliche Übereinkunft wie ein paar Jahre vorher über den zu Freiheit & Wiederaufbau / Oder doch nicht ganz? Na ja, es gab gewisse Differenzen, betreffend die Proportionen des Fortschritts / Die auszugleichen man indessen entschlossen war, einander die Hände reichend über die Gräben der Vorvergangenheit / Gräben, die man auch jetzt, soeben mit der Vergangenheit fertig geworden (nein, von *Bewältigung* war ohnehin besser nicht allzu viel die Rede), nicht wieder aufreißen wollte, denn das wollte ja wirklich niemand //

Nein, das begriff ich damals, der dumpfen Idiotie der Untermittelschule ausgesetzt (immerhin lernte ich, mit den alten Griechen beschäftigt, was ein Idiot ist, nämlich: ein unpolitischer Mensch), & was nützt bei solch einer Umwelt die beste Anlage (?), in gewisser Hinsicht viel dümmer als in der Volksschule, das begriff ich damals natürlich noch kaum / Aber bestimmte, ungute Wörter bekam ich trotzdem mit, z. B. das Wort Proporz / Das klang ekelhaft, wie Furz, & etwas Übelriechendes haftete ihm ja wohl auch an / Die beiden Parteien des Landes, hieß es, waren zu zwei Händen geworden, die, immer über die Gräben der Vorvergangenheit & den nie recht trockengelegten Sumpf der Vergangenheit hinweg wohlgemerkt, ständig eine die andere wuschen, in einer Art von nationalem Waschzwang //

Wieso übrigens die *beiden* Parteien?, fragte ich mich, selbst aus der geistigen Schattenexistenz meiner Frühpubertät heraus / Waren es nicht ehemals, als ich, noch ein kleiner, aufgeweckter Volksschüler, meine Eltern zur Wahl begleitet hatte, mindestens vier gewesen? / & wenn man die Wahl hatte, zwischen mehreren Parteien zu entscheiden, war dann nicht zwischen *mehr* Parteien zu entscheiden, *mehr* Wahl & zwischen weniger weniger? / Ach so, es gab nur noch zwei, die man, so komisch das eigentlich war, ernst nehmen konnte, zwei Gruppen von Volksvertretern, die man, wollte man seinen Willen mehr oder eher minder, aber immerhin, vertreten wissen, wählen konnte – & die waren noch dazu im Grunde genommen eine, nämlich die große, permanent regierende Sicheinigerpartei, jene zwei Hände, die übrigens irgendwo ein Gehirn mit zwei Hälften haben mussten, von dem die Wasch- & womöglich noch andere Impulse ausgingen: Aber das dachte ich damals bestimmt noch nicht //

Bis hierher war der Text fortlaufend geschrieben – was darauf folgte, waren zum Teil kaum leserliche Notizen. Etwas über die Aushöhlung des Demokratiebegriffs zum Beispiel, (...) alles vorweg abbesprochen, entziffere ich, bevor es überhaupt in die demokratisch vorgesehenen Abstimmungsgremien / kommt /. Offenbar ein Spitzenpolitiker, dessen Name allerdings nicht dechiffrierbar ist, (...) beschwert sich vor dem Fernsehaug der Nation darüber, dass vor einer Personalwahl von ihm mit den Kuratoriumsmitgliedern getroffene Absprachen nicht eingehalten wurden! Wer war der Kerl, der da umgefallen ist, räsoniert er, ohne, so scheint es, überhaupt noch zu merken, was er da sagt, vor ein paar Millionen, die ihm wahrscheinlich gar nicht mehr zuhören, so normal ist das, das kann man doch nicht auf sich beruhen lassen, das wird Folgen haben.

Ja. Allerdings. & ist ja schon seinerseits Folge. Unlängst miterlebt & leider mit angesehen: ein Sandler, auf dem Gehsteig vor einer der letzten im Stadtgebiet übriggelassenen Schrebergartenanlagen in der Sonne dösend, wird von einem Polizisten aufgestöbert, weil man auf einem Gehsteig (daher der Name) nicht sitzen & schon gar nicht liegen *kann*. Demo-Kratie / Die Herrschaft des Volkes / *Unsere* Herrschaft // Wer regiert hier eigentlich? / Wem gehört eigentlich unser Land / So viele Fragen / so lieber keine Antworten //

Hier reißt der Österreich-Text dann endgültig ab. Und das ist, finde ich, zu bedauern, denn obwohl mich Pepi, wie mit so manchem anderen, auch damit noch nachträglich verstörte, musste ich ihm in vielem Recht geben. Das Fragment unterstreicht übrigens – und auch darum habe ich es eingefügt – nachdrücklich, dass Pepi kein Idiot war (ich meine: im von ihm oben erinnerten ursprünglichen Wortsinn). Sein zeitweiliges Entschweben oder Absinken in zum Teil ganz andere Sphären, weg von so kritischer Konkretheit, ist der Seidl zu danken, aber auf die komme ich schon noch rechtzeitig zu sprechen beziehungsweise zu schreiben.

Die Zeit verging. Die psychische und physische Verfassung meines Freundes festigte sich einigermaßen. Zwar las er mir, ab und zu mit dem Handrücken auf die Zeitung schlagend, Morgen für Morgen Entsetzliches aus der Außenpolitik und kaum Glaubliches aus der Innenpolitik vor. Aber untertags, sobald sein zu träger Kreislauf, gestützt durch mehrere, mittels der eigens zu diesem Zweck angeschafften Moccamaschine hergestellte Espressi, in Schwung kam, gab er sich, nach und nach, ganz munter. Es sah so aus, als würde er nun ein halbwegs normales Leben führen.

Sicherlich trug dazu bei, dass sich (nicht ohne mein Zutun) das Verhältnis zu seiner Exfrau halbwegs normalisierte. Er durfte die inzwischen dreieinhalbjährige Pippi einmal pro Woche vom Kindergarten abholen. Sobald sie vier war, durfte er sie jedes zweite Wochenende sogar über Nacht bei sich behalten. Eine selbstverständlich auch für Paula (obwohl sie das dementierte) recht angenehme Abmachung.

So war die Lage, als die Seidl in sein Leben trat. Das heißt, genau genommen trat auch sie zuerst in meins. Allerdings nur sehr am Rande und sozusagen versehentlich. Da Pepi gerade auf der Toilette war, wo er sich, mit Lektüre versehen, meist ausführlich aufhielt, geriet sie vorerst an mich.

Sie müsse, sagte sie mit einem – ich will nicht umhin, anzumerken, dass mir diese Kombination gleich verdächtig war – mit einem *bestimmten* Stimmchen, sie müsse den Herrn Prohaska sprechen.

Sind *Sie* der Herr Prohaska?

Nein, sagte ich reserviert, aber warum *müssen* Sie ihn sprechen?

Es ging mich zwar eigentlich nichts an, aber ich hatte, dem durch den ersten Eindruck ausgelösten Impuls folgend, die gute Absicht, Pepi abzuschirmen.

Ich bin Studentin, sagte sie, Dissertantin. Und schreib eine Doktorarbeit, in der (hier stockte sie, denn Pepi, die »Göttliche Komödie«, unter dem Arm, kam – leider zu früh! – zurück) der Herr Prohaska vorkommt.

Das war er. In diesem Moment war es evident. Dass sie kurz davor für möglich gehalten hatte, in mir den ehemaligen Propheten vor sich zu sehen, war ja kurios genug. Pepi und ich. Das war einfach kein Vergleich. Zwar sah Pepi schon lang nicht mehr so aus wie auf dem *en-face*-Titelblatt, das lag doch schon einige Jahre zurück, und er hatte sich in jeder Hinsicht zurückgenommen, aber selbst in dieser Verfassung strahlte er etwas aus – ach was, ich weiß nicht.

Sie strahlte jedenfalls auf, als sie ihn erkannte. Was ihn betraf, so war seine Reaktion weit weniger deutlich. Abgesehen davon, dass Pepi, soviel ich weiß, seit seiner Trennung von Paula Frauen ausgewichen war, war sie nicht der Typ, auf den er flog. Falls von *einem* Typ, auf den Pepi flog, überhaupt die Rede sein kann.

Sie war jedenfalls keiner von allen, die mir einfallen. Für eine Studentin, auch im Dissertationsstadium, hatte sie – der Vorwurf der Frauenfeindlichkeit wird mir ohnehin nicht erspart bleiben, also brauche ich meine auch physische Antipathie gegen sie nicht zu verhehlen – etwas eigentümlich Knöchernes. Sie war, entnehme ich dem Klappentext ihres Buches, damals noch keine dreißig. Aber das sah man ihr auch bei größtem Wohlwollen nicht an.

Pepi also, obwohl auf den ersten Blick bestimmt nicht sonderlich von ihr angetan, war immerhin charmant. Und offenbar erwachte, kaum hörte er, dass sie sich für ihn interessierte, seine alte Eitelkeit wieder, wenn auch in abgeklärter Form. Apropos erster Blick: Wie sie ihn ansah, ins Aug fasste, sein Bild durch Hornhaut und Glaskörper sozusagen begehrlich in die Pupille saugend, ihn an ihren Netzhäuten auf- und dann, flugs umgedreht, vom Kopf auf die Füße gestellt, in ihren Gehirnzellen wahr-nahm: Das Objekt ihrer vorerst wissenschaftlichen Begierde (ich will nicht behaupten, dass ich diesen Augen-Blick augenblicklich mitbekam, aber so stellt er sich meiner auf Zeitlupe geschalteten Erinnerung dar, transparent, durchschaubar bis in die Ganglien), also das mochte schon etwas auslösen, in Schwung bringen. Pepi jedenfalls, ob er das nun, in diesem Moment, intuitiv empfand oder nicht, fühlte sich eher geschmeichelt als gefährdet und ließ sie mit verbindlicher Geste in sein Kämmerchen (einen selten benutzten Appendix unseres gemeinsamen Zimmers) vorausgehen.

Dieser Appendix diente im Allgemeinen uns beiden als Abstell- und Ablegeraum für Unerledigtes. Exklusiv in Anspruch genommen hatte ihn Pepi vorher nur einmal, und zwar – ich muss, sosehr ich mich bisher darum herumgedrückt habe, auch darauf noch eingehen –, als Max wieder aufgetaucht war. Das war noch zur Zeit des jungen Glücks mit Paula gewesen. Und Max war aufgetaucht wie ein Gespenst aus der Vergangenheit, wir beide, Pepi und ich, hatten ihn wohl auch dementsprechend angeschaut.

Er sah aber damals auch aus wie ein leibhaftiges Gespenst. Und später wird er, nach all dem, was mir Pepi über die weiteren Zusammenkünfte mit ihm erzählt hat (widerwillig, zerknirscht, hin und her gerissen zwischen einem ganz natürlichen Instinkt zur seelischen Selbstverteidigung und meiner Ansicht nach übertriebenen Schuldkomplexen), später wird er, der arme Max, sicher nicht besser ausgesehen haben. Der arme Max! – Ich verwende das Adjektiv hier nicht nur Pepi zitierend, sondern weil ich es, trotz meiner frühen Abneigung gegen diesen Menschen, für angebracht halte. Trotz meiner frühen Abneigung und trotz ihrer späten Bestätigung durch seine Erpressungsversuche.

Ja, man muss die Sache beim Namen nennen.

Was willst du hier?, fragte Pepi.

Das werd ich dir gleich sagen, antwortete das Gespenst. Aber, fügte es mit dumpfer Stimme hinzu, lieber unter vier Augen.

Na schön, sagte Pepi mit merkwürdig schwacher Stimme und öffnete die Tür zum Abstellraum.

Öffnete sie und zog sie hinter Max und sich wieder zu. Schloss mich ganz einfach aus, als ob mich das nichts anginge. Ein paar Gesprächsfetzen kriegte ich trotzdem mit. Das heißt: Vor allem hörte ich den trotz seiner körperlichen Hinfälligkeit an einigen Stellen des Gesprächs recht lautstarken Besucher.

Erst den Propheten spielen, verstand ich zum Beispiel, und dann … Oder: Glaubst du vielleicht, nur *dich* haben sie erwischt?! Weiters: So tun, als wär nix gewesen, das würd dir so passen! Und: Du kümmerst dich einen Dreck darum, was aus denen, die dir damals nachgerannt sind, geworden ist!

Dann hörte ich ein Poltern, durch das ich mich, gegen alle Diskretion, fast zum Eingreifen veranlasst fühlte. Doch vermutlich war Max nur aufgesprungen und hatte dabei seinen Stuhl umgeworfen, denn gleich darauf murmelte wieder Pepis beschwichtigende Stimme. Komm aber nicht mehr hierher!, sagte er schließlich mit Nachdruck, bevor die Tür wieder aufging. Und ohne ihn zu grüßen oder mich eines Blickes zu würdigen, gesenkten, trotz seiner Leichenfarbe erhitzten Kopfs, stürmte Max aus dem Zimmer.

Danach sagte Pepi ein paar Minuten lang gar nichts, atmete nur schwer. Suchte in seiner Schreibtischlade nach Restbeständen der stinkenden Zigaretten, die er sich abgewöhnt hatte. Ich gab ihm eine von meinen nur selten gerauchten. Und dann informierte er mich: Er hängt an der Nadel …

Aber ich wollte von ihm und der Seidl erzählen. Wollte ich? Nein, ich muss. Ja, ich muss auch das. Wie er sich mit ihr in die schon durch Maxens Besuch mit negativer Energie aufgeladene Kammer zurückzog. Und wie er darin mit ihr gestoppte 45 Minuten zubrachte.

Diesmal verstand ich beinahe nichts durch die Tür. Das Gespräch klang viel weniger aufgeregt als das mit Max. Zwar war ich versucht, mein Ohr an die Füllung zu legen. Aber ich tat es nicht. Das ist nicht mein Stil.

Außerdem war es überhaupt nicht vonnöten. In der Folge sollte ich noch übergenug von dem hören, was zwischen den beiden lief. Obwohl ja das eine nicht zwischen ihnen lief. Was Pepis Beziehungen zu Frauen betrifft, ein absolutes Novum, aber dadurch umso beunruhigender.

Eine komische Person, sagte er, gleich nachdem sie, leider nur fürs Erste, weg war, aber mit bemerkenswerten Interessen. Und, fügte er, nachdem er kurz Worte gesucht hatte, hinzu, von einem ungewöhnlichen Eifer.

Für dich?, fragte ich.

Ja, sagte er, aber nicht so, wie du meinst. Wenn ich mich dazu hinreißen ließe, sie anzurühren, bekäme sie wahrscheinlich einen hysterischen Anfall.

Klar geht sie mir auf die Nerven, sagte er längstens nach dem vierten Rendezvous mit ihr. Doch andererseits ist sie so faszinierend beharrlich.

Was will sie eigentlich von dir?, fragte ich.

Interviews, antwortete er, in denen ich mich meiner selbst besinne. Sie schreibt alles auf, was ich sage, und erst recht, was ich nicht sage.

Sie kam, erzählte er, aus der Katholischen Jungschar. Hatte – wie sie hervorhob: wegen seiner schönen Hände – ihren Kaplan geliebt, allem Anschein nach unglücklich. Dann Theologie studiert und nebenbei als Sekretärin im vor allem mit der Einhebung von Kirchensteuern beschäftigten Finanzreferat der Erzdiözese gearbeitet. Von einem Studienkollegen, einem inzwischen ganz und gar geistlichen Herrn, den Pepi (kichernd) namentlich nannte, der aber hier nicht genannt werden muss, allzu ungestüm bedrängt, gab sie die Theologie allerdings im vierten Semester auf und wandte sich, dem Bedränger nach Salzburg ausweichend, nunmehr der Psychologie zu. Dies weitere vier Semester. Da wohnte sie im Studentenheim. Hatte kaum Kontakte, wenn aber doch, dann mit Ausländern, die sich dort ebenso fremd fühlten wie sie. Einem Perser zuliebe, der ihr die Ehe versprach, wollte sie zum Islam übertreten, vertiefte sich in den Koran, aber dann kam die Iranische Revolution. Der Perser fuhr nach Hause und schrieb, wie erhebend es sei, mit einem Gewehr um die Schulter die Herrschaft des Volkes und Gottes zu errichten; dann schrieb er nichts mehr.

Leider gab auch die klassische Psychologie keine Antwort auf gewisse Fragen, die sie, die so schnöde, aber aus hehren Motiven Verlassene, teils quälten, teils reizten. So ging sie nach Deutschland (einmal sprach sie von Köln, ein anderes Mal von Berlin) an ein Institut für Parapsychologie. Experimentierte mit Versuchspersonen, V1 und V2, die, in voneinander getrennten Räumen sitzend, versuchten, einander auf telepathische Weise geometrische Zeichen oder sinnlose Silben zu übermitteln. Die Trefferquote lag im Allgemeinen nur wenig über dem Mittelwert der ganz gewöhnlichen Wahrscheinlichkeit, und das war einer Frau, die, wie sie, auf mehr hinauswollte, entschieden zu wenig.

Außerdem liebte sie leider schon wieder glücklos. Ein junger Kollege, angeblich ein Enkel des weisen Judaisten Gershom Scholem, nützte sie, wie sie das darstellte, auf bei diesem Großvater unvermutete Weise aus, als es ans Heiraten ging, heiratete er – auch unter dem Druck seiner traditionsbewussten Familie – eine andere. So kehrte sie nach Wien zurück und studierte, ernüchtert und weil sie nun schon einmal beim statistischen Rechnen war, Soziologie. Nebenbei inskribierte sie (bei aller Ernüchterung hatte der Umgang mit jenem letzten Freund ein gewisses Interesse vertieft) Judaistik.

Das war ihre Verfassung, als man (genauer: als das soziologische Institut der Universität Wien) sie auf Pepi losließ. Ihre Dissertation (»Über gruppendynamische Phänomene in Sekten und Alternativzellen«) rationalisierte m. E. einen profunden Irrationalismus. Pepi machte sich manchmal mit erfreulich gesundem Hausverstand darüber lustig (sie spinnt). Andererseits aber, das ist nicht zu leugnen, geriet er mehr und mehr unter ihren Einfluss, gab ihr erst »in gewisser«, dann »in dieser und jener«, schließlich »in vieler« Hinsicht recht und besann sich auf Interessen und Fähigkeiten, die er ja tatsächlich auch schon früher, eigentlich schon als Kind gehabt und geahnt hatte

Alsbald begann er seltsame Geschichten zu erzählen. Zum Beispiel von einem gewissen Abraham Abulafia, der Mitte des 13. Jahrhunderts und seines eigenen, ereignisreichen Lebens vom prophetischen Geist erfasst und (so Pepi wörtlich) ganz schön weit verweht wurde. In Spanien geboren und von seinem allerdings früh verstorbenen Vater in der Gotteswissenschaft unterwiesen, war er schon mit zwanzig nach dem Orient gereist, um den sagenhaften Fluss Sambation zu suchen. Jenseits dieses Flusses wohnten der Legendende nach die zehn verlorenen Stämme Israels.

Er dürfte den Fluss nicht wirklich gefunden haben. Nunmehr, mit einunddreißig aber, erlangte er, durch Variationen und Permutationen der Buchstaben des hebräischen Alphabets die Kenntnis des wahren Namens Gottes. Er verließ Spanien zum zweiten Mal, um – vorerst in Capua kabbalistischen Versenkungen hingegeben – im Jahre 1280 eine höchst abenteuerliche und bis heute unaufgeklärte Mission zu unternehmen. Er begab sich nämlich auf den Weg nach Rom, um, wie er ankündigte, respektive wie es Pepi ausdrückte, ein Wörtchen mit dem Papst zu sprechen.

Wenn die Endzeit gekommen ist, stand nämlich in den Disputationen eines berühmten Kabbalisten, dessen Namen ich vergessen habe, mit einem berüchtigten, von mir namentlich ebenso vergessenen Apostaten, wird der Messias, der den Nachkommen Abrahams, Isaaks und Jakobs Versprochene, auf Gottes Geheiß zum Papst gehen. Wie ehemals Moses vor dem Pharao sollte er auftreten. Und sollte die Freiheit seines Volkes verlangen. Und erst ihn, diesen Befreier, werde man zu Recht als Messias betrachten, und die zu Unrecht gefürchtete Endzeit werde sich als neuer Anfang erweisen.

Der Papst fürchtete die Endzeit aber anscheinend doch, die Vorstellung, dass etwas Wahres an dieser Prophezeiung sein könnte, fuhr ihm (so Pepi) in die Knochen. Folglich gab er Anweisung, Rasiel (so nannte sich Abulafia, der sich ein dem Zahlenwert seines Namens entsprechendes, beeindruckendes Pseudonym ausgerechnet hatte), Rasiel also, falls er wirklich nach Rom käme, gar nicht erst vor sein Antlitz treten zu lassen. Vielmehr sollte man diesen Rasenden verhaften und postwendend aus der Stadt bringen. Und sollte ihn jenseits der Mauern möglichst rückstandslos verbrennen.

Abulafia, dem das hinterbracht wurde, kümmerte sich aber nicht darum, überließ sich vielmehr seinen Meditationen und mystischen Vorbereitungen. Und schrieb aufgrund seiner Gesichte sowie zum Andenken an seine wunderbare Errettung eine Schrift mit dem später hinzugefügten Titel »Buch des Zeugnisses«. Er kam nämlich mit dem Leben davon, zum Unterschied vom Papst, der ihm danach trachtete. Als er sich den Toren Roms näherte, erreichte ihn die Nachricht, dass Seine Heiligkeit Nikolaus III. in der vorangegangenen Nacht ebenso unerwartet wie plötzlich gestorben sei.

Den hat glatt der Schlag getroffen, lachte Pepi. Manche glaubten zwar an einen sozusagen okkulten Einfluss Abulafias. Aber der ließ sich, so schien es, denn doch nicht nachweisen. Zwar inhaftierte man den Mann, verdächtig wie er war, im Collegium der Franziskaner, doch anscheinend wollte man sich lieber nicht mit womöglich hinter ihm stehenden, unberechenbaren Mächten anlegen und ließ ihn nach achtundzwanzig Tagen wieder frei.

So weit diese Geschichte, die Pepi geradezu launig wiedergab. Und trotzdem war sie dazu angetan, mich alsbald zu beunruhigen. Im folgenden Urlaub nämlich fuhr er nach Süditalien. Just in die Gegend von Capua. Gemeinsam mit der Seidl.

Zwar klang, was er nachher davon erzählte, vor allem komisch. Vorerst erging er sich in spöttischen Beschreibungen Sibyllens. Wie sie sich, zum Unterschied von ihm extrem sonnenempfindlich, am Strand umso mehr einhüllte, je mehr er sich auszog. Wie sie sämtliche verfügbaren Stofffetzen, auch seine, an sich raffte und während er sich bräunen ließ, dort hockte, eine allerdings sehr weißhäutige Beduinin, gewissermaßen ihr eigenes, unförmiges Zelt.

Das also klang vorwiegend komisch und völlig harmlos. Doch erwähnte er, obschon sehr (und damit umso auffallender) nebenbei, dass sie, diese für meinen Geschmack so wenig zu ihm passende Person, und er, mein, ich konnte mich dieses Gefühls nicht erwehren, schon wieder einmal, aber vielleicht profunder denn je, gefährdeter Freund, auf der Rückfahrt einen Abstecher nach Rocca di Papa gemacht hätten. Von dort hätten sie »nach Castelgandolfo hinübergeschaut«, bekanntlich ist das der Sommersitz der Päpste. Ein, wie er beziehungsvoll hinzufügte, sehr eindrucksvoller Blick.

Letzten Endes stellte sich noch heraus, dass sie auf dieser Reise auch hinter einem ganz bestimmten Manuskript her waren. Es war eine Art von Apokalypse, nannte sich »Sefer ha-'oth«, das »Buch des Zeichens«, und stammte angeblich (so Pepi, immer noch ironisch) »von Abulafias eigner Hand«. Die Publikation durch den ehemaligen Oberrabbiner von Wien, Jellinek, sei (so Pepi), zumindest glaubt das die spinnerte Seidl, unvollständig, ihr, der Seidl, fehle in dieser Edition (enthalten in – ich habe mir die Schrift auf der Nationalbibliothek ausheben lassen – einer »Jubelschrift zum 70. Geburtstag des Professors H. Graetz«) gerade das, worauf es in Hinblick auf gewisse bevorstehende Ereignisse ankomme. Er, Pepi, finde das alles eher spaßig, wenn auch nicht uninteressant, aber schließlich sei sie, die Seidl, diejenige, die alles, Fahrt und Aufenthalte, bezahlt habe, und so habe er nicht umhinkönnen, einige Tage mit ihr in Bibliotheken und Antiquariaten zu verbringen, wo es, ihr ohnehin lieber, schattiger gewesen sei als an den Stränden.

So versuchte Pepi sein eigenes Interesse an der mir suspekten Materie zu bagatellisieren. Er habe die Einladung der Seidl, sie auf dieser Reise zu begleiten, halt angenommen. Nebenbei bemerkt aus ganz profanen Gründen. Gehandicapt durch die ratenweisen Rückzahlungen der Vorschüsse an die beiden Verlage, die er – man war ohnehin sehr kulant zu ihm – nicht ewig aufschieben konnte, hätte er sich einen solchen Urlaub kaum leisten können.

Mir konnte er nichts vormachen. Ich sah ihm an, dass ihn etwas erotisierte. Wenn es nicht doch die Seidl war (und das erschien mir tatsächlich sehr unwahrscheinlich), so musste es etwas anderes sein. Eben. Es war die Geheimlehre, die ihn lockte. Ein Konvolut aus Pepis Koffernachlass bestätigt den Verdacht, den ich schon damals hegte.

Nach den in diversen Schriften (»Buch vom ewigen Leben«, »Licht des Intellekts«, »Worte der Schönheit« und vor allem »Buch der Kombination«) dargelegten Anweisungen des Abulafia, die wenigstens oberflächlich kennenzulernen ich mir beim Nachvollziehen dieses sinistren Weges nicht ersparen konnte, begann er (Pepi) vorerst, Seiten um Seiten mit scheinbar sinnlosen Silben vollzuschreiben. Da – eine schöne Theorie für Schriftsteller und solche, die es noch werden wollen – das Wesen der Welt sprachlicher Natur ist, insofern es nur durch den Anteil besteht, den es am alles stiftenden Namen Gottes hat (der Weltformel, notierte Pepi), manifestiert es sich, dieses Wesen – und dahinter, wenn ich recht verstanden habe, dieser Name –, ganz unmittelbar in der Sprache. Die »außersprachliche Wirklichkeit«, um den von einem etwas berühmteren Schriftstellerkollegen ehemals gern gebrauchten Terminus zu verwenden, lenkt also nur von diesen Wesentlichkeiten ab. Und tatsächlich scheint das der eigentliche, von Abulafia anvisierte Sinn der Versenkung: dass der Name Gottes, der etwas Absolutes ist, der Name, der allem Bedeutung gibt und dennoch selber, in menschlichen Anschauungen gemessen, nichts bedeutet, keinen konkreten Inhalt oder Sinn hat.

Delikaterweise entstand, zumindest bei Pepi, gerade auf dieser Gedankenbasis eine Art von Konkreter Poesie. Die Poesie, die sich konkret nennt, ist ja für mein Empfinden extrem abstrakt. Die Sprache nicht als Medium, sondern als Zweck der Dichtung zu sehen, scheint mir ein Sakrileg gegen ihr Wesen als Kommunikationsmittel. Ich will nicht verhehlen, dass mir diese manchmal als Spiel getarnte, manchmal mit sektiererischem Ernst zelebrierte literarische Verfahrensweise immer ein bisschen unheimlich war.

Aber was wusste ein Abulafia in seinem 13. Jahrhundert von dieser, meines Erachtens etwas irreführenden, literarischen Gattungsbezeichnung?

Wisse, dass die Methode des *Zeruf* dem Gehör vergleichbar ist, denn das Ohr hört Töne, und die Töne verbinden sich je nach Art der Melodie und des Instruments. Genauso, heißt es im Buch »Gan na 'ul«, verhält es sich auch mit der Kombination der Buchstaben. Sie schlägt an die erste Saite an, die dem ersten Buchstaben verglichen wird, und geht von da zu einer, zwei, drei, vier oder fünf Saiten über.

Und die verschiedenen Anschläge verbinden sich. Und die Geheimnisse, die sich in diesen Verbindungen aussprechen, erfreuen das Herz, das dadurch seinen Gott erkennt und sich mit immer neuer Freude füllt. – Die solcherart gelenkte Tätigkeit des Adepten, kommentiert Gershom Scholem, ist also für Abulafia nicht sinnloser und unbegreiflicher als die des Komponisten. Und wie (hier zitiert Scholem seinerseits Schopenhauer) der Musiker die Welt in wortlosen Tönen »noch einmal« ausdrückt und dabei zu unendlichen Höhen und Tiefen steigen kann, so auch der Mystiker.

Immer vorausgesetzt, dass ich alles kapiert habe, könnte man auf diese Weise sozusagen schöpferisch-spielerischen Permutierens und Kombinierens eines Tages unversehens auf den Namen Gottes stoßen. Und was dann geschieht, dafür kann niemand garantieren. Die Konkreten Poeten wissen also buchstäblich nicht, was sie tun. Blinde Hühner finden auch manchmal ein Korn, aber in diesem Fall – was für eines! Wenn man bedenkt, welche Energien in diesem Namen stecken müssen. (Gott, notiert Pepi – dies allerdings in auf außersprachliche Wirklichkeit bezogenen Menschenworten – Gott ist ein schwarzes Loch). Geht es hier letztlich um Sprache als Antimaterie? Also ich für meinen Teil habe schon gewusst – nicht an der Großhirnrinde, aber irgendwo im Stammhirn, wo die alten Instinkte sitzen –, warum ich die Finger von der Konkreten Poesie lasse.

Pepi hingegen wusste genau, was er tat. Bereite dich vor auf deinen Gott, o Israelit, heißt es bei Abulafia, rüste dich, dein Herz allein auf Gott zu richten! Reinige deinen Leib und erwähle dir eine einsame Stätte, wo niemand deine Stimme hört. Umhülle dich mit deinem Gebetsmantel und lege Tefillin auf deinen Kopf und deine Hand!

Nun wird man vielleicht einwenden, dass die Geschichte ohnehin nicht klappen konnte, weil ja Pepi gar kein richtiger Israelit war. Allenfalls »jüdisch versippt«, wie mein Vater gesagt hätte. Andererseits: Dieser Abulafia war in mancher Hinsicht ein erstaunlich freier Geist. Stellt er doch etwas weiter unten glatt klar, dass der Zugang zu Gott auch auf diese Weise nicht nur den Menschen jüdischer Herkunft möglich ist.

Seien doch alle Söhne und Töchter des Allerhöchsten, sein Name sei gelobt. Nicht nur den im Gesetz und seiner Interpretation bewanderten Juden sei dieser Weg also gangbar. Nicht nur übers hebräische Alphabet, sondern (da ja nach dem Turmsturz zu Babel alle Sprachen von einer ursprünglichen Gottessprache deriviert sind) im Grund genommen über jedes. Und womöglich tut es, wenn man gerade keinen Gebetsmantel dabeihat, auch ein im rechten Geist angelegter Schlafrock.

Es kommt nämlich »auf die Richtung des Herzens« an. Wenn es Nacht ist, entzünde viele Lichter, bis es ganz hell ist, und dann nimm Tinte, Feder und Schiefertafel. Nun, Pepi nahm einen grünen, nach der Schärfe seiner auf seinen kabbalistischen Aufzeichnungen auch sonst ungewöhnlich leserlichen Buchstaben zu schließen, neu erworbenen Filzstift und Umweltschutzpapier. Dann beginne, wenige oder viele Buchstaben zusammenzusetzen, zu vertauschen und miteinander zu bewegen – nun denn, das tat er.

Das tat er auf Dutzenden, eng beschriebenen Seiten, die hier als Faksimile wiederzugeben, denke ich, unterbleiben darf. Wohl aber will ich wiedergeben, worin Pepis Permutieren und Kombinieren, soweit ich das aus den auf mich gekommenen Aufzeichnungen abschätzen kann, gipfelte. Das Ziel jener abulafianischen Sprachversenkung nämlich ist, und das war mutmaßlich der springende Punkt für meinen Freund, Prophetie. Worunter aber (und gerade das dürfte ihn besonders gereizt haben) in dieser Variation der Kabbala eine Art Selbstbegegnung verstanden wird.

Was nämlich eröffnet sich, nach Abulafia, dem Jünger, der diesen konkret poetischen Weg zu Ende geht? Es offenbart sich ihm, so kann man es tatsächlich mehrfach lesen, sein geistiger Lehrer. Der aber, »Schaddaj« genannt, ist sowohl Gott als eben auch der seinen Gott suchende Mensch selbst. Seinen Namen nenne ich Schaddaj nach meinem eigenen Namen, und er ist ich und ich bin er. So weit Abulafia.

Und Pepi? Wozu gelangte er nach wie gesagt Dutzenden, zumindest für mich sinnlos beschriebenen Seiten? Wenn der Name Gottes, so ungefähr muss er gedacht haben, alles konstituiert, so doch zweifellos auch meinen (praktischerweise nur aus vier Buchstaben bestehenden) Namen. Führt der für mich bestimmte Weg zu Gott (wer immer der ist) nicht über mich selbst? So einfach ist das. Jedenfalls endet Pepis sprachkritische Meditationsphase mit folgendem (man mag es so nennen) Gedicht:

pepi
eppi
*i*epp
ippe?

ppei
epip
p*i*ep
pipe?

ipep
pp*i*e
p*e*ip
*e*ipp:

pepi
pipe
eppi
p*e*ip!

Blasphemie oder Weisheit, die das scheinbar Fernste im Nächsten erkennt, der ja (keineswegs nur zynisch betrachtet) jeder sich selbst ist? Auf ein Urteil darüber will ich mich lieber nicht einlassen. Dass der Name Gottes für jeden von uns in einer Permutation des eigenen Namens verborgen sein soll, die Idee hat gewiss was für sich. Aber die Idee, es damit gut sein zu lassen und nicht weiter an dieses und andere Tabus zu rühren, wohl auch.

Es war übrigens nicht die versehentliche oder jedenfalls vorzeitige Sprengung des Universums durch Pepis Sprachspiele, die ich befürchtete. Sie trat auch nicht ein – sei es, weil Pepi die Kräfte, die er beschwor, doch einigermaßen beherrschte, sei es (und das halte ich für wahrscheinlicher), weil Gott, etwas objektiver betrachtet, doch nicht Pepi (oder Peip) heißt. ER brauchte also nicht mit einem Bein in die Erde zu fahren und sich am anderen entzweizureißen. Makabrer Scherz beiseite: Was ich für oder von Pepi befürchtete, war etwas anderes.

Obwohl ich weit ausholen musste zum Verständnis der tieferen und höheren Zusammenhänge, wird man sich vielleicht erinnern, dass es im Zusammenhang mit dem obskuren Abulafia auch um den Papst ging. Jener hatte diesen treffen wollen, dieser hatte allergrößtes Interesse gehabt, dieses Treffen zu vermeiden. Kein Wunder: Sollte es doch ein Zeichen dafür sein, dass die Endzeit anbrach. Dem Papst Nikolaus III. hatte diese Perspektive anscheinend einen tödlichen Schreck eingejagt.

Und nun war Pepi drauf und dran, in die Fußstapfen Abulafias zu treten. Vielleicht nicht ganz im Ernst, aber eine gewisse Art von Scherzen soll man lieber lassen. Zwar hatten Sibylle und er auf ihrer Italienreise nur nach Castelgandolfo »hinübergeschaut«, und nach Rom hatte es sie eigenartigerweise überhaupt nicht gezogen. Aber wozu auch? Der polnische Papst, der in seinem von manchen für übertrieben gehaltenen Eifer überall vorbeikam, hatte für demnächst einen Besuch in Wien angekündigt.

War das nicht eine einmalige Gelegenheit? Wer weiß, was Pepi bei dieser Gelegenheit einfiel. Nicht, dass ich fürchtete, er würde dem Papst etwas antun. Aber wenn er sich, nach dem Muster Abulafias, einbildete, er müsste ihn zur Rede stellen, vielleicht mit durch die unselige Seidl wieder aufgestachelter und in gefährliche Nähe ernsthaften Größenwahns gerückter Chuzpe – Grüß Sie, Herr Woytila, mein Name ist Prohaska, ich habe Ihnen eine Botschaft von Gott auszurichten! –, dann konnte das irre Konsequenzen haben.

Je näher der Papstbesuch kam, desto seltsamere Reden führte Pepi. Er sei im Begriff, sagte er, sich über sich selbst klar zu werden. Über die große Aufgabe, die er habe. Man traue sich manches nicht zu. Aber in jedem von uns schlummerten ungeahnte Möglichkeiten.

Man muss sie nur wecken. Man muss sich selber erwecken. Ja, sagte er, das ist es. Es ist ganz einfach.

In meinen Alpträumen sah ich Pepi den Kordon der Polizei durchbrechen und auf das Papamobil zurennen. Was dann geschah, sah ich nicht, weil ich an dieser Stelle des Traums immer vor Schreck aufwachte.

Es trat allerdings eine Entwicklung ein, die mich eine Zeitlang hoffen ließ, dass all das nicht wirklich ernst zu nehmen sei. Dass sich Pepi nicht nur über die Seidl, nicht nur über mich, sondern auch über alle anderen lustig machte. Eine gewisse Neigung zur Eulenspiegelei hatte er ja seit je und erst recht auf dem Höhepunkt seiner Prophetenkarriere gehabt. Nun, da er den Prophetenhabit, den er schon eingemottet hatte, wieder hervorholte, schimmerte das Narrenkleid noch stärker durch.

Mit Herbst 1982 begann er eine Reihe von Vorträgen zu halten. Sie fanden in Gasthaussälen in Ottakring statt. »Bin ich ein echter Prophet, & wenn nein, warum nicht?« hieß der erste. »Bin ich ein falscher Prophet, & wenn ja, warum?« hieß der zweite.

Auch ließ er sich sogenannte Aktionen einfallen. Am 1. November, also dem traditionellerweise als Friedhofsbesuchstag vertrauerten Fest Allerheiligen, gab es eine auf Flugblättern verbreitete »Einladung zum fröhlichen Einmarsch künftiger *Saints* (Bunte Kleidung, schräge Musikinstrumente und gute Laune erwünscht; Treffpunkt Zentralfriedhof, 1. Tor)«. Am 23. Dezember, also dem Tag mit der längsten Nacht des Jahres, veranstaltete er im Wienerwald bei Pötzleinsdorf einen »Sonnentanz für Stadtindianer und -indianerinnen guten Willens unter dem Motto: We want to take you higher«. Und am 31. Dezember des zu Ende gehenden Jahres gab es auf dem Stephansplatz »(unter dem Nordturm, Absturzstelle des legendären Baumeisters Buxbaum) spontane Silvestervorhersagen des Sehers Giuseppe Passeggiata; Titel: Was im neuen Jahr auf uns zukommt oder auch nicht«.

Und so weiter. Ich war bei alldem nicht dabei. Die Angaben zu den Veranstaltungen entnehme ich Pepis Kalender. Ein paar Mal lud er mich ein, doch ich ging nicht hin. Einerseits erleichterte mich die scheinbare Oberflächlichkeit seiner neueren prophetischen Aktivitäten, andererseits fand ich sie fast ein bisschen ärgerlich.

Doch war das wirklich alles nur Schalksnarrentum? Manchmal war es mir trotz allem verdächtig. Schließlich stand nach wie vor die Seidl dahinter. Ich konnte mir nicht vorstellen, dass sie nicht mehr im Schilde führte als prophetischen Aktionismus.

Zu Pepis Förderung hatte sie einen Verein gegründet und ihn mit allem, was dazugehört (Obmann, Schriftführer, Kassier), bei der Vereinspolizei angemeldet. Kassier beziehungsweise Kassierin war sie selbst, bei der Einhebung von Mitgliedsbeiträgen kamen ihr die im Dienste der Kirchenbeitragsstelle gesammelten Erfahrungen zugute. Mein Verdacht war kurz gesagt der, dass sie P. P., den noch immer/schon wieder über die Stränge Schlagenden, sich vorläufig austoben ließ. Aber irgendwann würde das dicke Ende (der Verein nannte sich offiziell »Klub für spirituelle Zukunftsforschung«, inoffiziell aber kursierte der Name »Bruder- & Schwesterschaft zur Beschleunigung des Kommenden«) schon kommen.

Wie genau dieses Ende aussehen sollte, davon hatte ich nur dunkle Ahnungen. Aber was das betraf, war ich ja nicht der Einzige. Es lag etwas in der Luft. Ein vages Endzeitgefühl. Seit einigen Jahren verbreitete sich der Eindruck, dass etwas zu Ende ging.

Zuallererst war es wohl das Bewusstsein, dass sich das Jahrhundert mit scheinbar immer größerem Tempo auf sein Ende zubewegte. Seit 1975 war man sozusagen in der Zielkurve. Bis dahin hatte man sich in der Mitte des 20. Jahrhunderts gefühlt, in einer Zeit der Konsolidierung und dann des Aufstiegs nach der schlimmen Vergangenheit zweier Weltkriege, aus denen die Welt aber hoffentlich gelernt hatte. Man hatte ganz selbstverständlich in der Gegenwart gelebt, die gut war, mit dem Vertrauen auf eine Zukunft, die besser sein würde.

So hatte es ausgesehen. Jedenfalls aus unserem Weltwinkel betrachtet. Aber dann war auf einmal aufgefallen, dass von diesem Jahrhundert immer weniger blieb. Ominöse Daten näherten sich. Das heißt, man näherte sich ominösen Daten. 1984, 1990, 1999 – die Trivialmedien lieferten triviale Metaphern, aber so war es: Man hatte den Eindruck, in einem Raumschiff zu sitzen und auf diese Daten zuzurasen.

Ominöse Daten. Die meisten wussten zwar nicht recht, was es mit diesen Daten auf sich hatte. Mit 1984 etwa, dem Jahr, das ja nun wirklich bald bevorstand. Man hatte die vage Idee, dass es darüber einen sogenannten utopischen Roman gab. Aber wer hatte den schon gelesen. Wie hieß doch gleich der Schriftsteller?

Ich saß ja schließlich in der Stadtbücherei. Dort tauchten manchmal solche Fragen auf. Orwell? Ach ja. Nostradamus kannte man inzwischen besser. Leser, die mir jahrelang ganz vernünftig erschienen waren, hatten auf einmal Lust auf die Centurien.

Auch Kolleginnen und Kollegen kamen damit daher. Zum Beispiel der nun leider nicht mehr ganz so nett aussehende junge Mann, der ehemals, in einer nun schon sehr weit hinter uns liegenden Zeit, das Mao-Poster über seinem Bett durch ein Bhagwan-Bildnis ersetzt hatte. Hier steht es, sagte er und hielt mir die angeblich endgültige Übersetzung der Centurien unter die Nase. Im siebenten Monat des Jahres 1999 wird vom Himmel ein großer Schreckenskönig kommen.

So nahm diese Endzeitstimmung täglich zu. Es sollte ja nicht nur das Jahrhundert zu Ende gehen, sondern gleich das Jahrtausend. Es lag etwas in der Luft. Im Grund genommen seit Anbeginn der Welt. Aber allmählich hatte auch ich den Eindruck, dass es sich verdichtete.

Dass es nicht immer so weitergehen konnte, dieses Gefühl hatte man ja schon lang und immer wieder. Zum Beispiel vor der Sintflut, so Pepi, habe man dieses Gefühl schon gehabt. Oder nicht? Na ja, zumindest Gott habe es so empfunden. Und Noah habe es ihm nachfühlen können. Oder war es umgekehrt?

Jedenfalls habe sich da was zusammengebraut. Und dann habe es sich entladen. Und wie das geendet habe, das sei ja hinlänglich bekannt. Dass Gott seiner ursprünglichen Laune, die ganze Brut zu ersäufen, nicht wirklich gefolgt sei, liege an seiner Inkonsequenz. Denn so sei er, Gott, man könne das nicht nur in der Bibel, sondern auch bei Thomas Mann nachlesen. Danach habe Gott zwar versprochen, so etwas nicht noch einmal zu tun. Solange die Erde besteht, wird nicht aufhören Saat und Ernte, Kälte und Hitze, Sommer und Winter, Tag und Nacht. Aber wer weiß, vielleicht habe dieses Versprechen einen Pferdefuß. Denn dass die Formulierung »solange die Erde besteht« ein Synonym für die Ewigkeit sei, also das stehe nirgends geschrieben.

Aber Pepi, sagte ich. Weißt du, was du da sagst? Gottes Versprechen und der später dem Teufel zugeschriebene Pferdefuß …

Ach was, sagte er. Du bist und bleibst halt ein naiver Mensch. Damals hat sich Gott halt noch nicht so recht vom sogenannten Widersacher unterschieden.

Was schaust du denn so? Jetzt scheiß nicht gleich in deine

katholische Hose! Diese Idee könne einem doch schon bei der Erzählung vom Paradies kommen. Wo die Schlange vielleicht nichts anderes sei als ein Mummenschanz Gottes. Oder auch umgekehrt. Eins jeweils Kehrseite des anderen.

Dass Gott einfach lieb sei, darüber könnten einem jedenfalls bei Betrachtung der ganzen Tragikomödie, die der Herr in Bewegung gesetzt habe, bescheid'ne Zweifel aufsteigen. Mit diesem Satz zitierte Pepi offenbar Nestroy (war das Couplet, aus dem er stammte, aus »Einen Jux will er sich machen« oder aus »Höllenangst«? Ich musste das nachschlagen). Nach wie vor liebte er es, an der Grenze zwischen Ernst und Scherz hin und her zu hüpfen, früher hatte ich das amüsant gefunden. Aber vor dem Zeithintergrund (und mit der Seidl im Hintergrund) fand ich es beunruhigend.

Ein paar Tage nach diesem Gespräch erzählte mir Pepi einen Traum. Ich habe geträumt, sagte er, ich war im Himmel. Aber der Himmel war eine Art von weitläufigem Vortragssaal, wir, *wer* wir, ich weiß nicht, haben alle auf eine große Leinwand gestarrt. Und Gott, den man folglich nicht gesehn hat, ist hinten, im Dunkel, an einem Filmprojektor gestanden und hat einen Film vorgeführt.

Da war alles zu sehn, alles ist abgelaufen, die ganze Weltgeschichte. Zuerst haben die Bilder ausgesehen wie Bilder aus unserem Katechismus. Nach und nach aber sind sie immer realistischer geworden. Das war, wie du dir denken kannst, schon schlimm genug – aber sobald, mit Posaunengeblase, das Finale angebrochen ist, hab ich es nicht mehr ausgehalten, bin aufgesprungen und habe davonwollen.

Nun hat aber mein Sessel, den ich dabei mit den Kniekehlen rückwärts geschoben hab, ein grässliches Geräusch gemacht. Und alle, *wer* alle, ich weiß nicht, haben mich angeschaut und haben mich gesehn. Und in diesem Moment war klar: Ich bin schuld. Wenn es so kommt, wie es kommen muss mit der Welt, bin *ich* schuld dran.

Das war wie ein Spießrutenlauf zwischen bösen Blicken. Endlich hab ich die Tür des Saals erreicht, und draußen, stell dir vor, war der Rabenhof. Da waren eine Schar Kinder. Die haben Himmel und Hölle gespielt. Auf dem Gehsteig waren mit Kreide die dazu nötigen Felder aufgezeichnet.

Erinnerst du dich? Sieben Felder, danach die Hölle. Und noch ein Stück weiter, nur durch einen besonders geglückten Sprung zu erreichen, der Himmel. Man muss auf einem Bein hüpfen und dabei einen kleinen Stein vorantreiben. Die Steffi, ist mir im Traum eingefallen, hat das besonders hübsch gekonnt, aber manchmal ist sie mit Absicht in die Hölle gesprungen.

Ob sie unter den Kindern war, an denen ich jetzt vorbeigerannt bin, habe ich nicht gesehen, ich war ja an irgendwas schuld und musste sehen, dass ich weiterkam. Schon war ich vorbei, mit erstaunlich wenigen Schritten war ich in der Landstraßer Hauptstraße. Und zwar an ihrem Ende, im Traum war das ein gottverlassenes Ende. Im Traum habe ich das Wort »gottverlassen« ein paar Mal gedacht.

Dort bin ich an einer endlosen Mauer entlanggerannt. Oben auf der Mauerkrone Glasscherben und Stacheldraht, hinter der Mauer eine Kaserne. Während des Laufens ist mir eingefallen, *warum* ich eigentlich schuld bin. Natürlich! Ich hatte in der Fahrradleihanstalt in der Hainburger Straße ein Fahrrad entwendet.

Kaum ist mir das bewusst geworden, bin ich schon nicht mehr gelaufen, sondern auf diesem Fahrrad geradelt. Und vor mir, auf der Stange, ist die Steffi gesessen. Und alle, obwohl keiner da war, haben alles gewusst. Ich war auf der Flucht, und die Welt war nicht mehr zu retten.

Dies Pepis Traum, auf den ich – ich konnte nicht anders – mit Sarkasmus reagierte. An Steffi nämlich wurde ich auch nach so vielen Jahren nicht gern erinnert, die Kombination eines so eigenwillig interpretierten Falls des bösen (oder eigentlich guten?) Engels Pepi und seines Sünden-Falls mit ausgerechnet ihr, war, so authentisch Letzteres in Bezug auf Pepis persönliche Geschichte auch sein mochte, eindeutig nicht mein Fall. Außerdem, sagte ich, hast du doch nie ein Fahrrad gestohlen, oder? – Ach was, sagte Pepi, der sonst so Ironische, mach dich nicht lustig über meine Alpträume; ich war schweißgebadet!

Engelbert Traum erzählt, heißt es in einer Tagebucheintragung vom 24. 7. 1983, Reaktion äußerst unsensibel. Das schmerzte mich, muss ich gestehen. Aber zu spät! Am Abend Sibylle, zu allem Überfluss. Wie lange werde ich mich noch ihrer erwehren können? Sie bedrängt mich.

Was immer das heißen mag. Womöglich hatte Pepi die Seidl doch falsch eingeschätzt. Trat etwa der Fall ein, dass er, der in so vielen Phasen seines Lebens von Sexualität (vor allem, wenn man mich fragt, von seiner eigenen) Verführte, Besessene, sich nun gegen die Verführung und Besitznahme durch eine Frau zu wehren hatte? Einer Frau, die ihn ausnahmsweise nicht reizte? Mich reizt, ich gebe es zu, die Idee, dass das Schicksal so zynische Witze macht, nach wie vor ein wenig zum Lachen.

Ach könnte ich diese These doch verifizieren! Bei aller Abneigung gegen die Seidl – liefe der ganze Aufwand, den sie mit Pepi trieb, darauf hinaus, dass sie ihn letzten Endes in ihr womöglich immer noch jungfräuliches Bett bringen wollte, das wäre das wesentlich kleinere Übel. Leider legen andere Notizen seines Tagebuchs (zum Beispiel schon eine vom 29. 7.) die Vermutung nahe, dass die Bedrängung, von der er da schrieb, doch etwas anderes meinte. Etwas *ganz* anderes. Am 10. September, schreibt er, soll ich mich kundtun.

Nun war der 10. September 1983 eben der erste der vier Tage, die der Papst in Wien verbringen sollte. Die Alternative Liste, der ich (ja: richtig gelesen: ich) inzwischen nahestand, hatte für diesen Termin zu einer »Reise ins papstfreie Rom« aufgerufen. Ich versuchte Pepi, der sonst ja einiges für solche Scherze übrighatte, zur Teilnahme an diesem Trip zu überreden. Aber die Seidl wollte ihn, ihren Propheten oder weiß Gott wofür sie ihn hielt, partout dabehalten.

Just zu diesem Termin nämlich plante sie die bis dahin größte Veranstaltung mit P. P. Was genau sie sich darunter vorstellte, darüber konnte oder wollte Pepi nichts sagen. Ich überwand mich also und rief sie an. Nur so viel, sagte sie: Es wird eine große Kundgebung.

Sie hatte vor, einen Fußballplatz zu mieten. Nicht gerade ein Stadion, nein – das im Prater war für den Papst reserviert, und das Weststadion, so realistisch *war* sie, schien ihr denn doch zu groß und zu teuer. Sie sei im Gespräch mit dem Sportclub Wien-Simmering. Dessen traditioneller Platz, im Volksmund »die Haad« (also die Heide) genannt, erscheine ihr für »das Projekt« besonders geeignet.

»Das Projekt«. »Das Pepi-Prohaska-Projekt«. Im weiteren Verlauf unseres Telefongesprächs bezeichnete sie die geplante Veranstaltung auch so. Am Ende sprach sie auch von einem »Wiederkehrprojekt«. Aber mehr könne und dürfe sie mir wirklich nicht sagen.

Von mir zur Rede gestellt, gab sich Pepi erstaunt. Da weißt du jetzt mehr als ich, behauptete er. Ja, wirklich, sagte er, ob du es glaubst oder nicht. Im Übrigen höre er das mit gemischten Gefühlen.

Zum Ersten nämlich habe er den Simmeringer Platz in ambivalenter Erinnerung. Zwar habe er dort sein einmaliges Ferslergoal geschossen, das ihm, zumindest solange er Inge nicht kannte, das Tor ins Nationalteam einen ganz schönen Spalt weit geöffnet hätte. Doch habe es genau dort auch ein schreckliches Spiel im Dezember gegeben. Der Boden sei gefroren gewesen und der Ball steinhart, und zu allem Unglück habe ihn auch noch ein etwas zu scharfer Pass in die Hoden getroffen.

Zum Zweiten aber sei er überhaupt nicht so recht überzeugt vom Projekt der Seidl. Das sei ja wahrscheinlich alles nur eine Verrücktheit. Vielleicht auch ein Wahnsinn, lachte er, wenngleich mit Methode … Ob er zu einem solchen Spiel antreten solle, das müsse er sich noch sehr überlegen.

Du weißt also offenbar doch etwas, stellte ich fest.

Nein. Ich weiß, dass ich nichts weiß, sagte er kryptisch.

Das war nicht wirklich dazu angetan, mir meine Unruhe zu nehmen.

Hätte ich gewusst, was er just damals notierte, so wäre diese Unruhe noch um einiges größer gewesen.

Die verfänglichen Zeilen fand ich nicht in Pepis Koffer, sondern in einem Buch. Und zwar in einem Buch, das er, laut Eintragung ins Register, im Juni 1983 für drei Wochen aus unserer Bücherei entliehen hatte. Es handelte sich um Band 4 der »Geschichte der Stadt Rom im Mittelalter« von Gregorovius. Die Notiz stand am Schluss des Kapitels, in dem Papst Nikolaus III. vorkam.

Etwa ein Jahr nach Pepis Verschwinden machte mich ein Leser darauf aufmerksam. Da habe jemand etwas hineingekritzelt. Der Mann war ein pensionierter Gymnasiallehrer, er wusste nicht, was für eine Entdeckung er gemacht hatte. Er wirkte verärgert. Nicht nur dadurch, dass jemand etwas in dieses ehrwürdige Buch gekritzelt hatte, sondern auch wegen der unleserlichen Schrift.

Ich aber konnte diese Schrift entziffern. Ich kannte sie, oh ja, ich erkannte diese Schrift sofort! Zwar war sie hier fast so klein wie auf dem Zettel, den mir Pepi ehemals im Gefängnis zugesteckt hatte. Aber nachdem ich mich mit dem Folianten und einer Lupe in die Abstellkammer zurückgezogen und einmal tief durchgeatmet hatte, gelang es mir, die nach rechts hin stark abfallenden und gegen den Seitenrand zu immer enger werdenden Zeilen vollständig zu lesen.

Ob diese Aktion, schrieb Pepi, wirklich Sinn hätte? Ob sich Gott dadurch wirklich aus der Reserve locken ließe? Gott wecken, ja! Gott an seine Versprechen erinnern, ja! Aber ob das der richtige Weg sei?

Was du auf Erden bindest, das soll auch im Himmel gebunden sein. Und was du auf Erden löst, das soll auch im Himmel gelöst sein.

Sehr zweifelhaft, ob Jesus das je gesagt hat.

Wer weiß, ob Gott im Himmel diesen seinen sogenannten Stellvertreter auf Erden überhaupt kennt und anerkennt?

Das wäre ja dann ein ganz besonderer Flop. Siehe »Pu der Bär«, das Kapitel, in dem Klein Ruh entführt wird. Die Tiere im Hundertmorgenwald, allen voran das durch seinen praktischen Sinn besonders beschränkte Kaninchen, halten das vorerst für eine tolle Idee. Aber dann stehen sie da mit dem entführten Babykänguru, und es sieht ganz so aus, als ob so gut wie gar nichts dabei herauskäme.

So weit diese Notiz. Nebenbei bemerkt ein Exempel für Pepis doch sehr eigenwilliges, intertextuelles Denken. Denn es gehört schon einiges dazu, von Gregorovius auf A. A. Milne und seinen Klassiker »Winnie-the-Pooh« zu kommen. Und vom Papst, welchem immer, auf ein kleines Känguru, noch dazu weiblichen Geschlechts. Aber so harmlos das alles aus der immer größeren Distanz klingt, als ich diese Zeilen zum ersten Mal las, hatte ich das Gefühl, als sei damals, im Jahr davor, ein Komet an uns vorbeigeschrammt.

Zurück also noch einmal in jenes Jahr. Meine Fragen nach den verrückten Plänen, über denen die Seidl wahrscheinlich brütete, nach den ungeheuren Flöhen, die sie ihm womöglich ins Ohr setzte, wich mein problematischer Freund wie gesagt aus. Und nach und nach blockte er immer wortkarger ab. Ach lass mich doch in Ruh, sagte er. Bis auf weiteres wolle er all das vergessen.

In diesem August nämlich, dem letzten vor Pippis Schuleintritt, fuhr Pepi mit seiner Tochter auf Urlaub. Paula, die sich längst einen anderen Freund gefunden hatte, wollte endlich einmal mit dem allein sein, und zwar, wenn ich mich recht erinnere, auf Samos oder Patmos, so reisten Pepi (über dessen mangelnde Seriosität sich seine Exgattin für diesen Ausnahmefall hinwegsetzte) und Pippi ins Burgenland. Ins südlichste immerhin – mit dem Autobus fuhren sie über den Geschriebenstein, auf der anderen Seite, dort, wo sich der Blick schon nach Ungarn öffnet, suchten sie ein Quartier. Und fanden, so schrieb er mir, einen verzauberten Garten.

Denk Dir nur, er umfasst 500 Quadratmeter, ist von einer schönen, alten Mauer umgeben und auf sehr erfreuliche Weise ungepflegt. Das Gras steht hoch, die kleinen Obstbäume schauen nur mit den Kronen daraus hervor, es gibt Täler und Hügel. Ein Fischteich ist da und ein wackliger Schuppen mit ebensolchen Liegestühlen. Und wir wohnen mittendrin in diesem Paradies, in einer etwas verblasst kaisergelben Villa, die ein bisschen aussieht wie ein k. & k. Bahnhofsgebäude.

Frag mich nicht, was das kostet, es ist, obwohl in den Zimmern der Verputz abblättert, jedenfalls idyllisch. Am Morgen weckt meine Tochter mich schon in aller Herrgottsfrüh und sagt: Weiter! Ich muss ihr nämlich, seit wir beisammen sind, fast unausgesetzt Geschichten erzählen. Sie fasst es so auf, als wäre alles, was ich ihr zu erzählen habe, eine einzige Geschichte mit zahllosen Fortsetzungen.

Vielleicht hat sie damit gar nicht so unrecht. Außerdem komme ich tatsächlich immer wieder auf die Geschichte vom »Selbstsüchtigen Riesen« zurück, ein Märchen, das ja wirklich sehr gut hierher passt. Es war einmal ein Riese, der einen wunderschönen, großen Garten besaß. Aber damit niemand anderer in diesen Garten hineinkäme, baute er rundherum eine dicke Mauer.

So liegen wir etwa noch eine Stunde, erzählend, lauschend. Und dann erheben wir uns und machen das Frühstück. Es gibt hier nämlich eine Küche zur gemeinsamen Benützung für alle Sommergäste, nur sind wir bis jetzt – ich wünsche mir nicht, dass sich das ändert – zu zweit allein. Ich koche Kaffee und Kakao, Pippi streicht, wenn auch auf recht abenteuerliche Weise, Butter- und Marmeladesemmeln, die Früchte dieser Bemühungen genießen wir dann auf der sonnigen Veranda.

Danach laufen wir hinaus auf die Wiese und spielen »Baum«. Das ist eine Art von »Vater leih mir die Scher« oder »Bäumchen wechsle dich« zu zweit. Pippis Erfindung. Zuerst stehen wir mit dem Rücken an je einen Stamm gelehnt. Und dann schreien wir beide »Baum!« und rennen aneinander vorbei zum Baum des jeweils anderen. Wer zuerst dort ist und den Baum des anderen umarmt, hat gewonnen. Es ist ein gutes Gefühl, diese Bäume zu umarmen. Kirschbäume, Apfelbäume, Marillenbäume. Die Rinde greift sich angenehm an, am Morgen ist sie manchmal noch ziemlich kühl, aber allmählich erwärmt sie sich.

Wenn wir erschöpft sind, setzen wir uns in unser Zelt. Das haben wir selbst gebaut: aus zwei Liegestühlen aus dem Schuppen und einer Decke aus dem Zimmer. Pippi ist stolz darauf. Der Wind hat es noch nicht umgeblasen. Im Zelt ist natürlich wieder eine Erzählstunde gekommen.

Also pass auf. Der Riese war eine Zeitlang abwesend. Nämlich bei seinem Freund, dem Ungeheuer von Cornwall ... Dieses Ungeheuer von Cornwall erheitert Pippi sehr. Vor allem das Wort »Ungeheuer« bringt sie zum Lachen.

Und zwar deshalb, weil sie sein Gegenteil mitdenkt.

Gibt es, fragt sie mich, eigentlich auch Geheuer?

Klar gibt es die, sage ich.

Genauso wie es Unkraut und Kraut gibt?, fragt sie.

Ja, sage ich. Aber darüber, was Unkraut ist, darüber gibt es verschiedene Meinungen.

Unkraut verdirbt nicht, sagt Pippi, das sagt die Mama, wenn sie von dir redet.

Siehst du, sage ich.

Das ist doch gut, sagt Pippi.

Was?, frage ich.

Na, dass es nicht verdirbt, sagt sie.

Sie ist – kein Wunder bei diesem Vater – ein aufgewecktes Kind.

Was mir besonders an ihr gefällt, sind ihre sozusagen philosophischen und gleichzeitig ironischen Anwandlungen. Wegen eines leichten Astigmatismus soll sie eine Zeitlang eine Brille tragen, die gibt ihr ein rührend altkluges Aussehen. Gestern, auf dem Weg zum Mittagessen, musste sie mir plötzlich etwas ins Ohr sagen. Papa, ich sag dir was – und dann, nur ganz im Vertrauen, versteht sich, die Enthüllung des Weltgeheimnisses: Alles kommt von den Kühen!

Dabei, schwör ich Dir, waren gerade weit und breit keine Kühe zu sehen. Nur ein Gewimmel von Feuerwanzen im Rinnsal unter uns und ein paar Störche am Himmel über uns, Letztere allerdings ein sozusagen gemütserhebender Anblick. »Alles kommt von den Kühen«, was für ein Satz! Aus lauter Ehrfurcht vor den Kühen, denn wer weiß, wie viel Wahres da dran ist, haben wir anschließend im Gasthaus (und das ist, kannst Du mir glauben, in einem Landgasthaus gar nicht leicht) nur vegetarisch gegessen.

Nach dem Mittagsschlaf geht es ans Hummeln-Streicheln. Die sind, findet Pippi, »so lieb« in ihren dunkelbraun und orange gestreiften Pelzchen. Wenn sie am Klee oder an den schönen, violett gekrönten Disteln saugen, die in unserem Garten erfreulicherweise stehenbleiben, sind sie völlig versunken und lassen sich diese Berührung eine Weile gefallen. Dann jedoch wird es ihnen doch zu viel, und sie beginnen unter Pippis zärtlichem Zeigefinger immer hochfrequenter und unwilliger zu summen.

Später am Nachmittag sitzen wir dann auf der Mauer und lassen die Beine baumeln. Es gibt da nämlich eine Stelle, an der man ganz leicht hinaufklettern kann. So eine Stelle könnten die Kinder, die in den Garten des Riesen kamen, auch gefunden haben. Die sind allerdings von außen hinaufgeklettert, wir haben es gut, wir sind schon drinnen.

Sage ich zu Pippi. Vielleicht sind sie ja in Oscar Wildes Märchen auch durch ein Loch hineingeschlüpft. Daran kann ich mich ehrlich gestanden nicht mehr erinnern. Aber wir haben ja viel Phantasie, wir zwei. Jeden Tag erfinden wir neue Variationen.

Die Kinder könnten sich auch einen Gang unter der Mauer graben, meint Pippi. Und bei dieser Gelegenheit könnten sie einen Schatz finden, den der Riese da drinnen versteckt hat. Oder der Vater des Riesen. Oder der Großvater des Riesen. Vielleicht wäre das ein Schatz, von dem der Riese selbst gar nichts wüsste.

Natürlich spielt sie gern ein Kind, das in den Garten eingedrungen ist. Manchmal darf ich auch ein Kind sein, aber einer muss den Riesen spielen. Wie er aus Cornwall zurückkommt und die Kinder im Garten sieht. Was macht ihr hier?, fragt er mit Donnerstimme. Ach wir spielen nur, sagen die Kinder.

Diese Rollenverteilung ist aber nicht fix. Zuweilen packt Pippi die Riesenverkörperungslaune. Wie er beim Anblick der Kinder bedrohlich die Stirn runzelt. Sie schafft es, ihre fein gezeichneten Augenbrauen richtig zottig aussehen zu lassen.

Und erst die Stimme! Es macht ihr teuflische Freude, mit tiefer Stimme zu sprechen. Oder zu singen. Ja, wir singen auch miteinander. Und zwar am liebsten Duette aus Mozartopern. Unsere Spezialität ist die Stelle aus der »Entführung«, in der Belmonte vor dem Haus des Bassa Selim ankommt und Osmin ihm in den Weg tritt – natürlich singe ich die Tenor- und sie die Basspartie.

Ach Engelbert, dieses Kind ist mir eine Erquickung! Zwar ist es gleichzeitig ein Fulltimejob, aber nein, das Wort »Job«, das ich ohnehin nicht leiden kann, ist hier unangebracht. Sie, Pippi, beansprucht meinen ganzen Tag, nein, sie beansprucht ihn nicht nur, sie erfüllt ihn. Sie ist also Arbeit und Vergnügen und Beziehung in einem – vielleicht wäre das eine Definition von Liebe.

Gegen Abend sitzen wir noch gern am Teich und sehen zu, wie die Fische springen. Ein silbriges Aufblitzen in der tief stehenden Sonne. Und dann beginnen die Frösche mit ihrem Sonnenuntergangskonzert. Und wir sehen zu, wie die Sonne sich dem Horizont nähert, der Horizont ist ein sanft geschwungener Scherenschnitt jenseits der Grenze, und erst wenn sie völlig futsch ist, die Sonne, wie Pippi das ausdrückt, gehen wir langsam ins Haus zurück.

Bis die Suppe, die ich zum Abendessen auf den Rechaud stelle, gar ist, spielen wir z. B. noch eine Partie »Mensch ärgere dich nicht«. Oder »Schwarzer Peter« zu zweit (eine wahrhaft philosophische Version des »normalen« Spiels). Man weiß zwar genau, woran man ist, aber man tut so, als wisse man's nicht. Eben darin liegt (ich muss gestehen, dass mir das auch nicht gleich aufgegangen ist, aber Pippi hat mich davon überzeugt) der Reiz.

Ja und dann gehn wir schlafen, spätestens um neun. Das ist mir zwar anfangs unzumutbar früh erschienen, aber nach einer Gutenachtgeschichte und noch einer Gutenachtgeschichte und bitte nur noch *einer* Gutenachtgeschichte und der aber bestimmt allerletzten Gutenachtgeschichte bin ich, wie sich herausstellt, meist ohnehin erschöpft genug, um sofort einzuschlafen. Wenn ich mich trotzdem bemühe, das nicht zu tun, und das Licht nach einer Weile wieder aufdrehe, so weniger, um der Bücher, die ich mir mitgenommen habe, als um Pippis, genauer: um ihres Anblicks willen. Zwar hat sie ihr eigenes Bett, doch dort will sie nicht bleiben, also schlüpft sie zu mir, und da liegt sie dann, das Gesicht (vor allem Wange), dieses in mancher Hinsicht trotzdem schon so erwachsen wirkende, ja: Antlitz, von weit übers Bettzeug gebreiteten Locken umflossen, wie ein Undinchen, und erinnert mich merkwürdigerweise viel eher an Susi denn an Paula.

Du, Engelbert, in den letzten Tagen ist mir öfter der Gedanke aufgeblitzt (zugleich wunderschön und ein bisschen erschreckend, wie ein Blitz eben ist), dass ich ja eigentlich gar nicht mehr von hier (und ihr) wegwill. Was bleibt mir denn noch zu wünschen übrig? – Ich weiß nicht. Diesen wenn auch manchmal anstrengenden Frieden haben, für mein Kind da sein, dieses Da-Sein genießen. Ich glaube, dafür könnte (und sollte) ich alles andere bleiben lassen.

Aber es nützte nichts. Pepi musste zurück. Am letzten August übergab er Pippi, wie ausgemacht, an Paula, am 1. September saß er wieder neben mir in der Bücherei. Na?, fragte ich. Schön war's, sagte er, das hab ich dir ja geschrieben. Ich hatte mit meinem »Na« nicht die jüngste Vergangenheit, sondern die nächste Zukunft gemeint, doch von der wollte er vorläufig nichts wissen.

Er war braungebrannt und wirkte ausgeglichen wie zu seinen besten Zeiten, nur etwas melancholischer. Am 3. September dann traf er allerdings die Seidl. Tags darauf wirkte er etwas blasser und nervöser, aber vielleicht war das meine Projektion. Was drei Tage später folgte, hatte jedenfalls nicht unmittelbar mit der Seidl zu tun.

Am Morgen dieses 6. September nämlich blieb der Schreibtisch neben dem meinen frei. Das, dachte ich vorerst, wäre kein Grund zur Beunruhigung. Womöglich hatte der Herr Prohaska wieder einmal verschlafen. Wahrscheinlich, dachte ich, wird er gegen zehn eintrudeln.

Doch wurde es zehn und wurde halb elf und er kam nicht. Um halb zwölf begann ich mir Sorgen zu machen. Um drei viertel zwölf endlich wählte ich seine Nummer. Es dauerte ewig lange, bis Pepi abhob.

Seine Stimme klang unwahrscheinlich weit weg.

Was ist denn los?, fragte ich.

Entschuldige, sagte er. Aber ich bin außerstande …

Was hast du denn?, fragte ich.

Darauf gab er vorerst keine Antwort.

Na red schon, beharrte ich. Ist irgendwas mit Pippi?

Nein, sagte er. Mit dem Max.

Das ließ mich vorerst aufatmen.

Ach so, der Max! Will er wieder Geld von dir?

Nein, sagte Pepi dumpf. Der braucht jetzt kein Geld mehr.

Was sagst du?

Ja, sagte Pepi. Max sei gestorben.

Heute früh, sagte Pepi, er habe gerade in die Bücherei aufbrechen wollen … Da habe er dieses Kuvert im Postkasten gefunden … Schwarz umrandet … Von Maxens Mutter geschickt … Das sei ihm wie eine Anklage vorgekommen.

Unsinn!, sagte ich.

Doch, sagte er. Wie eine Bezichtigung! In tiefer Trauer geben wir bekannt etc. Dass unser Sohn Bruder Neffe Cousin. Plötzlich und tragisch. Im 30. Lebensjahr.

Hör zu, sagte ich, das ist zwar wirklich tragisch. Aber es liegt überhaupt nicht in deiner Verantwortung.

Ach du!, sagte Pepi. Woher willst du das wissen? Du bist ein lieber Mensch, Engelbert, aber von manchen Sachen hast du keine Ahnung!

In der Bücherei solle ich sagen, dass er plötzlich erkrankt sei. Woran? Ach was, sagte er. Du wirst schon etwas erfinden. Er selbst sei jetzt nicht in Form. Sein Gehirn arbeite nur ganz langsam. Und lass mich in Ruh. Ich muss ein paar Tage allein sein.

Ob es richtig war, darauf einzugehen? Also für eine Weile weder bei ihm anzurufen noch bei ihm vorbeizuschauen? Ich habe das ohnehin nicht lang durchgehalten. Aber vielleicht hätte ich damals dem Impuls, gleich zu ihm hinzufahren, folgen sollen, auch gegen seinen Willen.

Am zweiten Tag war ich schon nah dran, zum Telefonhörer zu greifen, aber ich beherrschte mich. Vielleicht braucht er ja wirklich vor allem Ruhe, dachte ich. Du solltest das akzeptieren. Bis morgen wird er sich hoffentlich selber rühren. Als ich am dritten Tag doch bei ihm anzurufen versuchte, erklang ständig das Besetztzeichen.

Ich ging also zu ihm hin und klingelte an der Tür. Zweimal, dreimal, viermal – er rührte sich nicht. Ich klopfte, polterte, hämmerte – keinerlei Antwort. Schon sah ich mich auf dem nächsten Kommissariat, einen Polizisten samt Amtsarzt anfordernd, da öffnete Pepi endlich einen Spalt breit.

Pepi!, sagte ich.

Er: Halt dich fern von mir!

Ich: Aber Pepi!

Er: Ich hab dir doch gesagt …

Ja schon, sagte ich, aber ich bin dein Freund. Und ich will dir helfen …

Du kannst mir nicht helfen, sagte er. Lass mich in Frieden.

Diese Wendung, muss ich zugeben, traf mich. Ich, der ich mich, pauschal betrachtet, mein ganzes bisheriges Leben lang um ihn gesorgt, ja geängstigt hatte – hatte ich mir das um ihn verdient? Gut, wenn er es so wollte, dann würde ich ihn in Frieden *lassen*. Er sah, obwohl ihm die Haare wie ein Strahlenkranz vom Kopf wegstanden, gar nicht so übel aus, hatte keinen irren Blick und würde sich kaum die Pulsadern aufschneiden.

Vielleicht erklärt die Stimmung, in der ich von Pepi wegging, meine nächtliche Reserviertheit. Als das Telefon schrillte, sprangen die roten Ziffern meines Digitalweckers soeben von 2 Uhr 35 auf 2 Uhr 36. Hast *du* gerade bei mir angerufen?, fragte Pepis Stimme, etwas merkwürdig (aber das dämmerte mir erst am folgenden Vormittag) außer Atem. Pepi –, sagte ich mindestens ebenso schlaftrunken wie ärgerlich, weißt du eigentlich, wie spät es ist?

Ja. Entschuldige. Also *du* warst es nicht?

Wer oder was?

Na, der gerade bei mir angerufen und – das gesagt hat.

Was denn? Was *hat* er gesagt?

Genau genommen gefragt.

Also, was hat er gefragt?

Wo bist du, Pepi?

Na und, gähnte ich, um mir das zu erzählen, rufst du mich mitten in der Nacht an?

Aber Engelbert, sagte er, verstehst du denn nicht?! Diese Frage …

Was gibt es da viel zu verstehn, sagte ich wirklich sehr schlaftrunken, das war halt jemand, der dich sucht …

Ja eben!, sagte er.

Sei mir nicht bös, sagte ich, aber diskutieren wir das morgen.

Obwohl ich dieses Gespräch beim Aufwachen fast vergessen hatte, habe ich es hier, glaube ich, fast wortwörtlich wiedergegeben. Es ist mir später in einer Weise zu Bewusstsein gekommen, die dazu angetan war, es wieder und wieder zu reproduzieren. Damals dämmerte es mir allerdings erst allmählich. Nach der nächtlichen Ruhestörung, an die ich mich dunkel erinnerte, war mein Kopf noch ziemlich schwer.

Ich fand mich nicht gleich zurecht in Raum und Zeit. Der Tag begann schon mit einem Missgeschick. Um mich nach dem missglückten Besuch bei Pepi zu beruhigen, hatte ich am Abend vor dem Einschlafen noch eine Zigarette geraucht. Jetzt stieg ich in den neben dem Bett auf dem Boden abgestellten Aschenbecher.

Es handelte sich um einen Aschenbecher aus Silberdraht und grün gefärbtem Glas. Das Glas gab nach, zerbrach und zerschnitt mir die Ferse. Reflexartig zog ich das Bein an. Der Schmerz kam mit einigen Sekunden Verzögerung. Auf dem anderen Bein hüpfend und unter Hinterlassung einer hübschen Spur von Blutstropfen gelangte ich ins Badezimmer.

Ich behandelte die Schnittwunde mit Jod und klebte ein Pflaster darüber. Hüpfte fluchend ins Wohnzimmer zurück, zog mich rasch an, es war schon spät. Mit öffentlichen Verkehrsmitteln würde ich zu spät in die Bücherei kommen. Ich wollte schon ein Taxi rufen, da fiel mein Blick auf den Kalender.

Es war ja Samstag. Da brauchte ich nicht zur Arbeit. Das erleichterte mich fürs Erste. Aber es war nicht irgendein Samstag. Es war Samstag, der 10. Und es war nicht irgendein 10. Es war Samstag, der 10. September 1983.

Der Tag, an dem der Papst nach Wien kommen sollte. Doch

war ja für diesen Tag noch etwas anderes geplant. Nämlich die Kundgebung auf dem Simmeringer Sportplatz. Was immer dort kundgetan werden sollte – gerade die Unsicherheit darüber war ja das Beunruhigende.

Bezeichnenderweise hatte ich das Herannahen dieses Datums in den vergangenen Tagen fast vergessen. Verdrängt wäre zu viel gesagt, aber dass ich es an den Rand meines Bewusstseins gedrängt hatte, trifft zu. Möglichst weit weg hatte ich dieses Datum und meine Beunruhigung darüber gedrängt. So als wäre auch es selbst, dieses Datum, noch sehr weit weg, etwas nicht unmittelbar Bevorstehendes, sondern etwas, das erst später, in ein paar Wochen oder Monaten, da sein würde, und dann konnte man sich noch immer damit auseinandersetzen.

Nun aber das! Der Tag war schon angebrochen! Übrigens auch der österreichische Katholikentag. Das war nämlich der Anlass, zu dem der Papst nach Wien kam. Abgesehen vom Dreihundertjahresjubiläum der zweiten Türkenbelagerung, das heißt der Entsatzschlacht um Wien, bei der sein Landsmann, der allerkatholischste Polenkönig Sobieski, an der Spitze einer Streitmacht aus Franken, Schwaben, Sachsen und weiß Gott noch alles für Christenmenschen das Abendland gerettet hatte.

Ich drehte das Radio auf. Da liefen die Nachrichten. Gerade wurde über die Sicherheitsmaßnahmen anlässlich des Papstbesuchs berichtet. Umleitungen und großräumige Absperrungen entlang der Strecke vom Flugfhafen Schwechat in die Innenstadt. Ein Heer von Polizisten im Einsatz. Das alles klang sehr beunruhigend.

Um Gottes willen, Pepi, dachte ich. Jetzt mach keinen Blödsinn! Nun tauchte auch die Erinnerung an den nächtlichen Anruf wieder auf. Wie war das gewesen? Eigentlich handelte es sich ja um zwei Anrufe. Pepis Anruf bei mir und der ominöse Anruf bei ihm.

Falls dieser zweite Anruf kein Hirngespinst war. Genau genommen war es ja der erste Anruf. Jemand hatte bei Pepi angerufen, dann hatte Pepi bei mir angerufen. Mein Gehirn arbeitete immer noch mühsam, aber nach und nach schaffte ich es, ein wenig Ordnung in die Abläufe zu bringen.

Also, einmal vorausgesetzt, dass um halb drei Uhr früh tatsächlich jemand bei Pepi angerufen hatte. Wenn ich es nicht gewesen war, wie Pepi absurder Weise vermutet hatte, wer konnte es sonst gewesen sein? Die Seidl? Zwar hatte ja er, mein armer Freund, die Stimme anscheinend für eine männliche gehalten und das Stimmchen Sibyllens, so bestimmt es sich gab, für männlich zu halten, war eigentlich kaum möglich. Andererseits: Wenn man bedachte, dass schon die kleine Pippi ihre Stimme als die des selbstsüchtigen Riesen oder des Haremswächters Osmin maskieren konnte … Außerdem musste man Pepis Stimmung bedenken. Dass Max gestorben war, hatte ihn tief getroffen. Er war mit den Nerven fertig, so viel war sicher. Womöglich hatte er auch ein paar Gläser getrunken.

Ja, vielleicht doch. Vielleicht war es Sibylle gewesen. Obwohl mir nicht klar wurde, was das bezwecken mochte. Pepi mitten in der Nacht anzurufen und ihn zu fragen, wo er sei. Mit tiefer Stimme. Aber vielleicht hatte sie ihn auch gefragt, wo er bleibe.

Das ergab vielleicht doch einen Sinn. Vielleicht hätte er die Seidl treffen sollen. Vielleicht hatte sie irgendwo auf ihn gewartet. Vielleicht vergebens. Vielleicht hatte er den Termin vergessen. Vielleicht hatte er gerade diesen Termin vergessen *wollen.*

So ungefähr liefen damals meine Gedanken. Und worauf liefen sie hinaus? Mein Gott, es war ja immer das Gleiche mit Pepi und mir! Ich machte mir Sorgen. Aber in diesem Fall hatte es damit nicht sein Bewenden. Von Minute zu Minute verstärkte sich das Gefühl, etwas tun zu müssen.

Und zwar sehr bald. Bevor es womöglich zu spät war. Ja, ich

musste was tun. Auch gegen seinen Willen. Nein, ich konnte ihn nicht in Frieden lassen. Mit einer heftigen Bewegung, durch die ich beinahe die Schnur abgerissen hätte, griff ich zum Telefon und wählte Pepis Nummer.

Wieder erklang das Besetztzeichen. Nicht nur beim ersten Versuch, sondern auch beim zweiten, dritten, vierten. Telefonierte er mit jemandem anderen? Mein Gefühl sagte mir eher, dass er den Hörer abgelegt hatte. Ich probierte es insgesamt sieben Mal. Dann rief ich ein Taxi an und ließ mich vor sein Haus bringen.

Ich eilte die Treppe hinauf, ich klingelte an Pepis Tür. Keine Reaktion. Ich schickte mich also wiederum an, zu klopfen. Heftig zu klopfen, wie ich es gestern getan hatte. Da bemerkte ich, dass die Tür ja offen stand. Nur einen Spalt, aber offen. Pepi!, rief ich. Stille. Pepi!! Stille. Ich trat also ein. Heilloses (heiliges) Chaos. Für Ordnung hatte er ja nie viel übriggehabt. Aber das fast schon dschungelhaft wirkende Durcheinander von Kleidungsstücken, Papieren, Büchern und Zeitungen, das hier gewachsen war, seit ich die Wohnung zum letzten Mal betreten hatte, war abenteuerlich.

Kein Pepi da. Weder im Vorzimmer noch im Wohnzimmer oder in der Küche. Auch nicht im Badezimmer und nicht auf dem Klo. Ich rief seinen Namen noch ein paar Mal, aber immer leiser. Dann ließ ich es sein. Eigenartigerweise erschreckte mich die Einsicht in seine, wie mir nun schien, grundsätzliche Abwesenheit nicht. Ich weiß nicht, wieso. Die Panik, die mich hierhergetrieben hatte, war mit einem Mal vergangen. Die chaotische Wohnung, in der Pepi nicht mehr war, hatte etwas sehr Friedliches. Der Telefonhörer war tatsächlich abgelegt, ich legte ihn auf. Der Koffer stand mitten im Zimmer. Auf dem Tisch lag ein Zettel.

Pepi, wo bist du?

Ich weiß die Antwort:
Hier bin ich, Herr.
Oder: Ich bin unterwegs.
Aber stimmt die Richtung?
Pepi, wo bist du?
Heißt das nicht auch: Wohin bist du geraten?
Was tut man in so einem Fall?
Ganz einfach: Man kehrt um.

Wie soll ich's erklären? Als ich diesen Zettel gelesen hatte, kam eine große Ruhe über mich. Ich weiß nicht, ob das nachvollziehbar ist, aber ich hatte den Eindruck, dass jetzt nichts mehr passieren konnte. Infinitiv. Nicht Konjunktiv. Ich war überzeugt. Also nahm ich, dazu fühlte ich mich berechtigt, den Koffer, fuhr nach Hause und legte mich wieder schlafen.

Was Pepi inzwischen gemacht hat, ist nur zu vermuten. Die polizeiliche Rekonstruktion seines Weges ist nicht sehr ergiebig. Zu Mittag soll er in einem Gasthaus in Wien 3, Erdbergstraße, ein Gulasch und ein Krügel Bier zu sich genommen haben. Na schön, das kann sein. Es würde in gewisser Hinsicht meinen Traum bestätigen. Ich träumte nämlich, Pepi sei in die Gegend unserer Kindheit zurückgekehrt. Sah ihn ganz deutlich durch die Hainburger Straße Richtung Gestettengasse gehen. Doch ging er nicht durch die Hainburger Straße von heute. Und auch er, Pepi, war, obwohl er – und insofern war mein Traum durchaus realistisch – selbst in dieser Erscheinungsweise erwachsen wirkte, wieder zum Kind geworden.

Zu seiner Kundgebung ging er jedenfalls nicht. Obwohl dort auf dem alten Simmeringer Sportplatz trotz des im letzten Augenblick »aus verkehrstechnischen Gründen« ausgesprochenen Veranstaltungsverbots angeblich Tausende (so die Seidl) auf ihn warteten. Draußen, auf der Simmeringer Hauptstraße, rollte, vom Flughafen Schwechat kommend, der Papst vorbei, ein Betrunkener warf eine Bierflasche, aber nicht im Ernst gezielt. Die Vögel zwitscherten, die Menschen jubelten, es war ein strahlender Tag.

Ob Pepi Prohaska sich das Spektakel auf dem Heldenplatz angesehen hat, weiß man nicht. Es wäre allerdings naheliegend, denn zwischen 15 und 17 Uhr tauchte er (zuvor in der Erdbergstraße untergetaucht) zumindest dort in der Nähe wieder auf. Nein, keine Angst, es geschieht nichts Schlimmes, ich schlief. Die Pilgerbusse waren in der Babenbergerstraße geparkt, der Chauffeur des betreffenden Fahrzeugs, obgleich evangelisch, hatte vor lauter Papstrummel die Wagentür offen und den Zündschlüssel stecken gelassen. Pepi stieg ein und fuhr mit dem Bus davon. Wahrscheinlich fuhr er durch die Mariahilfer Straße auf die Wienzeile und dann auf die Westautobahn. Nun, vielleicht leitete man ihn, des ungewöhnlichen Verkehrsaufkommens wegen, auch ein bisschen um. Jedenfalls kam er aus Wien heraus, während der Papst, mitten in Wien drin, die Gläubigen segnete.

Es war, wie gesagt, ein strahlender Tag, auch noch abends. Noch dazu Sommerzeit – die Kinder konnten also lang im Freien spielen. Ihre Eltern saßen wahrscheinlich vor dem Fernseher und sahen (die Veranstaltung auf dem Heldenplatz hatte, auch zeitlich, die Dimensionen eines Ereignisses) noch immer den Papst. So fielen Pepis Aktivitäten vorerst nicht auf.

In einer Schottergrube in der Nähe von St. Pölten, hieß es am folgenden Montag in der Zeitung, habe mutmaßlich der Büchereiangestellte Josef P. mit einem zuvor aus Wien entführten Autobus einen regelrechten Ringelspielbetrieb für Kinder eröffnet. Der Mann sei schon einmal in psychiatrischer Behandlung gewesen, allerdings habe ihn die Gendarmerie, am Tatort angelangt, vorläufig nicht fassen und der Psychiatrie zurückerstatten, sondern nur eine Aktentasche mit Dokumenten sicherstellen können. Dieses »Vorläufig« war eine polizeifreundliche Darstellung. Es war nämlich klar, dass die Gendarmerie ihn auch später nicht fassen würde, zumindest behauptet das die Seidl.

Ihre Darstellung des schlichten Finales ist so unerwartet poetisch, dass ich sie hier, durch Pepis – wie soll man es nennen? – heitere Heimkehr versöhnlich gestimmt, einfach wiedergebe. Der Onkel, so die über den Verbleib des Busentführers befragten Kinder, sei dort auf die Böschung gestiegen, habe noch einmal gewinkt und wäre dann entschwebt. Hinter der Böschung war zwar die Autobahn, aber wohin immer Pepi entschwunden sein mag, er ist noch nicht zurückgekehrt. Seit dieser Himmelfahrt sind Jahre vergangen.

Pippi allerdings behauptete, ihr Vater hole sie manchmal von der Schule ab. Paula wollte dazu keinen Kommentar geben. Die Polizei dürfte Pepis Akt verreiht haben. Der Papst aber wusste von alldem, glaube ich, nichts.

Pepi Prohaskas Psalmen

1

Gott, was ist los?
Ich rufe nach Dir
und Du antwortest nicht

Ich schreie nach Dir,
aber ich höre nur das Echo meiner Stimme

Was ist los, Gott?
Du bist so fern
und warst schon so nah

Hast Du die verlassen,
die sich auf Dich verlassen haben,
hast Du Dich einfach verflüchtigt
und uns zurückgelassen
Deine armen Irren? /

Ja, hier irren wir umher,
zwischen Supermärkten und
Fastfoodbuden

Keine Erde mehr unter den Füßen,
kein Himmel mehr über dem Kopf,
nichts als Beton und Neon

Die Fluchtwege sind markiert,
aber sie führen nicht zu Dir

Wo bitte geht's hier zu Gott?
Wer Dich ernsthaft sucht
ist eine Lachnummer /

Wohin sind wir geraten?
Die Unbedarften
haben keinen Bedarf nach Dir

Sie reißen das Maul auf
und schütteln den Kopf über mich

Sie kaufen ein und verkaufen,
sie stopfen und schütten Festes und Flüssiges
in sich hinein,
sie machen kleine und große Geschäfte

Alle Ortsgeister haben sie ausgetrieben,
ganz zu schweigen von Deinem Geist
Wo bist Du, Herr?

2

Kann es denn wirklich sein
dass Deine Stimme nicht durchkommt,
durch diese Atmosphäre
aus Dreck und Lärm,
in die wir geworfen sind,
von Mutterleib an –
Deine verlorenen Kinder?

Von früh bis spät zugeschüttet mit
vertrottelnden Rhythmen
und blöden Sprüchen,
allenthalben umgeben
von zappelnden Bildern

Da ist kein Entkommen,
fürchte ich manchmal
Wo willst du denn hin?
fragen sie mich
Hier hast du doch alles,
Hier bekommst du doch
jeden Tag mehr

Wenn ich um Hilfe rufe,
halten sie mich für verrückt
Ich schreie trotzdem,
ich verlange nach Gott
Nein, sagen sie, das ist nicht normal

3

Alles piepst –
diese Welt, die ich kommen sehe,
kommen höre:

Eine große
und überfüllte
Leere

Eine globale
Flipperhalle

Wir sind alle
so happy,
sagen die letzten Menschen
und zwinkern
einander zu

– diese Bewohner
des weltweiten Dorfs
Bunte Kuh –

alle so happy,
alle so gleich

Die Welt,
ein einziger Wirtschafts-
und Freizeitbereich,

durchkreuzt von Fitnessparcours
und Erlebnispfaden

Abweichend denken,
kann der Gesundheit schaden

Die doors of perception
so was von zu,
es ist nicht zu fassen

Das ist deine Welt,
das heißt eine Welt:
Von Gott verlassen

4

Gott ist tot –
nein diese Meldung
ist nicht mehr besonders
originell

Das liest man inzwischen
auf Pissoirwänden,
falls man
Sätze
aus so vielen Wörtern
noch zu erfassen
imstande ist

Gott ist tot (Nietzsche)
Nietzsche ist tot (Gott)
Wie witzig

Vorausgesetzt,
dass man noch weiß,
wer die beiden Herren sind

Was Gott betrifft,
wäre es vielleicht angebracht,
eine neue Meldung in die Welt zu setzen

(Wort des Propheten
Prohaska,
des unverbesserlichen Optimisten)

Gott ist nicht tot,
aber er schläft
und zwar offenbar schon sehr lang

Die Kirchen haben ihn schlafen lassen
Wir sind da, um ihn zu wecken

5

Ach ja, Gott, Du schläfst,
aber nicht den Schlaf
des Gerechten schläfst Du

Bist uns davongeschlafen,
nach Abschluss von Verträgen,
nach Abgabe von Versprechen

Und liegst nun
seit weiß der Teufel wie lang
auf dem Ohr

Ist es das linke Ohr,
ist es das rechte?
Auf dem anderen musst Du jedenfalls taub sein /

Denn unsere Anrufe
hörst Du schon längst
nicht mehr

Und auf angeblich von Dir abgesegneten
Schriftstücken steht:
Nach Diktat verreist

Was ist denn das für ein Schlaf, Gott?
Ein Fluchtschlaf ist das, wenn Du mich, Deinen
Knecht, fragst,
ein traumatischer Schlaf!

Ein Schlaf, der nicht guttut,
nicht Dir und nicht denen,
die Dich brauchen /

Den Schlaf des Gerechten schläfst Du
nach getaner Arbeit?
Das nehme ich Dir nicht ab!

Wo sind Deine alten Träume,
die Du noch guten Gewissens
träumen konntest?

Die Heilsgeschichte,
angeblich abgeschlossen,
in Wahrheit abgerissen

Oder ein wahrhafter
film noir:
Nichts mehr
als schwarze Kader

6

Wach auf, Gott, guten Morgen, schau, Deine Sonne erscheint,
ein roter Ballon, bejubelt von Amseln, begleitet von Lerchen
Über dem tiefen Boden Dein hoher Himmel,
über Brennnesselstauden und Klettengesträuch

Ja, Gott, auch hier, vielleicht gerade hier, ist der richtige Ort,
für Dein Comeback, erinnere Dich Deiner berühmten Epiphanien
Und Deiner starken Worte: Ich bin der ich bin, zum Beispiel
Oder wolltest Du sagen: Ich werde der ich werde?

Deine Sonne erscheint, jeder sieht sie aus seinem Weltwinkel,
dieser entfesselte Ballon, heiß wie sonst nichts auf der Welt vor Lust & Liebe,
schon so zeitig, ja, gerade noch rechtzeitig, ja, in aller Schöpfungsfrühe
Siehe, hast Du gesagt, ich mache alles neu

7

Du Gott aus der Wüste,
Du Gott aus der Steppe,
Du Gott, ja, Du Gott der Peripherie!

Immer von den Rändern her
oder nach den Rändern hin

Klar kommt es vor,
dass Du einen Propheten
ins Zentrum schickst,
den Stotterer Moses, zum Beispiel
zum Pharao

Aber die Botschaft,
die er dort ausrichten soll,
ist eindeutig zentrifugal:
Let my people go /

Die Kerker,
in die man Dich einmauern will,
Jerusalem,
Rom,
diese Stätten der Eitelkeit

Dir,
der in Dornbüschen glost
und dem Volk als Feuersäule voranweht,
eine Torheit oder ein Ärgernis

Dort wird man Dich selten finden
und Deine Gesandten
packt heiliger Zorn,
schon in den Vorhöfen
der Tempel

Holt mich hier raus, sagst Du
Oh ja, wir hören Deine Stimme
Okay, Herr, wir tun, was wir können

8

Hier will ich Dich preisen, Herr
hier will ich zu Dir hinauf,
so hoch ich kann

Ja, aufs Dach
dieser alten Fabrik,
das ist ein Ort der Kraft

Und noch höher hinaus will ich,
higher & higher

Näher
mein Gott zu Dir,
bis an die Krone
des Schlots /

Die Leiter ist rostig,
na und?
Sie wird schon noch halten

Nennt man das Gottvertrauen?
Ach, ich kenne Dich doch!
Du lässt mich nicht abstürzen

Mich,
Deinen glücksbringenden Rauchfangkehrer,
Deinen Muezzin

Du lässt mich nicht abstürzen
Noch nicht
Ich muss ja noch einiges verkünden

9

Stimme eines Rufers in der Wüste?
Nein, tut mir leid, meine Lieben, das ist falsch übersetzt.

Stimme eines Rufers:
In der Wüste
bereitet den Weg …

Na also,
sagt Gott,
endlich ist der Groschen gefallen,
lang genug hat es gedauert

Apropos Groschen
Die Interpretation der Geschichte mit der Steuermünze
ist ja auch ein grobes Missverständnis /

Um nicht zu sagen
eine bodenlose Chuzpe

Benutzt von den Kollaborateuren
mit den jeweiligen Okkupationsmächten

Die Bibel nennt diese Typen
die Herren dieser Welt

Wer Ohren hat, der höre!
Manchmal muss Gott durch seine Propheten
Tacheles reden /

Also wie war das?
Sollen wir dem Kaiser Steuer zahlen?
fragen die Pharisäer

Wes ist das Bildnis?, fragt Jesus
(für einen frommen Juden
ist diese Abbildung ja sowieso ein Skandal)

Du sollst dir kein Bildnis machen …
Lässt einer sein Gesicht auf Münzen prägen,
dann soll er sich diese Münzen in den Arsch schieben

So viel zum Verständnis des Satzes:
Gebt dem Kaiser,
was des Kaisers ist

10

Du hast mir Sehkraft gegeben, Gott
Nun sehe ich manchmal
etwas mehr als die anderen

Viele sind blind und taub heutzutage
Ich rede nicht
von der Blindheit und Taubheit
der Augen und Ohren,
sondern von jener
der Seelen und Herzen

Ein bisschen hellsichtig bin ich,
ein bisschen hellhörig wohl auch,
höre das Gras wachsen,
hier draußen,
ja wirklich,
es knistert,
sehe die Sonne darüber,
die Tautropfen glitzernd,
höre die Feuerwanzen laufen,
die Kohlweißlinge flattern,
früh am Morgen,
da klingt das Getöse
von der Ausfallstraße
noch fern

Spüre
die rissige Erde unter
den Fußsohlen,
rieche

den Duft all der Kräuter,
die anständige Menschen
für Unkräuter halten,
schmecke

den guten Geschmack
der Brotrinde,
übrig geblieben
von gestern Abend,
der Bissen eingetaucht,
die Schüssel ausgetunkt /

Wir haben
gegessen,
getrunken,
gelacht,
getanzt
& einander geliebt,
solang es noch geht

Der Wind weht Abgase
in meine Nase,
Chemie
brennt in den Augen
Schau,
die Lerche
über dem Stoppelfeld,
hör,
wie sie jubelt
Ich weiß,
dass die Bagger kommen
Ich weiß

11

Gott, jetzt hör zu,
Du gehst uns, verdammt noch einmal, ab

Erinnere Dich an uns, Alter
Und erinnere Dich Deiner selbst

Willst Du denn wirklich,
dass die Idioten sich freuen,
die sagen,
Gott ist nichts als ein Gespenst?

Kannst Du das wirklich mit ansehen,
eine Welt,
in der man tagtäglich
gegen Deinen Geist frevelt? /

Hast Du tatsächlich
vergessen
wer Du bist?

Nicht nur eine vage Erinnerung,
sondern ein konkretes Versprechen?

Willst Du sie so blamieren,
Deine Propheten?

Entschuldige, Gott,
aber das kann nicht Dein Ernst sein! /

Keiner wird zu Schanden,
der Deiner harret

Was gibst Du uns solche Sätze ein,
Nur um uns zu Narren zu machen?

Schon recht, Gott, hier sind wir
und warten,
Deine neuen Närrinnen & Narren

Schick uns ein Zeichen,
Du hast ja einiges Altbewährtes auf Lager
Wie wärs mit einem Regenbogen?

12

Gott in diesen Augen,
Gott in diesen Ohren,
Gott in dieser Nase,
Gott in diesem Mund

In diesen Schultern Gott,
natürlich,
In diesen Brüsten,
ja klar,
In jedem dieser Finger,
In jeder dieser Zehen

Gott auf der Haut,
Gott in den Haaren,
Gott auf der Stirn,

Gott im Hirn,
eine Hoffnung

Gott in den Armen,
Gott in den Beinen,
Gott im Bauch,
ein tiefsitzender Glaube

Gott in diesem Nabel,
Gott in diesem Schoß,
Gott in diesen Küssen,
von oben bis unten

Liebe, Liebe, vor allem Liebe,
sagt Jesus, schreibt Paulus, singen die Beatles
Na wenn das keine
gute Gesellschaft ist